本书资助单位和资助项目

四川省社会科学界联合会
四川省作家协会
绵阳师范学院出版基金
四川省网络文化研究中心
四川省李白文化研究中心

孔明玉　冯　源　著

四川当代散文史论

社会科学文献出版社
SOCIAL SCIENCES ACADEMIC PRESS (CHINA)

本书资助单位

四川省社会科学界联合会
四川省作家协会
绵阳师范学院出版基金
四川省网络文化研究中心
四川省李白文化研究中心

前　言

　　很早就计划写一部关于四川当代散文的专著，但一位四川文学理论界的同行告诉笔者：四川当代散文在整个文学界是最弱的。他的意思很明显：写四川当代文学的专著，应该首先写四川当代小说，或者写四川当代诗歌，这样才能够更加凸显研究专著的价值和意义。这位同行的话，让笔者一度犹豫不决。就客观而论，四川的当代小说或当代诗歌，的确出现过不少名家名作。仅仅以四川当代小说而论，就出现过周克芹、王火、阿来、麦家、柳建伟五位荣获茅盾文学奖的作家，这些作家的小说创作将载入中国当代文学的史册。四川的当代诗歌界，也曾在全国有着较大的影响力，产生过大大小小的诗歌创作群体和著名诗人。反观四川当代散文，既没有散文大家名家，在散文艺术上也无骄人的创新成果。经过一段时间的深思熟虑，笔者还是决定写这部专著。一来是因为笔者已有相关论文发表，二来是因为没有人写过关于四川当代散文的专著。这正好给笔者以契机，于是笔者便着手写这部专著。

　　任何事情都不是一帆风顺的，写作自然也不能例外。笔者在写作中遇到的困难，首先就是查资料。在当下这个资讯快速发展、网络非常发达的社会，要想查询资料应当不是一件难事，可以在知网上查询，也可以在"读秀"上查询，或是通过其他渠道查询，但由于这些网络上的东西漏洞百出，所以查到的资料可能是不全面的，甚至是错误的。尤其是那些重要的参考资料，查询起来更加困难。再者，我们要查询的资料浩如烟海，诸如阿来、裘山山、蒋蓝、周闻道等作家的资料，既有文学创作的资料，也有创作谈，还有文学评论、文学理论的资料。即使把这些资料搜集起来，也要经过较长时间的整理、归类和细分，不仅耗费时间和精力，而且还费力不讨好，因为资料本身就错误很多，还有作品解读上的困惑。众所周知，文学研究依赖于对作家作品的解读，依赖于对作家作品所做出的理性判断和把握，这是从事文学研究工作的基点。但在实际的解读中，文学作品具有开放性和多元化的内涵，从而导致解读者难以判断和把握。例如阿来的散文集《大地的阶梯》，既可以把它看作作家对于雪域高原的书写，也可以看成作家对于故乡故土的描绘，还可以视为作家对于大地阶梯的叙写；又比如蒋蓝的散文集《寂寞中的自我指认》，可以把它看作作家对于文学创作的一种自述，也可以看成作家对于动植物世界的一种生动描述，还可以视为作家对人的存在、社会存在的一种理解和认知。这就势必导致解读者的困惑：或者是对之模棱两可，或者是对之莫衷一是，还有在理论梳理上出现的困境。尽管四川当代散文在整个四川文学领域的研究较弱，但它显现出来的各种资料和信息，仍然是散乱众多、无以尽数的。要想对其进行系统化的梳理，则存在相当大的难度。作为一名写作者，首先要考虑用什么样的理论框架来框定如此众多而丰富的内容，其次要思索作家作品在这个理论框架中的位置，最后则是得出理论性的总结。面对这样的困境，笔者以"时间序列"来进行框定，即按照文学现象、文学事实发生的先后顺序来写，再根据作家的创作水平、质量及其在区域文学中的地位、影响，予以恰当而适度的调整，最后以传统、变动、现代这三种文学视野来判定其所具有的文学意义和价值。

在历经了几个春秋的不懈努力后，笔者终于完成了这部书稿的全部写作。在这部题名为《四川当代散文史论》的书稿里，笔者以四个章节论述了四川当代散文的历史发展及其内在规律。第一章的内容为"四川当代散文概述"，分别论述了四川当代散文的历史缘起、历史演进和取得的主要成就、存在的局限。关于四川当代散文的历史缘起，笔者指出中华人民共和国成立之初的政治、经济、文化形势和制定的文艺方针、政策，是四川当代散文历史缘起的重要背景，而四川特有的文学遗产、文学资源、文学传承，则是四川当代散文历史缘起的直接因素。关于四川当代散文的历史演进，笔者将它分为"文化大革命"之前、新时期文学初期、新时期文学中后期和新世纪文学以来这四个发展阶段加以论述，认为"文化大革命"之前的四川当代散文主要是对中国现代散文的继承和延伸，新时期文学初期的四川当代散文处于沉寂与萌发的交汇时期，新时期文学中后期的四川当代散文则进入勃发阶段，而新世纪文学以来的四川当代散文更加有力地彰显出多元化的发展趋势。在四川当代散文取得主要成就的论述中，笔者先是重点分析了流沙河、阿来、裘山山、钟鸣、蒋蓝、周闻道、阿贝尔、杨献平、陈霁、凌仕江等作家的散文创作，然后就四川当代散文所取得的成就进行归纳。笔者认为这些成就主要体现在三个方面：一是散文创作队伍的不断扩大。它不仅有一大批专门从事散文创作的作家，而且还有小说家、诗人、评论家等加入其中，从而形成了一支声势浩大的创作队伍。二是散文著作丰富多样。据不完全统计，自中华人民共和国成立至今，四川作家出版的各种散文集、散文选集，达到数万种之多，充分展现出散文著述的丰富多样。三是散文艺术和技巧日益成熟。作家们在尽力汲取、沉淀和融化西方现代技巧的基础上，又积极主动地汲取了中国现代散文的艺术精华，表现出成熟圆融的散文艺术和创作技巧。在四川当代散文存在局限的论述中，笔者着重指出了四川当代散文存在的四种缺失：一是缺少具有全国影响力的著名散文作家；二是缺少具有大智慧、大气魄、大境界和大手笔的散文名家；三是失之于散文理论的先锋性探索和散文美学的前沿性建构；四是失之于明察秋毫的敏锐领悟和睿智深达的快速反应。笔者通过对这些问题的阐述，或可使广大读者对四川当代散文有更清醒的了解和认知，也可为后来的研究者提供一条清晰的理论把握路径。

第二章、第三章、第四章的内容，主要是从传统、变动、现代三种视角出发，以15位作家的散文创作为例，进一步展开对四川当代散文的理论探讨。第二章以传统视野来审视李致、流沙河、陈明云、伍松乔、陈霁等作家的散文创作。笔者认为他们的散文创作总体上趋向于传统的散文风格，即按照中国古代散文和现代散文的路径来构建自己的散文世界。在这样的基点上，他们又体现出局部意义的创新，诸如流沙河的散文中将语录体与议论体进行了富有积极意义的融合，伍松乔的散文里把文学与新闻进行了有建设意义的整合，陈霁的散文里充分展现出诗意的属性和特质。这些都足以说明，这些作家的散文创作虽然是按照传统的散文路数来进行的，但又有着他们各自的创新探索。第三章以变动的视野来俯瞰阿来、裘山山、冯小涓、凌仕江、牛放等作家的散文创作。笔者认为这些作家的散文创作处于传统与现代的变动之中。具体而言，阿来、裘山山、凌仕江的散文创作更接近于现代意识，他们的散文创作更符合现代的审美观念和艺术范式，体现为一种对现代意识、现代艺术、现代美学的主动吸纳和成功运用；冯小涓和牛放的散文创作则更具传统意识，其创作所表达出的是传统的审美观念和艺术意味，体现为一种相对滞后的散文观念和散文主张。当然，这只不过是相对而言。第四章以现代视野来研究钟鸣、蒋蓝、周闻道、阿贝尔、杨献平等作家的散文创作。笔者认为这些作家的散文创作充分展现出一种在现代意识统摄下的创作观念和创作主张。他们不仅具有强烈的充满现代意味的艺术发现和审美动能，而且有着持续探索和不断创新的写作理念，诸如钟鸣和蒋蓝的大随笔创作意识，周闻道和杨献平的现场主义散文理念，阿贝尔的当代散文诗学创作观。笔者力图通过这样的论述，发现这些作家散文创作的意义和价值，也为读者提供认知这些作家散文创作的路径和方法。

当然，笔者也承认，这部学术专著的确存在某些局限和诸多不足。在笔者看来，其最大的局限在于没有展示四川当代散文的创作全貌，还存在某些方面的疏忽或遗漏，诸如对陈之光、林文询、唐宋元、廉正祥、戴善奎、高虹、卢子贵、晓荷、张放、洁尘、李加建、冉云飞、刘小川、李汀、雍措、赵良治、李存刚、周书浩等一大批散文作家缺乏应有的关注。这些作家，既有长期从事散文创作的专业人士，也有四川当代散文界的后起之秀。他们的散文创作，或是在描写山水、文化方面有所长，或是在描绘大地上的物象方面富于优势，或是在描述故乡故土时显示出相当的细腻而深入，或是在叙写繁华的都市生活时展现出应有的深沉与灵动，抑或是在表现自我内心、情感、灵魂时传递出别样的蕴意。可以说，这些作家的散文创作都展示了他们不凡的实力和业绩。从另一方面看，本书最大的不足则在于它的理论框架的建构不够完善。用"时间序列"来构建本书的理论框架或理论体系，固然不失为一种方法，也能够按照时间的先后顺序来恰当地处置文学现象和文学事实，很好地安排本书的章节和结构。但这种方法只注重时间的唯一性，没有对事物的多样性与复杂性予以必要的关注，这就会导致以下两个方面的不足：一是无法顾及特殊的散文作品的突出作用；二是忽略作家在四川当代散文史上的历史地位，进而造成理论框架的混乱与失范。有鉴于此，笔者在运用时间顺序来构建本书理论框架的同时，又以空间理论作为重要的辅助，使本书的理论框架在时空交错中完成。这就既照顾了时间序列中的文学现象和文学事实，又兼及了特殊散文作品的历史地位和作家在四川当代散文史上的突出作用，从而使本书的理论框架具有合理性，也更能凸显这种理论框架的特殊意义。

学术研究是一件劳神费心的事情，且不说要披星戴月、熬更守夜，就是查阅和收集资料也需耗费大量的时间和精力，更别说煞费苦心、冥思苦想的艰难过程。但正因为如此，许多中外的知名学者以事实告诉我们，他们毫不担心这样的劳心费神，毫不畏惧这一场痛苦的精神分娩，反倒是乐在其中，且以大量的学术研究成果向世人展示其存在的意义和价值。抱着向中外知名学者学习的态度，笔者历经几年的不懈努力，终于完成了这部书稿的写作。在此，衷心感谢那些支持、关心、爱护笔者的朋友、师长、领导、同人，有他们的热情勉励和大力支持，笔者才得以顺利完成这部书稿的写作。也向没有写进这部书稿的那些散文作家真诚地道歉，希望得到他们的谅解与海涵。倘若如此，笔者的心里就再无什么遗憾了。

目　　录

第一章

四川当代散文概述

作为这部书稿之首章，本章主要论述四川当代散文的历史缘起、历史演进和所取得的成就、存在的局限和不足。关于四川当代散文历史缘起的论述，本章主要是基于中华人民共和国成立之初的国内政治形势和制定的文艺政策，以及四川特有的文学遗产、文学传承、文学资源等重要影响因素进行考量。对于四川当代散文的历史演进，本章主要是从它的四个发展阶段——"文化大革命"之前、新时期文学初期、新时期文学中后期和新世纪文学以来的创作情况加以论述，既充分肯定它们在思想意义呈现和艺术形式表达方面的进步，又慎重指出它们所存在的局限和不足。关于四川当代散文所取得成就的论述，本章分别从几代作家在散文创作中的具体情形展开，既重视这些作家在思想意蕴方面的主观表达，又关注他们在艺术形式上的客观呈现。关于四川当代散文存在局限和不足的论述，本章主要从其四个缺失——散文名家、大智慧与大境界、散文理论、文本创新来加以阐明。梳理清楚四川当代散文的历史缘起和历史发展，探寻四川当代散文的发展规律和变化路径，给广大读者一种清晰明了的感知和把握，是写作本章的主要意图。

第一节　四川当代散文的缘起

作为一种具有区域文化意义与价值的文学现象，四川当代散文是何时兴起的，导致其兴起的原因又是什么？这无疑是一个散文研究者首先应当思考的问题，或者说是一部关于区域性散文研究的理论著述首先需要分析清楚和阐释明白的问题。因为只有将研究建立在这种清晰而明了的基础上，我们才能够准确把握四川当代散文的发生发展，梳理清楚它的历史起点、创作传统、艺术继承及其内在动能、发展流变、审美演进，深刻认识它在区域文学的系统结构中所具有的美学意义和文化价值，乃至在整个民族文学中所具有的重要地位和作用。

同许多区域性文学现象的产生一样，四川当代散文也是在多种因素的相互作用和共同影响之下才得以兴起的。概而言之，这个多种因素主要包括两个方面，即文学外部因素和文学内部因素。一种文学现象的产生，不仅会受到历史与现实、政治与经济、社会与文明、文化与媒介等外部因素的影响，同时也会受到文学遗产的继承、文学传统的发扬、文学资源的开掘和文学发展的规律、文学格局的形成，以及整个作家群体构成的影响，尤其是受到主要作家的文学创作理念与思想、审美境界追求与探索、精神建造的能力与水平、创作方法的多样与丰富、艺术技巧的成熟与升华、文体形式的钟爱与执着等这些来自文学内部因素的影响。倘若从更加具体和更为深入的维度进行理论考察，我们便不难发现这样一个无可辩驳的事实：无论是文学外部的因素，还是文学内部的因素，它们所发挥的作用和所产生的影响，并不全然是一种等量性质、均衡意义的简单呈现，而是有着力量强弱与作用大小的不同。纵观漫长的文学发展历史，文学所受到的外部因素影响，其实要远远多于也大于其内部因素的影响，特别是当这个民族处于极其重要的历史转折节点，或者是遭遇重大的社会事件、经济事件、政治事件、法律事件、文化事件时，文学所受到的影响，就越发显得剧烈而强大。究其根本原因，在于文学是一种特殊的审美意识形态，这样的存在就决定了文学与社会历史、政治文明、文化制度、人文思想等有着更加直接、紧密而又复杂、深沉的关联，它们对文学的影响和作用也就显得非常深刻、持续而长远。从这个意义上讲，四川当代散文的历史缘起，文学内部因素的作用和影响自然必不可少，但更多的是倚重于文学外部因素的巨大作用和深刻影响。因为在那个历史时刻，中国正在发生前所未有的巨变，中国社会正在经历划时代意义的转型，中国人民已经彻底摆脱了被压迫被奴役的悲惨境遇，中华民族已然昂首阔步地跨入崭新的历史进程。正是由于这种来自文学外部的强大力量的作用和影响，无论是四川当代文学的缘起，还是整个中国当代文学的勃兴，都成为一种历史的必然，作为四川当代文学组成部分的四川当代散文，其产生也当是这种历史的必然结果。

为了能够更加深入地了解和把握四川当代散文的历史缘起，及其在最初的发展进程中所显示的内涵和特点，笔者主要从文学外部因素与文学内部因素的角度来展开分析。

1949 年 10 月 1 日，这是一个令中国人民永远铭记的伟大日子：毛泽东主席在天安门城楼上向全世界庄严宣告中华人民共和国成立了。中华人民共和国的成立，既是中华民族几千年来的重大历史事件和政治事件，也是人类社会文明进程中的一座历史丰碑，因为它不但标志着中国共产党成为执政党、人民民主专政国家的建立、社会主义制度的确立，而且预示着人民当家作主时代的开启、社会主义革命与建设序幕的拉开和中国社会由此步入当代发展的历史进程。自中华人民共和国成立以来，社会主义革命与建设不仅成为中国共产党最重要的任务，同时也成为其光荣而伟大的历史使命，其目的是把中国建设成为一个民主、自由、平等、富强的国家，最终实现中华民族的伟大复兴。在中国共产党的领导下，翻身得解放的中国人民以主人翁的姿态和极大的热情、智慧、努力，积极投身到社会主义革命与建设这一史无前例的宏伟事业之中。从大量的文献史料记载里我们不难看出，中华人民共和国成立以后的几年间，我们不仅完成了由新民主主义革命向社会主义革命的转变，还实现了社会主义改造和工农业生产的发展、国民经济的恢复，同时在国际关系、国防建设、文化教育等诸多领域也取得了明显的成绩。然而，我们也十分清楚地看到，由于国际上存在资本主义阵营与社会主义阵营之间的对立，再兼国内也存在诸多复杂的社会矛盾，中华人民共和国成立初期的社会主义革命与建设道路，显得极不平坦。尽管如此，置身于那个时代的中国作家，通过对社会主义革命与建设的亲身实践和丰富体验，无不强烈地感受到新生的中华人民共和国所带来的许多崭新变化。他们纷纷拿起手中的笔，以十分真实的文字记录下共和国之春的新变化和新气象，以非常真诚的情感抒发了他们对这些新变化新气象的赞美和颂扬。正是从这些文字中，我们得以见到四川当代散文的兴起及其最初的思想内涵与艺术形式：在散文题材的开掘和思想蕴含的表达上，更多地融入了社会主义革命与建设这类崭新的题材，同时也大量书写中国革命历史进程中那些令人感怀不已、深深铭记的故事，或者是以有力的笔触直接控诉旧社会给广大下层民众造成的巨大悲痛与苦难；在艺术形式和美学观念上，一方面是体现出对中国现代散文艺术的继承和发扬，另一方面是将散文与新闻进行了有机的结合。当然，我们也无可否认，因为那时毕竟只是四川当代散文缘起的初始阶段，无论是散文作家的人数，还是散文作品的数量，抑或散文艺术的多样性与丰富性，都显得十分有限，无法与当下的四川散文创作相提并论。

中华人民共和国成立初期实施的政治方略与政治举措和推行的政治思想与政治文化，以及由此实行的文艺宣传政策、呈现的文学制度，无疑是影响四川当代散文的历史缘起和初始发展最为重要的文学外部因素。在中华人民共和国诞生之初，作为执政党的中国共产党将工作的重点主要置于三个方面：一是集中军事力量全力围歼蒋家王朝的残余势力，以彻底赢得全国的解放；二是致力于人民民主专政国家政权的建立、完善和稳固；三是着力于探寻社会主义革命与建设的道路。对文学艺术的制度管理，主要是按照社会主义建设的总任务及其制定的相关文艺政策来进行的。当然，这只是就宏观层面而言。在微观层面的制度管理上，则主要是遵循中华全国文学艺术工作者第一次代表大会确定的文艺工作总方针，即毛泽东同志《在延安文艺座谈会上的讲话》（以下简称《讲话》）中阐述的文艺思想。据实而论，《讲话》虽然是在20世纪40年代初中华民族反侵略战争最艰难时发表的，是为了当时的延安整风运动而作，所针对的主要对象也是革命作家以及具有进步思想的作家，但关涉的文艺创作思想，却是相当丰富和具有划时代意义的，尤其是在文艺创作方向、文艺创作原则、文艺审美特性、文艺创作规律等诸多重要问题上，都给予了全新的理论阐发和重点论述。在论述文艺创作方向这一重大理论问题时，《讲话》中十分明确地指出：我们的文艺，第一是为工人，第二是为农民，第三是为武装起来了的工人和农民，第四是为城市小资产阶级劳动群众和知识分子。这四种人，就是中华民族的最大部分，就是最广大的人民大众。《讲话》还认为文艺创作方向的问题，不是一个简单问题，而"是一个根本的问题，原则的问题"，身为一个革命的文艺工作者，就必须牢固地树立并坚定文

艺为工农兵服务的创作理念。在论述文艺创作的原则时,《讲话》指出:
"作为观念形态的文艺作品,都是一定的社会生活在人类头脑中的反映的
产物。革命的文艺,则是人民生活在革命作家头脑中的反映的产物。"①
但这种反映并非机械的刻板的,而是富有文艺家们充分的主观性和能动性
的,因而"文艺作品中反映出来的生活却可以而且应该比普通的实际生
活更高,更强烈,更有集中性,更典型,更理想,因此就更带普遍性"②,
特别强调文学艺术源于生活又必须高于生活的创作原则。关于文艺审美特
性,《讲话》中明确要求文艺工作者务必"把了解人熟悉人的工作"放在
首要位置,把自身的"思想感情和工农兵大众的思想感情打成一片";文
艺创作及其作品,则既要诉诸情感,同时又须晓之以理。从这些论述中不
难看出,毛泽东同志不但充分意识到人是审美主体与审美客体的有机融
合,而且特别强调文学艺术是真善美的完整统一。在论及文艺创作的规律
时,毛泽东同志进一步坚持和发展了马克思主义的文艺思想,指出文艺创
作的基本规律或主要手段就是典型化,文艺作品要真实地再现典型环境中
的典型人物,文艺工作者就必须扎扎实实地深入社会生活与人民群众之
中,通过观察与体验、思考与判断、分析与综合,正确认识和深刻把握社
会生活的本质。唯有如此,我们才能创作出具有典型意义和普遍意义的优
秀作品,才能不断发展和丰富文学艺术的内涵,才能努力创建和逐步完善
具有社会主义文化意义的文学艺术。③ 由此而论,《讲话》构建了一种前
所未有的全新的文艺创作思想体系,奠定了马克思主义文艺理论中国化的
基础,不仅使之成为新民主主义革命历史时期一切革命的文艺工作者应当
遵循的思想准则,同时也成为中华人民共和国诞生之后制定文艺宣传政策
及对文学艺术实行制度管理的理论基础。

　　依据《讲话》中的文艺理论思想精髓而逐步建立的文学制度,无疑
也是对四川当代散文的历史缘起和最初发展产生影响的重要的文学外部因

---

① 参见毛泽东《在延安文艺座谈会上的讲话》,《毛泽东论文艺》,人民文学出版社,
　1958,第 58 页。
② 参见毛泽东《在延安文艺座谈会上的讲话》,《毛泽东论文艺》,人民文学出版社,
　1958,第 59 页。
③ 参见毛泽东《在延安文艺座谈会上的讲话》,《毛泽东论文艺》,人民文学出版社,
　1958,第 54 页。

素。所谓文学制度，就是一个国家为了对本国的文学发展、文学运动、文学思潮、文学流派及文学机构、文学社团、文学期刊、文学出版、文学会议等实行有效的政权管控，经由某一官方机构制定和修改的各种规章与条例，它主要包括这样两种形态：有形的文学制度和无形的文学制度。前者是指制定和不断完善的相对具体的规章制度与条例，后者则是指业已形成的较为抽象、模糊的文学惯例或文学传统。无论是有形的文学制度，还是无形的文学制度，其形成的目的在于严格规范各种文学活动，及时处理各种文学事件，有效管理各种文学组织，使整个文学得以按照国家预设的运行轨道前行。毫无疑问，任何一个国家或任何一个时代，都会有各自不同的文学制度，因为它是有效保障一个国家的文学运动能够按照自身预设的轨迹运行的基础。具体而言，中华人民共和国诞生之初所建立的文学制度，是以《讲话》中的马克思主义文艺思想作为指导，以中华全国文学艺术工作者第一次代表大会会议期间出台的一系列文件作为具体内容的。尽管它还只是一种雏形，也存在一定程度的历史局限性，但它对中国文学的当代崛起及其最初发展历程的管控，是较为具体和行之有效的。如它指出了中国当代文学的发展路线，规定了中国当代文学的性质，乃至于对文学体裁、创作题材、艺术方法等都做出了较为具体而详细的说明和指示。在这种历史背景下，四川当代散文自然也不例外，无论是它的文学方向、文学观念、文学思想、文学精神，还是其具体的创作题材选择、人物形象塑造、艺术方法表现、审美内含传递，都受到了这种文学制度的深刻影响。当然，我们也必须清楚地看到这样的客观事实存在，或者说是比较特殊的历史、时代、政治因素：其一，在中华人民共和国宣告成立的一片巨大欢腾中，四川地区正处于激烈鏖战中，是少数几个还未获得完全解放的省份之一；其二，在中华全国文学艺术工作者第一次代表大会召开期间，尽管也有郭沫若、巴金、阳翰笙、何其芳等著名川籍作家参会，但他们无法将这次会议的重要指示和精神及时传递给尚处于战火纷飞中的四川作家们；其三，对绝大多数进步的爱国的四川作家而言，此时正是积极投身于同国民党腐朽政权进行最后决战的关键之时，他们普遍认为四川人民、四川全境的解放远比文学创作更重要、意义更重大。正是由于这样一些因素的客观存在，无论是整个四川当代文学，还是作为它的组成部分之一的四川当代散文，不仅在兴起的时间上稍晚于中国当代文学，其所受到的文学制度的影响，也应当是始于20世纪50年代初期。

随着中国当代文学艺术的推进和发展，一些问题也渐渐显露出来。有的是先前已然存在、一直未有定论的问题，有的则是新近出现、至关重要的问题，既有像创作观念、创作思想、创作方向等这样的理论性问题，也有如创作题材、创作形式、创作方法等这样的实际性问题。由此引发了多种形式的思想交锋和学术争论，其中，影响最大的莫过于对电影《武训传》的批判，在文学界则主要是对胡风、冯雪峰等人的文学思想与文学理论观点所展开的批判。无论是思想上的交锋，还是学术上的争论，其实都应当是一种正常的文艺批评活动，如果开展得科学、合理、健康、有利，不仅有助于弄清问题的实质，更能够推动文学事业的发展。然而，一些批评活动非但没有按照文艺家们的良好意愿，朝着科学、合理、健康、有利的方向发展，反倒严重地变味，或是逐渐演变成一场上纲上线的路线斗争、政治斗争，或者是异化为对人身的攻击和对人格的践踏，从而给为数不少的文艺家的内心蒙上了大大小小的阴影。究其主要原因：其一，当时的中国文艺界正处于解放区的文艺家同来自原国统区的文艺家相互汇聚和融合之中，不同的人生观、世界观、文艺观之间不可避免地会发生这样那样的交锋和分歧；其二，一些文艺家，尤其是那些来自原国统区的文艺家，对《讲话》中的马克思主义文艺理论思想精髓，缺乏透彻的领会和深刻的把握，对中华全国文学艺术工作者第一次代表大会做出的一系列文艺政策，也缺乏充分的了解和统一的认识；其三，当时的文学制度正处于初创阶段，还只是一种制度的雏形，或者说是一种初级形态意义的文学制度，有待在具体的实践中不断修正、丰富和完善；其四，文艺家在文化素养、思想修养、理论积淀、文学视野等方面表现参差不齐，存在或大或小的差距。正是由于意识到在文艺界内部发生的一些有悖常理、有违科学的事件，及其所带来的严重后果和深远影响，毛泽东同志站在政治、科学、文化的高度，撰写了《关于正确处理人民内部矛盾的问题》一文，其目的是告诫全党要分清楚何为人民内部矛盾，何为敌我矛盾，以及如何正确处理人民内部矛盾问题；在如何对待文学艺术、社会科学等问题上，旗帜鲜明地阐发了自己的观点，认为艺术上不同的形式和风格可以自由发展，科学上不同的学派可以自由争论。文中指出利用行政力量，强制推行一种风格、一种学派，必定会有害于艺术和科学的发展；艺术和科学中的是非问题，应当通过艺术界、科学界的自由讨论去解决，通过艺术和科学的实践去解决，不应当采取简单的方法去解决。由此，毛泽东同志提出了著名的"双百"方针——"百花齐放，百家争鸣"。"双百"方针的提出，不仅廓清了当时在文艺批评领域存在的思想混乱问题，有力地阻止了类似错误事件的再度发生，而且为繁荣社会主义文化事业指明了前进方向，同时"双百"方针也成为那个时代进一步丰富和完善文学制度的重要思想。

从文学内部这个向度进行审视，文学遗产、文学传承、文学资源及丰富的历史文化、深厚的巴蜀文化、多样的自然文化等，都对四川当代散文的兴起和最初发展产生了十分重要的作用和极其深远的影响。就文学遗产而言，它主要包括了古代文学遗存和现代文学资源两部分。

作为偏居西南内陆的古蜀之地，虽然距离远古时代的华夏文明中心——黄河流域的关中地区和中原地区并不遥远，但受到四面高山峻岭的阻隔和交通运输条件的限制，其长期局限在这块盆地之内，几乎成为一个地地道道的"独立王国"。历史的前行不可阻挡，社会的进步乃是必然，历经一代又一代仁人志士的不懈奋斗，中华大地才推翻了"三座大山"，也彻底挣脱了群雄争霸、四分五裂的割据局面，最终实现民族的团结和国家的统一。正是在这样的历史前行和社会进步中，古蜀之地创造并拥有了属于它自己的古代文明。从农耕时代的水稻种植、蚕桑养殖、茶树栽培，到手工业时代的井盐制作、酿酒技术、刺绣工艺，再到商业时代的买卖活跃、贸易兴旺，以及多种文化的彼此碰撞和相与融合，古蜀之地慢慢形成了以成都为中心的区域性的社会文明。伴随着这种区域性的历史发展和社会进步，古蜀之地的文学艺术也得到了相应的发展和不断推进。纵观源远流长的中国古代文学发展史，无论是在发展之初的先秦文学时期，还是在繁荣鼎盛的唐宋文学时代，抑或在平稳推进的明清文学期间，古蜀文学都曾产生过深远的历史影响。既有李商隐、杜甫、欧阳修、陆游等来自其他地域的古典文学大家，他们或因被朝廷派遣到蜀地为官，或因对蜀地秀美山川的钟爱，或为躲避连绵不断的战乱，长时间地居留或辗转迁徙于古蜀之地，写下许许多多流芳千古的诗文名作；也有司马相如、扬雄、李密、李珣、薛涛、李白、文同、苏洵、苏轼、苏辙、杨慎、李调元等出身于蜀中本地的古典文学名流，或是在故乡的土地上深情歌咏，或是在异域他乡的山水间尽兴抒怀，留下了难以计数的文学佳作。正是这两支文学大军的聚力，创下了古代巴蜀迤逦绵长而又奇异丰繁的文学盛景，也给这片土地留下了丰厚的古代文学遗产。就出生于蜀地的这些古典文学名流而言，文学成就最为突出、文化声望最为显赫、历史影响最为深远的，当然莫过于诗仙李白和大文豪苏轼这两位标志性的人物。

出生于中亚碎叶城的李白，幼年时随父迁居古蜀之地的绵州昌隆县青莲乡，即今天的四川省江油市青莲镇。李白一生写下了近千首诗歌，也有研究者认为超过这个数量，不管具体数量是多少，有一点是肯定的：在中国古典诗歌创作领域，李白绝对是一位创作数量极大、艺术特征鲜明、作品质量上乘的伟大诗人。在这些诗歌里，他以极度扬厉的浪漫主义手法和丰繁奇异的艺术想象力，深沉地吟咏纯美壮丽的自然风光，真实地书写底层民众的生存境遇，尖锐地批判当朝官场的黑暗现状，特别是他的诗歌中所彰显出来的钟情自然、热爱和平、关注民生、抨击黑暗、追求理想等丰富的思想内涵和明确的精神指向，使他不但成为中国古代文学史上伟大的浪漫主义诗人，而且深得后世历代诗人的大力推崇和文学家的深深景仰。从思想上的推崇和景仰，到方法上的学习和借鉴，再到精神上的承继和传扬，既是文学发展规律的一种显现，也是历经创作实践证明了的一条正确之路。因而，自唐代以后的宋元明清时期，人们便逐步开启了对李白诗歌的学习和借鉴，先后有不少诗人从不同角度模仿李白诗歌的创作，当时巴蜀地区的诗人们更是把李白诗歌奉为圭臬。当然，由于在社会发展和文学认知方面存在的历史局限性，这些古代诗人对李白诗歌的学习与继承，大多限于创作方法、诗歌风格、艺术个性、审美意蕴等较为单纯的诗学层面。逮及近现代中国，由于半殖民地半封建社会的现实状况越发严峻，无论是中国现代文学，还是中国的现代作家，其历史使命都发生了根本性的变化，救亡与启蒙已然成为主调，再兼西方现代文学的影响不断扩大和深入，诗歌的地位逐渐被小说取代，中国现代文学的创作格局也随之发生了显著变化。在这样一种新的文学创作格局下，部分现代诗人仍然持之以恒地钟情于诗歌创作，并努力汲取中国古典诗歌的艺术养分和思想内涵，其所包纳的成分中，无疑具有李白诗歌的艺术菁华、思想内核。与此同时，随着中国现代学术的崛起和发展，一些著名的古典文学研究专家和学者，不仅致力于对李白等中国古代文学名家及中国文学传统的研究，还对充满现代意义的精神进行观照。就此而言，作为川籍现代诗人的郭沫若、何其芳，无疑是其中最典型的代表，李白诗歌对他们的影响和作用，可以说是巨大、深刻而又十分显著的。至于其对四川当代散文作家群体的影响，则更多的是内化为文学创作的思想动能、审美文化的精神引领。

较之于诗仙李白，出身于古蜀之地眉山县（今四川省眉山市）的苏轼，在诗词文赋方面的不凡造诣和卓越成就，对四川当代散文初始的发展，则表现出尤为显在的影响和非常直接的作用。且不说苏轼在北宋词坛所做出的巨大贡献，就是在汇集了唐宋散文八大家的优秀散文群像里，乃至整个中国古代散文庞大的阵营中，苏轼都具有无可替代的历史地位和重大而深远的影响。深入考察苏轼的散文创作，我们不难发现，苏轼其实兼具了两重散文家身份：他不仅是一位散文创作的实践者，同时又是散文创作理论的探寻者。作为北宋时期一代大文豪的苏轼，无论是在记游、写人、说理等散文题材方面，还是在叙事、抒情、议论等散文种类方面，都有着较为广泛而深入的涉猎，留下了像《范增论》《留侯论》《贾谊论》《潮州韩文公庙碑》《进策》《前赤壁赋》《喜雨亭记》《石钟山记》《凌虚台记》等脍炙人口的名篇，展示出散文题材内容的多样化和散文文体蕴含的丰富性。关于苏轼的这些散文作品，清代的著名文论家刘熙载在其《艺概》一书里，曾有过极其精要的分析和十分中肯的评价。就苏轼对散文创作思想和理论的探寻而言，散见于《中庸论》（上）、《谢欧阳内翰书》、《上韩太尉书》、《日喻》、《答王庠书》、《答谢民师推官书》、《书子由〈超然台赋〉后》、《凫绎先生诗集叙》、《自评文》、《南行前集叙》、《祭张子野文》等篇什中，既有对"文以载道"这一经久传统文学思想观念的重新解释，对"辞达"中绚烂与平淡关系问题的进一步阐发，对创作激情、灵感等特殊文艺心理现象的深入探微，对文学创作的长期性与艰苦性、社会性与时代性的深刻揭示，也有对空洞无物的形式主义文风的批评。这些论述，不仅关涉了散文创作的题材发掘、思想承载、创作方法、艺术表达等内容，也触及了文学创作活动、创作心理等问题。在今天看来，苏轼的这些关于散文创作的论述，无论是其思想认知的层级性与深度性，还是其理论阐释的系统性与完整性，无不存在某些历史的局限性，但对散文大家云集、散文创作相当活跃的宋代文坛而言，无疑是对散文思想的表明、对散文理论的宣示，是对中国古代现实主义散文的极力倡导。除上述作品之外，苏轼历经生命沉浮的一生，尤其是在不断被贬谪的生涯中，自始至终葆有乐观的思想、旷达的胸襟、豪迈的性情，也不啻为一份既难得又宝贵的人生财富，给四川当代散文作家以深刻的人生教益和启示。当然，我们应当清楚这样一个历史事实：受种种因素的影响和制约，对苏轼文学价值的开掘相对滞后，在思想认知上也存在诸多缺失。

四川的现代文学资源，可以说是相当丰富而厚重的，其对四川当代散文作家的影响和作用，则表现出更为切近、更加深入的特质。在整个现代四川文化界，长期流传着"蜀中五老"这样一个说法，借以盛赞巴金、张秀熟、沙汀、艾芜、马识途这五位四川文化名流在区域性文化发展史上做出的巨大贡献，奉他们为四川文化的骄傲和荣耀。在"蜀中五老"里，除张秀熟和马识途外，其他三位无不是中国现代文学史上的著名作家，如果再将郭沫若、何其芳、李劼人等川籍作家纳入其中，这无疑是一个声势浩大的现代文学阵容。正是因为这些川籍现代作家的显著文学成就及其带来的深远影响，四川的现代文学资源方能显示出它丰富而厚重的内涵。也正因为如此，四川当代散文的缘起和最初发展才有了较为坚实的基础和发展动能。为了使这一问题的论述更有条理、更显清晰，我们不妨从以下几个方面予以分析。从文学资源的文体类型看，巴金、李劼人、沙汀、艾芜在文学创作中主要擅长现代小说，郭沫若、何其芳则展示出在现代诗歌创作方面的优势，与小说艺术、诗歌艺术相比，散文艺术固然存在文体形式上的细微不同，或者是在题材选择与意蕴开掘、故事虚构与情节演绎、形象塑造与意象营构等方面存在较大差异，但它们毕竟是文学体内的同宗同族，彼此间一定有着非常密切的关联；从文学资源的时间存在看，这些川籍现代作家的文学创作，不仅在时间上同中国当代文学非常贴近，他们本人也都是从现代作家变身为当代作家，有着一脉相通的文体观念，只是在思想内容的表达上前后有别；从文学资源的功能表现看，巴金小说中对大革命时代青年的觉醒和对现代知识分子生存艰难的书写，李劼人小说中对近代四川的历史风云和川西社会世俗生活的观照，沙汀小说中对川西北乡土社会图景的描绘和对黑暗腐朽的旧制度的批判，艾芜小说中对流浪者形象的塑造和对流浪小说的探寻，郭沫若在诗歌中展示出的叛逆精神和对旧世界的宣言，何其芳在诗歌中体现出的对文学传统的继承和超越，都显示出文学创作的积极意义和引领作用；从文学资源的阅读接受看，这些作家在其早期的文学创作中，或许存在文白间杂的语用现象，但现代汉语却是其主要的写作语言，几乎消除了散文作家在阅读接受时可能遭遇的阻隔或障碍。由此而论，四川当代散文的发生，无疑同这一份丰富而厚重的现代文学资源有着非常紧密的关联。

从上面的这些论述中，我们不难看出，任何一种文学现象的发生，都是由文学外部因素与文学内部因素相互作用和共同催生的结果，四川当代散文的产生自然也不例外。当然，作为一种区域性的文学现象，四川当代散文的产生又存在某些变化与不同。如果不能厘清这些变化与不同，我们就无法正确认知和把握四川当代散文的内部构成和基本装载。

第二节　四川当代散文的演进

中华人民共和国的诞生，不仅仅标志着人民民主专政国家和人民当家作主的社会主义制度的建立，同时也开启了中国社会的当代进程，揭开了社会主义建设事业的历史篇章。70余年的摸索与实践、曲折与反复、改革与创新，造就了今天国家实力的强大、经济大国的确立、人民生活的日益改善，以及中国当代文化的稳健提升和民族自信力的更加坚定。正是随着当代中国社会这种历史性的前行，中国文学不但步入了它的当代历程，而且在历史的流变和时代的演进中，最终实现了中国当代文学的繁荣。

这是整个中国当代社会发展的历史趋势，也是中国当代文学发展的必然结局。因而，从这个意义上讲，作为区域性文学的四川当代文学，也是在这种有利的社会历史与政治基础、经济发展与文化提升的背景下，才得以有了它的历史流变和时代演进，从而构建出作为区域性意义的文学图式，成为中国当代文学繁荣景象中的一个灿然而又绚丽的符号。

从历时性与共时性的角度出发，深入考察作为审美意识形态的文学，无论是国家范畴或民族意义的，还是区域范畴或地方意义的，我们不难发现，它的整个图式的构建，以及这种图式的内容装载、具有的美学内涵和风格特性、构建的方式方法，乃至在历史发展中的演进方式等，并非一蹴而就，而是经由了一个较为缓慢的历史发展过程，并且是一种从简单到复杂、从数量到质量、从内容到形式的衍变过程。从这个意义上讲，不仅整个四川当代文学如此，作为其中之一部分的四川当代散文也不能例外。就70余年来的整个四川当代散文创作而言，无论是思想内容方面的历史流变，还是艺术形式方面的时代演进，笔者以为，它们主要由这样三个大的发展阶段构成：第一个是从中华人民共和国宣告成立到"文化大革命"结束的当代散文创作阶段，第二个是从1977年到20世纪90年代末的新时期散文创作阶段，第三个是从21世纪伊始到今天为止的新世纪散文创作阶段。之所以这样划分，理由就在于笔者从综合性的角度出发，充分地考虑到了时代、社会、政治等诸种因素对整个文学创作，特别是对四川当代散文创作的实际影响。当然，这样的划分未必合乎学理规范，也未必全然合理，只好请方家予以批评指正，以寻找到一种更加合理也更为精准的划分。倘果能如此，笔者将不胜感激。

就第一个发展阶段的四川当代散文创作而言，其实它又可以分为三个更小的发展阶段，即中华人民共和国成立到1956年底、1957年到"文化大革命"前夜、1966年到1976年"文化大革命"结束。当中华人民共和国宣告成立的隆隆礼炮在天安门广场上空响起的时候，整个四川地区尚处于解放战争最后的激战中，直到半年之后的1950年暮春时节，才得以全境解放。获得新生的四川地区，在一片欢呼雀跃的巨大喜庆之后，很快投入社会主义改造和社会主义建设的事业之中。此时的四川文学界，尤其是那些从旧中国一路坎坷走来的老一辈作家，如巴金、郭沫若、何其芳、沙汀、艾芜、李劼人、林如稷等，除了主动积极地参加新中国成立初期的社会主义改造和社会主义建设事业之外，更是以极大而饱满的热情从事各自的文学工作，通过对小说、散文、诗歌等文学体裁的创作，热情歌颂人民当家作主的新中国，由衷赞美新社会给广大人民带来的翻身解放、劳动激情和幸福生活，真诚缅怀那些牺牲在战争年代的英烈并表达对他们的崇敬之情。随着我国社会主义改造的结束和社会主义建设的展开，人民建设祖国的热情持续高涨，国民经济逐步恢复，在物质方面取得的成果日益增多，人们的物质生活水平也得到了明显的改善。面对这样的国家发展形势和人民生活状况，这些已然成为巴蜀乃至全国文坛名宿的老一辈文学家不断地引领着高缨、流沙河、沈重、孙静轩、李致、履冰、李累、方赫、傅仇、王尔碑、石天河等一批又一批新崛起的作家，继续稳健地从事着社会主义文艺的创作。然而，由于 20 世纪 50 年代的反右倾斗争和 60 年代开始的"文化大革命"，文学创作队伍开始渐渐离散和不断收缩，作品数量急剧下降，文学创作也失去了活力。

在对这段历史的梳理和审视中，我们不难看出这样一个毋庸争辩的事实：在"文化大革命"结束之前的近 30 年里，不要说文学创作，就是人们日常的生活行为和思想意识，都或多或少或深或浅地受到政治或社会运动的干扰和影响。作为中国的文学艺术家，其当时的文艺创作之路只有一条：同这种政治运动保持高度一致，与意识形态实行合体同抱。尽管如此，一些四川作家依然不改初衷，他们矢志不渝地坚守着自己的文学理想和抱负，不仅在小说、散文、诗歌创作领域大展才华，在报告文学、散文特写等方面也进行着积极的探索。

作为一部最早出版的四川当代散文作品的选集《四川十年散文特写选》，主要辑录了四川部分专业作家和业余作家从 1949 年到 1959 年创作的作品。这些专业作家包括沙汀、李劼人、林如稷、高缨、曾克、履冰、李累、傅仇、克非、柯岗等我们耳熟能详的知名人物，业余作家则包括甘犁、友方、吕亮、石也、郝赫、里沙等。在编辑出版这部作品选集时，作为编者之一的柯岗便在"序言"里明确地这样写道：

　　　十年，对于人民建造永恒幸福与和平，向社会主义和共产主义迈进的事业来说，并非漫长的岁月。然而，事实已经并将永远雄辩着：时间只有在那些右倾保守主义者的面前，才是廉价的；在工人阶级和共产党的领导下，敢于而且能够改造宇宙的广大劳动人民的面前，却比生命更可贵。就在这样短短的十年间，他们以国家主人公的姿态，为了把祖国、乃至人类社会推向更加美好的境界，发挥了高度的勇敢、坚毅和智慧。他们在必要条件和主观努力的基础上，多快好省的走过了远远超过十年的途程。他们以忘我的劳动，在社会主义建设事业中，不断的创造着伟大的奇迹。他们不知倦怠的，日日夜夜实践着劳动创造世界的真理。这本身就是诗篇中最美的诗篇，画卷中最美的画卷。①

这样的话语，无不表现出柯岗本人的激情飞扬，极尽对祖国建设事业的赞美和对共产党的英明领导、工人阶级的奋斗精神的歌颂，又无不是对这部散文特写作品编选意图的有力揭示。与此同时，柯岗还在"序言"中进一步指出：

在这本集子里我们看到了以普通劳动者的身份，出现在人民群众之中的党和国家的领导者，同样也看到了人民群众对于领袖和国家的挚爱所产生的巨大力量。我们看到了战斗在各个岗位上的工人、农民和兵士的崇高形象，同样也看到了深厚的国际友情。不论什么题材，不管怎样着笔，或真人真事的述说，或略加概括的歌颂，不仅作者不受任何局限，而且，读者又能感到分外亲切、自然和生动。真所谓"散文领域，海阔天空"。②

从这些论述性的言辞里，我们不难发现，柯岗是对本书的题材范畴、书写对象、真实程度进行阐明，是对其创作手法、文体风格、美学价值进行肯定。即便如此，这些作品仍然带有强烈而浓郁的时代特色和政治内涵，而追求真实性、及时性和新闻性则是其最主要的创作目的，同时也追求一定的文学性和审美性，可谓新闻性与文学性的结合。但从另一个角度来看，这些作品并没有充分展现作家在进行文学创作时的主观意愿和独立

---

① 四川省十年文学艺术编选委员会编《四川十年散文特写选》"序言"，四川人民出版社，1959，第 2 页。
② 四川省十年文学艺术编选委员会编《四川十年散文特写选》"序言"，四川人民出版社，1959，第 3~4 页。

精神，特别是在审美内蕴的深度发掘和文本探索上，存在较大的局限。

由四川省作家协会在 1999 年编辑出版的《建国 50 年四川文学作品选》，无疑是新中国成立以来四川省文学界编辑出版的最宏大也是最厚重的一部文学丛书，其中的散文杂文卷主要收录了四川作家在 1949～1999 年这 50 年间发表的优秀散文杂文作品。就由 1949 年至 "文化大革命"结束前的近 30 年四川散文作品的选录情况来看，书里主要选录了艾芜的《屋里的春天》、李劼人的《是一幅画，是一首诗，是一支歌!》、张秀熟的《包谷》、林如稷的《夜渡——回忆一位无名老船工》、方赫的《川藏高原两座城》、陈之光的《在鸡鸣三省的地方》、扬禾的《话务员》、李伏伽的《夏三虫》、明朗的《巫溪连大江》9 篇散文。显而易见，它们不过是其中很少的一部分，大多数散文作品未能收录，这虽然无法令读者领略到这段时间四川当代散文的全貌，却能够使我们从中窥见那个时期四川散文创作水平的一斑。在此，我们不妨通过对其中的《屋里的春天》《包谷》《在鸡鸣三省的地方》《夏三虫》进行简要评述，来探寻其究竟。作为以创作小说《南行记》而一举成名的著名作家艾芜，以其成熟老到的叙事手法，在《屋里的春天》里为我们构设了一个特殊而温暖的时代氛围与历史场景。当时正值东北的隆冬时节，几名鞍山钢铁厂的劳动模范集聚在一间简陋的民房里，他们正热情洋溢、真实诚恳地交流着作为劳动模范的工作经验和内心体会。他们的谈话和交流所流露出的既有作为一个劳动模范的快乐与幸福，也有作为一名普通工人的责任与担当，更有作为一名社会主义建设主人公的荣耀和谦逊。也正是在这样的氛围与场景里，作家感触到了一种凌越彻骨寒冬的温暖，领略到了新中国社会主义建设事业的一片春光，并由此表达出对鞍钢工人平凡劳动和创造精神的极力颂扬。张秀熟的《包谷》以一种非常素朴质实的文笔，对包谷的各种名号、包谷的生长特点、包谷的实用功能，尤其是包谷对人的生命的供养和给自己留下的难忘记忆，进行了细致入微的描述，这些描述无不深深浸透着作家对包谷这种普通农作物的那份特有的情感，或者说体现了他对家乡故土无尽思念的深情。相比较而言，陈之光的《在鸡鸣三省的地方》和李伏伽的《夏三虫》，则具有更浓郁的抒情色彩和不同程度的诗意美感。前者以深处于川黔滇三省交界的一个小镇，作为具体的审美观照对象，既有对自然环境和社会存在的描写，也有对普通劳动者平凡故事的讲述，还有对自己内心感受和真实情感的发抒，表达出作家对这一特殊的自然环境与和美的社会存在的高度赞美；后者以盛夏时节的蛙、蝉、萤作为具体的书写对象，以更为深入的内心感知和更加细腻的散文笔法，写出了蛙之声、蝉之鸣、萤之光给这个世界带来的诗意和美感，以及作家对之的别样感悟和独特理解。由此可见，上述散文作品无疑显示出了那一时期四川散文的创作水平及其所达到的相应高度。当然，我们也不可否认，这些散文作品都存在一定的历史局限性，不但在思想内容上政治色彩浓重，而且在文本上也不同程度地带有杨朔散文模式的刻痕。

回顾第一个发展阶段的四川当代散文创作，从总体上看，它同全国的散文创作局面一样，有如一种模式化的生产：在思想内容上同质化和在艺术形式上同构；赞美和歌颂是其思想内容的主调，在艺术形式上则是对过去散文创作传统的沿袭。再从四川文学创作群体的具体构成情况看，置身于那个特殊的时代潮流之中，能够矢志不渝、心无旁骛地从事文学创作的作家可谓数量有限，专事散文的人就更是屈指可数。或许正是上述缘故，致使这一发展阶段的四川当代散文创作，虽有一定数量的作品，但并没有发生本质意义上的变化。

随着"文化大革命"的结束，中国当代社会终于翻过了它沉重的一页，迎来了声势浩大、影响深远的拨乱反正和思想解放运动，尤其是全面实行改革开放的重大举措，使中国由此踏上了发生历史巨变的社会主义经济建设大道，中国文学也因此进入了新时期文学的里程。正是在这样的历史背景下，四川的新时期散文创作迎来了它的发展机遇和历史变化。但是，我们也不可否认，在我国实行改革开放的初始阶段，中国的思想界并没有停歇过激烈的思想交锋和这样那样的争论，思想解放的步伐也显得相当缓慢而使人备感滞重。作为人文知识分子的作家，处在这样的社会情势下，大多不敢在文学创作方面大胆尝试。从文学创作的维度看，伤痕文学和反思文学的承前启后，的确掀起了一股不小的文学浪潮，引发了社会的普遍关注，但那主要是小说艺术的一枝独秀，而散文艺术则是隐匿于其身后的一种有失于光艳的文体形式。整个中国散文界尚且如此，作为与其一体同生的四川新时期散文创作自然不能幸免。产生这样的创作现象，既与

"文化大革命"及其之前的各种政治运动给作家造成的内心伤痛和留下的心理余悸相关，也同改革开放初期的历史背景、政治形势及社会现实存在状况不无关联。因而，从总体上看，四川新时期散文创作的初始，既表现出对中国现代、当代散文创作传统的沿袭与继承，又表现为努力地探寻散文创作在思想表达和艺术方式的变化与革新。具体而言，在散文创作的题材选择和思想主旨的表达上，四川新时期散文一方面表现出对十年"文化大革命"运动的强烈控诉和对"文化大革命"现象产生的原因所进行的全面而深刻的反思；另一方面则传递出对现实中国的强烈关注，特别是对人性善恶和人的现实存在的深切关注。在散文创作的艺术形式和美学观念方面，一是表现出对散文文体回归的强烈主张，二是逐步展开对散文的艺术观念和美学思想的精神重建。正是基于这样的思想主张，四川新时期散文创作才开始步入历史的变革和渐渐走上攀缘的道路。

1985 年之后，随着农村和城市体制改革的先后实行，尤其是经济特区的设立和社会主义市场经济的形成，中国的改革开放由此步入了迅猛发展阶段，这标志着中国人民的思想解放进入了一个更高更新的历史阶段。这就为中国当代文学的发展和繁荣提供了强有力的物质基础和社会条件。正是基于这种良好的物质基础和有利的社会条件，中国当代文学的场域发生了一系列的变化：伤痕文学、反思文学在完成了它们的历史使命之后，渐渐偃旗息鼓；改革文学、朦胧诗、先锋小说随之而起，成为一股股新崛起的文学力量，延续着中国新时期文学强劲发展的势头；伴随着文学界对中国现代文学精神的大力整合和对西方现代文艺思想、美学思想的大量吸收，实验主义文学、写实主义小说、历史主义小说、新报告文学、新艺术散文等文学浪潮此起彼伏，进一步深化和丰富了中国新时期文学的内涵。毋庸置疑，发生在文学场域里的这一系列的变化，不仅反映出中国新时期文学的急速变化，彰显出中国当代文学大发展的气势，还构建出中国当代文学画廊中一幅幅新颖别致的盛景。当然，我们也需清醒意识到，在这一时期的中国当代文学发展中，由于过分地倚重西方文艺思想，中国文学优秀传统出现部分丢失。

在这种文学盛景的有力召唤下，四川的新时期文学也开启了它第二个发展阶段的前半程。就这一发展阶段的四川文学创作而论，当代小说和先锋诗歌无疑是其中最为亮丽的风景，周克芹的巴蜀乡土小说成就和四川先锋诗人群体的形成，最为显眼。四川的新时期散文创作也伴随着这样的光芒四射，进入一个崭新的发展里程，专门从事散文写作的作家逐渐增多，散文创作的阵容越来越大，探寻散文文体回归的脚步越发坚定，汲取的新艺术观念和美学思想更为丰富。从散文创作的具体情况看，在思想内容方面更多地富有时代生活气息并具有当代中国变革的新气象，在散文艺术方面则或多或少地融入了些许新的美学元素，散文文体的最终回归与寻求变化也在稳步推进。虽然如此，这一阶段的四川散文创作的发展主要体现为数量上的增加，并非巨大而根本的质量之变。

活跃于这一阶段的四川散文作家，主要有李致、流沙河、陈之光、王尔碑、林文询、金平、钟鸣、陈明云、廉正祥、戴善奎、李加建、卢子贵、张放、陈焕仁、洁尘、徐康等一批老中青作家。其中，李致的至情至深与文风冲淡、流沙河的沉痛反思与机智幽默、钟鸣的哲理韵味与文本探索、陈明云的乡土情怀与深情吟咏、王尔碑的真性写作与语言优美、林文询的性格内敛与行文简约、洁尘的都市叙事与女性意识，无不给人以深刻印象。

进入 20 世纪 90 年代之后，伴随着城市和农村经济体制改革的深入推进，社会主义经济建设已然步入正轨，政治体制的改革也由此拉开了序幕。对文艺作用的认知和对文艺家创作的理解也发生了深刻的变化，在文艺政策的制定上，显得更加理智、开放、灵活、务实。这对造就良好的社会环境和文艺创作环境，无疑是极其有益的。面对这种良好环境，中国文艺界及其文艺家们迅速做出了积极的回应，首先便是将对西方文艺思想的被动接受转换为主动借鉴，不再像 80 年代后期那样，对它顶礼膜拜和一味地盲从，而是进行富有智慧的解析与理性的认知；其次是全力调动起文艺家们的创造热情和创造能力，充分尊重创作主体的个性自由和审美主张，大力提倡文学艺术创作的创新与突破。中国当代文学也由此步入一个新的发展阶段。然而，随着作家创作自由程度的提高和文学表现空间的展阔，作家的创作个性也变得越发鲜明和自我，个人化或圈子化的文学思想纷纷登场亮相，这种主义、那种主张相继出炉，尤其是个体化和私人化写作的思想标榜和坚执行事，导致了中国当代文学的创作出现"向下""趋俗""向内转""唯艺术"的倾向，中国文学曾经富有的那种思想深刻、情感激越、细节精美、场面宏阔、境界高迈、审美震撼等，也随着这种创作风气的蔓延而受到冲击，如此这般，当代小说与现代诗歌的共同式微就在所难免，读者大众的审美接受视线也开始与文学渐行渐远。这就为散文这种极富真诚、真实、率性的文学体裁的再度崛起提供了社会环境和表现空间。文化散文便相机进入读者大众的审美视野，有力地填补了他们审美期待的空白，进一步点燃了他们对文学的阅读欲望和感知激情。随之闯入读者眼帘的是各式各样的大散文、小散文、新艺术散文、女性散文，散文创作的阈限被进一步拓展，散文作家的独语意识、参与意识、创新意识、世俗意识日渐增强，散文的思想内容表达越发的丰富，散文的艺术形式更加多姿多彩，散文作家的写作角度、情感视野、心理流变、心灵意向、审美传导等，都在不断地朝着多元化、丰繁性的方向奋力推进和深入。从这个意义上讲，散文创作实际上成为 20 世纪 90 年代中国文学的主流，别有一番迷人的景致和特殊韵味。

四川的新时期散文正是在这样的政治环境、社会环境和文学环境中，开启了它的第二个发展阶段中最为重要的后半程，这也是四川当代散文创作实现思想解放、文体突破、艺术开掘、审美建构和在整体水平上出现质的提升和跃进的一个重要历史阶段。具体而言，这一发展历程中的四川新时期散文创作主要表现出五个方面的特质。其一是散文创作的思想观念发生了根本性的变化，一方面是对中国散文创作的传统观念进行了富有现代审美意识和当代美学思想的有力整合；另一方面则是将西方现代美学和文艺思想加以有效的吸纳和鉴取，特别是进行了本质意义上的优化，从而构成既符合现代散文发展又切合作家创作实践的新散文观念。其二是小说家、诗人、文学评论家与理论家大量涌入散文创作的行列，这些作者或是以现代性的小说观念、先进的诗学理论来从事散文创作，或是以小说家的敏锐眼光、诗人的细腻内心来捕捉社会生活的精湛细节，或是以多样的叙事方式、丰繁的抒情手段、别致的论说方法，源源不断地进入散文艺术的创构之中，从而极大地丰富和扩大了散文艺术的美学内涵。其三是在不断积累散文创作实践经验的基础上，更为娴熟自如地融入现代散文的美学内核和创作肌理，积极主动地应对散文创作领域的各种变化，灵敏地感知散文世界的新颖美学动向，使散文创作的独语意识、参与意识、创新意识、反思意识、自立意识和散文文体的自觉意识、变革意识、求新意识有着不同程度的增强。其四是改变了过去四川散文创作以乡土叙事一家独大的格局，有效吸纳了都市叙事、文化叙事、历史叙事等富有强烈时代特色的新叙事方法，有力拓展了四川散文艺术的叙事模式。其五是作家之间的散文创作交流日趋频繁和富于多元化，作家们或是通过各种散文笔会进行散文创作的心得交流、技艺切磋，或是利用研讨会进一步探讨、研析散文美学的本源与本质，这些交流与切磋、探讨与研析，不仅逐步提高了散文创作主体的认知能力和审美水平，也使他们在散文思想、散文美学、散文艺术上有所突破，更重要的是，还使散文作家群得以形成凝聚力量，共同推动散文艺术朝前迈进。由是，四川散文创作在数量上、质量上的整体性演进和跃升，便不难想象。

有鉴于四川散文创作在 20 世纪 90 年代所取得的丰硕成果，在《建国 50 年四川文学作品选·散文杂文卷》一书里收录的散文佳作，绝大多数是这一阶段发表的作品，其情形完全可以用蔚为大观一词来加以形容。与此同时，我们还可以从中看出，活跃于这一发展阶段的主要有阿来、裘山山、伍松乔、郁小平、程宝林、聂作平、赵英、朱丹枫、晓荷、邓高如、邓洪平、高虹、张怀理、汪建中、岱峻等一大批成熟的四川中青年作家。阿来、裘山山、伍松乔等人的散文创作，无疑是其中最为优秀的。倘若从散文艺术、美学观念、创作理论及队伍构成、创作质量等维度来进行深入的考量，我们又不难发现，这一发展阶段中的四川新时期散文创作，不仅具有非常明确的散文文体观念和一定的美学理论基础，还具有在数量上的大幅增加和在质量上的显著提升，稳定坚实的散文创作队伍也基本形成了。

在即将跨入 21 世纪大门的时刻，中国的作家们从不同的角度对中国文学在新世纪发展的美好景象进行了一系列前瞻，各路名家纷纷撰文发表自己的看法，甚至有的评论家认为：下一个世纪的中国文学将是散文的时代，或者说散文将成为进入新世纪后中国文学中最受人青睐的文体。其实，20 世纪末的中国散文在历经了激情燃烧的岁月后，特别是在一些超强媒体的直接作用下，已经渐渐显现出某些疲态，在这些疲态中努力寻求新的写作元素、激发新的创造活力和生发新的散文美学理念，正如散文研究者梁艳萍在《世纪末散文审美意识的嬗变》一文中所指出的那样：

> 世纪末特别是 90 年代，信息飞速传播。报刊、电视、广播、因特网的超强负载，对于文化、文学、艺术的冲击与往昔不可同日而语，散文也受到了文化市场、阅读期待、审美意趣等无形之手的操纵。对于人类群体的深切关注和对于个体心灵的终极关怀是散文一体共生的两面。通过个体心灵的释放抵达公众的审美境域，经由群体理性的观照而回归个性的自由，在日益珍视自我灵魂价值的同时愈益对社会文化态势、文学艺术走向予以密切关注，对人类历史发展进程中的经验教训进行深切反思，对文明的未来的真诚呼唤，是社会文化生活进入相对宽松、作者进入较高审美境界的表征，也是散文的精神旨归。……不再是单一地反映时代精神，应和政治需求，阐释权利话语，或者只是表现自我，倾诉心灵波澜，而是呈现着多元整合的审美态势。这是散文发展的必然，也透露出散文在新世纪到来之时审美意识嬗变的信息。①

此时的整个四川散文界，除了个别作家跟风而动外，大多数人表现出了足够的冷静和理性，对发生在中国文学界的那些喧哗与骚动毫不理会，依然故我地按照自己的散文创作思想和艺术理念默默地耕耘着，同时也在努力地思考着散文如何创新。

正是因为有这样一大批四川散文作家的精神内敛和潜心创作，从 21 世纪伊始到目前的 20 余年间，四川当代散文创作不但进入了它的第三个发展阶段——新世纪散文创作的历程，而且拥有了更高程度和更大意义的演进与跃升。笔者认为，这种更高程度和更大意义的演进与跃升，主要体现在三个方面。一是散文创作队伍进一步扩大，新人倍增，不少以前专事小说、诗歌创作的中青年作家纷纷转投散文，这些成熟的作家大多经历了较长时间的创作磨砺，写作经验十分丰富，并且绝少有创作思想上的陈规

---

① 梁艳萍：《世纪末散文审美意识的嬗变》，《山花》2001 年第 3 期，第 90 页。

陋习。特别是他们将小说在叙述事件与细节描写上的复杂性，将诗歌在语言表达与情感抒发上的精准性等美学元素卓有成效地融进散文创作中，使四川当代散文创作的叙事艺术、抒情节奏、话语表达、审美内涵都有了显著的跃进。二是散文作家们似乎形成了一种默契，都对中国文坛上那些昙花一现的热闹场景毫不动心，对漫天飞舞的各种主义、各样思潮决不趋附，表现出足够的沉稳、内敛、达识，又在这样的沉稳、内敛、达识中依照各自对当代散文艺术和散文美学内蕴的理解与领悟潜心徜徉于散文天地，如此，散文创作便在无形中成为他们心灵探求的一种精神仪式，而正是这种精神仪式的确立，使他们对散文创作的思考具有了更成熟的美学理念。三是四川散文作家的叙事方式和叙事技巧，在历经了较长时间的反复锤炼和多重铸造后，无论是在乡土叙事、城市叙事方面，还是在历史叙事、现实叙事方面，抑或在文化叙事、科学叙事方面，可以说都尽显出它们应有的雄浑气质和成熟风范，并在一定范围内表现出持续开拓和稳健创新的劲头。

也正是由于亲眼见证了这一发展阶段中四川当代散文创作所取得的成就，由四川省作家协会在 2009 年编辑出版的《纪念改革开放三十周年四川文学作品选·散文卷》，便将目光更多地投向了四川的新世纪散文创作，在辑录的 80 余篇散文作品中，半数以上是四川新世纪散文。就散文创作的实力和成就而言，蒋蓝、周闻道、杨献平、阿贝尔、陈霁、凌仕江、冯小涓等无疑是所辑作品作家之中的佼佼者。蒋蓝的思想深邃、行文刚健，周闻道的题材丰富、文笔从容，杨献平的乡土气息浓厚、情感真实，阿贝尔的思想内省、诗意表述，陈霁的精神行走与节奏抒情，冯小涓的文化批判与思想倔强，无不在广大读者中产生较大影响。因而，从某种意义上讲，正是由于这些富有代表性的作家，在新世纪以来的四川散文创作中，对散文艺术和散文美学进行了卓有成效的探索与创新，四川的新世纪散文创作才有了较为显著的历史流变和时代演进，并由此彰显出不凡的艺术才能和整体水平。

时间的脚步匆匆前行，中华人民共和国迎来了它的七十华诞。综观 70 年来的四川当代散文创作，无论是在"文化大革命"结束之前表现出的缓步行走与停滞不前，还是在新时期发展阶段中表现出的快速推进与急遽提升，抑或在新世纪以来体现出的异常稳健与极其坚实，其实都不过是在中国当代社会发展历程中，应和了历史趋势与时代潮流该有的流变之姿，同时明确地昭示出其变动与发展的基本脉络。对此，我们理当葆有一种客观而冷静的态度，既不要因为它曾经取得的显著成就而沾沾自喜，也不要因为它未产生过全国一流的散文家而倍感遗憾，这些都是不可取的态度。只有正视过往，对其予以清醒认识并理性把握当下，我们才能找到差距、发掘潜能、砥砺前行。历史在稳步前行，社会在坚定发展，文学在日益进步，只要我们上下一心，四川当代散文创作，定会有一个光明灿烂的前景。

第三节　四川当代散文的成就

　　如何分析和评价一个省级行政区域里的某种文学体裁的创作成就，才能做到客观公允、大致准确而又符合实事求是，这不仅是一件没有一定之规的事情，同时也是一件具有较高难度的事情，自然由此所得出的基本观点和最终结论，也不可避免地存在诸多方面的不同，甚至是完全对立或者十分迥异。按照现行学术研究领域里已然相当成熟的学理规范和基本原则，这一评价无非是在这样几个主要方面着手：作家队伍的总体构成情况和整体水平，作家是否特立独行、独树一帜，发表或出版了多少引起文学界与理论界瞩目的文学作品，这些文学作品在国内或国际的获奖情况，以及它们在文学史上所彰显出的特殊价值和重要意义。有鉴于此，笔者主要从两个大的方面，亦即从微观角度与宏观视野来展开对问题的探讨，借以深入地分析四川当代散文的创作成就。就微观角度而言，重点选择那些在四川当代散文界具有代表意义的作家及其主要作品进行分析，考量这些作家作品在题材选择、思想表达、审美内蕴、文本探索等方面的不同建树；从宏观视野方面，则主要是从理性高度来审视整个四川当代散文的创作情况和艺术水平，在这样的基础之上，再综合考量整个中国当代散文的创作情况和艺术水平，通过横向比较厘清它们彼此间的水平差异程度。

　　总览 70 年来的四川当代散文创作，参与其中的不乏像巴金、郭沫若、何其芳、李劼人、沙汀、艾芜、林如稷等这些中国现代文学史上的大家，也有新中国成立以来在文学事业中逐步崛起的如流沙河、高缨、孙静轩、沈重、唐大同、履冰、李累、方赫、傅仇、王尔碑、石天河等众多当代名家，更有一大批在新时期文学中成长起来的作家，如周克芹、王火、阿来、柳建伟、麦家、裘山山等。因为这些作家大多是以小说或诗歌的创作为主，他们的突出成就也主要体现在小说或诗歌方面，而对散文艺术不过是偶尔涉足，完全没有长期为之的打算，在创作上的成就也并不突出或显赫，笔者便有意识地选择了流沙河、李致、阿来、裘山山、陈明云、伍松乔、钟鸣、蒋蓝、周闻道、杨献平、陈霁、阿贝尔、凌仕江作为观察对象。之所以做出这样的选择，一是因为这些作家毋庸置疑地是当下四川散文创作的中坚和主力，二是因为从这些作家的散文著述里足可见知四川散文创作已然抵达的创作水平和艺术水准，或者说是四川当代散文现有的主要成就和价值体现。

以当代诗歌创作闻名于中国当代文坛，也因为诗歌获罪的流沙河，自20世纪80年代重返文坛后，忽然对散文随笔写作生发出非常丰沛的激情和良好的艺术感觉，陆续出版了《锯齿啮痕录》《庄子现代版》《Y先生语录》《南窗笑笑录》《流沙河随笔》《流沙河短文》等文集，令广大读者充分领略到他在散文艺术世界里的卓尔不群。或许是因为当年的深刻创痛令流沙河终生难忘，自那时以后，他便主动将自己文学创作的主要精力投注于散文随笔的书写。在这些散文随笔中，他或是通过对旧日往事、曾有情感、往昔思想的书写，以回叙的方式展开对自己人生历程的检视和考量，对已然的生命重负、生存不堪进行真实书写和情感发抒，对那些充溢着人生暖意的旧时亲情、友情、人情进行无限眷顾和怀念；或是借助对中国古典名作《庄子》的白话直译和现代解读，来表达自己的思想认知、哲学意识、文化观念、人文精神，以及批判现实存在的诸种伪饰和虚假、丑陋与畸形、恶行与病态的文化；或是通过对一个名为Y先生的现代文人的全方位的刻画和叙写，亦庄亦谐地道出一个现代文人在现实生存里所遭遇的诸多曲折和坎坷、尴尬与窘迫，以及不得已而为之的种种无奈和自娱自乐的揶揄嘲弄。由是可知，流沙河散文随笔的思想内容建构，主要是从历史影像、现实生存这两个维度来呈现的，充分展现出一个作家的历史反思与现代叩问。从艺术的角度进行审视，流沙河的散文随笔创作，既有充满传统意味的叙事、抒情、议论，又有富于现代气息的象征、隐喻、陌生化，显示出灵动变化和丰富多元的特质。从这个意义上讲，流沙河的散文随笔创作为四川当代散文增添了一抹奇特而瑰丽的光彩。

在四川文坛享有较高声誉的李致，既秉承了文学大家的精神风范，又严格地遵循着散文创作自然本实的原则，创作和发表了大量散文作品，结集出版了《四爸巴金》《铭记在心》《昔日足迹》等散文集。在这些散文里，李致以一种极其素朴真实的情感和传统意识浓郁的艺术视角切入林林总总的"往事"中，通过对"往事"里的那些人物、事件、情景的细腻回忆和再度发掘，使我们能够从其娓娓道来的叙述中触摸到他所经历的历史境遇和艰难岁月。作为一个在历史境遇中对生命与人生、社会与历史有着刻骨铭心体验的作家，李致在跨越了众多艰苦岁月和难忘往事之后，终于找寻到人的幸福的源头和作为人存在的尊贵所在，这既是对人生的回顾和检视，也是对生命的理解和总结，更是他审美追求的原动力。特别是在许多关于四川文学名人大家的回忆性散文中，李致以一种非常日常化生活化的语调展开叙事，讲述他同这些文学名人大家的交往和友情，摹画他们的音容笑貌、趣事逸闻，叙写他们的生活细节、文学追求，述说自己的内心感受，探究人生的真谛，不仅语言洗练而干净，行文自如而沉实，有如一股股清泉自然流淌，更有一种特别的如禅学特质般的神思宁静贯注于文本的内部和深层，或者说是一种源于灵魂之内的从容不迫、坦然镇静回旋于文气韵节之中。因而，李致的散文创作，既显示出中国散文创作传统的内在气韵，在平实洗练的文字中脱透出散文里手的闲雅与大气，又在质朴随然的叙述和描写中潜藏着心灵的悸动、深情的涌溢和思悟的跃进，有力地凸显出散文创作叙事真实和灵魂真实的精髓。如果就散文艺术的现代性建造和审美观念的当代性表述来进行考量，李致的散文则略显得有一些滞后，既缺乏新鲜灵动的丰富变化，又缺乏新散文的艺术风范和审美特质。

较之于在小说艺术方面表现出的卓越才能和所取得的丰硕成果，阿来在散文创作上的灼灼光焰仿佛被深深地遮蔽或掩隐了，这其实一直是我们文学接受场域的不明和错觉，或者说是我们文学评论界对之有意无意地疏忽了。自进入中国当代文坛以来的几十年间，阿来在小说艺术的探索之余，也创作了为数不少堪称优秀的散文佳作，先后出版了《看见》《大地的阶梯》《就这样日益丰盈》《草本的理想国：成都物候记》《语自在》《阿来散文》《一滴水经过丽江》《让岩石告诉我们》等富有影响力的散文著述。综观阿来的散文创作，其题材开掘和内容表达，主要体现出作家之于藏区、边地和博物志的精神观照，而对藏区、边地的书写又是其重中之重。作为一个从藏区走出来的作家，尽管长期生活在繁华喧嚣的省城，但阿来对藏区或者故土所形成的那种积久的深情与眷顾，不仅从未有过丝毫的消减和弱化，反倒随着时光的推移显得越发的深沉而强烈。正是源于这样的深情与眷顾，阿来写出了他生命与灵魂中的"看见"，写出了他现实存在和理想愿景的日益丰盈，写出了他对滴水、岩石的特殊理解和深沉感悟，也写出了中国大地有如雄浑阶梯一样的磅礴气势，写出了草木理想国的奇异和丰繁。透过阿来在散文创作中的这些内容书写和精神观照，我们不难发现，阿来是一位极力追求情性自由、心性自由、灵魂自由的作家，且自始至终、矢志不渝地守护和坚持着这份自由信念。也正是在这种信念的驱遣下，他像一个无拘无束的灵魂漫步者，一个自由自在的精神旅行家，走出了有着地理阈限的藏族地区，迈向了更加辽阔无垠的边地，无限亲近生存于这个世界上的那些被人类渐渐忽略的自然生命和草木物象，从从容容、潇潇洒洒地放笔书写，他的散文笔触也由此揭开了自然的幽微与隐秘、博大与深层，拨动了人们在物质重压之下渐已麻木的神经和心弦，彰显出自由的魂魄、审美的抒写给这个世界带来的真实与善良、诗意与美感。从艺术角度看，阿来的散文兼容了小说叙事和诗歌抒情之所长，充溢着轻盈、腾挪、情致、精细的美感。

作为四川当代文坛上的知名军旅作家，裘山山在以小说作为其文学创作主样式的同时，也兼顾对散文艺术的苦心经营和勤奋耕作，创作出众多散文佳品，陆续出版了《女人心情》《遥远的天堂》《五月的树》《一个人的远行》《百分之百纯棉》《亲历五月》等散文集，且以《遥远的天堂》荣获鲁迅文学奖。裘山山也因此成为四川当代文学史上目前唯一的以散文创作而获此殊荣的作家。身为一名智慧型的女性作家，裘山山在散文创作中最为关注的对象就是女性，她写女性在现实生存中的诸多不易和独自隐忍，写女性情感和内心里的各种波澜和体会，写女性灵魂世界里的那些幽秘和深刻知解，不但表达出作家对于女性群体特有的深切关注和审美观照，而且令读者领略到一个独特而丰富的女性世界。身为一名长期生活在军营的作家，裘山山又将大量笔力投向军人世界，写老一辈军人在战争岁月的艰苦磨砺和卓越人生，写出了他们的刚强意志、牺牲精神和军人情怀、崇高精神，也写出了她对于他们的那份无限崇敬和深情景仰；与此同时，裘山山也将部分笔触倾注于新一代的年轻军人，既写出了他们在和平年代的生命成长和人生奋斗，又写出了他们的情感曲折、内心纠结、思想矛盾，更写出了他们在大是大非面前的思想坚定和果决行动，使其散文艺术达到了一种较高的真实程度。有人说写女人的作品，尤其是女人写女人的作品，大多会流露出不同程度的"小女人"气息。裘山山的散文创作似乎也具有这样的表征，但这不过是她散文艺术的表象，如果我们透过这样的表象，深入其散文艺术的内层便不难发现，其散文创作蕴含着一种天然的大气，或者说是潜藏着一种大美的气象和内质。正如笔者曾经指出的那样：裘山山的散文创作，从来不追求所谓的"先锋主义"和"新潮美学"，也放弃了外在的表面的"尖锐"和"深刻"，但在感性、平淡、质朴的叙事之中，在流畅、自如、柔软的抒情之中，在闲适、温润、雅致的话语之中，却有着能够掏出隐藏于人们内心最深处的那些东西的力量，不仅直指人的内心，还直抵人的灵魂。

伍松乔不仅是一位非常活跃的散文作家，同时也是在散文创作领域富有新锐意识和创作才情的散文家，曾陆续出版过《姓甚名谁》《记者行吟》《十字岭，识字岭》等散文随笔集。或许是因为伍松乔有着独特人生经历与体验，或者是因为他身为川内重要新闻媒体的记者，或者是因为他在本质上是个作家，他的散文创作视野相当开阔，写作题材极为丰富，对散文文体美学演进的领悟能力也极强。从20世纪80年代开始，伍松乔便以他的散文创作步入文坛，在20世纪90年代和进入21世纪之后，他的散文随笔创作更达到了某种高度。作为一位富有强烈现代意识和审美批判意识的作家，他总是站在社会现实生活的高度，以一个新闻记者的特殊视角，以一个作家强烈的忧患意识与对现实世界的敏感性，以有力的笔触对众多纷纭复杂的历史事实、社会事件、生活现象、人心内层做人性化的思考、哲理性的反思、现实性的分析，给我们以一种思想厚重又富于深沉的历史感、现实感、社会感的强烈触动，彰显出他散文内容的思想力度、情感深度和积极的价值判断。即便是在某些带有哲理性的散文中，他也没有那种索然无味的哲理说教，没有那种故弄玄虚的高深莫测，而是自始至终都饱含一种严肃性和深沉感，又于其中潜藏着机智、诙谐甚或轻松的调侃。不仅如此，他的散文还拥有着一种许多现代散文作家所未有的思想气势、智性涌动和自觉而敏感的文体意识。我们清楚地知道，散文大家的优越之处在于他们的作品中跃动着思想的气势、智慧的深邃、情感的大气和对散文文本的创新能力。伍松乔就是具备了这些质素的散文大家。单就散文文体的变革与创新而论，伍松乔可能是四川当代散文作家中将文学与新闻结合得最好的作家。

无论是在诗歌创作天地，还是在散文随笔创作领域，钟鸣都表现出了不凡的能力和较高的才华，从而引发了读者大众对其作品的阅读兴趣和文学评论界的深入关注。单就钟鸣的散文随笔创作而言，他曾分别出版过《城堡的寓言》《畜界·人界》《徒步者随录》《旁观者》《秋天的戏剧》等具有一定社会影响的文集。透视收录在这些文集中的众多作品，再进行横向性的比较分析，我们不难发现这样一个重要事实：在20世纪八九十年代的四川散文创作领域，钟鸣绝对是一个富于鲜明实验意识和探索思想的散文作家，其作品有着重要的地方意义和文学史价值，正如著名学者佘树森、陈旭光在《中国当代散文报告文学发展史》里所给予的高度评价那样：

> 钟鸣的随笔体散文异军突起，融贯中西散文随笔传统而又有自己独特的发挥与创造。他为随笔作为独立文体所作的理论思考和努力实践，在散文史上的重要意义是毋庸置疑的。①

深入考量钟鸣在散文随笔创作中凸显出的这种实验意识和探索表现，笔者以为它主要体现在以下三个方面。一是显现出非常明晰而又理智的文体意识。钟鸣极力主张随笔从散文的母体中分离出来，自成一体，并承担一定的社会责任，这既指明了随笔与散文的微小差异，又确立了随笔的社

---

① 佘树森、陈旭光：《中国当代散文报告文学发展史》，北京大学出版社，1996，第308页。

会功能、思想价值和美学内涵。二是钟鸣的散文随笔创作具有较为鲜明的文化批判色彩和批判精神指向，注重强调其社会性、思想性、哲理性的价值建构，而非那种单纯的抒情性、叙述性、审美性的意义传导。三是艺术想象力的任意驰骋和语言狂欢色彩十分鲜明。倘若我们从纵向的角度对其予以梳理，钟鸣的散文随笔创作其实又可以分为前期和后期两个阶段。在前期的创作中，无论是对过往历史的深度审视，还是对现实社会的精神观照，抑或对人文存在的智性爬梳，都凸显出明确的历史担当与社会担当意识，具有浓重的审美批判和文化批判精神，充溢着强烈的思想性和深刻的哲理性；在后期的创作中，其作品批判意识和批判精神的色彩越来越淡化，语言游戏的色彩越来越浓，于是被诟病为"挤满各种文化信息"，"不但炫耀知识，而且炫耀身份"。这种批评虽然太过于尖刻，但确实又不无道理。

在 20 世纪八九十年代的四川散文作家群中，陈明云无疑是最擅长描写乡土，也最富有乡土情怀的作家之一。无论是他初入文坛时创作的一篇篇散文作品，还是后来出版的《竹海天外风》《山里山外》《听蛙竹海》等散文集，无一不浸渍了浓厚的乡土气息，反映出丰富的乡土影像，发抒深沉的乡土情怀。中国是一个农业大国，农村人口占据了全国人口的绝大多数，农村经济也一直是中国经济的重要组成部分。在这样一种国家现实和社会存在面前，作为有国家意识、民族情怀和责任担当的作家，他们文学创作的出发点，首先就是对中国乡土的关注。古往今来，正是有着为数众多的中国作家前仆后继，持续而深入地关注乡土中国，创作出了大量堪称经典的文学作品，乡土叙事或乡土抒情才自然而然地成为中国文学最重要，也最具有经典意义的艺术创造经验之一。就 20 世纪八九十年代的四川散文创作而言，有不少作家不同程度地继承和发扬了这种乡土叙事的优势，陈明云就是其中的一位代表。深入探寻陈明云散文创作中的乡土叙事，我们不难发现它们之中所蕴含着的作家情感的执着与深彻，书写方式的多元与丰富，写作风格的细腻与温婉。透过这样的乡土叙事，我们又得以洞见，"竹"是陈明云散文创作中的一个非常特殊的核心意象，也是给广大读者留下最为深刻印象的所在。作家写竹，并非仅仅止于那种物态化的性征表达，即对竹的物化层面、生态属性、姿仪表象等所进行的浅层描写，而是对竹的社会功用、文化意味、审美蕴含等展开深层次的意蕴开掘和艺术表达。因而，他笔下的竹，实际上业已人格化，或者说已是被情感化、意绪化、心灵化、审美化的意象存在。由对于竹的描写逐步延宕开去，作家又为读者展现出一幅幅与竹紧密相关的历史图景和现实存在，诸如竹在困难时期的历史意义、在寻常生活中的实用功能、在竹编工艺中的现实价值等，由此构建出一个以竹为中心的乡土世界和精神故乡。倘要说陈明云的散文创作有何不足，笔者以为，主要表现在两个方面：一是某些篇什显得过于腻烦，二是题材内容上多有复制。

在 21 世纪以来的四川当代散文作家中，蒋蓝毋庸置疑是一位成就突出的佼佼者，他创作的数量很大，仅出版的散文集就有《词锋片断》《赤脚从锋刃走过》《正在消失的词语》《哲学兽》《玄学兽》《思想存档》《一个晚清提督的踪迹史》《豹典》《极端动物笔记：动物哲学卷》《媚骨之书——身体政治视域下的罪与罚》等，这些散文著述都在散文界乃至文学界引发过不同程度的反响。若欲对蒋蓝散文的创作题材进行准确的分类，那么这不仅仅具有一定的难度，同时也是一件徒劳无益的事情，因为蒋蓝散文看似在书写尘封已久的历史往事，却又夹杂着含量丰富的现实存在内容；看似在批判现存社会里的某些畸形和病态现象，却又聚合了为数不少的历史勘探；看似在表达对动物世界的精神观照，却又穿插着诸多关于人类社会的问题思考。这些都使得蒋蓝散文创作的思想内容趋向于一种杂糅了多种意义内涵的复合形态，或者说是对一种复式意义存在的能指和彰显。但经过细致而深入的分析，我们又可以非常清晰地见知，蒋蓝散文艺术的思想内容构造，其实是对历史与现实、生存与理想、动物与人类、族群与世界、人文与哲思等的丰繁指涉和极大包蕴，而思想性的涌溢、哲理性的腾挪及其丰富的想象能力、无尽的精神探索，则是其中的核心部分或者精髓所在。从艺术层面看，蒋蓝的散文创作也显示出了足够的多元化和应有的变化性。他或是从一个普通的汉语词语出发，在对其本义进行注解和阐释后，再对其引申意义、比喻意义予以说明和衍生，最后以大量的事例进行形象化的叙事，旨在揭示出其在当代社会进程中所含有的现实性和思想性的内蕴；或是进入区域历史的腹地，以某个具有代表性的历史人物作为主要的审视对象，全景式地展现这个人物的生平、人生轨迹、心路历程、思想变动，深入钻探这个区域过往的历史风云和峥嵘岁月的内层，力求彻底还原历史本身的真实和人性存在的真实，也由此引发更多的人对那些隐秘的历史及其真相进行探寻和发掘。从风格上看，蒋蓝的散文彰显出情感厚重、思想深沉和行文有力的阳刚之美。

与蒋蓝不分伯仲的周闻道，无疑也是新时期文学以来四川文坛上的一位重要散文作家。之所以会有这样的评价，是因为他是一位真正意义的具有专业性质和具备一定散文艺术理论素养的散文作家，他秉承了家乡先贤宋代三苏父子的精神底蕴和文学风范，他具有非常厚重而又丰硕的散文创作业绩，不仅在《人民日报》《十月》《花城》《散文》《中华散文》等文学刊物上发表了大量的散文作品，还陆续出版了散文随笔集《夏天的感觉》《点击心灵》《家的前世今生》《遁迹水云间》《对岸》《七城书》《边际的红》《精神简史》等，还利用闲暇主编出版了《镜像的妖娆》《从天空打开缺口》《从灵魂的方向看》《九十九级》《稻草人的信仰》等多部在场主义散文集。作为一名从 20 世纪 80 年代后期便踏入文学领地的作家，周闻道的散文创作也经历了早期的激情与轻浅、中期的稳重与成熟、后期的大气与雄健。在早期的散文创作中，正值青春韶华的周闻道如许多青年散文家一样，怀着丰沛的情感和纷飞的梦想，细腻地描绘故乡的山水，发抒对于故乡的真情实感；信笔书写日常生活中的点点滴滴，表达对于现实生活的真诚理解；直入个体心灵世界的种种流变，传递对于人的内心的真实把握。这些散文大多是他的真诚书写、真情发抒、真心流露之作，虽然文笔流畅、语言自如、结构精细，但又明显地流露出思想表达的浅尝辄止、情感发抒的缺乏深沉、审美内蕴的轻浅浮泛。步入中期写作后，周闻道的散文创作便显得更为成熟。当然，周闻道散文创作的最大成就，还是在进入 21 世纪之后，即他的后期创作。此时的周闻道历经了长期的散文创作实践，累积了丰富的审美体验和艺术经验，无论是思想表达，还是艺术手法，都彰显出一位行家里手的大气和雄健。他的散文创作往往是从一件小事、一种存在、一个现象着笔，写出这件小事所具有的丰富性和复杂性，写出这种现实存在的正向意义和反向价值，写出这个文化现象可能的影响和作用。四川当代散文界能够诞生并拥有周闻道这样的散文家，可谓一种福分。

出生于华北南太行偏僻贫穷的山乡，又历经了军旅人生的磨砺和漂泊生活的洗礼，最终在天府之国找到栖身之所的杨献平，则是当下四川散文界的另一位重要作家，其斐然的创作成就，完全可以同蒋蓝、周闻道比肩。早在戎马倥偬的军人岁月里，杨献平就萌发了强烈的创作欲望，同时对诗歌、散文、小说等文学体裁进行出击，在一些报刊上发表作品。随着时光的流转，杨献平的创作更趋成熟，坚定选择了散文艺术作为自己的主攻方向，陆陆续续地在《人民文学》《十月》《北京文学》等重要文学刊物上发表了数量可观、质量上乘的散文作品，结集出版了《梦想的边疆——隋唐五代时期的丝绸之路》《匈奴帝国》《历史的乡愁》《生死故乡》《沙漠之书》《巴丹吉林的个人生活》《穿过灵魂抚摸你》等散文集。从这些散文著述里我们不难看出，杨献平散文创作的题材主要集中在三个方面：一是纵笔抒写渐行渐远的中国历史，尤其是中国西北边疆的历史和少数民族的历史；二是真诚亦真实地书写作家自身在沙漠戈壁中的生活感受和情感历练，以及他复杂而又曲折的心路历程，或者说是一种具有心灵史意味的个人传记；三是浓墨重彩地书写自己的故乡，表达浓烈而深沉的乡愁。而其中的第三个方面——书写故乡和表达乡愁，无疑是杨献平散文创作里的重中之重，也是其最为感人、最为出彩和最为核心的部分。与时下众多电视台那种过度宣扬和无节制发泄，乃至造成文化泛滥的乡愁节目相比，杨献平在他的散文创作中所表达出的乡情和乡愁，可谓达到了较高的真实程度和足够的意蕴深度。之所以产生这样的认识和评价，首先是因为作者对于故乡的真实境况有一个清醒而理智的认识，其次是因为作者对故乡表现出了一种复杂而又矛盾的认同和接纳。他没有刻意地去回避故乡的偏僻与封闭，也绝不掩饰故乡的贫瘠与落后，甚至毫不讳言故乡的陈腐与愚昧。面对这样一种故乡的存在，不少作家都会以各种巧妙的语言对其进行不同程度的伪饰和遮蔽，杨献平则表现出了足够的真实与坦诚、睿智与澄明，又不乏对心理矛盾和情感纠结的展现。这不啻杨献平散文艺术里一种难能可贵的品质，又是当下散文创作中并不多见的美学境界。

在新时期文学的熏陶中逐步成长起来的阿贝尔，其散文的思想意蕴和美学内涵则大有不同，充满强烈的思想内省和文化反思，这从他在出版的

第一部散文集《隐秘的乡村》里所进行的审美观照和精神探索便不难看出。阿贝尔散文的创作内容，主要是紧紧围绕着一个地域原点来展开的，这个地域原点就是那座在历经了数百年的沧桑之后，依然故我地静静伫立于岷山深处的乡村，或者说他的创作内容主要围绕着那座乡村里的一个人——作者的亲生父亲。父亲是在阿贝尔完全没有心理准备的前提下突然亡故的，当他站在父亲的灵柩前，送父亲通向回归大地的路上时，他被一股前所未有的痛彻心扉之力牢牢攥住，感触到了上缘血脉的彻底断裂，敏锐地觉察到了父亲生前隐蓄于淳朴中的伟岸，触摸到了一个乡村生长的人的内在力量。于是，一直沉积在阿贝尔内心深处的那些纷纷扬扬的往事、情景、细节都被逐一激活。阿贝尔放笔开去，首先是对那座数百年来依然本色地伫立于中国农业文明进程中的乡村，以及对这座村庄里的人的存在现状进行深度思索和诗性穿越，既表现出了非常强烈的血缘意识、亲情意识和家族意识，又揭示出了人与土地、血脉与村庄、家族与大地的深层而复杂的关联。这是一种任何力量都无法割断的亲情纽带，更是一种无法用语言来表达的生命连接形式。正是这种繁复的联系与连接在暗中支配着他，使他不间断地对那片故土进行精神回眸、美学寻访、哲学思考、文化反思，继而出版了他的散文集《灵山札记》。这部散文集虽然在生命感知、情感体验、艺术表达、审美呈现方面存在明显的不足，但却显示出一个作家对探寻生命的诗意栖居的永无止境，同时也在内省空间与反思广度上具有一定程度的延伸和展阔。相比较而言，阿贝尔的第三部散文集《隔了河的会见》，则是他攀上散文艺术高峰的一个力证，不但展现出了他在思想内省与文化反思上的新高度，而且贯通了古今中外的历史与现实、社会与经济、文化与精神，触及了整个人类的生存意识、思想观念、理想信仰、精神文化的深层。倘若阿贝尔能持之以恒，他定会是一位更出色的散文作家。

就21世纪以来的四川当代散文创作而言，陈霁的散文毋庸置疑是一个具有文本召唤意义的新亮点，这个亮点就是作家以一个当代人诗意行走的灵魂来全力构建属于他自己的散文世界——彰显真诚情怀、善良思想、审美典范，并且表现出同世俗审美文化逆向而行的精神风骨和高迈雅致的美学仪态。这正如陈霁在他的第一部散文集《诗意行走》里所展现出来的那样。作为一名在散文艺术世界里孜孜以求了数十度春秋的作家，陈霁不仅没有在当代审美文化"重心下移"中表现出趋附的倾向，反倒以高迈雅致的审美追求和精神风骨的张扬逆向而行。因而，陈霁始终自觉地维护着生命的尊严与人类的尊严，维护着正义的事业和真理的本质，并以真实、真诚的话语表达艺术生命的本真和作家应有的良知，善于对当今这个存在世界进行意义探寻和深切关怀：一是对现代社会境遇的深切关注，理性地思索人们的精神生活和人生意义；二是保持着对自然存在、民族历史、社会进程的深切关怀。正因为对这些原则的坚持和恪守，陈霁以一个精神行游者的坦荡的情怀、睿智的思想、达观的胸襟、执着的理想、诗意的目光漫游秀美壮丽的自然山川，切进中国源远流长的历史内蕴，为我们创制出了一幅幅具有多样美学内涵的精神图景。从艺术层面看，陈霁的散文创作并不仅仅在于综合了现代散文的多种美学元素，更在于突破了传统游记散文的艺术樊篱。一方面用艺术处置的方式将"外宇宙""内宇宙"进行了现代性的贯融；另一方面是将分置的各种事件、人物、场景、细节集于一体进行美学透视，洋洋洒洒，行文波折，篇幅浩大，语言鲜活，充分展示了新散文的艺术魅力。继《诗意行走》在四川散文界一炮走红之后，陈霁又先后推出了《城外就是故乡》和《白马部落》两部散文集，前者主要展示作者对故乡的情感回望和精神重审，后者主要呈表作者对白马部落的审美观照和非虚构创作，但它们都显露出了作者在思想水平和艺术水准上的一定程度的下滑，这令读者不无遗憾。

　　从蜀南的丘陵深处穿上威武的戎装，在世界屋脊的青藏高原上度过艰苦卓绝的军旅生涯，最终又回归故里的凌仕江，无疑是 21 世纪以来四川文坛上最有创作潜力的青年散文家。早在青藏高原的军旅岁月里，凌仕江在度过短暂而懵懂的青春期后，就开始了对散文艺术的经营和创作，并发表了一定数量的散文佳作，历经十余年的勤奋探索和痴情耕耘，凌仕江先后推出了《你知西藏的天有多蓝》《飘过西藏上空的云朵》《西藏的天堂时光》《说好一起去西藏》《西藏时间》《藏地圣境》《骏马秋风》《天空坐满了石头》《藏地羊皮书》等多部散文集。从这些散文集的书名里我们便能够清晰地见知，凌仕江在奋力地书写自己在军旅生涯中的所见所闻，在尽情地挥洒他在青藏高原上的生命感知、情感体验、内心洞察、灵魂彻悟。作为自然环境与人文环境都极为独特的所在，青藏高原在较长的时间里都有如一个神奇而美丽的传说，引发人们的无尽想象和思念，并慢慢沉淀为一种遥远而隐秘的文化符码。或许正是因为这样，散文作家马丽华曾以其特有的审美感知和艺术表现力，撰写和出版了具有当代意义的系列丛书《走过西藏》，将这片土地的神奇展示在广大读者面前，深深吸引了人们的目光并引起了文学界的特别关注，更激起了许多人的纷至沓来，尤其是激起他们探寻它的自然秘境与文化密码的欲望。作为新生代散文作家的凌仕江，怎样才能在前人的基础上有所突破和创新，这无疑是他首先必须进行的思考和面对的选择。凌仕江的思考和选择，便是以一个当代军人的刚正与坚毅，以一个风华正茂的青年的激情与想象，以一个散文作家的卓识与才华，抒写一个完全属于他自己，又具有了某种全新意义的西藏。他写一代军人的坚韧、勇毅、牺牲与奉献，写藏族人民的淳朴、诚挚、勤劳与善良，写宗教文明的历史、现实、信仰与力量，写日常生活的简单、不易、寂寞与孤独，写生命存在的艰难、负重、酸楚与悲戚，也写蓝天的纯粹、白云的透明、江河的澄澈、湖泊的沉静。每一段文字都是他的激情燃烧，每一个细节都是他的内心宣泄，每一个篇章都是他的生命礼赞，每一部散文集都是他的灵与肉的抵达。据此而论，凌仕江的散文创作在四川散文界可谓独树一帜，也别有一种深蕴。

从宏观视野考量 70 年来的四川当代散文创作，我们会非常欣喜地发现这样一个不争的事实：它的的确确、实实在在地具有了极其可观的长足进步。据不完全统计，参与散文创作的四川作家有数万人之多，他们的许多优秀散文作品不是在国内顶级的文学刊物上发表，就是被收入人民文学出版社编辑部编选的年度散文选，或中国新文学大系的散文卷里；四川作家在国家、省级出版社出版的各类散文作品集也超过万种。从散文创作的获奖情况看，除裘山山一人荣获鲁迅文学奖外，不少作家的单篇散文作品或散文集都曾获得过冰心散文奖或四川文学奖，以及各种地方性的政府文艺奖。从社会反响角度看，四川作家的散文创作不仅得到了省内评论家的密切关注，同时也得到了国内不少著名评论家的较高评价。

当然，上述所论不过是从散文创作的外部来看。从散文创作的内部而言，笔者以为四川当代散文的这种长足进步，主要表现在以下三个方面。

首先，散文创作的队伍构成和阵容力量显得更为庞大而坚实，不仅有一直固守散文天地的斫轮老手，也有众多小说家、诗人、评论家的纷纷涌入，更有年轻一代的散文作者如雨后春笋般出现。如此众多的作家共同参与到散文艺术的创作领域中，就使得具有不同文学体裁创作优势的作家，能够根据各自的所长对散文艺术进行多向度、多层次、全方位的开拓和掘进，从而赋予散文更为多元化的美学意义和丰富的艺术内涵，散文的艺术风格越发多姿多彩，散文创作的景象也显示出更加繁荣的态势。其次，在历经了当代社会生活的多重浸染与复式贯透后，散文创作的思想内容的表达，向着更为深广和更具有当代意义的方向不断推进与深入，从历史岁月到现实景象、由乡村世界到当代都市、从文化范畴到人文界域、由教育视界到科技领地、从网络世界到短信场域，大凡当代人能领受到的生活内容及其所具有的思想都可以在散文作品里觅见，散文创作的题材也随之变得更为丰赡而富于强烈的时代特色。最后，散文的表达方式与艺术技巧变得繁复多样和成熟圆融。在历经了对西方现代文艺思想的反复沉淀，历经了对中国现代文学精华进行的有效鉴取，历经了对中国当代文艺思潮的整合与重构之后，四川当代散文作家们似乎更加注重对散文艺术美学的当代性把握与表达，十分注重不以有意识的主体强化来破坏叙写对象本来的意义组织，善于运用各种表达方式和艺术技巧来增添散文美学的内在厚度与广度，使四川当代散文在艺术层面日渐成熟而显出深沉的美学之理。

第四节 四川当代散文的局限

在前面一节里，我们首先从微观层面出发，对当代四川部分重点作家的散文创作情况进行了简略的分析，然后再立足于宏观视野，对整个四川当代散文的创作现状及其所取得的成就予以简明扼要的总结。这样的重点分析和简要总结，毋庸置疑地是带有明显肯定意味的判断，或者说是从积极意义的向度对问题进行考量和探寻。显而易见，它并非一种充满辩证思想和具有全面意义的认识事物的方法，因为任何事物的存在都具有两面性，倘若我们只看见其成绩而无视其不足，势必会造成认知的片面性，甚至是严重的判断失误。正是基于这样的问题考量，本节内容将是对四川当代散文创作存在的不足进行探讨和分析。从总体上看，四川当代散文在历经了七十个春秋岁月的淬火和铸炼后，的确有了非常可观的进步，取得了不可小觑的成绩，尽显在流变中的稳步推进和在推进中的逐级跃升，这无不令人备觉欣喜。尽管如此，我们也无须讳言，四川当代散文创作仍然存在诸多不尽如人意的地方，甚或是一些严重的局限或不足。笔者以为，这样的局限和不足主要体现在以下四个方面的缺失。

四川当代散文创作的第一个缺失，便是缺乏具有全国一流创作水平和重要引领作用的著名散文作家。纵观七十年来的四川当代散文发展历程，四川的确曾涌现出了许多堪称优秀的作家，如流沙河、李致、钟鸣、阿来、裘山山、陈明云、伍松乔、周闻道、蒋蓝、杨献平、阿贝尔、陈霁、凌仕江，等等。在这个由著名作家或知名作家组成的小小阵营中，他们各自文学之路的起步及后来对于文学体裁的擅长，或许只是在小说创作或诗歌创作领域，他们各自所取得的突出或主要的文学成就，也不一定是在散文艺术方面，但他们对于散文创作的主动介入和积极参与，无疑给四川的当代散文创作增加了充沛的血液和更大的动能。这些作家的散文创作，或是在内容的开掘方面展示出了独特性，或是在形式的拓展方面凸显出了开创性，或者是在创作的思想观念上有所突破，或者是在艺术的美学理论上有所创新。据此而论，这些作家的散文创作不但代表了当代四川散文的最高水平，而且抵近了全国一流的散文艺术水准，更卓有成效地推升了四川当代散文的整体发展水平，以及有力构建了四川当代散文美学图式。尽管如此，这些作家并没有成为当代中国散文界公认的一流作家。探究其中的根由，或许是受到多种因素的共同影响，但有一点却是确凿无疑和不可辩驳的，那就是他们的整体散文创作水平仍然缺乏民族文学的标志性、艺术价值的重大性和独一无二的引领作用。或许这些作家的某些散文篇章、个别散文著述已经达到全国一流的艺术水准，但在整体质量上总是存在某些方面的欠缺，或者说是这样那样的差距。倘若我们从当代中国散文艺术的最高水平体现这个向度来进行审视，就不难发现这些四川作家的散文创作，既没有像王充闾游记散文那样独树一帜，没有像李存葆哲理散文那样卓越风范，没有像张承志思想随笔那样高屋建瓴，也没有像余秋雨文化散文那般厚重与丰满，没有像祝勇历史散文那般深邃与博大，没有像刘亮程乡土散文那般新锐与开拓。全国一流当代散文大家和名家的匮乏，造成了四川当代文学的失衡。这的确是一件令人倍感遗憾的事情。

四川当代散文创作的第二个缺失，便是在散文创作主体这个层面上没有展现出大智慧、大气魄、大境界和大手笔。从古代中国开始，作为天府之国的巴蜀文坛已然耸立了两座巍峨挺拔的高山——唐代诗坛巨擘李白和宋代大文豪苏东坡，更何况还有着司马相如、薛涛、李调元、文同等一代文学天才，他们名噪中华、流芳百代的卓越文学成就，不但造就了古蜀社会的文坛盛象和文学经典，充实了源远流长的中国古典文学史，而且为巴蜀文学的未来提供了丰厚的文学遗产，给四川当代作家以极其重要的精神启示；进入现代以后，在巴蜀大地上又相继诞生了郭沫若、巴金、何其芳、李劼人、沙汀、艾芜等这样的现代文学巨将，他们一方面牢牢地承接了中国文学的传统，另一方面又大量地吸收外国文学的精华，在小说、诗歌、散文、戏剧等创作领域的高歌猛进和不同凡响的表现，再度创建了巴蜀文学的现代丰采和经典华章，进一步丰满了巴蜀文学的创作资源和精神宝库。逮及当代中国，这些现代名家不仅继续延展和推进了他们的文学创作事业，而且有力地召唤出了像周克芹、王火、阿来、柳建伟、麦家等一群当代著名小说家，四川也由此成为获得茅盾文学奖人数最多的省份之一。或许正是因为拥有了这些巨大的文学成就和丰厚的精神资源，一直以来，无论是四川的宣传界，还是四川的文化或文学艺术界，皆引以为自豪。自然而然，人们在内心无比自豪的同时，也就增长了许多骄傲自满的情绪，再兼盆地思想愈加固化和深重，日常生活的悠闲和怡乐，使大多数四川当代作家慢慢钝化了智慧的力量、思想的深沉、创新的动能，不是痴迷于把弄小感觉、小性灵、小情调，就是醉心于玩耍小思想、小意绪、小技巧，导致四川当代文学，尤其是散文艺术领域有失宏阔的视野、宽广的胸襟、深邃的智慧、博大的思想、高瞻的精神和卓尔不群的创作才华。自20世纪90年代后期以来，这样的创作格局虽然有所改变，但并未从根本上解决问题，因为时至今日，许多散文作家仍旧对此浑然不觉和固执己见，依然乐此不疲地我行我素。四川当代散文创作的整体水平之所以总是屈居二流，莫不与此相关。

四川当代散文创作的第三个缺失，便是绝大多数四川散文作家缺乏在散文艺术理论方面的"先锋性"探索、在散文美学思想方面的"前沿性"建构，总是成为他者思想与理论后面的追随者和依附者，而非这种思想的发现者和理论的创立者。细致而深层地梳理四川当代散文创作，我们不难发现这样一个非常显著的事实：大多数四川散文作家不是埋头于各自的创作实践，就是沉湎于自以为是的艺术构想之中，对散文创作领域发生的不断流变和急速演进缺乏应有的关注，特别是对散文艺术在理论方面的创新和在美学方面的突破，更表现出了相当的冷漠和严重的迟钝。这样的事实不容乐观。只有少数优秀的四川作家展现出了对散文理论的主动思考和对散文美学的积极探索，正如阿来、钟鸣、周闻道等人所表现出来的那样。早在20世纪八九十年代之际，专心致志于随笔创作的钟鸣就曾提出了他的见解和主张，认为应当把随笔从散文中分离出来，并独立自为、各成一体；在钟鸣看来，散文的长处在于记事、写意和表达情怀，而随笔的优势则在于议论、述理和体现哲思，两者之间是各有自己的所长和侧重的。进入21世纪之后，长期坚守在散文创作一线的周闻道，提出了在场主义散文创作的理念，认为散文作家应当以积极的姿态主动介入社会，对社会存在的真实现场进行亲临式的悉心观察与深切体验。他一方面极力倡导散文创作必须贴近人的灵魂和社会的底层，另一方面强烈呼吁散文作家要有自己的历史使命和责任担当。在进入21世纪的十余年后，著名作家阿来甚为推崇和率先垂范的非虚构写作观念隆重登场，其主张通过对丰富史料的大量占有和以较高真实程度的纪实手法来从事文学创作，旨在抵御或是消解越来越严重的文学虚构现象，从而引领作家的创作更加抵近真实和凸显真诚。稍有西方现当代文学常识和素养的人莫不知晓，无论是钟鸣主张的将散文与随笔彼此分离，还是周闻道宣扬的在场主义写作理念，抑或阿来倡导的非虚构写作思想，其实都或多或少地浸渍着西方现当代文学思想和理论的影子，这些作家不过是在其原有基础上，对其进行了富于本土化特色的理解和阐释，因而它们并非有着理论原创的意义。尽管如此，反观大多数四川散文作家，他们不仅缺失了当有的美学意识和理论自觉，更遑论会有艺术理论的创新和美学思想的建树。一个有失理论创新和美学建树的散文创作群体，是注定无法攀上散文艺术巅峰的。

四川当代散文创作的第四个缺失，便是四川散文作家对散文文体普遍有失洞察秋毫的敏锐领悟和睿智深达的迅疾反应，更缺乏对充满新意的散文形式的大胆尝试和有力探索。客观、理性而又公允地说，在七十年来的四川当代散文创作中，不少优秀的作家确实在文体形式、艺术表达、美学观念等诸多方面表现出勤于探索和勇于进取的精神，如流沙河在《Y先生语录》中以"对话体"为形式展开故事叙述和人物形象塑造，在《庄子现代版》中以"阐释体"为方式对中国古典名篇《庄子》进行富于当代意味的深层释解和深度开掘；钟鸣在《畜界·人界》和《旁观者》中彰显出来的关于人与兽之间的本质区别的深入思考，以及对于散文与随笔之间微度差异的理智辨析；阿来在《大地的阶梯》《一滴水经过丽江》《让岩石告诉我们》中表现出的新颖的藏地叙事和边地叙事，在《草本的理想国：成都物候记》里展现出的博物志观念及其独到的叙事方式；裘山山在《遥远的天堂》里表现出的充满军人气质的高原叙事，在《女人心情》中表现出的充盈着女性柔婉温情的女性叙事；蒋蓝在《豹典》《极端动物笔记：动物哲学卷》中展示出的独特的动物叙事，在《一个晚清提督的踪迹史》里呈现出的新型历史叙事；周闻道在《七城书》《精神简史》中传导出的现实叙事和精神探微，在《国企变法录》《暂住中国》里张扬的在场主义散文写作观念。上述这些知名作家及其散文创作，的的确确在文体内涵、艺术形式、表现方法、叙事角度、审美观念等方面显示出了各自的探索性和创新性，不仅成为四川当代散文艺术的重要标志，还不断地引领四川当代散文朝着更加高远的目标和更为阔大的境界持续挺进。然而，我们又必须清楚这样一个基本事实：这些知名作家，不过是整个四川当代散文作家群体里的小众，占作家数量的比重极为有限，绝大多数散文作家对散文创作领域日新月异的变化，对不断涌现出的新的艺术形式、表现手法、美学观念，几乎无所察觉和无所思考，更没有执着探索和坚定进取的精神，仅仅是凭借自己对于散文创作的爱好，或者是出于文艺工作职场的需要，又或者是基于功利主义思想的考虑，才加入散文创作的队伍中来。正是因为对如此散文创作现状的了如指掌，作为四川省作协主席的阿来，无论是在各种类型的学术会议上，还是在私下的谈论里，曾多次毫无讳言地指出：四川作家普遍欠缺对艺术形式的敏锐思想和创建精神。这样一种创作态势和存在现状，一方面严重迟滞了四川当代散文创作前行的脚步，另一方面则大大降低了四川散文艺术的水平。

或许正是因为存在上述严重缺失或主要不足，在当下中国的整个散文界，作为区域意义的四川当代散文创作，无论是在散文艺术方面，还是在散文理论方面，抑或在散文美学方面，几乎都缺失先锋性的理论形态和前瞻性的价值展现。四川当代散文在热闹喧腾的当代散文创作场域，在各种大型的散文理论研讨会上，不是以一个追随者的身份偶尔出现，就是以一个被召唤者的角色悄然出场。自然而然，四川当代散文便很难发出强劲有力的声音，既没有举足轻重的话语权，也没有充满引领作用的范式价值。从散文作品获奖的角度看，每三年一届的鲁迅文学奖评奖总会如期而至，我们也每次都会推出四川作家的散文作品前去参评，但这么多年来，除了裘山山一人外，其他四川作家不是与其擦肩而过、失之交臂，就是榜上无名、铩羽而归，从中可以见知四川散文创作处于怎样的状态，以及所达到的艺术水准。这不能不说，是我们整个四川散文界或文学界曾经历的尴尬和难堪，同时也是我们正在面临的现实处境。

正视自身在散文创作方面的缺失，想方设法地努力弥补这些缺失，理当是我们四川散文界应有的清醒认知、理性判断和前进方向。如何才能弥补四川当代散文的这些缺失，尽快改变这种现状，笔者以为，必须对以下三个方面予以积极思考和主动作为。

一是要努力改变我们原有的思想观念和过往的评价标准。或许是因为充分领受了郭沫若、巴金、何其芳、李劼人、沙汀、艾芜等现代名家的深刻影响，也或许是因为强烈感知到了周克芹、王火、阿来、柳建伟、麦家相继荣获茅盾文学奖的巨大激励，无论是"文化大革命"结束之前的四川当代文学界，还是"文化大革命"终结之后的四川新时期文学界，乃至21世纪以来的四川新世纪文学界，无不共有一种坚定亦深挚的思想认同，或者说一种观念的统一：认为四川文学的创作传统、擅长文体、主攻方向及取得的突出文学成就，首先是小说，其次是诗歌。再加之中国当代社会各级作协组织的领导，以及整个中国当代作家群体，一致视为最大功绩、最高荣誉的茅盾文学奖和鲁迅文学奖，不是以长篇小说作为唯一的参评对象，就是对中短篇小说表现出更多的垂青，这又在很大意义上进一步加深了这样的思想意识和观念。这种思想意识和观念一旦形成并持续强化，便深深地嵌入四川文艺行政机构的领导阶层和整个作家群体，并使其据此来制定文学创作的政策及其激励措施、扶持计划，来设置文学奖励的办法及其评价标准，这从每一届四川文学奖的名额分配中所表现出的对于小说、诗歌的格外青睐，可见一斑。诚然，作为一个文学积淀深厚、文坛运势昌盛的大省，四川的现代小说、现代诗歌和当代小说、当代诗歌，的确彰显出了非同凡响的才华，建立了不朽的历史功勋。坚定地秉持四川文学的这种优秀传统，进一步发扬光大自身的擅长文体和创作优势，继续在小说、诗歌领域擘画更为宏大的理想蓝图，对它们投入更多的精神支持和物质奖励，对它们实施更大的政策倾斜和计划扶持，以推动它们朝着更加崇高、广阔、深远的艺术境界昂首迈进，这些都是有的放矢、无可非议的。但如此一来，是否会对四川散文创作造成某种意义的忽视？对四川散文作家造成更大的心理压力？对四川散文艺术的未来发展构成不利的影响？乃至于最终酿成四川文学内部的失衡？正是基于对这些问题的考量，或者说是一种深深的忧虑，我们应当改变原有的思想观念和过往的评价标准，不能把眼光仅仅盯在那些历史的功劳簿上，只看到四川小说和四川诗歌的曾经辉煌，而忽略了四川散文的成长。事实上，自20世纪90年代中后期以来，四川散文已然发生了重大的创作转变，涌现出越来越多的富有创作实力和艺术才华的散文作家，散文作品的数量与质量都在同步上行。因而，从这个意义上讲，无论是作为四川文艺行政机构的领导层，还是从事具体创作的整个四川作家群体，不仅要把四川文学看作一个不可分割的整体，还应当充分认识到各种文体之间并没有高低贵贱之分，更需特别重视对散文作家的精心培养与呵护。唯有如此，四川的散文创作才会有更大的作为，也才能够走得更远、更扎实。

二是要不断提升散文作家的理论素养、创作能力和创新思维。在整个文学创作的内部构建中，作家主体及其具体的文学创作实践，无疑是一个至关重要的环节，也是具有决定性意义的关键因素。七十年来的四川当代散文创作，之所以不能够伫立在中国当代散文前沿，没有成为引领中国当代散文艺术领域的先锋，在很大程度上是因为它在创作主体这个层面缺失了散文大家或散文名家，以及堪称一流水准的散文著述。当然，这不过是从一种表象来进行的问题审视，倘若我们深入地切进散文创作主体这个内层来对其予以考量，便不难发现其根本症结的所在：四川散文作家大多精于具体的创作实践，而缺乏深厚的理论积淀和较高的理论素养。一直以来，四川作家队伍都被外界认为是一个比较聪明的群体，他们既不欠缺当有的文学智慧和审美眼光，也能够在具体的创作中表现出足够的能力和才情；他们的不少优秀文学作品，既具有思想内容方面的厚重和深度，也富于艺术美学方面的智慧和灵秀。然而，外界的这番褒奖和溢美之词，主要是奉送给四川的著名小说家或者优秀诗人的，对于四川的散文作家，他们却表现出相当的缄默。暗自思量这种现象的成因，无疑没有创作出一流水平的散文大作是最主要的，而有失于较深的理论积淀和较高的理论素养，则又是四川散文作家不能创作出一流水平散文大作的根由之一。长期观察区域文学创作的理论工作者无不知晓这样一个基本定律，即一个作家能够具有持续而旺盛的文学创作力量，能够在文学创作领域取得巨大成功，又能够跻身于著名作家的行列，除了拥有聪明和智慧的大脑、丰富的生活积累和经验、特殊而不凡的创作能力、娴熟而老到的艺术技巧等之外，还必须有较深的理论积淀和较高的理论素养，这些理论主要是指对文学创作有着直接和间接帮助的，包括政治理论、哲学理论、社会理论、文学理论、艺术理论、美学理论，等等。从严格意义上讲，四川的散文作家不是不重视自身理论知识的积累和理论素养的提升，而是大多数作家都把自己的学习重点，要么置于对外国文学名著的阅读，要么放在对中国现当代经典作品的接受，认为这些才是对自身创作有最大益处的，对理论著述的关注和研读则显得较少，更有甚者表现出了对理论的漠视或者抗拒，非常肤浅地以为这些理论根本无助于自己散文创作及才能的提升。一个缺失了理论积淀和素养的作家，其专业创作能力和创新思想必然会受到极大的限制，即便偶有灵光闪现的上乘之作，也会后续乏力、行之不远。令人备感欣慰的是，四川作协的领导们业已意识到这个问题的严峻性，近几年来陆续在各个地市州开办了多种类型的创作理论学习班，旨在进一步丰富和提高作家们的理论知识与理论素养。这对于散文作家而言，不无裨益。

三是要努力形成各种力量紧密联合与彼此互动的良性循环机制，进一步提高和优化散文创作的生态环境。笔者在这里所说的各种力量，主要是指那些对文学创作具有助推功能和直接作用的显性力量，它包括文学载体的力量、文学批评的力量、文学研讨会的力量、审美市场接受的力量等，这些都是构成散文创作生态环境不可缺少的重要因素。在此，我们着重从文学载体和文学批评这两个角度来分析，深入探寻它们之间的联动所形成的合力，以及对于散文创作的助力和推进。经历了文化宣传主管部门的整顿和规范，尤其是经受了市场经济大潮的冲刷和过滤，我国的文学载体发展到今天，已经变得相当丰富，既有传统意义上的文学杂志、报纸副刊，也有新崛起的林林总总的文学网站。作为当今文学传播的几种主要形式，这些文学载体不只是散文作家一显身手的阵地，同时还成为散文艺术风尚和潮流的引领者。但相比较而言，文学杂志仍然是其中最为主要的力量，这不仅仅是由于它有着强大的文学编辑队伍、较高的专业化水平和对于散文栏目固定不变的设置，更在于绝大多数优秀散文作品的出炉，并由此登上大大小小的文学领奖台，无不是这些文学杂志的功绩。正因为如此，文学杂志在整个文学创作领域才拥有很高的知名度和巨大的影响力，从而引发了散文作家的集体瞩目和特别垂青。继续发挥文学杂志在散文创作领域的主导功能和优势力量，以刊载更多经典意义的散文大作，培养出更多优秀的散文作家，就是它进一步努力的方向和所要达到的最高目标。从文学批评的角度看，一个散文作家写出值得称道的散文作品，作为文学批评工作者理应做出积极的反应，或者是对其进行正面的肯定和褒奖，以激发作家在今后的文学道路上创作出更多更优秀的散文作品；或者是对之提出中肯的批评意见，以引导作家发扬优点、克服不足和在散文创作道路上再接再厉。这无疑是文学批评工作者的责任和义务。曾经有偿批评之风一度盛行，文学批评不是毫无原则的胡乱吹捧，就是没有底线的肆意指责，从而造成了批评家与作家之间的互不买账，在产生重重矛盾和相互对立的同时，也导致了文学批评生态遭到不同程度的破坏。随着经济社会的日益繁荣、两个文明的更加进步，特别是对文化与文艺内部实施了一系列严格的监督措施和管理办法，这种不正的文学批评之风才得以有力遏制，并逐渐朝着越来越正常、健康、和谐的方向发展。当务之急是进一步稳固和优化文学批评的这种良好生态，让文学批评工作者切实履行自己的职责，对散文作家的具体创作展开公正、客观、理性和具有理论高度、指导作用的评价，不仅要达成散文作家与批评家之间的相互理解和彼此尊重，更要推进散文创作乃至整个文学事业的健康发展和繁荣昌盛。由此可见，在文学载体与文学批评这两者之间，如果能够生发良性的互动与合力的凝聚，对散文创作定然具有积极的推动作用。当然，仅仅依靠文学载体与文学批评之间所形成的合力，无疑是会有较大限制的，倘能联合起更多积极有利的因素，形成一种更为强大的合力，并由此建构起良好的循环机制与和谐的文化生态，对于散文创作的未来前景，将会有不可估量的重要作用。这不仅是一个更为宏大的论题，也是一项长期而又艰巨的任务。

无论是我们的整个文学事业，还是作为其中一个部分的散文艺术，其实都不过是一种正在路上的表征呈现，它永远没有所谓的最高止境，也永远没有所谓的最后终结。既然它是一种正在路上的行为或者存在状态，我们就应该对之进行深思熟虑和主动探索，一方面要努力发现它的长处和缺失，另一方面又要找到弥补这些缺失的良策。如此，四川散文创作的未来，一定是充满美好前景和灿烂光明的，对此我们应该毫不怀疑，更当有坚定的信心。

第二章
传统视野中的四川当代散文

这一章的内容，主要是从传统视野来探寻四川当代散文作家具体的创作情况。所谓的传统视野，是指对传统散文观念的承继和对传统艺术手法的运用。它所论及的作家，包括李致、流沙河、陈明云、伍松乔、陈霁等。在这样的论述里，笔者特别指出这些作家在具体的散文创作中，既保持了对传统散文观念的坚定继承，又富有成效地运用了传统的艺术表现形式，如李致散文的朴实与本色，流沙河散文的苦难美学与思想绽放，陈明云散文的真诚与执着，伍松乔散文的深沉与隽永，陈霁散文的诗意与浪漫。从中不难看出，这些作家在具体的散文创作中，无不体现出对传统散文观念和艺术形式的成功运用。与此同时，笔者也认为其中某些作家的散文创作，其实存在一定程度的艺术探索和创新意味，如流沙河散文中对语录体和论说体的创新性运用，又如伍松乔对于文学与新闻这两种文体的成功嫁接。但从整体上看，这些作家的散文创作仍然属于传统的散文观念范畴。笔者旨在通过这样的论述，揭示这些作家散文创作的传统性，进而指明这样的传统性是基于传统的散文美学观念产生的。这样一种美学观念，使散文创作变得较为醇正与雅致，也令其产生一定程度的滞后现象。

第一节　在回望中的深情和寄寓

无论是在省直文艺系统内部，还是在整个四川当代文学领域，李致都是一位备受人们尊敬的文坛老人，同时也是一位享有较高声誉的散文作家，他承接了其四爸巴金先生的思想认知、文学创作才华和特有的个性气质、精神风范，以自然、朴实、本色的创作风格，为我们创作出了为数众多的散文佳作，并结集出版了七十余万字的散文系列丛书《铭记在心》《四爸巴金》《昔日足迹》。本节的主要内容便是对他的这套散文丛书的分析和评价，力图从中揭示其散文艺术的审美特质和精神内涵，展示一个颇具大家风范的作家散文创作的魅力。

天地出版社的编辑在李致这套散文丛书的封面上这样写道：

> 李致的书写，叙事中见真情，平常中蕴伟力，细微处传递正能量，不求技巧花哨，难见华丽辞藻，却具有直抵读者内心深处的强大穿透力。他的作品是个人化的历史记录，在四川乃至中国文学史上都具有其独特的价值和意义。这是对李致散文的一种总体看法，也是一种十分中肯、全面深入而又实事求是的评价。①

的确，正如编辑所言，李致在他的散文创作中，以一种真实朴素的情感和传统意识浓郁的审美视角，切入那些林林总总、纷纭繁杂的往日岁月之中，通过对丰富多元的历史事件、历史人物、历史细节、历史场面、历史情境的深刻再现，通过对故土的人际关系、人情世故、人间亲情、人世艰辛、人文美丽等故事的倾情讲述，使我们能够触摸到一个人从童年到青少年再到中老年逐步成长和成熟的发展路径，能够充分领略到一个人所历经的艰难岁月、如影往事、心灵轨迹和素朴实在、真诚待人、追求平凡的人生境界。从艺术的角度看，李致的散文以真实的情感、坦诚的内心、睿智的灵魂道出了往事的真谛，又以非常简洁明了、铅华洗尽、真情实感的散文话语，生动地描述那些往事中的人物形象、故事演绎、情节发展，深层地描写那些历史情形、历史现场、历史细节，从而力显出其散文创作的才华和特殊魅力。正如作家在这套丛书的总序里所指出的那样：

> 我写的都是自己的经历，于人于己于事，务求真实，不对事实做任何加工。这是我恪守的原则，不越雷池一步。如有误差，一经发

① 李致：《铭记在心》，天地出版社，2014。

现，尽快更正。

　　我喜欢真诚、朴实、动情、幽默的散文。不无病呻吟，不追求华丽，不故弄玄虚，不作秀、不煽情、不搞笑。我将继续这方面的探索。

　　向巴老学习，我力求讲真话，把心交给读者。①

　　这无疑是其对自己散文创作的实事求是的自我评价和肯定。

　　散文集《铭记在心》主要描写了往事中的一些重要人物，和"我"与其友好交往或是亲切谋面的故事。这些人物包括胡耀邦、贺龙、朱德、杨尚昆、张爱萍等党和国家及军队的重要领导人，也包括文艺界的一些重要人物，如茅盾、曹禺、沙汀、艾芜、李健吾、叶圣陶、刘绍棠、王火等，还有"我"的一些直接领导或同事、朋友，如汪道涵、任白戈、杜心源、安法孝、李亚群、许川等。作家通过对这些人物的深情回望，细致描写了这些重要人物在工作中的兢兢业业和在为人处事方面的平和、友善，令读者感受到了他们的音容笑貌。

　　《我所知道的胡耀邦》这篇散文，着重讲述了作家与胡耀邦同志友好交往的故事。作家第一次见到胡耀邦同志，是在20世纪50年代中期的那个春天，作为团中央负责人的胡耀邦同志到全国第三次少年儿童工作会议上作重要讲话，"我"曾有幸聆听。胡耀邦同志的这次重要讲话，既没有拿什么讲话稿，又显得非常随意，犹如同与会人员交流谈心一般，再加之胡耀邦同志讲话声音洪亮并以必要的手势作为辅助，他受到大家的热烈欢迎，"我"的心里顿时荡漾起一阵激动。作家第二次见到胡耀邦同志，是近十年后的又一个春天，当时的"我"已是团中央下属一个杂志社的总编。胡耀邦同志的这次讲话，主要涉及少年儿童出版社、报纸杂志，所以有点儿正儿八经的味道：他鼓励从事少年儿童工作的同志，要在具体实践中研究理论问题；他十分强调报纸、期刊和图书出版工作要抓重点，尽量争取每一期报刊都有一两篇重要文章；他一再重申，无论报刊和书籍，都不能离开青少年的实际，必须从实际出发来研究问题。胡耀邦同志的这一

---

① 李致：《"往事随笔"总序》，《昔日足迹》，天地出版社，2014，第2页。

次讲话，对"我"的影响甚大，可谓深入骨髓。在"文化大革命"即将结束的时候，"我"调入四川人民出版社任总编，知道胡耀邦喜欢读书，便挑选了一些书寄给他，随后又数度借出差北京之机，前往耀邦同志的家里拜访，与其交流我们出版社的工作情况，还有"我"个人在学习、生活方面的事情，这种交流令人感到一股股暖流传遍全身。直到胡耀邦同志担任党中央的总书记，为了不打扰他的工作，"我"才与之断了联系。从中不难看出，作家借叙述与胡耀邦同志的交往，意在凸显胡耀邦同志兢兢业业的工作态度和为人处世的平易近人，尽力展现这位伟人的人格风范和特殊魅力；同时也表现了作家的真诚自省、真心悔过和对这位伟人的无限景仰之情。

《"不要叫首长，叫同志"》和《总司令慈祥地挥手》这两篇散文分别通过对一个细节的描写，有力地刻画出了贺龙和朱德两位元帅的光辉形象。在成都翻开它崭新的历史一页的时刻，"我们"的"地下社"（新中国成立前地下党直接领导的青年秘密组织）也迎来了它的历史一刻："地下社"与贺龙率领的解放军会师于东胜街沙利文礼堂。"我"作为"司仪"，一项一项地宣布议程，当"我"正要宣布请首长讲话的时候，贺龙同志突然说："不要叫首长，要叫同志。"接着又这样说道："什么'手掌''脚掌'，共产党和解放军是为人民服务的，无论担任什么职务，大家都是同志，一律平等。"正是因为对于这种理念的践行，贺龙率领解放大军进入成都时，他首先接见的是工人、农民代表，以此来表达他的一个心愿：成都从此回到人民的怀抱。至于那些曾为国民党高级将领的人要见他，他反倒会摆出一副官架子，像一个实实在在的"首长"，以表示人民当家作主的日子来临了。在《总司令慈祥地挥手》中，李致为我们刻画了一个重要细节。1963 年的春天，正当共青团四川省第四次代表大会召开之际，欣闻敬爱的朱德总司令要来看望大家，顿时大家欢呼雀跃，心里十分激动。待大家回到自己的座位上，准备同朱德总司令合影留念的时候，摄影机转动了一半就不动了，原来是摄影机被一颗螺丝钉卡住了。这时急得"我"像热锅上的蚂蚁，慌忙地向领导说明原因。明白了原委的朱德总司令说："过几天修好了再来照吧！"果然，在几天之后，朱德总司令再次来和所有代表一起照相。这一次照相很顺利，代表们也因为能够多一次机会见到朱德总司令而激动不已，于是以极其热烈的掌声表示欢迎，朱德总司令也慈祥地挥手向大家致意。作家通过对两个细节的描写，不仅有力地刻画了贺龙、朱德亲切、和蔼又朴实感人的形象，还给笔者留下了终生难忘的记忆。

《向文学大师组稿》一文，则通过作家向文学大师茅盾先生两次组稿过程的回忆，叙写了茅盾先生对出版自己文学著述的谨慎态度和欣慰之情，以及对四川人民出版社的赞誉。在作家的书桌上，摆放着两本书：一本是《茅盾近作》，另一本是茅盾的中短篇小说集《霜叶红似二月花》。这是由我们四川人民出版社出版的两本书。望着书桌上的这两本杰作，李致一下子陷入了深深的回忆，回忆起两次向茅盾先生约稿的亲身经历和个中细节。李致第一次见到茅盾先生，是 1977 年年底，当时的茅盾先生年已八旬，他是被儿媳小曼搀扶着走出来的，"我"向茅盾先生提出出版他的《茅盾近作》的要求。茅盾先生非常高兴地赞许我们的出版计划，说粉碎"四人帮"以来，自己的作品不多，有些作品还是即兴创作，需要一定时间的检验才能收进集子。茅盾先生对自己近作所持的严谨、慎重态度，给"我"留下了十分深刻的印象。第二次见到茅盾先生，是 1980 年12 月底。其时，《茅盾近作》已经出版，《霜叶红似二月花》也出了样书。"我"请茅盾先生为样书题字。这一次的茅盾先生没有让人搀扶，他健步从内室里走出来，气色也显得比上次好。茅盾先生不但为"我"呈上的样书题了字，而且对书的装帧设计和印刷质量相当满意。高兴之余，茅盾先生还兴致勃勃地讲了一些与《霜叶红似二月花》有关的情况。接着，"我"又提出出版他的《腐蚀》和《中篇小说选》，茅盾先生略微沉思了一下表示赞同。回到成都之后，我们即刻着手这两本书的出版工作，并将设计的封面和插图寄呈茅盾先生审阅，得到了他的认可和赞许。"我"满心以为当年十月可以把这两部书送到茅盾先生的手中，没想到竟从广播中听到他逝世的消息，令人顿时悲由心生，从而陷入无限的缅怀之中。正是作家的这一番描写和叙事，不但为我们再现了茅盾先生在晚年时处事的认真和慎重，而且给人留下了那份永存心底的记忆。

散文集《四爸巴金》以全视角的艺术形式来叙写巴金生前的一些往事，其中，既有巴金对"我"进行的人生指导和"我"从中获得的生命教益，又有巴金对读者大众的那一颗非常真实、真诚的心；既有对巴金与其他文人交往的一些事实或故事的讲述，又有对巴金与各位亲人之间关系的描写；既有对巴金内心隐秘的揭示，也有对巴金人生历程的凸显。通过这样的叙事，读者领略到一个著名作家平凡而又伟大的一生，特别是他的那种非同一般的心理、情感、思想、灵魂世界。在这众多的散文篇什里，尤以《永远不能忘记的四句话》《巴金的心》《不做盗名欺世的骗子》等为最佳，从中不难见知巴金先生为之奋斗和努力一生的人生方向。

散文《永远不能忘记的四句话》主要讲述"我"在少年时代时，四爸巴金给"我"题写的四句话和其中蕴含的深刻道理，以此揭示它是"我"人生的座右铭，对"我"具有非常重要的指导意义。那是1942年，四爸巴金第二次回成都，"我"与他住在一个屋子里，并且共睡一张大床。在那个时代，许多青年学生都有一本自己的纪念册，有的青年学生便拿着纪念册找四爸为自己题词。"我"看见后，也央求四爸为"我"题词，于是四爸在"我"的纪念册上写了这样四句话：

> 读书的时候用功读书，玩耍的时候放心玩耍，说话要说真话，做人得做好人。①

由于当时"我"正处于青少年时代，对于四爸的这些话，只对"玩耍的时候放心玩耍"这句话有些理解，认为放心玩耍可以长身体。待到慢慢长大成人以后，才对四爸的那四句话有了由浅入深的理解，尤其是对他的最后那句话"做人得做好人"有了更深切的认知。在"我"看来，鲁迅先生的作品中就写了大量的好人：《狂人日记》中的狂人是好人，因为他看出了几千年的历史都歪歪斜斜地写着"吃人"两个字；《过客》中的过客是好人，尽管他不知道前面是野百合花还是坟墓，但他敢于勇往直前、奔向光明；《聪明人和傻子和奴才》中的傻子是好人，因为他无畏讽刺不怕打击，敢于说真话讲真理。作家由此展开进一步的联想，认为一切仁人志士、革命先烈和老一辈无产阶级革命家都是好人。但作家也认为，要真正做到四爸题写的"做人得做好人"这句话，是有着较高难度的，

---

① 李致：《四爸巴金》，天地出版社，2014，第8页。

必须经过复杂而激烈的思想斗争，不仅要同自己的坏思想、坏行为做斗争，还要同外界的某些干扰进行斗争。这在"文化大革命"期间，显得尤为突出和重要。在彻底粉碎"四人帮"以后，四爸恢复了名誉和地位，"我"曾与四爸有过多次见面和深夜长谈，在提及他给"我"写的那四句话时，"我"非常诚实地说道：

> 第一句是用功读书，我在学校时没有做到，离开学校以后才有了自觉性；第三句是讲真话，我基本上这样做了，但也讲过某些违心的话；第四句是做好人，这是奋斗的目标，还要不断努力。①

四爸听后，露出了慈祥的微笑。作家围绕巴金先生为其题写的那句话而展开叙事，既写出了做一个好人的难度，并以大量事实进行了说明，又写出了作家一生为之的奋斗和努力，从而有力地彰显了四爸题写的这句话的分量和正确。

《巴金的心》侧重于描写巴金不要稿酬、捐赠稿酬的一系列事件，借以大力赞誉巴金先生心灵世界的美丽。作家一起笔便写巴金的坚定信念和一贯主张是人活着，要有益于社会，多付出，少索取；并指出巴金的写作不是为了谋生和出名，而是为了同敌人进行战斗，巴金在这里所说的敌人，是指"一切旧的传统观念，一切阻止社会进步和人性发展的不合理的制度，一切摧残爱的势力"。作家认为巴金正是如此身体力行的。接着作家为我们讲述了巴金"有益于社会"的一系列故事。在 20 世纪 30 年代初，巴金为了营救他的一位女读者，带着刚收到的一笔稿酬，和他的朋友鲁彦、靳以一起从上海到杭州，巴金冒充这个姑娘的"舅父"，为她付清了几十元钱的房租和饭钱，并送了她一张从杭州到上海的车票。在 60 年代初，巴金先生为《四川文学》写了一篇文章，期刊付给他 40 元稿酬，巴金先生收了 20 元，退还了 20 元给编辑部，并附言说他的那篇文章不值 40 元。在新时期文学来临之际，"我"担任四川人民出版社的总编辑，在将近五六年的时间里，相继出版了巴金的《巴金近作》《回忆与探

---

① 李致：《四爸巴金》，天地出版社，2014，第 12 页。

索》《心里话》《英雄的故事》《巴金中短篇小说选》《巴金选集》《长生塔》《讲真话的书》等，即从 1977 年到 1992 年巴金的全部作品。巴金在给"我"的来信中说：请不要付给他稿酬，把他的稿费一律捐赠给中国现代文学馆。巴金这种捐赠的事例非常之多，据作家所知道的就有：1982年，巴金捐赠现代文学馆达 15 万元，以后又陆续捐赠 5 万元；1990 年，巴金又将所获得的日本"亚洲文化奖特别奖"的 500 万日元一分为二，300 万日元捐赠给现代文学馆，另 200 万日元捐给上海市文学基金会。于是乎，作家深有感触地这样写道：像王尔德先生的《快乐王子》中的快乐王子一样，巴金从不过多地索取什么，却无私地向社会、向人民奉献自己的一切。这既是对巴金先生一系列乐善好施的捐赠事件的颂扬，更是对巴金所拥有的那一颗金子般的心的高度赞佩。

《不做盗名欺世的骗子》一文则以四个小标题的形式来叙写巴金不为功名利禄的高贵品质和人格魅力，以及坚定不移地做一个普通老实人的初心。粉碎"四人帮"后，巴金便开始在四川人民出版社出版他的文学著述，从出第一本书起，他就反复申明不要稿酬。那么，留在出版社的稿酬究竟该怎样处理？这的确是一个非常棘手的问题。为此，出版社党委在开会时专门进行了讨论，多数同志的意见是用来设立巴金文学奖，以奖励那些有困难的作家。巴金听到这件事后，立即给"我"回信说：

> 我只是一个普通的文学工作者，写作六十几年，并无多大成就，现在将我的名字和我省文学事业联系在一起，对我实在是莫大的荣誉。我非常感谢。但是建立"巴金文学基金"，设立"巴金文学奖"，又使我十分惶恐。[1]

他对设立"巴金文学奖"表示明确的反对。不仅如此，巴金还反对兴建其故居。成都正通顺街是巴金的故居，自改革开放以来，不少外国友人和港澳同胞来成都旅游，都希望去看一看巴金的故居。这给当时的四川省作协以很大的压力。1985 年，省作协向省委、省政府打了报告，要求恢复

---

[1] 李致：《四爸巴金》，天地出版社，2014，第 52 页。

巴金的故居，并得到了张秀熟、任白戈、沙汀、艾芜、马识途等同志的大力支持。经省委同意，省作协建立了一个筹备小组。巴金听说后，直接写信给"我"说道：

> 不要重建我的故居，不要花国家的钱搞我的纪念。旅游局搞什么花园，我不发表意见，那是做生意，可能不会白花钱。但是关于我本人，我的一切都不值得宣传、表扬。①

其后不久，他又写信告诉"我"：

> 我必须用最后的言行证明我不是盗名欺世的骗子。②

他以他的铮铮之言告诫"我"，不要为建他的故居而劳民伤财。人民文学出版社在编辑《巴金全集》时，拟编两卷本的《巴金日记》。四川出版界一位朋友知道后，建议"我"向巴金先生说四川出版界愿意出单行本。"我"向巴金说明这一情况后，不久便得到了他的回信，他在信中说道：

> 你刚来信说你尊重我的人品，那么你就不该鼓励我出版日记。这日记只是我的备忘录，只有把我当成"名人"才肯出版这样的东西。我要证明自己不愿做"名人"，我就得把紧这个关，做到言行一致。③

巴金婉言谢绝了四川出版界的热情恳请。李致对这三件事情的叙述，意在说明巴金不为功名利禄所累的高贵思想和品质，揭示了巴金先生言行一致的人格魅力。

除上述几篇散文外，《我淋着雨、流着泪，离开上海》无疑也是一篇充满深沉情感的优秀之作。这篇散文着力于描写"文化大革命"后期，

---

① 李致：《四爸巴金》，天地出版社，2014，第 54 页。
② 李致：《四爸巴金》，天地出版社，2014，第 55 页。
③ 李致：《四爸巴金》，天地出版社，2014，第 56~57 页。

"我"绕道去上海悄然地见四爸巴金的其情其景。"文化大革命"开始不久，包括"我"在内的团中央所有报刊的总编辑，一个个地被作为"反革命修正主义分子"揪出来。"我"知道，过去的许多次运动都是从文艺界开始的，看着北京文艺界的许多著名人物被揪出来，"我"便十分担心四爸巴金的处境。"我"还知道，姚文元在几年前就开始策动批判巴金的事，幸被周恩来总理制止。"我"决定在从北京返回河南劳改农场的途中，绕道去上海看望四爸。到了四爸的家，四爸和九姑妈既感到高兴，又深感意外。当时的四爸消瘦了很多，头发全白了，身穿一套蓝色中山装。因为造反派封闭了楼上所有的房子，全家被赶至楼下居住，再兼萧珊妈妈刚刚去世，家里便笼罩着几许的阴影。在上海的三天里，有两个晚上"我"是同四爸睡在一张床上的。"我"很想安慰四爸，又说不出什么有力的话，更无法驱除四爸心里的阴霾。"我"告诉四爸，无论怎样批判他斗争他，他都没有被人们遗忘，特别是一些老同志，常常悄悄问"我"关于他的情况。临行前的那天下午，"我"和四爸单独在二楼的走廊上说话，"我"讲了准备要求调回成都的打算，希望得到他的理解和支持。看到四爸一副默然无语、心有戚戚的样子，"我"终于忍不住冒出了藏在心里已久的那句话："如果你的问题解决得不好，你可以回成都。我能用自己的劳动供养你。"次日，上海的天空下着大雨，四爸将他的雨衣给"我"披上，我淋着大雨、满脸流着水，是雨水，也是泪水，离开了上海，离开了可亲可爱的四爸。从李致的这一番叙事中，我们非常明显地感觉到他对四爸所饱含的无限深情：他为四爸受到的不公正待遇而愤慨，他为四爸在"文化大革命"中遭遇的现实处境而担忧，他为四爸内心的寂然和凄楚而暗泣，其情其思其心其景，跃然纸上。

散文集《昔日足迹》则主要从历史回忆与现实直击这两个维度，来书写作家对于那些如影往事的留痕或记忆。从历史回忆的角度看，散文集中既有对外婆家那座温馨花园的描写，又有对孩提时代过年时幸福感觉的描绘；既有对第一次出远门、前途未卜的担心，又有对失去自由的日子里生存忧虑的表达；既有对蹬三轮车时的新奇体验的传递，也有对阅读名家著述寻求精神支柱的内心诉求。从现实直击的角度看，则既有对新书柜引发想象的叙事，又有对电脑开了"我"的眼界的讲述；既有对第一次住在陌生的美国人家里的不同感知，又有对一次不寻常的早餐的深切体验；既有对上当受骗后追悔莫及的真诚诉说，也有对喜见一只麻雀时的真情告白。作者从不同的叙事角度叙写了发生在历史与现实中的诸多往事，展示了作者对历史的追寻与叩问和对现实的逼视与关切，以及它们给人留下的深刻印象。

　　踏着童年生活的足迹，追寻外婆家那座温馨的花园，借以表达自己对它的喜爱和钟情，是作家意欲在《外婆家的花园》这篇散文里传递的主旨。作家第一次走进外婆家的那座花园，是在童年时代的一个早春。他站在那株高大的玉兰树下，使劲地伸着脖子朝树上望，希望它开出洁白洁白的花瓣，他们几个小孩就可以人人得到其中的几片，用小手进行细细的摩擦，然后再把瓣头撕掉一小块用嘴使劲地吹，花瓣便慢慢地鼓起来，成为一个个扁圆扁圆的花球。这是"我"孩提时代最爱玩的游戏之一。后来则是在春夏之交，作家才再次走进外婆家的那座花园。他或是伫立于那株绿萼梅前，细细地端详它的花开，虽然它的花香并不浓郁，却很素雅，有如一个文文静静的小姑娘；他或是依偎着那株垂丝海棠树，静静地瞩目于它上面吊着的一根根丝线，和丝线上挂着的一串串红色的小花。但"我"对于树的最大兴趣，还是那株开着红花的紫荆花树，因为只要用手去抓树干，树枝就会抖动一下，你不停地抓树干，树枝就会不停地抖动，以致整个树都会发出轻微的呻吟，这令人觉得很是好玩。每到夏天，外婆家的花园犹如一个虫豸的欢乐地，有蟋蟀、有夏蝉，还有蚂蚁和叫咕咕。这些虫豸，或是在草丛中浅唱低吟，或是在树枝上放声高歌，或是在土地上辛勤地协作，或者是在漆黑的夜晚叫个不停，由此而汇成了一曲交响乐，或是一首曼妙的小夜曲。外婆家屋后的小天井，也是一个花园，里面生长着几株高大的芭蕉树，它们的叶子阔大而葱绿，躯干结实而健壮，一有劲风吹来，它们就哗哗哗哗地大声作响，令人想起《西游记》中铁扇公主手里的那把硕大无比的芭蕉扇，仿佛她正在扑扑地扇着。作家在最后不无感慨地写道：

　　　　小时候，我们的天地很狭窄，幸好外婆家有这样一个花园，使我接触到一个小角"大自然"。它让我和一些树木、花草与昆虫交了朋友。长大后，我到过许多地方和一些国家，无论那些地方的自然环境多么美好，但它不能代替外婆的花园。①

可以说，作家对外婆家花园的这种非常细腻的描绘，和对于个中情节的详尽叙述，既为我们展示出外婆家花园的自然与和谐、温馨与美丽，也从一个侧面勾勒出珍藏于作者心中的历史影像和那份深沉的怀念。

对于从事机械制造的工人而言，像蹬三轮车这样的事情，可能是轻而易举的，甚至像玩杂耍一样玩得溜溜转，但对于一个很少接触三轮车的文弱书生来说，则可能面临着不大不小的困难。诸如方向盘该怎么把握？手、脚与脑如何并用？怎样才能掌握好人与车的平衡？等等。这些都需要一个人细细地思量。作家在《蹬三轮》这篇散文里表达的意蕴，也正是如此。1967 年的那个秋天，"造反派"中的一个成员突然责令"我"蹬三轮车，去朝阳门内买几百斤糨糊，以用作贴大字报。望着停在院子里的那架孤独的三轮车，"我"心里直发怵，因为"我"不知道怎样摆弄它，更不知道如何蹬。但转念一想，蹬三轮车总比一天到晚不停地写交代材料，或者是干那些重体力活要好得多。于是，"我"便抱着试一试的想法去蹬三轮车。第一次蹬三轮车，"我"以为就像骑自行车那般轻松，但未曾料到，三轮车总是不停地向右转，简直令人无法控制。无奈之下，只得推着三轮车去买糨糊。去的时候，车上的两个木箱是空着的，虽然略微有些吃力，但还可以勉强对付；回来的时候，两个木箱里装着满满的糨糊，推得人全身衣服被汗水湿透，人也精疲力竭。第二次、第三次蹬三轮车，它仍然一个劲儿地朝右转。经过了多少次失败，"我"已记不清了，但"我"终于学会了蹬三轮车。"我"蹬着三轮车，穿过北京最繁华的街道，穿过北京最古老的建筑，穿过熙熙攘攘的人流，穿过北京最幽静的小巷，心里充满了愉悦和快乐。它无疑是"我"在"文化大革命"期间享有的最大乐趣，这种乐趣竟然是由一辆三轮车赐予"我"的。由此出发，作家再进一步联想：人在处于艰难困苦之时，要想获得生活的乐趣，是多么的不容易啊！这与其说是那辆三轮车赐予他的幸福，不如说是他对于幸福的发现。

---

① 李致：《昔日足迹》，天地出版社，2014，第 3 页。

如果说上述两篇散文是通过对历史的回忆来写往事，那么《电脑开阔了我的眼界》则是以直视来写在现实中发生的事。学电脑与开阔眼界有无必然的联系？作家的回答是：它们之间必然存在关联。在作家看来，通过对电脑的学习，一来可以学会打字，写散文写随笔；二来可以发电子邮件，互通有无；三来可以在网上浏览新闻，了解天下事；四来可以在网上听听音乐、打打游戏，以娱乐身心。有如此形式多样、内容丰富的电脑生活，是足可以开阔自己眼界的。所以，他写自己如何学习电脑知识，如何开始用电脑写文章，如何通过电脑上网发电子邮件，又如何在网上浏览新闻，都是用来证明这一客观事实的成立：学会了电脑，的确可以大大开阔人的眼界。作家还认为，在电脑上写作，最神秘莫测的地方，当然也是最为有趣的所在，莫过于你刚写好的文章，突然蒸发得无影无踪，令人不得不重新再来。作家正是通过这种现实直击的方式，为我们描绘了他的电脑生活或电脑人生，其中又不乏机智、幽默、调侃的余兴。学习电脑实乃开了作家的人生眼界。

从上面的论述中，我们不难看出：作家李致力图通过对往事中的那些人物、事件、情境的深情回忆和再度发掘，展示他所历经的历史遭遇和艰难岁月，表达他的人生艰难和生活际遇。所以，在娓娓道来的描述中，作家既有对劳动改造之累的描写，也有对写交代材料之苦的讲述；既有对现实生存境况的写实，也有对心灵遭到重创的写照；既有对难得的幸福时光的倾诉，也有对美好明天的深情寄望。正是在这样的描述里，我们触摸到他的生命和人生的成长与成熟，以及他在这种历史境遇和艰难岁月的影响下，体会到的生命存在的意义和人生的智慧。作为一个对历史境遇和艰难岁月有着如此刻骨铭心记忆的作家，李致在跨越了那些难以忘怀的往事之后，终于找寻到了人的幸福生活的源头和作为人的存在的尊严之根本。这是他对人生的有意识的回顾和检视，是他对生命的阐释和总结，更是他审美追求的原动力。

细细地透视作家对历史境遇和艰难岁月的深情回忆，其中又有着作家对生活、生存乃至整个社会的深沉寄寓。他希望不要再发生"文化大革命"那样的动荡，希望有一个安全稳定的社会，希望人们有一个安居乐业的生活，希望国家能够发展富强。由此可见，李致的这套系列丛书，不仅有对历史的叩问与反思，有对艰难岁月的沉淀与缅怀，也有对社会、时代、人类的深深寄寓和希望。因而，在历史回忆与现实直击中的深情和在深情中有所寄寓和希望，正是李致先生在这套散文丛书里所欲意表达的主旨。

第二节　跨越苦难后的思想绽放

以当代诗歌创作闻名于中国当代文坛，也因为诗歌罹祸而银铛入狱的流沙河，自 20 世纪 80 年代重返文坛后，转而对散文写作生发出浓厚的兴趣，并凭借良好的艺术感觉，陆续出版了《锯齿啮痕录》《庄子现代版》《Y 先生语录》《南窗笑笑录》《流沙河随笔》《流沙河短文》等诸多散文集，令广大读者充分领略了他在散文艺术世界里的勤奋耕耘和卓尔不群。有鉴于流沙河在散文创作中的这种突出成就和贡献，本节内容将对流沙河的《锯齿啮痕录》《Y 先生语录》《流沙河随笔》《流沙河短文》进行细致分析和评价。

当代文坛上的人无不知晓，在 20 世纪 50 年代的中后期，因为组诗《草木篇》，流沙河被戴上"右派分子"的帽子，接受一系列的"劳动改造"，前前后后、断断续续，历时长达 20 年之久。在 1978 年的春夏之交，当这些"分子""帽子"被逐一地取掉之后，流沙河虽然最终得到了应得的"解放"，恢复了名誉、工作和自由之身、写作之身，但这一切在他的心里，留下了深深的余悸。所以，作为文人的流沙河，不敢再在诗歌领域里造次，生怕那历史的一幕重新上演。于是，他静下心来，改而写散文、写随笔、写杂文、写小品文，写"文化大革命"期间的那些往事，写自己的内心感受及对之的体认和经验教训，于是便有了《锯齿啮痕录》的隆重推出。

就《锯齿啮痕录》这部散文集的总体而论，作家主要是写在"文化大革命"期间接受劳动改造时的过往之事，它既有对苦难爱情、夫妻相濡以沫的叙写，又有对锯木的劳动场景、艰苦的生活条件的描绘；既有对凡常、琐碎的家庭生活的悉心讲述，又有对"牢狱之灾"前前后后的仔细回忆；既有对黯然离开省城的心绪诉说，又有对自然物象的好奇之心的谈论；既有对他者的性格、脾气、心理活动的描写，也有对自己诗人形象的嘲弄和讥讽。该部散文着力表现作家对于那段不堪回首的人生、苦难历程的真情诉说。

《我的七夕》主要写作家的爱情经历及其初始的婚姻生活。作家首先叙写了自己与恋人何洁的三次相逢。他们的第一次相逢，是在 1952 年 7 月 1 日，作家之所以能够清清楚楚地记得这个日子，是因为那天正值成渝铁路通车的大典。那时的何洁，还是一位年仅十岁的小姑娘，在剪彩仪式上，她戴着少先队的红领巾，被派在那里牵彩，"我"那时二十一岁，是被报社派去采访的，有幸与之相遇是一种缘分。第二次是在 1957 年的初秋，在骊山脚下的华清池畔。这时的何洁已是省城川剧团的演员，随团来西安演出，抽暇来华清池一游。"我"与何洁再相见时，何洁表现出默默无语、心事重重的样子，因为她知道："我"因为《草木篇》闯下了大祸，正接受着暴风骤雨般的批判。"我"与何洁相对无语，唯有那种用心的无声交流。第三次是在省城的街头，是一次偶然的巧遇，也是一次心有灵犀的相逢。此时的何洁，已历经了一些坎坷和曲折，不再像以前那样的心直口快、蹦蹦跳跳了，显示出成熟的一面。这一次的相逢，何洁流露出惋惜和依依不舍，"我"的心里也是一片哀戚和苦涩，但又怀有一丝梦想和希望。作家何以不厌其烦地写与恋人的三度相逢？其目的只有一个，那就是为其婚姻进行铺垫。于是，在 1966 年的那个春天，在"我"这条死老虎被押解到故乡进行劳动改造之时，"我"迎来了"七夕"——与何洁结为伉俪。显而易见，这样的叙事并没有结束，作家接续其笔力，写何洁回到家中告诉父母她结婚了，又引来了一场轩然大波。父母细细地盘问何洁，对方是什么人，又在哪里工作？当得知对方是全国的一个大"右派分子"，正在接受劳动改造时，父母的脸上顿时写满了气愤和严重不满，并决定赶走这个不孝的女儿。在如此情境下，作家与他的妻子在没有任何人祝福的情况下，举办了属于他们自己的婚礼。在作家看来，这是一场真正的婚姻，因为它是两个恋人的结合，更因为它历经了对世俗的排除。这样的婚姻才令人踏实而幸福。

《七只情雁》以书信往来的写作方式，来表达作者对爱情的向往、追求和种种努力，也反映出了作者在这场爱情长跑中的内心矛盾和情感纠结。在第一封情书里，作家一起笔便这样写道：

> 说实在的，刚见面的时候，我是不喜欢的。我以为你是被一般女性共有的好奇心所驱使来看我的，正如游人到百花潭去一样。①

这明确地告诉读者：作家是不相信爱情的，即使有，也不会光顾他这个"反革命分子"和"右派分子"。随后，何洁提及1957年骊山脚下两人相逢的往事，以及"我"完全没有意识到的有些事情时，作家才猛然醒悟：站在面前的这位名叫何洁的女人，并非因为好奇心的驱使，而是带着水晶一样的纯洁之心来看望自己的，以此表达对自己的深深的爱意，她与"我"曾经交往过的女性大不相同，其差异如水晶与冰块。尽管作家的内心欢呼雀跃，但他仍然想方设法地疏远何洁，因为还有一个更为深层的疑虑束缚着他："这些年的坎坷途程，使我对人间最美好的感情产生怀疑。"作家以俄罗斯作家屠格涅夫为例来劝诫自己，说屠格涅夫一生都在写爱情，且写出了令千千万万读者入迷的阿霞，却没有一个阿霞爱他；在具体的生活里，作家的所见所闻也是如此，人结婚要么为了纯粹的生理需要，要么为了实现变相买卖的目的，很少看见那种纯粹的爱情。但是，作家所有的这些思想认知、内心判断和人生经验，都敌不过真正的爱情袭来。于是，作家向爱情举起了他的"白旗"。也正是因为如此，作家向他的恋人何洁发出了这样的信誓旦旦：

> 我这一生什么都不想要了……我只想有你和我在一起，劳碌终日，自食其力，谢繁华、绝交游、乐淡泊、甘寂寞，学那拙枝的鹪鹩，营巢蓬蒿之间，寄迹桑榆之上，栖不过一枝，飞不过半里，啾啾唧唧，唱完我们的一生。②

在其第二封、第三封、第四封、第五封、第六封情书里，作家对爱情

---

① 流沙河：《锯齿啮痕录》，生活·读书·新知三联书店，1988，第36页。
② 流沙河：《锯齿啮痕录》，生活·读书·新知三联书店，1988，第39~40页。

的诉说，虽然有一些细微的差别，但依旧显得这般絮絮叨叨、没完没了，直至第七封情书，这种诉说才画上了一个完整的句号。由是可见，作家在这样一场爱情中，既有内心的欢喜和愉悦，又有自己的顾虑和担忧；作家既写出了对爱情的强烈渴望，又写出了对爱情的忠贞不渝。这才是原汁原味的爱情故事。

除了写爱情，作家也写自己在"文化大革命"期间接受劳动改造时的工作与生活。就工作而言，作家曾做过泥瓦匠、搬运工、清洁工，也曾做过糊纸盒子、扛沙包、下稻田一类的活路，但最让作家津津乐道的是他拉大锯的那段生活经历。拉大锯锯木头，就是将两个人编成一组，对一根整木进行切开和分割，以使其成为一块一块的木板，再运往木材加工场进行加工，生产出各种各样的家具，或是各个工厂需用的木质包装盒，或是铁路上铺的枕木。初始是与罗师傅一组。这个罗师傅，虽然寡言少语、胆小怕事，但人很随意、平和、谦逊，又同自己的年龄相当，只是显得要比作家略微健壮一些。他们两个男人，你一言我一语，东一个葫芦西一个瓜地扯着闲篇，有说有笑、谈笑风生地拉着大锯，使枯燥的生活变得有滋有味。每到夏天天气炎热的时候，他们两个男人就脱得只剩一条内裤，把拉大锯的日子拉得风生水起、激情四溅，工作的闲暇时分，他们还要秀一秀各自的肌肉，说你的肌肉比我大，又说我的肌肉更壮实，相互之间说说笑笑。后来换成了张师傅，拉大锯的日子就变得十分枯燥乏味，因为他不仅一字不识，还是一个鳏夫，性格也十分古怪，他可以拉一天不说一句话，说起话来又冷又硬，他动辄鼓起眼睛瞪人，对人大吼大叫。这真的是叫人苦不堪言。但张师傅也有他的可取之处：其一是他对政治不感兴趣，人们这一派那一派地议论纷纷，他从不介入这样的议论，他对"我"很干脆且粗暴，但并非出于政治上的歧视；其二是他敢于同掌墨的黄老师大吵大闹，如果黄老师待"我"和他不公平，或是在暗中使绊子，或是在弄木头时给"我"和他骨头啃，他就要去找黄老师大闹一番。这又构成了对作家的一种安抚，或者说是某种慰藉。作家之所以采取这种对比式的描写和叙事，并不在于臧否罗师傅、张师傅是好人或是古怪之人，而在于揭示拉大锯的生活给予他的某种启示——人生经验的获得。无论是它的酸甜苦辣，还是它的喜怒哀乐，都不过是为其人生经验的积累奠定坚实的基础。

《这家伙》犹如一幅自画像一般，它以正话反说的形式描绘了作家的诗人形象，揭示了作家是一位真正的诗人的意蕴。究竟何为诗人？在作家看来，这当然是指那些能够写出感动人的好诗的人，作家自然是其中的一位，因为其"一天到晚，信口雌黄，废话特多"，还因为"他那鸟嘴1957年就惹过祸了，至今不肯噤闭"。但要说他是一位真正的诗人，作家又表示深深的怀疑，其怀疑的理由有三。其一，这家伙几乎不读诗。他每天下楼去逛书刊报亭，文学书籍一律不看，一本都不曾买过，而是买些莫名其妙的印刷品，如《科学画报》《自然之谜》《天文爱好者》《知识就是力量》《新华文摘》《读者文摘》之类的东西，这些东西对写诗没有多少价值。其二，这家伙前几年确实写过一些诗，近几年来没有写过任何一首诗，是江郎才尽了，其诗歌的灵感枯竭了，因而这家伙才去写些乱七八糟的文章，以骗取稿费。其三，这家伙根本谈不出一星半点儿的诗歌经验，一些诗歌青年在会场上向他真心诚意地请教，这家伙不是支支吾吾，就是顾左右而言他，根本吐不出半句"诗经"来。接着一针见血地指出，这家伙缺乏诗人的想象能力和特殊气质，并有确切的事实可以来佐证：看见绽放在树上的花，这家伙不是去联想青春、爱情、美好，倒是去详细地观察花蕊，研究什么雌雄同花、阴阳有别一类的东西；觅见一只正在飞翔的鸟儿，这家伙不去联想蓝天白云、自由自在，倒是去调查这只鸟儿的古名和洋名；去某一绝佳的风景名胜之地，大家都沉醉其中，浑然一幅乐山乐水的样子，这家伙没有显出一丝一缕的醉意，倒是去观察山林的滥伐、水质的污染情况；去河里游泳，这家伙只觉得好玩，一点儿也联想不到在风浪中的搏击、在水中的激越；去爬山，这家伙只觉得太累，一点儿也联想不到崎岖与攀登。至于具体的写作状态，这家伙在一张废纸上涂涂抹抹，一句一句地慢慢拼凑、一个字一个字地缓缓雕琢，真的是一副老牛拉破车的样子。总而言之，这家伙就是严重地缺乏诗人的气质。作家正是通过这种正话反说的艺术形式，为我们刻画了一个富有特殊意蕴的当代诗人的形象。

就《锯齿啮痕录》的艺术表达而言，首先是其语言风趣幽默。这是这部散文集最主要的特征。无论是作家在尽情地书写自己的爱情之时，还是作家在有力地描绘自己拉大锯的生活状态之时，抑或作家在为自己的诗人形象画像之时，都无不表现出风趣幽默的意味。这样的风趣幽默，不仅有插科打诨、嬉笑怒骂，也有暗含于话语中的自我嘲弄，有蕴藉于言辞中的幽默诙谐，更有蓄满于文字中的机智调侃。其次是作家在这部散文集中体现出的纪实手法。这无疑也是其主要的特征之一。以纪实手法来写自己在"文化大革命"期间的那些往事，既能够使散文文体的内部得到更为有力的充实，又给读者以非常真实、真诚、真切的感知和体认。当然，我们也不可否认，作家在对某些往事的叙事和描述中，含有或多或少的虚构色彩，用以虚构某些细节或情节，这无疑增加了作家散文创作的艺术想象和读者阅读文本的兴趣。

《Y先生语录》以一种语录体的形式，为我们成功地塑造了一位"当代斗士"——Y先生的艺术形象。文中极力描写了Y先生同社会时弊、社会阴暗、社会堕落、社会流俗进行较量，他匡扶社会正义、扶持弱小群体、追求人类进步、求索光明理想，表达了一个作家对世事存在真相的叩问和揭秘。从另一个角度看，作家通过对笔下Y先生所进行的全方位、立体化的描写，亦庄亦谐地道出了一个现代文人在现实生存境遇中所遭逢的诸多曲折与困境、尴尬与无奈，以及在不得已的情况下勉力而为的自娱自乐。然而，作家笔下的Y先生，并非那种传统意义上的所谓文弱书生，他幽默、机趣、自嘲又明智、达观、持正，既能以风趣幽默的方式谈天说地、议事论人，又能以机智聪明的手法化解矛盾危机、稳定场面乱局，力显出一个现代文人明察秋毫的精细生命和游刃有余的智慧人生。从这个意义上讲，作家笔下的Y先生，既是对于作者的一种自喻，又是对于整个现代文人群体的一种他喻。

按照语音学的理解，英语中的"Y"应当是汉语中"歪"的读音，也许有"歪"的意思，意指一个人的假眉假眼、假情假意，或者是指某些事情、某些场面、某些情节的虚假程度。作家为何要用一个极具贬义的方言词汇来代称话语主角？其真正的用意又是什么？在翻阅了《Y先生语录》这本散文集后，答案自然会——地浮出水面。显而易见，在作家看来，在我们的社会生活与现实存在中，的确是存在某些假眉假眼、装模作样，或是以假乱真、真假颠倒，或是真真假假、难以分辨的现象。作家意图通过 Y 先生的口，以正话反说或反话正说的反讽形式，来深刻揭露这些假给整个社会带来的种种弊端及危害，最终达到使人们认识假、荡除假、清算假的目的。作家的这种意图是否能够达到？我们不妨看他是怎样进行艺术表现和传递的。

在〔152〕中，作家这样写道：

> 世风大循环，又兴养狗了。Y 先生觉得非常之可笑。一夜忽被吵醒，闻隔院有小狗哭娘之声，声声凄切，如怨如慕。Y 先生偏着头聆听许久，大受感动。明晨，语小狗主人曰："府上小狗之歌，媲美当代红星，真是美的享受。令我感动的是，小狗坚定，不肯随俗，一曲哭娘老调，转瞬数十年了，竟然毫无改变，和童年我听的完全一样。可见小狗追求永恒境界，不像某些歌者，闻风立刻变调，亦难能可贵哟。除此而外，狗声狗情并茂，加以嘎嗓微喑，尤富魅力。请代我致谢意，就说鄙人今夜一定洗耳续听。"主人不好意思，当即抱送小狗投奔亲戚去了。①

在这篇短文里，作家明明是要表达小狗吵闹得人无法睡眠，却说小狗的哭闹比当红歌星唱歌好听，不但如此，还说小狗唱得声情并茂，更有境界的追求。这是一种典型的事件式反讽，它以反话正说的形式，旨在幽默或嘲弄狗的主人。在〔164〕这篇短文里，作家又这样写道：

> Y 先生赴宴，邻座四女性，皆系熟朋友。一为女诗人，丈夫教中学。一为女模特，丈夫开饭馆。一为女歌星，丈夫当经理。一为家庭主妇，丈夫当官。四女性请求 Y 先生算命。Y 先生说："算得好不如写得好。写得好不如扭得好。扭得好不如唱得好。唱得好不如嫁得好。"②

---

① 流沙河：《Y 先生语录》，四川人民出版社，1994，第 78 页。
② 流沙河：《Y 先生语录》，四川人民出版社，1994，第 85 页。

这是典型的情景式反讽，它以递进的方式说明四位女性所具有的不同命运，最终落实到"嫁得好"这一关键命题上。再比如，在〔241〕这篇短文中，作家又如此写道：

> 高知某君，星期日逛狗市，高价买得披额卷毛京犬一只。家养三日，虽曰名种，亦未见得有啥特异表现。唯贪食，且偷。家人呶呶烦言。周末梳洗，披额卷毛见水而脱。真相大白，卷毛是胶粘的。某君大骂骗子，惊动四邻。Y先生劝某君勿动怒，说："现今不但狗假，高知也假。你评副高的那一篇论文，不是求人代写的吗！"某君怒火顿熄，赧羞成笑。Y先生献策说："快把卷毛捞起来晒干吧，你用胶照样粘上去，明天牵到狗市卖了，说不定还能赚。"①

这是典型的细节式反讽，作家把两个毫不相关的细节——卷毛狗是假的与高知的职称是假的——进行拼凑并置，从而达到讥讽嘲弄那位高知的效果。

除了上述所说的事件式、情景式、细节式这三种反讽方式外，作家还运用了其他一些反讽方式，如在〔51〕中对自我贬抑式反讽的运用，在〔112〕中对自我暴露式反讽的运用，在〔4〕中对直接矛盾式反讽的运用，在〔2〕中对内庄外谐的箴言式反讽的运用，在〔28〕中对画龙点睛的谜底式反讽的运用等，以此来嘲弄、揶揄、挖苦、讥讽那些假丑恶的社会现象，进而揭露其实质和给社会带来的危害，以达到扬厉真善美的真实目的。当然，作家也深知，反讽不过是一种艺术手法而已，运用它固然能够收到卓有成效的讽刺效果，但这并非作家的最终目的。在笔者看来，他的最终目的是通过这些反讽来对世人进行警醒和警示，所以作家笔下的Y先生才会有如此的冷眼旁观，才会有如此的清醒认知，才会有如此的深沉睿智，而尽显出超凡的理性之感，并能够最终走向嘲笑世界、嘲笑他者，亦嘲笑自己的总体反讽。

《流沙河短文》主要辑录了作家在20世纪90年代中期至21世纪初创

---

① 流沙河：《Y先生语录》，四川人民出版社，1994，第131页。

作的散文、随笔、杂文等作品。在这些作品里，既有像《高级笑话四则》《故乡异人录》《Y 太太语录》《庄子发挥二十三题》《含笑录》《詹詹草》《三食考》这样的小系列性短文，又有如《中国作家与诺奖病》《画中实现梦中景》《踢足球的瓦金效应》《小小汤圆悟大道》这样的单篇短文；既有《回望流年》《二战我修飞机场》《凤凰城沈从文故居》这样的回忆性文章，又有《感伤的红蜻蜓》《时间的乡愁》《告别二十世纪》这样的抒情性文章；既有《释家》《雌伏对雄起》《古之坐跪走跑跳》这样颇富寓言色彩的文章，也有《〈新文学散札〉序》《〈廖鸿旭自传〉序》《〈龙门阵〉的四个坚持》《读〈东西方性文化漫笔〉》这样"为人作嫁衣"的文章。凡此种种，不一而足。这些文章都存有一个共同点，那就是延续了作家风趣幽默的创作风格。在此，我们不妨以《中国作家与诺奖病》《小小汤圆悟大道》《Y 太太语录》等来加以佐证。

中国作家与诺贝尔文学奖的情结，自中国现代文学便已然开始，到了中国当代文学，它更成了中国作家一个沉重的心结，其主要的原因在于：它一直是中国作家翘首以盼的，但中国作家又一直失望于这个奖项。因而，作为"看客"的中国作家们，便有些按捺不住，向诺贝尔文学奖评委会"进言"，联名要求其授奖给前辈某老。这篇题名为《中国作家与诺奖病》的散文，就是对此事展开评说和议论的。作家先是发表了他的一番议论：

> 是不是认为诺贝尔奖的那十七个评委（其中有五个怪老头是常委）看见了长长的轿夫名单就会吓昏，赶紧猛回头，给我们授来？你以为那些怪老头同我们一样害怕"联名信"吗？是不是认为诺贝尔甘露理应普降，我们一回也未尝过，所以这一回非沾一滴不可？你以为炸药大王的钱也像我们机关的奖金，见人发一份吗？①

接着是有理有据地分析问题。作家首先认为：某某荣获了诺奖，是因为他或她的作品写得好，赢得了评委们的一致肯定，而不是靠什么"外

① 吴茂华编《流沙河短文》，四川文艺出版社，2001，第 6 页。

交手段""联名上书"来获得。所以，无论是哪个国家的作家获奖，"我"都只是想拜读其作品，看其作品是否实至名归，毫无兴趣关心其是哪个国家的人；接着，作家又言辞恳切地说"不过须知诺贝尔文学奖不是钢铁煤炭，订几个五年计划就能拿到，也不是攻坚战役，来一套战略部署就能打下"①，它需要作家日日夜夜的勤奋努力，尤其需要作家的天赋与才华。最后，作家真心诚意地告诫中国作家：愿所有的中国作家自尊自重，勿去害诺奖病，整日地陷入单相思的境地，枉自旁骛了大好的情怀；大凡像模像样的作家，都一定会看淡荣辱得失，不计较功名利禄，身为作家的我们，还是各自深入钻研文学创作业务，这才是一条应该走的正道。从这篇散文的创作中不难看出，作家以一以贯之的幽默风趣的艺术手法，将一个严肃的主题写得幽趣横生。

《小小的汤圆悟大道》则是作家以另一种妙笔来叙写包汤圆、煮汤圆中所蕴含的大道理。闹元宵佳节、吃汤圆粉子，这在中国早已是古已有之的事情，当一碗滚圆滚圆、白白亮亮的汤圆端上座来，仅仅是看上一眼，就惹人无限的怜爱，更何况是细细品尝了，那一定是世界上最美的味道。在作家看来，包汤圆是一门学问，其中蕴含着某些大道理。汤圆原本是一盆散乱的粉，但经过水的调和，它们便变成了糍，粘成一团，"团结"得像一家人一样，彼此不再分离；在包汤圆时，你得小心翼翼地将汤圆皮子揉成圆圆的一片，然后轻轻地将汤圆心子置入皮子中间，再细细地将它搓圆，一个圆圆的汤圆便做成了。尽管如此，它的表面仍有包合过的痕迹，或者是一条细细的丝纹，或者是一条弯弯的小径，但这不要紧，只需放入锅里的沸水一煮，它们就会消失得干干净净，从而抵达真正意义上的"亲密团结如一家"的境界。这全是因为加热促使分子剧烈运动，重新组合，使它们融成一种"无间"状态。在煮汤圆时，汤圆一下锅就会沉入水底，待火候一到，它们又纷纷浮上水面，自由自在地游弋着旋转着，可就是不翻身。倘若一直如此，那就是一锅夹生汤圆了。正在你疑惑、茫然之际，汤圆一个个地相继翻身了，看来汤圆也是有灵性的，对于人的欲求了如指掌。汤圆会不会破裂呢？作家认为是偶有发生的，主要原因在于两个方面：

---

① 吴茂华编《流沙河短文》，四川文艺出版社，2001，第 7 页。

一是因为没有遵嘱"轻轻搓圆",你搓太重,致使皮子某处太薄,一胀就破;二是你扭炉火太旺,沸水滚滚,热情过头,一冲就裂。①

最后,作家还不忘正告人们:教条主义者切勿吃汤圆,因为地球上找不到真正圆球形的汤圆,地球都是微扁的,更何况小小的汤圆呢!作家何以对包汤圆、煮汤圆这样寻常的厨房之事,进行如此不厌其烦的叙述?根由就在于他从中悟出了"大道理":包汤圆时,水是使粉子黏合成团的基础;煮汤圆时,沸锅是消除汤圆表皮痕迹的基础。既然如此,人生存的基础、社会发展的基础、历史前行的基础,又是什么呢?引发人们的无限想象。这或许正是作家明白"大道理"的根本所在。

《Y太太语录》基本上沿袭了《Y先生语录》的创作特点,它以插科打诨、幽默风趣的反讽方式,来针砭时弊、暴露阴暗、揭示丑陋和警醒世人。全文共88条语录,条条语录都表现出浓郁的反讽意味。比如在〔○四〕这篇短文里,作家曾这样写道:

> Y太太对我说:"某个贪官应该是啥模样,某个奸商应该是啥模样,某个歌星应该是啥模样,某个气功师应该是啥模样,闭上眼睛就能想象出来。后来有机会当面瞻仰了,往往证实我的想象准确。惟有你们这些所谓著名诗人,跟我的想象相去太远了。就拿你来说吧。读你的诗,想象你一定是牛高马大,楞眉鼓眼,方颔宽腮,表情严肃,结果不然,是他妈个骨瘦如柴,烂眉垮眼,尖颔猴腮,嬉皮笑脸。还有两位已故的老前辈,也很出乎我的意料。其一,早年爱写梦啦花啦泪啦,想象他一定是个小白脸,结果是大胖子,皮肤油黑。其二,五十年代爱写马雅可夫斯基楼梯式的长诗,我读初中还朗诵过,想象他一定是器宇轩昂,洪声猛嗓,非常雄性,结果听说是短腿矮个子,细声秀气,三分女态。当代一位青年诗人,尽写自己怎样孤独,怎样忧郁,怎样厌世,一副就要去自杀的模样。结果这小子精通关系学,哈

---

① 吴茂华编《流沙河短文》,四川文艺出版社,2001,第109页。

哈脆响，胃口又好，你说怪不怪呢？"①

这是一种典型的自我嘲弄，因为作家明明知道，自己曾经就是一位诗人，或者说是以诗歌创作而步入文坛的，竟然还以如此自嘲的方式挪揄自己的"表里不一"。这只能说明一点：作家意图以自我嘲弄的方式，来赢得读者大众的青睐，并由此引发读者的深思。这无疑也是一种他讽，讥讽那些腐败的贪官、狡诈的奸商，或是搔首弄姿的歌星、装神弄鬼的气功师。当然，它也可能是一种泛指，指一切假丑恶的东西。这或许正是作家进行自讽和他讽的目的所在。除此以外，作家在〔一八〕〔一九〕〔三八〕〔五六〕〔七二〕等短文中，也传递出相同的意蕴。

《回望流年》是这本散文集中少有的抒情性散文之一，它以每一个十年为界，逐一叙写了六十多年来发生的那些大大小小、远远近近的事，总结了作家自己在社会历史潮流中的得与失，发抒了他的生命感怀和人生领悟。面对六十多年的蹉跎岁月，作家为我们讲述了他的一些生活或人生片段。三岁时，他家住在成都市北打金街良医巷，他因为贪恋甜甜的糖果，便跟随卖糖果的人一路穿街过巷，垂涎而忘记归路，害得母亲惊慌失措，急急地派人四处寻找，待终于在东大街找到他时，他的眼神还痴痴地望着糖果担子。十三岁时，他已移居故乡金堂县，读初中一年级。在那个春天，老师带领他们到广汉去修机场，从而喜见盟军重型轰炸机翱翔蓝天，远赴日本东京进行轰炸；在那个秋天，听闻国军在衡阳浴血奋战，战事十分惨烈。这时的他，虽然只是一个少年，亦能深切感受到亡国灭种的威胁，于是读古人文天祥的《正气歌》，以此来激励自己。二十三岁时，他住成都市布后街省文联，为《四川群众》月刊编辑，他写小说、写诗歌，也看中外名家的小说、诗歌，还要深入基层体验生活。三十二岁时，他戴"右派分子"的帽子已经 8 年，正在接受劳动改造：白天，在食堂里煮饭、到养猪场喂猪；晚上，钻研许慎的《说文解字》，兼读天文学方面的著述；闲暇时分，抄《声律启蒙》以自娱，观星辰，伴猫狗。四十三岁时，他被押回金堂县老家，继续接受劳动改造，与人拉大锯、做箱子，家

---

① 吴茂华编《流沙河短文》，四川文艺出版社，2001，第 56～57 页。

被抄了又抄，人被斗了又斗，可谓做不完的无偿劳役，写不尽的悔过认罪书。五十三岁时，重新回到《星星》诗刊编辑部为人作嫁衣，得过国家级文学大奖，翘过洋洋得意的尾巴，出访过异国他乡，时常说一些捧场的话、写一些帮腔的文章。六十三岁时，他已是垂垂老者一个，直将诗文看成浮云烟雨，亦把壮志视为过往情怀，提篮出门去市场买菜，归得家来进厨房煮饭，终日与猫儿鸟儿逗乐、与花花草草为伍，尽享一个老朽余生的乐趣，直至天国的招降。从作家的这一番叙事、抒情中，我们不难看出作家意欲表达的是他的整个心路历程，既有精彩情节细节的描绘，也有历史场景与环境的点染，还有对于事件的讲述、对于情感的抒发和对于人生的感悟，可谓融叙事、抒情为一体。

《流沙河随笔》这本散文集，主要收录了《锯齿啮痕录》中的绝大多数散文篇章，并在这个基础上有所扩增，分别添加了《流沙河信箱》《隔海随笔》《可怕的曾国藩》《不如去卖字》《文人拉车记》等文章。这些文章，或以书信体形式叙写了在文学创作方面的一些杂事，或以散化的笔调记录了港台文坛的点点滴滴，或以史学随笔方法论述了曾国藩为人为事的做派，或以夹叙夹议的方式描述了一个现代文人拉车的历史。但从总体风格看，它们仍然是在《锯齿啮痕录》基础上的一种延伸。有鉴于此，笔者就不再对其进行评述了。

综上所述，流沙河的散文创作主要是从这样两个维度来进行的：其一，是从历史维度出发，既深入阐释《庄子》现代版所蕴含的哲理意义，又对自己在"文化大革命"中的苦难历程进行讲述；其二，是从现实角度出发，以一个现代文人Y先生的所见所闻，来叙写在当代社会和现实生活中发生的各种怪诞之事或怪现象。从另一个角度看，作家之所以能够从这两个维度来展开创作，又同他在20世纪50年代中期和在"文化大革命"之中所受到的冲击、所经受的苦难，有着隐秘而深层的关联。就这个意义上讲，流沙河的散文创作是一种跨越了苦难后的思想绽放。

第三节　真诚而执着的乡土咏叹

就20世纪八九十年代的四川散文创作而论，陈明云无疑是其中最擅长描写乡土，也最富有乡土情怀的作家之一。无论是在他初入文坛时创作的一篇篇散文作品里，还是在其后来结集出版的《竹海天外风》《山里山外》《听蛙竹海》等散文集里，可以说，都无一不深深地浸渍着浓郁而厚重的乡土气息，反映出十分丰富的乡土影像，发抒出极为深沉的乡土情怀。概而言之，陈明云的散文创作体现出非常明显的乡土叙事特点，是对四川乡土的深层写照。

中国一直是一个以农业著称的大国，农村人口占据了全国人口的绝大多数，全国长期处于漫长的农业社会，社会经济也无不是以农村经济为重要组成部分。面对这样一种国家存在现状和社会现实特征，任何一位富有国家意识、民族情怀和责任担当的作家，其文学创作的出发点，首先就是对中国乡土社会的关注，通过对乡土中国的书写，来传递对乡土中国的审美表述和精神形塑。无论是在古代中国，还是在现代中国，抑或在当代中国，正因为有着为数众多的中国作家前赴后继，持续而深入地关注乡土中国，并创作出了大量堪称经典的文学作品，乡土叙事或乡土抒情才自然而然地成为中国文学最重要，也最具有经典意义的艺术创造经验之一。大多数四川当代作家，毋庸置疑地汲取了这种典型经验和文学精神的真髓，并在具体的创作实践中赋予其地方意义与当代价值，从而显现出更大力度的扩展、丰富、深化，周克芹的长篇小说《许茂和他的女儿们》之所以能够问鼎茅盾文学奖，张新泉的诗集《鸟落民间》之所以能够荣获鲁迅文学奖，莫不同这种经验范式有着密切而深沉的关联。置身于这种创作背景下的陈明云，应当如何继续深化对乡土中国的书写？又当如何继承乡土叙事这种典型的经验，从而达到进一步深入抒写四川乡土的目的？陈明云的做法，其实既非常简单又十分明了，就是基于自身对乡土中国的理解与认知，以一种当代意义的抒写方式来进行散文创作。

或许是因为在自幼以来的人生经历中，备尝了饥饿所带来的困扰和痛苦，并积淀成为一种无法抹去的生命记忆，陈明云才特别重视对于"吃"的深切关注。于是关于"吃"的描写，就成为其散文中主要的表现内容之一。散文《苦瓜》，以一句民间妙语引出吃苦瓜的话题，说苦瓜是平民百姓的家常菜，认为《大众川菜》一书里关于制作苦瓜菜的品类，不过是其中的两种做法而已，至于具体的吃法，完全可以随心随性，可以干煸苦瓜，可以凉拌苦瓜，可以制作酱油苦瓜，也可以把它制成泡菜。作家随即写自己在乡下当知青时吃苦瓜的亲身体验：在五黄六月抢收抢种时节，人整天地被炎天流火烤得蔫蔫的，一回到家里，盛上一大碗不稠不稀的稀饭，再从泡菜坛子里抓出泡苦瓜就着辣椒一炒，那又辣又苦又酸的味道，叫人精神为之一振，劳动所带来的疲乏也随之消失。接着他又信笔开去，写自己刚看到的一本书中，说苦瓜在国外原本是一种欣赏植物，只是后来不知怎么的，我国的先民们将它当作食物，于是才得以被广泛地种植。他认为关于苦瓜的这些知识，可以讲述给正在读小学六年级的女儿听，以补充其课外知识的相对贫乏。

《竹笋故事》主要描写了故乡人"吃竹"的故事。因为故乡为竹乡，生长着成片成片的楠竹、慈竹等，每年的开春时节，漫山遍野都会冒出蓬蓬勃勃的竹笋，吃竹笋也就是每家每户常有的事。随即，作家用林语堂、苏东坡这些名人吃竹笋的例子，来说明它的确是一道上品佳肴。谈及如何吃竹笋，作家认为大可不必强求一致，尽可随其自由自主，既可以煮熟后切成小块儿施以调料作为凉拌竹笋，可以将竹笋切成片进行煎炒做成玉兰片，也可以把竹笋洗净晾干做成干竹笋以待日后吃用，甚至还有可能做成满桌的竹笋全席。然而，每每见到这些用竹笋做成的美味佳肴，作家便不由自主地回忆起自己在乡下务农时，亲自做的竹笋酸菜汤，认为那才是人间的美味。因为只有在这样的味道里，作家才能够真正品尝到属于自己的独到的心理认知和情感体验，特别是那一段难以忘怀的知青岁月。

《苦竹笋汤》主要写作家对吃苦竹笋汤的品味和感知。在川南一带的民间风俗里，苦竹笋汤是一种家常便饭，家乡的人们之所以好这一口，是因为那苦苦的、酸酸的、辣辣的汤里，有着别样的滋味、情感和人生。在广袤的蜀南竹海，到处都生长着茂盛而繁多的苦竹，这种苦竹竹笋，虽然身材颀长、身体丰满，但它并不像楠竹、慈竹那样，既可以划成竹丝竹条编箩筐、簸箕、篾席，也可以制作成竹扁担、竹工艺品一类的东西，更无法担当起作椽子、梁柱的重任，所以家乡的人们只好把它当作口中的食物了。苦竹笋汤的做法一般有两种：一种是毛苦笋汤，一种是甜苦笋汤。在煮苦竹笋汤时，需要用油把竹笋略微地煎炒一下，然后再放上酸菜、辣椒和盐。

苦竹笋汤端上桌来，汤面飘浮的白净的笋块，油润的酸菜叶子，显得汤汁的厚重。使汤瓢一搅，又醇厚又清新的气息，就从发黑而不浓稠的汤汁里升腾，扑鼻而来。①

如果再辅以嫩豌豆、嫩胡豆、嫩玉米进行烹煮，那就更是一种绝美的味道。一旦几口苦竹笋汤下肚入腹，不但酸辣适宜、爽嫩鲜腴，而且能够浇灭焦躁、消热解暑和浊气下沉、清气上升，留满口的清苦清香；如果一家人围坐在炉火之前，人人都盛上一碗苦苦的、酸酸的、辣辣的苦竹笋汤，细细地啜饮着品味着，寻常亦温馨和幸福的日子也就由此开启。作家是在写一种现实的吃，也是在写一种记忆的味道，或者说是它们两者之间的相互交叠。显而易见，作家的这种写法是为了打开记忆的闸门，让记忆中的那种苦竹笋汤味道回归于现实，由此构成记忆与现实的交织，指明那才是一种理想的味道，并永远留存于作家的内心中。

《家乡的瓜菜》主要叙写家乡四川江安每年四月的瓜果蔬菜生产盛况及其农贸市场热闹非凡的交易场景。在作家的感知意向里，因为江安地处气候温润的川南，所以无论是在长江沿岸大大小小的冲积平原上，还是在起伏逶迤、连绵不绝的丘陵上，抑或在陡峭峻拔的山峦上，到处都栽种着各种各样的瓜果蔬菜。正因为如此，每至农历四月廿八这一天，这座小城犹如过节一般的热闹，城里的大街小巷到处都是卖菜的农民。这些农民挑着、背着满箩满筐的鲜嫩蔬菜，从四面八方蜂拥而至；他们或是蹲在某个十字路口，或是站立于某个小巷深处，或是穿梭于人来人往的闹市区，大声地吆喝着"卖菜咯、卖菜咯"，叫卖的声音响彻整个小城。在新建的农贸市场里，南来北往的人们更是织成一股股涌动的人流，嘈嘈杂杂的市声和人声飞飞扬扬、起起落落，营构出一派热闹非凡的买菜卖菜景象。在这热闹的景象中，人们可以随意挑选自己喜爱的蔬菜，只要双方谈好价格，便一手交钱一手交货。于是乎，那些鲜嫩的棒菜、莴笋、芹菜、藤藤菜纷纷成为人们篮子里的美物，那些葱韭姜蒜一一成为人们提兜里的佳品，人人的脸上都写着满心的欢喜。自然而然，作家也难掩自己内心的喜悦和兴

---

① 陈明云：《西部新世纪文库·山里山外》，中国戏剧出版社，2002，第 14 页。

奋，所以他才会如此深情地写道：

> 生于斯，长于斯，长大了又工作于斯，极少能有站在远处看家乡
> 的机会，更无缘体验那乡愁的刻骨铭心，但每年四月廿八前后上市的
> 鲜嫩的瓜菜，却依然能撩起我对这片热土的新鲜的感激之情——我们
> 江安出产瓜菜。①

由此，作家不但为我们勾勒出一幅家乡热闹非凡的买菜卖菜图景，而
且抒发了他的内在感情和心声。当然，从中我们也不难见知，作家对于隐
含其中的"吃"这一人生要务所表现出的特别关注和重视。

对于家乡的"竹"的描述，则构成了作家欲意表达的另一个主要思
想内容。由于雄踞川南的蜀南竹海，横跨长宁、江安两县的地界，那方圆
数百公里的葳蕤茂密的竹林，便构成了如海洋一般宽阔迤逦的风景。它不
仅驰名祖国的大江南北，还成为这一方的旅游胜地。这对于生于竹海长于
竹海的作家而言，不能不令其情发心动。所以，他既写对于蜀南竹海的深
情与美丽，也写竹雕、竹筷等工艺品的制作，更写它们给家乡人们带来的
荣耀和福祉。

《蜀南竹海》以"竹路""竹桥""竹筏""落叶"四个小标题来描写
作家对于蜀南竹海的深沉情感和审美描述。在作家笔下，竹路沿着森森峡
谷、潺潺流溪伸向远方，似乎在指引人朝着幽秘的深处前行，众多纷纷扬
扬的竹片落在地上，令人的脚步吱吱作响，汽车从上面经过，更是响成一
片，皆有如踏歌一般地轻吟与摇漾；竹桥在峡谷、流溪、沟涧之间架起，
有如一道道横空架设的迤逦风景，人行其上，虽然会经受左右摇晃、上下
起落的惶恐，但一旦走完最后一步，你就会挺直身躯、安之若素；在茫茫
竹海中行走，人难免会失去前进的方向，但有了大大小小、长长短短的竹
筏的引领，就会找到竹海深处的人家，寻觅到解渴的苦丁茶和解乏的龙门
阵，进而觅见真淳而浓郁的乡情；在阔大无边的竹海中，落叶在无声无
息地飘零，但在落叶的飘舞中，又有新的竹叶在慢慢地生长，因而，人

---

① 陈明云：《竹海天外风》，百花文艺出版社，1995，第57页。

伸手在光柱中接一片金箔般闪烁的叶子，其实也是在接住一片新生的力量和光明，因为翠竹始终都是生意盎然的，又是充满新陈代谢能量的。作家以一种浪漫亦写实的手法，从竹路、竹桥到竹笕、竹叶，逐步深入蜀南竹海的内层，通过对这四个细节或情节的细腻刻画，既有力地展示了蜀南竹海内在美的韵味，也充分体现了作家所赋予它的别样而深厚的情感。

《竹石情》则以对蜀南竹海另一种内在美的描写，来昭示它给人带来的美感享受，以及作家所赋予的深情。这篇散文以万岭箐的"石破天惊"这一景观作为写作的重点，作家首先描绘了这一景观的奇特之处：在人及半腰的磐石中间，赫然一道巨大的裂隙，竟将磐石一剖为二；如椽的楠竹扭曲着身体从磐石的缝隙中穿过，傲然挺立于磐石之间。然后再发抒作家的感怀和领悟。在这样的感怀与领悟中，既有对面如死灰的磐石的叩问，又有对柔软坚韧的楠竹的抚慰；既有对磐石周围环境的叙写，也有对楠竹具有的穿透力的描绘。因而，在作家的感知和体认里，楠竹与磐石之间以这样的形式，不仅完成了作家情感和内心的表达，也完成了作家对于蜀南竹海竹石情的呈送。除上述文章外，《竹海赏雪》和《听蛙竹海》也别有一番审美意蕴，它们不仅传递出作家在竹海赏雪、听取蛙声时怡然自得的情感与心灵感受，也从另一个角度再现了竹海的静谧、空旷之美。

关于竹工艺品的制作及其技艺的传递，则主要体现在作家陈明云的《竹雕》和《竹筷小记》这两篇散文中。《竹雕》写故乡人利用蜀南竹海丰富的竹子，在其上面雕刻画镂，将其做成各种各样竹雕的故事。作家一起笔便这样写道：

> 竹工艺品是这座川南古镇的传统特产，而且名闻遐迩，好像是顺理成章的事情。小如书签扇坠、大至家具亭阁，一色竹子，材料的涓洁雅致，先就让你喜爱了，何况还经过人的创造。①

然后再叙写制作竹雕时的选材之功，说意欲选择凹竹来制作竹雕，就必须

---

① 陈明云：《竹海天外风》，百花文艺出版社，1995，第21页。

在春笋出土时进山去捆扎楠竹，它才能逐渐长成凹竹的模样；而要使竹节自然生成"之"字形的龟甲竹，则不但须等候三五年的时光，而且更是一件费心劳神的事，如果稍有不慎，就会前功尽弃。至于竹雕的具体制作及工艺流程，作家更是绘声绘色地进行了这样一番描述：

> 人是俯首案前，那心神不知去了一个多么美妙的世界呢！……雕刀在竹坯上进进退退，时而滞涩、时而流畅。……①

一件成功的竹雕工艺品出炉，往往要耗时月余，足见其生产工艺的复杂。最后书写何君送给作家的那只笔筒，作家深以为，何君送给自己的岂止是一只笔筒，而是一座虚茫渺远的秋山，是一份深邃的超凡脱俗的宁静。作家以此说明何君雕刻技术的高超。

《竹筷小记》主要叙写江安筷子的生产，以及它给家乡带来的那份特殊的骄傲和荣耀。江安竹筷的生产在河街小镇，最初是作坊的性质，沿街的几十户人家，每一户就是一个小小的作坊。制作竹筷的主人，开竹坯、削竹屑、打磨筷身、细凿筷头、文火烤制……一支普普通通的竹筷从下料到成品，须经过十余道工序；生产竹筷的用料，则必须是楠竹中间的那几节，因为这几节不硬不软、长短适宜，作为制作筷子的原料，可以说是最恰当不过。江安的竹筷是以筷头上雕有狮子的造型而出名，它既有单狮、双狮的造型，也有衔宝狮、踩宝狮的造型，这样的狮子造型，可谓写实与写意的结合，形与神的兼备，充分展现出江安人的智慧、才能和创造力。然而，随着世事沧桑的变化和社会的不断发展，如今的河街小镇已远不及当年热闹，成为一处少有人问津的所在。尽管如此，它却是江安人的骄傲和荣耀，因为它以竹筷的生产作为对这个世界的一份弥足珍贵的奉献。

描写故乡的风景名胜，赞美故乡自然山川的壮丽，则构成了陈明云散文创作的另一个主要内容。在故乡的大地上，除了有天下闻名的蜀南竹海外，还有兴文石林这样远近闻名的盛景，有九莲洞这样的绝妙去处，有大大小小、远远近近的青山绿水，甚至还有淯江号子的声声入耳。这些有名

---

① 陈明云：《竹海天外风》，百花文艺出版社，1995，第22页。

无名的风光、风情、风景，如大珠小珠落玉盘一般的撒满故乡的大地，重历其内在之美，并以游记的方式尽力抒写这样的美，便成为作家十分乐意担负的责任。

《兴文石林小记》主要写对兴文石林之美的感知和领悟。在兴文石林管理处老吴的引领下，作家亦步亦趋地走入兴文石林，一一目睹了它的千奇百怪、风姿绰约。在作家情文相生的笔下，兴文石林里大大小小的石头，有的如城如堵巍然耸立，气势雄浑磅礴；有的如晶莹剔透的雕珑，大孔与小窦相连，仿佛进入迷宫一般。那拔地而起的洁白石柱，俨然一支巨大的笔在对着长天尽情地写意，凝视那玉冠洞前辉映着几抹黛色云影的茵茵草坂，仿佛听到一首竖琴曲。待走进钟乳石景区，那一座座钟乳石，犹如一个个美人胚子，她们或是以一种优美的舞姿永恒地伫立，或是仰卧着妩媚的美体在向人招手致意，或是正躬身弯腰地忙碌着。站在高高的钟乳石山上，俯瞰那一段在下临深涧的石壁上凿开的逼仄小路，会令人战战兢兢、步履维艰；峰回路转之间，山里出现了一片恬静的田园，顿时又令人感到了许多的抚平与慰藉。那数椽掩映在翁郁竹丛中的茅屋，那嶙峋的岩石上缠绕着的苍绿藤萝，那触目皆如璎珞般的小红果，它们相互映衬又彼此辉映，使整个石林犹如一座硕大无朋的盆景，于是，人就在这"无声的画、立体的诗"中盘桓、留恋。面对如此令人心醉神迷的情景，作家不无感触地抒发出这样的情感：石林的一山一石都凝聚了人的情感。在作家看来，兴文石林的山与石，既是自然鬼斧神工的创造，又是由人赋予了鲜活生命的体现。

《觅九莲洞》主要是写名不见经传的九莲洞的"奇观"。作家一踏入九莲洞，就被一阵弥漫而又翻卷着的云雾笼罩，整个九莲洞无不处在一片混沌、一片迷茫中，如果不是小妹大声喊出九莲泉，作家还以为是走错了地方。待云雾渐渐消散，九莲洞才显露出了它的尊容：洞子里面有两三间房子那么大，赭红的石壁早已被多年的香火熏黑，十多个真人大小的菩萨塑像就雕刻在洞里的石壁上，每尊菩萨有着各自不同的造型，但他们都统一于悲悯这一基调之中。这个所谓的九莲洞的"奇观"，原来不过是雕刻着十余座菩萨塑像的所在，是曾经为人们供奉菩萨的地方。或许，在往日香火缭绕、众人朝奉的岁月里，它的确可以算得上是一种奇观，但如今却是一片湮没无闻、寂寞无声之地。因而，作家在观赏和兴奋之余，又不免感到丝丝缕缕的怅然和失意。好在九莲洞外有一汪清澈的九莲泉水，在一丛丛葳蕤的兰草间涓涓淙淙地流淌着，一汪清水秀媚而贞静。人掬几捧山泉而豪放地饮之，顿时便感觉到了口留清甜、心肺润泽、情绪通泰、浑身爽朗。这难道不是人心中的一个"奇观"？

《淯江号子》则主要叙写淯江两岸纤夫们拉船时发出的号子之声，意在极力传递作家对这些纤夫们的赞美和颂扬之情。从地区下来的一位姓赖的干部，意图收集有关淯江号子的材料，但他问遍了满河滩的人，竟没有一人会喊淯江号子：正使劲用木筲往舱外戽水的，对他摇摇头；正躬身屈体拖舱板的，对他也是摇摇头；正在船头上划拳喝酒的，对他更是把头摇成拨浪鼓。对淯江号子，这些现代船工都一概不知。这真可谓急煞了这位姓赖的干部，他不禁心下暗想，难道说淯江号子失传了？正当此际，一位瘦高个儿的男人说，他知道有人会喊淯江号子。在他的带领下，姓赖的干部找到了那位能够喊淯江号子的老者，但这位老者说自己正在撒网捕鱼，没有闲工夫喊什么淯江号子。待老者收拾好捕鱼的工具，才与姓赖的干部细细地谈及淯江号子的喊唱。于是，一曲古老浑厚的淯江号子从这位老者的口里发出："哟哦嘿哟哦，呃哟哦……"伴随着这位老者对淯江号子的喊唱，作家为我们勾勒出一幅幅纤夫拉船时的情形或景象：一群上身赤裸的纤夫，将自己的身体弯曲成弓字形，肩膀上勒出一道道深深的红印，在几百公里长的河道上来来回回地行走；这些纤夫，因为长期经历着日晒雨淋、风霜雪冻的日子，浑身上下没有一处不是黑黝黝的，皮肤一律呈现古铜色；这些纤夫，他们双肩拉着长长的纤绳、脚下踩着乱石泥沙、匍匐着整个身躯，越过一个个弯来拐去的河道、走过一个个风急浪高的险滩、度过一个个栉风沐雨的日子。这些纤夫，不仅大声喊着"哟哦嘿哟哦"的号子，也高唱着"手爬卵石脚蹬沙，找钱买米盘冤家……"的歌谣；这些号子或歌谣，有的高亢而欢快，有的沉郁而悲凉，有的则是五味杂陈、一言难尽。在作家看来，正是因为有着一代又一代纤夫的高声喊唱，拖着生活中沉甸甸的喜怒哀乐的高声喊唱，不畏一切艰难险阻而又坚定执着的高声喊唱，才有了淯江号子的激情与豪迈、川江号子的高亢与奔腾。这是对淯江号子、川江号子的真实写照，更是对那些纤夫们光辉形象的有力凸显。

从上面的论述可知，作家对于故乡的描绘主要是从"吃"、竹工艺品的制作、自然风景和社会文化风俗这几个方面来进行的。从严格意义上讲，作家对其的描绘或叙写，无疑是成功的，因为他既揭示了何以为"吃"的心理感知和内在逻辑，凸显了制作竹工艺品的细腻与精微，构建了自然风景独有的审美特征，也写出了社会文化风俗特有的艺术魅力。然而，在作家深层的意识里，这一切并非故乡的全部，也不足以表现出一个深刻而全面的故乡。所以，作家才会将自己的笔触深入故乡更为广阔、更加深邃的现实与历史中去。

就作家对于故乡的历史叙事而言，《江城旧事》《山里山外》《薄刀岭纪事》等可谓其中的代表作。《江城旧事》以一种散笔形式叙写江城的过往和历史。清江与长江这两江的交汇处，曾是江城最大最热闹的码头，它簇拥着中圆棒船、金银锭船、柳叶船、麻雀船、黄瓜皮船，这些船只的每一次起航或归来，都会引起一阵不大不小的骚动；码头上真可谓人头攒动，或是排成一个长长的阵容，或是自然汇聚成东一片西一团，这些人要么急慌慌地装船，要么忙慌慌地卸货，要么有条不紊地整理货物；一旦旅客们从船上鱼贯而出，小贩们便蜂拥而上，兜售他们的香烟、花生、瓜子、鸡蛋、小酒，或是其他的食品。曾经的柴家渡也是一派热闹的场景，各种各样的炭筏子、竹排、木排来来往往、络绎不绝，它们将大船运来的货物分别转移到各自的小船上，运往各个通达的偏僻的小镇乡村，待卸完货，便将各自的筏子摞在一起，大家轮流拉纤回到柴家渡；在大雨滂沱的时候，或是没有大船来的空闲里，这些筏子的主人便三五成群地在一起消磨时光，打打纸牌、搓搓麻将，或是燃起一堆堆篝火，烤着热烘烘的篝火以打发短暂而无聊的日子。曾经的柴家渡小街上，更是一片欢腾的景象，因为小街上布满大大小小的铁匠铺。这些铁匠铺以打制船上所需要的铁件为生，一年到头，叮叮当当，生产无数个铁钉、铁夹、铁钩、铁环，以备船工的不时之需。仅以钉一条船为例，光是使用的扦担钉、爪钉，就得一簸箕之多，更不要说在打船篷、制桡桨、刮竹麻时所需的东西了，这些都与船运有紧密的关联。在这个基点上，作家又将笔触深入小城更为悠远的历史烟云中去，写在抗战历程中那些最为艰难的岁月里，国立戏剧专科学校整体搬迁至这座小城，由曹禺、吴祖光、吴晓萍等教授为主将，带领一帮青年学子演现代文明戏，并由此给小城人民带来戏剧影响和无比的快乐。然而，这一切热闹的场景、纷繁的历史都已渐渐远去。面对这些远去的热闹和历史，作家的心里颇有几分失落、怅惘和伤感。

《薄刀岭纪事》主要写作家在做知青时，翻越薄刀岭的往事。顾名思义，薄刀岭是指山上的石块儿像薄薄的刀子一样，人行其上，非常艰难。话说当年的那个夏天，作家和生产队的一群农民挑着担子，前往二十公里外的乡镇去交公粮，途中必须经过薄刀岭。当时，正是艳阳高照，人挑着几十斤重的担子已是大汗淋漓，穿着胶鞋的脚底又打滑，便索性脱掉鞋子赤着脚前行。在行至薄刀岭时，脚下被刀砍斧削的山径划着，硌得人疼痛难忍，左右两边又是悬崖峭壁，更是令人颤颤巍巍的。当时，人只得忍住脚下的疼痛，采取走几步、歇一下的策略，再兼有着那些善良农民的大声吆喝和不断鼓励，"我"挑着担子迈过了薄刀岭。至今回忆起来，翻越薄刀岭的细节，恍如在昨天发生，令人不敢忘却。

就作家对于故乡的现实叙事而论，《静静的水文站》《月夜茶山》《大江之上》等可谓其中的典型代表。《静静的水文站》有如一篇素描式的散文特写，为我们勾画了水文站三代人的肖像。即将退休的老站长，是一位南下干部，从河北农村参军一路南下来到川西农村安家，几十年从未离开过这里。他是一个典型的农村干部形象，思想单纯、质朴无华，干事兢兢业业。那对中年夫妻老张和邵姐，是60年代毕业的中专生，两人刚刚晋升了工程师职称，现如今是水文站的顶梁柱，水文站里关涉到的一系列技术业务、资料整理、情况汇报等问题，基本上是由他俩来定夺的。戴眼镜的小伙子姓叶，是才从水利中专学校毕业分配来的，有点侃侃而谈的习惯；小马是顶替父亲接班的帅小伙，长相酷似他退休的父亲。这三代人，既各司其职，又协同合作，把水文站的工作管理得有条不紊、秩序井然。《月夜茶山》主要写"我"以记者的身份，到茶山进行采访时的所见所闻。到茶山采访，是县里交代的主要任务。"我"一到茶山，便看见那里正热火朝天地大干快干着：采茶的采茶，炒茶的炒茶，清理的清理，装点的装点，真是一派繁忙而热闹的景象。夜晚时分，"我"仍然滞留在茶山，目的是想近距离地观察茶山，想看一看茶山宁静的夜晚。不一会儿，月出东山之上，朗照于大地之上，有丝丝缕缕的笛声传来，"我"循着笛声而去，发现是一位名叫小梁的姑娘伫立于月下，正聚精会神地吹出那悠悠远远的笛声，便与她热情地攀谈起来。待攀谈完毕，"我"便踏着月色欣然而归，因为"我"已明确知道该如何写这篇通讯报道，已然洞明了茶山的美丽之所在。《大江之上》则首先概写长江大桥建成以后，给两岸人民带来的喜庆和福祉，然后再重点叙写大桥未建成之前的那一件惨痛的翻船事件。"一桥飞架南北，天堑变通途"，是两岸民众的凤愿，一旦这个凤愿实现，人们纷纷涌上宽阔的桥面，如谈论一件重大的喜事一样，这里评说，那里论道，热闹非凡。望着兴高采烈的人们，"我"的眼前又浮现出那惨烈的一幕：时针指向 1998 年 7 月 12 日。那一日，天空布满了乌云，江河之水猛涨，本来可以顺利靠岸的一艘渡船，却意外地倾覆而沉入江底，一同沉入江底的，还有一百多条老老少少的生命。这在江安历史上，无疑是最沉重最黑暗的一天，因为它会给那些遇难者的家庭带来多么大的不幸啊！作家以极为凝重的笔触，详细叙写"7·12"沉船事故的前因后果、来龙去脉，既有深切悼念遇难者的意图，又发出了自己的呼吁，或者说是一种呐喊：但愿这样的惨痛事件，永远不要再发生。

综上所述，作家陈明云为我们绘声绘色地描写故乡，以寻常生活中的"吃"作为起笔，逐步延伸到对故乡的竹和竹工艺品的深切关注，再扩展到对故乡的自然风光、风土人情、社会面貌的倾情描绘，最后到对故乡历史与现实的真实叙写，几乎涉及了故乡的里里外外、方方面面。可以说作家对故乡的这一番又一番的描绘、叙写，以及真诚而执着的咏叹，不仅为我们勾画出了一个富于完整意义的故乡，而且令读者深深感触到作家情感的充盈、内心的丰沛和思想的深入、灵魂的纯净、审美的宽广。这也正是作家散文创作的思想意义的有力呈现。

从艺术的角度看，作家散文创作的最大特点就是细腻。散文写作中的细腻，是一个作家对于生活的细致探究与发现，也是一个作家深入生活、深入现场、深入细节的具体表现，更是一个作家内心、情感、性格的深刻表达。作家在其散文创作的过程中，能够十分翔实地描绘"吃"给故乡人带来的内在充实，能够非常细致地描绘故乡竹海世界丰富的内涵，能够极为细腻地刻画山山水水和人文风情，能够对家乡的现实与历史不厌其烦地述说，这一切都足以证明作家对故乡的描绘所达到的细腻程度。不但如此，作家还有对自己内心的自省，对自己情感的发抒，对自己思想的呈表，对自己审美的发现，亦尽显其细腻。因而，作家对于故乡外部世界的抒写和对于内部世界的刻画，都达到了相当细腻的程度。

如果要论作家散文创作存在的不足，笔者以为则在于它们的过分琐碎。无论是作家的描绘和写意，还是其抒情与叙事，本可以显得更加集中和凝练，但作家似乎尤其热衷于旁逸斜出，以"旁叙"的方式而言其他，由此造成诸多毫无必要的赘述。散文是一种凝练的艺术，作家应该尽力收敛那些不必要的闲笔，以减少"芜杂"。这权当是笔者的一个中肯建议。

第四节　散文乃是一种美学散步

就新时期以来的四川当代散文创作而言，无论是在散文题材内容方面的新颖开掘，还是在散文文本意识方面的锐意变革，抑或在散文艺术美学方面的努力探索，都有一大批富有进取精神和创作实力的散文作家在执着地耕耘着，他们不但大大活跃了四川当代散文创作的氛围，筑构出一种浩然阔大的散文艺术景观，而且在全国的散文创作领域产生了一定的影响，从而为四川当代文学的画廊增添了一抹较为亮丽的风景。在这支人数众多、阵容庞大的散文创作队伍中，有一群散文作家特别吸引我们关注的目光，他们既是现代传媒行业中的记者，又是散文作家里的精锐；他们在新闻事业的忙碌之余，又将大量的业余时间用于散文创作。这群散文作家，凭借他们的职业所长和优势，深入社会各个领域实地采访，既具有见多识广和取材丰富的经验积淀，又能够卓有成效地把散文与新闻进行艺术融合，由此构建了四川当代散文创作中一道非常独特而绚烂的风景线。伍松乔便是这道风景线上非常突出的作家之一。在数十年的散文创作生涯里，伍松乔不仅发表了大量的散文佳作，作品被选入多种文学选本或文学专集，多次以散文作品或散文专著荣获各类各级文学奖项，还陆陆续续地出版了散文集《姓甚名谁》《随遇而乐》《记者行吟》《十字岭，识字岭》，纪实散文集《没有眼睛的府南河》《宋育仁：隐没的传奇》《成都》《天下古成都》《羌之红·北川重生羊皮书》《5·12中国汶川特大地震全记录》，以及新闻文化评论集《媒体上的文化庄稼》，等等，真可谓著作等身，享有文坛盛誉。本节内容以伍松乔的散文创作为研究对象，重点分析他的散文集《姓甚名谁》，并略论其《记者行吟》和《十字岭，识字岭》，着力探究他在散文创作中所表现出来的思想内容和艺术特点，以及作家在散文文本艺术方面凸显出的探索精神。

　　从某种意义上讲，在所有的文学体裁写作里，散文是最富有人生散步意义的文学体裁，同时也是一种极具美学散步意义的艺术形式，只是对于不同的散文作家而言，其散步的方式、路径和追求等不尽一致，其所抵达的美学境界也各有不同，这都取决于作家本人的人文修养、人格气韵、思想境界、探索精神及其对于散文艺术的独特领悟。中国是一个散文大国，散文创作的历史源远流长，从古代到现代再至当代，许多堪称优秀的散文家曾留下了大量富于风范意义和成熟标志的散文作品，这些无一不标志着他们的散文艺术在那些时代所能达到的艺术高度。但是，散文艺术发展到今天，已经从轻浅、空灵、典雅的书斋，从纯粹的雅趣展玩的文人圈子中彻底摆脱出来，以它直面人生与心灵、社会与现实、时代与民族的崭新姿态出现，特别是其中的大散文，以一种极富时代内质的新视角和深广度揭示生活、展露人性、探索真理，更加注重生活的实在性、思想的深刻性、文化的当代性以及永恒的人文精神和情感，由此彰显出大众意识、当代意识、文化意识的思辨色彩和审美特性，不仅深得散文作家的特别青睐，同时也引领了散文艺术的时代风尚。当代中国的散文创作之所以会生发出这样重大的格局变化和艺术探索的创新精神，既是由现代社会生活和散文自身发展的要求所决定的，又是一种必然的历史趋势。从这个意义上说，伍松乔的散文创作就是对大散文创作的一种有益尝试和大胆探索。从他最早出版的散文集《姓甚名谁》中我们可以看到：作家总是站在社会历史和现实生活的高度，以一个新闻记者在面对复杂纷繁、急剧变化的时代时的特殊视角，以自身敏锐的观察力、快捷的反应力和作为一个作家的强烈的忧患意识，对社会与自然、生存与生命及其自我，从不同的角度进行多层次的审视和反思，以入木三分的笔力对其做细致的解剖和深刻的分析，给我们以一种充满厚重而又深沉的历史感、现实感、社会感的强烈触动，也由此显示出散文内容的思想力度、情性深度、文化质感和积极的社会意义。不仅如此，他所创作的这些散文既不是那种索然无味的哲理说教，也没有故弄玄虚的高深莫测，无论是对历史还是对社会的严肃思考总是通过一幅幅生动的艺术画面自然而然地显示出来，且潜蕴于素朴而又机智甚至诙谐、调侃的叙述语言中。

每个人都无一例外地有一个属于他自己的生命的故乡，这是一个人不能摆脱的定命。对于不同的人而言，这样的故乡，或以物态属性为主，或以精神形态为主，或者体现为物质与精神的同时兼具和高度融合，所以无论这个人是自始至终都羁留于故乡的土地上，还是在故乡之外的浩然世界"更行更远"，其心底总是会珍藏一份浓浓的恋乡之情。也正是基于这样一种恋乡之情，作家才在作品中深层地构造了一个丰富的情感世界和心灵结构，以及对于这个情感世界和心灵结构的审美书写、精神考量，并由此体现故乡之于作家的存在意义，或者说故乡之于作家的文学创作意义。在这个由数量众多的文学作品构成的方阵里，有的作家把故乡当作自己内在精神的永恒眷顾，从而赋予故乡一种永恒的精神意义的大地感；有的作家则将故乡视为情感的栖息地，以此构建出只有故乡才具有的那种纯然的乡土情味。无论怎样，故乡都是人类生存中的一个永恒的话题，也是文学艺术表现的重要内容之一。但在过往的众多散文作品中，作家要么是没有勇气直面真实的故乡，要么是不敢袒露自我的内在心声，他们往往竭尽各种艺术的现实的手段，或者矫情伪饰，或者艺术夸张，给故乡非常人为地泼上了一派艺术的笔墨，他们笔下的故乡不是充满美丽童话的色调，就是具有高贵富庶的气象，从而掩盖了它的真实面目，也失去了散文本身思想的深邃和艺术的震撼力。伍松乔的散文创作则是对这种现状的一种有力反驳，他以超凡的勇气直面真实的故乡，以批判的精神直入故乡的存在内核，以此对故乡进行既是情感的又是理性的，既是历史的又是现实的审视。在散文《矮丘陵侧记》和《热闹之最》里便是如此。作者的故乡是川南的富顺，它位于一片"密密麻麻望不到边"的浅丘中，这样的地貌自然就"没有高山峻岭的雄壮严肃"和"一马平川的开敞辽阔"，也难以唤起"神秘深沉或热情奔放"的感觉，但它却是那一方有名的大县，不仅历史悠久、人口众多、出过不少名人，还曾因为盐业的发达而享有"银富顺"的美誉。声名远播如此，那一方水土中的人"感觉也一向优越"，连作家自己在故乡报社供职期间也"曾经发起过两次大型的认识家乡热爱家乡的知识竞赛"……这些叙事并非《矮丘陵侧记》的题旨。倘若如此，这篇散文就不会有其思想的力度、认知的深度和耐人寻味的意蕴。一句"关于它，却实在不知从何说起"，可见作家感触良多，也使全文为之一变。于是，作家在现代意识和文化精神的烛照下，从那片曾经养育过自己的浅丘中读出了它的不美。从物态性征上看，不但"那丘陵变矮"，而且"难看死了"；从文化层面上看，它的周围各种"文化"（实指周围城市经济的日益发展和繁荣）的风起云涌，更使它相形见绌，以致"抬不起头"。这既是作家在拉开心理距离后对故乡的深度审视，又是作家从更高的社会历史层面对故乡进行的理性梳理。作家笔下的"矮""难看""抬不起头"有着丰富的寓意内涵，实指故乡的阿 Q 精神，故乡的文明进击精神正在消退。作者又并未止于对这种现状的简单披露，而是将笔力直入产生这种现状的根源：是自然条件太差？是"轻工薄商"的传统观念作祟？抑或人的素质缺陷使然？或许兼而有之。

如果说《矮丘陵侧记》侧重于对故乡人的阿 Q 精神及故乡经济落后的原因的揭示，而作家的笔下尚留较大的余地的话，那么《热闹之最》就是作家对于乡风民俗中所浸透的人性缺陷的大胆批判，笔锋也显得更为犀利。这篇散文描写故乡老百姓有着几千年流传下来的喜欢看处决犯人的陋习。对于此类社会现象，虽然鲁迅先生早在八十多年前就已深刻地揭示过，但作家却更多地注入了社会、历史、文化、经济、人文及其相互关系的思考。在日常生活中，热闹是经常有的，但能形成倾城而出、万人空巷的热闹之最却鲜见，作家一开篇就说明形成故乡热闹之最的是乡人争先恐后地去看怎样处决犯人，这种别出心裁的视角切入颇值得读者玩味。难道没有比这更具有生存意义更富于文化内蕴的热闹？显然不是，那么作家一定从中暗示着什么：一种文化走向的误区？一种社会风俗的"不良症"？还是一种人生意味的悲剧？无论怎样，敢于批判的勇气和暴露的胆识都值得肯定。作家写故乡的所谓"热闹之最"又是从两个具体场面切入的。其一是作家目睹的三次行刑，那些被处决的对象分别是历史反革命、杀害军代表的土匪头子和知法犯法的法官。从某种意义上说，他们都是"知名度"较高的人，这样的"名人"被"敲砂罐"，无疑是具有极大的

"轰动效应"的，更何况那个历史反革命在刑场上还大呼"冤枉"和"毛主席万岁！共产党万岁！"的口号，那个法官在被处死的过程中"又极富戏剧性"。这些场面无疑是非常热闹的。其二是县城理发店店主一类的小市民给人们描述这类"民间传说"的场面。他们不仅绘声绘色地转述其"祖辈父辈传下来的'斩首'盛况"，还口若悬河、面带喜色地讲述自己"看过的枪决青年女犯的故事"。不但将历史的热闹盛况与现实的热闹非凡融为一体，而且揭示了产生热闹的一个原因：大众性的参与和民间性的鼓噪。这两种场面又相互映衬，彼此补充，构成一幅活脱脱的小城"热闹之最"的图画。但作家的用意并不在于对这些场面的渲染，而重在说明其"象外之意"。对于罪犯的日益年轻化，"能够如税老师这样忧虑的人毕竟太少，更多的是为之兴奋，为之'安逸'"，这就一针见血地揭示了人们对于犯罪行为、对于法制观念的某种精神麻木的现状；"不知它是否可以归入警匪片一类的社会刺激与某种宣泄"，这看似疑问实则肯定的话，更是入木三分地揭露了上述现象的实质——经济落后的现实导致了人们文化生活的"贫血症"，也催生了人的生存价值或人的积极生活意义的"失落"。这与其说是作家的社会忧患意识的一种体现，倒不如说是他对乡风民俗中所潜藏着的人的劣根性的深层思考，表现出作家敢于暴露故乡"不美"的内质和敢于大胆批判故乡落后的精神实质的气概，这无疑具有重要的现实意义。尽管如此，爱依然是作家倾注于故乡的主要情感和思想内核，无论在《矮丘陵侧记》还是《热闹之最》中，我们都能明显地感觉到这一点。但他的这种爱蕴蓄在对故乡历史与现实、文明与愚昧、美与丑的反思和解剖中，特别是深藏于对故乡人的告诫中：要有勇气正视自己的精神苍白和文化贫乏，不要再做现代的阿Q。这种富于理智内质和思辨色彩的深爱，较之那些背离实际的盲目的爱就更显得深沉有力，更具有积极的现实意义。因为无论是从历史的角度还是从现实的层面加以审视，任何形态的人类文明的发展都不是感性的，而是理性的，它必须建立在人类理性的基础之上。

鲁迅先生曾在《华盖集·忽然想到》一文中说：

 历史上都写着中国的灵魂，指示着将来的命运，只因为涂饰太厚、废话太多，所以很不容易察出底细来。①

　　这段话的深刻含义就在于它充分说明：在中国几千年的历史记载中，我们的各种"史官"多是"遵命"行事，书写美化多于"本真"的实录，从而掩盖了历史的真实面目，让后人对之一知半解以致是非难辨。不单是历史记载，过去的诸多文学作品也是如此，能够秉笔直书的文学家只是其中的少数。身为作家的伍松乔却能以正直的秉性和坦然的胸襟正视历史、揭破历史的种种阴暗，以真实的叙述还其本来面目，不仅给人以厚重的历史感，也构成了他散文创作的另一个特征——散文内容的真实性。这尤以他的散文《天上人间》和《悬剑》为代表。

　　《天上人间》是作家根据自己的"亲历亲见"，用纪实的手法再现了20世纪60年代初期中国遭受自然灾害的历史场景，以及由这场自然灾害引发的物质生活困窘给人们带来的严重摧残和思想扭曲、人性沦丧。为了生存，伍松乔"偷偷地"吃过生米、生胡豆、红苕、高粱和糠与野草野菜做成的糠粑粑；他的妻子也吃过糠皮甚至观音土，为了养活家人而不得不去搞"投机倒把"活动；而更多的农民则被活活地饿死，或者在劳累饥饿交加中死去。凄凉之景，悲惨之状，令读者的心灵颇受冲击和震撼，又满含一种凄楚和疼痛。作家并非就此止笔，而是将笔力切入另一个更深的层面——人际关系异乎寻常的紧张和人性良知的极端沦丧，诸如教书很好的老师去当搬运工，偷摘农民胡豆角的学生被公开"示众"，一个农民因为偷了别人的菜被"一夜毒打"而死于非命。伍松乔在叙述这段历史时，其用意并不在于复现历史中人的身体层面的痛苦，而在于揭示人的内在性的痛楚，因为那种自然生存意义的"灾难"已然全部转化成人的一种沉重的精神之痛。所以在作者看来，这场发生于中国当代历史进程中的自然灾害，给我们的整个国家、社会和人民带来的影响不单纯是物质向度的意义，更主要的是精神向度的意义，这是很值得我们考量和深思的。

　　显而易见，作家创作这篇散文的意图是再明白不过了，他是在有意识地提醒我们各式各样的"学者们"，不仅要有面对历史真实的勇气，更要有

---

　　①　鲁迅：《忽然想到》，《鲁迅全集》（第3卷），人民文学出版社，1987，第17页。

敢于正视历史荒谬的精神。《悬剑》也是作家根据自己的亲身经历创作的一篇充满痛苦回忆的散文。因为家庭出身问题（其实其父亲是职员），在那种"唯成分论"的特殊年代，"我"的思想、心灵、精神备受乖戾历史的"愚弄和摧残"。"我"其实不过是一个"灰色"的人，但在那个特殊的年代里仍然被某些人有意地归入"黑类"之中，要想如许多同学那般赶火车去遥远的京城参观，是根本没份儿的事，而加入共青团组织，就更是一种无法实现的奢望，自己唯一的定命就是"夹着尾巴做人"。这些特殊历史年代的身心经历和精神挫伤，不但成为作者"心灵中挥之不去的沉重阴影"，积淀为他生命历史内存中的痛苦元素，而且对于他的现实人生观念也产生了极为深刻的影响。由此可见，这种乖戾、病态的荒诞历史，对于一个人的生命成长、内心养成、灵魂装载，有着何其沉重的伤害和创痛。与此同时，作家还站在现实时空的理性基点上，通过对历史的重述来揭露自己的一些同代人在迫害人又被人迫害的过程中所产生的心理变态和心灵扭曲的实质，或是力显出自己的某些"同类"在历史的戕害中的逆来顺受和甘愿沉沦，譬如那几位"左"态可掬，其实自己出身也不好的教师，他们的行为不仅完全是"以难为烂"，甚至可以说是充分展现了"堕落人"的恶的本质；又比如那几位与自己一样的"同类"，在残酷现实的威逼下，个人的命运可谓十分的坎坷和诸多的磨难。作者通过写自己也写他人在这段历史中的所思所想、所作所为，以及最终的命运，意在揭示血统论的思想所戕害的不是一代人，而是几代人，我们的国家也因此而付出了惨痛的代价，这个教训是相当沉痛的。

从上述的散文作品里我们可以非常清晰地见知：无论是对于故乡历史与现实的反思，还是对故乡人身上的人性缺陷的揭示，抑或对历史上那些极左思想、路线的重新审视和社会批判，作者都表现出情感的凝重、思想的深邃、批判的锋芒。从散文艺术表达的角度看，作者对其中的某些细节描写浑如对小说技巧的运用，精当而典型，赋形描象也非常地接近生活本身；在叙事的视角上，作家也力求做到新颖别致，以此强化文本的艺术感。

从历史的沉疴步入现实的明亮，从地处偏僻的小城走进高楼林立的省城，光怪陆离的城市生活、错综复杂的人际关系、异彩纷呈的现实景象，如洪流般不断地冲击着作家的身体和灵魂，从而有力地拓展了作家生命认知的宽度和思想视野的辽阔，作家的审美感受便由此在多个方面、多样层次上有了整体的更新和提升，因而他散文作品里的思想内容也随之产生很大的变异，或者说有了更加丰富的思想意义的展现。关注社会现实在时代中的飞速发展，彰显时代前进的内在精神，揭示现代文明中人的内心世界，成为作家散文的主要内容之一。《珠江不是一条江》以一种朗阔的审美视野和快速流转的散文笔法，描写了改革开放给珠江三角洲带来的巨大历史性变化，充分展现了广东人在以经济建设为中心的工作中所表现出的开拓精神和创业风范，在充满强烈赞誉的同时，作家又对自己所在省份的经济发展现状进行客观而理性地梳理和认知，从侧面衬托出自己身处的盆地发展变化的相对缓慢或某种滞后。《高高的标点》通过对自己所在的省级党报的几代人的艰苦创业并终于有了卓越的变化的叙述，既从一个角度梳理了一张党报的发展历史，又大力颂扬了在时代前行中报业人的那种兢兢业业的工作态度和勇于奉献的精神境界。《同时进行》则通过对现代都市中高效率的工作、快节奏的生活描写，揭示出这样的工作和生活业已成为我们这个时代的主流，作为生活在现代都市的人们必须尽快适应这样的快节奏，才能从中找到各自的人生位置和生命意义。这些散文篇章都是作家从不同的层面对当代都市生活内涵的揭示，表现出他对当代社会和人的深切关注。除此而外，伍松乔也将思想的笔触探入自己的内心世界和情感深处，通过对它们的记述来表现他对于生活的感悟和人生的感怀。在《不敢下雷池》一文里，作家通过对几次跳舞活动的体验和反思，终于领悟出作为一个"老三届"的自己在舞场上完全是一个蹩脚的角色，不要说身体的灵活性和协调性的严重缺失，就是舞场内铿锵有力、震耳欲聋的音乐声也是很难令人消受的，既然无福享受这种所谓高档时髦的现代娱乐方式，便索性断了这样的念想，尽力去做自己想做的事——"咬紧牙关一个标点一个标点地重写篇章"，这或许才是"顺着自己的心意"的生活，是一种找准了自己人生目标的上乘生活。《好去处》一文，作家则通过对自己在"观光年"时几次短途旅行中"苦历"况味的反复咀嚼，非常清醒地意识到：人的真正休假去处就是"各自归家"，因为在家里，人不必匆匆忙忙地赶路，不必为了吃饭、住宿绞尽脑汁，更不必在人山人海、你推我搡的环境里承受纷至沓来的各种"杂音",反倒很是随性悠然、身体放松、舒心惬意。在《所谓潇洒》中,作家又通过对当下社会里的所谓"潇洒"一词走红的现实的剖析,充分认识到一个人意欲在现实生活中实现和抵达真正意义的潇洒,是一件有着相当难度的事情,因为总有这样那样的因素制约着人的潇洒,所以真正的潇洒其实就是"难得潇洒,拜拜潇洒"。在这些散文里,作家以一种极富幽默、调侃色彩的散文话语,恣意纵论人在当今生活里种种不适和难以言表的尴尬遭遇,既表现出了作家对于生活和人生的真实感悟,又给读者以启迪。

《姓甚名谁》既是作家这本散文集的书名,同时又是这本散文集里的一篇散文,作家如此这般地刻意为之,可见这篇散文在作家心目中的重要程度和特殊意义。从某种意义上讲,《姓甚名谁》当属一篇极富现代思想意识和复杂人生况味的散文篇章,同时又是一篇思想意义蕴含深刻和充满社会批判意味的"檄文"。无论是从这个世界走过的那些人,还是至今仍然活在世上的人,都无一例外地有一个属于自己的姓名,它不仅是父母授予自己的一种标志家族姓氏的特定符号,同时也是一种显示血缘关系内涵和种族遗传文化的身份确指,正是因为有了这样的特定符号和身份确指,我们每个人才得以清晰地觅见自己生命的来处与根脉,才能够理所当然地成为这个家族之中或整个民族内部的一分子,载入国家规范的户籍管理名册,从而被无以数计的众多非家族谱系的他人接受和认识,乃至于生发出人与人之间那种正常的人情、友情、爱情、姻缘关系。反之,这个人便会如一个找不到生命文化源头的无根魂灵,陷入生命的惶惑和存在的可疑,身心处于飘零,情感没有依傍,精神无所归附,甚至会因为一些微不足道的小事,招来各种社会组织形式的"收容"尴尬。当然,作家在《姓甚名谁》这篇散文里所叙写的事情,以及他因为姓名中的一字之差而遭遇的尴尬处境,同笔者所说的情况相距甚远。历经多年的艰辛努力和卓越奋进,作家以其在报界的突出表现和光辉业绩,从川南的偏僻小城调入省城的第一大报社,这既是对作家长期不懈努力的回馈,也理当是其人生历程中的一件喜事或盛事。带着这样的欣欣然喜滋滋的心情,作家前去管理户籍的派出所办理入户手续,却不意被那位年轻又细心的女警察发现,作家迁出户籍上的姓名同迁入证明上的姓名之间有一字之差,并由此断定这个

"伍松乔"与那个"伍松桥"不是同一个人。突发这样的情况，作家完全是始料未及，便赶紧向这位女警察解释、说明其中的缘由，并拿出单位开出的证明对此予以确证。作家的这一切努力都无济于事，那位女警察就是油盐不进，仍旧执拗地认为他们不是同一个人，不予办理户籍迁入手续。自己不是自己，或者说自己不能证明是自己，无疑是一个人的生命历程中最为尴尬的事，它意味着对这个人的身份的否定，这让作家的情绪顿时一落千丈，可以说糟糕到了极点。出于无奈，作家伍松乔只得怏怏而归，向自己单位的人事处报告，人事处的同志既是出于好心，也是为了减少不必要的麻烦，建议作家就用户籍迁出时的姓名。回到家里的伍松乔，将单位人事处同志的建议说与自己的妻子，便立即遭到妻子的强烈质疑——"我到底嫁的是伍松乔还是伍松桥，你说清楚！"将此事再拿到自己部门去诉说，更是引发了一场关于人的姓甚名谁的火热讨论，不同的思想和观点激烈交锋，而其中的一个观点深得作家的认同：身体发肤姓甚名谁，受之父母，岂能由他人随意更改。此事的最终妥善解决，得益于作家故乡警察的热情帮忙——将迁出户籍上作家姓名里的那个"木"字用橡皮轻轻擦去。尽管此事已然渐渐远去，但每每想起此事，却令作家深感似有一根芒刺扎在心上，无时无刻不生出隐隐的疼痛，所以作家在文末处愤然亦幽默地这样写道："我想起了一副流传一时的现代对联。上联是：说你行你就行不行也行；下联是：说不行就不行行也不行。横批如何？不知道。"一件人生小事，经过来来回回反反复复地折腾，真可谓小事磨人、备尝酸楚、心有隐痛，但也正是透过这样一件小事，作家才得以窥见当今社会上存在的个别乱象。所以发诸作家笔端的是一种颇见思想力度的黑色幽默，其中暗含的嘲弄、讽刺、批判意味，自然是再明显不过的。当然，作家的真正本意并不在此，正如作家在这部散文集的序言里所昭示的那样：

　　如果硬要挖出点微言大义之类的东西，可以说是我在生活中越来越强烈地体会到：人在旅途，要把握好自己是多么不容易。甚至，常常连我们到底是什么，该做什么，能做什么都未必清楚……这真是一件可怕的事。我愿意尽力弄清自己，也了解别人，这样不断探求、不断更正的过程，构成了生命的意义，哪怕它是一道无解的方程。①

由此可见，作家创作这篇散文的真正目的，在于力图通过对一件小事的叙述及对其思想意义的表达，真心诚意地警醒社会、诫勉人们、审视自己。

作为一部纯粹文本意义的散文集，《姓甚名谁》中收录的散文作品不过区区 20 余篇，较之今天许多出版社热烈而隆重推出的林林总总的所谓散文艺术领域的鸿篇巨制，可以说显得尤为单薄，但其所涵纳深蕴的中国社会当代历史的内容相当广泛，其已然抵达的思想深度和精神深度，及其所力显出的情感真实和灵魂真实的高度，更是今天的散文作家及散文作品少有企及的。从散文创作的艺术表达上看，作家在这本散文集里所传递出的文体创新，以及所富有的新颖的艺术特征和审美感受，也有不少可圈可点之处。著名文学评论家丁亚平在其《文化散文论》一文中指出：

散文大可以洒脱地弃置形形色色理论羁绊，以及使它束手束脚、步履维艰的外观与形式的统制。为了让散文材料的美、艺术的味、文化的涵义显明突出，又何妨不可以使形式尽可能少地吸引人注意它本身，而使之更自然些更非"诗"些更原始些更散文化些。这种切合散文本性的无形式的形式，对于散文获致更大的表现自由，走向更广大到审美空间，具持更丰厚的文化底蕴，不是更为有利吗？②

从某种意义上讲，伍松乔的散文就正是以这样的内涵来表达的。他并不刻意追求所谓散文的文化意味，也不以故作高深莫测的样子去有意地深化历史的背景，或是对现实生活中存在的某些东西做非理性的艺术开掘，而是把自己从那种有意识地为了散文文本而创建的思想羁绊和束缚中彻底摆脱出来，使自己的散文创作，既能够充分展现应有的审美认知水平，又得以很好地表现自由天然的本有属性，从而具有原始的意味和本性的色

---

① 伍松乔：《姓甚名谁》，四川人民出版社，1993，第 3 页。
② 丁亚平：《文化散文论》，《当代作家评论》1993 年第 3 期，第 86 页。

彩。从文本艺术创新的角度看，作家伍松乔在这本散文集中也彰显了其创作个性特质和艺术探索精神。笔者曾经这样指出，首先，作家伍松乔在该书中为我们创建了一种新的散文体——新闻式散文。这种将散文体式与新闻体式进行交叉融合，又毗邻或近似于报告文学的新美特质，将新闻的真实、快捷、及时同报告文学的议论、叙述熔于一炉，体现出强烈的直击性和在场感，又富于深邃的思想性和真实的审美感。其次，作家用快速的语言风格转换、自如流畅的音韵扩展文章的弹性和张力，把思想理性和哲学思辨十分恰宜地融会于生动、形象的文字里，刚柔相济，互为表里，大大地增强了散文的艺术表现力和审美感染力，从而构造出一种有着新美风格特质和内涵的散文艺术，这无疑正是作家散文创作个性特质和探索艺术精神的有力呈现。最后，作家有意识地将小说艺术的创作技法进行有效纳入，其对悬念、伏笔、内心独白的灵活运用及对细节、场面的精当描写，皆不同程度地为其散文创作增加了更丰富的审美内涵和艺术魅力，与此同时，作家在行文之间所表现出的幽默、诙谐或揶揄、嘲弄，也表现出作家笑谈人生、真诚生活的从容姿仪和灵魂内蕴。

自《姓甚名谁》出版后的20余年里，伍松乔又陆续地创作了十余部文学作品集。对于这些文学作品集，如果以散文艺术的纯度作为评价的标准，或者以散文作品的思想内容表达和艺术形式价值来进行衡量，《记者行吟》和《十字岭，识字岭》这两部散文随笔集，无疑是其中最突出也最为重要的。作为伍松乔整个文学创作生涯中的又一部重要文集，《记者行吟》除了收入《姓甚名谁》里的部分散文，其余的大多数为作家的新作。对于这些新作，我们既可以将其纳入大散文的范畴予以分析，也可以将其视为带有杂文性质的时政随笔、社会随笔而加以评论。在这些新作里，作家依然从一个记者兼作家的双重身份出发，以一种自始至终处于动感状态的"行走"方式来观察当代社会的纷繁存在，它所涉及的思想内容相当广泛，既有地方属性和区域范畴的历史文化现象，也有国家层面和民族范畴的社会现实存在；既触及政治文明建设、社会文化建设、人文精神建设等方面的问题，又关涉物质文明建设、经济发展建设、生态环境建设等诸多内容，可以这样说，大凡现实社会和生存世界中所具有的内容，作家在这本文集里都对其有着不同程度的涉猎和书写、审美与表达，既有思想尖锐的社会批评和文化批判，又有真情温婉的人性劝导和善意提醒，彰显出作家对于现实社会存在的人文情怀和精神观照，具有十分深刻的思想性和鲜明的批判性意义。从散文艺术的形式表达上看，作家在这本文集里仍然表现出对文学与新闻互为交叉融合的散文写作方式的偏爱和坚持，同时在叙事技巧、议论手段、思辨方法、哲理内涵及散文语体风格上，也表现出更高程度的娴熟和老到，体现出一种成熟的艺术风致和探索精神。从这种意义上讲，较之于先前的散文集《姓甚名谁》，作家在这本将散文随笔融为一体的《记者行吟》里，更加展示出文体价值和文本意义的有力跃进和提升，其现实性、欣赏性和启迪性也更显突出。

著名文学评论家曹家治在评价《记者行吟》的《真诚的行吟者》一文里曾这样指出：

> 在这极富现代感的言说中，有三股脉络如三道彩虹贯通于松乔先生"行吟"所建构的思维空间，一股是批判质疑的脉络，一股是首肯谏言的脉络，还有一股是钩沉悠思的脉络。①

在这个富有总览性的结论的基点上，评论家又对作家在批判质疑脉络里的系列文章进行了更为具体而深入地分析，对作家在这些文章里所表现出的"真挚率性、坦荡自然"的灵魂真髓极力推崇，对其所力显出的秉笔直书、敢于直言的批判精神更是倍加赞赏，认为"这些批评与质疑，发散出贴身的热切、内在的焦灼、现实的企盼，全然没有君临式批评的优越感、距离式批评的冷漠感、玩笑式批评的油滑感"，而是"实打实的'为时而著'，充满道德勇气和平民意识"。曹家治的这一番评论话语，无疑是极为肯綮的，既充满真知灼见，又绝无一丝一毫的夸耀成分，这是对作家《记者行吟》里这类"批判质疑"文章的充分肯定和大力赞扬，同时也暗示出这类文章是伍松乔这本文集中最富有思想价值和社会意义的精粹。对于曹家治的这个评论，笔者不仅深以为然，还深有同感。有鉴于此，我

---

① 曹家治：《真诚的行吟者——伍松乔〈记者行吟〉解读》，《当代文坛》2002 年第 1 期，第 48 页。

们不妨以作家的《叫不得也——"四卧"》《"马路政治"质疑》《两战皆败的"边景"争夺战》《媒体与"跳河"——反思府南河自杀新闻》等作为深入分析的对象，从中窥见一斑。

深度发掘自身的旅游资源和优势，致力于旅游大省的创建，以此推动区域性旅游经济的快速发展及其规模和质量的更上一层台阶，是 20 世纪 90 年代以来许多省份非常热衷的一件大事。旅游资源十分丰富多元的四川省自然不能落后，也迅捷地加入这股愈演愈烈的热潮中，在"省长和四位副省长率专家先后数次考察"后，省里决定投入巨资对川西高原上的四姑娘山和卧龙大熊猫保护区进行滚动开发，力争建成全国最大的自然生态公园。这的确是一个极其令人振奋的决定，但在重新取名一事上，不知是出于个别官员的权力意志，还是源于某些人的惯性思维，意欲将之定名为"四卧"。听闻这件事的作家，顿然觉得将两个如此闻名于泱泱中华的自然景区的名称简缩合成为这样的名号，实在是"让人莫名其妙，让人不敢恭维"，便大声疾呼"四卧"之名"叫不得也"。为了力陈不能取这种名字的理由，作者振振有词地从语用学、心理学、接受学等角度进行分析说明，认为这样的名号不但不是规范化的词语、词组，也没有文化确指和审美情趣；在心理接受上，不仅会使前来游览的海内外游客们想入非非，甚至还可能招致文化上的忌讳。由是出发，作家进一步指出，在面对这笔非常宝贵的巨大无形资产时，我们对之的取名应当极其审慎，"不该由少数人、个别长官随心所欲"，而要听取各方面的意见，并且应该形成一种制度。不知是否是因了作家的这种富于思想见地和真诚的批评，四姑娘山和卧龙自然保护区才没有罹遭更名的噩运，至今仍然神采奕奕地矗立于川西高原上，尽情地笑迎南来北往如织的游人。

在《"马路政治"质疑》一文里，作家对另一种"占道"现象展开了直言式的批评。占道经营、乱摆摊点、阻塞交通，这些曾被我们视为"马路经济"的现象，经过大力整治，业已基本荡除或绝迹。但另一种"占道"现象——"名目繁多的宣传周、咨询节，以及某某节、周年纪念活动之类"——作家将它定义为"马路政治"，却被人们熟视无睹，更没有被取缔。探究其原因，主要在于"马路政治"的张罗者皆为来头不小、大权在握的相关部门和单位。面对这样的"占道"现象，道路交通执法者都不敢去造次和干预,更别说城市管理者对之的取缔了;从产生的实际效能上看,这种宣传方式未必有效,大多是走走形式,更有哗众取宠的嫌疑。性格狷介、内心正直的伍松乔对此颇为质疑,非要把它拎出来说道说道,批评它不仅有违于《中华人民共和国道路交通管理条例》(今已废止)的相关规定,对城市的生态环境和人文环境也造成了一定的破坏,并直指其产生的根源所在,即"两小"——小农意识和小市民心态的作祟。批评质疑之余,作家又不无充满善意地提醒和建议,认为政府机构或权力部门的这类宣传活动,完全可以通过文件、报刊、电视、广播乃至上网来进行,或是选择在广场、体育馆之类的场所进行,或者是直接深入社区来进行。倘若这样,定能彻底消除这种"马路政治"带来的弊端。

《两战皆败的"边景"争夺战》一文则是对某些地方官员的"官念"及其不尽力作为的思想的批评。川滇交界上的泸沽湖和香格里拉,均为中国旅游文化版图上的重量级景区,前者因为具有非常独特的自然山水风光和浓郁的少数民族文化特色,而被赞誉为"母系氏族的活化石";后者因为富于独树一帜的自然山水文化内蕴,则有着东方伊甸园、乌托邦的美名。两个景区都无疑是宝中之宝,又在川滇两省的交壤之处,双方都想利用这种独具特色的旅游资源,大打各自的旅游经济和旅游文化之牌,由此上演了两省之间你来我往的激烈"交锋",先是新闻媒体、文化部门之间的宣传战,后是道路建设、景区规划、通信设施等方面的较量。在先后两度的"交战"中,四川一方不是非常明显地处于下风,就是一副完全落败的样子。在这两场堪称激烈的"边景"争夺战中,四川一方会两度都落败,在作家看来,"资金、人才、硬件、软件"方面的严重缺失不过是表面的原因,根由在于我们的"官念"——官员的观念出了问题。作家直接批评我们相关的县、州、省各级官员在思想观念上落伍与滞后,对旅游资源的开发和利用没有引起足够的重视,如果按照当下的典型说法,就是这些官员没有担当和作为。作家的批评可谓一语中的揭其实质。

相对于上述的散文随笔而言,《媒体与"跳河"——反思府南河自杀新闻》则力显作家对于新闻媒体的社会功能,以及新闻媒体从业人员的职业素养、知识水平、新闻能力、社会责任、思想意识等方面的现实审察和精神自省,这种现实审查既立足于作家自身所属的纸质性新闻媒体,也着眼于其他众多电子性新闻媒体；这种精神自省的对象不仅包括新闻从业人员中的年轻一代，同时也指向像自己这样的资深记者。事情的缘起在于新闻媒体对于"府南河自杀新闻"的报道。经过大力整治和重修的府南河，在以其崭新亮丽的面容出现后，便立即引起了广大市民的热切关注，不仅成为人们休闲娱乐的好去处，也是人们进行业余锻炼的最佳选择地，然而不断发生的跳河自杀事件，给这道亮丽的风景线涂抹上了一缕缕略显沉重的阴影，这大大激发了本就喜欢看热闹的成都人的兴味，一时之间，街谈巷议，好不热闹。发生这样的情况已属不太正常，但令作家更没有想到的是，不少新闻媒体也加入其中，"几乎每一桩跳河事件之后，都有那么多的记者、编辑，不辞辛劳、不惜版面与荧屏空间迅速报道乃至详加渲染"。这不得不使作家陷入沉重而深刻的思考，作为新闻媒体应不应该对这类新闻进行连篇累牍地报道？新闻媒体对这类事件的不断"聚焦"或"曝光"是其主要社会责任的体现吗？作家的答案无疑是否定的。为了充分说明自己否定的理由，作家从两个方面来进行确证：一是对新闻媒体的作用和功能进行理性分析，认为新闻媒体有如一柄双刃剑，事情最终或成或败都可能与新闻媒体的报道有关，毫不客气地批评成都媒体对府南河自杀事件报道的总量过多，"为此地的自杀行为实际上起到了某种程度的推波助澜"；二是从心理学或社会心理学的角度来展开对新闻从业人员应具备的知识素养和能力的问题探究，认为新闻媒体的从业人员应该多读一读心理学、社会心理学方面的书籍，理当知晓其中的"感染""暗示"内涵的深意，以及在群体性社会心理中会产生的不可低估的"模仿""流行"作用。即或有了这一番深入浅出的问题分析，作家仍感觉似乎未能尽表其意，便再以日本的富士山、美国旧金山的金门大桥上发生的众多自杀事件为例证进行分析说明，认为众多自杀者会蜂拥而至地选择在这两个地方结束自己的生命，乃至荒谬畸形地将其憧憬为自杀的"圣地"，"莫不与媒体过于热衷互为因果"。特别是对金门大桥在自杀人数累计即将接近千名之际，"记者蜂拥而至，守桥待跳"这等十分恶劣的做法，作家更是难以抑制心中的愤慨，一方面是有力痛斥这些新闻媒体不负责任的"恶炒"，另一方面则严词批判这些媒体人"已经堕落到有违社会良心的地步"。作家伍松乔的这种坚决批判和无情揭露，真可谓铿锵有力、掷地有声，不能不令读者充满尊敬和感佩。将自己的思绪从比邻的日本和遥远的美国拉回来，由是反观成都媒体，作家的心里虽然五味杂陈、一言难尽，但其大脑和思想却是相当清醒和智性的，他认为成都媒体的社会新闻给省外同行的印象非常深刻，其实是具有双重意义指涉的，既有"之多、之重、之快、之妙"的精彩，又有"之滥、之乱、之俗、之会"的煽情，并真心诚意地奉劝成都媒体，如果不想把府南河炒成自杀者们又一个憧憬的"圣地"，还是尽量少发这样的"跳河新闻"为好，即便是不得已而为之，也应当秉持十分审慎的态度。从一种人们习以为常的新闻报道现象出发，深层透析其可能产生的负面效应，在充分展现出温婉批评和真诚劝导的同时，又蕴含着强烈的对新闻媒体自身的现实审察和精神自省，从中足见伍松乔作为一个记者兼作家的社会良知、现实关怀和精神烛照。这不仅对今天的广大新闻从业人员不无教益，对我们的文学创作也具有很深刻的启迪意义。

倘若以一个作家的整个文学创作历程作为理论观察和分析问题的视角，伍松乔在2016年推出的由文汇出版社出版的散文随笔集《十字岭，识字岭》，无疑是一部熔铸了他大半生心血、几乎全部智慧和文学创作才华的文学总集，具有非常浓厚的文学创作总结意义和价值。全书由"远近高低""寻叶觅根""背影""姓甚名谁""言·语"五辑组成，不但辑录了他的散文集《姓甚名谁》和随笔集《记者行吟》里的大部分文章，而且收入了他近十余年来创作的主要散文随笔作品。作家之所以要用这样一种刻意的编撰形式来出版自己的这部文集，原因就在于选入其中的所有文章都存在一个十分鲜明的共同指向，即作家对于故乡历史文化的钩沉和对于故乡情感眷顾的发抒。如果说《姓甚名谁》是作家依托一个曾为故乡人的情感记忆和人生体验深度进入故乡存在的内里，通过对其历史的审美观照来表达自己沉重的怀乡之情，力显出一个"自我"对于故乡过往历史的审视；《记者行吟》是作家借助一个已是异乡者的现实理性和文化自觉展开对故乡的深情遥望，或者说是在拉开与故乡的时空距离后生发出的一种兼有情感与思想双重意义的精神探寻，由此传递出自己对于故土的特别关爱，力表出一个"他者"对于故乡当下现实的认知；那么《十字岭，识字岭》则是将"自我"与"他者"的二维视角进行了有意义的结合，表达出作家的一种复合型的怀乡之情。正如作家在这本文集的《后记》中不无感慨地这样写道：

> 富顺对我而言，具有地域文本与乡愁所系的双重意义。①

从这本文集所具有的特殊价值来看，最重的莫过于作家对于故乡历史文化的钩沉和书写，既包纳了对历史人物和历史往事的现代重叙，也容含了对历史情境和历史细节的审美描述，且尤以对历史人物及其人生的历史进程和重要历史贡献的审美观照为主，仅仅是书写宋育仁、刘光第这两位历史人物的文章就分别达9篇和5篇之多，可见作家对故土历史上的这两位重量级人物内心的尊崇和景仰的程度，以及他对于故乡的那份化不开、剪不断的深情。

一个人的生命散步自有其憧憬的某种境界，一个作家的创作也理应有其追求的艺术境界或审美境界。伍松乔在文学创作中所追求的境界便是：通过自己的散文随笔创作，表达对故乡的真心眷恋，对世界的真诚书写，故乡即是这个世界。他是一位真正意义上的作家。

第五节　从诗化到非虚构的变奏

倘若就对散文创作的执着精神和理想追求而论，陈霁无疑是整个四川当代作家群体中当之无愧的具有专业意味的散文作家，除了对散文自始至终充满着深情的眷顾和辛勤的耕耘外，他几乎不涉足其他任何文体的创作。正因为如此，陈霁成为四川当代散文创作领域里成就最为突出的散文作家之一。自20世纪80年代以来，陈霁创作了大量具有丰富思想蕴涵和较高审美价值的优秀散文，并且陆续出版了散文集《灿烂时空》《五彩风景线》《山河故事》《诗意行走》《城外就是故乡》《白马叙事》《白马部落》。虽然作家在《灿烂时空》《五彩风景线》《山河故事》里更多地表现出了对"地理志""旅游志""风物志"之类物态层面的浓厚兴趣，具

---

① 伍松乔：《十字岭，识字岭》，文汇出版社，2016，第333页。

有些许宣扬地方风景名胜、旅游资源等价值取向的痕迹，但在《诗意行走》《城外就是故乡》《白马部落》这三部散文集里，他却以一种富有探索意识的创作倾向、美学观念、高迈气象以及一系列有着新颖别致意蕴的散文文本，为我们最大可能地显示出一个当代散文作家的精神关怀、价值取向、人文内涵和一颗自始至终处于流变、律动状态的诗意灵魂，并由此铸造了他的创作个性、散文风格、美学品质。有鉴于陈霁在四川当代散文创作中表现出的这种显著实绩，本节的主要内容便是对其散文创作成就的分析和评价。

随着我国全面建设小康社会这一历史进程的不断深化，我们可以非常真实、深切地感受到当下日常生活的急剧变化，在广大民众的物质生活得到不断改善和越发丰富的同时，人们在精神生活方面的需求也随之增长，无论是在现代精神营养的需求上还是在当代审美文化的希冀上，都表现出了新的发展动向。这在很大程度上导致了当今审美文化的转向，这种转向可以表征为由过去那种对高雅化、经典化、精英化、意识形态化的高雅文化或严肃文化的倍加推崇，逐步转向为对大众化、世俗化、消费化、传媒化的娱乐文化或消遣文化的过度青睐，用当今文化理论界的时髦说法，就是所谓的"审美日常生活化"或"日常生活审美化"。造成这种审美文化转向的原因复杂多样。从当今审美文化进入日常生活的方式来看，主要是人们借助如信息数码技术、计算机网络技术等这样的高科技手段，构建起的图像化、网络化、荧屏化等途径；在审美趣味上，审美文化的创造者不断变换自己的创造策略和审美取向，偏向于对市民社会的世俗化生活与快餐化的审美情趣的迎合；在价值取向上，则纷纷谋取各自感性欲望的满足或本能情感的释放，追求人生的游戏化、享乐化、轻松化。这种转向的实质在于将审美文化的"重心下移"或"向下指引"，或者说是一种由象牙塔向民间、从精英向大众、变高雅为世俗的发展态势，是一种理性化的精神超越逐步向感性化的情感愉悦的变异。面对这种审美文化转向的现实，陈霁却以一个当代作家诗意行走的灵魂来全力构建自己散文世界里的真诚思想、善良情怀、审美价值，表现出同这种审美文化逆向而行的精神风骨和高迈雅致的美学意蕴。陈霁之所以没有在当代审美文化的"重心下移"中表现出趋附的倾向，反倒以高迈雅致的审美追求和精神风骨的持续张扬勇毅前行，最根本的原因在于他坚持着作家的艺术良知原则、价值关怀原则和自律自决原则。从艺术良知角度看，陈霁始终自觉地维护着生命的尊严和坚守着艺术的法则，坚持着对文学理想和美学真髓的探寻，以真实、真诚的话语表达艺术生命的本真和作家应有的良知。从价值关怀层面看，陈霁善于对当今这个存在世界进行意义勘探和终极关怀，一方面是对社会现实状态予以深切关注，理性思索人们的精神生活和存在意义；另一方面则保持着对自然存在、民族历史、社会进程的终极关怀。从自律自决维度看，作家的职业虽是一个心灵自由的创作者，但陈霁并未放弃作为一个富有良知的人的自觉和坚守，他以此为基点自觉地对自己的文学思想、创作内容进行正向规约。正因为对上述原则的恪守，陈霁才能为我们创制出一幅幅美学形态的精神图景。

　　一位作家究竟会选择怎样的文学体裁作为自己创作的"主样式"，以及在这种"主样式"里传达怎样的思想内容、人文意向、精神内涵、审美价值，既与这位作家的故乡记忆、早期经验、生存环境、人生领悟、文化水平相关，又涉及这位作家的价值认同、审美能力、心灵意象、美学思想。或许是因为少年时代的陈霁就在一种纯净的大自然怀抱里生活，耳濡目染的皆是大自然内部和深处的宁谧恬淡、自然和谐、生命自由，所以他心中便孕育了这幅自然世界图景及对于这幅图景的特殊情感。但由于成人以后一直在政府机关工作，这种环境里的那些看不见的不成文的规约极大地限制着人的真情流露和主观发抒，陈霁对自然世界的那份特殊情感和心灵向往便慢慢被逼到灵魂深处，仿佛一个遥远的隐约的梦绕魂牵的美丽影像，催生他的性格越发趋向内敛与沉着。随着岁月的流逝和情感的积淀，陈霁的这份情感就像一粒生命力极强的种子随时随地都在寻找破土而出的机缘。当新世纪的光辉照彻大地的时候，陈霁心中的这粒种子终于冲破厚土，以一种久经积存的生命力向着朗然阔大的时空迅猛而疯狂的生长、拔高，于是便有了辑录在《触摸山魂水魄》中的系列散文。在这些散文里，陈霁以一个精神行游者的情性与睿智、深沉与诗意所熔铸的目光，细致地探寻蕴含在秀美自然、壮丽山河、多彩风物中的繁复深刻的内在意义和本质，因而在他那支灵动有力的笔下，首先给我们展现出的便是一幅幅充满自然生命活力和浓郁人文意味的山水图景。

作为母亲河的黄河，历来就是一条中华民族非常关注的重要河流，因为在中华民族的情感意向、思想观念、文化认知里，它早已不是一条地理意义的普通河流，而是一条承载着中华民族古老文明、灿烂文化、经济繁荣、国家强大的河流，是一种历史的象征、文明的喻体、文化的符码，被深深地镶嵌于我们每个人的灵魂深处，所以古往今来的文人墨客无不对它倾其所能地描写和歌咏。作为一直以审美眼光关注祖国壮美山河的散文作家，陈霁自然不会例外，他首先以一位朝圣者的崇敬心理对这条承载着太多内容的母亲河的上游进行精神寻访，然后再以一位当代作家的个体感受、生命领悟、文化知解、独特的审美视角对它予以美学勘探和艺术表现。

> 黄河不仅仅是一条地理意义的大河，更主要的是内涵极其丰富积淀极其深厚的人文风景，是每一位炎黄子孙的精神奶汁，是所有中国人身上不可磨灭的胎记。……但是中下游的黄河是已经被扭曲和异化了的黄河。她让我们更多地看到了她的暴虐，她的喜怒无常，是记忆深处留给我们的许多创痛。并且随着生态环境的日益恶化，她每年的近半年时间都处于断流状态——那是我不情愿看到的病态黄河。所以我首次的黄河之旅便直奔青藏高原直奔她的源头。（《九曲黄河》）①

一开篇，陈霁便以浓郁炽烈的抒情对黄河进行高度的赞美和恳挚的评价，以独到的理解将隐蓄在黄河内里的深沉意蕴显现出来。当然，这不过是作家在先入为主的情势下对黄河的文化意义所设定的审美框格和深沉理喻，而实际的黄河又是怎样的呢？当作家乘车依次进入红原、若尔盖、唐克，再登上阿尼玛卿山眺望时，"九曲黄河第一湾"便展现在他的面前，他一下子被它的"诡奇、瑰丽、神秘和恢弘的气势惊得不知所措"，由此突生出无尽的慨叹和丰富的联想：

> 这是炸响在绵亘古今浩浩时空里的一道闪电，是挥舞在造物主手中的一条轻得失去了重量的飘飘长链，是盘古开天辟地时精心构思后

---

① 陈霁：《诗意行走》，百花文艺出版社，2004，第3~4页。

酣畅淋漓行云流水的写意，是大自然以立体的方式对极致之美作出的最婉约的诠释，是威猛的骑士在纵马狂奔前的信马由缰、略作沉吟……①

在这样的感慨和联想里，作家并非仅仅把黄河看成一条具象存在的河流，而是竭力将它融入中华民族的文化与文明的内蕴中：

这就是从巴颜喀拉山下那条名叫卡日曲的小溪流变而来的黄河……是从《诗经》、《史记》和汉乐府中流出来的黄河，是王之涣在鹳雀楼上向西眺望的黄河，是李太白的奇思异想到达过的黄河，是于右任、余光中等我国台湾同胞以及几千万海外赤子望穿双眼的黄河，更是经常打湿我梦境的黄河……②

当作家再度将自己的手伸入这条母亲河时，他又拥有了对她的更为深切的感触：

我触摸到了她的脉搏她的体温，她的花样年华就在我眼中流动，我还可以从一圈圈荡开的波纹里窥探关于她生命流程里的一些秘密。③

陈霁书写黄河并不只是依照自己的情感与美学预设的框架，而是通过对它的实际走访和切身体验，由远及近、俯瞰与进入、细节而大观、局部亦整体、物态和神性、具象兼文化，自始至终蕴含着深沉的感怀、形象的领悟、理性的评判和丰富的联想。这样的文学书写几乎从全象性的视角对这条母亲河进行艺术观照和美学把握，为我们塑造出一幅极富生命内质与灵魂真髓的大河图景，抑或审美意义维度的大河文化图景。在《蓝色诱惑》《贡嘎在上》《金沙江的惊世一跳》等散文里，作家也为我们传递出相同的意蕴。

---

① 陈霁：《诗意行走》，百花文艺出版社，2004，第 6 页。
② 陈霁：《诗意行走》，百花文艺出版社，2004，第 7 页。
③ 陈霁：《诗意行走》，百花文艺出版社，2004，第 8 页。

在城市的现代化不断朝前推进的中国当代社会，许多城市的首脑们都在不约而同地思考、探索着这样一个问题：究竟应该树立什么样的标志才能够使自己的城市能够闻名于世？是时尚现代的物态建筑形式，还是文化内涵丰富的文明体型，或者是特立独行的精神承载，抑或是传统与现代、物质与文化的有机综合整体？他们莫衷一是，又无法定夺。作家们似乎并不思考这样的问题，他们对一座城市印象的好坏往往是出于自己的内在感知和艺术直觉，所以他们并不以这座城市的现代建筑、文明时尚，或是这座城市的环境特征、整体格局作为评判的标准，而是以一种个性化的审美方式进入这座城市，也由此判断这座城市的好坏和自己对它的喜厌。在散文《飘雪的兰州之夜》的创作中，陈霁正是以这样一种方式进入兰州的。具体而言，作家是以"雪夜"这个特定的时间因素作为切口，进入这座雄居于大西北的工业城市，又在这个特定的时间之窗里注入了更多的世俗情怀和审美内容。

> 兰州不是一个令人赏心悦目的城市。论规模和现代化的程度，她远逊北京、上海，甚至远不如同处西部的成都。她所在的地形也不好，很不幸被皋兰山、白塔山一南一北夹住，硬生生地被挤扁、拉长。并且，她还处在黄土高原上。曾经从不同方向出入兰州，便发现她被望不到头的黄土塬黄土峁黄土的沟沟壑壑包围着，一走出城垣便走进了无边的荒凉。①

作家一起笔就似乎在表露自己对兰州这座城市的"贬"，但这根本不是作家探访这座城市的初衷和原意，所以作家笔锋一转直入有着飘雪动感的夜兰州。齐放的华灯仿佛很轻易地就瓦解了荒凉的包围，瞬间彰显出现代都市的繁华，作家便在这样的情景里领受了它的那份充溢着浓郁地域文化特性的别样情调：充满诱惑的美食扑面而来，现代化的街景流光溢彩，汉子们吼出方言时的生猛，在雪夜里漫步的情侣，长满桤柳、灌木的河堤，无声无息流淌的黄河水，以及隐蓄在雪夜背后的这座城市的历史。置

---

① 陈霁：《诗意行走》，百花文艺出版社，2004，第10页。

身于这样的雪夜和这样的情调中，作家不仅心胸有如被一束神圣、崇高的光芒照亮而变得宽敞起来，而且不顾滑倒的危险将着有强烈泥腥味的黄河水灌满自己的矿泉水瓶。即或很长一段时日后，作家依然能够从这瓶黄河水里清晰地听到"黄河的涛声""西北风的吼叫"，看到"飘雪的兰州之夜"。正是在作家的细致描述里，我们觅见了雪夜兰州的美丽景色和特殊魅力。但又非仅仅如此，作家试图通过这样的描述给我们一个更深刻的启示：无论哪种形态的游历者，只要你是一个有心人，只要你启动自己的审美机关，并且真诚、独到地去"发现"，任何一座城市都有着属于它自身的别样内涵与风格特色。

文学创作是作家生命史上最具有超越性的事业，在文学精神的引领下，作家的灵魂不断冲破各种物质欲望的樊篱和桎梏，穿越各种现实存在的遮蔽，从而自觉地以对审美精神系统的构建抵达一种超越性的境界，或是逼近马克思所说的"自由的精神王国"。正因为如此，许多优秀的作家都在各自的创作中孜孜不倦地寻求文学的那种超越性的精神尺度。笔者以为，文学的精神尺度首先表现为作家对生命意义的那种坚定不移的探索和追寻。从某种意义上讲，对于文学的兴趣与对于人生的信念是互为相与、融为一体的，它不仅贯穿于作家整个生命过程中，也具体地融会于他们的文学作品里，读者与其说是在阅读作家的作品，不如说是在对作家执着追究的生命意义与追索的审美价值进行认知和理解。所以作家选择文学实际上就是选择了一种精神方向，选择了一种生存方式和价值观念，他既不会向社会世俗、物质欲望低头，也不会对自己的追寻精神进行背叛，更不会在奔向真理的过程中左顾右盼、趋利避害，反倒会执着于追寻终极意义的精神长旅。陈霁就是这样的作家。他在"触摸山魂水魄"的同时，又将自己的智性观照、诗意透视置于对民族历史和现实存在的追寻、探究，从而为我们呈示出一幅幅色彩分明、内蕴丰赡、气势浩然、诗意漫流的美学图景。正如著名诗人梁平先生评价的那样：

　　陈霁散文里弥漫的诗意与智性，是作者区别于他人的一个重要的因素。散文在他笔下是生命的叩问、文化的揭秘、心灵的解剖、性情的呈现。读陈霁散文就像在月光下品一杯陈年的红酒，慢慢让你在他制造的语境里行走、抵达。①

也正是在这样的图景中，蕴藏于作家内心深处的那颗深切观照民族的历史进程、人民的现实生活和国家的发展态势的诗意魂灵不仅凸显出来，而且传达出一种强烈的历史感和历史意识，即作家在对历史的回忆和未来的展望中所体现出来的一种自觉意识和反思，它蕴含着极其深刻的领悟。

有学者认为，文学家与史学家一样，都是往事的见证者和记录人，正是通过这样的记录和见证，一去不复返的过去被保存在符号之中并保留下来，从而使得后人有可能去追忆和重新阐释；文学家与史学家都是凭借内心世界深情介入种种冲突，从而激起无限波澜来寻觅理性、诠释人生，都是通过搜索历史与现实在心灵中碰撞的回声，表现他们对于人生命运的深切关注，体味跋涉人生旅途的独特感悟，他们在人生历程的萍踪浪迹上，实现在文化上的拥抱。但文学家的文学创作毕竟不同于历史研究，其一，它必须体现作家强烈的主观感受；其二，它必须洋溢作家灵魂跃动的真情；其三，它必须闪现出理性的光辉。正因为如此，陈霁在散文《为了一个可怜的皇帝上景山》里，便展示出对历史的美学图景的描述能力。作家去北京景山公园的最初意图其实并不那么复杂："就因为半山上有一棵歪脖子老槐，这老槐上吊死过一个皇帝，这皇帝又偏偏是大明王朝的末代天子崇祯，不得善终的亡国之君，其故事极其悲惨动人。"眼前真实的景山风光也并非作家先前想象的那般迷人，所以他的心思便直接奔向了那棵老槐树，在"天色晦暗、湿雾沉沉、冷雨霏霏"的氛围里，他一下沉入三百多年前的那个春天和在这个春天上演的历史悲剧中：

> 崇祯十七年（1644）那个春天，崇祯帝孤独地品尝着历代天下帝王最大的悲哀与绝望。山海关外，除吴三桂的宁远一镇之外，全部为清军所陷。李自成已在西安建立大顺政权，以陕西为根据地的大顺军潮水般拥来。②

---

① 梁平：《诗意行走》，百花文艺出版社，2004，封底。
② 陈霁：《诗意行走》，百花文艺出版社，2004，第67页。

三月十五日，大顺军对京城已形成合围之势；三月十六日，李自成的军队兵临城下；三月十七日，大顺军猛攻京城；三月十八日，大顺军急攻西门、平则、德胜诸门。在作家快速流转的笔下，历史悲剧中最为悲惨的一幕如潮水般朝读者涌来：崇祯命周皇后自缢，催袁贵妃自杀，拔剑砍嫔妃，提剑杀长平公主、昭仁公主，最后自己上吊老槐树。在这番叙述文字里，作家并不像历史学家那样，或是对历史做真实客观的记录，或是对历史进行理论分析，也更不想对历史做那种非常浅表的形象描述，所以在穿越、厘清了这场历史悲剧后，作家将自己的理性审视直入造成这场历史悲剧的复杂内因和外因，对崇祯的该死还是不该死进行了富有现代性意味的辩证思索与审美探求，阐明自己的观点。在作家看来，崇祯不该死，因为崇祯是在完全没有准备的前提下匆匆忙忙即位的，而此时的大明皇位就如一个炭圆，大明王朝更是千疮百孔、积重难返，即使是有励精图治、中兴国家的宏大愿望的崇祯也对此无能为力；但又认为崇祯该死，根源在于崇祯不仅没有拯救大明王朝的雄才大略，而且性情急躁、待人严苛、独断专横、遇事多疑、朝令夕改、忠奸不辨、冤杀良将，进而造成新的倾轧与党争，使大明王朝越发羸弱，不堪一击。身为作家的陈霁，毕竟不同于学识渊博、学问高深的历史学家或理论家，他明白自己对历史的审视是一种审美形态的，所以他笔锋一转，以一个现代人的思想意识和作家的审美领悟写人的幸福含义：幸福是一种思维方式，是一种思想方法，是一种健康的心态，是一种感觉。拥有权力不一定是福，拥有财富也不一定是福，妻妾成群更不一定是福；嫉妒不会幸福，眼红不会幸福，偏执与过激也不会幸福。透视这场历史悲剧的沉重和惨烈，跨越现实生存的迷惘与惶惑，作家非常清醒地意识到：人存在的根本就是要竭力找到属于自己的幸福，之外的一切都不过是过眼云烟。这才是我们应在历史总结里得到的真谛。

作为一位有着丰富思想内涵和现代探索意识的当代散文作家，他的关注视野与美学烛照并不仅仅淤滞于某种单质的历史层面或历史意义，而是全力启动自己的所有感觉，广泛而大量地在历史的烟云雾霭中寻觅、发现、开掘，也由此为我们创造出一幅幅别样的生动的美学图景。作家或是以一个审美者的智性切进"黑暗王朝的官场另类"历史，着力表现海瑞这位旷世清官的清正廉洁、无私无畏、高大伟岸；或是以一个现代行者的情性目光穿越"雪地上的甘州"，极力窥探西部民族的历史文明得以矗立的精髓；或是以一个文化人的步伐细致丈量"多伦路上的上海"的繁华岁月，竭力发掘中国文学之所以能够在现代性的进程中迈入巅峰时代的真谛；或是以一个回归者的心理进入阔别已久的万州，在一种往日与现实交叠的时空里感受岁月的匆匆忙忙，并在这样的感受里品味人生的繁复韵味；抑或在品茶中深深"问茶"，在风景如画的丽江进行灵魂寻找，在剑门古道上对三国历史的再度沉浸，都或多或少或浓或淡或深或浅地表达出作家对历史的审视、对现实的探寻。所以，倘若我们有意识地把陈霁的《黑暗王朝的官场另类》《雪地上的甘州》《多伦路上的上海》《再见万县》《杭州问茶》《独步丽江》《摩梭夜语》《出入剑门》《阿拉鲁的子孙们》等散文缀合为一个系列性的美学图景，就不难发现他是在对悠远阔大的历史、现实时空里探求与思索，是从不同的层面不同的向度来表达自己的审美取向、人生意识、价值判断和哲学追问、终极关怀的。

当代著名作家北村在《因为默示而写作》一文中曾这样指出：

> 不是只有牧师和高僧才深入人生的最高境界，人人都在接触和实践真理。从这个层面上说，医生的手术刀倒是和作家的笔没什么两样。但为什么牧师和高僧和别的写作者不同？是因为这一类写作者完全彻底地依靠和信赖真理，并据此活着。他自己是个试验品吗？从信心的角度而言，没有试验一说，因为在信心里看到的都是肯定的东西。只有信心不足的人才会对自己有所保留。就是在这一方面，我们和这些最前列的实践者区别开来，因为我们不但信心不足，而且常常保留自己，不愿意将自己奉献到真理的祭坛上，以为一放上去就会立刻烧成灰，其实正如亚伯拉罕献上以撒一样，献上的瞬间，是有别的东西来代替你作为牺牲的，但人因为没有信心所以不敢这样做，因此一般的写作者一生都在矛盾中写作，他的写作有时候有意义，有时候却掺杂着并无意义的失败体验。而真理实践者的写作虽然也有万般痛苦，却是在祭坛上的。这就是我们的写作和高贵的写作的区别。……一个写作者并不是因为明白了为什么写作才写作，而是写作让他明白了为什么。而解决为什么的答案是行

动和信仰。写作是一种记录而已。至于他用笔或用锄头写作，完全出于真理的差派，那是一个天职。①

尽管北村先生更多的是将文学写作者的创作视为对真理的发现、对真理的传递及对真理的运用，但又毋庸置疑地给当代作家的文学创作提出了一个更加耐人寻味的问题：作家的创作才华只是一个方面，信仰才至为关键和重要。因而文学不只是某一个浪漫心灵的产物，也不单纯是语言符号的化合物，心灵、语言、意识、才能、信仰，不仅构成了复杂的回环关系，而且共同地左右着人的精神表达和对文学作品的生产。一个优秀的作家，就不应当只关心自己的生活态度和思想立场，而应当关注文化和人类生存的种种问题。一旦获得了这样的人生境界，他还必须有足够的勇气和责任担当。作家最重要的品质是诚实，作品最重要的是真实，人类所有的文学作品都是一条超越时间的河流，唯有真实的东西将永恒地流淌。从某种意义上讲，陈霁的"仰望精神高地"这一辑的散文创作，正是对这种真实、真情、真诚的诗意表达。

有评论者把唐诗比喻为中国诗歌的珠穆朗玛峰，把诗人李白象征为中国诗歌的太阳。无论这样的比喻是否准确地把握了唐诗在中国古代诗歌史上的崇高地位和卓越成就，也无论这样的象征是否精准地评价了李白对中国古典诗歌的杰出贡献，但有一点却是毋庸置疑的：如果没有李白诗歌的存在，唐诗的美学亮度、精神光度一定会有很大的削减。或许正是因为李白在中国诗歌史上所具有的不可撼动的地位，以及李白胸襟万千、情感豪迈、激越飞翔、浪漫天地的性格品质和不惧黑暗、不畏权贵的灵魂真髓、精神风骨的深深诱惑、有力引领，陈霁才不顾一切地《追随李白去青莲》。作家的心灵仿佛一台既现代又灵敏的摄像机，随着它的前进后撤、左顾右瞻，这位远去了1300多年的伟大诗人又生动而鲜活地复现于人们的面前：

　　　　李白兼游侠、剑客、道士、酒徒的风骨于一身。他一生萍踪浪迹

① 北村的新浪博客：http://blog.sina.com.cn/s/blog_488efcbb010002a0.html。

遍及大半个中国，个人命运大起大落，浮沉不定，荣辱无常，频繁出
入于地狱天堂。但他凭一支如椽大笔，驰骋八极，蹴踏九州，出神入
化，写出了一千多首诗惊天地又泣鬼神。①

面对这样一位旷古奇才的诗仙，作家又怎能不生发良多的感慨：

> 大唐有幸，李白有幸。因为只有大唐的辽阔天空才配得上绝代天
> 才李白。而一个半人半仙的诗人李白更加辽阔了大唐的天空。有了他
> 这座前无古人至今尚无来者的极峰，中国文学史才有了一个俯视天下
> 的高度……
> 他的每一首诗都是心性的自由放飞，他的一生就是一条大河随心
> 所欲的流淌。②

在此情境下，作家不由自主地想走近李白，想与李白对话和对饮，但
又深知李白不是一介凡人，而是太孤傲太高不可攀的诗仙。于是，作家便
以另一种方式走近了李白——对李白整个人生的历史轨迹进行形象的描
述。在作家的这些描述里，笔者以为最富有想象力、最具有审美价值的所
在，便是作家对李白、月亮、故乡这三者之间的那种既神秘又显在的关系
的崭新发掘："李白以为触摸月亮就触摸到了故乡。……李白在采石矶扑
月而死，原来是准备投入故乡怀抱的。"尽管这样的发掘存在些许牵强附
会的成分，但从艺术创作规律与审美想象精神的本质看，它又是大胆而合
乎情理的。也正是在这样的描述中，我们得以真正进入李白的生命历史、
精神世界、诗意人生的内层，作家能够再度领受到在诗意行走之时的那种
源自灵魂深处的愉悦和幸福。由是，作家在"仰望精神高地"一辑里所
传达出的精神指向，我们便可见一斑。

如果说《诗意行走》表现出陈霁诗意观照精神的向外投射，那么在
散文集《城外就是故乡》中的作家则是有意识地将自己的审美表达力量

---

① 陈霁：《诗意行走》，百花文艺出版社，2004，第67页。
② 陈霁：《诗意行走》，百花文艺出版社，2004，第183页。

进行向内灌注。在这本散文集里，作家将关注的目光聚焦于自己的童年岁月和青春时代，通过对自身生命成长曲折历程的深情回溯，对故土家园的沧桑历史及巨变的细致描述，力显出作者对于故土和亲情、往事与细节的深沉缅怀和深情眷顾，以及对于中国当代社会复杂的历史变迁和人性内存的精神烛照。

多年从事文学研究的经验告诉笔者，在一切文学样式中，散文无疑是最富有直抒心性、袒露灵魂、彰显真诚等特性的艺术样态，同时又是充满浓厚回忆性质与回叙意味的体裁形式——既是作家对自己生命进程中的那些渐行渐远的过往的重温与回忆、感知与梳理、沉淀与发现，又是其对自己曾经的情感生活、情绪体验、生命感受及由此生发的内心波澜的审美过滤、艺术发现、直接书写——因而在这样的回忆中，由童年记忆、青少年记忆、成年人记忆所组构而成的情感记忆，特别是其中情感成分或情绪成分含量较高的童年记忆、青少年记忆，往往是其整个人生之旅中最为重要和对其具有决定意义的。著名当代小说家余华认为：

> 童年生活对一个人来说是一个根本性的选择，没有第二或第三种选择的可能。因为一个人的童年，给你带来了一种什么样的东西，是一个人和这个世界的一生的关系的基础。我们从母亲的子宫里出来以后，面对这个世界，慢慢地看到了天空，看到了房子，看到了树，看到了各式各样我们的同类，然后别人会告诉我们这是天空，这是房子……这就是最早来到一个人的内心中并构成那个世界的图画。今后你可能会对这个世界有不同的认识，但是你的基础是不会改变的；你对人和社会可能会有更进一步的理解，但你对人的最起码的看法是不会改变的。所以，我认为这是一种最根本的连接，谁也没法改变。①

或许正是因为我们每一个生命个体必然存在这样一种"根本性的选择"，无论光阴荏苒、历史轮转、社会变迁，还是生命的强大与衰弱、事

---

① 朱小如：《对话：新世纪文学如何呈现中国经验》，山西出版传媒集团北岳文艺出版社，2014，第 85 页。

业的发达与惨败、人生的辉煌与沉沦，都无法改写镌刻于我们内心深处的这幅最初的"世界图画"，以及对于人类社会的"最起码的看法"。也正是因为如此，由童年记忆、青少年记忆及幸福或创伤的生命体验所组成的情感记忆，对于作家而言尤为弥足珍贵，这不仅会成为他们整个生命中最为重要最富价值的"不动产"，也是开启他们文学旅程的一个极为关键的原点，许多作家便不约而同地将这样的情感记忆及所获取的生命体验、生存感触、思想认知、心灵意向等，或深或浅或浓或淡地浸透于各自的文学创作活动中，只因文学体裁样式之间的微度性差异而不尽一致：小说家通过虚构的方式和精湛的叙事艺术来显示情感记忆在本质意义维度的真实，有着浓厚的故事性；诗人以极度夸张的审美想象和抒情节奏含蓄而隐约地显现情感记忆的刻痕，富于诗意化的特质；散文家则多是以真实坦然又率性的笔触直接呈现儿时记忆中那些或整体或碎片的思想情感，具有强烈的真实感。由是可见，散文作家在自身的文学表达中，对情感记忆内容的直呈式书写，往往具有最高程度的真实性和可信性。

作为散文家的陈霁在面对故乡时，有很长一段时间都是处于一种非常复杂而又充满矛盾的纠结心理：这个故乡在养育了他生命历程中的幼年、童年、青年的同时，又深深地伤害了他孩童和青少年时代的情感和心灵。在"以阶级斗争为纲"和"时刻不忘阶级斗争"的特殊年代，作为一个家庭出身不好的孩子，他从小便领受到了许多人心里储蓄的那种歧视、鄙夷的目光，再兼自家大院的房屋被其他人无端地占有，并且还显得十分理直气壮，而自己的父母对之一概唯唯诺诺、小心翼翼，不敢有半点的怨言和不满。这些都在作家幼小的心灵上留下了很深的伤痕和痛感，所以当他拿到大学录取通知书的那一刻，内心如释重负，因为就要离开的这个所谓的故乡实则是伤心之地。从大学毕业到参加工作，再几经转折成为地区党政机关干部的许多年里，作家都几乎不回故乡，即便由于不得已的原因回去，也是来去匆匆，丝毫没有对于故乡的那份思念和眷恋。这些行为无一不在表明，作家与故乡的联系已是相当脆弱。时间是医治心灵创伤最好的良药，成功的人生更是一种药效巨大的良方，所以数十年后的作家是带着几分成功几许荣耀重归故里的。或许正是因为有这样一种心理和情绪，作家笔下的故乡既是一种熟悉真实的梦幻存在，又像一个散发陌生感的虚无之所：故乡是一件历史的漂浮物，始终漂流在小河之上；有一些鱼从时间的深处游来，小河顿时有一些深不可测；小河沿岸是一幅上个世纪的田园画卷，引领"我"走进一个别梦依稀的小乡村；小河边上芳草萋萋、树林葳蕤，仿佛一块块风水宝地，安眠着"我"的祖辈；小河的远方是那座著名的小镇，小镇的街巷虽然曲曲折折，却有大师身影的出没。故乡已是陌生的梦幻，"我"也已为一只候鸟，那个提公文包的人，那位摆渡的艄公都不认识"我"，认识"我"的人似乎全都死亡。无奈之下，作家只能将一切他乡当故乡，正如作家所谓的城外就是故乡。因而那些曾经生活过的地方，那些给人留下美好记忆的城市，那些令人感受到温暖和馨香的自然山水，都是作家心中的故乡。由此可见，作家笔下的故乡已然成为整个中国大地的指称。

从《诗意行走》和《城外就是故乡》里我们不难看出，陈霁的散文艺术奉行一种诗化写作的理念，借以表达他对世界、国度、社会、时代及自我生命、人生、情感、理想诗意化的审美感知。从中国散文艺术发展的历史看，这样的散文理念和表达方式，仍然只是对散文传统的一种继承和延续，并无文本意义的突破和创新，正如著名散文评论家陈剑晖先生所揭示的那样：

> 陈霁早些年的散文创作，可归为"诗化写作"一路。《诗意行走》《城外就是故乡》等散文集就是"诗化写作"的代表。尽管这些散文体现了陈霁艺术上的某些追求，也有属于他自己的一些东西，并显示出他作为一个散文家良好的潜质，但从总的思想价值取向和艺术表现上看，"诗意行走"时期的散文还是一种"同质化"的写作，并没有超出前辈和同辈写作的窠臼。①

对于天生不甘平庸的陈霁来说，他对此是有相当清醒的认知的，所以他又整装出发，以一种更大的冒险精神挑战散文的难度和高度，于是便有

---

① 陈剑晖：《民族书写与散文异质化的追求——评陈霁的非虚构写作》，《当代文坛》2017年第4期，第109页。

了《白马部落》的问世。

《白马部落》是作家以一种历史叙事方式来进行的散文创作，或者说是作家有意识地对非虚构散文写作所进行的一次艺术尝试。在这部叙事性的长篇散文作品里，作家以一个探寻者、体验者、记录者的多重身份直入平武县白马藏族乡内部的历史深邃之处，从历史意识的角度出发，对整个叙事内容及其体系构造进行了具有完整意义的艺术建构。纪实无疑是散文的主基调，但在不改变纪实本质属性的前提下，它又适当地融入些许审美想象的成分，而散文语言的表达也从过往那种浓郁的诗意化换变为厚重的纪实化。特别值得一提的是，较之于作家以往的散文创作，《白马部落》在这样三个维度体现出崭新的意义，或者说一种具有异质化的美感特征：审美观察对象是一个被誉为"人类活化石"的族群——平武县白马藏族乡的白马部落；在叙事的着力点和侧重点上，是以人物形象的塑造为主，以及对于围绕着这个人物所发生的一系列故事的讲述；在叙事的时间跨度上，则表现为对白马部落历史全程的审美烛照和艺术表达，时间的跨度长达几近百年。上述这些都无疑是陈霁的散文艺术里从未有过的新元素，同时也标识出了《白马部落》所具有的在散文艺术方面的突破和创新。

《白马部落》主要由十七章构成，每一章都以一个主要人物为叙事对象，这些人物既有白马部落历史上的一代枭雄大番官杨汝、白马人十分崇拜的山神叶西纳玛、主行白马部落内部一切宗教法事的巫师们，也有曾经一度大名鼎鼎的白马女强人尼苏、没有一个学生的小学校长阿波珠、一生跌宕起伏的番官之女波拉，更有一大群如医生格绕珠、歌王曹迪塔、猎人央东等这样的有故事也极平凡的普通白马人。对于这些人物形象的塑造，作家所依照的是人的历史存在和客观真实的评判标准，有好说好，是坏说坏，为中是中，绝不做弄巧成拙的庇护、遮掩、伪饰；在故事的讲述上，则是秉持历史的美学原则来进行，既重视故事发生的历史背景和社会现实，又适时地选取更为妥帖的表现手法和艺术技巧。在此，我们不妨以作家对传奇人物杨汝、歌王门朝友、杰出美女尼苏等人物形象的塑造来加以说明。作为白马部落历史上的最后一位番官，杨汝的不同凡响并不仅仅是因为他有过人的智慧，更在于他具有对历史、时势变化的清醒认知和机智把握，特别是不按常理出牌的逆向思维能力，他能够从一介下层贫民一下擢升成为一方霸主，手握白马部落的最高权力，并且在历史巨变之中实现政治身份的成功转型——从番官到白马藏区区长的转变，无不是对其有力的证明。但这个人物的悲剧命运的造成，也在于其自以为是的聪明和对于时势的误判，以及在性格方面的明显缺陷。这一切使他最终死于夺命的鸦片。歌王门朝友是另一种类型的悲剧人物。凭着一副天然的好嗓子，他在南海舰队当兵时便成功地进入部队文工团，而且因此收获了浪漫而美丽的爱情；即便转业后，经过音乐学院的专业深造，他又有幸成为歌舞团的在编歌手。但这个人物的天性养成的自由奔放、少有顾忌的率性而为，特别是不懂得如何与人与城市与社会相处，不仅导致其婚姻家庭的离散解体，而且使其最终回到他的生命起点，同院里的两棵老白杨为伴，靠着一辆破旧的吉利汽车维持生计。杰出美女尼苏的人生更是充满戏剧性的悲情。在一个美女如云的社会，尼苏的美或许算不得什么，但在一个美女稀缺的时代，尼苏的美就成为翘楚，更何况尼苏的这种美还具有极其健康和少数民族的特质。或许正是因为这样一种天然、健康、藏族的美，使尼苏拥有了同许多女性比拼的优势，入党、提干、劳动模范几乎样样都处于领先地位，成为中华人民共和国成立 15 周年大庆被特邀的少数民族嘉宾。然而，身为杰出美女的尼苏在毛主席接见少数民族代表并询问是哪个少数民族时，她不仅未能做出明确回答，而且内心想的却是自己半岁的儿子，全然没有见到伟大领袖的激动。尼苏这个人物之所以会遭到那个时代冰冷人性的攻击，以及在某些人生和婚姻生活方面的最终不幸，也多是源于她的这种杰出之美。从上述可知，作家对于这些人物形象的塑造，以及对于这些人物的故事、轶事、细节的叙述，不但具有生动鲜活、意趣盎然的特色，更富于较高的真实性和可信度。如果仅仅从叙事学的角度看，作家的叙事手法似乎显得有些直白和简单，或者说多体现为一种单线式的叙事，在叙事艺术上也不由自主地露出几分朴拙和几许冗赘，远不如成熟的小说家那般老到和圆融。当然，陈霁历史叙事关注的重心并不在这些上面，而在于要传递出这样一种写作旨意：

十七个人的故事，就是这个民族的故事；十七个人的命运，就是这个族群的命运。这十七个不同的侧面，组合在一本书里，就是一张原生态白马社会的完整拼图。①

从这个意义上讲，作家创作《白马部落》的真实意图，并不是要去刻意展示所谓叙事艺术的高超，而在于通过对白马部落历史全程的审美观照，写出原汁原味的白马部落的情感史、心灵史、民族史、文明史，揭示它对于中国民族学和人类文化学的重要意义和价值。由是可见作家在《白马部落》的写作中所倾注的人文情怀和审美精神意旨。

从问题意识的角度来审视《白马部落》这部非虚构散文创作，陈霁对十七个人物形象的全力塑造，以及对于人物的生活轶事、人生经历、思想情感流变等方面的故事性叙述，的确具有一定的艺术价值，但随之显示出的问题也是我们不能忽略的。且不说这里面的每个人物形象是不是都具有足够的典型意义和代表性，他们能否支撑对于白马部落社会文明历史进行审美表达的逻辑世界，又能否涵盖整个白马部落社会历史真实的全部？除此而外，作家在作品中流露出的过多的自由想象意味，同非虚构散文写作的理念和要求是否存在某些自相矛盾的地方？这些问题都需要我们静下心来认真地探寻和追问，因为这不仅仅涉及文学创作思想存在某种偏失的问题，更是一个建构正确而完善的历史意识和历史哲学思想的重要问题。文学不仅仅是因为我们运用了某种新概念新思想就一定能够成功的创造，也不只是依托我们艺术想象能力的存在，它更是一种对于审美文化逻辑世界的完美性建造。

从艺术角度来审视陈霁的散文创作，笔者以为它主要体现出以下四个方面的特色。其一是作家的散文书写视域和审美创造精神的宽阔博大。他并没有因为自己生活存在空间的限制便止步于对地域性一类的自然风光、人文风情、现实景象、历史往事的审美表达，而是竭力通过各种方式进出地域性之外的广大空间寻求丰富的创作题材，以更为阔朗博广的视域书写民族的历史文明、社会现实、自然风光、风土人情，深刻发掘隐藏于其中的思想内涵和精神真髓，充分体现出一个当代散文作家

① 陈霁：《白马部落》，人民文学出版社，2016，第 291 页。

的宽阔视野。其二是作家以现代审美方式来传达富有现代艺术美感内涵的心灵意向。作家的散文突破了传统游记散文的艺术樊篱而被赋予崭新的艺术气象，一方面他不单纯地滞留于对山水景观的物态描绘，也没有将自己的散文艺术固执地凝定于某个层面，而是充分体现出具有现代性的艺术风范；另一方面，他以心灵视角作为散文创作基点，通过对描写对象进行各种形式的情性过滤、审美观照和艺术处置，使之完全成为自我心灵的艺术存在体，成为经过他的"内宇宙"的反复铸造而不断外化出的系列性美学图景。沿着这样的美学图景漫步，我们就既能够体验到作家所创造的"第二种自然"的审美内涵和现代散文的艺术魅力，又能真切地触摸到隐蓄在作家思想深处的心灵意向。其三是作家在散文艺术视角上表现出的灵性活泛、丰富多样的特质。或许是因为从小就接受过较为系统的绘画训练，并对绘画艺术的进入方式有着很深体验和丰富经验，作家在他的散文创作中有意识地将它们纳入以显示散文视点切入的灵活自由、多彩多姿。他或是以现实景象作为切入点，通过对某个具体物象的理解与感悟而自然地进入历史往事的深邃甬道，最后再回复到现实；或是一开篇就以非常直接的方式切进事物的本质，再借助对事物之围的其他方面的描绘，来进一步深入对象的本质；或是一开始就在几个矢向上同时切进，对写作对象进行多种维度的艺术观照，而使表达对象本身的丰富性多样性得以充分体现。其四是作家的散文语言具有诗意性、抒情性、叙述性、论说性相与叠合的特色。作家常常以对现实生活、存在现象、历史事实和人物意蕴的感受作为创作的基础，首先是以新颖独特、文采斐然的技艺对其予以诗意的表现，再有效地兼容了深挚厚重的抒情、灵动活泛的描写、犀利而充满思辨色彩的议论、机智精警又诙谐幽默的叙述，他的散文语言便在诗意这个主色调的基础上又显现出复合性的特色。所以倘若我们仅从艺术的角度看，作家在散文创作中为我们呈现出的一幅幅生动别致的美学图景绝不是单质意义的体现，其艺术成就不仅折射出四川优秀散文的水平和高度，也给四川当代散文的后续发展提供了宝贵的经验。

　　著名文学评论家谢有顺先生在其《从理想国的梦中醒来》一文里曾这样论道：

　　理想主义，是新时期的一个重大的文化命题。当我们回望这二十年的心路历程的时候，任何一种概念性的结论都显得苍白和无力。所有的言说方式，比如社会学的、政治经济学的、思想文化的，作为冷静的观察者，都在对我们所处的历史时空进行有效的分析、反思和批判。但这些研究提供给我们的解释，是否可以完全化解我们内心的疑虑和困惑，或许化解本身就是一种奢求，我们应该学会寻找另一种更加柔和的方式，来亲近我们的疑虑和困惑。①

　　显而易见，在谢有顺先生看来，要面对并解决我们社会当前存在的各种疑虑和困惑，仅仅依赖于某些学术性质的研究是难以奏效的，也是存有很大疑虑的，理想主义的方法或许才更能显示出其特有的功效。当然，谢有顺先生所提出的这种方式不过是其中的一种，最终能否收到实质性的效果尚有待实践的检验和历史的证明。而以之作为问题意识的出发点来考量陈霁的散文创作，则它们是否也存有这种理想主义的思想，或者说他是否有意识地借助散文美学的具体实践来张扬理想主义的情怀，以此召唤理想主义精神的重回人间？笔者以为，这是十分肯定的。从某种意义上讲，文学就是通过作家对现实存在、社会生活、人生历程的审美观照与艺术把握来褒扬理想主义的思想内涵、审美倾向，从而引领自己逐级迈向理想的目标抵达理想的精神境界，散文则尤其如此。当不少散文作者一味地沉浸于孤芳自赏、虚浮相矜的自我世界，或是更多地沉溺于单向度的自我表演空间里时，陈霁却以一个坚执的理想主义者的形象徜徉于诗意行走的散文大地上，非常勇敢地标明一个当代散文作家严谨的创作态度和深蕴其散文作品的真挚情怀、诗意灵魂、美学追求、终极关怀，这是一种难能可贵的文学品质和精神风范。

---

① 谢有顺：《从理想国的梦中醒来》，《当代作家评论》2000年第4期，第119~120页。

第三章

变动视野中的四川当代散文

　　这一章的内容，主要是论述变动视野中的四川当代散文。这里所说的变动视野，主要指作家们的散文创作是介于传统观念与现代意识之间的一种存在状态。它所涉及的作家，有阿来、裘山山、冯小涓、凌仕江、牛放等。之所以把这些作家归为这一类，主要是鉴于他们在散文创作中体现出的艺术价值和审美取向，既有保持传统观念的一面，又有富于现代意识的一面。我们不妨以阿来和裘山山的散文创作为例来进行说明。这两位作家，不仅是小说创作中的先锋，也是散文界里的斫轮老手，他们同样接受过西方当代文学的洗礼，因而他们用崭新的小说技巧来写散文，用现代主义意识来建构新的散文观念，这就切实而有效地将散文艺术提升到一个新的境界。相比较而言，冯小涓、凌仕江、牛放的散文创作，则显得相对传统一些，又具有局部的创新意义，诸如冯小涓在对西方哲学、宗教学著述的引用上，凌仕江在把叙事、抒情、议论相结合的手法综合运用上，都有各自的特点。这一切足以说明这些作家的散文创作介乎传统观念向现代意识的变动之中，显现出不同程度的现代意识。这样的论述，目的在于彰显这些作家的散文创作富有的现代意识及其价值。

第一节　在离别与回归间的勘探

　　阿来是以他的小说创作而享誉中国当代文坛的，其小说名作《尘埃落定》已成为描述藏族历史的经典。同时，阿来又是一位著名的散文作家和诗人。就其散文创作而论，他先后在《人民文学》《当代》《收获》

《十月》《中国作家》《钟山》《花城》等权威文学期刊上发表了大量的散文作品，陆续出版了《就这样日益丰盈》《草木的理想国——成都物候记》《大地的阶梯》《阿来散文》《语自在》等散文集。本节力图通过对阿来散文集《语自在》和《阿来散文》的解读和评析，来探究其散文的思想呈现和艺术的表达。

著名文学评论家谢有顺先生在"阿来作品国际研讨会"上的发言中曾这样说道：

> 阿来的写作是一种有声音的写作，这些声音，可能发自作者的内心，也可能发自山川和草木。因为那个"雄伟的存在"，每个字都可以说话，每种生物都可以歌唱，关键在于你是否有那个心和耳朵来倾听它。这个声音，其实也就是好散文所需要的秘密维度。它的存在，将使散文的内在空间变得宽广而深刻。……好的散文，有重量的散文，它除了现实和人伦的维度外，至少还必须具有追问存在的维度、超验的维度与自然的维度。也就是说，只有多维度的声响在散文内部交织在一起的时候，散文的价值空间才是丰富而深刻的。①

另一位著名的文学评论家张清华先生也同样指出：

> 任何好的文本都是多重的，阿来尤其如此。在我看来，居于最核心的是他个人童年的成长记忆，这是他一切叙事的经验基础，同时也构成了他全部故事的根基。对于1950年代出生的一代而言，悲剧性与挽歌性的记忆很自然的包括了革命、工业化与自然的毁弃，社会大动荡与创伤，传统伦理的颠覆与毁灭。其中最核心的仍然是亲人及族群记忆中的离散，这些本身就构成了诗性的叙述，当代作家的史诗性叙事都同样源于这些因素。但像阿来这样，个体经验与公共记忆如此的准确匹配，且生成了波澜壮阔的史诗性景观的，却并不多见。②

---

① 《边地书、博物志与史诗——阿来作品国际研讨会专家发言摘录》，《四川作家》2018年第11期。
② 同上。

　　这两位评论家的发言，前者充分肯定了阿来的散文创作是一种有声音的创作，是一种有秘密维度的创作，赞美了阿来散文创作所具有的宽阔而深刻的空间；后者则从作家个体的记忆与经验出发，论述了阿来的出生年代、成长经历及其对于作家创作的深刻影响，特别强调一个人的生命记忆与人生经验对于文学创作的意义。他们的发言，的确揭示了阿来散文创作的思想含蕴、艺术特质及其内在秘密和原生动力。阿来也确实是依据这种内在秘密和原生动力来从事其散文创作的。

　　《语自在》这部散文集，实际上是阿来有意识地将《草木的理想国——成都物候记》和《大地的阶梯》里的部分篇章进行拆卸、重组，再加上作家后来创作的一些散文随笔，由此而合成的一本散文集。全书共由三辑组成，即"大地的咏叹"、"草木之名之美"和"病中读书记"。可以说，它既传递出《大地的阶梯》和《草木的理想国——成都物候记》的思想意蕴，又体现出作家在病中对于人与世界的深入感受、深层体验和深刻认知、深沉把握。这既是出版社出版这部散文集的良苦用心，也是作家意欲把它呈现在读者面前的真实目的。

　　评论家博林曾这样写道：

　　　　藏地是阿来的故土与归属，然而阿来之于自己的族群，却颇类似于五四的干将鲁迅。他一方面对自己的民族、自己的故乡怀有深沉的爱，另一方面也对家乡的落后深感忧虑，并一直在为改变家乡和族人的精神面貌而努力。写作，便是他为族人"尊个性而张精神"的一条通衢。……一次次步向山外青山，他的目光没有涣散游移。身体漫游在无边的世界，灵魂却驻守在藏区的村庄。阿来所求的，是为故土找出一条融入外界的"文明之路"。而这一切，都建立在平等的交流与融合之上。①

　　这无疑揭示了阿来精神漫游的目的。从藏区走出来的阿来，到过贵州、云南这样的偏远之地，也抵达过北京、上海这样的繁华都市，甚至远

---

　　① 博林：《阿来：写作，为与世界对话》，《光明日报》2016 年 8 月 27 日，第 9 版。

涉过英美这样的发达国家。在这些地方，阿来看到了什么？是其地理位置的偏僻，还是其地处城市的中心地带？是其经济落后的面目，还是其繁花似锦的真相？是社会发达的事实，还是民族强大的现状？是但又并非全是。作家所看到的是它们与藏区形成的巨大社会反差，是另一种形式的情感萎靡、思想贫血和精神荒芜。他心念的还是他那深广无垠的藏地，因为在那里，他可以扬鞭策马在辽阔的草原上，可以侧卧于草丛里数天上的星星，可以站在高坡上信马由缰的遐思，可以坐在田埂上静静地阅读，也可以在高原上的某一处酣然睡去。青藏高原的一切，都是那么的自然惬意、随心所欲、温润内心。从这个意义上讲，青藏高原是作家的生命、情感、思想和灵魂。也正是基于这样的情感、内心和思想，阿来在他的散文创作中才得以表现出对雪域高原的那份特有的深沉眷顾和无限向往之情。

《离开就是一种归来》这篇散文，通过对一位年轻僧人给阿来的启示的叙事，交代了作家创作《大地的阶梯》这部散文集的缘由或初衷。作家首先描绘了他与那座寺庙住持之间发生的一场争论。那位寺院的住持说，这座寺院已有一万多年的历史，是方圆几百里的名寺；而作家认为它不过只有数百年的历史，因为宗教本身不能够超越历史。两人为此发生了争论，各自摆出自己的理由和事实依据，但谁也说服不了谁。在这场争论结束之后，住持差遣一位年轻僧人送作家下山。或许是这场争论过于激烈，作家心绪难平的缘故，作家便与那位年轻僧人坐在田埂上闲聊起来。那位年轻僧人说："我相信师父讲的，还没有从眼前山水中自己看见的多。……我看那些山，一层二层的，就像一个一个的梯级，我觉得有一天，我的灵魂踩着这些梯子会去到天上。"正是这样一句话使作家怦然心动，从而引发了作家对于成都平原与青藏高原之间的存在关系的深沉思考。从此以后，作家不停地在群山的各个角落进进出出，每每登上比较高的山峰，他都会极目远眺，看那一列列的群山拔地而起，看它们起伏逶迤地向西而去，最终消失、融入陡峻与峭拔的青藏高原的辽远与壮阔之中。每到此时此刻，作家都会自然而然地想到这个有关阶梯的比喻。为了拍摄一部电视片，作家去攀登号称蜀山皇后的四姑娘山，站在海拔六千多米的山巅之上，作家再度领略到了被白雪覆盖的那一列列山脉走向辽阔的远方，一直走到与天际模糊、漫漶的交接之处。这更加坚定了作家创作

《大地的阶梯》的信心。因为在作家看来，如果把这些从成都平原开始，一级级地走向青藏高原顶端的山脉，视为不断攀缘的大地阶梯，那么这是把低海拔的小桥流水，最终抬升为世界最高处的旷野长风，而且还预示着多姿多彩的地理文化构成。对于一个人来说，不同样态的地理文化则往往意味着一种新的思想启示和精神引领。因而，作家在最后这样写道："作为一个漫游者，从成都平原上升到青藏高原，在感觉到地理阶梯抬升的同时，也会感觉到某种精神境界的提升。"毋庸置疑，这是作家灵魂的真诚告白，也是对这篇散文主题的揭示。

　　散文《声音》，通过对作家聆听小镇之声、草原之声和大地之声的叙写，既写出了作家静如处子的内心宁静，也表现出了高原内部之声的邈远与壮阔、细腻和美丽。作家阿来此次的若尔盖之行，是为了参加关于本地的宗教活动的调查，他则因为小病而滞留于草原上的这座小镇。正是在短暂的滞留期间，他听到了来自这座小镇、来自小镇深处的草原、来自大地的声音。起初是阳光、霜花和清寒的声音。当太阳普照大地的时候，金色的阳光撞在窗玻璃上、墙体上、屋檐上，发出叮叮叮叮的脆响；当阳光越来越热烈的时候，霜花开始滴落，滴落成凄清的宝石、情境的结晶和苦涩的思想；而清寒则显得絮絮叨叨、密密麻麻，它既是一种气流的述怀，也是一种心绪的流露。接着是一匹老马驮着它的主人从窗外经过的马蹄声，缓慢而拖沓、柔韧又坚毅，具有一种金属般的质感，令作家想象这匹马在年轻的时候，可能是一匹亮闪闪的青灰色马，也有可能是一匹彪悍的战马。然后是一位中年妇女穿着旧皮鞋擦着地面而过的声音。对于小镇而言，这是一位不知道姓甚名谁的中年妇女，没有人知道她要去哪里，也没有人知道她要寻找什么，她在抵达这个小镇后不再前行，她的身后总是跟随着一只乖乖的羊。再后来是这座小镇发出的声音，包括了男男女女的调笑声、便携式收录机播放的音乐声、发动摩托车的引擎声、菜贩鱼贩们的叫卖声，家畜们穿街过巷的鸣叫、野狗们无所事事的吠声。这是唯一能够使整个镇子显示出生机与活力的声音。最后是那所小学校敲打出的钟声。因为小镇没有高大建筑，草原又是空旷一片，钟声便无所阻滞，它很纯净地一波一波荡向沼泽地里那些大大小小的草墩之间，荡向小山丘上永远深绿的伏地柏之间，荡向无边无际的大地深邃之处，令人听不到这些声音所能抵达的边界，也听不出这些声音消失于世界的何处。显而易见，这是作家在写自己对小镇之声、草原之声的理解、认知和把握。在阿来看来，小镇之声，犹如大地之声、世界之声，这样的声音会传遍天下的各个角落，会激励一代又一代的人来聆听、来揣摩、来领悟，因为它是自然之母所发出的声音或唱响。

在散文集《草木的理想国——成都物候记》里，作家这样写道：

> 一个城市是有记忆的。凡记忆必有载体作依凭。然而，当一个城市的建筑不可能再来负载这个城市的记忆时，那么，还有什么始终与一代代人相伴，却又比人的生存更为长久。那就是植物，是树。对成都来说，就是那些树：芙蓉、柳、海棠、梅、槐……这个城市出现的时候，它们就在这座城里，与曾经的皇城，曾经的勾栏瓦舍，曾经的草屋竹篱一起，构成了这个城市的基本风貌，更带给了几代人共同的荫庇与深长的记忆。①

这是作家代表植物所发出的宣言。在这样的宣言里，足见作家对植物怀有一种深沉的敬佩和景仰之情。正是带着这种深沉的情感，作家叙写了植物之美、花朵之美。从作家的这种颂扬声中，我们得以觅见作家描绘植物的本质。

《梅——二十里中香不断，青羊宫到浣花溪》这篇散文，通过对梅花的细腻描绘，作者为我们揭开了梅花的文化密码，展示了梅花"只有香如故"的优秀品质。作家先从蜀地的冬雨写起，说蜀地冬天的雨，"总要先使天空灰暗压抑到无以复加"的地步，才慢吞吞地落下来，认为这是冬雨为了酝酿湿重而彻骨的寒意，以威胁盆地里绿色植物的生长。正是在一片雾一样的冬雨中，作家看见了那飘不走的淡淡红云——梅花。但作家并不直接写梅花，而是笔锋一转写古人关于"二十四番花信"的说法。这种说法是：从小寒到谷雨之间共八个节气，凡一百二十日，每五日为一候，每一候都对应着一种花信，梅花自然为这二十四番花信之首。接着写

---

① 阿来：《草木的理想国——成都物候记》，江苏人民出版社，2012，封2。

古人创作的咏梅诗。在作家看来，古人的这些咏梅诗无疑都是好诗，但诗人们真正关心的并非梅花的样子，而是以梅花作为一个引子，来比喻、象征诗人的高洁与孤傲，作家认为这是中国文学的一种"不及物"的态度使然，也是中国文化的一种必然。因为在古代诗人的眼里，梅花是作为文化符号出现的，而诗人们对于梅花的吟咏，又是以意象为先导的，他们首先是赋予梅花特殊的意义，然后才是对梅花形象的塑造。由是而论，具体而微的梅花形象，也就很难出现在古代诗人的诗句中。尽管如此，仍然有陆游的《咏梅诗》进入作家的眼中，作家以为这首诗不仅描摹出了梅花的情状，而且写出了诗人在成都看梅花的地理。这不免令作家阿来陷入一片缅想之中，他想象杜甫当年一边种植桃树、一边写诗的情景，想象才女薛涛在那些笺纸上写出的清辞丽句，想象《花间词》中许多优美的小令诞生于这座城市。于是，作家决定沿着当年的濯锦之路，一路向着西边行驶，去探寻那一路上的梅花。当作家抵近那株梅树之时，梅花已然开始凋谢了，那些雄蕊柱头上的花药几乎掉光，剩余的花药也从明亮的黄色变成了黯然的深褐色。作家在叹惋之余，还是拍了几张粉梅的照片，以留作深深的纪念或回忆。从中不难看出，作家既十分注重对梅花形态的书写，也毫不忽视对梅花意态的描绘，做到了将梅花的形态与意态进行有效的融合，展现了梅花的表象特征与本质内涵。

散文《芙蓉——千林扫作一番黄，只有芙蓉独自芳》，则通过对芙蓉的细致描写，展现了芙蓉独自芬芳的高雅和美丽，以及"芙蓉国里尽朝晖"时的隆重与繁盛。在这篇散文里，阿来仍然是先以闲笔勾勒了作为秋花之首的傲霜之菊，描绘了在公园、广场、街道展示菊花的空前盛况，然后再直入本文的主题——对芙蓉的艺术描写和审美观照。作家以唐代女诗人薛涛写芙蓉的诗句为切入点，再逐步深入渺远的历史与活灵灵的现实之中。关于芙蓉历史的描述，作家以成都简称的由来起笔，说成都之所以简称为"蓉"，正是由于芙蓉的功劳和突出贡献，这个"蓉"就是芙蓉绽放，令成都享誉世界的"蓉"。接着从"芙蓉护城"这个历史传说切入，写五代十国时的后蜀国君孟昶，为了保护古代成都的城墙，命人在城墙的周围遍植芙蓉，于是便有了"四十里芙蓉如锦绣"的壮丽景观。孟昶之所以会在成都遍植芙蓉，另一个隐秘的原因就是受其夫人花蕊夫人的影响。据传，花蕊夫人很喜欢看花赏花，她眼见春夏之花极容易凋零，不免敏感伤怀、落泪不止。后来在一个农家小院里，她意外地发现了傲霜拒寒的芙蓉花，心里便溢满了欢喜之情。孟昶为讨她的欢心，才因此遍植芙蓉。随后作家又写了薛涛给成都留下的一段深远的雅韵。唐代女诗人薛涛在笺纸上写诗，嫌书写的笺纸不够美观大方，竟然自己跑到某个造纸作坊，亲自设计笺纸的款式，她用浣花溪的水、木芙蓉的皮、芙蓉花的汁，终于制成了典雅精致而又色彩斑斓的薛涛笺。关于芙蓉现实的观照，则主要体现在作家对芙蓉的树形、树干、树叶及其花容三变的细致描写上。如果不进行必要的修剪，任其自由发疯似的生长，芙蓉树可以长到数十米高，它不仅仅向着上面长，而且横向的枝权四逸而出，使得树形充裕而饱满。芙蓉树的树干，一般只有数米长，当年就能抽出数十条呈发射状的新枝，每条新枝上都会生出掌形般的树叶，捧出一簇簇花蕾。至于芙蓉花的三变，是指因为光照强度的不同，引起花瓣内的花青素浓度的变化，早晨开放时为白色，中午开放时为粉色，下午则以红色为主，因而芙蓉素有"弄色芙蓉"的美称。作家从历史与现实这两个维度来写芙蓉，旨在凸显芙蓉的历史韵味和现实意义，也正是从作家对于芙蓉的这种历史与现实的书写中，我们看到了芙蓉的生长、繁茂及其蓬勃的生命力。

在"病中读书记"这一辑里，收录了作家近几年来创作的新作。在这些散文新作里，既有作家对于一个充满矛盾的孔子的真诚发现，又有作家对于简单的善与复杂的恶的理性认知，既有对奈保尔作品中存在的解构现象的准确判断，也有对道德的还是理想的故乡的清晰梳理。由此展现了作家对于历史人物、对于文学经典和对于善与恶、对于故乡的不凡见地。

在《我只看到一个矛盾的孔子》这篇散文里，阿来通过对李泽厚先生的著述《论语今读》的详细阅读，发现孔子是一个充满人格矛盾的人。在他看来，生病的最大好处就在于，能够使自己静下心来好好地读书。在病榻之上的阿来，需要读的书有很多，像普鲁斯特的《追忆似水年华》、乔伊斯的《尤利西斯》，又如阿伦特的《黑暗时代的人们》、巴什拉的《科学精神的形成》等，但最为中意的还是李泽厚先生的那本《论语今读》。因为这本书给予作家一种深层的洞见或发现：孔夫子是一个充满着人格矛盾的人。在阿来的认知理性中，孔子是一个有理想抱负、有治国之术的人，也是一个可敬可爱的人，但其在言行上却有着不同程度的反差。比如，孔夫子说：要对信仰有坚定的信心，要对学习充满热爱；不去危险的国家做事，离开那些动荡的国家。天下太平他就出来继续兜售他的理想抱负和治国之术，天下动乱之时他就躲在一个不为人知的地方。这与孔夫子所说的那种"道不行，乘桴浮于海"极其的自相矛盾。又比如，孔夫子说："邦有道，贫且贱焉，耻也；邦无道，富且贵焉，耻也。"李泽厚将其翻译成白话文是这样的："国家好，贫贱是耻辱；国家不好，富贵是耻辱。"由此可见，孔夫子是甘愿为统治者说话的。再比如，孔子觐见国君时的表现："入公门，鞠躬如也，如不容。"李泽厚的翻译为："孔子走进国君的大厅，弯着腰，好像容不下自己一样。"见国君出来，"没阶，趋进，翼如也。"李泽厚译为："下完了台阶，快速前进，像鸟展翅。"足见孔子是一个趋炎附势的"小人"。当然，作家读《论语今读》时，感觉最为明显的还是孔夫子抱负难展的人生短叹，或者是不得已而为之的人生无奈。"逝者如斯夫，不舍昼夜"，是孔夫子的一种诗意叹息；在《乡党第十》里所记述的，则是关于孔夫子举止做派的无奈；"民可使由之，不可使知之"，更是这位老夫子说的浑话。因而，作家阿来从读《论语今读》中明白了这样一个深刻的道理：在一个封建意识浓重的国度，知识分子从来就处于一种极度的矛盾之中，即便是为知识分子立下许多道德规矩、思想律则的孔子本人，也不能例外。从他的这番叙事中，我们明白了孔子这样的大圣人，也是一个充满矛盾的个体。

散文《道德的还是理想的——关于故乡，而且不只是关于故乡》，则通过作者对如何描写故乡这一问题的探寻，揭示了我们在故乡叙事方面存在的种种弊端。作者甫一起笔，就以一种设问方式提出这样的问题：在中国人的心中，故乡是一种虚饰性的存在，还是一种经过反思还原的真实？是一种抽象的道德象征，还是一种具象化的地理与人文存在？要回答这一问题，还必须从关于故乡的文艺性表达说起。在阿来看来，中国文人在关于故乡的文艺性表述中，大多有着同质性的甜腻和修饰腔调。在这样的腔调里，故乡无不是乡风的古老淳朴、乡情的浓烈深挚、乡人的勤劳善良，乃至于衍生出家园、国家、民族这样宏大的命题。依照这种腔调进行推论，我国的每一条河流都不会被浊水污染，每一处山峦都会披满绿色的植物，每一座城市都会干净整洁、无比靓丽，每一个人都会无忧无虑、笑逐颜开。当人们前往某处旅行时，自然而然地会生发出这样一种强烈的观念：这里是某位著名作家用一首诗吟咏过的地方，是某位著名歌星用一首歌唱响的地方，或者是某位著名画家用一幅画描绘过的地方。而真实的情况却是，故乡并不一定都是美好的，它有穷山恶水的时候，也有好人歹人的区别。更何况，那种人类最初与最终的居住地的美好图景，已然被各种宗教和各种主义完整地描述过了，我们不过是对其进行局部性的复述而已。于是，作者得出这样一个结论：我们对于故乡的言说，在绝大多数文艺性的表述里都是虚饰的，是一种胆怯的缺乏想象力的表现，是一种文字表述的泛滥。这就不单单是一个如何写作的问题，而是关涉道德伦理的大问题。因而他以为，如果再继续以这种甜腻、虚饰的腔调来描绘故乡，那么我们就拒绝了一种真实的记忆，就必将成为一群"失忆"的人：失忆于故乡存在的真实，也失忆于国家、民族的历史真实。我们的文化将因此变成一种虚伪的文化，虚伪的文化是没有前途的。从中不难看出，作家阿来对如何描写故乡这一问题的探究，是何等的智性和鞭辟入里。

由人民文学出版社出版的散文选集《阿来散文》，则是把《草木的理想国——成都物候记》《大地的阶梯》里的部分篇章和散文新作，又加上阿来在茅盾文学奖颁奖典礼上的答谢词、在多所大学的演讲录及其三部长篇小说的创作后记，合成的一部散文集。这样一部散文集，既体现出了作家对之所进行的精挑细选，也展示了作家的真实意图。

从副标题看，《随风远走——茅盾文学奖颁奖礼上的答词》这篇散文是就作家的长篇小说《尘埃落定》荣获茅盾文学奖而作的答谢词，它交代了作家创作这部小说的初衷，叙写了其创作过程的幸福感觉和出版过程的一波三折，以及获奖之后所获得的各种赞誉。那是高原五月的某一天，阿来坐在家里的窗前，一边仰望着不远处山坡上生长的白桦林，一边倾听着从录音机中传来的贝多芬和莫扎特的优美旋律。这时，一群杜鹃拖着悠长、遥远而又特别清晰的声音从作家的眼前划过，顿时激起了作家一阵阵悠远的思索：多年以来在对地方史的关注中累积起来的点点滴滴，忽然之间出现了一种隐约而又生机勃勃、含义丰富的场景。于是，他坐在电脑前，打下了《尘埃落定》的第一行字。这便是这部小说诞生的初始。作家之所以把小说初始的故事情节置于某个冬天，这与他对于历史的认知有关。在他看来，所有的历史都充满萧疏肃杀之感，便索性来一场丰润的大雪，作为小说的开端，以此来确证历史的肃杀之气。在作家的深层意识中，《尘埃落定》这部小说里的世界有如那片白桦林一样，在历经了世界的喧嚣和生命的冲动之后，又复归为一种寂寞和宁静。然而，那片白桦林的荣枯，已然成为这部小说的诞生过程，以及作家在创作这部小说时思想与情感状态的一个形象而绝妙的况喻。《尘埃落定》这部小说之所以在冬天告罄，莫不与这样的况喻有着密切的关联。接着作家又为我们讲述了这部小说在出版过程中的一波三折，认为这三四年的曲折其实是一种等待，等待一个特别适合的面世机会。最后是表达作家的谢意，一是表达对给予这部小说支持的有关部门、领导、师长、朋友的衷心感谢，二是对广大读者在阅读过程中的不断参与和创造及评论界、媒体界的关心和支持表达真诚的谢意。从作家的这番叙事中我们不难看出，作家是把《尘埃落定》这部小说的产生过程作为重点来讲述的，其用意十分明显，即告知广大读者这部小说的来之不易，其中的艰难与幸福唯有作家自知。

散文《穿行于异质文化之间——在国际比较文学学会上的演讲》中，阿来为我们讲述了他在不同的语言文化中的穿行，揭示了异质文化对于作家文学创作的深刻影响。在这篇散文里，他首先声明自己是以一个作家的身份来出席这次大会的。既然是以作家身份来出席这次大会，说明"我"在中国当代文学的格局中，理应担得起"作家"这样一个称号，因为作家有大量的文学作品闻名于世，还曾荣获过中国的最高文学奖——茅盾文学奖。接着阿来叙写了他如何在不同的语言文化中穿行。他是一个用汉语写作的藏族人，从小学到中学再到更高一级的学校，他都在努力地学习汉语和使用汉语，而一旦回到日常生活中，则依然用其母语——藏语来进行交流，以及表达自己所看到的一切和全部感受。正是在这两种语境的统摄下，作家看到了不一样的生存情形和心灵景观，也养成了作家最初的文学敏感和创作自觉。作为一个用汉语写作的藏族作家，他一方面从藏族民间口耳相传的神话传说、部族传说、人物故事和寓言格言中汲取营养，另一方面是从具有悠久深沉的伟大传统的汉语文学中学习精华。通过这样的营养汲取和精华学习，作家学会了怎样把握时间和呈现空间，学会了怎样面对命运的沉浮和生命的激情，并且能够十分娴熟地运用汉语加以呈现。与此同时，作家又在另一种异质文化中穿行，即在由西方当代文学所构造的异质文化中穿行。这样一种异质文化，令作家在最初的文学道路上，强烈地感受到了新鲜的启示和巨大的冲击。为此，作家列举了一系列西方当代作家的名字，包括瓦雷里、叶芝、里尔克、布罗茨基、桑德堡、聂鲁达等。就对于作家的影响而言，最大的莫过于美国当代文学。在作家看来，美国当代文学虽然没有哪位作家特别刻意地以某种流派的旗号作为号召与标志，但却能够充分地吸收欧洲最新的文学思潮，并与自己的新大陆生活深度融合，创造出一个绝少规则束缚和更富有成长性的崭新的文学世界。最后，作家这样总结道：

> 在我的意识中，文学传统从来不是一个固定的概念，而像一条不断融会众多支流，从而不断开阔深沉的浩大河流。①

这既是阿来对异质文化的充分肯定，又是对融合思想的赞美。由是可见作家穿行于异质文化中的意义和作用。

《〈空山〉三记——有关〈空山〉的三个问题》这篇散文中，阿来则以对《空山》这部长篇小说中出现的三个问题的解答，来叙写这部小说题目的由来和特殊的思想蕴含及美学价值。为何把这部小说叫作《空山》？这是作家需要回答的第一个问题。在对这一问题进行解答时，阿来为我们讲述了一个故事。说某一天来了一支地质勘探队，这个地质队的人显然比"我"更能够洞悉这个世界的秘密。一个地质队员指着一张航拍的巨幅黑白照片上的某个皱褶间，对"我"说这就是你所在的小山村。"我"看着这张照片，它的上面满是纵横交织的山脉，明亮的部分是山的阳坡和山顶的积雪，那些浓重的黑影是山的阴面，根本看不到自己所在的这座小山村，所能看见的只是一片空山。这也正是把这部小说叫作《空山》的真实原因。现在想起来，这张照片不仅改变了"我"的世界观，也改变了"我"的思想走向。作家回答的第二个问题是，《空山》这部小

---

① 《阿来散文》，人民文学出版社，2016，第 154 页。

说究竟是描写了个别的乡村还是所有的乡村？对这一问题的回答，作家则显得比较委婉、含蓄而隐晦。他用异国的乡村与中国的乡村来进行比较，认为异国的乡村具有自己的纵深之处，因为他们那里的乡村是一些土地在生长作物，而另一些土地却在休养生息。我国的乡村的生存空间则显得十分促狭，因为它们每年都没有一丝半点的空隙，都在忙碌地生长农作物。这是土地的纵深。除此之外，还有一种心灵的纵深，即乡村生存的基本伦理。在作家看来，我国乡村的这种纵深也消失殆尽，剩下的只有简单的物质生产，而在精神上早已荒芜不堪。作家的这番诉说，其实是变相地回答这一问题，即《空山》中描写的乡村，是一切中国乡村的泛指。作家回答的第三个问题是，《空山》表达的是人的消失还是文化的消逝？对于这一问题的回答，作家没有丝毫的犹豫，他直接指出这部小说所表达的既是一种人的消失，也是一种文化的消逝。作家所关注的不是文化的消逝，而是人在面对时代巨变时无所适从的悲剧性命运。这是作家悲悯情感的体现，而这种悲悯正是文学的良知所在。

阿来在他的《文学要有善的动机》里曾这样写道：

> 最近我总在想几个词：真善美。这几个词在我们今天已经用得很泛滥。真善美，就我自己最浅薄的学习，是在德国古典文学中提出来的，关于艺术的最高命题。德国古典文学对它的基本阐释就是善的动机。我们在界定文学的时候，善是一个伟大的动机。①

这是作家对文学创作的深刻理解与认知，更是作家情感至深、由衷而发的一种宣言。正是在这种宣言的引领下，作家在离别藏地与回归藏地之间，以真诚的内心、善良的灵魂和美丽的文字，为我们描绘了草木理想国的自然与宁静，展现了大地阶梯的雄奇与壮丽，叙写了日常生活的平凡与朴实，呈现出一幅幅大自然和人类社会的精美画卷。这是作家对于真善美的艺术表达，也是对于真善美的最好诠释。

---

① 阿来：《文学要有善的动机》，《作家文汇》2013 年第 3 期。

第二节 智慧亦温情的散文艺术

在四川当代文坛上，作为知名军旅作家的裘山山，其文学创作以小说为主，同时也兼及对散文艺术的经营。对于散文创作而言，裘山山为我们创作出了为数不少的散文佳品，陆续出版了《女人心情》《遥远的天堂》《五月的树》《一个人的远行》《百分之百纯棉》《亲历五月》《往事细雨中》等，并以《遥远的天堂》这部思想与艺术俱佳的散文集，荣获鲁迅文学奖。裘山山也因此成为四川新时期文学以来，目前唯一一位以散文创作获此殊荣的作家。本节的主要内容就是对于裘山山的散文创作进行分析和评价。笔者力图通过对《遥远的天堂》和《往事细雨中》这两部散文集在思想内容方面的传递，探寻作家在温情脉脉的笔触下所展现出来的艺术智慧与创作才华，以及散文艺术富有的特殊意义和价值所在。

在旅游者的眼里，西藏有世界上最高的雪山珠穆朗玛峰，有世界上最高的河流雅鲁藏布江，有世界上最高的藏传佛教宫殿布达拉宫，还有布满天空的悠悠白云，有直射大地的炽热阳光，有硕大的月亮挂在天际，有难以数计的自然秘境，也有朝圣者筑成的一道道独特风景。因而西藏也被认为是一个无可挑剔、尽善尽美的旅游胜地，是一个可以驰骋愉悦、放牧快乐的地方。但在裘山山的心中，西藏却是一个有几千公里陆路边境线的西南边陲之地，在这漫长边境线的每一段上都有我们的营房和无数个哨所，都有官兵们在日日夜夜地巡逻、在坚定不移地把守。这些官兵是在担负保卫祖国边疆的重任，是在庄严地捍卫祖国领土的完整。因而，这些官兵不仅组成了一道万里长城，同时也构建了一座别样韵致的"遥远的天堂"。这正是《遥远的天堂》所要告诉我们的思想主旨和深刻道理之所在。

将自己的散文集命名为《遥远的天堂》，在以写西藏为主的作家中，裘山山是第一人。就一般的理解而言，天堂具有这样两种含义：其一是指某些宗教所认为的，一个人在死去后，他或她的灵魂会居住在一个永享幸福的地方；其二是一个有浓郁修饰意味的词语，比喻幸福美好的生活环境，有如天堂一样的纯净和美丽。既然如此，作家究竟是选取哪一种意义，来命名她的这部散文集呢？笔者以为：应该是两者兼而有之。这是因为在这部散文集的众多散文篇章里，既有作家对几代官兵在西藏前赴后继、开疆拓土、勤奋作为、励精图治，立志边疆国防事业建设和改变西藏落后的社会面貌，以建设美好新家园的意图表达，又有作家对长眠于这片土地上的那些有名无名的官兵们，表达深切缅怀和高度颂扬的意图，这就正如作家在《牺牲》这篇散文里写到的那样：

> 我手头有一份西藏军区这十年来的牺牲情况。从 1995 年到今年。10 年间，据不完全统计，仅仅因车祸而亡就有近百人，占死亡人数的 35%，因各种疾病及冻亡的，也有几十人，占 32%。就是说，仅仅这两项就占了 70% 之多。我可以肯定这两项的百分比，一定超过了其他军区，不因为别的，就因为他们在高原。……军人的职业原本就有牺牲的意味，而坚守在高原上的军人，令这种牺牲更多了一份悲壮。即使不在战时、灾时、乱时，他们也需要付出牺牲，他们也需要时刻做好牺牲的准备。那是一种看不见的默默无闻的牺牲。①

沿着作家意欲在这部散文集里表达的这两种意图指向，或者说两种思维路径、思想方法，去细细翻阅那一篇篇笔触凝重、思想醇厚、情文并茂的散文，去深刻领悟作家在这部散文集里的内心诉说、情感发抒、思想呈现、灵魂宣示及审美表达、艺术再现，我们才能够彻底明白作家对于这两种思想意蕴的有力传递。

文学写作是一种以人为审美观照中心的艺术，它通过对人的审美观照和真实抒写，来刻画和表现人的内心、思想、精神世界，进而完成对人的整体性塑造。裘山山在这部散文集的创作中所展现出来的，也正是如此，她通过对驻守在西南边陲的一系列军人形象的塑造，极力表现这些军人在国防建设事业、西藏社会发展中的满腔热血和默默奉献精神。《爱西藏的男人》主要写几名不同时代的军人对于西藏的不同方式、不同维度的深沉之爱。第一位军人是大校军官，因他在读高一时看见积劳成疾的父亲是

---

① 裘山山：《遥远的天堂》，解放军文艺出版社，2007，第 277 页。

被抬出西藏的，就默默地发誓要继承父亲未完成的事业，在西藏当一个有理想、有抱负、有作为的兵。在那片土地上，他一干就是 25 年，并由一名普通士兵成长为大校。他对作家这样说：那时他真的是怀着一腔热血、万丈豪情，毫无保留地爱上了这片土地。如今，他虽然已经调到了内地部队，但依旧对西藏怀有无限深情。他说：每次他离开西藏回到内地，心情就会像一块皱巴巴的烂抹布，就会毫无来由的烦躁，渴望回到西藏那片阳光下，只要一回到西藏，那种皱巴巴的心立即就被彻底熨平了，重新变得舒展而开朗。他还如此深情地说：西藏给予我们的，多过我们给予西藏的，因为西藏使我们获得了心灵的愉悦和灵魂的跃升。在作家看来，这是一个理想主义的军人形象。第二位军人是军校毕业的小伙子。因为在军校学习期间成绩优异，他被选中留校任教。他跑去找校长，说他考军校不是为了在学校当一名老师，而是为了戍边卫国。于是，这位年仅 22 岁的军校毕业生，凭着初生牛犊不怕虎的劲头，凭着一个年轻人的满腔热血和朝气蓬勃，毅然把自己的一生交给了西藏。他像西藏那些高大的山峦峻峰一样地挺身直立着：当排长时，他是全旅最优秀的排长；当连长时，他把一个连队带得呱呱叫；当营长时，他被评为西藏军区军事训练先进个人；他当团长时，是西藏军区最年轻的团长之一。在作家看来，这是一个务实主义的军人形象。第三位军人是出生于北京的少尉排长。他在参军一年后回到北京，全家为他准备了丰盛的晚宴，望着很是奢侈的晚宴，他不是兴高采烈、幸福无比，不是大快朵颐，而是眼眶里盈满了泪水。他向全家人诉说着这样的事实：他的那些还在哨所里的兄弟，连电视都看不到，他们住在屋里结冰的地方，他们好多人从未吃过海鲜，他们的嘴唇和牙龈老是出血，他们的指甲都凹陷了。就这样，一顿洗尘的丰盛晚宴被他的泪水淹没了，更令在场的家人通通红了眼圈儿。在作家看来，这是一个重情重义的军人形象。面对这些不同时代的军人形象，作家不无感慨地这样写道：

> 他们奔赴高原，不是为了好奇，不是为了风景，不是为了丰富自己的阅历……甚至，他们奔赴高原并非己愿。但他们一旦去了，就会稳稳地站在那里，增加高原的高度，增加雪山的高度。他们从不表达

他们对西藏的爱，因为他们和西藏融在一起。①

　　这既是作家对不同时代军人形象的高度赞美，又是对自己灵魂的真诚告白。作家的用情之深可见一斑。

　　《晚宴，将军故事》通过对一餐晚宴的巧妙布设，来用心讲述两位将军和一位大校的故事。这场晚宴，发生在一个简朴的营房里，在大家你来我往、推杯换盏、耳热酒酣之际，L将军、Q将军和C大校分别讲述了自己的故事。L将军说，那年去海拔4900米的昆木加哨所检查边防工作，下车伊始，就被一阵扑面而来的强烈北风呛得一口气上不来，待他缓过劲来才发现，全排的战士穿着夏常服列队集合站在那里等着他，每个人的脸上都冻得通红、发紫，他激动地上前紧紧握着战士们的手，说怎么会穿得这么少呢？战士们齐声地回答，他们的哨所很少有将军这一级的领导来看望，为了以最雄壮最健硕的军姿迎接他的到来，便没有穿大衣。L将军听后，眼眶里饱含着热泪。是夜，一个小战士来见他，手里拿着一个苹果，小战士十分腼腆地说："我是河北人，今天听你讲话，太像我的父亲了，是多么的亲切。"接着又说："这个地方太过于干燥，不吃水果嘴唇就会干裂，你把这个苹果吃了吧。"L将军不禁再次潸然泪下。Q将军的故事相对简单，简单到只有精要的成分。Q将军每一次下连队检查工作，都要自备一些药，以防路途上出现不测，这完全是他的身体原因：血色素太高，心室肥大、心动过速，其表面的症状是嘴唇发紫。有几次去边防哨所检查工作，他就是因为这病而嘴唇发紫发黑，幸好随身带着药物，否则就去见马克思了。在谈及老西藏这一问题时，Q将军不无幽默地说，老西藏一般有三种情况：一种在西藏待了20、30年的；第二种是"我"（指作家）这种，老进西藏的；第三种就是他这种，老了才进西藏的。他认为老了才进西藏，也自有它的好处和妙处，那就是检查工作时有经验有判断，一眼就能看出问题的关键所在。C大校的故事则有点波澜不惊，如写实一般。C大校曾留学俄罗斯，进藏的时间刚刚6年，他进藏之后，在一年之内就跑遍了所有的边防哨所，他从脸庞到指甲盖到心脏都迅速藏化

---

① 裘山山：《遥远的天堂》，解放军文艺出版社，2007，第20页。

了：脸庞发黑，指甲盖凹陷，心脏肥大，心律不齐……但每次见到他，他的精神状态都很好。作家通过对这三位将校故事的讲述，告诉我们这样一个铁的事实：即使是生活在和平年代的军人，也有其历史使命需要完成，那就是为了国家的国防建设事业，为了捍卫国家领土的完整，他们不顾身体积劳成疾，可以随时为此做出自己的牺牲。

《十八军后代》通过对几位十八军后人的故事叙写，讲述我国人民军队的光荣革命传统及其对后代军人的深刻影响。作家首先为我们讲述的是某军分区宋政委的故事。眼前这位很是瘦削，戴着一副眼镜，看上去斯斯文文的男人，便是大名鼎鼎的十八军后人宋政委。说其大名鼎鼎，是因为他很能做战士们的思想工作，仅以《解放军报》登载的一则小新闻，便可以知晓。宋政委下部队蹲点时，发现不少战士花钱大手大脚，津贴一拿到手便到服务社买这买那，花光了就赊账。宋政委没有直接批评那些战士，而是下到炊事班去，烧汤时故意在汤里狠狠地放了几勺盐，在战士们纷纷喝出了汤太咸之后，他才开始做思想政治工作。说汤为何这么咸？因为那是我们的汗水，我们在高原上训练、在高原上戍边，洒下了那么多汗水啊！我们的津贴都是浸透了汗水的，可是很多同志都不珍惜，随随便便地就花掉了，不仅花光了自己的津贴，还花光了父母寄来的钱，这既对不起自己，也对不起父母呀。从这则小新闻里可知，宋政委做战士们的思想工作，是采取循循善诱、层层递进的方式，说得战士们心悦诚服。另一位十八军的后人，是时任西藏军区参谋长的王炳文。王炳文的父亲出生于浙江，50年代随十八军进军西藏，几年后因为积劳成疾，于1957年在拉萨病逝。父亲病逝时，王炳文才六岁，是年迈的祖母将他拉扯大的。1969年王炳文参军进藏，踏上了父辈留下的足迹，他从一个普通战士做起，守卫过几乎所有西藏最苦也是最重要的边防，他最大的贡献就是：制定了西藏军区边防哨所的管理办法及军事训练的规章制度。还有一位十八军的后人，是西藏军区政治部的老摄影师陈英。"我"见到他时，他已然60有余，仍旧住在军区政治部那间十分简朴的房子里。这位老摄影师的屋子里存放的都是摄影器械，以及数也数不清的照片和胶卷，那些照片和胶卷用一个个铁盒子装着，一律地靠墙堆码，除了那些众多的铁盒子之外，屋里既没有像样的生活用品，更没有可称为贵重的物品。然而，这位老摄影师自始至终所守护的，就是那一个又一个的铁盒子，因为里面装着的全都是十八军进藏的珍贵史料。在与他聊起西藏时，这位老摄影师仍然显得很激动，说他太爱西藏了，说西藏的风都是香的。可以说，正是作家对这些人物的塑造，以及对于其背后故事的讲述，令我们不仅领略到了十八军后人卓越亦平凡的军人风采，并且能够透过这些军人如此优秀的表现，觅见十八军在当年进军西藏时葆有的优良革命传统。这也正是作家写作此文的目的。

《孤岛墨脱》和《山中小木屋》则通过对边境线上像孤岛一样的墨脱和边防战士居住的山中小木屋的描述，来表达作家对于战士们的物质基础、生存环境、生活条件及其所担负的戍边重任的深切关注。《孤岛墨脱》一文，重点写戍边战士在墨脱的生活、物质条件的艰巨和困难。言其艰巨和困难，一是指墨脱的海拔差异很大，最低处为海拔740米，最高处为海拔4800米，这样的落差可谓直上直下、坡度很大，这便是墨脱很难修通公路的主要原因；二是指墨脱没有一条像模像样的公路，有的只是蜿蜒崎岖的羊肠小道，或者是一两条竟只过一辆车的布满乱石的道路，还是夹在悬崖峭壁、群峰错落之间，急转的弯道是一个接着一个，再兼雅鲁藏布大峡谷主体都在该县境内，处处是急流险滩，人行走在上面，稍有不慎就会坠落深渊。言其生存环境的恶劣，主要指墨脱有非常可怕的蚂蟥区。说有位连长牵着警犬去巡逻，在经过蚂蟥区时，狗竟然被活活咬死，仅仅是鼻孔里就拽出来20多条蚂蟥，他自己也是伤痕累累；战士们巡逻经过蚂蟥区时，衣服被咬成筛子一样的网状是常有的事。除蚂蟥外，还有毒蚊和毒蛇。曾经有两位去墨脱演出的西藏军区文工团的演员，就是因为被毒蚊叮咬感染而亡；还有一位战士夜里站岗，被眼镜蛇袭击而死。在如此艰巨、困难、险恶的环境条件下，边防官兵们仍然一如既往、无所畏惧地执行巡逻任务，保卫着祖国的边防，捍卫着祖国的主权。因而，他们是最值得尊敬，又最可爱的官兵们。《山中小木屋》主要写无名湖哨所官兵们的站岗放哨及生产劳动。无名湖哨所是一个季节性哨所，每年10月大雪封山时撤离，来年5月冰雪解冻时再上去。在站岗放哨时，把眼睛紧紧盯在国境线上，是值班战士唯一的要务，没有人与你说话、与你交流，只有面对哑然的大山和宁静的湖面，待休息时，就住进那间山中的小木屋；

在生产劳动时，战士们可以有序地展开劳动，也可以有说有笑地劳动，甚至还可以将劳动当成一场游戏，反正只要是对生产劳动有利，就不在乎劳动以何种形式来展开，完全使其自由化、自主化和多样化。如此这般，以增添战士们在劳动中的快乐和愉悦。作家的这种写法，既刻画了战士们在站岗放哨时一丝不苟和严肃认真的态度，又描绘了战士们在生产劳动中的自由发挥与活泼可爱的率性，既有力地彰显了战士们保卫国家领土完整时的风范，又深刻地揭示了战士们在生产劳动时所拥有的喜悦和欢快。

写西藏地区的高寒气候、交通闭塞和通信事业落后，及其给边防战士带来的不便和各种心理、情感、精神困厄，也是这部散文集的内容。《严酷的冷》便是作者写西藏高原的气候严寒给边防战士带来的不便。她一起笔就发出这样的感叹："西藏的冷让我刻骨铭心！"作家何以会有如此感叹？西藏的酷冷又达到了一种怎样的程度？作家一一为我们揭晓了答案。犹忆20年前的那次西藏采访之行，"我"住在西藏军区政治部边防军人招待站，每天只要太阳一落山，就赶紧灌上热水袋钻进被窝里，再把另一个床上的被子全抱过来，底下垫两层、上面盖两床，仍然觉得天寒地冻、异常酷冷；从存留的那张照片上看，当时的"我"穿着羽绒衣、毛裤加牛仔裤，脚上穿着大头皮鞋，脖子上围着厚厚的围巾，真可谓一副全副武装的样子，但依然感觉不到哪怕是一点点儿的温暖。"我"从一个护士家采访回招待所，没走两步就冻得胃痉挛，痛得直不起腰来。"我"冷得尚且如此，那些驻扎在这片大地上的军人呢？于是，作家又纵笔开去，大写特写自己在采访期间的所见所闻。那一天，是在欢送老兵退伍的宴会上，菜摆好以后，先是领导讲话，然后是退伍老兵讲话，也就十来分钟的时间，菜全凉了，上面白花花的一层是凝固的猪油；去通信总站采访那些女兵，女兵告诉作家，她们洗头后必须马上擦得很干，不然头发上就会结冰碴子；去医院采访女护士，她们会给你这样说：给病人打针，必须随时保持针管和针剂的温度，否则还没有注射便全被冻住了。接着，作家为我们叙写了发生在那曲的特大雪灾。69场大雪把那曲地区（现为那曲市）11个县的38万平方公里土地覆盖得严严实实，为了抗雪救灾，西藏军区派出了数千名官兵和几百台推土机、扫雪车，紧急赶赴灾区实施救援。经过近四个月的苦战，开辟出数条通往灾区的路，及时将救灾物资送到灾民手中，所有受灾群众无一死亡。面对这些情境和往事，作家不无感怀地说："仅仅是冷倒也罢了，……怕的是雪灾，是寒冷、是冻、是僵，是对生命的无情杀戮掠夺。"但作家又坚信：即使再天寒地冻、酷冷无比，只要我们的军人在，他们都会勇往直前、冲锋陷阵，担负起捍卫国家的神圣使命和抗雪救灾、拯救灾民的历史重任，这当是毋庸置疑的。

《路啊路》通过对西藏高原上各种路的描述，极写其出行难、行路难的境况。为了凸显在西藏的行路难，作家有意识地描写了她自己的几次经历及感受。第一次是随 C 大校去莫洛边防连检查工作，路很是有些危险，一边是悬崖峭壁，一边是万丈深壑，路的宽度只有两米，汽车走着走着，便遇到一次塌方，塌下来的泥土占了半条路，还有落下的巨石横亘在路中间。"我"的心一阵阵地猛跳不止，心想这么大的石头从山上滚下来，谁遭遇上谁也活不了，更何况在西藏的路上跑，不仅仅是翻车才会死人，很多人就是站在路上被掉下的石头砸死的。好在那个张老兵是位老司机，他小心翼翼地开着车绕过那块巨石，有惊无险地将车开了过去。第二次是她进藏时走川藏路，即从雅安到昌都、波密，再从波密到林芝、拉萨，途中必须要翻越海拔 5300 米的米拉山。她们早上 6 点出发，一直不停歇地朝前赶，夜里 12 点才到达目的地。从林芝到拉萨，这条路之烂、之险、之难走，是一般人很难想象的，仅仅是一路上的那个颠来簸去，就叫人消受不起：人不是从座位上弹起来，就是脑袋一次次地撞到车顶上。但正是在这样一条危险重重的路上，驻守在林芝的部队官兵，一年之中要走好几个来回，所以差不多每年都有战士在这条路上，受伤或者死亡。"我"想，单单凭每年都要走这样的路，就该给他们立功给他们涨工资，因为他们随时面临着牺牲的危险。第三次是从林芝到米林，坐的是某山地旅一位副旅长的越野车，车的确是好车，我们一路风尘仆仆，也一路欢声笑语，但到了翻越加查山时，路况就急转直下，因为那段时间雨雪甚多，路被泡成了泥浆，车轮在泥浆中淌出两道深沟，被太阳一晒，它又发硬成型，深沟中间有如拱起一道小山梁。那种行路难的滋味，是难以用语言来表达的。还有第四次、第五次……总而言之，一句话：在西藏的路上行驶，真的是寸步难行、步步艰难。作家这样写的目的，其实无非有两个：一个是意在强调在西藏的行路难，二是揭示西藏军人在行路难中勇敢无畏的精神。

《千山万水传遍》着重写西藏通信事业不发达的时代给边防战士们带来的种种不便，以及由此导致的在心理、情感、精神上的困境。在电话未通的年代，边防战士只能通过书信与家人、朋友交流联系，但很多时候，或是因为大雪封山，或是因为道路塌方受阻，信到了团部、营部，却送不到边防战士的手中，由此导致其在心理、情感、精神上陷入困境而备受煎熬。这样的情况或事例并不少。有一位刚参军不久的新战士，极其不习惯哨所的偏远和与世隔绝，他成天盼着亲人或朋友的来信，但从几麻袋的信里他都没有找到属于自己的，便忍不住失声痛哭、泪流满面。不得已，排长便动员那些信多的战士，每人贡献一封给这位新战士看，而且指定要那种好看的情书之类的。几封甜甜美美的情书，顿时令那位新战士破涕为笑。作家在采访西藏女军人时得知，这些女军人最感到痛苦的，不是工作的辛苦和生活的艰难，也不是高度寒冷、严重缺氧的气候条件，而是情感与心灵的寂寞。她们只要一进西藏，就基本上不能和家里联系了。特别是那些做了母亲的女军人，把年龄尚幼的孩子留在千里之外的内地，常常会因为想念孩子而痛哭得撕心裂肺。有的女军人为了缓解思子之情，就在探亲时把孩子说的话和哭笑声录下来，带回西藏，在失眠的夜里一遍遍地放出来听，一边听一边流眼泪。后来虽然有了卫星电话，但尚未普及的年代，边防战士又当如何呢？一位边防连的连长告诉作家，他本来与妻子约好通电话的，由于临时有事，就晚了一会儿，但妻子已经离开有电话的人家，便说好第二天再打电话来。次日，电话总算打通了，可未曾想到妻子一接到电话就止不住地放声大哭，一直哭到他放下电话。还有更加有趣，也更为感人的事情，说一位边防战士去县里，其他战士就把自己家里的电话告诉他，他拿着写满电话的纸，一个又一个地打电话，逢父亲接电话就叫爸爸，逢母亲接电话就叫妈妈。每每见到此情此景，作家就心怀感动、泪流不止。因而，她大声地喊出自己的心声：那些边防哨所的声音，那些戍边战士的声音，何时才能够传遍万水千山！随着兰州、西安、拉萨三地光缆工程的竣工，西藏无光纤电话、无移动电话的历史才告终结，戍边战士的脸上才露出了笑颜。

除上述散文外，作家裘山山也写了那些深爱西藏的女人和众多军嫂们的默默奉献，写了岗巴的故事和亚东的往事，写了错那的树和整个西藏的树，还写了部队官兵与当地群众的鱼水情，与格桑花前不断的情感扭结。倘若把它们和上述作品连缀起来，便不难发现：她是以作为军人的天职与使命意识，以及具有的不凡的写作才华，着力于塑造戍边军人群体形像的。她平静地讲述那些不为人知的故事，从容地使平凡而又陌生的事件、场面重现，温和地让文学接受者为之动容，不动声色地将个人的见识与体验演化为社会性的共识与经验。就这个意义上讲，裘山山在这部散文集中抒写的内容，既热情歌颂了这些戍边军人为了捍卫国家主权和领土完整所做出的巨大努力，又极力赞美了这些戍边军人不畏艰难、勇于奉献的军人情怀、崇高精神。

就这部散文集的艺术性而论，也有其独特之处。在这部散文集里，作家并不追求那种所谓的"先锋主义"和"新潮美学"，也主动放弃了那种外表的"尖锐"和"深刻"，而是采用一种极具写实主义意味的手法，来细致地叙写发生在戍边军人身上的故事，来深沉地描绘其周遭环境、现场气氛和特殊情境，在感性、平淡、质朴的叙事之中，在流畅、自如、柔软的抒情之中，在智慧、温情、雅致的讲述之中，尽力淘洗出隐藏于人们内心最深处的那些东西。这样一种写法，不仅直指人的内心，而且直抵人的灵魂。除此而外，对于戍边军人生活细节和内心真实的描写，对于高寒的自然环境和严酷的自然生态的描写，以及对于作家自己复杂的心理、情感、思想活动的描写，也颇具功力，堪称佳作。

相比较而言，裘山山的《往事细雨中》则显得有些"琐碎"和"零散"，有如碎片一般地叙写了发生在自己或是他者身上的往事。沉浸于这些纷至沓来的往事之中，作家既有对童年时代的天真烂漫和懵懂无知的表现，又有对青春岁月的学习经历和智慧开启的再现；既有对父亲因工作需要、南来北往迁徙的描写，又有对母亲坐诊杭城、辛勤操持家务的描绘；既有对结婚生子、家庭生活幸福的讲述，又有对自己短暂的生命孤独和内心寂寞的告白；既有对女人心情和女性幽默的诉说，又有对文人之间的相互交往、友情与共的叙写；既有对深深爱上西藏军人的普通女人的真实抒写，也有对自然万象中的无限美丽风光的有力刻画。这样一种散文创作方式，虽然显得有些"散乱"，也会有失于主题思想的集中和凝练，但它又在写作题材范围的拓展方面表现出了积极意义和价值，同时也为散文创作提供了某种丰富性或多种可能性。

就具体的写作而言，《青春之谜》《世界最高处的艳遇》《去往书店的路》当是其中的佳作。《青春之谜》通过写自己青春时代的懵懂与无知，来怀念一位老首长对《杨门女将》这部电影的酷爱，并透过他的这种酷爱觅见其独特的心理情结或地方文化情结。在 20 世纪的 70 年代末，作为一名入伍不久的新兵能够经常看电影，无疑是一件莫大的幸事，但在她们那个野战军军机关所放的电影中，最多的并非当时甚为流行的、人们喜闻乐见的影片，譬如《地道战》《地雷战》《南征北战》《英雄儿女》一类的战争片，而是一部叫《杨门女将》的古装戏曲片。在作家看来，这样的影片放一两遍，还可以勉强地接受，长时间反反复复地放，就令人由不耐烦到痛苦直至愤怒了。后来才听说，它是军长的酷爱，但作家一直不明白，军长何以对它有着如此特别的钟爱？直到近三十年过去了，作家才从军长的儿子那里听说军长是山西人，对山西的历史故事、地方文化有着深沉的爱。由此，作家为自己当年的懵懂与无知，向那位军长致以深深的歉意，后悔当年私下里对军长的那种无端的抱怨。《世界最高处的艳遇》写一位年轻女子在西藏的爱情遭遇。这位女子因为出身于军人家庭，从小就有很重的军人情结，待她长大成人、参加工作以后，更是对军人情有独钟，便发誓要嫁给军人为妻。但偌大一个中国，方圆千里万里，军人又何其之多，到哪里去寻找呢？她决定到西藏去，因为在她看来，西藏是中国最高的地方，自己的爱情也应该是在最高处。第一次进西藏，她孑然一身地回来，接着再入西藏。如是反反复复，她终于遇见了一位其貌不扬、有些瘦削的年轻中尉。她带他回来见父母见亲戚见朋友，所有人都不看好他们，因为他们两人毕竟只是第一次相逢相遇，今后未必一定能够真心的相爱相知。但她坚决要嫁给他，以实现自己内心恒久的夙愿——在世界最高处的相遇，就是其人生的一种难得的缘分，就完全能够缘定终身，结百年之好。作家为我们描写了一位大胆追求爱情的女子，她对于爱情的勇毅、坚贞、执着和一心一意地要嫁给军人的行为，真的是令作家感佩之至。

在《去往书店的路》一文里，裘山山则为我们描写了她的一段往事，即七八十年代与读书、与书店有关的往事。那时的作家，还是一名军区通信总站的士兵，因为喜爱文学，便跑遍了连部营部的图书室，但发现除了电工学、电路学一类的书籍外，基本没有其他的可读之书，这不免叫她有些失落和怅惘。于是，作家便拼命地写散文、写小说，意图用稿费来为连里买书。功夫不负有心人，作家的文学作品相继在报刊上发表，她用稿费为连里购买了不少的文学书籍。在上大学期间，作家无时不沉浸于图书馆中，饱览各种各样的文学书籍，为后来在文学之路上的腾飞奠定了坚实的基础。成为一名光荣的部队文艺工作者后，作家意外地发现军区大门的对面就有一家专门卖文学书籍的小书店，便在茶余饭后欣然前往，一来二去，便与书店的主人熟稔了。随着城市的发展，各种书店星罗棋布，更激发了作家看书、买书的浓厚兴趣。由此，作家得出一个结论：她是在去书店的路上，遇到了最美的自己。

就这部散文集的艺术层面而论，它有可圈可点之处，但最为明显的仍然是作家智慧亦温情的叙事方式。言其智慧，是指作家在叙事中，既有深刻的认知与理解，也有深沉的参透与领悟，还有随意的从容与豁达；言其温情，则主要是指作家的叙事漫溢出浓浓的温和、温润、温暖、温馨的情感。就此而言，裘山山的散文艺术是一种充满了智慧和温情的艺术。

第三节　源于善良和真情的抒写

倘若以在社会伦理原则、价值关怀原则、人文精神原则、艺术良知原则等基础上进行科学规整后所形成的复合性视角对作家的整个文学创作进行分析，我们便能够非常惊喜地发现这样一个不争的事实：古往今来的那些中外文学大家们在对各自的文学世界进行艺术建构时，都毫无例外地会首先呈现出一种充满着善良品格、善良精神、善良情怀的书写。拥有了这种品格、精神、情怀的作家，一方面能够自觉自主地对自身所处世界的诚实、公允、正直、真理等自始至终保持善美的情感投注、醇厚的人文关怀、本质的美学书写；另一方面则能对社会中存在的虚假、丑陋、邪恶、罪孽等予以高度的精神警觉、尖锐的文化痛斥、深刻的审美批判。作家也才由是创作出了一部又一部堪称经典的文学名著。从某种意义上讲，冯小涓正是一位朝着这种情怀不断迈进的作家，她创作的散文集《倔犟之眼》

《幸福的底色》《北川无语》以及未能收入这些散文集里的诸多优秀散文，便是一种非常真实而有力的佐证。

在散文集《幸福的底色》的代后记《灵魂的幽香——关于散文的一种解读》一文里，冯小涓这样写道：

> 在今天这个浮泛的时代，焦虑已经成了人类的心灵通病。如何把握这颗心，使之在时代大潮上安稳独立，在虚无的深渊上安然栖居，在时间的飞逝中悠然回眸？心灵的倚仗和据点在哪里，哪里就将是内心的乐园。越来越多的人选择了散文，依偎着一些沉静的心灵，让自己的心不再焦灼。……心，要脱离恶俗与庸常。有所不为，才能在善和美的王国里自由放逸。这是散文作家艰难的历练，如同去除顽石沙砾，最后练就一颗玲珑之心、澄澈之心。①

在这一段富于强烈感情色彩和充满精神意向的文字里，冯小涓向我们坚定地昭示了这样一个基本观点：她从事散文创作的目的，并不是在文坛上求得所谓的功名利禄，而是彻底"脱离恶俗与庸常"的现实，去除生命内存中的那些"顽石沙砾"，由此拥有一颗玲珑澄澈、诗意栖居的心，最终实现在"善和美的王国里自由放逸"。或许正是因为根植于灵魂深处的这个富于崇高意义的精神追求，她才能够排除现实生存里的一切纷扰，以一颗沉静的自由之心非常从容地进入由中外哲学、文化、宗教、文学等优秀著述所铸造的丰厚世界，也才得以在新世纪伊始推出自己的散文集《倨犟之眼》，通过两种截然异趣的审美精神表达——对真、善、美的极力赞美与对假、丑、恶的尖锐批判——给我们以非常强烈的情感冲击和审美感受。

正如冯小涓自己所讲述的那样，因为一次偶然的机缘，她同一位长期潜心于宗教学研究的画家相识，而后便深深地被这位画家对于宗教精神的独到理解、参悟能力和执意追求，以及在绘画艺术实践中对这种宗教精神

---

① 冯小涓：《灵魂的幽香——关于散文的一种解读》，《幸福的底色》，四川文艺出版社，2006，第308~309页。

的审美形式和创新意义的表达，在日常生活中外化出来的不为社会世俗扰攘的纯净的人文情怀和本真的精神丰仪所感染、打动，同时也唤起了她曾经一度对于宗教情怀的痴迷、宗教精神的向往，进而使她展开了对宗教史、宗教理论、宗教文化等著述的大力阅读，从东方佛教到西方基督教，由佛学而至神学，从中领悟到哲理思想的境界及其做人为文的境界。随后，她又参阅了恩斯特·卡西尔的哲学著作《人论》和尼采、克尔凯郭尔、帕斯卡尔、海德格尔等名家的部分作品，以及《生存神学与末世论》《神学与当代文艺思想》等由三联书店先后出版的全套"基督教学术研究文库"和"历代基督教学术文库"。这些学术著述中所饱含的十分有益的思想和精神，便渐渐增进了她对人类历史和现实世界的理解深度，不同程度地淡化了周围环境和人的变化对她的影响。正当很多人感叹世风浮躁、物欲横流的时候，她以为浮躁或者跟进浮躁皆毫无必要，生命或长于彭祖或短于朝菌都不过是在自我完善中寻求人生的价值，并且这种价值不是外在给予的，而是恰恰在于内在的生长，是自证自圆自足；她同时也学会了用"灵魂的意向"来区别人的高贵或卑贱，用"内在态度"来评判生活，以"艺术家不可不承担责任"的使命感来从事散文创作。因而她的散文就有着历经了宗教精神的过滤和哲学思想的梳理后所显示出的富于理性色彩与人文主义思想的痕迹。《生命的依托》一文记叙自己同几位学友由陕北宜川的云岩镇去黄河壶口瀑布玩赏，一对老夫妻开着一辆废弃的绿色军用吉普车送她们前往的故事。在一路前行的过程中，那对老夫妻平淡的生活对话和在其行为里所自然呈现的真与善，使作者有如谛听到他们关于人的原初爱情的话语，明白了在粗粝的大自然和物质生活贫困的背景下，在生存现实与生活理想的巨大落差面前，夫妻之间只要真诚地相携相扶，就能够克服诸种人为阻隔和个体的孤独，以此诠释出男女原初的爱情意义，反衬了都市人因为过度的物质欲望和生存奢求，或是因为恣情纵欲而将爱情弄得如此沉重和面目全非。在《质朴的生长》一文中，作者又将目光投向生长于山西五台山的那群古柏。无论是在作者艺术直觉的观照下，还是在其细腻的情感世界里，这些古柏无不是生存的固态与非固态的集合体现：沉静而深绿、明耀又苍翠、坚挺且傲然，如浑厚质朴的乐音谐和成一种生命的歌唱。因为有了这样的树，才有了五台山的魂灵和气节，并昭示出另一种生存意蕴和境界——思想莲花的静静开放，藏传佛教和佛教华严宗的合璧共存。作者向我们传达的似乎是对大自然与松柏关系的认知，而实质则是在褒奖宗教精神及它对人的思想意识和情感内存的净化，并由此催生出人的思想深广度。在《瞬间永恒》《夜坐空山》《雪域高原》等散文中，作家把灵魂放牧于大自然的浑厚博大、宁静祥和、自主自在中，以自然的浑厚博大来消解自我胸襟的狭隘，以自然的宁静祥和来生发自己思想的深邃，以自然的自主自在来释放被各种名缰利锁捆绑着的自我，以宗教般的纯净情怀来过滤自身的各种杂念，由此实现人的心灵内外的全面净化，进而拥有作为文化人的良知和正直。从对上述散文的解读中，我们能够清楚地看到冯小涓在散文中关注的对象是人、自然、社会以及因之构成的多样的复杂世界。对于这样的世界，她并非凭借某种单纯的情感予以注入，也不是完全依托某些浅显的感性予以提升，而是以自我的精神力加以有机整合，以艺术的方式加以形象化的建构，以宗教般的情怀和哲思的理性加以移情、认知、把握，这不仅使得散文的内容趋向于丰富多样且具有厚重和沉实的质感，令读者欣赏到作家对于生存世界的独具个性的理解、阐释及其精神关注对象的各种姿仪，而且能够解读到其作品中所建构的形象体系的意蕴，由此获得艺术的审美享受、哲理思想的启迪和精神境界的提升。

在当下中国文学创作日益趋向多元化的背景下，尤其是更加关注人们的日常生活和现实生存状况的今天，散文以其快捷、灵巧、自由的书写而得到迅猛的发展，正因为如此，为数不少的散文作家以日常生活审美化理论为圭臬，将散文写作渐渐地引向对社会存在表象的那些生活流、事件流、细节流等所谓原生态生活的描摹，导致散文创作内容的世俗化与日常化、物质化与机械化，乃至于成为非理想化的表达。这些散文作品，或是对一次短途旅行的偶感和快意津津乐道，或是对日常生活中的小欢愉、小满足絮絮叨叨，或是对某些社会新闻、文化事件进行不露声色实则情感冷漠的繁复叙述，抑或对那些非精神性的低俗生活现象进行非艺术性的细腻状写，这些都使得当前的散文创作在情感触及、灵魂感动、审美冲击、精神启示等诸方面具有不同程度的下降，令散文缺失了应有的对社会现实存在、人们的生存现状、人类生活环境的客观评判和正向引导，缺失了引领人们走向健康、优质、理想人生的文学担当，从而沦落为谗言媚俗、阿谀奉承、趋炎附势的文字垃圾。冯小涓的散文创作同这类作品大相径庭。她正是以对"重大意义"的责任承担来从事自己的散文创作的。

在《缄默》一文中，她以生命静默的方式聆听大地的无言诉说，以一种源自灵魂深处的神性去触摸自然的脉搏，便听到了一种先前从未听过的声音："谁在生长，谁就有恒。有恒即生。"这种"恒"就是作家一直求索的"恒定的尺度"或"内在态度"，她认为凭借着这样的尺度，一个人就能够坦然面对生存世界的复杂纷纭，彻底化解尘世的扰攘和物化的烦忧，这样的人的人生便有如松柏一样地傲然矗立，最终让精神抵达一种澄明的境界。在《存在与死亡》里，作家又以另一种姿态站直自己的心灵，让它在草丛、鸽群和北方广漠的大地梦一般地游动，以此对存在与死亡这样的重大命题进行深层解悟，因而在她看来：有梦的夜晚就是生存，无梦的长夜便是死亡。能不能做理想的梦就成为作家判断一个人存在或死亡的重要标准，谁又能够剥夺一个坚执的精神探险者做这种梦的权利？非但不能，而且这种梦还会在心灵的沃土上自由自在永无止境地生长，从而超越存在与死亡的界线。在《坚执》这篇散文中，冯小涓以一部外国影片《惊世末了情》为叙事说理的原点，认为影片中的那位一心为苏格兰解放事业奋斗的英雄，在被处以磔刑时仍然高声地喊出追求自由的口号，其战斗意志、革命精神、灵魂风范是何等的令人感动和敬佩。作家借此发挥并阐明，坚执是一种异于常人的精神质素和一种精神向度，认为只有这样的坚执者才能够"在纷乱中找准恒定，永远奔向这个目标，决不动摇"，最终升华了自己的灵魂，更"让浊世苟活者照出自己的渺小"。与此同时，作家也以为这样的坚执并不是那种匹夫之固执，更不是那种追名逐利、孤陋寡闻的执拗，而是在"纵览天下通识古今明晰事理之后"所内化出的崇高而坚挺的精神实质。在《作家的宗教精神》一文里，作家在通过对当代文学发展现状进行理性分析后得出一个结论：人文精神和人类信仰的整体失落。拿什么来拯救呢？作家以为是人类普遍的宗教精神，因为这种精神不仅能够"使作家的心境澄明鲜亮"，而且能够由是驱遣"他们虔诚地审视现实及人生，从每一个鲜活的生命，发现了现实的荒诞与非人性，从而使他们的艺术境界得以超越与提升"，所以"用宗教精神烛照中国现实，也许能使作家获得认识和创作的一次飞跃"。因而在冯小涓看来，"作家必须肩负起民族的痛苦，寻找人类的信心"。在这些散文中，作家的一些思想和观点虽然有失偏颇或激进，人们未必都赞同，但作家敢于真诚而坦然地表达自己的思想观点，敢于以直率而真实的笔触深入我们当下的现实，敢于站在思想和精神的高度评判社会、批驳庸俗，从而对作家勇于承担"重大意义"的内心世界予以了有力凸显，这较之于那些不问世事、不关心民生、不顾及作家的责任而随意挥洒的时髦散文来，就具有了更强烈更深邃的现实意义。

如果我们细致而深入地解读当下中国的散文创作，便不难发现这样一个共同现象：许多散文作品的内容书写和思想表达，都存在文化批判思想或审美批判力度的不同程度的下降乃至衰弱。无论是什么原因导致了这种现象的产生，我们仍然不希望看到由此而导致的当前散文创作的某种下滑趋向：或是对历史进程中的那些丑恶现象无动于衷，或是无视人对物质生活过度欲求的极端泛滥，或是对我们生存环境日趋恶化的现状麻木不仁，或是对社会弱势群体遭遇困窘的现实进行伪饰，或是对在金钱诱惑下的人性扭曲和灵魂畸形的有意回避。散文创作的这种现状，不仅导致散文精神品格的急遽下降，而且给整个文学带来难以估量的后果，这理当引起我们的高度重视和警觉。因为散文毕竟不是游离于社会之外的存在，它必须承担起自己的社会职责和文化使命，一方面是鞭挞社会丑恶现象、揭露时代弊端、批判人性异化；另一方面是传递善良、表达真实、颂扬美好。从这个意义上讲，冯小涓的散文集《倔犟之眼》便表现出作家对于社会责任和文化使命的勇于担当，显现出较强的文化批判或审美批判精神。著名作家克非在《倔犟之眼》的"序"中这样评价：

> 冯小涓的这本集子的另一个显著特色，就是它的批判性。其锋芒展露在集子的大部分文章中，不仅文论的篇章里面有，时评、杂文中有，部分随笔、散文中也有：尖锐而又深沉，冷峻而又热烈，执着而又不失温文尔雅；往往从一点小事开头，渐将主题开掘到重大事物的层面，或幽默，或讽喻，或怒斥，或鞭挞，或用手术刀精细解剖。有些批判，你尽可以不同意，却不能不佩服她目光的犀利，言之有理，

道之有据，评之有分寸。①

克非还认为：

> 批判是人类社会发展的动力之一，无论对于个体还是群体，都是一种富足的清洁剂和清醒剂。没有批判力存在的社会，注定是浑浑噩噩的社会；惧怕批判力的个人，必定是昏聩的愚人。②

笔者以为这些评价和观点不仅非常中肯得当，而且道出了这本散文集不同于时下那些精神品格急遽下滑的散文的本质所在，同时也为我们深入研究这本散文集提供了一个较为重要的问题意识路径。

人道主义和人文精神曾一度成为我们民族谈论的热门话题，但那主要是对"文化大革命"现象进行反思的一个重要内容，冯小涓在《中国需要人道主义》一文中却站在更高的层面，以中国悠久历史中的那些典型事例来进行纵横捭阖的论说，通过对这些事件发生的前因后果的理智辨析来逼问人的内心和灵魂，叩问在几千年的民族历史进程中人道主义藏匿到何处去了，由此得出"中国儒家那点可怜的人本主义思想，在几千年封建社会中已销蚀到仅供维系统治的手段，并没有以尊崇人的思想自由为人本主义的精髓"的结论。因此，她希望当代的中国作家要努力鉴取俄罗斯文学的精神，始终高举人道主义的大旗，对中国历史上的各种非人道主义进行审视和批判。主子文化也是中国封建社会里的一个重要社会现象或文化现象，这种现象的形成固然同封建社会官场巨大的改造能力有关，然而儒家和道家这样的文化势力被诸多因素消解而无以担负起文化使命，无疑也是主子文化形成的重要原因之一。在《封建社会与主子文化》一文中，作者以为除了上述原因外，奴才的泛滥及其对主子文化的百般遵从和极力谄媚，也在很大程度上推进了主子文化的愈加强大，这就必然导致主子文化在漫长的中国封建社会里的长期盛行。在这样的主子文化中，主子

---

① 克非：《序》，见冯小涓《倔犟之眼》，黄山书社，2000，第4页。
② 克非：《序》，见冯小涓《倔犟之眼》，黄山书社，2000，第4页。

们可以随心所欲、堂而皇之地卑琐阴暗，特别是对生命与自由可以随便草菅、公然践踏，这样的社会悲剧随处可见。对于此，我们的所谓文化人应该扪心自问，厘清自己应当承担怎样的责任。由对《收租院》艺术价值的赞美生发开去的对刘文彩个人价值的肯定，一时成为社会谈论的焦点和热点，这不能不引发作家的思索和深究，她的《恒定的尺度》一文便是对这一问题的看法和认知的艺术呈现。在作家看来，无论在一个什么样的时代，以及用什么样的价值观念和文化标准去评判刘文彩，这个人物都不可能摆脱剥削者的本质，都必须要受到劳动人民的审判，这理当是毋庸置疑的。但为什么现实社会中的某些人会对刘文彩产生如此新鲜而奇特的价值发现？这便引发了作家对甚嚣尘上的所谓流行文化意识的思索和考量。在作者看来，以现世功业、阶级分析、经济效能或艺术价值作为对一个历史人物的评判尺度，显然都存在某种局限或缺憾，更不能在扬善戒恶中找到人类恒久不变的精神堡垒。这就从更加理性的高度和人文精神的层面，批判了一度甚为流行的纯粹以经济价值作为对人的事业成功的评价标准，毫不顾及阶级立场、社会伦理、人性品质的错误，给现实社会中的人们以深刻的思想启迪。在《爱情快餐》这篇散文里，作者则以人们对真爱的极力渴求来反衬当代社会中某些人的心理变形和情感畸态。但作者又并未停滞于这种对表层现象的揭示，而是在更深的层次挖掘造成这种现象的根本原因，即从人性与社会两个层面对之进行了深度意义的探究和剖析，既批判了当前社会生活中某些人不尊重爱情、不尊重他人、不尊重自己的恶劣倾向，以及这些人在人文精神方面的整体下降，表现出一个作家敢于面对社会现实和时代生活的勇气，又真切地表达了自己"呼唤健康人性和纯美爱情，让优秀的传统精神文化回归"的愿望和心声。在上述的散文里我们不难看出，作家从历史到现实、从物质到精神、从社会到人性、从文化到文学、从物态到神态，对人的畸形变态、丑陋恶劣、虚伪狡诈进行多层次的剖析和极富理性色彩的批判，不仅充分显示出作家的批判勇气和她作为一个文化人的"孜孜于呼唤人性的重构与复归"的良知与正直，给现实社会以诸多启示，而且使她的散文创作充满强烈的思想性、文化性、社会性、时代性，以迥异于时下那些投机市场、迎合时尚的散文。当然，在一本散文集的有限篇幅里，不可能穷尽历史和现实社会的各个方面，其思想和观点也不一定无懈可击，这就有待于作家在认知水平、思想境界、艺术创新等方面做出更大的努力。作家本人也充满着这样的愿望。

除克非的评价外，也有评论家这样认为：《倔犟之眼》给他冲击最大的莫过于它所体现出的批判性与思想性、社会性与时代性、哲理性与审美性的有效结合，以及蕴含其中的作为一个文化人的正直、良知。这样的评价固然有一定的道理，却未能揭示冯小涓散文创作的全部价值与意义，因为从散文艺术的角度看，它也表现出一定的新颖性、独特性，这也是当前散文创作可资借鉴的。她曾在一篇论文里这样说过：

> 不管时代如何变化，好作品始终有一些基本的标准不会改变，就散文而言，思想的风骨，对社会、人心独特的发现，深沉的情感和贴合心绪的文字，始终是古今中外散文作家追求的目标。篇幅长短并不重要，真理往往需要率直而清晰的言说。①

从中我们不难发现，散文的思想风骨和对社会、人心独特的发现，已然成为冯小涓自由而从容抒写的文风，成为她对于散文艺术的理想追求。作家也正是从此出发来着力建构自己的散文艺术世界的。从容自由的艺术表达和意绪情致的极力凸显，无疑是作家散文创作的一个重要特征。作家这部散文集里的诸多散文并不像时下的某些散文那样，或是十分刻意地将现实时空进行快速切换，或是非常做作地把客观事件充分主体化，或是惺惺作态地将物态生活本事渲染得更具物质意味，或是极尽能事地把客观存在变换成谁也不知其所以然的子虚乌有，这些被作者过度强化的散文令读者莫衷一是，甚至感到审美旨趣的荡然无存。作家也注重对人物、事件、景色所存在的现实时空加以心灵化的观照，看重主体对它们的客观存在所进行的有效整合和艺术强化，重视将契合了自由意绪的个体精神力融会其间，甚至还有意无意地将故事或事件的背景淡化，但作家懂得如何用理性的智慧和艺术的方式对之予以有效控制，谙熟在这种控制之下所能具有的

---

① 冯小涓：《散文的流变与新散文的得失》，《剑南文学》（上半月）2014 年第 4 期，第 11 页。

从容与自由的表达，更明白散文写作是一种自然的质朴的艺术体现。因此，作家冯小涓从不刻意地去对表达对象进行非自然、非本真的艺术重构，也不做那种落差巨大的陌生化处理，无论是叙述故事、描写景色、刻画人物，还是对历史事件、现实生活、世象物态叙写后所展开的谈说议论，都有较强的客观真实性，并保持了其自然的序列性，同时也富于主体的意绪风致和感情推进的起伏自如的新鲜感。散文话语在激情与理性控制下有效能动和转换，并因之显示出多姿多彩的语言风格，是其散文创作的另一个重要特点。小涓身为文化女性和新闻记者，不仅阅读了大量的哲学、文化学、宗教学、文艺学等理论著述，而且具有较强的直觉能力与艺术敏感，对语言的艺术感觉也较好，从某种意义上讲，她就更能将散文语言表达得极具艺术性。她却并没有如此，而是把散文语言置入自己的激情之中，或是令它们随着激情起伏跌宕，或是将之引向激情深邃的通道，或以激情唤醒它们的原生活力，由是完成对书写对象的艺术再现，使散文语言具有诗化的审美质感。因此，读她的散文，我们会不由自主地随着其富于激情的话语进入诗化了的思想或灵魂的深远之所在——抵达一种澄明的灵魂境界。但优秀的散文不应该只有激情的单纯传导，而应该在理性的控制下使"语言的家"承载起社会、时代、民族的内涵，或者作为创作主体的思想意义，才不致造成激情的泛滥而损害散文的思想性。作家自然深谙这样的道理，所以她常常在激情奔突时以较强的理性对其予以调控，使思想的意义在激情和理性的控制下逐渐走向深挚、沉厚和博大。当然，作家散文创作的这些特点并不能掩盖其中的某些缺陷，诸如在为了获得议论风生的痛快淋漓和极力表现思想的深刻时，由于文章的推进较快和缺失应有的切换，便对某些艺术形象的特殊美感有所消解；在一些篇章中因为对自身激情的理性调控不够，使行文显露仓促的痕迹，也减弱了一些艺术形象审美的冲击力；或因为在表达思想意义时对尺度的把握失当而表现出略微的偏激，或是在叙事、抒情时由于没有必要的细节衔接而显示出突兀和不甚连贯等。这些都有待于作者在今后的创作中倍加注意。

如果我们以系统性的理论眼光对冯小涓的整个散文创作进行更为全面深入的考量，便不难发现这样一个基本特征——作家的思想聚焦、善良情怀、情感投向及其所构成的审美书写处于明显的变动之中。在《倔犟之眼》的创作中，她大多是将自己的善良情怀非常积极主动地"向外投射"，散文书写直接指向自身生命之外的极其广大开阔的丰繁世界，以对历史与现实、文化与人性、生存与命运的多向度审察，来表达自己的人文情怀和批判精神。而在《幸福的底色》这本散文集中，作家则更多地把自己的善良灵魂、精神关注、情感指向有意识地转变为一种较强的"向内注视"——通过对自我生命的存在自觉、家庭生活的琐事杂绪、情感内里的感知意向等的全面反思、深刻内省及审美书写来表达自己对于生命存在的另一种认知。这样的变化，其实是作家对自己散文创作所进行的主动调整，并没有因为关注视角的"向内"便缺失了它的精神烛照的意义和对于普遍意义的探寻，也不因为它的表达对象的范围局限而显现出善良情怀的狭小、审美力度的弱化，反倒表现出对于生命关注的深沉与精微。因而在 21 世纪以来的十余年里，作家以更为成熟周详的思考、切实可行的规划来建构自己散文创作的未来世界。她一方面以更为积极主动的精神内力不断扩展着自身的生命游历范围和心灵放牧的天地，以阔大的人文视野、健朗的善良情怀深层次地透视日常世事、现实人生、生命本体的内在世界，以细腻深入的情感聚焦、丰富多元的审美方式重新考量故土家园、人伦亲情、爱恋场域的存在意义，试图以更为全面的灵魂自省、精神反思来重构自己的故土意识、亲情理念、人文意向，从而使散文的书写内容更趋丰富、散文的写作题材更趋全面，并借以彰显对自己过往散文创作思想和观念的有效突破；另一方面则在散文艺术表达上既坚持自己一以贯之的创作风格，又竭力寻求局部的或是整体的突破，用更加真诚、丰富、劲健的笔触，更为从容自如的叙事或抒情方式来建造自己的散文世界，并以此抵达散文艺术至真、至纯、至美的境界。于是才有了她的散文集《幸福的底色》的亮相。

在已成定式的传统文化思想中，劳动无疑是我们人类存在于这个世界的最为基本的手段，或者说是我们每个人必须具有的一种现实生存能力，从古到今的人们无一例外地都依照这一生存律则来实现各自的存在意义和生命价值，"劳动创造人"便理所当然地成为我们人类文明发展史上一个非常经典的论断。然而当人类在现代文明、知识理性共同作用下，把握世界与分析问题的综合能力与时俱进时，才由此十分惊异地发现这样一个不争的事实：不一样的劳动者和劳作方式即使存在于同一的公共时空，也会显现出完全不同甚或迥异的命运结局。倘若从经济学的角度对其予以考量，这是由于不同的劳动创造了不同的价值，价值的高低决定了不同劳动者在社会上的经济地位，因而有些人一生一世都匍匐在土地上辛勤耕耘却收入微薄，终身都难以抵达高端的幸福；另一些人虽然劳动的时间长度、劳作的负重程度远远不足，但却拥有着异乎寻常的丰厚财富。这种反差强烈的社会现象或许便是冯小涓创作《劳作的意义》的真正心理动因。在这篇散文里，作家一起笔便这样写道：

> 劳动改造人。从小我就听见这个经典的论断，从来没对它产生任何质疑。直到今天，我看见这位老人，他的外形让我惊讶得目瞪口呆。……劳动对于这位老人，"改造"得如此彻底，以至于我不敢相信自己的眼睛。经年累月的劳作，居然可以把人的身体作一次漫长的造型。最终，一个九十岁的男人几乎失去了人形！①

随着作家笔力的一步步深入，一个被称为全培老爹的人在一个又一个劳作场景中渐次呈现：为了不使黄豆遇雨发霉，在黄昏里他像一个四脚贴地的动物一样忙着收割；他家的自留地在崖坡，他就背石头砌堡坎，把滑到崖下的土背回地里；半山的玉米地缺水，他上上下下担粪担水……全培老爹尽管一生都在农田里艰辛地劳作，即便把自己劳作成有如獾一般的人形，也仍然没有彻底改善自己的生活、改变自己的命运，甚至连人的自然意义维度的尊严都无法得到保障。又不只是全培老爹这样的孤老之人，在传统思想极为浓厚的中国农村，许多农民曾一直怀有对土地的深沉敬畏、无限虔诚，他们一生都在土地上忙忙碌碌，他们相信土地一定会给予自己以丰厚的回报，但事与愿违。因而许多人纷纷离开土地，欲意通过进入城市来实现自己的富裕之梦和人生价值，滞留于土地上的便只能是像全培老爹这样的一个个空巢老人，这样的老人在超过自己生命负重的劳动下安能有一个完好的人形存在？面对如此沉重的乡村生命图景，作家的内心仿佛

---

① 冯小涓：《幸福的底色》，四川出版集团四川文艺出版社，2006，第8页。

被深深地刺痛，由此生发出一连串深沉的质疑："假如劳作不能改善生活，劳动者不能得到尊严、不能受到保障，这样的劳动究竟是改造还是惩罚？中国农民为什么世世代代都无法改变自己如同西西弗斯一样的命运？中国农民究竟因为什么触怒了天神而使世代都要受此永无尽头的惩罚？"这与其说是作家一个人的质疑，不如说是许多有良知的中国人的共同的声音。作家正是通过这样的质疑之声表达了自己的悲天悯人之情，其中蕴含的善良情怀书写也得已清晰可辨。

　　每一种物质性的肉身都无法避免与生俱来的存在缺陷——生理的、情感的和精神的、文化的，这样一些缺陷很大程度上会成为细菌、病毒、肿瘤等适时进入的便捷通道，直接造成肉身生命机理的破坏和整个生命系统的乱象频发，以致最终从这个世界上彻底消散。一个生命的消散对于血缘系统之外的众多"他者"或许并不会构成情感伤痛的深沉体验，但对于血缘系统之内的少数"我们"却能引发一系列的精神痛楚，乃至生发出对生命的深度感悟，对于具有较高文化素养的思想者更能激发起一次又一次充满哲学意味的精神探寻。这或许便是冯小涓写作散文《肉体·身体·天体》的原动力所在。在她对血缘生命的情感回顾序列里，幺爹似乎正精神矍铄地与"我"絮叨着家常亲情，风华正茂的侄女也仿佛依然面对生活绽放出微笑，母亲八十一岁生日宴会的热闹场景更是历历在目……然而，他们在短短的几年时光里都纷纷离"我"而去，这就仿佛整个家族血缘系统中那些曾经紧紧相依相扣的亲情链条的突然断裂。无以言表的心灵深处的悲伤、精神内里的痛楚不得不引发她对于身体、生命、天体的重新思考：

　　　　身体的边界与无边的宇宙相比，人不得不承认自己的渺小，空间意识隐藏人对自身的悲悯。身体存活的长度与宇宙的永恒相比，人不得不感叹自身的短暂，时间意识中也有顾影自怜的悲伤。身体的局限和迫促，是与生俱来的宿命，是一切人的共同命运。①

———————————

① 冯小涓：《幸福的底色》，四川出版集团四川文艺出版社，2006，第245页。

正因为在时空维度上的存在受限，人的生命便始终处于孤独状态，又在孤独中全力寻求对肉身、生命的突破，欲念、祈望、憧憬和爱情、德行、意志等便成为人的整个生命旅程中最为重要也最富有本质存在意义的内心指向和精神追求。即使如此，作家认为这些也都不过是肉身、生命的精神生存常态，或者说是肉身、生命存在的一种文化常态呈现，只有像新西兰的那些裸体者倡导成立的天体营那样，把人视为一种真实的"天体"——完全自然状态下的生命存在形式——人类才能产生和具有空前的自信。在进行这种充满探索精神意义的思想考量后，作家认为：肉体与身体、天体理应融为一体，个体与群体、社会、时代、民族当有深层的内在相与，人的情感与审美意向、文化精神、哲学思想也定能产生深刻的互为。这就不仅从情感方面完成了个人对家族血缘生命系统存在的精神巡礼，而且也从哲学维度上完成了对人类及其生命存在意义的沉重思考和文化探求。尽管其中的某些思想情感不过是作家对于人类的存在状态或生命存活形式的理想化追求，却非常真切亦深入地揭示出人的现实生存境况；作家的这种充满哲学意义的精神探索，也更为本质地显现出文学书写的审美价值和文化意义。

从整体观的视角进行考察，冯小涓的散文创作自始至终都充满凝练、沉重的情感内质，又在凝练、沉重中蕴含了非常浓郁的诗意，或许正是因为具有了这种凝练、诗意情感内质，她才能够对于寻常生活中的细小之事、细节之美、温暖情景、崇高物象、普通人生等有着诗意的发现、善意的理解、情致的审美、精神的烛照和艺术的表达，诸如《养儿记乐》对于自己儿子幼时幸福快乐生活的情感化叙写，《忧郁的黄昏》对于湖畔黄昏美景的真情描写和对于自我丰繁心绪的真实吐露，《筑·居·诗》从三个层面对李白的整个人生进行了具有浓郁诗情画意的审美表述。相比较而言，《美丽的邂逅》当是《幸福的底色》这本散文集中描绘丰繁情感、叙写爱情心理最为优秀的篇章之一。在人类的爱情文化词典里，"邂逅"自古以来就是一个富有情感含义和充满爱情意味的词语，或许正是因为在这个语词内层潜藏着较为丰富的臆想与会意、美妙和诱惑，人世间的不少青年男女才会时时刻刻地盼望着遭遇一个又一个偶然又美丽的邂逅，并由此开启一段迷人的爱情，最终缔结一场幸福的姻缘，人类历史长河中的许多经典爱情、千古佳话、精彩华章才得以一直不断地延伸、传续下来。然而，时代与社会的不同、人的文化素质与德行修养的差异，使邂逅这个曾经着上了幻美装饰的语词变得越发的模糊、含混，乃至产生了较大的变异性、异质性。对于灵魂洁净者，他们或她们仅仅把邂逅看作一个改变庸俗常态生活的偶然事件，或者是修缮自己业已呆板僵直的思维方式、认知水平的契机，抑或整个生命旅程中的一种富有美感意味的心灵小憩；对于灵魂污浊者，他们或她们则会视之为又一场风流韵事的启程，或者是另一场"爱情与阴谋"发生的切入点。冯小涓对于邂逅的态度显然属于前者，所以她在创作这篇散文时便如是写道：

> 邂逅的生命千差万别，人与人之间心灵的邂逅却是很难遭遇的。有的人，终身相处，却一世隔膜；有的人，他乡相遇，却一见如故。个中道理，糊糊涂涂，不讲理智，超越逻辑，却早已在感觉和理性中，把混合的情绪悄悄包裹起来，珍藏在温馨的记忆里。①

这是她对于邂逅现象的直观把握与直觉理解，还是对邂逅中的内在体验的艺术表达？抑或是对邂逅内里的哲理意义进行诠释？或许兼而有之吧。正是在这个基质上，她对自己的两次生命邂逅和因之生发的独特理解进行了精神维度的梳理和审美层面的艺术表达：在海南的那次与陌生人的邂逅，因为"摆脱了庸常的烂熟的环境"，并自然随意地步入了一个落霞有似嫣红、黄昏意绪深浓、椰香与海风共舞、音乐和陌生相契的新鲜世界，她的心境变得十分宏阔，思绪也随之飞扬，无论是对美妙音乐的倾听、对丰富晚餐的享受，还是在偶然发生的小小事件之中，她都极为分明地感受到了一种极富内涵意义的人生韵味，"他和她的心之门，在人生的某个瞬间便向对方开启了一丝缝隙"。作为一个富有文化内涵的知识女性，她毕竟有着自己认定并一直坚持的情感道德底线和理性闸门，所以她才会委婉地拒绝那只伸过来的柔情之手，没有在现实生活中"走完男女之间的那种跨越"，也由此得出这样一个富有启示意义的人生结论：许多

---

① 冯小涓：《幸福的底色》，四川出版集团四川文艺出版社，2006，第28页。

事只是"在想象中完成",也只能完成在我们的想象中。比较而言,作家在文中对自己的第二次邂逅的审美描绘和艺术表达则充满着更多空灵更为虚妄的情感意味,这就犹如一个得道的高人在从更深彻的内层对生命感知对人生彻悟进行梳理、剖析、辨正。正是在这样一篇充满浓郁情感意向的散文里,作家通过对自己两次邂逅的生命体验、理性认知及虚实相映的细腻描绘,传递出了较为深刻的生命理解与直觉把握的思想意蕴。

2008年5月12日,汶川大地震,不仅给连缀于龙门山系的汶川、青川、北川、绵竹、都江堰等诸多城市,以及周边广大的四川乡镇村落的人民的生命财产和整个自然生态环境以巨大的灾难性重创,而且也迅速地改变了作家散文书写的题材视野和审美聚焦,无论是那种文化批判的思想表达,还是那些闲适悠然的故土乡情发抒,几乎都从作家的散文文本中销声匿迹,取而代之的是对深陷于特大自然灾难中的无数生命和亡灵的审美观照和纪实写作。冯小涓陆续发表了一系列描写汶川大地震的散文,出版了长篇纪实散文《北川无语》。

就冯小涓书写汶川大地震灾难的系列性散文而言,《铁皮,在风中悲吟》无疑是其中最为优秀也最具代表性的一篇。在这篇思想内涵非常饱满、艺术风格极为凝重的散文里,作家以"汶川大地震"中的极重灾区北川老县城为描写中心,又力图辐射到整个地震灾区,以激越澎湃、翻江倒海的情感抒发表达了作家深沉的悲悯情怀,以分镜头、全景式和突出典型细节、典型场面的艺术方式非常真实地记述了这场地震给北川灾区人们所造成的前所未有的精神痛楚。在她充满强烈情感律动、灵魂跳跃的笔下,人们对"汶川大地震"的灾难场景再度进行了一次痛入骨髓的亲历和生命体验:

先是大地发怒,它嚎叫的声音雄浑而低沉,像是巨大的压路机轰隆隆地开来。村民说,那是地音,仿佛大地张嘴说话,瞬里叭啦地又像鞭炮一路炸响。专家说,那是地裂,以每秒3公里的速度,从汶川到青川300公里刚好经历一百秒钟!……更多的人感到大地这个巨大的筛子在晃动,每一个生命就像筛子中一颗被颠来簸去的豌豆……

尸体横陈:有头无脚,有脚无头,开膛剖肚,脑浆逆流;在瓦砾上，在石堆旁，在汽车中，在床上，在山间……仅仅两分钟，在从汶川到青川，三百公里的土地上，八万多人丧失生命……

那是怎样悲惨的末日景象啊！我站在三倒拐那个地方，遥望脚下的北川县城。首先便看见摇身一变的王家岩，这个苍绿的精怪此时变成一张巨大的黄毯。……远远看去，土黄色的巨毯如一个大坟场，上面横七竖八地插着树枝和灌木，岩石像一张惊异的大嘴，张开并停顿在那里。河边只有一幢未倒的楼房，残存在砖头、木块之间，惊魂未定，摇摇欲坠……两万多人的县城啊，仅有几千人逃脱，一万多人永远躺在这里！最为惨烈的是，三至十七岁的孩子损失太多，官方的数字是1600多人；民间的说法是，几乎造成惨绝的断代！①

在这一个个具有强烈跳跃感的细节、场面、情景的叙写和描述中，一幅幅惨绝人寰的悲恸画面被逐一凸显出来，在这样的基点上，作家又以十分丰富的想象和联想对地震发生的前因后果予以了多角度、深层次的探究，以悲天悯人的情感对地震灾难中消逝的那些活生生的生命进行大气魄、大境界、大情怀的深沉哀悼，以充满哲理思想内涵的精神力量一次次叩问山河大地、宇宙苍天，从而在叙述、描写、议论的有序能动和激情发抒、灵魂宣泄之中，又一次提升了作家对于自我生命、善良情怀、内在灵魂的精神锻铸。

就关于汶川大地震的散文著述而言，许多四川散文作家、报告文学作家都从各自的审美角度和文体擅长出发，对整个四川地震灾区几乎施与了一种全覆盖的真实书写和艺术表达，所以涉及地震灾难题材，或是与之相关的各种各样的出版物，可谓数不胜数，仅仅是四川出版集团麾下的天地出版社便先后推出了戴善奎的《蜀中巨震》、李林樱的《五月·国殇·成都人》、刘南江和张子影的《三日长过百年》、刘志前的《浴火重生》等一套系列丛书。较之于上述的散文著作，冯小涓的《北川无语》更具强烈的现场感和深度性。

---

① 冯小涓：《铁皮，在风中悲吟——祭"5·12"大地震毁灭的北川城》，《北京文学》2008年第8、9期合刊。

2008 年 5 月 12 日 14 时 28 分，这是一个令许多人都无法忘却而铭记终生的特殊的历史时刻，因为这个时刻如一根非常锐利又特别无情的钢针，深深地刺痛了巴山蜀水和整个中国，并且永远镌刻在了当代中国人的群体记忆中。在作家冯小涓笔下，这个时刻之前的北川县城，一如既往地充满祥和与安宁，两边高高的山峦、穿城而过的河流依然按照各自的生命节律，或者耸立云天，或者静静流淌，来来往往的黎民百姓也如寻常一样，该上班的上班，该办事的办事，该赶集市的赶集市。这个时刻及其之后的北川县城，先是天空发出长长的闪电，继之以大地的猛烈呼啸和剧烈摇晃，大大小小的石头土块从山上滚落和倾覆，地面不是撕开成一个个裂纹裂口，就是冒出浓浓的青烟黑烟，高高低低的房屋左右摇晃，人更像小小的物件一样被抛来抛去，即便匍匐在地上也是呈颠来倒去之状，根本找不到立足藏身之地。最恐怖的是县城北面的王家岩近半座山轰然倒塌，巨大的山体倾覆而下，几乎淹没了整个老县城。面对熟悉而亲切的北川县城，在瞬息之间遭受前所未有的大劫难，变成一片片触目惊心的废墟，作家的心里饱含着一种无法言表的悲恸，但她更感到痛楚的是在地震灾难里陨落的一个又一个鲜活生命："县教体局 57 人，有 33 人遇难；财政局 73 名职工，遇难 39 人；地税局 68 人，遇难 47 人；县法院 43 名干警，遇难 27 人；县人民医院有医护人员 183 人，遇难 104 人"①；只有十余万人的北川县城，有两万多人都死于这场地震，那些身体残疾的人，以及因失去亲人而成为鳏寡孤独的人，更是难以数计。作为一个善良的作家，她的现实使命就是深入北川灾难现场，以文学的方式对此进行书写和表达。因而在这部文图结合的长篇纪实散文里，冯小涓以一个作家和亲历亲见者的双重身份深入一个个灾难现场，或以新闻特写的方式直击现场的细节，或以细腻的笔触描绘局部，或以全景式的总览概述整个场面，极写出民间记忆方式的北川灾难现场的惨状，特别是人在这场灾难中所难以承受的身心重创、生命消逝、悲惨无助的场景，以及他们又是如何挺起沉痛的身躯同灾难进行顽强的生死搏斗。

---

① 冯小涓：《铁皮，在风中悲吟——祭"5·12"大地震毁灭的北川城》，《北京文学》2008 年第 8、9 期合刊。

评论家何言宏在论及知识分子写作的身份危机时认为：

> 知识分子的身份危机不仅在"晚生代"作家的身份认同方面表现得尤为明显，在其文本叙事中，"知识分子"同样是一种遭致解构的身份形象，只是不同的"晚生代"作家对于知识分子的身份危机持有不同的叙事立场。①

对以徐坤、何顿、韩东、朱文、张旻等作家的小说创作为例进行了富有理论性的分析，旨在揭示知识分子写作在商业时代所遭遇的前所未有的精神困惑与现实难堪。面对这样的精神困境和现实难堪，冯小涓却有着自己非常坚定的文学主张，她认为：

> 作家应该率先站稳脚跟，用强大的精神武装自己，才有照亮现实的勇气和力量，才能用文字理直气壮地告诉人们现实的种种不足，理想的生活和美好的情感应该是那样而不是这样。这就是我们阅读文学作品的理由，也是文学将永远存在的理由。我们期待着更多的人参与到精神价值的重建之中，小心翼翼地梳理值得维护的传统价值和普世价值，而不是一味打倒或盲目排斥，让这些价值成为我们共同的心灵向度。②

她不仅坚定地奉行这样的文学主张，而且将之积极主动地付诸具体的文学创作实践中。从她的散文创作中我们能清晰地看到，从容于善良情怀的书写，不仅仅是她进行文学创作的一个根本原点，也必将成为她整个写作生命历程中绝不会放弃的一种高尚的精神品质。笔者以为，这样的文学书写方式不应当仅仅属于某一位作家，而应该是当今所有中国作家需要一以贯之地奉行、恪守的精神品质。因为善良是善良的发现者、实践者、捍卫者，一名作家只有具备了这种善良的情怀、善良的品格、善良的灵魂、

---

① 何言宏：《精神的证词》，吉林出版集团有限责任公司，2009，第200页。
② 冯小涓：《烛照现实的力量》，《文艺报》，2012年9月26日。

善良的精神、善良的文化，并将其有效地汇融于整个文学创作活动中，他们的文学书写才能够为我们这个民族、为整个人类社会建造出一个健硕、明澈、朗阔、立体的精神世界。

第四节 镌刻在心灵深处的藏地

在四川当代散文界，有这样一位散文作家，因为长期在西藏服役，而特别钟情于西藏的山山水水、人文风情和历史文化、宗教文明，他放笔书写自己对之的审美理解、认知和独特的心灵感悟，陆续出版了《你知西藏的天有多蓝》《飘过西藏上空的云朵》《西藏的天堂时光》《说好一起去西藏》《西藏时间》《藏地圣境》《骏马秋风》《藏地羊皮书》《天空坐满了石头》等散文集。他的名字叫凌仕江。本节的主要内容便是对其散文集《藏地羊皮书》和《天空坐满了石头》等所展开的评价和分析，意在揭示其散文创作的思想表达和艺术特色。

正如第六届老舍散文奖在给作者的散文佳作颁奖时的授奖辞中所指出的那样：

> 西藏已经成为一个有点过剩的文学题材，但凌仕江笔下的西藏可以说别具一格。他已进入西藏诗性与神性的内部世界，其个人化的描述和表达，一直区别于更多人的西藏。①

笔者以为，文中所指出的凌仕江的散文创作别具一格，的确是一语洞悉了作家散文艺术的特质，因为他确实是以诗性与神性的笔触，抒写出了与其他作家不一样的西藏。这种不一样，主要体现在作家写出了西藏民众与大自然之间那种看似简单、实则复杂的关系，以及这种关系背后所隐藏的深刻意蕴。就抒写西藏地区的大自然而言，作家的笔力既关涉了兰草、雪莲、胡杨、观音草、蓝莲花、红景天这样的高原植物，也触及了牦牛、冰马、藏羚羊、雪鹰、雪豹这样的高原动物，还有地上的石头、天上的月

---

① 凌仕江：《藏地羊皮书》封底，江苏凤凰文艺出版社，2015。

亮、水中的怪石这样的自然意象。就其对西藏人文、历史表达而论，不仅有可可西里的城堡、白狼的传说、布达拉宫的建筑等这样的历史遗址和文化传说，也有关于藏历年、藏语世界、卓玛经传、飘扬的经幡等这些充满着地方文明和宗教韵味的人文意象，更有门巴猎人、追鹰的人、朝圣的人、渡船的人和嘎隆拉的故事、扎西的婚礼、格桑的前世今生等这些富于浓郁生活气息的朴实的人及故事情节。因而，作家在描写和叙事中，卓有成效地把大自然与人、历史与社会、文化与文明连为一体，不仅写出了人与自然、社会、历史、文化的深层关联，而且揭示了其中蕴含的深刻道理或哲理。由是可见，辽阔的藏地在作家心目中的地位：它是镌刻在作家心灵深处的无比珍贵的宝藏。

　　进入笔者视野的，首先是作家凌仕江对于高原植物的描写。散文《昆仑胡杨》以抒情的笔调，为我们抒写了昆仑胡杨在沙漠中生存的顽强和生命意志。在这篇散文里，作家首先描写了昆仑山的自然环境存在：远方的昆仑山，笼罩在一片迷蒙中；昆仑山阻隔的天线间，仿佛是在下沙、下雪，沙与雪混合成一幅凄迷的景象。而生长着胡杨的这片沙漠，却异常的明净、爽利和安然，像是昆仑山的另一个世界。接着再描写那十几株生长在这片沙漠中的胡杨。这些胡杨一律呈褐黑色，皲裂的树皮上已经结了一些伤口；它们有的斜着身子，有的像动物的手臂弯曲在沙漠里，更多的是直挺挺地立在沙漠之上；它们的身上挂着不多的叶子，有的已经随秋风而落，秋天的太阳令落地与没有落地的叶子，尽情地抒发出黄灿灿的情感。此时，正有一对来自新疆的新郎新娘在胡杨林中拍婚纱照，他们依偎着那株弯曲的胡杨树，在缕缕金黄的光线里，新娘的红礼服与新郎的黑西服，相互间交相辉映、彼此生辉，而他们身旁的那株静止的胡杨，看上去越发的沉潜、深远。也有一位来自古城西安的大胖子，他卷起裤腿、敞开衣襟，在沙漠里大步流星地一阵疯跑，完全不顾及身体里疏散的沙，他满脸的爽快、怡然和笑容，有如一个天真烂漫的孩子。正是在此时，作家拾起两小截浮出沙面的胡杨树枝，决定将它们带走，带到作家的那间有情感的房子里，以好好地供养和呵护它们。这两根胡杨树枝，一截有如烟斗，另一截似狼毫，一个风姿绰约、潇洒自如，一个气质殊异、独立云天，它们细密的纹路已经褪尽铅华，灰白色的皮肤看上去很有光泽，纹理干净得没有什么可以隐藏。于是乎，作家深有感触地抒发自己的情感：在昆仑山下这片隐秘的沙漠里藏匿的这十几株胡杨，是任何暴力都摧毁不了的，因为它们是一群顽强生存的生命存在。显而易见，作家是在赞扬胡杨顽强的生命意志，又是在歌颂雪域高原上驻扎的那些英勇无畏的军人。

《红景天》这篇散文，通过对红景天的描绘，既颂扬它对于抗御高寒缺氧的奇特功效，又赞美它的朴实无华。作家从青藏兵站走出来的第一眼，便看见长势喜人的红景天，并由此展开对于这种高原植物的描绘。在此，作家既描写了他与红景天的初识和再认，也描绘了红景天的不同凡响的作用。他第一次见到红景天，以为它是莲花白那样的蔬菜，或者是被虫子咬过的西兰花，这样的错觉一直伴随着作家。当岗亭里的一位哨兵十分明确地告诉作家，那就是红景天时，他对它的看法和审美才发生了重大的变化。在他看来，粉色碎花、肥厚小叶的红景天，的确无法与流行于城市高档社区里的玫瑰、康乃馨、百合、蟹爪兰一类的高级花朵相提并论，但它有一个平凡而素朴的外表，更有一颗散发着神性的救命功效的心，它一次次地给那些遭遇高寒缺氧的人以救命的机会。作家克制住内心的惊讶，悄悄地将它拍摄下来，并通过微信发送到朋友圈，但他没有告诉人们它是什么花。作家的目的是把红景天推荐给更多的朋友认识，借以来赞美这雪域高原上最美的花朵。令作家没有想到的是，朋友圈里的大多数人都不认识红景天，也想不起在何处见过这样的花。倒是有个女孩回复说，她家的屋顶上种了这样的花，但遗憾的是不知道它的花名。作家以为，那位女孩所说的花，可能不是红景天，因为它置身于藏地之外，找不到任何与红景天的血缘关系。发生在作家身边的这种现象，不免使他沉入一片想象之中：这是一种被人们遗忘的花朵，它静静地安卧于起伏的雪山之中；与藏地无缘的人，对于红景天的解释太多，或许只是徒劳，不如让它成为一个隐秘的传说；红景天出现在这里是安全的，看见它的人或忽然听到它的名字的人也是安全的，这种安全之于藏地生命的精神向度，显得何其特殊何其重要！通过这些想象，作家意在告诉我们：即便红景天是被人们遗忘的花朵，但它对于藏地的民众是多么的不可或缺。这便是作家所要传达给我们的要旨所在，也是作家对于红景天这种花卉的挚爱之情的表达。

散文《高原兰》以写意与抒情的笔法，为我们叙写了一株高原兰的

来处和生死经历，以及其陪伴作家走过的那些流水一样的岁月。这既具有
他喻的成分，也有着自喻的意味。这株高原兰是一位安徽战友赠给作家
的。高原兰实际上就是人们通常所说的君子兰，因为它的根和叶在高原，
更因为它与作家的许多回忆也在高原，所以作家称其为高原兰。在作家的
深层意识和情感之中，这株高原兰与众不同，彰显出它独一无二的价值和
意义，因为它具有高原的品质和坚强的意志。在作家情文相生的笔下，这
株高原兰，犹如一个金红色的绣球，又像二十多位身着金色舞裙的小姑娘
簇拥在一起，在坚挺厚实的绿叶托举下，仿佛一轮迷人的金色圆月，没有
任何花能够胜过它的低调和高贵；一朵朵娇小的花，一朵挨着一朵，它们
紧紧地相依相偎，又向四面八方延展开去，在不同的向度独自绽放；细嫩
的茎柄托着有质感的花瓣，里面还露出浅黄色的花蕊，它被那嫩绿较粗的
叶茎从绿叶中托起，有如一颗横空出世的耀眼明珠；它的叶子也很有特
点，像是用油布擦绿了的皮子，一层一层地叠起来，很有一种秩序井然的
意味，又如同舞蹈中的千手观音向左右伸展，稍稍地向下垂首，从远处
看，它就像动物园里的孔雀开屏，美得令人生发出亦真亦幻的感觉。接着
作家又描写了这株高原兰的辗转经历。起初，作家把这株高原兰托付给一
位名叫东子的舞蹈家。因为东子要外出表演，三天两头地要离开这座城
市，有时一走就是一个星期，陪伴高原兰的就只有那些寂寞难耐的老鼠。
后来，作家又把这株高原兰移到一位老编剧的家中。但没有想到的是，这
位老编剧住在一座老筒子楼的一楼，屋里光线暗淡，采光效果极差，不但
如此，高原兰还曾被那只大花猫多次咬伤过。作家的心里颇不是滋味。历
经两年之后，高原兰才随着作家搬进了新居。每每看着这株高原兰茁壮生
长并绽放出金黄色的花朵，作家便不由自主地想到高原天空金色的阳光，
想到绿荫下的军营土坯房，想到一个戴边框眼镜的安徽战友，想到这位战
友曾说过的那句话：君子兰只为君子而开。由此，作家进一步深入地认识
和领悟到：这株高原兰既是开在雪域高原上，也是开在一条没有功利思想
的自由之路上。即使无法再返回藏地，作家也依然坚守高原兰一样的人生
信条：一个人应该活的是自己，并且纯粹、洁净而芬芳。这是一种典型的
自喻或他喻，用以来比喻人应该像这株高原兰一样，具有属于自己的人生
品格。

《我的观音我的草》这篇散文，则主要抒写了作家对于观音草的发现和发现之后的那份特有的喜悦之情，以及对于观音草的无限想象。在休闲的日子里，作家将自己阳台上的花花草草一一拍照，并搬进自己的网络博客里进行展示，却不意被黔地友人罗卫发现里面有一株观音草，遂打来电话告知作家。接到罗卫的电话后，作家自然是激动得一阵狂喜，急忙赶回家中，仔细地端详着那株如获至宝的观音草。在作家眼里的这株观音草，有着竹叶一样宽厚的叶片，有着兰草般纤细的枝条，与竹兰有几分神似；它不枝不蔓，没有什么奇特的草气和香味，每日每月每年，都以一种翠绿的面目示人，朴素得极像稻田里生长的稻草；这种草喜欢依山傍水，偏爱潮湿泥土的滋养。而在作家的日记里，这种草有极高的牺牲精神，它所能赠予大自然的，是常年胜过春天的绿意。面对这株观音草，作家陷入关于佛陀的一个传说之中。在印度有一位失去爱子的母亲，曾苦苦哀求佛陀帮她救活失去的爱子。佛陀说，你如果能够找到吉祥草，把它覆盖在你孩子的身上，你的孩子便能起死回生。遗憾的是，这位母亲走遍了所有的村落和人家，失望而归，原因是她遇到的都是死过亲人的人家，所以她没有找到吉祥草。最终佛陀开示这位母亲说，只要你知道天下没有死过亲人的人家是不存在的这个道理，就不必再为丧子难过了。佛陀所说的吉祥草，正是观音草。据说，佛陀在菩提树下开悟时，正是以吉祥草为座，才沐浴上了佛性，最终修得佛法之正果。正是基于这样的想象和得到了佛陀的无声指点，作家才坚信：这株不请自来的观音草，与自己一定有着不必言说的太多的缘分。他更加相信有观音菩萨的护持，自己所遇到的困境和难题都会迎刃而解；与此同时，它也令作家的文字远离尘埃浸染，而变得更为纯粹和干净。从中不难看出，作家赋予这株观音草的深情。在作家看来，这株观音草有着奇异非凡的魅力，它不仅令作家充分领悟到了佛陀的神示，也让作家得以拥有了那份充盈的圣灵之感。

除了写大自然的胡杨、红景天、君子兰、观音草之类的植物外，作家也写了大自然中的某些动物。这些动物包括：被大雪冰冻的野马群，在高原上飞翔的雪鹰，多年前遭遇的那只羊，女兵和诗人喜欢的那只狗。作家通过对这些动物的栩栩如生、活灵活现的生动描写，来传递对这些动物的特殊情感和爱怜之心，以及对这些动物的深沉的思想寄寓。

《冰马》这篇散文，通过对一群被大雪封冻的野马群像充满情感的生动描写，来盛赞野马们至死不渝的团结和友爱精神。那是一个初夏的日子，热巴艺人带领着"我"和小兵在藏北草原上行走，极目远眺，除了白雪皑皑之外，看不到一个村庄或一头牲畜，也看不到一只飞鹰划过天空，扑面而来的只有毫无感情色彩的白，白得令人眼睛生痛。这或许是藏北草原有史以来最苍白的季节。正在"我"担心走不出藏北草原时，小兵突然发出了一阵尖叫声，因为他发现了一群冻成了雕像的冰马。这是一群野马，它们紧紧地簇拥依偎在一起，颈靠着颈、脸挨着脸，尾巴与长鬃在寒风中尽情飘逸，似乎它们在这个寒冷之夜已经做好了相互取暖的准备，一动不动地像雕塑一样站在那里，由此而显示出凛然的傲骨、非凡的气质。在马群的身上，有一层晶莹剔透的冰紧紧地镶嵌着它们，尤其是在马的颈部和背部，厚厚的冰坚如华丽的钻石一般，那是季节为它们穿上的美丽冰衣。"我"再谛视，发现马群里有一只公藏羚羊，在藏羚羊如绿松石般深蓝的眼睛里，没有一点点儿的自私、抱怨和恐惧，而藏羚羊的情人，那匹美腿细长的野马正低下头颅，试着用嘴唇亲吻伫立在它身旁的藏羚羊。热巴艺人望着这个马群，再没有走的意思。他围绕着这个凝固的马群，就像朝圣者转山那样的虔诚。他一直目不转睛地看着马群，嘴里诵读着六字真言，仿佛在看着一个个远行归来的孩子。热巴艺人告诉我们：在马群躺下的地方，青稞会长得丰茂无比，会在阳光下摇曳成一片金色的大海，并会在不同时辰呈现出黑夜与白昼般不同的色彩。小兵看到这样的景象，他的眼睛里满含着泪水。"我"看到这一幅意外的情境时，则不由自主地赞叹：这是一群多么漂亮的马啊！它们誓死要与藏北站在一起，在暴风雪来临之际，它们就已经在这里岿然不动，在暴风雪离去之后，它们还是站在这里，直到风将雪花一朵朵嵌入它们的骨头。因而，在作家情感与内心、思想与灵魂的深处，这样的一群冰马，无疑是冰雕艺术节上东方大师们的精品力作。

散文《雪和鹰》通过对漫天大雪中的鹰的描写，来赞美鹰的不畏风雪、不畏严寒，自始至终翱翔于蓝天白云之上的那种非凡的气势和不屈的灵魂。那是 1999 年 5 月 28 日，这一天不是冬天却远胜于冬天，因为百年不遇的一场暴风雪席卷了整个藏北高原。暴风雪一直持续了七天七夜，雪的涌动、狂奔、怒号，淹没了成千上万的农田和村庄，虫草、青稞、雪莲、藏红花消失得无影无踪；结伴同行的羊群被大雪驱散，牦牛们呼啦啦地乱作一团，关在圈里的马儿冷得浑身发颤，那些鸡鸭更是不堪寒冷的天气而纷纷倒下；所有通行的道路全都被大雪啃断、掩埋、吞噬，连一丝骨架的影子都不存在。在如此情形和境况下，一个人的心里只有万般无奈和万念俱灰。也正是在此时此刻，一群雄鹰仍然在天空翱翔。这些雄鹰，在零下三十七摄氏度的酷寒空气中搏杀，在海拔四千多米的高空偷袭目标，可是除了一个纯白的世界之外，找不到任何可以着陆的支撑之物，因为暴风雪迅速查封了所有活着的信息，它们只能在天空中孤零零地嘶鸣、哀号。有两只雄鹰不顾一切地冲向我们的汽车，拼命地撕咬着车窗外的玻璃、铁皮、篷布，新鲜的鹰血滴落在挡风玻璃上，又快速地成了一颗颗冰粒子。更多的雄鹰在高高的天空上盘旋，因为它们找不到雪地里的食物，最后不得不在彼此之间进行残忍的猎食。这是一幅可怕的凄惨画面，又是一幅令人崇敬的悲壮场景。这场巨大的暴风雪，对于同行的小兵来说，是一个陌生而难得一见的奇遇景观，但对于作家而言，却成为一次难得的情感净化和内心领悟的机遇，因为作家看到的是雪的抒情多于它的残酷，死亡定当以美丽作为开始；更因为作家理解了鹰划破长空的那一声声嘶鸣：它们以这样的嘶鸣来传递自己内心的豪情壮志，它们以搏击长空的雄姿来展示自己生命的力度和强度。就这个意义上讲，它们是我们人类抵达崇高理想境界的精神向导。从中不难见知，作家之所以不惜笔墨地描绘雄鹰的展翅翱翔、搏击长空，描写它们与暴风雪进行顽强的抗争，与死神进行殊死的搏杀，乃至于相互之间的无情猎食，其目的只有一个，那就是对这群雄鹰的极力颂扬和高度赞美。

《女兵·诗人与狗》这篇散文，则通过对一只名叫乐乐的狗的描写，表现了"我"对于这只狗由不喜欢到喜爱的心路历程的变化，也折射出"我"与那位女兵、诗人荒流之间的友好关系。它是一只流浪狗，是边防部队的几位小战士送给他们团的那位女兵的。这位女兵是一名喜剧演员，她喜欢狗是军区大院出了名的，可惜她的宿舍里养的狗已有七八只了，净是些世界屋脊来的贵宾猎犬。于是，这位女兵决定把这只流浪狗转送给"我"。初始，"我"见到这只狗时，它简直是"脏乱差"的典型代表，浑身邋里邋遢的，皱巴巴的小鼻子也是黑漆漆的，甚至狗身上还散发出一种难闻的怪气味儿。"我"没有给狗一个好脸色，自然而然，也没有给那位女兵好脸色。"我"的脸色说明了"我"对这只流浪狗的无声拒绝。但令"我"没有想到的是，几天之后的一个黄昏，这位女兵抱着这只被洗濯、修剪得焕然一新，且穿着混搭颜色的小马甲的狗来到"我"的宿舍，脸上带着微笑地对"我"说："这只狗今天正是移交给你，希望你能好好地待它。"从此，这只名叫乐乐的流浪狗便伴随着"我"。在"我"那间简陋的房屋里，乐乐一会儿钻进"我"的被窝，一会儿跃上"我"的书桌，尾巴不停地摇来摆去，完全是一副亲热无比的样子。"我"每天都会从食堂里偷偷地给乐乐带回一些食物，那位女兵也隔三岔五地送些正宗的狗粮来，乐乐的尾巴摇得更是起劲了。随着时光的流逝，"我"和乐乐相处的时间越来越久，便处出了一份特有的情感和温暖。半个月后的一个深夜，当"我"顶着星月从外面开会回来，刚刚走进团部的大门，乐乐便从柏树廊下冲了出来，它不停地"呜噜呜噜"地哼鸣着，在"我"前后左右疯狂地奔跑起来，忽然回头猛烈地扑进"我"的怀抱，大有一种受了委屈的悲伤与重逢救星的喜悦。"我"也深受其行为的感染，紧紧地抱住乐乐。但由于"我"总是出差、开会，或是到基层连队进行采访，不能好好地照顾乐乐，便私下决定将它转送给诗人荒流。几个月之后，"我"问荒流有关乐乐的消息，荒流说乐乐在家里待了不足五天便跑了，他找遍了整个拉萨都不见踪迹。瞬时之间，一股悲伤的气息传遍了"我"的全身。凌仕江何以对一只流浪狗拥有如此深情，正如他自己所说：是爱之太深的缘故。的的确确，作家对于这只狗由不喜欢到喜欢，再由喜欢到喜爱，这样的一种心路历程，不仅反映了作家的心理、情感的变化，也表现出作家所富有的人文态度和人文精神。

当然，作家为我们描写或叙述更多的是，人与自然、人与社会、人与历史、人与宗教文明之间复杂而深层的关系。这从《可可西里城堡》《世上最轻的船》《门巴猎人》《嘎隆拉的故事》《八廓街的早晨》《藏历年》《卓玛经》《追鹰的少年》《德西梅朵去朝圣》等散文里，便可十分明确地感知到。这些散文篇章，或以一个城堡、一只船为描写对象，或以一个故事、一个清晨的亲身经历的写实，或以对藏历年、卓玛经的描述，或对一个追鹰的少年、一个藏族妇女的朝圣之路的精神观照，极写人与这个世界的复杂而又深层的关联。

《可可西里城堡》这篇散文，以对可可西里的一座城堡的描写，表现了人们对于藏羚羊的保护和关爱，展示出人与动物之间和谐而友好的关系。随意跳上一列从拉萨开出的火车，是作家多年来行走西藏大地的一种习惯。车窗外的不远处，出现了一座座白色的房子，这些房子都用藏汉两种文字写着"可可西里"几个红色的大字，给人一种圣洁遥远的感觉。正是这样的感觉，诱惑了作家的眼睛和双腿，他趁火车在爬坡缓行之际，跳下车朝着白色的房子走去。可可西里真是一片寂静，没有火堆、没有人烟，甚至没有飞鸟划过的痕迹，所有的白房子都紧紧地闭着铝皮子的门，自然保护站里也是空无一人。但这里却是藏羚羊的乐园。每每夜幕降临前的黄昏时候，许多各色花纹、各色斑点、各种姿态、各种声音的藏羚羊，纷纷走过草地、山冈、戈壁和沼泽地来到这里，汇聚成一个浩然庞大的阵营或阵势。而那个时候的白房子和帐篷，一定像是一座座哑然的城堡，随时恭迎这支浩大队伍的光临。正在作家陷入纷飞的想象时，一群密密麻麻、足足有五六百、绵延两三里地的藏羚羊，由远及近地来到这里。这些藏羚羊比普通的藏羚羊要显得高大很多，它们轻车熟路，或是掀开布帘的窗子，或是端坐在火堆旁，或者是打开双耳静静地聆听。没过多久，更大的藏羚羊队伍从四面八方涌向帐篷，它们像朝圣者一样，围着帐篷一圈又一圈地转来转去，有如跳锅庄舞一般。在接近天亮时，这群藏羚羊才成群结队地越过藏北草地，消失得无影无踪。三天后的一个夜里，作家听到帐篷外两只藏羚羊的对话，一个说："你真不觉得有人的气味吗？"另一个回答说："的确有那帮家伙的气味，大家注意提防点儿为好。"于是，这群藏羚羊开始排兵布阵，像敢死队一样开始搜索城堡的每一个角落，它们一个个警惕性很高，它们的鼻子异常的灵敏，它们要排除有人存在的危险。趴在棚顶上的作家的内心扑闪扑闪的，作家头顶上的星星也扑闪扑闪的。作家以如此生动形象的笔触，来描写藏羚羊的来来去去，来描写藏羚羊之间的"对话"，旨在揭示人与藏羚羊之间，抑或人与自然之间达成的和美关系。

散文《追鹰的少年》，通过对一位追鹰少年的故事讲述，表现了一个藏族少年与一只雄鹰之间的那种不离不弃的忠诚和至死不渝的爱恋，同时又富有某种寓言性质及深层意味。他是一个藏族少年，许多天以来，就一直徘徊在拉萨河畔。他的头发干枯得近乎燃烧的草木，好比他那张蜡黄的又黑又脏的脸；河风撩拨着他的破破烂烂的羊皮袄，看上去有如层层叠叠的羽毛；他的额上黑得仿佛一团牛毛发亮的卷丝，被风吹得东倒西歪而凌乱不堪。这位少年的身后是一座座长不出青草和绿树的山，是一派被阳光和雪水冲击的锈迹斑斑的山体，山上的经幡不分白天黑夜的飘舞。这位少年时而侧身背对拉萨，时而仰望那些飘动的经幡，时而平视着拉萨河谷，时而又低头沉思默想。身为拉萨河桥上的一名哨兵，我早就发现了这位藏族少年，但没有想到他是一个追鹰的少年。据说，这位少年从小就不会说话，那只雄鹰是他三岁那年跟奶奶去寺院朝佛的路上捡回来的。那只小小的雄鹰，不过是一盏酥油灯那么大，但它的一双眼睛却亮得如两颗夜明珠一般，像是要与他互诉衷肠。从此，他爱上了这只雄鹰。时光流逝、日月如梭，十余年的风风雨雨过去了，那只雄鹰长得比他还要高大，他和鹰之间也成了最好的伙伴。他们一起去放牧牛羊、去河里捉小鱼小虾、去山上采莲花，又一起迎接朝阳、目送黄昏。累了的时候，他就靠在鹰的翅膀上酣然入眠，待他进入梦乡之时，鹰就驮着他飞回家。然而，就在那一天的风雪弥漫之中，就在鹰驮起他展翅高飞的一瞬间，作孽作恶的枪声响了，他从鹰的背上跌落下来，鹰也从此飞离了他的视线。这位少年便沿着鹰的血迹，越过当雄草原和念青唐古拉山，越过许许多多雪山与河流，越过无以数计的沙漠与戈壁，一路从藏北高原追到日光城拉萨。我在大桥上看见这位少年之时，正是他在那里静静地期盼着与那只雄鹰相遇之时。几日之后，拉萨河畔响起了一阵阵人的痛苦呼叫，接着是鹰发出的一阵阵撕心裂肺的嘶鸣。当人们将各自的目光纷纷聚焦于拉萨河畔时才发现，那位少年割破了自己的双臂，他是想让流淌的鲜血来挽救那只奄奄一息的雄鹰。这一幕情境，令我铭诸肺腑、终生难忘。因为它教会了我何谓肝胆相照的朋友，何谓至死不渝的友情。散文旨在揭示这位少年与一只雄鹰间真诚相与的友情，抑或人与动物间的相恋。

《德西梅朵去朝圣》这篇散文，为我们讲述了一个名叫德西梅朵的藏族妇女和一只羊一起去朝圣的故事，旨在彰显藏族民众朝圣的坚定信念和无畏暴风雪的精神姿仪。德西梅朵是众多藏族妇女中的一个，依照藏族的风俗习惯，每年都有人前往拉萨的布达拉宫去朝圣，这一年该轮到德西梅朵去朝圣。德西梅朵原本想象的是和往昔一样，带领着她的五个孩子和九百九十九头牦牛一同前往，但那场凶神恶煞的巨大雪灾带走了村庄的一切，她只能带着那只唯一的羊上路。因为这只羊，在她生命的弥留之际，用声音唤醒了她。出发的这一天，德西梅朵着上花头巾，穿上厚厚的氆氇，戴上那些色彩耀眼的珠链，还穿上了那双很久没有穿过的长藏靴，然后将一根红绳子套在羊的脖子上。羊摇着下巴上那一撮长长的胡子，晃着脑袋、打着响鼻，显得特别的老实忠厚和可亲可爱，仿佛它在向德西梅朵诉说着这样的话语："今儿真高兴，我们要去拉萨看布达拉宫了。"由于那场特大暴风雪，所有的道路悉数被淹没，德西梅朵找不到前往拉萨的路，更何况天空又飘起了纷飞的大雪。无奈的德西梅朵只得带着羊去一个垃圾场躲避。雪下得越来越大，很快淹没了整个垃圾场，德西梅朵用双手在纸屑和积雪中刨出一个小小的窟窿，她和那只羊便一同躲进了冰雪下的窟窿。德西梅朵在吃了奶渣和糌粑之后，便依偎着那只羊酣然入睡。半夜时分，那只饥寒交迫的羊开始吻德西梅朵的嘴和手，接着又吻向她隆起的胸脯。起初，德西梅朵很不习惯，因为她的胸脯是留给最小的儿子罗布次仁的，但她慢慢地感受到了羊的热能和温暖，便索性把自己的胸脯交给羊，任随那只羊肆无忌惮地吮吸。在大雪纷飞的两天两夜里，德西梅朵和那只羊就这样像一对母子般的相依相偎，直至第三天的清晨来临，阳光再度普照在大地上。那只羊仍然在前面带路，德西梅朵也依然跟随着羊的影子，他们迎着灿烂的朝霞，彼此的脸上都摇漾出甜蜜而幸福的微笑。因为他们是在朝圣的路上，是行走在通往心中的那一片圣地——布达拉宫的康庄大道上。显而易见，作家以如此的浓墨重彩来描写德西梅朵一个人朝圣之路的艰难，来细致描绘德西梅朵与那只羊的生死不弃，旨在盛赞德西梅朵朝圣的坚定信念。

除上述散文外，作家还创作了《西藏的石头》《没有尘埃的星球》《拉萨的夏天》《米拉山》《天葬师的秘密》《格桑花的秘密》《圣湖边望月的卓玛》《看守仓库的士兵》等散文佳作。这些散文佳作，要么描写了西藏石头的坚硬与锐利、西藏天空的自然与纯净，或是拉萨夏天的明洁与靓丽、米拉山的俊朗与险要，要么叙写了隐藏于天葬师、格桑花心中的内在秘密，一个年轻藏族女子望月时的慨叹与向往，或是一个士兵的普通生活与所思所想。既充分再现了雪域高原自然物象、客观物象的真实存在，又有力地表现出人与社会、历史、文化、宗教文明的复杂而深层的关联。由此而言，作家对于藏地的自然、社会、文化所给予的审美观照，无疑是多元而全面的，同时又是深层而深刻的。这反映出作家对于生活的深入观察与体验。

从艺术层面而论，笔者以为抒情与写意并重是作家凌仕江散文创作最主要的特征。就作家在散文文本中的抒情而言，无论是在描写藏地的大自然或客观物象时，还是在描写藏族百姓或戍边军人的故事时，或是在描写植物、动物的过程中，抑或在描写某些情节和细节中，凌仕江都赋予其充沛而厚实的情感。其抒情方式主要有：见景式抒情、遇事式抒情、逢人式抒情。因而，以情写事、以情画境、以情动人，便是作家散文创作的主要特征。就作家在散文创作中的写意而论，无论是在描绘自然景物时，还是在讲述人物故事时，或是在诉说内心情感时，作家都赋予其某种特殊的深层意蕴。要么是揭示人与自然的和谐相处，要么是彰显人与动物的友好关系，要么是扬厉人的精神意志。这表现出作家对散文意蕴的重视。

第五节　在历史与现实中的穿梭

在许多文学中人的印象里，牛放是以高原诗人的名声而享誉四川当代文坛的，他的诗歌不仅通过对藏地高原的自然环境与社会文明、人的生存境况与宗教文化气息、历史蕴含与人文气象等丰富内容的大量书写，以及所发抒的浓郁而真挚的高原情怀和生命感知，充分显现出四川当代诗歌在思想内容表达方面的新意，而且在当代诗歌艺术方面也具有一定的探索意义，并由此赢得了四川诗歌界的好评和赞誉。因而在许多文学中人的感知意向里，散文创作同牛放似乎并不构成深度性质的情感缠绕和精神纠结。这其实是人们的一种错觉或误判。在诗歌创作日益走向成熟并逐步迈向更为阔大而深邃的诗艺时空时，牛放已悄然进行着他在散文创作方面的辛勤耕耘，特别是调入《四川文学》杂志社工作以来的十余年里，他对于散文创作的热情和欲望更是日益高涨，并断断续续地发表了不少堪称优秀的散文作品。同他的诗歌写作一样，他的散文创作的题材主要是围绕着藏地高原展开的，同时也兼及其他题材内容的书写；在散文创作的艺术方面，则是既表现出一个诗人诗意化书写的美感特质，同时又承续了中国散文传统一以贯之的朴实风格。历经辛勤的耕耘，他的散文创作终有所成，先后出版了《牛放散文选》和《落叶成土》两部散文集，并由此荣获了四川文学奖。本节内容主要以牛放的这两部散文集为研究对象，旨在通过对其散文创作在文本内容的构造和艺术形式方面所具有的特点的分析，来探究他对自然与社会、历史与人文进行的审美书写和艺术价值的开掘，以及对于四川当代散文写作的某种启迪意义。

当代散文批评家李晓虹在她的著述《中国当代散文审美建构》里曾经指出：

> 散文是诗性的，这种诗性不是外在于作者而独立存在的偶然现象，而是具有本体意义的，它不仅仅是艺术的方式，更是在作家自由生命活动的地基上构筑的艺术大厦，是作家生命存在方式的直接展示。没有哪一种文体像散文这样最直率、最不加遮掩地体现作者的喜怒哀乐，他的生命意义的定向、生命意义的追问、生命意义的创造，等等，从而不断向人生本原的诗意生成，不断向自由的人生成。在散文家那里，"生命的存在与超越如何可能"，就不是一个通过艺术虚构，通过叙事情节加以展示的命题，而是作家对自我心灵的内审与追问，是融入作家的审美生命和人生境界的根本性的方式。①

就构成牛放散文文本中的主情世界与审美韵致而论，他的"生命意义的定向、生命意义的追问、生命意义的创造"，便在于童年的记忆和成熟后的林林总总的生命历练及其所在的现实处境。或许是因为从生命的初始，就在一种非常宁静而又十分质朴的乡村社会怀抱里生活的缘故，牛放耳濡目染的无不是自然环境的安谧恬淡、乡村生活的单纯朴实，便因之构造了

---

① 李晓虹：《中国当代散文审美建构》，海天出版社，1997，第8~9页。

他少年时代内心世界里的那种富于自然韵味的乡村意象和人文影像，以及对于这种影像所怀拥的那份特有的钟情和眷顾；或者是由于牛放在成人以后一直在少有物质欲望涌动的高原上生活，以及在一种缺失严格纪律规约的相对宽舒散漫的文艺部门工作，从而不断地滋养出人的自由情性、思想矿藏、想象能力，对于自然和乡村的那份钟情与眷顾便慢慢沉淀在他的灵魂深处，促使他的个性更加趋向于本真与朴实、宽怀和放达，更加具有了生命的质朴和情感的真诚，同时也成为他生命中的审美情感和艺术表达的主基调；抑或因为当前的散文创作渐已成为审美接受场域的主要对象，而散文艺术中的内在真实又暗合了他灵魂内里的真实诉求，牛放才得以在诗意行走期间总是不时地希冀着进入散文世界的艺术构建。随着岁月的流逝和情感的积淀，他的这份情感就像一粒生命力极其顽强的种子，随时都在寻求破土的机缘，当新世纪的阳光照彻整个华夏大地的时候，他心中的这粒种子终于破土而出，以一种久经积存的生命内力朝着朗阔、博大的艺术空间迅猛地生长、拔高，便有了辑录在《牛放散文选》中的一系列散文进入人们的审美视野。在这些散文作品里，牛放一方面以一个精神行游者的情性与睿智、深沉与诗意所熔铸而成的目光，细致地探寻雪域高原上的秀美自然、壮丽山河、魅力风物中的深刻繁复的内在意义和存在本质；另一方面又以一个当代作家独具个性的艺术情怀和成熟通达的美学眼光，对它们进行艺术的描绘和审美的传达，因而在他那支灵动有力的笔下，首先给我们展现出的便是一幅幅充满自然生命活力和浓郁人文意味的高原山水图景。在这样一幅幅图景中，我们又分明感受到作家的审美视角和精神支点的不同：他并没有陶醉和迷失于高原山水的纯美中，而是以一种特殊的理智判断来穿越和审视，凸显出一个当代作家独特的审美个性和认知方式。

大凡说到山，都会自然而然地想到森林、云雾、泉水、鸟兽之类。鹧鸪山也具有这些山的普遍特征。4000米的海拔，常年积雪，四季变幻莫测的风光，远离闹市的自然生态环境，都堪称当今世界的绝美风景。然而，鹧鸪山因地处阿坝藏族羌族自治州的腹心地带，像一块巨石沉沉地压在阿坝的心脏上，又像一根骨刺卡着阿坝的咽喉。自从阿坝有人居住以来，无论是昔日的茶马古道，还是目下的盘山公路，都演绎着无数伤心悲壮的传奇故事，哀婉而又无奈。①

这是牛放在散文《高高的鹧鸪山》开篇里的一段叙事话语，其间饱含了作家多少复杂的心绪和生命的感慨，我们是无法完全厘清的，只有作家自己心知肚明。为了翻越高高的鹧鸪山，一些人因为车祸而长眠于此，也有一些人因为对鹧鸪山严重缺氧的不适而脸青面黑几乎丧命，更有许多人在听闻了一些惊恐的传说和事件后便心生畏惧不敢造次。在作家这种浓墨重彩的描述下，危乎高哉的鹧鸪山似乎已经成为伤害生命或陨灭生命的一种恐惧象征。同样是因为这座高高的鹧鸪山，铸造出"山这边"与"山那边"落差巨大的两重天地："山那边，因与成都距离近，人们头脑相对灵活，视野相对开阔，经济相对发达，优越感也由此萌生"，山这边则被许多人视为"落后愚昧之地，山村荒野之人"，再"加之政府的组织人事部门在干部交流、人事调动方面的所持的政策态度"，更强化了山那边的"好"与山这边的"不好"，最终导致百姓生活、婚丧嫁娶和思维方式、思想认知等的显著差异。在作家的这番叙事之下，一座自然形态和物质属性的高山，已然换变成为一种富于社会内涵和文化意义的思想峰峦。对于在藏地生活了20多年的牛放而言，阿坝实际上已是他的第二故乡，对于阿坝的热爱和眷顾自然是铭诸肺腑终生难忘的，但他并没有像那些有失于思想分析和理性判断的人一般，不是一味地唱吟着"谁不说咱家乡好"的老词旧调，就是对自己的生存地域予以毫无原则竭尽能事的"美学传扬"，而是以一种真实的勇气和淳朴的情怀，从生存原则、文化理性对阿坝地区进行深沉向度的梳理，通过对一座物态属性的高山的理智分析和真实书写，力图透视出它对人们的视野的遮挡、对交通发达的掣肘、对地域经济发展的阻碍、对灵活思维的限制、对生命给养的匮乏以及对人们的心理所产生的负面影响等，揭示山的高拔巍峨除了具有视觉美感的功能外，也很容易成为经济发展的现实障碍和引领精神向上的心理阻碍。因而

---

① 牛放：《牛放散文选》，四川出版集团四川美术出版社，2005，第83页。

在作家的深沉感知和思想意识里，鹧鸪山的两侧之所以会呈现出社会存在、经济文化、人的思想意识等方面的巨大落差，并不仅仅是因为鹧鸪山的存在，更有其深刻的社会历史和文化心理的原因。从这个意义上讲，作家的这种真实诉求和散文书写，不仅彻底剥除了虚美假饰的伪装，而且使散文艺术朝着真实的神髓无限地挺进和敞开，给人们以更大的思索空间和理性判断的自主性。诚然，物性的绝对高度无疑是充满自然雄伟美感的，也是令人敬畏和向往的，但这样的高度不过是一种物质形式的，不应成为对人们的思想、心灵的阻挡和遏制，更不应成为某些地方、某些人群不作为不进取的托词。物质的高山或许会成为人们视野的障碍和遮挡，却无法阻止人的思想、情感、心灵的飞越。

牛放在其《牛放散文选·前言》中这样说：

> 我骨子里最关心的是自然和自然生长的东西。当然，我所说的自然绝非是指纯粹的自然界，它是人类生存、发展过程中尊重自然规律，与自然界相依为命、和谐相融、天人合一的一切文化的总和，是自然精神。①

作家对于自然生态、自然美景的散文书写，也正是基于对"自然精神"的发现和开掘来进行的，像《三江的贞洁》《金川梨花飞》《若尔盖花湖》等便是如此。深入开发自身的旅游资源，以此招揽游客增加财政收入，无疑已成为当今社会的一种潮流。作为汶川县境内古盐茶道的三江之地，本是一个藏于高原深处、自然环境幽静的生态风景区，随着"开发旅游资源，增大自然景观的文化含量"热潮的全面升温，这里不仅建起了一座座豪华宾馆、组织了自己的文艺演出团体，而且还不断地力邀一大批文化名人前来为其树碑立传，旨在进一步扩大它的知名度和影响力。作为文学名人之一的作家牛放便有幸成为被当地政府部门诚邀的一员，前来这里参与撰写"增大自然景观的文化含量"之类的文章。然而，当他目

---

① 牛放：《聆听天籁（代序）》，《牛放散文选》，四川出版集团四川美术出版社，2005，第1页。

睹了三江深处的自然美景后，不仅被它的那种充满原始意味的美丽姿容所打动，而且对自己此次之行的意义产生了深刻的疑惑和反思："一个好端端的自然生态风景区，为什么一定要增加文化的含量？我们制造的文化对自然生态的精神破坏，决不亚于海洋中的石油泄漏所造成的环境污染……"（《三江的贞洁》）在作家的现实理性和思想意识中，认为一座自然生态完好的风景区是无法用刻意的文化来增色的，它存在的本身便是自然意义的美的最好表征，倘若用所谓的刻意的文化来进行定位，不仅不会增加其文化含金量，反倒容易破坏它的自然和谐的美。诚如牛放所言，我们的不少自然风景区，正是某些地方政府的这种刻意为之——不是在风景区内大兴土木，建筑林林总总的别墅群以供接待游客之需，就是在风景区的文化内容上进行所谓的包装，以增大其文化的内涵和对于游客的吸引力——导致其原汁原味的自然风光和自然美丽的衰落或损毁。这种血的教训是值得我们深思和鉴取的。从这个意义上说，作家对三江风景区的这种忧虑和担心，是不无道理的，也是对当今社会的一种真情召唤和深刻警醒。与此同时，作家对那些在各种文化时尚、社会潮流中依然执着地抱持本有菁华与天性内质的自然美景，则充满着由衷的敬佩和大力的赞赏，譬如在《金川梨花飞》一文中，对梨花那种天然奔涌出的勃勃生机，以及在雪白的绽放之间流溢出的自然精神的颂扬；又譬如在《若尔盖花湖》一文里，对花湖那种对草原生命不动声色的供给，以及默默无闻地喂养着自然意义的高尚情怀的讴歌。在上述这些散文中，作家既有真实的描绘和真情的表达，又有一定的冷静思考和思想反思。或许正是因为作家的这种描绘和表达、思考与反思，才使这些散文充满了真实的艺术品格，彰显出对自然精神进行探索的积极意义。

有意识地将自己的散文书写视野进行延展和阔大，以增加散文的思想容量和审美内涵，也是《牛放散文选》的一个重要特点。大概是长期在藏地高原生活的缘故，牛放的内心和灵魂里总是蓄积着一种难以化开的浓厚情结，那就是对藏地及同藏地有关的一切所拥有的一种天然的亲切感和潜意识，或者说是人们惯常以为的心理认同或情感认同。正是源于这样的认同，牛放的散文书写视野的延展和阔大，便首先选择了大西北这个同藏地阿坝在地理特性、历史文明、人文内涵等方面有着某些相似和相近性的地域，作为自己的审美观照对象，《行走西部》《明天出天山》等散文便是这种审美观照的艺术体现。作为一种富有历史意识的审美观察和灵魂书写，散文《行走西部》不仅为我们展示了一个真实的西部，同时也让我们对西部的历史和文化有了一种更为深切的知晓和洞悉。在这篇散文里，作家按照自己的游踪顺序，有意识地将散文文本的表达内容切割成"列车在行驶""世界的敦煌""被遗弃的嘉峪关""活在历史与现实中的塔尔寺""别在乎青海湖"五个部分，通过在动感与静态之间对大西北的精神漫游和审美表现，来传达一个当代作家心灵化审美化的西北影像。所以在作家的宏阔视野和灵性摇曳的笔触下，历史文明深湛的敦煌、历经世事沧桑的嘉峪关、宗教文化浓重的塔尔寺、铭刻着丰满历史的青海湖，这些极富地域文化特质和民族文明标志意义的历史遗址、历史生命、历史文化、历史文明，便有如一阵阵惊涛骇浪朝我们汹涌奔来，从而建构出整个大西北的历史文明进程的丰厚影像。在这样的影像里，既有苍茫寂寥的地表特质，又有雄浑坚毅的内在品格；既镌刻着特立独行的历史风云、历史画卷和历史人生，又蕴含着别样韵味的现实景观、现实意象和现实命运。在展示这种丰厚影像的同时，作家的内心世界和审美灵魂也随之摇曳出情感的波痕思绪的涟漪：作家或是将自己的关注点凝定于寂然辽阔的沙漠戈壁的更深处，油然生出无限的遐想和诸多的感怀；或是把自己的情思深入纷繁历史的内层，自然生发出对历史烟云的深沉感触和无尽缅怀；或是把自己的审美视野有意识地游走于城市之间、人与人之间、物象之间、历史之间，毫无阻碍地放飞自己的联想。正是在作家移动的笔触和摇曳的情感中，大西北仿佛成为一座活态的具有魂灵的雕塑矗立在读者的面前，而使其陷入对历史的悠远缅怀和无限崇敬中。散文《明天出天山》则更多地体现出作家对大西北特有的风情风物、人文气象、历史韵致的美学寻访和精神漫游，是作家对另一座具有艺术情趣和审美快感的活雕的铸造，显现出作家对纯客观的自然生态、大地风物、人文景象等的思想专注和钟爱情怀。但较之于《行走西部》，它又在散文文本的构造上表现出明显的同构意味。因而从某种意义上讲，通过散文文本的实践以最终达成对自然精神的深度探求和美学思想的崭新重构，仍然会是一个较为漫长而复杂的过程。

通过写人和记事，来发现底层民众常态人生里的不平凡，以及彰显这种不平凡后面所蕴含的思想品格和人性闪光，也是《牛放散文选》的重要内容之一。对于许多长期坚持以诗歌创作为主的诗人而言，情感发抒和意象描绘当是他们的所长，而对于写人和记事则通常是他们的所短。在牛放的散文创作中，我们却并没有见到他在这方面所表现出的不适和所短，反倒显出得心应手信笔自如，甚或表现出较之于某些长期写散文的作家更为成熟老到的叙事能力。读牛放的这些叙事散文我们不难发现，他多是从平常的现实生活和个体人生的存在实际出发，注重对生活的细枝末节的精心发掘和艺术剪裁，关注人们在生活中的情感、心理、思想的细微变化，着力凸显社会底层人物的人性内涵、思想品格和精神闪光。因而他的叙事散文便具有浓郁的生活气息、真实的人生意味、现实的生存价值等思想内涵的特征，以及生活美学意义和价值表现。《若尔盖有个欧漆匠》是一篇具有浓重生活意味和世俗意向的散文，读来既令人颇觉浓厚的生活情趣，又令人感触到几许人生的沉重。浪迹于川西北高原的欧阳成铭，是当地拥有较高社会声望的漆匠，如果谁家能够请到他为自己的家具油漆便是一件非常幸运的事。但在牛放看来，这些都不过是欧漆匠生存表征的体现。因为是一个有"历史问题"的人，他不得不从美丽富饶的四川盆地出走，离乡背井，辗转迁徙，从此浪迹川西北高原；为了生存，他尝试着多种职业的选择，最终不得已而成了一名漆匠。尽管生存的压力无处不在，他并没有为此而沉沦，而是以一种生命的乐观和精神的意志同一切艰难困苦进行顽强搏斗，并且坚持自己的爱好和放任自己的个性；他不喜欢那种所谓道貌岸然的生活，认为那不过是一种人生虚矫的表现，对俗常而实在的普通生活则表现出特别的欣赏和崇尚。这样的生命认知和情感认同不仅催生了他为人的真诚品格，而且铸造了他做事的敬业精神。在作家的叙述中，一个平凡人物的生存境况和生命意志便跃然纸上，令我们肃然起敬。散文《当农民的大哥》则是从另一个维度对平常人生的现实描写和理性透视。牛放一起笔便突兀地写道："大哥在我心中一直是很伟岸的。"大哥的伟岸在何处？是他身材的高大、聪明的头脑、吃苦的能耐、干事的能力，还是他在父亲去世后挑起了一家人生活的重担？抑或他作为一名孝子的孝顺和对"我"的那份深厚关怀？是，又不全是。在充满作家深情的叙事里，一个充满责任担当、思想淳朴而真实、性格坚毅又善良的大哥形象，或者说作为大哥的一段不平凡的生存历史就展现在我们面前。如果没有大哥的默默奉献，"我们"的这个家能否平安地跨越那个困难的历史时期，"我"的人生和命运又将会发生怎样的变数？但对于大哥经受了何等的苦难和痛苦的磨砺，大哥的内心里具有何等的委屈和辛酸，"我"却知之甚少，更没有去揣摩和体味，甚至没有给予他应有的关心和抚慰。面对这样的大哥，作家只有深深地敬佩和景仰。在《羊子》《跟着文化走进村庄》等散文中，作家也为我们传达出相似的审美意蕴，比较而言，它们欠缺了厚重的人生体验和对凡常生命底蕴的深刻理解，在艺术上也显得单质化。

著名散文理论家王兆胜在论及近五年来的中国散文创作时认为：

> 日常生活化散文逐渐增多，甚至出现了很多小散文、微散文。这些作品或谈亲情、乡情、师生情，或说生活细节、自然风光、鸟兽虫鱼，或道灵感、梦幻、神秘与未知，以小人物、小事件、小情感进行边缘化叙事，从而产生一种更加真实自然、有血有肉的亲近感和震撼力。①

诚如上面所言，就当下的中国散文创作而言，描写普通百姓的日常生活，展示底层民众的寻常人生，竭力发掘这种世俗生活和普通人生的意义和价值，充分表达作家对于日常生活的审美书写和精神观照，已然成为一种文学潮流和思想倾向，这无疑是当代散文创作历程中的一种具有积极的现实功能和新颖的审美价值选择的艺术体现。但我们又不得不承认，不少散文作品不过是虚有其表，而无本质之实，表现出较为浓重的对庸俗的生活流、事件流的津津乐道和自我欣赏，有失于审美高度的艺术提炼和思想表达，从而不同程度地降低了散文艺术的审美品格和精神价值。牛放的散文创作则与之迥然有异，不仅体现出在创作态度上的认真和严肃，而且特别注重对百姓生活和底层人生的艺术提炼和审美概括。因而他的这些写人记事的叙事散文，自始至终表现出一种思想的深

---

① 参见王觅《以优美文字生动反映现实生活》，《文艺报》2017年9月13日，第1版。

度和艺术的高度：一方面对于叙写的平凡人物，往往是从他们的整个一生，或者是他们重要的人生阶段来进行审视，体现出一种全程式、重点性的审美观照，并且竭力剪除那些碎片化的无意义的生活流、事件流；另一方面则更注重对这些平凡人物的人生经历的艰难程度的讲述，重视对其思想内涵和精神意蕴向度的发掘。所以他笔下的这些平凡人物，大多脱出了生活流、事件流的表象，具有艰难曲折的人生经历和奇异丰富的内心世界，特别是对这些平凡人物对于艰难生活的忍耐及其顽强精神的凸显，以及对他们与生命困厄的抗争及其意志品质的有力刻画，体现出一种思想意义的厚重和深度；他所讲述的事件，也往往穿越了历史与现实的表象，无限地接近事件的真相和本质，彰显出事件对于人物命运及人生的重要意义。从这个角度讲，牛放的这些写人记事散文，既有思想的内涵，又富于审美的价值。

自《牛放散文选》出版以来的八年多时间里，牛放都忙碌于编辑部的杂务琐事，所以我们也只能偶尔在报刊上读到他的散文和诗歌，除此而外，他似乎一下子消逝在时光荏苒的褶皱里，表现出格外地默然和沉寂。其实在这八年的时光里，牛放完全沉潜于自己的散文写作世界，对于散文艺术的揣摩、思索、考量更加深入，对于散文写作的实践更是兢兢业业。于是便有了他的第二部散文集《落叶成土》的隆重推出。在这部标志为"当代中国散文名家典藏"版的散文集中，尽管牛放所表现出的散文艺术特色并没有本质意义上的显著变化，仍然是以对朴实亦诗意的艺术风格的表现作为主导，但对于散文题材视野的开掘、散文思想表达的深度、散文艺术的品格铸造、散文美学的境界提升，都表现出不凡的创造力，从而给我们一种全新的审美感受。甚至可以这样说，他的《落叶成土》已然抵达了四川当代散文写作的思想高度和艺术高度。它能够脱颖而出收获四川文学奖的殊荣，便是对其最为有力的肯定。

周庄、乌镇、南浔、甪直、西塘、吴越，这些星罗棋布于中国江南的知名古镇和水乡，因为河流纵横交错的特殊自然景观和历史悠久的一座座古代建筑所交相辉映出的无限韵味，因为现代乡镇经济的迅速腾飞和现代旅游文化的日益勃兴更增添了它的社会物质文明的内涵，早已成为中外游客心向往之的旅游胜地。自然而然，这样的古镇和水乡也就成了许多当代作家进行文学描述的重点对象。在这个数量庞大的散文作品方阵里，作家们不是客观描述它们独具魅力的水乡韵味，就是主观凸显它们古代建筑的文化含蕴，或者是将自然水韵与文化古意进行高度的杂糅与融会，力图展示它们自然的纯贞性和历史的丰富性。在这样的写作背景下，以一种什么样的艺术视角进行有效地切入，以及用怎样的文学笔力和艺术想象进行表达，并由此显现出崭新的创作思想和美学意蕴，的确是值得散文创作者予以深思的。牛放在他的散文《江南最后的乡村》里所立足的视角则是站在西部的高原或草原，以一种诗意化的笔触来展开自己对江南的古镇和水乡的审美解读，传达出浓郁的审美认知和诗意美感。所以在作者的笔下，便首先表达出对江南古镇和水乡的审美认知：

> 中国西北高东南低的地势决定了中国江河的流向，这是水选择的方向。水的这种选择，令江南得了水利。江南名称的由来，是源于长江以北和长江以南的方位，与水有关，是人为的划分。人的这个划分，令江南得了人和。水利也好，人和也罢，都是因水而来，因水而起，就是说江南水乡是天注定的。这个注定，确立了江南与水的亲密关系。①

作者的这番充满审美认知的话语，不仅为他的这篇散文定下了某种艺术基调，同时也显示出一种审美视角的新意。正是基于这样的审美认知，作者以自己的游踪作为写作的路径，以宏阔的视野信笔书写自己眼前和心中的古镇周庄，不仅包括了周庄的街市地理的格局、周庄的古朴典雅的民居、周庄的水巷两岸的景观，而且涵纳了周庄的源远流长的历史、周庄的历史上的风流人物、周庄的人文气象的建构。由此出发，进一步延展到对于整个江南古镇和水乡群落的审美认知，从更深层的历史文明和现代文化角度探析江南古镇和水乡对于中国人的故乡意识及其文化心理认同的建构意义，认为江南的这些古镇和水乡其实已然成为中国人的一种精神故乡，或者说早已缔结为一种极其浓厚的乡土情结：

---

① 牛放：《落叶成土》，内蒙古出版集团内蒙古文化出版社，2013，第2页。

在中国历史的心里，江南是杭州、苏州、扬州；江南是西湖、太湖、秦淮河；江南是兰亭、朱雀桥、乌衣巷；江南是丝绸、红菱、乌篷船；江南是才子佳人、文化巨匠……于是乎，江南的文化跟江南的水一样，经过数百年、数千年的衍化、堆积、沉淀，江南就成了中国人的乡村，成了中国人的故乡。①

在这样的审美描述中，作者对于江南古镇和水乡无疑是充满无限景仰的，对于高原之水能够孕育出如此具有历史文明与现代气息的江南古镇和水乡更是心生敬佩。然而，对于一个自然情怀浓重、崇尚古朴典雅的作者而言，目睹了江南古镇和水乡在现代商品经济里匆忙奔突的现场，及其浸染的过度的商业气息时，他的内心又充满着忧戚："在工业化的进程中，在改革开放的大潮里，江南古镇迷失了本性，古镇沦落为现代商品"；而喟叹"云带走了草原的风，水却留下了江南的记忆"！从认知理性的角度看，作者的这种喟叹或许存在一定的偏失，没有认清经济的发展和繁荣对于江南古镇和水乡的现代意义和重要价值，但也正是这样的情感表露，使我们得以觅见他对于江南古镇和水乡的那份忧患意识，以及对于高原或草原所富有的那种特别眷顾和情怀。

散文《呼伦贝尔的胎音》则是作者从一个更大的历史和文化视野来叙写自己对于呼伦贝尔草原的思想认知和审美把握。对于闻名遐迩的内蒙古大草原呼伦贝尔，许多文学作品都予以了有力的审美描述，对其草原的辽广和阔大、深性而坦荡更是歌吟不尽。相较而言，作者的散文书写则体现出一种另辟蹊径，他将悠长而深远的目光伸向呼伦贝尔遥远历史和深沉文化的内腹，以一种晓明的思想认知和清晰的文学描述给呼伦贝尔的历史价值和文化意义进行了定位：

在中国汉文化的记忆中，搅得中原帝国不得安宁的匈奴、东胡、鲜卑、突厥、契丹、蒙古等等北方民族，都是（在）呼伦贝尔的森林和草原孕育、成长后，才登上中国政治历史舞台的。呼伦贝尔是孕

---

① 牛放：《落叶成土》，内蒙古出版集团内蒙古文化出版社，2013，第8页。

育北方民族的襁褓，是滋生铁血英雄的摇篮。①

也正是基于这样的思想认知，随后作者便纵笔书写北方少数民族的历史征程，从远古时代周朝的少数民族夷的历史出场，到战国时期的东胡和匈奴的声名鹊起，再到三国时代的乌桓和鲜卑的日益壮大、唐宋王朝的契丹和女真的地方割据、元明期间的蒙古民族的赫赫威名、大清帝国的满族对华夏的统一，等等，既写这些少数民族从游牧生活到生存定居的历史变迁、从草原文化到森林文化的文化演变，也写这些少数民族在漫长的历史进程中所具有的错综复杂的内部纷争和彼此之间的相互交融，从而展现出一幅幅波澜壮阔的历史文化图景。在这样的历史图景展示中，又浸透着作家对于历史的一种不凡的分析能力，认为历史上的这些少数民族之所以能够走上中国历史的政治舞台，一跃成为那个时代的重要民族力量并具有重大的历史影响，全在于呼伦贝尔大草原的辽阔锻造了他们宽广博大的胸襟，在于长期的马上行走的历史铸就了他们吞天吐地的英雄气概：

> 这样的襟怀与气概，在草原游牧的不断迁徙、磨砺中成为一种品质沉积在民族的血液里，成为整个民族的遗传基因代代传承。这样的品质，这样的民族，在他们的血根中蕴藏了巨大的能量。这种能量一旦爆发，必然会改写人类世界的历史，造成游牧文化与农耕文化、渔猎文化等文化间的巨大冲撞与磨合。②

或许是因为对蒙古民族的豪迈性格的情有独钟，也或许是鉴于蒙古民族在历史上所具有的非凡伟业和世界影响力，作者又对蒙古民族的历史缘起、生存变迁、民族演进、文化发展等进行了重点的叙写，特别是对成吉思汗如何对汉文化进行卓有成效地吸收和鉴取，如何成为那个时代统一中国的卓越人物，以及将国家版图急速扩张到横跨亚欧广大区域，由此建造了蒙古帝国的辉煌历史等，予以了更为细致和深入地探究，不仅非常清晰

---

① 牛放：《落叶成土》，内蒙古出版集团内蒙古文化出版社，2013，第 209 页。
② 牛放：《落叶成土》，内蒙古出版集团内蒙古文化出版社，2013，第 224 页。

地描写出蒙古民族发展的历史图景，同时也传递出一种深沉的历史意识和历史意蕴。从更深层的角度看，作者并不是为了单纯地写某个少数民族的历史，也不是要刻意凸显这些少数民族在政治历史舞台上的雄极一时，而在于揭示文化之于一个民族生存及衍化的重要价值，认为匈奴、东胡、鲜卑、突厥、契丹这些历史上的少数民族之所以会走向消亡，蒙古族之所以能够历经世事沧桑和战火纷飞而最终保存下来，并且彻底融入了当今中国这个统一的多民族融合的祖国大家庭，无不是有了文化作为自己精神支撑的缘故。这或许正是作者意欲在散文《呼伦贝尔的胎音》里表达的精神旨归。

借助对历史资料的收集整理、深入解读、理智分析，将历史纳入散文书写的题材范畴，以此廓清历史中的那些迷乱雾障，去除历史中的那些伪饰成分，最终抵近或还原历史真实本身，正确把握历史发展和前进的规律，一直是新时期文学以来中国当代散文作家的精神追求和努力方向。从20世纪90年代的王充闾、余秋雨、夏坚勇等作家的文化散文，到21世纪以来的祝勇、钟鸣、蒋蓝等作家的历史散文，无不是这种精神追求和努力方向的体现。这些文化散文和历史散文，不仅开创了中国当代散文历史书写的新篇章，而且极大地拓展了中国散文美学的创作和理论视野。然而，我们又不得不承认，在这些文化散文和历史散文中，大多都或多或少地存在关于历史的艺术想象成分，从而使散文文本中的历史影像和历史书写呈现不同程度的"美幻"色彩。相比较而言，牛放在散文《呼伦贝尔的胎音》中则显得更为质实和沉厚。他的这篇散文之所以能够产生如此的艺术效果，一是因为作者对于历史的书写，绝大多数是基于历史事实的本身，以及对于历史真实的遵循，这从其参照的众多历史著述便可见一斑，像《史记》《三国志》《魏书·礼志》《后汉书·乌桓鲜卑列传》《南齐书·魏虏传》《隋书·室韦传》《旧唐书·室韦传》《蒙古秘史》《俺答汗法典》《丹珠尔》，等等；二是作者对于历史的艺术想象，绝少有添油加醋的成分，即使掺糅了少量的艺术想象，也是相当有限的。因而从这个意义上讲，牛放对于历史的书写，既质实又富有诗意感。

散文集《落叶成土》里也有为数不少以写人记事为主的叙事散文，如《遭遇史小溪》《糊涂人黄吟秋》《中国诗怪，孙静轩》《木头里的声音》《中国历史的粗心大意》等。在这些散文里，作者都体现出一种共同的思想倾向或审美意蕴的传递，即通过对人物形象的艺术刻画，以及对其人生经历和主要事迹的叙写，着力塑造他们的人生追求、理想情怀和精神内涵，由此表达作者对于普通人生的精神观照和审美发现。散文《遭遇史小溪》主要叙写陕北作家史小溪的文学理想和精神追求。作为一个土生土长的延安著名散文作家，又兼做《延安文学》的副主编之职，按照人们的惯常思维意识看，史小溪的创作理当以书写革命圣地延安的历史题材为主，因为他具有得天独厚的条件，同时也能够借此轻而易举地获得文学带来的名声。然而这位"从瓤子到外形"都是黄土高原上不折不扣的陕北汉子的作家，却以陕北的历史文化和人文特色作为自己的主要书写对象，挥洒出《陕北高原的流脉》《陕北八月天》《黄河万古奔流》《荒村》《寒谷》《草店行迹》《暖窑》等一系列堪称优秀的散文篇章，这些散文通过写黄河的雄浑气势和对于中华民族的历史象征，写黄土高原的贫瘠和荒凉及其对于陕北人民的精神意义，写陕北民歌里的苦涩和苍凉及其对于陕北民众的信仰构造的重要价值，发抒出强烈的对于陕北这片热土的无限敬仰之情，表达出独到的人文价值和精神意义的发现。在牛放看来，正是因为有了史小溪的这些散文，以及史小溪对于陕北民歌信天游的那份钟爱和有力承传，才充分证明了他是一个写文章不投机取巧的传统知识分子，才能够通过自己的散文书写还原一个"真实的传统的陕北高原"，才能够"问心无愧"于自己的列祖列宗，也才能展示出一个当代散文作家特立独行的理想气质和审美追求。史小溪的这种创作精神和理想追求，无疑是值得我们许多作家积极鉴取的。散文《糊涂人黄吟秋》则是对于一个名叫黄吟秋的高原人物及其"糊涂"人生的详尽记述。毕业于西南民族学院民语专业且留校任教的黄吟秋，本该有一个较为光明灿烂的人生前程，但在 20 世纪 50 年代中后期的那场运动中，因为某位领导的一次谈话，他便莫名其妙地被下放到西昌进行所谓的"劳动改造"，他的人生便从此急转直下，犹如一个苦行僧，不是浪迹于偏僻的西部地区，就是艰难地谋求生路。在牛放看来，黄吟秋之所以会从省城的高等学府发配到偏远的少数民族地区，再从西昌地区浪迹到川西北高原的若尔盖，会历经林林总总的生活困厄和人生磨难，皆是因为黄吟秋这个人的太过"糊涂"，诸如他对历次政治运动总是漠不关心，对社会历史的变化显得特别麻木，对自己的所谓历史问题不闻不问，对难得的人生机遇更是毫不看重，等等。但也正是这样一个糊涂的黄吟秋，在认准了自己的人生道路后，矢志不渝地坚持着自己的人生理想，把所有的精力和智慧奉献给了绘画事业，一跃成为高原上的知名画家。因而在作者的深层认知里，"糊涂人"的黄吟秋其实根本不糊涂，反倒是一个内心丰盈、灵魂澄明的清醒者和智慧者。作者以这样的散文笔法写人记事，也就别有一番旨趣和深意。散文《寻找木头里的声音》通过对一个名叫何夕瑞的木匠，在其大半人生中对制作中国式小提琴所进行的孜孜不倦追求的叙事，写出了一个普通中国工匠不屈不挠的人生历程、精神追求和理想情怀。为了能够制造出一把具有中国乐器标志的小提琴，何夕瑞不顾家人的反对，毅然决然地辞去了旱涝保收的正式工作，全身心地投入这一制造活动中。为了制作出一把合格的小提琴，他从学做一个木匠开始，从木质的选择到材料的加工，历经各种痛苦的周折；为了掌握完整的小提琴制作工艺，使发出的琴声更加精准和悦耳，并达到国际标准的最高规定，他又自费到大学里去学习、请教有关器乐方面的常识和理论。一次又一次的失败接踵而至，并且一次比一次更加惨重，甚至危及自己的日常生活和家庭的普通生存，尽管如此，何夕瑞依旧毫不气馁、痴情不改，一如既往地朝着自己的理想目标挺进。历经千难万险的何夕瑞终于成功了，赢得了国内外专家的一致肯定，他的脸终于绽放出满足的微笑。对于何夕瑞在制作小提琴过程中的痴迷和韧劲，作者既充满深深地感动和敬佩，也力图通过自己的文字来表达和赞美一个普通中国工匠的情怀、志向、精神及不屈的灵魂。

相比较而言，散文《中国历史的粗心大意》则传达出另一种深刻的思想蕴意。若尔盖虽然并非牛放的第一故乡，但却以第二故乡的热忱胸怀温暖了他的生命和人生，作为对之的一种情感或精神的回馈，他便撰写了这篇名为《中国历史的粗心大意》的散文。在这篇散文里，作者以一种散乱的思想碎片方式来架构全文，分别叙写了若尔盖对于中国革命的历史贡献，对于草原民族的生命和性格的重大意义，以及从它的土地上生长出的一段秘史和奇特的宗教人文景观等内容。作为一个民族的革命历史记忆，20 世纪 30 年代红军长征的壮举，无疑是其中的重要组成部分，若尔盖正记录着这样的历史。但不知是什么原因，这段历史与若尔盖的关系却被有意无意地"剪掉"了，同时也被人们不断地淡化了。这令作者十分困惑不解，所以他提笔重写这段历史，历数若尔盖对于红军长征的特殊意义，旨在唤起人们的历史记忆。中国革命的历史必须要牢记若尔盖这个偏远的高原小城，因为它对于曾经的中国革命具有非凡的历史贡献。"九曲黄河"也当是国人耳熟能详的，但许多人并不知道黄河流经若尔盖这样的事实，不少所谓正宗的地理或历史著作曾经一度也没这方面的确切记述，面对这一重大疏漏，作者则对此事件的前后始末进行了较为详尽的叙写，既厘清了黄河经由若尔盖的客观事实，又揭示了我们民族在文献记录或历史记载方面所具有的某种缺失性和非精确性。对于牧民生活及其性格的书写和赞美，也是这篇散文表达的内容之一。在作者的笔下，生活在康巴草原上的那些牧民之所以成为牧民，最本质的不仅仅是因为他们从小就逐水草而居，长期同大自然保持着最紧密的生命接触和血肉联系，而且是因为他们在放牧牛羊的同时也彻底放牧了自己的生命，在扬鞭挥马、纵横草原之际完全驰骋了自己的灵魂，因而自然人性、自在情性、自由心性蓄积于这些牧民生命和灵魂之中，他们表现出的淳朴少言、行为奔放、性子彪悍，都无疑是一种难得一见的真性格、真魂魄的内质彰显。除上述内容外，作者也写出了若尔盖所拥有的一种奇特的宗教文化景观，分别矗立于纳摩河两岸的佛教寺院和清真寺，虽然具有各自的教义内容和宗教信仰，却没有因隔河相望而显出"分庭抗礼"，反倒表现出一派融融乐乐的和睦景象，力显宗教文化间的互为包容和尊重的人文景观。

从《牛放散文选》到《落叶成土》，牛放的散文创作无疑给我们提供了一种可资评价的意义。所以就其散文文本的内容构成和艺术表达的整体而论，笔者以为它主要体现出以下四个方面的特色。其一是作家对于散文写作视域与审美创造精神的进一步拓展和跃升。作家并没有因为自己所生活的存在空间的限制就止步于对地域性的自然风光、人文情怀、现实景象、历史往事的审美表达，而是通过主动走出去的积极方式，由此进入地域性之外的更为广大的空间寻求丰富的写作题材，以一种阔朗博广的视域极写民族的历史文明、社会现实、自然风光、风土人情，深沉发掘隐藏在其中的思想内涵和精神真髓，充分体现出一个当代散文作家较为宽阔的写作精神视野。其二是作家以现代审美方式的有机处置来传达富有现代艺术美感内涵的心灵意向，着力探求一种源于自然又超乎自然的精神。牛放的散文突破了传统游记散文的艺术桎梏而被赋予崭新的艺术气象，一方面，他不单纯地滞留于对山水景观的物态描绘，也没有将自己的散文艺术固执地凝定于其中的某个层面，而是充分体现出现代性意识的写作风范；另一方面，他以心灵的视角作为散文创作的基点，通过对描写对象进行各种形式的情性过滤、审美观照和艺术处置，使静态的自然完全成为自我心灵的具有鲜活感的艺术存在体，成为经过他的"内宇宙"的反复铸造而不断外化出的系列性的美学图景或自然精神的载体。沿着这样的美学图景漫步，我们既能够充分体验到作家所创造出的"第二种自然"的审美内涵和现代散文的艺术魅力，又能十分真切地触摸到隐蓄在作家思想深处的心灵意向和探求精神。其三是作家在散文艺术视角上表现出的灵性活泛、丰富多样的特质。或许是长期从事诗歌创作的缘故，作家自然而然地养成了对事物及其细节的精微观察和灵敏感知，并对之有着较为深层的生命体验和审美经验，他在散文创作中有意识地将它们纳进来，以此显示散文视点切入的灵活自如、多彩多姿。他或是以现实景象作为切入点，通过对某个具体物象的理解与感悟而自然地进入历史往事的深邃甬道，最后再回到现实；或是一开篇就以非常直接的方式切进事物的本质，再借助对围绕着事物的其他方面内容和因素的描绘，来进一步深入对象的本质；或是一开始就在几个矢向上同时切进，对写作对象进行多种维度的艺术观照，而使表达对象本身的丰富性和多样性得以充分体现。其四是作家的散文语言具有诗意性、抒情性、叙述性、论说性相与叠合的特色，又含蕴着朴实的基质。牛放常常以对现实生活、存在现象、历史事实和人物的意蕴的生动感受作为创作的基础，首先以新颖独特、丰富多彩的技艺对其予以诗意地表现，再有效地兼容了深挚沉厚的抒情、灵动活泛的描写、犀利而充满思辨色彩的议论、机智精警又诙谐幽默的叙述，他的散文语言便在朴实这个主色调的基础上又显现出一定的复合性的特色。所以倘若我们仅仅从艺术的角度看，他在散文创作中为我们呈现出的一幅幅生动别致的美学图景就并非某种单质意义的体现，而是其极尽人生体验、艺术智慧、审美经验对自然精神进行艺术探求的结果，他的艺术成就不仅显示出当代散文优秀的程度，也给四川当代散文的后续发展提供了一定的经验借鉴。

著名散文评论家陈剑晖在《散文的难度是思想的难度》一文里曾这样论说：

> 在这个人人都可以到散文的领地来一显身手的时代，散文已不再神圣。散文在很多人看来是一种最容易操作、最不需要敬畏的文学体裁。其实，散文决不是眼下许多人所认为的那样。散文不仅是一种自由自在、最适宜于展露心性的文体，散文还是一种有难度的文体。散文的难度不是入门的难度，也不仅仅是写作技巧方面的难度，而是思想或精神的难度。长期以来，许多散文研究者总是热衷于从文章学或写作技巧方面来研究散文，对散文的思想往往不屑一顾。……因此，在重振散文，呼吁散文难度的今天，我们首先必须正视散文思想的难度。①

显而易见，陈剑晖认为要面对并真正解决我们当前散文创作中存在的诸多疑虑和困惑，仅仅依赖于对散文文体学、写作技巧范畴之类的纯学理性的研究是难以奏效的，也会使散文创作陷入新的困境中，将散文写作的难度定位于思想的难度或许才是更为直接而有效的，也更能触及散文写作的根本性问题。当然，他所提出的这种关于散文写作难度乃思想的难度的观点，不过是解决当前散文创作中诸多问题中的一种，能否收到实质性的效果尚待实践的检验和历史的证明。牛放在他的散文创作中是否也存有这样的"思想的难度"，或者说他是否有意识地借助散文文本创作的美学实践来突破这个难度，并以此创作出具有思想深度和精神深度的散文文本？笔者以为这是肯定的，因为他的散文正在朝着这样的方向挺进。

---

① 陈剑晖：《散文的难度是思想的难度》，《南方文坛》2007 年第 5 期，第 21 页。

第四章

现代视野中的四川当代散文

这一章的内容，主要是论述现代视野中的四川当代散文。这里所说的现代视野，是指作家们在散文创作中对现代散文观念的大胆运用和不断发扬。它所论及的作家，主要有钟鸣、蒋蓝、周闻道、阿贝尔、杨献平等。这些作家的散文创作都具有一个明显的共同点，那就是对于现代散文观念和艺术形式的运用，诸如钟鸣散文对随笔艺术的大量引入，蒋蓝散文对随笔艺术的坚定探索，周闻道散文对现场主义散文的深沉探究，阿贝尔散文对于散文诗性的努力探寻，杨献平散文对于纪实散文的成功运用，无不表现出对散文艺术的革新或变革。从另一个角度看，这些作家对散文创作又在艺术形式上予以了创新，诸如钟鸣在散文创作中的信手涂鸦，蒋蓝在散文创作中逻辑思维的严谨，周闻道在散文创作中体现出的纪实与虚拟，阿贝尔在散文创作中展示出的诗性探索。尽管这些作家在各自创新的程度方面有所不同，但都表现出了主动的探索和积极的实践。这是值得我们肯定和赞扬的。通过这样的论述，一方面能够使我们认识这些作家在散文观念上的探索，另一方面则是了解这些作家在散文艺术上的革新，借以大力弘扬这种探索和革新精神，使四川当代散文得以有一个更好的发展前景。

第一节　散文文体的变革与探索

在四川当代散文领域里，作为诗人兼作家的钟鸣，既是最早提出对散文文体进行变革的作家，也是大力提倡随笔写作的作家，同时还是一个随笔主义的崇尚者。他先后在上海人民出版社、花城出版社、学林出版社、海南出版社、解放军文艺出版社、作家出版社出版了《畜界，人界》、《色界，物具》、《鬼界，地狱变》、《旁观者》（三卷本）和《涂鸦手记》、《徒步者随录》、《城堡的寓言》等散文随笔著述。本节的主要内容，是通过对钟鸣的《畜界，人界》和《涂鸦手记》这两部作品的分析，探寻他的散文随笔写作的思想表达和艺术特征。

钟鸣在《畜界，人界》的"跋"中这样写道：

> 我喜欢两种类型的书：一类表现了作家的信念和耐性。茨威格经过一番计算，说巴尔扎克喝了五万杯咖啡——那就是耐性。华盛顿·欧文在《埃文河畔的斯特拉特夫》中写道：在莎士比亚的故居，参观者都要在大文豪生前坐过的一把椅子上擦擦屁股。这是对耐性一种特别群众化的仰慕。卡夫卡说，由于没有耐性我们被逐出乐园，由于懒惰我们无法返回，或许只有一个根本的罪恶——没有耐性。这大概是我听到的关于信念和耐性最有趣的解释；而另一类书，则通过自由的问题展示出自由的精神来，并且能满足我们的好奇心和怪异的想象。这就是随笔写作风格领域中的一类作家。如果列张名单，他们的范围相当广阔，除如众所周知的蒙田、培根、兰姆、塞内迦、奥勒留、坦普尔、笛福、约翰森、爱默森、克尔凯郭尔……①

在这一段论述性的话语中，作家非常明确地表达了自己的偏爱：一是对于有耐性有信念的作家的偏爱，二是力图表现出对随笔作家的喜爱。对有耐性有信念的作家的偏爱，可以理解为作家对写作者的要求。或许在他看来，有耐性表明一个作家在创作过程中不图快，能够静下心来细细打磨作品，扛得住日常生活里的寂寞；有信念则预示着一个写作者有抱负有理想，会一直朝着自己的目标奋力前行，会克服一切困难和窘境的阻挡。这其中也暗含着对一心图快的写作者的批评。的确，一些写作者自诩十天半月就能写一部长篇小说，或者是能够在很短的时间里写出大量的散文。对于这种图快的写作现象，作家显然是抵触的和抗拒的，并采取了一种含蓄

---

① 钟鸣：《畜界，人界》，上海人民出版社，2010，第 406 页。

的批评态度。作家对于随笔作家的偏爱，则可以理解为作家对随笔写作特别的爱好。这与作家的阅读能力和阅读水平有关，也与作家对于理论知识的偏爱程度及其储备有关。由是可见，在作家关于文学的认知和理解中，散文是以观察、体验和心性、情感见长，而随笔则是以认知、见识和思想、理论为其主要特点。相比之下，作家更青睐于随笔创作，因为它能够充分表现自己的思想主张和理论见地。这不啻是作家选择随笔作为自己创作的主战场的根本原因。

上海人民出版社的编者，在简介《畜界，人界》这部书时曾这样写道："关于我们的时代，以前吴宓先生曾预言，毛时代之后，中国即入'三无'时代：无文化，无道德，无信仰。广而推之，关于我们的文学，则是独创罕见，废立皆无，世风多萎靡，文字多乌合，既无想象，也无忌讳，更无热情。故作者以'象罔'三部，杯水车薪，昌后现代的新文学：以《畜界，人界》补民族想象力的匮乏；以《色界，物具》正美感，说事物本原，以倡热情，效温柔敦厚；以《鬼界，地狱变》描述今生来世之惩罚与恐惧，令世人惧恶，并以德服人，而欲破坏社会、自然之平衡，不敢肆无忌惮。"① 这不仅表明了作家写作《畜界，人界》此书的真实意图，也揭示了作家执意探索随笔创作的根本原因。从某种意义上讲，作家正是依照这样的创作意图和执意探索来进行其随笔创作的。作家大量的随笔作品便是一种有力的佐证。

《细鸟》这篇随笔，叙写了作为贡品的细鸟给古代宫廷、民间带来的吉祥与祸害。所谓细鸟，就是比苍蝇大，形态有如鹦鹉的鸟，又名蝉鸟。此鸟于汉元封五年（前106），随勒毕国的贡品迁徙来到中国。细鸟十分纯洁，只能接受白玉做的笼子，否则它会莫名其妙地眼瞎。细鸟喜好接近人，它们要么集聚于帷幄之中，要么立于人的肩头、手臂、头颅之上，要么钻入人的衣袖，还盈盈细声、婉转鸣叫，真是令人喜爱有加。起始，汉皇并不明白这个奥秘，遂将这些细鸟敞放于宫中，不足旬日便悉数飞走。汉皇带着一干臣子登楼眺望，这些细鸟却天各一方，唯有一只附着于一名

---

① 钟鸣：《畜界，人界》，上海人民出版社，2010，封2。以下《畜界，人界》相关内容均来自该版本，不再另行说明。

宫女身上。此时，汉皇方才明白，细鸟喜欢阴柔、香软之气。有宫女专门以香气来诱惑细鸟，吸引细鸟往她的身上飞，便由此得到了汉皇的宠幸。细鸟的皮十分珍贵，女人吃了细鸟的皮，会成为一代佳丽，她的皮肤不仅透明，还会在黑暗中发出微光。因为这个缘故，宫廷便以法律的形式规定细鸟为皇帝专有，其他人等凡私藏、偷食、转卖的，一律都要处以极刑。曾有一位为皇帝立下过汗马功劳的将军，出于好奇，私下在自己的书简里描绘了细鸟的音容笑貌，结果还是被杀了头。那些皇宫的嫔妃们，为了争抢这五光十色的细鸟，则发生了这样那样的内讧。坊间的黎民百姓谈论最多的话题是倒买倒卖这些细鸟的地下活动。但最值得人们关注的话题是"两足之美"——鸟即女人，女人即鸟，后来则演变为宫廷政治一条暗定的规律：大凡一个统治者的无能，都与两足之美脱不了干系。因为这些细鸟给宫廷上下的统治者，也给民间带来了种种意想不到的灾难，所以后代的知识分子将之变成了一门高深的学问：有人认为，这些细鸟是带着使命而来；也有人认为，这些细鸟只是为了光顾泱泱华夏；更有人认为，这些细鸟犹如一个天外来的神话。作家如此叙写这些细鸟，不仅带有寓言故事的特性，而且暗含着某种深刻的蕴意，令人无限遐想。

《鸡不叫末日到》这篇随笔，为我们讲述了鸡的发展历程、鸡的美德、鸡的驱魔功能及人类吃鸡的历史。在上古时代，鸡与鸟属于同类，生活在树丛中，翱翔在天空中。世界上的第一只鸡为玉鸡，出现在传说中的岛国扶桑，它的四周全是淡水一般的海洋，岛上生长着葱茏茂密、高大粗壮的桑树，最大的一棵桑树，枝条长达数千尺。桑树的果子有红色的和紫色的，因为九千年才结一次果实，谁吃了这样的果实，谁就会变得浑身金光闪闪，并且成为能够在空中自由飞翔的神鸟。这只玉鸡便站在这棵桑树之巅，十分容易地吃到这种桑果，所以人们称之为金鸡。据中世纪的非正统的野史撰稿者认为，从玉鸡到金鸡的逐渐转变，再从石鸡到肉鸡的依次蜕化，其实是对人类隐秘的几个时代的象征，相当于人类的旧石器时代、新石器时代和青铜时代。在古代中国人的认知里，鸡有五大美德：一是鸡的头上有鲜红的鸡冠，这是对于"文德"的象征；二是鸡有呈鳞甲状的五趾，这是对于"武功"的象征；三是鸡生性好斗，这是勇敢和勇毅的表现；四是鸡一旦觅见食物，便不停地"咯咯"鸣叫，以此招呼同类一起来吃，这是仁爱的表现；五是鸡在晨光初显时，准时把人们唤醒，这是讲信用的表现。这五种美德，足以说明鸡的本质是真诚而善良的。鸡还有驱鬼逐魔的功能。神鸡苏醒之时，正是太阳从东方冉冉升起之时，再兼神鸡奋力地一鸣，那些魔鬼妖怪就会遁迹于无形，因为它们害怕鸡的鸣叫，害怕太阳的光明。传说中威力巨大的是一只双头鸡，这只双头鸡有四只脚和两根尾巴，各种器官几乎是普通鸡的两倍大，它一旦鸣叫，天下所有的鸡都会跟着鸣叫，这样的叫声会吓得一个个魔鬼魂不附体、落荒而逃。至于说人类吃鸡的历史，当是从石鸡时代开始的，人们只需在石鸡啼叫的地方挖掘，便能够轻而易举地找到它们。这也是神鸡没落的最后一个时代。到了肉鸡时代，人类的吃鸡行为越发猛涨，并由此发展到它的高潮阶段。从中不难见知，作家之所以不厌其烦地叙写鸡的发展历史、鸡的美德和鸡的驱魔作用，旨在揭示鸡从神鸡到肉鸡的嬗变及其对于人类文化的意义。

《水仙，山鸡》这篇随笔，则通过对水仙这位凌波仙子生动而细致的描绘，再现了其明洁、高蹈和耀人眼目的生命价值及意义。在这篇随笔里，作者一起笔便为我们描绘了水仙的美丽别称，以及它对于中外文人墨客的特殊意义。在英语世界里，水仙的名字叫黛菲狄尔，有如一位女神的名号，而作为植物领域的水仙，它的名字叫那尔喀索斯，是一位美少年的封号，这是从拉丁语和希腊语转换来的。在汉语世界中，有人把它看成用黄金做的灯盏、用玉石雕镂的烛台，叫它金盏玉台；也有人认为它与梅花是兄弟，称颂其香如芝兰或兰蕙，其香味绵绵密密、沁人心脾；还有人盛赞它是登大雅之堂的精物，言其既可以在华丽的宫廷中生存，也能够在普通百姓的家里养活，尽显它温柔的爱意和高洁的精神。当然，令人们焕发奇想并甚觉美丽的，还是它那"凌波仙子"的美名。难怪英国的浪漫主义诗人华兹华斯在看到水仙时，会觉得自己像一朵漫游的白云一样翩翩起舞，内心充满无限的喜悦；中国宋代的诗人黄庭坚，在遭遇水仙时，会将映在水上的水仙描绘成仙女轻盈地在朦胧的月光上行走。更奇妙的在于，清代的大文豪李渔把水仙比喻为倩影丽姿的年轻女子，她既不像脸上盛开桃花的少妇，也不像牡丹、芍药一类的丰腴女人，更不是秋菊、海棠一样的苗条女郎。因而在李渔的内心深处，水仙有如自己的命根子一样，不可或缺。在作者看来，水仙平和、宁静、淡雅、多姿，的确是花事中的一件奇事。与此同时，为了形成与水仙的比照，作者也写了山鸡这种动物。他笔下的山鸡，空有一身绚丽的羽毛，不是在树丛中对镜自照，就是在臭水凼凼里自娱自乐，兴致来了也伸伸腰、摆摆腿，或者是晃一晃它的小脑袋，目的是炫耀自己美丽的羽毛，其最终的结果是炫目而亡。从作家的这番描绘或叙事中，我们得以觅见了作家内心深处的对于水仙的赞美和颂扬，或者说对水仙的那份尊重和景仰。

最能够彰显作家创作水平和才华的，是那篇题名为《鼠王》的随笔作品。在这篇随笔之中，作者以五个小标题的艺术形式来具体地描写"鼠国"和"鼠王"。"鼠国"是一个老鼠阵容庞大的系统性存在，它不仅有哥特鼠、旺达尔鼠、汉斯鼠、诺尔曼鼠、英国鼠、鞑靼鼠这样的区域性鼠类，也有鼹鼠、隐鼠、竹鼠、土拨鼠、黄鼠、鼬鼠、食蚊鼠这种功能性的鼠类。青黑庞大的鼹鼠，身上的每个毛孔都有三根漂亮的鼠毛，只要进入田畴之中，它就像麦子一样振落自己的羽毛，便生产了鼠子，接着是大肆啃食田地里的庄稼；红飞鼠虽然有着黑色的皮肤，长相也一片漆黑，但却喜欢沉湎于红蕉花间的爱情，于是成了那些魅惑妇人们的药物；香鼠的气味是由龙脑香树脂涂抹树叶而成的，它常常深居于树干、木柱的洞穴之中，令人惊异的不是它的这种奇特的栖居方式，而是它有一颗赤红色的脑袋；礼鼠逢人便前足相交作揖，满口的花言巧语、金玉良言，在背地里却偷吃各种食物。最有意味的是麝鼠、标鼠和火鼠。麝鼠经过人类的社区或住宅时，会射出一股股麝香的香味，令人头昏脑涨、肢体乏力，谁触及它那绒绒的羽毛，谁的手指就会染上心醉神迷的香精；标鼠具有非常可怕的杀伤力，它在高高的树上静静地等待老虎经过，一旦老虎经过树下，它拔下身上的鼠毛——投向老虎，这些锋利的标枪在进入老虎的身体后，在猝然间会变成柔软的虫子，使老虎身体腐烂致死；火鼠则在永久性燃烧的树林里自由地徜徉，它要么是与火焰同源，要么是它具有的寒性能够经受得住高温。当然，老鼠中最厉害的当属"鼠王"。在作者看来，鼠王的天性与人类的天性是对等的，各自占据着世界的一半。鼠王的躯体可以自由地拆散，也能够自由地合拢，它是一个无穷大或无穷小的数字，是一个生死俱在的矛盾复合体。鼠王还有着一个随时变化的身体，它可以变成一位仙女，也可以变成一条鲤鱼，或者是其他一类的东西；鼠王也不惧生死，因为死亡对于它来说，是另一种形式的复活。这是作家对鼠王的褒奖。

展现人类与老鼠的生死较量和无情战争，或者是两者之间的平等相待、和平相处，也是《鼠王》这篇随笔欲意彰显的主旨。老鼠痛恨人类生存技术的先进、日益丰盈的生活和高瞻远瞩的理想，人类则诅咒老鼠的鼠目寸光、目光短浅和胆小怕事，故而两者之间便不可避免地要发生冲突或战争。最初的冲突或战争很简单，昼伏夜出的老鼠乘人酣睡之际，偷盗地里的庄稼，或是盗窃人们家里的粮食或食物，还咬烂盛食物的口袋，啃噬装粮食的木箱。人们在边堵边防的过程中发明了老鼠夹，后来又发现猫是老鼠的天敌，于是便放出猫来捉老鼠。猫有着一双警惕的眼睛，而且逡巡的步伐柔软、轻盈，它们守在老鼠出没的洞口，以迅雷不及掩耳之势捉住老鼠，然后尽情地享受一顿美餐。中期的冲突或战争，可以说是针尖对麦芒，充满了血腥味和残酷的气息。老鼠将凶狠的目光盯住人的眼睛，尤其是死者的眼睛，因为它们对人的眼睛、玻璃球，以及一切透明的球形、颗粒物充满了嫉恨，更因为只有吃食了死人眼睛的老鼠，才有可能成为一代鼠王。对于活着的人的眼睛，老鼠毫无办法，所以老鼠拼命在地下打洞，一直将洞打得通往死者的棺木，以吞噬死者的眼睛。人类为了阻止老鼠吃食死者的眼睛，则加强了棺木的厚度和坚韧性，令老鼠无计可施。当然，也有一些棺木，或是因为木质疏松，或是因为在制作时偷工减料，令老鼠钻了空子。在后期的冲突或战争中，则更是充满了残忍和歹毒。在万般无奈的情况下，老鼠又心生一计，通过对鼠疫的繁殖和散布，来使人类患流行性感冒，得坏血症和黑死病、红死病。为了阻挡鼠疫及其泛滥，人类则在城市周围筑起了一座座高墙，或是在大大小小的医院用消毒药水清毒，或是在各家的院内撒上石灰粉。总之，想尽一切办法来阻止鼠疫的入侵及其危害。在作家看来，发生于老鼠与人类之间的这场冲突或战争，谁也不是真正意义上的失败者或胜利者，因为老鼠仍然活着，人类也将永恒地持续下去。这是一条无法更易的规律。所以，作家寄望于老鼠与人类和平相处，或者保持各自的生态平衡，这可能是一种最佳的选择。显而易见，这是作家关于和平的一种美好愿景，更是其独到而卓越的见识。

从上述的解读与分析中我们不难看出，钟鸣关于"畜界"的论述，首先是确立自己的论题，或者说论述对象，然后是寻找论点予以支撑，最后是得出结论。其中，寻找论点无疑是最主要的论述内容。作家从文学、历史、哲学出发，旁征博引、引经据典，参阅了大量的文史资料，既有中外文学的名著，也有中外思想家、哲学家的论著，还有着非正统文化的野史，或是其他文献资料。基本上做到了文学与历史的结合，哲学与思想的融入，正史与野史的缔结。体现出选材视野的开阔、论述论点的多元和分析问题的深入。从某种意义上讲，作家关于"人界"的论述，也是按照这种思维路径或创作模式来进行的。

在《扫帚婆》这篇随笔中，作家钟鸣为我们论证、分析了扫帚婆这一词汇的来龙去脉，揭示了扫帚婆这种社会现象或文化现象的深层内涵，以及它在当代社会所发生的各种"变异"。这篇随笔甫一起笔，便是以他的一段充满戏谑意味的话语作为开场白：作为丈夫千万不要说自己的妻子是扫帚婆，无论是当着面的玩笑，还是背地里的揶揄，都是极其不妥当的，因为这样会刺伤妻子的自尊心。果真如此的话，妻子就会远走他乡，落得丈夫成为孤家寡人一个。这都是因为我们对女人和扫帚一无所知的缘故。接着，作家为我们考证了扫帚婆这一词汇的缘起与变迁。从词汇学的角度看，"妇"的字面意思是指拿着扫把的女人，"帚"则含有粪土和用来清除粪土的扫把这样两层含义，合起来的意思就是：扫帚婆是女子手持扫把以清除污秽。在中世纪漫长的岁月里，把一个女人称为扫帚婆，无异于把这个女人叫作"女巫"或"巫婆"，因为她们披着长发，酷似一把扫帚。在中国人的眼里，"秽"与彗星的"彗"同音，而彗星是最不吉利的星相，预示着凶险和损毁。拖着尾巴陨落的彗星，就像一条大扫把，而拿了扫把的女人，使人们自然地想到彗星。所以，在男人的意识里，女人是肮脏的秽物，又是容纳秽物的垃圾桶或容器，家里面的琐屑和男人身上的乖戾，女人都需要接纳和承受。不仅仅如此，这种扫帚意识还演绎为束缚女人的仪式。女人出嫁，人们会送她一把扫帚，预示着这个女人从此后成为男人的应声虫、受气包。男人可以大声嚷嚷，女人只能软语细声；男人可以勃然大怒，女人必须跪地求饶；男人可以远离厨房，女人理应成为灶神；男人可以在外面拈花惹草，女人则只有把苦水往肚子里咽。这一切，都是因为女人是扫帚婆。到了当代社会，"扫帚婆"的形象则发生了诸多的"变异"。那些技术越来越高超的男人，用漂亮的服装、豪华的家具、精美的厨房、高级化妆品，还有大笔的钱财，把女人一点点地变成日用器皿，即逐渐把女人演变为另一种形式的"扫帚婆"。由是可见，作家以诙谐幽默的笔调，描绘了女人与"扫帚婆"之间的深层关联，揭示了这一文化想象产生的社会根源和弊端。

在《莎士比亚和济慈的蜗牛精神》这篇随笔里，作家通过对朱生豪、梁实秋之于莎士比亚和济慈诗作翻译的检视，来探究莎翁和济慈的诗歌创作中所体现出的蜗牛精神。在所有的《莎士比亚全集》的中译本里，作家认为，最具权威性的是朱生豪和梁实秋这两位先生的译本，朱生豪的译风直率而浅白，梁实秋的则曲折而跌宕。他们在翻译莎士比亚《爱的徒劳》中的诗句"Love´s feeling is more soft and sensible，Than are the tender horns of cockled snails."时，都不约而同地将它译成了散文，朱生豪的译文为"恋人的感觉比戴壳的蜗牛的触角还要微妙灵敏"，梁实秋则把它译为"情人的感觉比蜗牛的犄角还要柔软而敏感"。两相比照，梁实秋的翻译确实要生动、奇崛而富有质感，特别是那个"犄角"用得恰到好处，因为一提到犄角，人们立马会联想到牛角、羊角，或者是犀牛角、山羊角，蜗牛之所以被叫作蜗牛，就在于它小小的脑袋上长着两个黑色的角。莎士比亚是在怎样一种情绪下发现、注视并描写蜗牛的呢？当然是在不遂心、不如意的心境中，因为他看见了蜗牛的起皱。当蜷在草叶上的蜗牛，一爬到莎士比亚的脑海里，那看不见的蜗牛眉毛，便皱成了一朵被轻轻揉过的花，从而触动这位大文豪的内心。再看看济慈在诗歌中是怎么描绘蜗牛的吧。蜗牛"用它圆深的臂肘，护着它的额角，不让低挂的枝丫碰到，使它慢步走着不让树桩和小丘绊倒"；"在多汁的茎秆里，变得丰盈的时候，我要顺着隐入绿荫深处去的清流，把我的小舟划好几个宁静的钟点"；"我希望在红白镶边的雏菊藏入深草之前，写出好多好多的诗句"。在这些诗歌里，作为诗人的济慈把蜗牛看成一个小精灵。这两位大文豪，都没有到过中国，但他们都是通灵者，似乎知道中国人把蜗牛看作萤室星的精华。当蜗牛匍匐在落叶丛中，在潮湿低矮的石头上，它们所看见的大自然，都处于一种低伏状态，这不啻是对生命的启迪和对人生的教益。所以，在作家看来，莎士比亚和济慈都具有一种蜗牛精神。

在《圣人孔子，里尔克，苏格拉底和独角麒麟》这篇随笔里，钟鸣则采用对比的艺术手法来写孔子与苏格拉底，同时也描述了孔子、里尔克与麒麟之间或深或浅的关联。在作家看来，孔子与苏格拉底都有着同样的命运，甚至连长相都极其相似。孔子和苏格拉底皆为人类最早的智者，分别代表了东西方哲学的源头，两人关于哲学、思想、教育的论说，也都是由其弟子或其他哲人记录而得以流传于世的。两人最大的相似之处在于，都喜欢直截了当地进行雄辩和阐释真理，并且能够充分发挥语言现场的说服力和感染力。有所不同的是，苏格拉底在商铺、酒肆、市场、街头、巷子里阐明自己对真理的见解，而孔子则是在更为广阔的领域，包括乡村田野、道路驿站、诸侯领地、皇帝行宫、乡党私塾，因此，有学者称他们为不收学费的街头老师。除此以外，两人的长相也同样的丑陋。苏格拉底脸盘宽、秃顶、大蒜鼻、金鱼眼、大嘴巴、厚嘴唇，走起路来像一只昂首阔步的公鸭。孔子则是上身长、下身短，鸡胸驼背，嘴唇像牛嘴，手掌似虎掌，脚趾像兔子，最难看的还是他的脑袋，上宽下窄，有如一个洗脸盆。尽管长相丑陋，但他们追求简朴的生活方式，尤其是他们的禀赋、才能、智慧和为真理殉道的文人气节，得到了世界人民的尊重和爱戴。因而，人们尽其所能地将两人在生理上的缺陷进行美化，将苏格拉底比喻为下凡人间的智多星，是集禀赋、才华、智慧、思想于一身的不同凡响之人；而对于孔子，则言其牛唇便于说教、虎掌显现威仪、鸡胸说明尚古、驼背预示吉祥、嘴大满含润泽。作家认为，这样的美化可谓深得人心和民心。在这样的基础上，作家又信笔书写了孔子与麒麟的关联。孔子出生的当夜，有许多神灵集聚在其周围，其中就有一只麒麟，它告诉孔子他是水精之子的秘密；孔子所崇尚的四种品行，即无目的的漫游、辅助新生事物、养老送终、归于自然的和谐，也与麒麟在四季的不同叫法存在紧密的关联；在孔子离世之前的公元前479年，这只麒麟又再次出现，它是来告诉孔子其大限已到的。至于诗人里尔克与麒麟的关联，作家只是进行了略述。说里尔克曾经有过两次俄罗斯之行，在那里可能听到过有关成吉思汗和麒麟的传说，认为里尔克在其诗歌中表现的麒麟，更多的是充满着象征意味的存在，而非那种实指或确指。从作家的这番叙事中不难看出，作家写苏格拉底和孔子不同于寻常的禀赋、才华、智慧、思想，写孔子与麒麟的关联，其用意在于揭示两位思想家、哲学家的思想菁华和哲学妙思，进而彰显其对于"人界"的特殊意义。

从作家关于"人界"的描写和叙事中，我们可以清晰地见知，无论是作家之于人类这个整体的描写，还是他之于其中个体故事及其情节的讲述，或是他之于人与物、人与象、人与景之间关联的刻画，都显示出非常浓郁的人文性特征。这种人文性的言说方式，既出于作家深层的人性思想，也源于作家丰厚的文化内涵，更在于作家对历史与现实、国家与民族、人类社会与世界的深刻认知。毋庸置疑，它有助于我们对"人界"进行更加深入的理解和领悟。

作为一部近 30 万字的文学随笔，《涂鸦手记》欲意告知我们的是作家对于自然存在、社会现实、国家命运及人类世界的思考和探寻。这就正如出版社的编者在这部随笔作品中所指出的那样：

> 《涂鸦手记》是作者继《畜界，人界》《旁观者》之后又一散文力作。本书以文字和图像互为文本，通过广义的"书写"和"污染"的双重主题，时空交错地盘旋于个人家庭和国家命运之间，挣扎于具象与符号之间，蹀躞于政治污染与自然污染之间，穿梭往复，既写实亦象征，文本集寓言、格言、疏证、观念摄影、游记、回忆为一体，用极敏锐的眼光审视纸面书写、墙上涂鸦与图像记录三者相互依赖的关系，行文又有作者一贯旁征博引的书卷气，雅俗共赏，不无反讽，或正是"涂鸦"真迹所在。①

这段提纲挈领的论述，的确揭示了作家这部文学随笔的主题思想，也归纳了其写作方法和艺术特征。在笔者看来，信手拈来是作家本事的显现，信手涂鸦则是作家的一种审美境界。这是作家进行随笔创作的圭臬。

在《纸宽·2》中，作家通过对童年往事到川剧变脸再到古代历史的有意识串联，写出了"信手涂鸦"的思想蕴意。在童年时代，"我"上小学的那条街叫染房街，是这座城市最早的手工业产品集散地。一家接一家

---

① 钟鸣：《涂鸦手记》，上海人民出版社，2009，封 2。

的玻璃货柜中，陈列着笸子、烟斗、纽扣、牛角梳、小剪刀、指甲刀和动物的骨头制品，还有小孩子们喜欢的玻璃珠和儿童读物，这些儿童读物的故事大多取源于《三国演义》《水浒传》《红楼梦》这样的古典小说，或者是"八仙过海"这样的神话传说。浣纱染布是古老的传统手工艺，染房街因此而得名，四合院里到处都晾晒着染好的织布。"我"和同学们在染房街上斗鸡、滚铁环、打玻璃珠，或是偷了粉笔在矮墙上面信手乱画，或是在街上比赛谁跑得最快，或是唱着歌一路走过染房街。变脸是这座城市的一大发明，也是川剧里的一种绝活，在川剧的表演中被广泛地使用。在钟鸣看来，变脸或许是过去的优伶们为了讨皇帝的欢心而使用的伎俩，也可能是过去的密探们为了侦破案情而施与的策略。无论怎样，变脸艺术给人们带来了快感与美感的享受，诸如红脸给人以喜庆、热烈、赤诚的感觉，黑脸给人以庄重、严肃、肃穆的感受，花脸给人以丰富多元的感知。与此同时，变脸艺术又给我们以深层的启发和深刻的蕴示。这种深层的启发在于，一个人的脸可以用敷彩的方式进行搭配或遮蔽，不同的脸则以不同的敷彩进行表现，然后在飘动的衣袖的掩护下粉墨登场；这种深刻的蕴示在于，一个人的脸无论怎样千变万化，都离不开那张本色、本真、本质的脸。然后，作家又信笔书写了与这座城市有关的历史。其中，既有秦始皇间接统治这座城市，派人在此寻找地下皇宫的历史；也有因为战争的连绵不断，唐皇带来不少画家到这座城市避难的历史；还有意大利旅行家马可·波罗深入这座城市的街弄里巷，购买大量绫罗绸缎的历史。从作家的这种描写和叙事中，我们不难见知，作家有意识地将童年故事、川剧变脸艺术、历史风云进行联结，旨在显示他的认知能力。

在《纸宽·13》和《纸宽·18》的书写中，作家以同样的艺术手法来"涂鸦"一段往事、一种心情、一个认知。前者，主要写父母的先后过世，给自己带来的在情感、内心和精神上的疼痛。它突出了父母在面对死亡时不同的人生态度：母亲在面对死亡时，表现出令人惊叹的勇敢，她对瘫在床上的痛苦一言不发、毫不抱怨，仅仅对于现实生活频频出现的令人费解的事情，才发出一番喟叹和感慨。相比之下，父亲却表现出相当的脆弱。他在医院偷偷地吃人参，忍痛割爱拒绝平时最爱吃的食物；他坐在便桶上艰难地用手指在肛门抠几个小时的大便，敏感固执地拒绝一切可能的误诊和治疗方法。后者，主要写对钟家姓氏及自己名字由来的探究。作者查阅过许慎的《说文解字》，书中说这个"钟"字是指一种酒器，它或许与古代的青铜器有关。也有学者认为它是一种乐钟，是人们在喜庆秋收的丰硕时所听到的钟声。至于作者的名字，是其父母在1953年时才确定下来的，主要是切中传统的"钟鸣鼎食之家"的内在含义，意即一家人有几亩薄田，日出而作，日落而息，敲一敲钟，方圆几里都能听见。作家也忽然发现，自己的名字中还潜藏着另一种含义，那就是响鼓不用重槌。

从整体上审视作家的随笔创作，无论是在《畜界，人界》中，还是在《涂鸦手记》里，作家都一如既往地运用随笔艺术来进行书写，展示出作家对历史与现实、国家与民族、社会与人类世界的探知欲望。在艺术形式上，则将描写与叙事、说明与议论进行了卓有成效的融合，表现出对散文文体的大胆变革和对随笔艺术的努力探索。这是作家创作的显著特质。

第二节　坚执而深彻的思想呈现

作为四川当代散文界的重要领军人物，蒋蓝一直矢志不渝地坚持他的散文创作，先后在《人民文学》《十月》《中国作家》《人民日报》《光明日报》《散文》《散文海外版》等重要报刊上，发表了数千篇散文和随笔作品，分别出版了《思想存档》《人迹霜语录》《爱与欲望》《寂寞中的自我指认》《倒读与反写》《香格里拉精神史》《动物论语》《媚骨之书》《极端植物笔记》《一个晚清提督的踪迹史》等散文集，曾荣获人民文学奖、中国西部文学奖、布老虎散文奖、中国新闻奖报纸副刊作品金奖。本节的主要内容，是对其散文集《倒读与反写》《寂寞中的自我指认》《极端植物笔记》展开分析和评价，借以探寻其散文创作的思想呈现和艺术表达。

正如作家蒋蓝在他的《一个随笔主义者的世界观》一文中所指出的那样：

　　　我注意到，在汉语写作中流行了十几年的人文随笔，它从来就没有被从未命名的"人文散文"置换过。林贤治先生对人文随笔的解释很清楚：抛弃学院立场，坚守民间，以此立场表明一个非学院的民间价值向度。我认为，随笔不但是散文界的撒旦，也是文学散文的异端。散文需要观察、描绘、体验、激情，随笔还需要知识钩稽、哲学探微、思想发明，并以一种"精神界战士"的身份，亮出自己的底牌。散文是文学空间的一个格局；随笔是思想空间的一个驿站；散文是明晰而感性的，随笔是模糊而不确定的；散文是一个完型，随笔是断片。[①]

在这段论述里，作家反复强调散文与随笔之间的差异和区别，意在说明随笔是一个独立自在的文体。在作家看来，散文创作在于作者对生活对社会的深入观察和体验，在于作者对所见所闻和所思所想进行细致的艺术描绘，因为它承载的是创作者的情感和心灵世界；而随笔创作则主要是建基于作者对知识对理论的储备，它的主要功能是创作者之于哲学的探索和之于思想的生产。作家的这种说法，未免有些偏激，因为散文写作同样存在对哲理的探寻和对思想的生产，只不过它是以形象的方式罢了。再者，作家以林贤治对人文随笔的解释来说事，认为写作者应当坚守民间立场，这无疑有其合理性，但也不应该因噎废食，反过来否定学院派的立场、价值和意义，因为学院派凭借知识理论来写作，同样会进行哲学探寻和思想生产。当然我们也无可否认，作家对随笔写作的探索，无疑是具有积极意义及价值的。这种积极意义和价值，就在于作家认识到了随笔的本质，也看清了随笔与散文之间的区别。也正是基于这样的理性认知，作家才能够在随笔与散文之间，找寻到它们创作的平衡支点。

东方出版社的编者在蒋蓝散文集《倒读与反写》的导读中曾这样写道：

---

① 蒋蓝：《一个随笔主义者的世界观（代后记）》，《倒读与反写》，东方出版社，2013，第 234 页。

　　　　所谓"倒读"，其实是"乱翻书"的另外一种说法。这样的阅读
　　自然不可能系统而富有条理，但往往可以发现一些常规逻辑难以发现
　　的奇妙之处，其阅读会引起一种联想意义与落地价值；"反写"进一
　　步凸显了不走寻常路的个人化言路，宛如铅字时代透过纸页的
　　墨迹。①

　　依据笔者的领会，编者在这里对"倒读"与"反写"的理解，是指
作家反其道而行之的阅读方法和写作方式，这确乎能显示作家另辟蹊径、
独树一帜的读书与写作，作家也的确是在这条路上向前行走的。

　　散文《鲁迅的黑暗与博尔赫斯的黑暗》，以对鲁迅、博尔赫斯两位中
外著名作家文学创作的窥探，写出了他们的精神世界所遭逢的不同"黑
暗"。作家首先为我们论述了鲁迅遭逢的"黑暗"。文章先以余华关于鲁
迅的谈论作为起笔，余华论说的大意是：鲁迅是我们文学世界里思维清晰
敏捷的象征，他自觉自愿地陷落于黑暗之中，制造了许多令人不安的夜
晚，由此成为一个十足的黑暗梦想家。在作家看来，鲁迅的世界是一个拒
绝了窗子的铁屋子，同时又回避了时间和美色的巡视，唯有历史的黑影与
权力的身形与之相随相伴，因而无论将哪种东西存放在他的世界里，都是
一片沉默的黑暗。作家认为，鲁迅之所以会陷入"黑暗"之中，是有证
据可查的。比如，鲁迅的不少诗句中曾如此写道："万家墨面没蒿莱"；
"如磐夜气压重楼"；"风雨如磐暗故园"；等等。表现出何其凝重、悲苦
的黑暗感知。又比如，在《呐喊》的序言中，鲁迅也曾这样说过："不愿
将自己的思想，传染给别人。何以不愿，则因为我的思想太黑暗，而自己
终不能确知是否正确之故。"再比如，鲁迅先生在小说《眉间尺》里塑造
的那个黑衣人形象。当黑衣人无法以正常的秩序来寻求公正时，就只能在
寻求黑暗里彰显出另外一种公正，即对黑暗宣战，以刺破、捣毁黑暗的方
式来寻求公正。作家还特别指出，鲁迅所遭逢的黑暗，不是缺少光明，而
是体现为对于光明的收敛和储存，成为一种与光明相左的色调，具有特别
的隐喻功能或象征作用，它指向专制下的哑灭与心如死灰。而博尔赫斯遭

①　蒋蓝：《倒读与反写》，东方出版社，2013，封面。

逢的"黑暗"，除了他自己眼睛瞎了这一事实外，则是他想象的黑暗和制造迷宫的黑暗。相比较而言，作家更倾心于鲁迅遭逢的那种"黑暗"，因为这样的黑暗才能体现其作为作家的价值和作为"真的勇士"的意义。作家通过对这两位世界上的著名作家遭逢的"黑暗"的叙写，一是彰显了他们作为"战士"敢于面对黑暗并战胜黑暗的英雄气概，二是赞美了他们以文学作为锐利的武器来表现黑暗并战胜黑暗的战斗精神。

散文《驴上沉思录》通过对古代文人墨客骑驴一事的描绘，表现作家对一段历史往事的钩沉和沉思。作家在修订一本论述古代侠义的著述时，蓦然发现古代的文人墨客中有不少人都骑过毛驴，他们在毛驴的背上吟诗作赋，而畅游于人生的起伏跌宕。由此引发了作家一探究竟的兴趣。于是，作家纵笔写去，描写那些古代文人的骑驴生活及其人生的酸甜苦辣。相传张果老与鲁班打赌，说谁输了谁就倒骑毛驴，张果老赌输了，从此便倒骑着毛驴走遍天下。在作家看来，这种倒骑毛驴的方式，也是一种人生美学意义的体现，因为它能够使人采取去中心和立足于边缘的生存策略，来展现他们的另一种人生智慧。在唐代的两千余位诗人里，也有不少人骑过毛驴，诸如杜甫、李白、李贺等。文中还穿插了他们骑驴的故事。比如李白骑驴上华山的故事。李白醉醺醺地骑着毛驴向华山进发，在路过华阴县衙门时，没有依照规矩从驴背上下来，便引发了该县县令的大怒。他命衙役把李白抓起来审问。又比如李贺在驴背上妙得诗句的故事。李贺每天在太阳一出山时，就背着行囊、骑上毛驴在山野里转悠，他东瞅瞅西望望，有了灵感就在驴背上记录下来，傍晚时回到家再整理成篇。唐代的这些诗人，为何要以骑驴的方式来行游人生、走遍华夏？一是因为马的价格昂贵，而诗人的生活多贫寒，买不起马是客观事实。著名汉学家谢弗在《唐朝的外来文明》一书中曾指出："在8世纪后期的几十年里，一匹回鹘马的普通价格为44匹绢，这对于唐朝来说是一笔令人触目惊心的支出。"由此推断，一匹西域马的价格实在是高得离谱。二是因为毛驴是一种民间化的坐骑，它能够体现出一种悠然散漫的审美魅力。试想一下，当一位新媳妇骑在毛驴的背上，前面由丈夫牵着毛驴，悠然漫步于回家的路上，这岂不是一曲经典的田园牧歌！因而，在作家的深层感受和认知里，与其说唐朝诗人写出了很多纵马仗剑的豪迈诗篇，不如说这些诗篇是他们骑在毛驴背上雄视古今的结果。这便是作家之于"驴背上"的智性沉思。

散文《纸上建筑的不朽技术》是作者对著名现代意识流小说大师詹姆斯·乔伊斯的一种直接评说,既叙写了作家对乔伊斯小说《尤利西斯》的理解和认知,以及围绕这部小说而引发的商业活动,也讲述了关于乔伊斯生前的浪漫韵事。作家首先描绘了"布鲁姆日"的盛况,并交代举办此项活动的原因。1904 年 6 月 16 日是世界文学史上重要的一天,因为《尤利西斯》以接近千页的巨大篇幅,描写了小人物利奥波德·布鲁姆在这一天有如意识流一般的生活。所以,每年的这一天,都会有成千上万的书迷从四面八方来到都柏林,意欲一睹乔伊斯当年的风采,在奥康纳的街道上追寻布鲁姆的足迹。为此,政府机构及文学界、出版界举办了数十场乔伊斯作品朗读会,以及有关乔伊斯的美术展、音乐会和电影展播;许多商家也鼎力加入这项活动,他们纷纷为广大书迷提供一份"布鲁姆早餐"。在作家看来,无论这是否由文学派生出来"乔伊斯产业",但走出了书斋的文学才是真正意义的文学。接着作家又谈了他对《尤利西斯》这部著名意识流小说的理解和认知。作家认为,乔伊斯采用了一种崭新的小说艺术形式,即以人类心理活动包括无意识活动作为观照对象的意识流小说。在这种小说形式里,作家不再对事件、场景进行介入,也不再干预人物的自由生活,而是让读者直接进入角色的内心、灵魂深处。这部长篇小说,以广告经纪人利奥波德·布鲁姆在 1904 年 6 月 16 日这一天的生活内容为描写对象,表现了一个平凡、普通的小人物的故事。这些不过是这部小说的表象而已。更为重要也最为关键的在于,乔伊斯将自然主义和象征主义熔为一炉,作家借用古希腊史诗《奥德修纪》(又译《奥德赛》)的故事框架,把布鲁姆 18 个小时在都柏林的游荡,比作希腊史诗中的英雄尤利西斯 10 年的海上漂泊,从而使其给人们以现代史诗的感受。作家还告知了我们乔伊斯为何选择 6 月 16 日作为文学的重大时间的原因。原来这一天,是乔伊斯与旅馆女郎诺拉·巴拉克尔在都柏林大街上邂逅的日子,两人一见钟情,从此双飞双宿。《尤利西斯》这部小说由此出炉,并得以蜚声世界。正是通过这样的描写,我们不仅谙熟了《尤利西斯》诞生的个中细节,也揭示了这部小说之所以不朽的真实原因。

　　《舌头的文化分析》这篇散文，以人的舌头作为具体的观照对象，通过对三个向度的舌头——舌为心苗、舌头的罪与罚和舌头的威胁——的逐一叙写，为我们彰显了舌头的力量和智慧，或者是阴谋、阳谋一类的诡计。作家去医院看病，五官科的那位医生一边说"请把舌头伸出来"，一边用一根竹片压住作家的舌根，他眯缝着透出精光的眼睛，在作家空洞的嘴里搜寻。隔了一会儿，那位医生拿竹片用力往下压，令作家想呕吐。待医生检查完毕，作家想起了"抓舌头"一词，也诱发了作家从生理、情色、话语的三维探究舌头的浓厚兴趣。在作家看来，舌头是人体最为柔软的生理器官，同时也是最灵巧和最富有力度的肌肉组织，因而，在东方社会的智慧和文明中，便特别看重人的舌头。春秋战国时代的纵横家们，用三寸不烂之舌就搅乱了当时的社会局面，展示出经典意义的舌头纵横术；汉代的文学家东方朔，以能说会道的舌头书写汉赋，呈表出具有宏大意义的文学技术；清代的大臣纪晓岚，以善于察言观色的舌头蒙混一代皇上，体现出官场意义的政治术。这些都表明了"舌为心苗"的意义和价值。当然，舌头也带来了罪与罚的显著效益——断舌。作家以为，人类自身的断舌行为，不外乎出于这样三种情况：其一，是为了保守秘密而自行了断，即一个人为了保守内心的秘密，或是组织、集团的秘密，把自己的舌头咬断；其二，是在极度的痛苦之中，因为无法抗拒疼痛而不自觉地咬断舌头，如歌德的夫人伍碧丝、日本作家三岛由纪夫，便是如此；其三，则是被权力摘除了舌头。据法国人马丁·莫内斯蒂埃在《人类死刑大观》中的描述，在欧洲，割喉刑主要用于制裁罗马的意识形态对手基督教徒；在亚非拉美的一些原始部落里，祭祀时也用割喉刑。说明割喉这一刑罚，在一段时间里应用得相当普遍。最后，作家谈到了舌头的威胁，指出舌头的威胁主要来自舌头的告密、偷情、鸡奸等行为的发生，这是由一个人的本性所决定的。这便是作家对舌头的文化分析，从中不难看出舌头的特殊意义和价值。

　　除上述篇章外，作者也写了一些随笔之类的文章，如《词锋断片·雪亮的内部》和《词锋断片·缓慢的技艺》等。前者主要探寻了汉语写作的内部法则，如素材的收集与整理、主旨的凝练与蕴示、思想的意义与表达、意蕴的推进与顺序等问题；后者则主要是对随笔的语用特点、结构形态和修辞方式的分析，如随笔的话语如何呈现、随笔的结构如何安排、随笔的修饰怎样确立，以及随笔的地方性、民族性与世界性怎样处置等，不仅表现出作家对于随笔创作的原则、规律、特点及应用的有力探索，而且为随笔创作指明了前进的方向。当然，对于上述问题的探讨，无一不是基于形象化的方式，即以具象化的方式来展开和进行，又以具象化的方式作为结尾。这种论述问题的方法，既显示出形象感，又不枯燥乏味。

在《独立文丛》总序中关于散文性与诗性的论述里，作家蒋蓝曾这样写道：

> 伴随着洪水般的无孔不入的现代思潮，一切要求似乎都是合理的，现代世界逐渐地从诗性转变为黑格尔所说的散文性，……一方面，这种"散文时代"的美学氛围具有一种致命的空虚，它遮蔽了诗性、价值向量、独立精神，散文性的肉身在莱卡的加盟下华丽无垢；另外一方面，这种散文性其实是具有一种大地气质。吊诡之处在于，大地总是缺乏诗性，缺乏诗性所需要的飘摇、反转、冲刺、异军突起和历险。①

在作者看来，散文性的意味充斥着文学的各个领域，是一种不正常的文学现象。所以，他明确主张散文创作必须回归诗性的本源，因为诗性大于诗意、高于诗格，是诗、思、人的三位一体；更因为诗性是一种超越历史、超越文化的生命境界，任何企图对文学的本性进行终极追问和价值判断的思维路径，都必须在诗性面前接受深刻的检验。因而，在文学创作中主张诗性本源的回归，就能够从根本上肯定人的神圣性存在，并且在澄明中得以恢复人的世界与大地的和解。这是散文的应有之义。从某种意义上讲，作家的散文集《寂寞中的自我指认》就是在回归诗性本源路上的前行，或者说主动探索。

《寂寞中的自我指认》这篇散文，通过对作家在文学创作道路上的风

---

① 蒋蓝：《〈独立文丛〉总序》，《寂寞中的自我指认》，北京工业大学出版社，2012，第1~2页。

风雨雨、起起落落的回忆和梳理，叙写了文学之路上的那份独有的寂寞，以及在寂寞之后的澄明和荣耀。蒋蓝 30 岁的生日那天，为作家母亲的受难日，但却是作家辉煌的一天，因为由作家为某省级单位主编的一部 40 万字的报告文学集正式出版了。作家抚摸着这部 400 多页的沉甸甸的著述，并没有多少的兴奋和欣喜，反倒陷入了一片沉思："我不太可能成为被广泛承认的第一流诗人，尽管我的悟性不太低；更不可能成为思想家，尽管我读的书绝不比学者少。谁都明白，悟性和读书在神经兮兮的年代是毫无用处的，而且与思想的彰显并无直接关系。我的固执在于，既然起步时的姿态已经成为一种出场，那时候既非矫情也非绝对的做作，那么我只得继续下去。想该想的事，写不易接受的作品，并准备浮出自己的水面。"作家何以有如此多的喟叹与感怀？是离开体制后 13 年来辛劳而艰难的生活，还是创作岁月里的那些沉浮与起落，抑或纷至沓来的社会现实的扰攘？或许是兼而有之吧。就以文学创作历程中那些沉浮与起落而论，作家曾经去当地的文联和文化馆，为了能够发表豆腐块儿一样的文章，几乎以谄媚的方式去讨好那些高高在上的编辑；身为工人阶级队伍中的一分子，作家几乎没有写一首作为工人诗人应该写出的那种快板诗或壮志诗，从而引发了人们的议论纷纷；在单位工作的那么长的时间里，没有人动员作家去写黑板报、广播稿，仿佛作家是一个多余的人；即便作家写出了一些反潮流、标新立异的文章，也充其量被主流视为一个有些才气的人物而已；作家用了数年时间，写出了 50 万字的思想随笔《黑暗之书》，几位很有魄力的编辑看了一致肯定，但仍然无法得到出版社的垂青。这一切的沉浮与起落，怎能不令人喟叹和感怀呢？而大多数人则告诫作家，要耐得住寂寞、要适应与孤独长期作战。的的确确，写作是一种孤独者的事业，但这并不必然意味着一个人要忍耐寂寞孤独，何不把寂寞孤独视为与自己永生的伴侣呢！倘若如此，寂寞孤独就是思想或哲理诞生的温床，是写作者对文字的一次重新命名，从而完成对写作者的存在意义与价值的指认。这便是作家在这篇散文中欲意倾诉的主旨。

《林徽因的李庄时代》这篇散文，以板块组合的形式叙写了林徽因于抗战期间在李庄的短暂生活，表现了这位民国美女、才女的一段人生经历。作家首先为我们描绘了月亮田上的林徽因。顾名思义，月亮田是指曾经的一块弯曲如月的水田，坐落于月亮田上的张家大院就是梁思成、林徽因的住所。张家大院的正房基本保持了它的原样，租给营造学社的两个小院已不复存在，那些一直摇曳在回忆录里的芭蕉林、香樟树也已然消失得无影无踪，那棵曾经绑了一根大竹竿、供营造学社的老少们晨练的桂圆树仍在，只是显得很有些苍老和落寞罢了。从1942年到抗战胜利之前，林徽因就在这月亮田里流连忘返，她看近在咫尺的田园风光和不远处的滚滚长江，看这里的人们在田里劳动的场景和细节，也看这里的人的单纯、厚道、质朴。起始的林徽因，一直穿着素色旗袍，头上挽着一头的松发，她尽情尽兴地让江风吹拂，令站在秧田里的农民直起腰杆，看她流动出的美丽风景。后来的林徽因，由于肺病一直未愈，她或是被梁思成搀扶着，或是卧在一张躺椅上，看月亮田的自然风光。但此时的林徽因，因为病魔一直缠身，她所看到的月亮田已不是当年的那般自然和美丽。接着作家又为我们描绘了一个处于病态中的林徽因。林徽因缠绵于病榻，一直不断地咳嗽，她想尽力地克制自己的咳嗽，但又实在无可奈何。病重的林徽因，仍然承担了编辑《中国营造学社汇刊》的工作，在她编辑的那一期汇刊里，目录页刊印有勘误表，正文均为铁笔刻写，其中有一部分出自林徽因的手笔。更加劳心费神的还在于，林徽因帮助梁思成完成了《中国建筑史》和英文《图像中国建筑史》的研究工作——林徽因在承担该书全部的校阅和补充之外，还撰写了其中的第七章五代、宋、辽、金部分，该书的完成结束了没有中国人书写中国建筑史的历史。最后，作家还为我们描绘了十一月的小村中的林徽因。诗作《十一月的小村》是林徽因在李庄的五年时间里留下的唯一诗篇，诗中是这样描绘李庄的："但寂寞一弯水田，这几处荒坟，它们永说不清谁是这一切主宰；我折一根竹枝，看下午最长的日影，要等待十一月的回答微风中吹来。"在作家看来，这首诗表达了一个惆怅中的林徽因。可以说，正是作家的这一番细致描绘，不仅为我们再现了在田园风光中、在病榻上、在惆怅中的林徽因，也为我们揭示了林徽因在李庄的一段人生轨迹。这就是林徽因的李庄时代。

散文《人生如蚌，蚌病得珠》仍然以板块组合的手法，为我们描绘了一个名叫何洁的女人的三次人生转折，即"故园"时代、文学时代、"归隐"时代的三个何洁，表现了这位女主人公平凡亦辉煌的一生。何洁何许人也，乃著名作家流沙河的前妻，青城山道教掌门傅元天道长的弟子，中国佛教协会副会长、禅宗大师正果的俗家弟子；她既是一位作家，又是中华文化的建设者和独行者。"故园"时代的何洁，是一位非常漂亮的青年女演员，她只身前往"钦点的大右派"流沙河所在的"故园"——金堂县城厢镇余家老公馆，并嫁给了正在接受劳动改造的流沙河。在新婚宴尔的夜晚，何洁为流沙河唱了一曲《莫斯科郊外的晚上》，流沙河则为何洁朗诵了写给何洁的《十爱》一诗。然后，两人依偎在故园的台阶上，一同走进了往日情境的回忆中：1952年7月1日，在成渝铁路通车的典礼大会上，两人第一次会面。那时的何洁戴着少先队员的红领巾，有幸成为剪彩仪式上的一名宠儿，而流沙河则是《川西农民报》的编辑，他是作为采访者而被邀请来的。他们第二次见面，是在陕西临潼的华清池，何洁随川剧团来西安演出，而流沙河来到这里，既是为了躲避对自己的批判，也是为了抚平失恋的忧烦与痛苦。他们的第三次见面，则是在流沙河所说的"故园"，并且两人一定终身。当两人回忆起这些见面的情景和细节时，他们不免唏嘘而慨叹时光的流逝和前途的未卜。进入文学时代的何洁，曾做过《星星》诗刊的见习编辑，在那里结识了魏志远、骆耕野、谭楷等一批诗人和小说家，也曾聆听过沙汀、艾芜等文学大师的殷殷教诲和悉心指导。在此期间，何洁在《人世间》《龙门阵》《四川文学》《散文》等刊物上，发表了《牧鹅》《儿子出世了》《蜩蟧春秋》等作品。在住进普照寺以后，何洁又创作出了《落花时节》《山里山外》《空门不空》《山月寮记事》等佳作，展示出不同凡响的文学创作能力。遁入"归隐"时代的何洁，则立志于创办一个崭新的青山书院。她到社会各界去拉赞助，跑云南的优质建筑市场，亲自上工地检查建筑质量，硬是把一座富有滇藏风格的青山书院建起来了。如今的青山书院，已是国内一流的集儒、释、道研究于一体的学术中心，又是熔青峰颐养中心、内明中心、青峰实业这三大服务主体为一炉的经济实体。作家的这种描绘或叙事，不仅让我们领略了一个女性自强不息、奋发有为的精神内蕴，也让我们得以窥见她的内心秘密。

在散文《在正体字与方程式的迷宫中》之中，蒋蓝则为我们细致地描写了他的中学老师罗成基先生在晚年的一些趣事，揭示了这位老先生矢志不渝的人生追求和诲人不倦的精神风范。那一年的隆冬，"我"收到了一封寄自家乡、长达八页的来信。这是"我"的中学语文老师罗成基先生写给"我"的，在这封信里，罗成基老师深情地回顾了作为语文老师，从"我"中学时代的作文里看出的灵感火花。他在信中着重指出：作文先做人，修辞立其诚。罗成基老师是中央政治大学的高才生，中过当时全国高等文官考试的状元，还当过国民政府最年轻的县长，他也不止一次给全市教师上过示范课。这样的优秀教师给"我"来信，顿时令"我"冷汗热汗涔涔而下，急忙予以回复。不久，罗成基老师又复了"我"一封信，他信手从二十四史中拈出一连串掌故对"我"继续进行教诲，说"我"的写信格式不正确，应该如何书写称呼、正文、祝词、落款，还说"我"的信中出现不少错别字。见"我"没有回信，他便直接到成都来找"我"面谈。那又是一个冬天，罗成基老师戴着一顶毛茸茸的人造翻皮帽子，上身围着一块飘在胸前、垂及腰下的围巾，一脸全无衰翁的迟钝和笨拙之态地出现在我的面前。"我"激动地下楼去切了牛肉和猪耳朵，与罗老师对饮成都的烧酒。罗老师没有丝毫的倦意，他一边注视着"我"办公桌上的一大沓民间诗刊诗报，一边说：身为诗人，就必须懂得梵乐西的《海滨墓园》和亚尔培·爱斯坦。他还描述了爱氏是如何站在巨人的肩膀上而最终成就了自身的故事。是夜，罗老师睡在"我"办公室廉价的沙发上，犹如一把安静的斧头。自此以后，"我"就和罗老师很少见面了，只不过在这期间，为他编辑出版了他的著述《晚晴斋丛稿》。从这部著作里不难看出，罗老师仍然属于那种"位卑未敢忘国忧"的传统知识分子，他所历经的八十年沧桑以特殊意味的充实，证明了他信奉的"充实之为美"的人生。毋庸置疑，这是一曲对于师者的颂歌，但与以往的颂歌有所不同，它更强调对人的真实与典型的叙事，又特别注重对人的内在性的深度发掘。

如果说在散文集《倒读与反写》和《寂寞中的自我指认》里，蒋蓝是从多元化的艺术视角出发，来表现人的现实存在和人的社会生活，展现出的是对人的审美书写和精神观照，那么在散文集《极端植物笔记》中，他则是以相对单一的艺术视角来描写植物，通过对各种各样的花草的细腻描绘，来透视它们的表象特征和内在蕴含，从而揭示其对于人类的深沉意义和价值。正如作者在《木质断片（代序）》一文中所指出的那样："所谓'极端植物'，是在于我的经历中，这些植物与我相遇，更在于它们的色、香、味方面超越寻常的越轨之处。如鲁迅先生所言：有一种'越轨的笔致'。"① 由是可见，超越寻常的色香味，是这些花草吸引作家的根源，也是激发作家描写它们的动力所在。在此，我们不妨以《莐草的经脉》这篇散文为例，来探寻作家意欲在文中呈表的思想意义、精神蕴示和审美内涵。

《莐草的经脉》这篇散文，以莐草为书写对象，作家详详细细地论述了莐草的生长特性和把它制作成纸张的过程，深层地探究了它与帕斯卡尔《思想录》的产生之间那种隐秘的关联。根据大量的史料证明，帕斯卡尔用以形容思想的比拟物莐草应当是莎草，这种草生长于尼罗河下游的沼泽地带，可长到约 3 米之高，如甘蔗般粗细，在古埃及是象征永恒的神草，将它制作成莎草纸，则是 4000 多年前的事。莎草纸便于书写，墨水在粗纤维上迟疑，以极其缓慢的下浸方式呈现言路，直到书写者的心绪、情感和思想完全浸透于纸页之上。又因为材料来之不易，在莎草纸上写字便成为一件神圣的事情。那么，作为思想家的帕斯卡尔怎么会与莐草扯上关系呢？作家以为，这要从帕斯卡尔小时候的孱弱体质，及其长大成人以后的病痛说起。从小时候开始，帕斯卡尔的身体就一直不好，病痛自始至终伴随着他，他曾经一度瘫痪在床，并且经常出现昏厥现象，还长期忍受着严重的胃溃疡给他带来的折磨。后来，他差一点被"激情之夜"淹死，也险些被家里的女仆杀掉。他由此开始走向极端，把有尖刺的腰带缠在腰上，如果他认为自己有什么不虔诚、不恭敬的念头出现，就用手肘拼命地拍打腰带，借以唤起对疼痛的感知。正是因为体弱和伤痛，帕斯卡尔从小就十分的脆弱而且敏感，善于从细部来观察和感知这个世界，于是他发现了莐草的经脉与人的思想生成之间的隐秘关系。接着作家以不小的篇幅来论述帕斯卡尔的《思想录》，以及帕斯卡尔的心灵逻辑和坚守的信仰。在作家看来，帕斯卡尔《思想录》的意义，就在于帕斯卡尔从一根莐草中觅见了思想的伟大与平凡，指出帕斯卡尔在此书中多次提及莐

---

① 蒋蓝：《木质断片（代序）》，《极端植物笔记》，海豚出版社，2015，第 5 页。

草给帕斯卡尔以极其深刻的印象，以致使他产生了不同程度的幻觉或是癔症。在论及帕斯卡尔的心灵逻辑和坚持的信仰时，作家特别强调：帕斯卡尔否认逻辑推理的作用，反倒十分重视灵感和顿悟的功能，说明灵感和顿悟对于思想的生成具有特殊的意义和价值，这也是帕斯卡尔坚持的信仰所在。显而易见，作家看中的并非帕斯卡尔在《思想录》中的思想呈现，而是其产生思想的原因。

除《苇草的经脉》外，这本散文集还收录了《一切的玫瑰》《葵花的修辞学》《尖叫的曼陀罗》《芒果的精神分析》《辣椒的历史味蕾》《桃花深处炮声隆》等散文篇章。这些散文，或是以不同的艺术视角，或是以不同的思想方法，或者是用不同的美学观点，来叙写作家认识的那些花花草草，表达作家对它们的感知和理解，传递出不同的思想意蕴和审美精神。

综合上面的论述，我们不难看出，无论是在《倒读与反写》之中，还是在《寂寞中的自我指认》之中，抑或在《极端植物笔记》里面，作者都给予我们以一个非常突出的印象，那就是他对思想意义和价值的表达。其中，既有对普通、平和的思想的表达，也有对坚执、深彻的思想的呈现，体现出作者对思想广度、深度的一种持续长久的探寻，这是颇令人感佩的。

第三节　艺术人生的发现与抵达

在四川当代散文的创作领域，周闻道无疑是一位具有标志性意义的散文作家。之所以这样认为，是因为他在全国众多的散文报刊上发表了大量的散文作品，结集出版了多部散文集，诸如《点击心灵》《对岸》《七城书》《遁迹水云间》《家的前世今生》《边际的红》等。不但如此，他还是现场主义散文理论的发起人和积极践行者。这一切都在证明一个事实：周闻道是四川当代散文领域的标志性人物。本节的内容便主要是对其散文著述《对岸》和《七城书》所进行的分析和评价，并着力于揭示周闻道对于艺术人生的发现和抵达。

正如周闻道在其《七城书》的总序中所指出的那样：

任何一次真正意义的创作，都是一次发现，是对现有的否定和对新极限的挑战，是一种叙事流的探险。……在场写作的去蔽、敞亮、本真，就是一个发现的过程，包括对自然、社会、人生、灵魂，对生命本质的独特的发现。在场主义认为，有没有发现，是散文及散文作家高下的分野，甚至是散文及散文作家存在与消亡的根本原则。发现既是一种态度，又是散文写作的起点，过程以及最终归属；发现是一种方法，用发现的眼光观照事物，用发现的刻刀解剖事物，用发现的心灵体察事物，我们才能传达出事物不为我们所熟悉的那一部分隐秘；发现是一种结果，是在场主义写作永恒的追求。①

在这段论述的话语里，周闻道反反复复地强调在场主义写作的发现问题，意在说明发现之于在场主义散文的重要性，认为发现既是一种过程，又是一种方法，也是一种探险。其实，他自己就是一个被发现的个体存在，即作家本人对艺术人生的那种有意无意的发现。无论是作家在《点击心灵》中对自己内心深处的悉心洞察，还是作家在《对岸》中对于迷人的"对岸"的仔细找寻，或者是在《七城书》中对于七座城市的认真审视，抑或在《庄园里的距离》中对思想者和哲学家的庄园的有力勘探，都无不表现出作家对于艺术人生的探究和发现。作家的这种探究和发现，既是朦胧的和感性的，又是明晰的和理性的。言其是朦胧的和感性的，是指作家在其人生路上，所采取的发现方式是艺术情感化的，即以散文创作来完成对艺术人生的发现；言其是明晰的和理性的，则是指作家在对艺术人生进行探究时，其大脑里始终具有一种高度理性的思想在驾驭和掌控，即便是运用散文创作的方式，他也葆有着作为一个艺术家和哲学家的双重理智和思想清醒。由此出发，作家为我们展示了他如何在艺术人生道路上探究和发现，并最终抵达日臻完善的艺术人生境界。

周闻道在散文集《对岸》里，以一种多元视角来叙写在日常生活中的发现。在这样的发现中，既有对"春色三分"的切身感受，有对"浅水区、深水区"的深沉体认，也有对"天堂里不需要智慧"的仔细揣摩，

---

① 周闻道：《七城书·总序》，百花文艺出版社，2010，第6页。

有对"沉寂的戏台"的深刻领悟,还有对"过客"的理性认知。但无论怎样,作家都是采用一种抒情的笔调来叙写自己对于日常生活的发现的。

散文《轻飘飘的春天景象》以抒情的笔调抒发了作家对春天的一种情绪化的感知,认为它给予人的是一种怡然、舒畅、飘逸、柔软、温馨的切身感受。春天为何使作家形成这样一种感知?主要是基于他对春天的发现。作家曾仔细地观察过一棵桃树,在刚刚入春之时,桃树的身上是光秃秃的,像一片死寂的土地,待到春意渐浓渐深时,它开始冒出星星点点的绿色小点,直至发芽、叶子伸展和长成满树的绿意,作家竟感觉那绿意是从天空中飞来的,给人以轻飘飘的感觉。再看桃花,只是三五天的光景,它就由一粒小小的绿色米粒,从含苞到绽蕾再到开花,绿色、白色、红色快速地变换着,直到花事的鼎盛为止。但是,它仍然给人一种轻飘飘的感觉。因为如果有一阵风来、一阵雨去,它便从硬实、繁茂的枝条纷纷脱离,一片、两片、三片,有如断线的风筝一样,轻飘飘地飘落在春天里,再融入一片片草丛,腐化成为一团团泥。在从有形向无形的转化过程里,它好像从来未曾与春天相逢相遇。再谛视春水、春风、春阳,它们也是一副轻飘飘的样子。春天的岷江,不知从什么时候,也不知从什么地方开始,有一些水慢慢地浸出来,它们轻轻地亦清清地在河床里涌动,像一层轻盈的薄纱,铺在河床的上面,微微地飘动着,轻飘飘的江水,一下子打破了岷江上的死寂和沉重,唤醒了岷江的睡眠,岷江由此而展现出越发生动的面孔;春天的风,似乎比节令行走得更快,它提前从南太平洋上飘来,为我们捎来了温暖湿润的气息,它不温不火,轻轻地柔柔地吹来,不想掀动你的衣角,只亲吻着你的头和脸,使你的整个身心如被融化一般,产生轻飘飘的感觉;春阳的轻飘则显现为另一种状态,它不像夏天太阳的毒热、秋天太阳的高远和冬天太阳的猥琐,它距离我们很近很近,如亲密的情侣一样,与我们紧紧地依偎在一起。正是因为有了如此的谛视,作家才欣然地发现,这轻飘飘的春天景象,乃是一种充满着思想或哲理的精神境界。作家认为一个人只有摒弃了一切杂念,让整个身心净化于这样的春天里,在心旷神怡的状态下,才能抵达这样的精神境界,也才能够真正地领略到这种大美的精神气象。

《春色三分》这篇散文以宋代大文豪苏东坡先生的"春色三分,二分尘土，一分流水"这句名句作为缘起，叙写"我"对于"春色三分"的理解、感知和领悟。在作家的深沉意识里，"春色三分"一定不会在城市里，因为它除了街道、路灯、广场，就是钢筋水泥浇筑的高楼大厦，再怎么生动的时节，在城市那张冷凝的脸上，都激不起一星半点的涟漪。既然"春色三分"不在城市，那么它就肯定在广袤的乡村，在辽阔无垠的大自然了，因为那里不仅有田地和流水，而且还有孕育着春、发酵着春、珍藏着春的母体。一阵一阵的春雨，吹面不寒的杨柳风和浸透着温润的春阳，便撩得农人心里痒痒的，农人牵着牛、扛着犁，来到一块等待耕耘的田边，他只需简单地目测一下走势和方位，便能够确定新一轮耕耘的起点。只见农人像一名技艺娴熟的助产士，稳稳地用手撑着犁铧，将那尖尖的犁头对准泥土的一角，然后挥动手上的鞭子，他大吼一声，牛便健步慢慢地向前行走，那板结了亦沉寂了一个季节的泥土，便一排排一垄垄如波浪翻涌一般。而那些沉睡于地下的新土，被犁铧一片片地翻起，还滋滋地冒着些许热气，散发出一股诱人的气息。这是一种生命的气息，它会在人不经意间，沁入人的心脾、大脑和神经，令人变得沉醉、痴迷、亢奋。然而，更多的泥土不是在酝酿，而是正在哺育，哺育着扬花的油菜、拔节的麦苗、发芽的水稻、增高的玉米和疯长的野草。作家静静地凝视着这一片土地，像凝视着伟大而又沧桑的母亲一样。穿过这一片土地，岷江便展现在眼前。不知从什么时候起，岷江里的水已然悄无声息地发生了变化：往日河床里那些裸露的石子，已被一层浅浅的流水掩盖，还有那些石子上干枯死寂的苔藓，在流水的抚摸下，再次焕发出生命的光彩。岷江里的水虽然并不深，但它清秀、明亮、柔软、婉转，它缓缓地簇拥着流动着，富有极强的生命动感和节律。此情此景，令作家突发联想和感慨：这不正是苏东坡笔下所描绘的"春色三分，二分尘土、一分流水"那种意境吗！

　　在《流动》这篇散文里，作家力图告诉我们这样一个真谛的存在：这个世界是一个流动的世界。这是一种无法辩驳的客观事实存在，同时也是一个关涉思想、精神和哲学的重要论题。为了证明这一真谛的存在，作家为我们列举了水的流动、云的流动和人的肉体与思想的流动这三个方面的客观事实存在。在作家看来，溪水是流动的。那蜿蜒曲折的河床，托着一股股涓涓细流，时而迂回徘徊、缠绵悱恻，时而欢呼雀跃、飞珠溅玉，时而平缓流动、无所波澜。流动着的小溪，像一根晶莹剔透的琴弦，在微微地颤动，那是它在弹奏着清丽而美妙的乐曲。因而，它所能一往无前的地方，就立即会变得生动、鲜活、昂然。云也没有一刻停止过它的流动。云最生动最精彩的流动是在春季。春天来临，河水开始奔流涌动，田野逐渐变成绿色的家园，北风也缓缓地转变它的方向，由寒冷刺骨变得轻柔和煦。每当这个时候，无论云是棉白的、幽蓝的，还是深邃的、绰约的，都无不处于一种空灵和飘逸状态，且从未停止过流动。当然，在作家的深层意识里，最深邃的流动是人的肉体和思想的流动。不敢想象，如果一个人的身体和思想失去了流动，那将会是什么模样！但可以肯定地说，比行尸走肉更糟糕。人的流动是身体的运行、是心理的流淌、是情感的涌溢，更是思想和精神的行走。当一个人摆脱了平庸和停滞的羁绊，让心理、情感、思想和精神流动起来，就有如溪中解冻的水，有如天空中飘逸的云，就会将激情变为动力，让冲动升华为价值，使平凡演绎为美丽，把腐朽化为神奇。所以，作家特别仰慕那些心理学家和哲学大师，认为他们是促使人的身体和思想加速流动的人。在这样的基点上，作家便更加深刻地理解了赫拉克利特，理解了他对于流动的那份特殊的理解和认知，因为这位哲学家曾经说过让世界记住他的名字的一句名言：人不能两次踏入同一条河流。作家以为，这才是真正把握了流动的真谛的人。

对于春天的感觉、对于春色三分的感知和对于流动之态的领悟，不过是作家在其散文创作中的部分表达而已。如果我们加以细细地审察，便不难发现周闻道的散文抒写，有着更加丰富而广阔的社会生活内容的表达。作家或通过对一座古井的探视，来表达自己内心深深的乡愁；或通过对某种另类之花的细致观察，来提醒人们对于花不要太过迷恋；或通过对一座空城的具体感知，来书写自己对于城市的独特理解；或通过对一条江河的凝神注视，欲意探知其隐藏着怎样的秘密。作家以此来表达对于丰富而广阔的社会生活的体认。

《有些花看起来很美》这篇散文，以对于花的细致观察和深刻体悟，来抒写对于花的独到的理解和认知。春来春去、花开花落，这本是一种自然规律，怎奈人们都有一种崇尚美的心理，总希望把美好的东西留住。于是乎，那些花农花商便趁机而入，他们挖空心思、绞尽脑汁，利用搭建温室和空间距离，让鲜花四季陪伴着人们，不随春天匆匆离去，为人们不断制造和传递着春天的美丽。这也催生了作家对于花的细致观察和深入体认。为了探知花的美丽，作家首先发出了这样的疑问：花之美究竟在何处？是它幽幽浮动的暗香，还是它多姿多彩的绰约风情，抑或它神秘莫测的花蕊？在作家看来，这些都不是花之美的本质，花之美的根源在于它拥有极其纷繁的万紫千红的色彩。这也是花之美的灵魂所在。接着，作家又运用色彩学理论，对花之美美在色彩这一命题进行了论证，并对于人们在接受花之美时的心理活动予以透析。作家以为：红色昭示着无限的温暖和热情，表达了一种内在的坚定不移和非凡力度，它热烈、奔放、激越而富有强烈的情感能量；橙色蕴含着一种毋庸置疑的决心或信念，犹如一个娴熟的小提琴手，沉着地演奏出着舒缓、宽广、悠扬的美妙乐曲；蓝色令人走进宁静的夏日晨光，感受到那份独有的清丽和人生愉悦；绿色虽然会显出它的平淡和单调，但仍然潜藏着某种特殊的韵味和风致；黑色在使人感到僵硬、死寂和沉重的同时，又令人感知到它的那份独有的质地和重量；白色表达着纯洁无瑕，令人充满遐思与怀想。作家对色彩的这一番论述，表面是在解读色彩，其实是在解读人们的复杂心理活动，是在解读五彩缤纷的鲜花给人们带来的不同美感感知与体验，并由此发现了鲜花背后的那些精神承载。正是缘于这样的发现，作家揭示了花之美美在色彩的本质。在散文的最后，作家借美国摄影家费德·赫斯曼摄制的一幅丝兰作品，意在说明"有些花看起来很美"，其实是含有某种剧毒成分的，极容易造成畜亡人毁的客观现实存在，告诫人们不要对这种花产生过分的迷恋。

在《对一口古井的探视》这篇散文里，作家以对故乡一口古井的探望和注视，来细腻地描绘珍藏在自己内心深处的那一份浓浓的乡愁。那时正值元旦前即将放假之际，因为考虑到寻亲、访友、郊游，或者攀高登山、祭奠祖先，都是一些落入俗套程序的事情，作家便不知如何度过即将来临的元旦假期。也就是在那一瞬间，故乡的那口古井突然闪现在作家的脑海里，他便由此决定去探视那口古井。在作家情感摇曳的笔下，故乡的这口古井一一展现出它古老的芳姿仪容及历史变迁。这口古井，深大约有五丈，下面宽上面窄，井底由大块的青石铺设，石头与石头之间存有缝隙，那是泉水浸入的通道；井底的宽度，足可以容纳一张大圆桌，外加几个椅子凳子；井口则只有锅盖大，刚刚容得下一只水桶的上上下下；井壁全由大大小小的红砂石砌成，没有弥缝的石灰水泥，一些蕨类植物沿着井壁往下长，一直蔓延到水线之上。最为神奇的是古井里的水，它清澈而甘甜，无论用什么样的锅，烧什么样的柴，以及存放多么长的时间，它都是一个甘甜的味道，也从未见过水垢之类的东西沉淀其中。作家回忆少儿时代，跟随着父亲去挑水的那些依稀往事：在明月皎洁的夜晚时分，只见父亲来到井边，轻轻地登上井台，把扁担挂在撑竿的柱子上，拿过撑竿、系上水桶，利索地提起两桶清冽的水；在回家的路上，发现父亲挑着两个明亮的月亮，正在晃悠悠地朝前走着。接着，作家又把我们引向历史的深邃之处，以展现古井的历史缘起。提起这座古井，它已经有几百年的历史了。据传，在张献忠剿四川后，朝廷从湖北移民填川，周、张两家便从湖北麻城迁徙到了这里。他们同顶一片蓝蓝的天、同饮一口井里的水，繁衍生息，绵绵不绝。到了清代乾隆年间，两家后人同时金榜题名，考中举人，周家为文、张家为武。据作家家祖传的族谱，那周姓的文举人应是其祖辈的祖辈，名字叫周佑星。正是在他的带领下，人们才挖掘了这口古井。直到深夜时分，作家回到家中，方才结束了这场深入骨髓的梦呓。

在散文《空城》中，作家则为我们叙写了关于一座"空城"的记忆，展现出作家对这座"空城"的深刻印象和难以忘怀。作家一起笔就提出一个疑问：他不知道自己是在哪个季节进入这座城市的。或许是在夏季，因为热烈的太阳正普照着大地，照得高楼上的那些玻璃幕墙金光闪耀，街上的行人一律都穿着 T 恤或是衬衣，令人感到有一种压抑的热情。又仿佛是在秋天，只记得街道两旁长着密密麻麻的桂树，这些桂树在绿草、女贞、桤木和一些不认识的花草的簇拥下，一副春心萌动的样子，跃跃欲试地要进入自己的花季或是蜜月。当然，也可能是在冬季或者春季，因为"我"在这个城市穿行的时候，偶尔看见一些桃花和飞雪，虽然它们并不多，稍纵即逝，但足以证明它们在人的眼前出现过。作家为何具有这样的迷惑？只能说这是一座季节不甚分明的城市。作家来到街边的一个报亭，向一位鹤发童颜的老人询问道："这是一座怎样的城市，它的名字姓甚名谁？"这位老者回复说，他在这座城市生活了几十年，但确实不知道它的名字。再问有没有地图，老者遂捧出一摞卷成筒的地图，让作家自己寻找。这的确是一些非常翔实的地图，但作家找遍了这些地图，唯独不见这座城市的踪影。应这座城市的几位朋友之邀，作家来到一家夜总会，这里正在进行一个行为艺术的表演。但作家不知道演员来自何方，也不知此时的剧情进展到了什么阶段，这使他懵懵懂懂地走进了一场不知来龙去脉的戏。作家回到宾馆，拿出那本关于这座城市的书细细地翻阅，力图从这本书中了解这座城市的历史、现在和将来，却发现这竟是一本断头去尾的书，它没有头也没有尾，甚至连中间的许多章节也是支离破碎。面对这样一座城市，作家陷入了挥之不去的深深迷惘。于是，作家便给这座城市取了一个名字：空城。显而易见，这是一篇带有寓言色彩的散文，它的情节是十分具体而明晰的，主题却是非常抽象和充满了丰富象征意味的。这样一种主题的蕴示，不仅揭示了其思想内容的复杂性和深广性，而且展示出了作家在散文创作中的飞跃。

《七城书》这部散文集，则集中体现出了作家对城市的探索和发现。在这样的探索和发现之中，既有对于迷幻之城、危险之城、蛊惑之城、欲望之城的明白揭露，也有对于看似十分清楚、实则模糊难辨的玻璃城的深刻揭示，还有对于皇城内在气势的有力再现。这体现出作家对于这些城市的细腻观察、深切体验、精神观照以及审美化的描述。从艺术的角度看，这些散文都是运用象征手法，分别来隐喻这些城市所具有的迷幻、危险、蛊惑、欲望等深沉内蕴，并由此凸显它们的本质意义和存在价值，从而抵近或实现对于这些城市的艺术发现。

《迷城》这篇散文，写出了这座迷幻城市的表象特征，也写出了其之所以迷幻的本质和根源所在。作家在本文的一开始，便描写了他与这座城市的关系：在这座城市里，他不知道自己究竟是以一个主人的身份，还是以居民、过客或旁观者的身份，占据着城市的一个小小的角落；他无法确定与这座城市是一种什么样的关系，是这座城市里的一个电话号码、一个汽车牌照，还是互不相干的两种存在；他更觉得这座城市像是一部负载着神秘信息的大书，他既是它不倦的读者，又是其没有署名的作者，两者之间相互翻阅，彼此却并不相识。在作家看来，这是一种相当微妙且充满危险的关系。正是由于这种微妙亦危险的关系存在，作家在进入这座城市时，才显得如此惶恐不安和犹豫不决。因为他自己曾经就是一个乡下人，更因他深知城里城外，完全是两重天地或两样的生存景观：从城里往城外走，路越走越弯，越走越窄，直至消失在一片平野荒原之中；从城外往城里走，路则是越走越宽，越走越直，最终步入通衢大道。人们就是这样，一代又一代地从乡村往城里走，乡村的人就越来越少，城里面的人就越来越多。作家以为，这一定是城里面有着某种诱惑人的东西存在，才会令乡村人放下与自己的身体共冷暖的土地，如春潮一般地涌入城市。然而，这些涌入城市的乡村人却意外地发现，这座城市是被一群设计者特意设计出来的，他们除了设计宽阔的街道，还配套设计了许多商业大厦、酒店茶肆和供人们休闲的公园、娱乐设施。乡村人一旦进入这样的场景，便被一种复杂的感情纠缠，而出现视野的模糊和价值的混乱。当然，最迷幻的是作家在政府机关大楼所看到的一幅景象：牌子上的字密密麻麻，然而都是一些陌生的名字，并没有它们所处的楼层和门牌号。作家要找的部门，一个也没有，而不找的部门，却总在眼前晃来晃去，像一些驱之不去的幽灵。作家折回身去问保安，保安先是支支吾吾，然后指着作家来的方向说：政府机关已经南迁。于是，作家被深刻的犹豫困扰着：不知道是该进去，还是不该进去。很显然，这是作家在运用象征手法来进行散文创作，旨在揭示这座城市的迷幻所在。

散文《蛊城》通过对湘西一座名叫土城的地方的艺术聚焦，来抒写其蛊惑之事的无度与泛滥。在这篇散文里，作家首先交代了放弃丽江而选择湘西的真实意图：不是因为沈从文笔下描绘的湘西风情，而是因为突然被人们关注的那些无影无形的小虫子和身世凄美的苗家女子，更为准确地说，应当是传说中的那些有着神秘、诡异背景的蛊和蛊女。接下来的叙事，便是叙写作家探访蛊、蛊女及其蛊惑之事。当作家亲临湘西的土城之时，与一位老者相遇了。令作家没有想到的是，这位老者是一个研究蛊的高人，或者说这位老者对蛊有着几乎全面而深刻的认知。正是在这位老者的引导下，作家知道了蛊的种类，以及近几年才出现的一种新蛊种：灵魂蛊。并且还知道了各种蛊所具有的特性，比如金蚕蛊的狡猾、篾片蛊的虚枉、石头蛊的顽劣、泥鳅蛊的滑腻、中神蛊的愚钝、癫痫蛊的狂妄、阴蛇蛊的歹毒。这位老者分析起问题来，头头是道，他说：人们在谈论这些蛊时，往往忽略了这些蛊对灵魂的控制作用，也就忽略了对它的防范，以致它危害千年而未能有效根治。它的炮制方法与危害方式，也与众不同。虽然它处处与利益关系相勾结，但在制作时，却不是用有形的实物，而是借助精神、主义、观念、思想、规范之类的东西，再辅之以利益引诱，在潜移默化中渗入骨髓、换血换脑，通过改变人的灵魂而使人变成非人。听了老者这一番论道，作家表面点头称是，内心却掀起了巨大的波澜，由此认为蛊的确是一种危险的存在，需要处处小心提防。最后，作家向老者请教"蛊城"和"蛊王"的事。于是，老者带作家到了一个垒有高台的地方。这时，只见一辆小车疾驰而至，从车里走出一个矮个的胖子，在一群人的簇拥下走向高台，空旷中拥挤的人群，顿时被一种巨大的力量所牵引，从四面八方潮水般地涌向那座高台。这样的场面和情境，使作家在瞠目结舌的同时，又陷入深深的思索。在作家看来，这无疑也是一种受到蛊惑的情形。毋庸置疑，这是作家采取的一种象征手法，以此象征或隐喻现实生活中发生的蛊惑事件，深刻揭露或有力批判那些故意制造蛊惑事件的人。与此同时，作家又穿插了一些凄美故事的讲述，通过对这些故事委婉而细腻的讲述，来增加叙事的广度、力度和深度。

在《欲城》这篇散文里，作家则为我们描绘了一座到处都充满着欲望的城市。在作家的感知意向里，它不过是一座很普通的城市，和其他同等规模的城市相比，只是人口略显得多一些。但在作家的现实认知中，满街的人都显得匆匆忙忙，这些人的脸上泛着健康的油光，一个个挺着肥硕的大肚子，每个人的脸上都写满了焦灼、充沛、亢奋的表情。作家还发现这座城市的一个特别之处：街道两旁的门牌号，都是用鲜血般的红色书写的，这些字夸张、炫目、热烈，带着强烈的刺激色彩，不仅刺激着人的眼睛和心理，也撩拨着人的欲望。作家漫步于这座城市，在一个火锅店的门口处，他看见一群赤膊上阵的年轻人，正在夸张地猜拳行令，他们用以毒攻毒的方式，与毒热的酷暑、高浓度的酒精、滚烫的油锅，还有充满刺激的花椒、海椒对抗。作家行至一个十字路口时，看见一片黑压压的人群阻断了道路，听旁人介绍才知道，这里正在举行新产品介绍暨大酬宾活动，一位身材丰腴、眉眼间带有几分妖媚的女子手里拿着一件内裤样的东西，正在大声地做着促销宣传："请看最新的高科技产品'暴君牌内裤'，99元一条。这是继'伟哥'之后，全世界最新式的壮阳工具，它将帮你

'一日千里'，战无不胜。"作家又来到一条名叫"欲望街"的街道，只见人头攒动，林立的店铺一字排开，叫卖声此起彼伏、不绝于耳。作家走进一家好像是药店又好像是销售保健品的店铺，一位满脸堆笑、自称是老板的人便迎面过来，说欢迎客官光临敝店。鉴于这家店铺历史悠久和老板的彬彬有礼，作家回复道"只是随便看看"。当作家正看得意兴阑珊时，忽然被货架上一排瓶装药品的商标所吸引，原来是新上市的灵字牌"戒欲丸"，包括了钱欲灵、权欲灵、名欲灵、性欲灵、骂欲灵，等等，在其说明书上，还标有用法用量、副作用，或是遵照医嘱一类的文字。凡此种种，意在告诉我们这样一个事实：这是一座充满欲望的城市。在这篇散文里，作家仍然采取象征手法，以此来隐喻人的欲望、社会的欲望，或是世界的欲望，揭示其欲壑难填的现实存在。但相比作家其他作品，其象征意味则有一定的消减。

除上述散文外，《七城书》这部散文集，也写了《经秋植物》、《官场词语》、《自然与人》和《智慧的地址》等一类的散文小集。在这些散文小集里，作家或以银杏、紫薇、桑树、梧桐、玫瑰等为观察对象，叙写了这些植物所属的科学范畴、生理特性和生长特点，以及它们对于人们的认知心理、情感意向的作用；或以玉米、稻子、番茄、苦瓜、葡萄为审视对象，叙写了这些粮食作物、瓜果蔬菜在人们处于天灾人祸的困难时期的特殊作用和意义，并卓有成效地穿插着一些故事的讲述，以此来增进人们对它的深刻印象。或是通过对流行于官场的那些词语，诸如会议、协调、进步、矛盾、问题、指示等的细致观察和切身体悟，来透视官场中人各种各样的做派和特点，以及虚虚实实、真真假假、错综复杂的本性。或是通过对大海之语、大漠之语、大江之语、大山之语、大地之语的细细聆听，来深沉感知海洋、沙漠、江河、山峦、大地的内在话语，和它们所要倾诉于人类的种种心事。抑或通过对守望的人、寻夫的人、背妻的人、乞讨的人、逃难的人、行礼的人、护子的人等各色人等的细致观察和揣摩，来表现不同的人的生理与心理、感情与认知特点，以及这些人在社会现实、人的生活中的感受与理解、参透与领悟能力。这一方面体现出了作家对于这些植物、这些人和这个社会、这个世界的细腻观察和敏锐感知的程度，另一方面则有力地展示出作家对之进行的精神观照的深度。

评论家周伦佑在《周闻道和他的散文》一文中曾这样写道：

> 据我的观察，周闻道不属于那种潜思默想的学者型作家，而是个静不下来的行为主义者。超常的精力和过于敏捷的才思，再加上职务履行中的那些频繁的开会、考察、参观、旅游……使得他的写作带有某种行为写作的特点。①

周伦佑的这些评论话语，的确是一针见血地指出了作家散文创作的特点。综合地审视作家在《对岸》和《七城书》里的散文创作，它们确乎都显现出了这样的特点。无论是在《轻飘飘的春天景象》《春色三分》《流动》这样的散文篇章里，还是在《有些花看起来很美》《对一口古井的探视》《对岸》这些散文的谋篇布局中，或者是在《迷城》《蛊城》《欲城》这些散文的具体构思上，我们都能够明显地感觉到作家的这种行为主义写作的艺术特征。作家往往凭借着自己的感性认知，或是从某种社会生活、社会存在现象出发，或是以某个故事的情节细节作为落笔点，或是把自己亲眼所见的事情作为叙事的开始，甚至于将自己臆想的某种东西作为抒写的起点，对审美对象进行逐一的叙写，其中不乏对于场面和情境的渲染，对于情节和细节的细腻描写，以及对于人物故事的详尽描述，最后再上升到理性层面的认知。这样一种写法，自始至终都以行为作为先导，又以行为作为圆满的结局，它不仅展现出作家对生活、对人生、对现实、对社会、对这个世界的细致观察和敏感程度，也表现出作家对之所具有的理性认知和智性把握。从另一个角度看，作家的这种写法，其实是完全遵循了由表及里、由浅入深、从现象到本质这种循序渐进的认知路径，或者说遵循了一种正确的思想方法，才收到了如此的散文创作效果。当然，我们也无可否认，作家的这种散文创作方式，又使得其散文艺术的表层性或浅表化的特征相当明显，不但如此，对某些散文主题的开掘不深，在结构安排上的不断重复，在情节和细节描写上的累赘，在语言表达上的固化模式，诸如此类的弊病也显现出来。这需要作家倍加深思和努力

---

① 周伦佑：《周闻道和他的散文（代序）》，《对岸》，百花文艺出版社，2006，第4页。

改正。

尽管如此，作家以散文创作为旗帜，坚持对于真善美的探索和追求，坚定不移地走自己艺术人生的道路。就这个意义上讲，作家的散文创作是对艺术人生的发现和完美的抵达。

第四节　从思想内省到精神行走

就四川当代散文发展的历史维度看，阿贝尔的散文无疑是 21 世纪以来这段时间界域里一个非常有意义的散文创作亮点，因为在他的散文中不仅充分展示出了一个当代作家的文学先锋锐气、文本革新意识，而且彰显出一个当代文人十分强烈的思想内省和精神行走。或许是因为久居于川西北大山深处而独自享受了那份特有的源于心灵深处的孤独生活，也或许是因为突然降临的重大事件深刻而强烈地撞击着他的灵魂，在新世纪初始的时光里，他一下变得相当的沉静和内敛，审视的目光也变得更为深邃和犀利。他一方面竭尽全力地去面对自己灵魂内里的真实，另一方面又深沉地思考自己在文学征途上的前行方向。于是他逐渐离弃了幻象意味甚为浓重的小说艺术，选择了更能表达内心真实的散文书写，并一发不可收，先后在《中华散文》《散文》《芙蓉》《花城》《上海文学》《人民文学》《天涯》等刊物上发表了大量具有强烈现代内省和反思精神的散文，其中的《在山地上晒太阳》《一个村庄的疼痛》《怀念与审判》连续三年被人民文学出版社编入年度优秀散文选。在这样的基础上，他又陆续出版了《隐秘的乡村》和《灵山札记》两部散文集。由此，阿贝尔的散文创作便吸引了散文界、评论界关注的目光，并荣获了四川文学奖等多种奖项。本节内容以其散文集《隐秘的乡村》和《灵山札记》为主要分析对象，着力探寻作者的这种思想内省和精神行走。

散文评论家李晓红在《回望文学出发的地方》一文中指出：

　　　　文学的出发地总是连接着个人自由的精神生存空间。这些年中国大地上正在发生着前所未有的变化，这种变化绝不止于社会的外观，更体现在人心的深处。人们的精神在变，生活的内容在变，人际关系在变，居所在变，环境在变，心情在变，尤其是城市生活，更是一天一个样地更新着、流动着，常常令人摸不着头脑，不管你欢迎还是排拒，也不顾及能不能承受得了。这些变化构成了新的"都市人生"，也构成了对城市文化的思考。在城市生活中，有追寻，亦有烦恼；有温情，亦有无奈；有热度，亦有凄凉；而这些东西化作了一缕感伤的情怀，渗透在作品中，最终走向深处，走向深层的人性困惑。[①]

从某种意义上讲，阿贝尔之所以能够在新世纪伊始渐渐摆脱小说、诗歌的长期纠缠而一下子沉浸于散文书写的审美世界，其内在动因正是对这种"走向深处和深层的人性困惑"的反复思量和深刻审视。或许是因为自幼就在一个家规十分严格的家庭里长大，也或者是由于他的生命历经了一般人难得的孤独，抑或因为人生进程中的某些重要事件的巨大冲击，他的生命世界沉积了比一般人更多的生存困惑、情感创伤，以及试图彻底挣脱这些的精神诉求。因而在新世纪的阳光照耀下，一直纠缠于他生命的那些迷惘、创痛、欲望便逐一地被破解、清理、荡除，由此步入了从未有过的内心沉敛和人生阅读，生发出对生命的思考、对思想的内省、对精神的探索；同现代西方哲学思想和文艺名著名典所进行的紧密接触、心灵碰撞，更是极大地提升了他的这种思考、内省、探索的力度、广度、深度。散文这种富有较高程度情感真实、内心真实、灵魂真实的文体，因为能够最大限度地敞开一个作者的情感内腹、心灵意向、灵魂诉求、精神姿仪，就势必会成为他表达这种思考、内省、探索的最佳选择，成为他对生命与生存、社会与时代、人性与民族、自由与精神的深刻又独特的现代内省的探索，由此传达他对整个民族的当代生活、个体生命的历史流程的那种富有现代意识、文化内蕴、审美精神、意义指涉的深层理喻和卓越领悟。所以他的散文既不像流行于当下中国散文界域里的那种绵绵密密的寄情山水的旅游感怀，也非那种孤傲寂然地端坐于书房里挥就的自我陶醉和甜美回忆，更不是那种独对现实困境、生存惶惑、文化迷惘的私性祈祷和无奈心绪，而是深刻地切进生存主体丰富复杂的内在世界，以写作主体的现代内

---

① 李晓红：《回望文学出发的地方》，《文艺报》2005 年 1 月 12 日第 2 版。

省、理性反思为基点来寻找文学创作与现实生活的新型联结方式，表达关乎个体生命存在意义的现实问题，尤其是关乎现代人的生存迷惘、心灵困惑、精神窘迫的问题。从这个意义上讲，他的散文创作所表达出来的正是中国新世纪以来散文发展的新动向或新趋势。

著名文艺理论家瓦·康定斯基指出：艺术家与常人相比有三大责任，一是他必须发挥出自己的天才；二是他的行为、情感和思想与常人一样，但他却必须用它们创造出一个精神境界，这精神境界要么清洁纯净，要么掺进了杂质；三是他的行为和思想是创作的素材，它们将对他创造的精神境界发生影响。① 在康定斯基看来，艺术家的禀赋、行为、情感、思想，既是创造精神境界的基础，又是创造艺术的素材。他的这些话固然有很浓重的形而上意味，却揭示了艺术家创造的内在精神特质。深度而理性地透视阿贝尔的整个散文创作，我们不难发现他正是因为具有了这种内在精神特质的装载，才能够在自己的散文中表现出一种非常有意义又令人玩味的创作现象——作者的散文题材和思想内容的书写，或者说作者对现代内省与精神反思的展开，是紧紧围绕着一个地域原点来进行的，这个地域原点就是那座数百年来都几乎没有多少变化，依然十分本色地静静伫立于岷山深处的乡村，以及生活在那座乡村里的那个"我"一出生便被称为父亲的人。因为父亲是在作者自己完全没有丝毫心理准备的前提下突然亡故的，所以当作者站在父亲的亡灵前，送他踏上回归大地的路时，深切感受到了无形的上缘血脉的彻底断裂，敏锐察觉到了父亲生前的伟岸和坚毅的人性内质，触摸到了一个中国乡村生长的内在力量，也意识到了一个民族的生存历史的厚重，于是一直沉积在他灵魂深处的那些纷纷扬扬的往事和旧情、场景和细节、影像和真实便被一一激活，像一个个猛然苏醒的故事次第展现于作者的心屏上。对于那些往事、旧情、场景、细节的反复回忆和多重咀嚼，虽然令作者的内心痛感悲切，但沉睡于他大脑中的现代内省意识和反思精神由此复活，他的思想力、情感力、审视力、开掘力也有了极大升华，逐渐开掘出了那些一直掩埋于自己熟稔的土地上的思想之意和

---

① 参见〔俄〕瓦·康定斯基《论艺术的精神》，查立译，中国社会科学出版社，1987，第70页。

精神之力。正如冯秋子在《个人的活着》中所指出的那样：

> 写作者一律平等地站在真实世界里，面对人的存在，面对个人的活着。世事的难度、心灵的难度、发现的难度，需要生长新的力量去思量，这一切劳动均源于觉悟，源于心灵结构方面的准备和吐纳。每个努力的人都体会过偶然与必然、相对与绝对是怎样一种辩证关系，明白自己的努力在什么样的轨道上，自己思想的极限会滞留在哪里。由是，土地生长的可能性，全在看见土地的人的生长的可能性，全在人发现土地更大的深度和力量。①

　　从散文内容的具体构成这个层面看，阿贝尔首先对那座数百年来依然不改本色地伫立于中国农业文明进程中的乡村，以及这座村庄里人的历史征程和存在现状进行了精神探索与诗性穿越，表现出非常明显的血缘意识、亲情意识、家族意识和乡土意识。对于任何一位作者而言，无论他的审美力量投注于何处，也不管他在文学创作历程中是成功还是失败，他都不可能摆脱故土的纠缠。故土仿佛一种深植于人的心灵土壤里的无形的根，会逐渐沉积为自始至终都伴随着人的心灵影像。在这种影像里，给人感受最为深刻与恒久的并非那些形式层面上的物态东西，而是一种人与村庄的血脉关系，是一种无法割舍的亲情纽带，更是一种无法用语言来表达的深层的生命联结，又彼此渗透、相与熔造为形而上意义的精神联系和哲学联结。正是这样一种联系与联结在暗中支配着作者不断地对故土进行精神回顾和美学寻访，渐次铸造为作者的灵魂意旨和审美意象。作者在《一个村庄的疼痛》里所表达的内容便正是对这种联系与纽带的精神回顾、美学寻访、现代内省和精神反思。从中国传统文化思想的角度看，任何一个家庭的父亲的突然亡故都无疑是一个重大的事件，因为它一方面表明这个家庭的精神支柱从此失落；另一方面标志着这个家庭上缘血脉的断链。因而在作者的感觉意向里，父亲的突然去世犹如一种生命之根的消逝，使他一下被抛到空旷虚无的境地，倍感自己灵魂内里的那种无形的疼

---

① 　冯秋子：《个人的活着》，《北京日报》，2003 年 2 月 16 日。

痛，这样的疼痛仿佛一把锋利无比的尖刀，能够戳穿村庄的各个角落和人的生活的各个细节，于是整个村庄都似乎产生了一样的疼痛。所以作者在散文里这样写道：

> 再次惦记起这个村庄并感觉到她的疼痛，是在我的父亲被诊断出癌以后。可以说，得了癌的父亲或者父亲的癌就是这个村庄的疼痛。就我的理解，一个村庄是一个地方的伤口，所有村庄都是地球的伤口。如果说我笔下的这个村庄是岷山丛中的一个伤口，那么我得了癌的父亲便是这个村庄的伤口。村庄的呻吟和痉挛都源于我父亲肝区的剧痛。①

伤感的回忆一方面加重了作者内心的疼痛，而疼痛又进一步深化了作者的艺术发现和审美表达，于是作者摆脱了这种单质意义层面的表达，将有力的笔触深入到活着时的父亲的生活情形、情感心理、精神存在："在中国的农民里，父亲还算是个优秀的人。一米七的个头，端庄的五官，结实挺直的身板。小时候看父亲一边铡马草一边唱《敖包相会》，就发现了他的一点点情调和风流。五十过后的父亲是村庄里最显赫、日子过得最滋润的人。发达的妹妹为他买了普通农民想也不敢想的名牌服装、名牌皮鞋和金戒指，差不多有十年，父亲一直过着起床就听收音机喝早酒、傍晚就嗑着瓜子儿散步的悠闲日子。"在作者艺术概括的笔下，活着时的父亲，不仅仅是他们这个家庭的权力中心，更是他们这个家族所以能够存活的一种精神象征，这样的父亲身居家族的权力高位，又富有家族上缘血脉、中国传统思想、文化等级观念的强力护卫，他便有资格在整个家族中君临一切，生活的风光无限、光彩照人更是一种理所应当。这篇散文正是通过这样两个维度的艺术表达，揭橥出作者灵魂疼痛的根本缘由，又艺术地活化了父亲的形象威仪和精神风光，浸透着一种较为强烈的血缘意识和家族意识。

从某种意义上讲，作者在散文《一个村庄的疼痛》里所表达出的灵

---

① 阿贝尔：《隐秘的乡村》，湖南教育出版社，2008，第82页。

魂疼痛，以及对于父亲形象的艺术表达，不过是他的现代内省意识和反思精神的一个幅面，透过这样的幅面来审视作者的内心世界，其文章中所传达的土地意识、家园意识才是更为深刻和充满本质意义的。对于每一个作者而言，他或她的内心都镶嵌着一个富有自我认同意义而别具审美内涵的家园或故乡，但它于外在通常被表征为一种大致的形象轮廓，或是一种朦胧的影像存在，在内里则体现为人的家园意识、故乡意识或者血缘意识、土地意识。在作者的灵魂界面里，具体的土地感与家园感主要体现为后者，因而他在散文里更多的是传达对乡村的现代性内省和反思。"我出生在这个村庄。我的整个童年都发生在这里。我最初的皮肤、毛发、血、心脏和铸造骨头的钙是这个村庄给予的。纵横交错的石墙，石墙边婆娑多姿的樱桃树，农历三月房前房后成熟的樱桃，以及早晨沾满露水的鸟鸣和摘樱桃的人的喧闹，构织了一幅桃花源式的田园图画。房背后满坡的青杠林和雨后青杠林里的红菌子是我童年所有幸福的象征。冬夏秉性截然不同的涪江，以及躺在江边的大青石上望星空的经历培育了我全部的想象"。作者笔下的这座村庄，应当说具备了作为家园或故土的一切优点和原生美感，更何况它还被作者赋予了"童年所有幸福的象征"和"培育了我全部的想象"的意义。有如此生动鲜灵的自然风光、如此恬淡安详的生活存在、如此丰富的精神承载的村庄，作者为什么还要毅然决然地选择离开？是它的那种令人难以承受的"巨大的无法言说的宁静"，还是村庄外面的世界的精彩纷呈、魅惑无比，抑或他心中的那些无形之梦持续不断的牵索？或许兼而有之吧。也正是因为选择了这样的离开方式，作者才得以在精神寻访中重新审视自己的家园和故乡，才得以开启了他构造现代内省思想和反思精神的审美世界的征程。"我并不是为了去另一个世界寻梦而离开这个村庄的。我的梦就在这个村庄。我是为了不当农民才离开的。离开村庄，很快就忘记了村庄。像所有的忘记一样，我的忘记也意味着背叛。在贫穷愚昧的岁月我失落了黄金，我不想在对黄金的追忆里再失落白银和青铜"。当作者的现代内省思想和反思精神在时代潮流的激烈冲击下基本成型并显现出某种牢固的稳定性之后，才真正意识到自己对家园或故乡的离弃其实是为了寻找理想的白银和青铜，所以构成作者对土地与家园离弃的根本动因在于贫穷的困窘和生存的压力，这无疑又是整个中国农民群体选择离开家园、乡土的主要内在动因之一。如果说自己父亲的溘然去世是引发作者灵魂疼痛的一个重要因素，那么村庄的现实贫穷和人的生存重压则是构成他精神疼痛的另一个重要因素，两者又融为一体铸造了作者内在疼痛的多重性，因而一个村庄或者说这个村庄里所有人的内在疼痛便被作者演进为民族意义的精神疼痛。散文正是通过"我"对这种复合性疼痛的重新体验、再度审视和精神提升，揭示了历史或现实中作为人的灵魂疼痛的根本，体现出作者现代内省思想的深刻性。

就散文创作而言，只有那种历经了心灵震撼和情绪沉淀而形成的思想，才是它灵魂的骨骼，也是它境界的升华，因而既感性又巧妙糅合了理性之思的散文才能给人以厚重沉实的感受，这样的散文也才能矗立得更为持久和更加有力。如果说散文《一个村庄的疼痛》所传达出的思想内容已然体现出了作者现代内省的思想含义与内省范畴，并且没有限定于某个单质的意义层面——血缘、亲情、家族等，那么作者在散文《对岸》里所传达的现代内省思想和反思便具有质的提升和面的延展，因为它有如作者在无尽的向往、深度的怀疑中的思想探索和艺术追求的二重奏。从文艺创作心理层面看，任何一位作者都是不可能完全绕开他的童年记忆的，这种记忆仿佛一座横亘在作者创作历史进程中的坚固而威挺的高山，也同时在暗中操纵着作者对写作材料的选择和对思想意蕴的表达。阿贝尔的整个童年基本是在川西北大山深处涪江边上一个名叫胡家坝的小村庄里度过的，村里的小孩在放学后不是结伴去拾柴火扯猪草，就是成群结队地在一起自由玩耍，享有属于他们童稚生命的快乐。他却不得不独自一人去放牛。在童稚的内心感觉里，一个人放牛是一件多么无趣无聊的事，或独自静坐于空旷寂寥的江河之畔，或面对寂静哑然的大山，或孑然行走于草木萋萋的荒野深处。正是这种无数次的孤独面对和独立行走，孕育了他对大自然的特殊情感和对世界进行内省的念头。他每每躺在江边的卵石上，仰望昼夜交替的时空、日月更易的象仪和时令节气的变奏，便不由得升腾起了要越过宽阔的江流去对岸的欲望。为了实现这个欲望，他不知偷了多少自家园子里的蔬菜去贿赂那个摆渡人。当他乘着那条运石灰的船越过湍急的江流抵达对岸，站在对岸上凝视自己的村庄时，他又感触到了一种强烈的陌生和巨大的震惊，因为他居然不知道村东那排高大的椿树是谁家的，村西竹林掩映的木屋主人姓甚名谁，甚至找不到自家房屋后门那条唯一上山的路；他更不敢去想象，一旦攀上了更高的所在进行眺望，那些巍峨的山还是不是自己曾经一直仰望的山，那座自古以来就躺在江边的村庄还属不属于自己，那些熟稔的人是不是会一下变得格外的陌生。一种向往的美丽和深度的怀疑便开始在他幼小的心里发芽、生长、植根以至快速地无限地蔓延……在作者的向往和怀疑不断朝前推进的过程中，他的思想也由实向虚不断地延伸、扩展、升华并深入灵魂、精神的骨髓，此时的对岸已然不是一种地理意义的对岸，而是作者的理想、灵魂或者说宗教、哲学意义上的彼岸。作者对对岸的由实而虚的内省深入和审视提升，把一个物态性质的对岸变异为一种精神属性的对岸，使向往的美丽与深度的怀疑融为一体，由此而增加了作者现代内省的思想内涵和反思的精神。

　　散文虽然是一种可以依托虚构来建构思想内省和审美世界的艺术形态，但又绝非那种莫须有的虚构，更不是人的激情飞升之余的无意义之为，它的目的在于借助虚构进入写作对象的灵魂内里，感受写作对象深邃的心灵世界。每一种事物或每一个人其实都是一个自我完满的小宇宙，用审美的方式虚构和表现这样的宇宙，不仅仅是散文作者综合能力的一种体现，同时也是加强其思想内省力度的重要手段。"一个人有他的荒野吗？"这便是作者在散文《深处的荒野》中虚构出的一个问题，或者说是作者的现代内省思想的另一个幅面的体现。什么是作者所谓的一个人的荒野？一个人的肉体层面，或是他的精神层面，还是整个人类社会范畴，抑或整个宇宙时空存在？正因为这个荒野的内涵十分丰赡、意义指向深奥，才令人反复思索玩味不尽。在作者的思想认知里，"一个人的荒野有两种。身体的和灵魂的。我们爱一个人，迷恋一个人，甚至与这个人有许多身体的和内心的交流，但如果我们还不曾绝对地得到他或她，他或她就有荒野。……对于我们自己，身体的荒野是背部和足心。不借助镜子，我们永远看不见我们的背部。足心是最容易被忽略的部位，如果我们没有患上脚气。我们灵魂的荒野远远比我们身体的荒野广大、深邃。孤独是灵魂的荒野。害怕孤独就是害怕裸露荒野。对于大多数对灵魂缺少发现、缺少关注、缺少培育和探索的人来说，他们的荒野就是除开一张庸常的脸的全部"。显而易见，作者所谓的荒野更倾向于形而上的哲理意义指向。正是在这种意义指向的差派下，作者认为无论是村庄还是城市都存在归属于自己的荒野。对于村庄来说，它的荒野不在于村庄内部的那些房背上的水葵、屋檐下的青苔、马厩边的手磨、竹林里的鸡犬、老牌老调的水牛、袅娜的炊烟、樱桃树下被磨得光溜溜的铺路石和人与人之间的亲情、爱情、友情、人情的组合，也不在于村庄外部的那些光秃秃的岩石、阴森森的灌木、坍塌的坟头、荒芜的土地和电闪雷鸣的雨夜、河水寂寞的流淌，而在于游离于村庄之外但又牢牢地控制着村庄的那种无法用语言表述的荒野；对于城市而言，它则有着这样两种意义的荒野。一是在繁华街市的午夜。因为在午夜或午夜之后，繁华被睡梦带走，留给街市的只有空旷、昏暗和寂寥，还有少许的恐惧。寂寞的沙发、杂志、插花、盆景、艺术墙和吵闹又无聊的电视构成了城市的另一种荒野。空虚、压抑，长时间的无言，时隐时现的恐惧，体现了城市人的荒野感。由此出发，作者又纵笔深入整个人类社会和宇宙时空的存在内层，认为它们同样存在自己的荒野，只是这种荒野对于常态意义上的人，对于科学水平处于有限性的当代来说，更不容易感觉到和把握住。于是作者便生发出了这样的结论：时间有荒野，宇宙有荒野，我们的灵魂深处更具有一处处难以知晓的荒野。

对于大多数置身于当代社会真实生活场景的人来说，大家都可能会是在虚与实这两种层面的一种活着，并且尤为注重实际生活的意义发现和倍加赏玩，正如那些沉湎于文化快餐里格外看重生活感觉的人；对于一直苦苦追寻精神生活的丰富性与深广度的人来说，他就可能更多自觉地把自己的注意力投注于虚拟的生活空间，以充分享有它们为灵魂的自豪和内心的快乐，那么他便是一个名正言顺的务虚者，正如作者自己。"务虚者是他，不是我。或者说务虚者是第三人称，不是第一人称。他务虚，他一贯地务虚，他只务虚。他的务虚表现为三种形式：看书（不是读书）；想（不是思考）；写东西（不是写作）。一个人因为务虚成为大人物，他的务虚就大打折扣了。这种人危险。他是真务虚者还是假务虚者，只有他自己和天知道。他要是我，或者说他要是第一人称，我就敢断定他是真务虚。可惜他是他，他是第三人称。第三人称很危险"。这是作者在散文《一个务虚者的春天》里的开场白，虽然它给予读者很浓的玩语言的味道，但又并非完全利用语言的活性来构造没有审美意义和认识价值的句子、意象，而是道出了自己的"正在"的生存状态和思想活动的内容，或者说作者在暗示自己"正在"的精神指向，这就为这篇散文的思想内容表达定下了基调，即作者是在对人们业已形成定论的所谓务虚者进行重新审视和意义探求。于是作者首先便从发生在自己眼前的"务虚事件"开始审视："务虚者的春天是从他的父亲的周年忌日开始的。他的妹妹开着一辆黑色的丰田，捎着他的二哥和母亲从千里之外的异乡回到了老家。他携着妻子与五块钱买到的纸钱和香蜡也回到了老家。祭父，对于他也是务虚。"把对父亲的祭祀活动看成是一种务虚，这并非作者对亡故的父亲的不敬，而是对这种活动的实际意义产生了某种质疑，因为有了这种质疑，他"不知道他的母亲和同胞们都怀着怎样的心思，也不知道他们是否反思过自己的心思"，更感到了一种刻骨的孤独和激情、勇气的失落。由此生发开去，作者将自己审视的目光逐一掠过一群享有世界声誉的务虚者——萨特、叔本华、博尔赫斯、昆德拉、毕加索，把认知和思考凝定于塞尚的艺术精神、伊拉克战争、政府换届和"非典时期"，以为塞尚先生最好的东西不是那些被世俗的人们反反复复颂扬的作品，而是他对已经成型的艺术的"背叛的背叛的背叛"，是他拒绝重复的冀望能完全体现个人自由创造的艺术精神；以为战争的痛源自灾难、炮火、死伤、流亡、毁灭，战争的起因是资源的耗费和环境的恶化，是独裁、强权的不道德和人性的泯灭；以为"非典"并不仅仅是一种病毒的威胁的降临，而是对人的内在品德的深度叩问和重新衡量。从作者的这些认知和思考里我们不难看出，他对于务虚既有一种无法言表的钟情与神往，也同时感到了源自它的那种不堪的灵魂负重和对人的内在性孤寂的深层切进，因为务虚不是时尚和玩深沉，更不是悠闲式的轻松活法，而是灵魂与精神质重的指向。一个务虚者又当如何去务虚呢？这似乎是又一个问题。

在上述的现代内省思想表达里，作者主要从正面来进行和完成他对家族、自我、土地的审视与内省，因而它们所体现出的思想内省基质就是人、血缘、亲情、村庄、土地之间的关联。一旦进入他在散文《怀念与审判》里所传达的现代内省思想，我们便会深感作者的思想批判的力度与深刻，尽管作者是在怀念与审判的矛盾体中形成的批判，但他的思想内省指向和批判精神却是文化内层的。因而这篇散文就存在两个鲜明的思想内省层面：一是对父亲的怀念，二是对父亲的审判。

> 从即刻往回走，走过昨天，走过前天，走过四百五十六天，就会再一次看见我的父亲躺在一口松木棺材里，整个人都枯萎得不像人了，像枯花，或者像木乃伊。棺材停放在堂屋的两条高凳上，盖子翘着，斜着一道缝儿。人们就是通过那道缝儿告别我亡故的父亲的。……烧纸的有我的母亲和妹妹，大哥和二哥，也有亲戚。我依旧记得我母亲和妹妹烧纸钱的样子。跪着。半跪着。继而蹲着。母亲的悲痛已有所缓和，眼里除了一点茫然，就只剩疲倦了。从千里之外回来的妹妹在打盹，火苗舔到手指也不知道。①

作者一起笔就把人带入一种悲伤、哀痛的生离死别的场景，但每个人的悲伤、哀痛又是有分别的，为父亲烧纸时的情感态度，抑或怀念的程度也就不尽一致：母亲给父亲烧纸是因为父亲一生都对母亲好，爱母亲，虽然这种爱是旧时旧式的，但毕竟是爱，有本能，有责任，有礼数；妹妹所以给父亲烧纸，是因为妹妹对父亲好，真心的好，她给父亲买金戒指，买名牌衣裳，拿钱给父亲治病；"我"也烧过纸钱，因为不明白烧纸钱的意义便去打麻将了，只是下桌撒尿时顺便丢几张纸在锅里，"我"更不明白，是不是人死了黑的污的都没有了，留下的都是闪闪发光的。同母亲、妹妹的思想情感相比，"我"的行为无疑是极为反常的，更是令人难以理解的。作者为何表现出这样的反常，为何对自己亡故的父亲显示出如此冷酷？因为"在我的记忆和感觉中，我父亲的形象恶劣但却鲜明"，因为父亲在作为父亲的生命历史上一贯奉行"黄荆条子出好人"的方针，他打人的密度和力度与人犯错误的严重程度全无关系，只与他的心情有关。如此一来，"我"不但害怕见到父亲，甚至害怕听见父亲的声音和看见父亲的影子。于是作者从血缘传承及其家庭里各个成员的性格、婚姻和爱情、社会历史与社会文化等多个角度对父亲进行现代性的反思和审判，父亲身上的集权思想与权力专制便昭然若揭。在这种权力和专制之下，"我"这

---

① 阿贝尔：《隐秘的乡村》，湖南教育出版社，2008，第95页。

样的有顽劣、有叛逆甚至有反抗的后辈之人，其生存境遇和命运历程是可想而知的。正是作者的这种现代性反思和审判，不仅使这篇散文赋有了家族史及个人生存史、心灵史的意味，而且凸显了作者强烈的"文化审父"思想，即对中国历史上源远流长、影响深广的父权思想的精神审判。作者的这种写法，既突破了传统的思维模式和审美表述的桎梏，又将散文书写变成了主体灵魂的强烈内省和反思，彰显出别样新意。

自散文集《隐秘的乡村》出版并一举荣获四川文学奖以来的数载光阴里，除了偶尔在一些重要文学期刊亮亮自己作为散文作家的大名，阿贝尔在大部分时间里如一个灵魂安静的行者，完全沉潜于独立的精神行走，并在这样的精神行走中随手捡拾那些被人们忽略、漠视乃至有意弃掷的唯美之象、纯质之物，由是便有了他的第二部散文集《灵山札记》的面世。在这样一部散文集里，作者是否依然如故地沿着他之前的散文创作路径继续奔向更远的远方，又是否能够再度体现之前那种在思想意蕴表达方面的厚重和深邃，或是在人的精神内省和反思中攀上更高的台阶，或在散文艺术美学方面展示新的探索和变化？这的确是值得我们非常期待的。细细解读了阿贝尔的这部散文集后，里面所呈现出的并非一如我们先前的审美期待，尽管作者的审美关注视域仍然凝定于那条称为岷江的河流，并显现出一定意义的扩展和延伸，但却是以对另一种散文内容的书写和审美表达，或者说是通过一个行者对于岷江两岸及其广大流域的独立精神之旅，艺术地呈现他所拥有的自然情怀、大地意向、心灵内涵、思想意旨，向我们展示出他散文写作的另一种新的意图，即一个行者的精神地理图景——关于自然世界的山水文化、生命历史、物象存在的宽阔蕴含的能指和所指的。作者或是将睿智的目光聚焦于岷江流域的自然存在和生命历史，或是深深地寄情于岷江两岸的秀美山川、江河源流、动物植物，或是索性沉入漂流于岷江之上的记忆往事、旧时影像，抑或将审美观照的视野伸向岷江流域之外那更为辽阔和巨大的存在，由此为我们绘制出一幅幅充满着自然存在意向、自然生命包孕、自然文化韵味、自然文明蕴示的精神图景。

作者为何如此痴迷于对岷江及其整个流域，特别是对岷山的文学书写？不是因为岷山是一座地理意义的高山，也完全不在于岷山下的岷江串

联、缀合起了藏、羌、回、汉等多民族的生存和文化，而在于作者对它的
独特感觉和领悟。

> 岷山所经历的时间，以及发生在时间里的细节，都是我们人类无
> 法窥见的神圣。它以它现在的面貌震撼我们，涤荡我们的灵魂；用巨
> 大的、细节绵密的美铸造了我们的思想，启迪我们的想象。……岷山
> 有灵。灵在接近天空的海拔，灵在圣洁，灵在雪线，灵在杜鹃，灵在
> 藏人和氐羌人的歌舞，灵在灌木丛的寂寞和原始森林的宁静，灵在雪
> 溪一样潺潺流淌的万古的永恒……岷山有灵，灵在万物。①

这是作者在为《灵山札记》所作的自序里的一段话，从中我们便能
感触到作者对于岷山的感觉和领悟，以及蕴含其中的由来已久的深挚情
感。从另一个角度看，岷山也是作者心灵广义上的家园或乡土。或许正是
因为这样一种深挚的情感和强烈的家园感，作者才能从容步入岷山及其深
处的广阔、博大、辽远、无限，发现其所蕴含的审美观照的意义和价值。
作为人类世界现存的一处极其独特的自然山水文化景观，九寨沟历来都是
无数中外游客源源不断、亲临光顾的重要旅游之地，文艺作品对于九寨沟
的审美描述和艺术呈现可谓数量庞大，其作品用数不胜数来形容也不为
过，如何才能使作品更具创新意味的审美表达，显现出新颖别致的意蕴开
掘，的确是对一个散文作者能力和水平的重要考量。作者对于九寨沟的散
文书写，与许多当代文艺家迥然有异，不仅显示出艺术手法的新颖，而且
表达出更为丰富的思想内涵。在作者的审美直觉里，九寨沟完全就是一个
美妙绝伦的雌性之体："九寨沟的水包含了女性全部的色素；水量足以暗
示女性全部的经血和体液；而水姿，则是女性娴静、泼洒、奔流多种气质
的外化。娴静是主流，泼洒仅仅在海子间的衔接处，而真的激情飞扬也只
是在为数不多的几个瀑布。……海子间的灌木丛非常类似女性私密处的前
沿。时而幽暗，时而透爽，隐秘之处幽泉暗涌。"② 沿着这样的美学修饰

---

① 阿贝尔：《灵山札记》，中央广播电视大学出版社，2013，第2~3页。
② 阿贝尔：《灵山札记》，中央广播电视大学出版社，2013，第18页。

路径，作者又对这个美妙的雌性之体的各个细部构造进行了书写，长海像一个毫无遮拦的女人体，诺日朗像个大众情人，草海是个走过很多山路的牧羊女，五花海是个纯真又不单纯的少妇，树正群海则最具女性生殖器意味。作者对于九寨沟的这番比喻性描述，虽然存有些许艺术把玩的意味，也似乎充斥着几分情色的想象，却从另一种艺术视角展示出这个"人间童话"的旷世之美，这在笔者有限的阅读范围里，是极其少见又充满新鲜感的。显而易见，作者并非以这样一种审美描述来刻意宣扬自己的标新立异，而在于充分展示他对散文写作常态的一种突围，或者说是对九寨沟的文学书写已成定式的破除和创新。当然，作者思考问题的重点并不完全在于此，面对越来越庞大的旅游阵容，九寨沟的原生态美正在慢慢地消减，海子的干涸和数量的减少，沟水流量的次第下降，已严重地威胁着它的生态环境和自然之美，所以作者在文章的最后不无惋惜，在惋惜中又暗含深深的忧戚和悲怆："九寨沟可能还有一种绝美。那便是灭绝之后的遗址的美。"① 我们如何去挽救九寨沟，不致使其成为遗址的美，可能是我们的当务之急，也是重中之重。

　　矗立于川西北高原上的雪宝顶为岷山山脉的最高峰，不仅有着立体鲜明的擎天意味，而且富于强烈的雄性挺拔感，然而多少年来，人类登高远望的目标都一齐瞄向珠穆朗玛峰，矮了一大截的雪宝顶便少有人问津，备受孤独的煎熬和冷遇的折磨。所以作者在散文《雪宝顶》里一起笔，便道出了自己对雪宝顶的这种感触："5588 米的高度，已经算得上擎天的高度，白雪皑皑的头颅和嶙峋峥嵘的肩胛骨也是擎天的姿势，但这擎天却又是孤独的——孤独到了一种虚无，不像是一种突出地平面的屹立，倒像是一种沉陷于海沟的失踪——碧空、阳光、冰川、疾风、暴雪、黑云装裱和衬托了它的孤独。最广阔最深邃的孤独发生在宁静时分。雪花静静地落，或者阳光静静地燃烧。那样的静本身便是一种全息的空寂。"② 雪宝顶的孤独和空寂，似乎深度应和了作者曾有过的生命孤独和人生空寂，召唤他重新步入内心的宁静，这样的宁静又驱遣着作者将自己探寻的目光不断深

---

① 阿贝尔：《灵山札记》，中央广播电视大学出版社，2013，第 26 页。
② 阿贝尔：《灵山札记》，中央广播电视大学出版社，2013，第 39 页。

入雪宝顶的绝美，以及那些为了零距离地目睹这种绝美最后成为"风干的豹子"的生命死亡意义。作者发现雪宝顶的绝美有两次：一次是在水晶场镇的丁字路口，不经意的一个抬头便同瓦蓝天际下的雪宝顶如遭遇情人一般，"突然有了来自冰雪的燃烧"；另一次是在红原草地上的傍晚，隐隐约约的雪宝顶遥远而神奇，令作者又一次产生如恋情般的燃烧。于是作者满怀深情地这样写道："作为一个从出生便跟岷山有染的人，我对雪宝顶是有原始崇拜情结的。高远，白雪皑皑，圣洁，可望而不可即，不可知，都是我崇拜的元素。"雪宝顶本是一片未开垦的处女地，令许多人只能远观而不可近玩。在 1986 年的盛夏，中日登山队的脚印终结了它的这部处女史，人类也为此付出了沉重的代价，北大女生周慧霞成为雪宝顶的第一只"被风干的豹子"，四年后另一只"公豹"也在这里被神秘地风干。对于这两只先后"被风干的豹子"，作者曾一度相当不解，这些人为何要去惊扰雪宝顶的绝美，又为何要破坏它纯洁的处女史，是为了寻求生命的探险刺激，还是梦想达成攀上绝美之高的愿望？同美国女诗人西尔维娅·普拉斯的诗句相遭遇时，他才顿然明白：死亡其实是一种艺术，那两只"被风干的豹子"正是在寻求这样一种死亡的艺术。尽管这样的死亡艺术饱含浓郁的悲剧美学色彩，或者死亡哲学的意义，但仍然令作者充满敬意和内心向往：

> 做一只雪宝顶的豹子或者青羊，被风干，被雪藏，要好过床榻之死百倍。我迷恋那样的失踪，被人世间遗忘，而灵魂，顺着一次雪崩上升。我从来都把与圣洁同在、与孤独和宁静同在看成灵魂的事，也看成肉体的事。①

这与其说是作者对生命遭遇不测的哀悼、祭奠和崇敬，不如说是作者对于"死亡是一种艺术"的人生解读和诗意表述。由是可见，作者并不畏惧死亡，关键在于要明白死亡的意义和价值是什么。那两只"被风干的豹子"是不是在用这样的死亡方式表达另一种意义的生命绝美，这样

---

① 阿贝尔：《灵山札记》，中央广播电视大学出版社，2013，第 43 页。

的绝美又是否能够同雪宝顶的绝美构成某种哲学意义和普遍价值的共契？很显然，作者对之是认同的，也是赞许的。

对于岷山腹地那些芸芸众生的深情关注和审美书写，无疑也是《灵山札记》的重要内容之一，其中尤以散文《尼苏的眼泪》《1976：青苔，或者水葵》最为突出。作为新中国诞生以来白马藏族中最漂亮的女人之一，尼苏曾有过一段非常荣耀的人生和特别幸福的时光：身为少数民族代表之一的尼苏被邀请参加 1964 年 10 月 1 日的国庆典礼，10 月 5 日下午在人民大会堂受到党和国家领导人毛泽东、周恩来、刘少奇、朱德、邓小平等的亲切接见，其间还被毛主席特意关注到，并被询问她是哪一个少数民族的。这可谓白马人历史上的前所未有，所以无论是在本县地方志的文字记载中，还是于来来往往的众多民间传说里，尼苏都是一个富于强烈时代色彩的被神化的人物，或者说那个时代的人们强加给这位白马女人一种政治抒情。而尼苏真实的内心及尼苏真正想要的生活或人生，人们其实并不知道，也根本不去关心，他们知道和关心的只是罩在这个女人身上的那些看似美妙的光环。或许正是因为有着这样的文字记载和民间传说，才引发了作者前去采访尼苏的隐秘冲动。尽管距离那个时代已有半个世纪，但在作者的想象里，这样一位充满神化意味的白马女人，应当是住在县城，或者市里乃至省城。而令作者没有想到的是，今天的尼苏依然住在川西北高原深处一个叫祥树家的白马山寨里。作者第一次同尼苏相遇是在一座木桥上，可能是小桥流水、阳光明亮、山色青翠的缘故，她"怎么看也不像是七十多岁的老人。六十岁都不像。有皱纹，但不是老人的脸颊，更不是老人的身材。尼苏身材匀称，依旧潜伏着活力，灰色的 T 恤衫显得很宽松，很休闲，且不失优雅"①，作者与尼苏约定次日去采访她。作者次日见到的尼苏，已全然不同于昨日木桥上的那个尼苏："而此时坐在我面前的尼苏则是一位真正的老妪。不只是皱纹，不只是老态，还有那么一点点酸楚，一点点邋遢。"② 仅仅一日之隔，作者为何在见到同一个尼苏时会生发出如此不同的内心感知和语言描述？是由于天光和场景不同，还是因

① 阿贝尔：《灵山札记》，中央广播电视大学出版社，2013，第 93 页。
② 阿贝尔：《灵山札记》，中央广播电视大学出版社，2013，第 101 页。

为作者从这个女人的表情、心理中敏锐地觉察到了她生命历程中所饱含的某种沧桑，以及独自对于个中沧桑的隐忍、抚慰和治疗？随后尼苏便向作者断断续续地讲述了她的整个人生。凭着那个重要的历史时刻，尼苏本可以走上人生的坦途，或是平步青云于当时的官场，或是拥有不凡的幸福人生，但成也美貌败也美貌，她的美貌及她所得到的一切，在许多人看来仿佛是一种"不正当的拥有与获利"，由此她便招来了许多人的嫉妒或是诋毁，遭遇了生命中那些难以诉说的冰冷人性。为此，尼苏竭尽全力与之抗争——以数倍于他人的辛勤工作来力证她不是一个靠美貌来拥有、获利的女人。不幸的婚姻是尼苏生命里的另一个重创。因为听命于自己的父母，尼苏不得已嫁给了自己父亲的外甥杨宁珠，这个"不是堂堂的威猛的"、"而是猥琐、卑微而又阴暗的"、爱猜疑甚至有些心理变态的白马男人，对待尼苏的主要方式便是粗暴的武力，在肉体上心灵上给了尼苏以沉重的打击和深度的折磨，尼苏的唯一选择便是毅然决然的离开。面对时代的神化、众人的嫉妒、沉重的家暴，作为一个普通白马女人的尼苏，只有将委屈的眼泪往自己的内心深处流淌，只能一个人默默地品味其中的酸楚和疼痛。因而在作者看来，"在褪去光鲜之后慢慢呈现出锈迹，并显示出沉重哀伤的气质"的尼苏，她的内心是多么的疼痛，她的生命又是怎样的沉重。这是历史的过错，还是时代的迷惘，抑或尼苏个人的哀痛？大概兼而有之吧。这或许也是作者意欲揭示的思想意义。

散文《1976：青苔，或者水葵》，以一个特定的历史时段作为书写内容，作者着意于对这个历史时间阈限内的那些少年记忆往事的回叙，或者说是对一种族群记忆的审美表述和重新发掘。在这样的回叙里，既有国家、民族层面的重大事件，也有个体生命维度的细小事情；既有意识形态维度的特殊历史影像，也有群体生存向度的现实境遇，既有蕴含丰赡的国家记忆和族群记忆，也有内容单纯的个体记忆和群体记忆，这些都彰显出这篇散文的思想重量。

在《有感迟子建》一文中作者曾这样写道：

> 因为散文实在是不需要什么技巧。心不在技巧，自然就在语言和感觉了。没有技巧，流淌的就全是真，全是情，全是美了。……我

想，除开才气，肯定还有别的因素，比如对文学的爱的分量、执着的程度，比如人的命运和作品的命运。我相信一个作家是有他的命运的，一个作家的作品也是有它的命运的。①

这些话无疑是从思想、情感、审美等方面表明了作者对散文创作的认知，又无不是他进行散文写作的内在动力：除了必须对文学语言和生活感觉予以重视外，他更看重对散文爱的分量和执着的程度。因为有了对写作的深刻体验和智性理解，作者才把散文写作看成一种纯净自己精神、升华自己理想的心灵仪式，尽可能地使它避开琐屑世俗与欲望现实的搅扰，不去复制业已成型的散文文本样态，在自由、真实、执着、透心的创作中充分展示自己的艺术个性和语言魅力。以此来解析作者在散文创作中传递出的艺术美感，它们便体现为以下三个方面的特质。其一是浓烈深挚的个性气质的张扬。作者有意识地把散文视为一种心灵开放的艺术，善于对往事情景、内在体味、心灵影像等进行多重向度的艺术捕捉和审美领悟，并将它们化合为自我的经验世界和深沉感悟，无论是记人写事画像，还是抒情言志说理，抑或对自然景物的灵性透视、对社会人生的真诚感怀，都体现为至情至性的真我展示，张扬自我的内省精神和灵魂力量。其二是作者充分调动起自己的全部艺术触角和多重审美感知，将小说、诗歌、散文在表达方式上的各自所长进行艺术的整合和审美的熔铸，既以此充分摒弃传统散文在叙事、写意、抒情的诸多缺失，又卓有成效地鉴取它们各自在艺术表达方式上的优长，从而传递出散文的叙事美、写意美、诗性美。其三是散文语言的诗化的美学内质。散文历来就把自己看作诗歌的同道，并以诗性的精致、情感、色彩和内在的节奏来使自身彰显出蓬勃、绚烂的诗意美感，作者在散文创作中就有意识地将散文的诗意美感表达作为自己散文的重要标志，既注重情感的诗意探测，又善于以感情来熔铸诗意形象，并通过有效的艺术手段强化散文诗意的内在节奏，从而使他的散文显示出自由构建的精神向度。作者关注的事件、情景、人物和由此产生的内省，虽然是围绕着故土这个原点展开的，但他并没有受其限制，而是不断地在心理

---

① 阿贝尔：《有感迟子建》，《福建文学》2004 年第 10 期，第 85 页。

时空、情感时空、地域时空、历史时空之间进行变换，并通过对它们进行艺术整合和矢向融会来架构散文，这就打破了散文叙事的线型流程和固有的叙事模式，解构了传统散文陈旧僵化的叙事方式，使散文结构显示出灵活的美感。

倘若从现代散文艺术发展角度看，作者在散文创作中也表现出了某些不足。首先是题材范围的相对狭窄。从他散文内容的整体构成看，除了围绕着自己的故土与家园进行选材外，他的眼界似乎被某种东西遮蔽了，并没有把自己的选材视界延扩到一个更为深广的领域，因而显现出选材的局促与狭窄。其次是在抒情、叙事、写意上表现出某种不平衡。因为作者有意识地把内在关注的重点放在抒情和写意上，所以叙事便暴露出了某些粗浅与单质，不是轻易掠过，就是简单而为，事实上某些叙事的意义远远大于抒情、写意本身，因为使用有效的叙事，既显得客观又能增加思想含量。这些都有待于作者在未来的散文创作中加以改进。

第五节　无法割舍和忘却的乡愁

在四川当代散文创作领域，有这样一位作家，他由河北入四川，他当过兵、打过工，也干过苦力杂役；他的散文作品曾获得过第三届冰心散文奖，也曾荣获过全军的文艺大奖；他的散文作品分别发表于《人民文学》《中华散文》《散文》《十月》《天涯》《芙蓉》《大家》《北京文学》《散文海外版》等重要刊物，陆续出版了长篇散文《梦想的边疆——隋唐五代时期的丝绸之路》《匈奴帝国》，及散文集《沙漠之书》《生死故乡》《沙漠里的细水微光》《历史的乡愁》等十余部著作。他的名字叫杨献平。本节的主要内容，是力图通过对他的散文集《生死故乡》和《历史的乡愁》的分析和评价，探寻其散文创作的思想表达和主要的艺术特色。

关于杨献平散文创作的评论文章有不少，这其中最为典型也最具有力道的，是中国人民大学出版社的编者对其所做出的那一番评价：

> 这部长篇散文就太行山南麓，即河北南部、山西东部、河南北部太行山区乡野人文历史、民间风习、乡村传统等诸多因素，进行了较

为全面、深切、真实的书写和呈现，堪称一方地域民众生活与精神传统的集体画像与北方乡村人群当代世俗生存史。作品自觉摈弃了旧有的抒情与浪漫、矫饰与伪饰的乡村书写惯性，以本真、白描乃至小说散文杂糅的书写策略，涉及当下农村现状和文化习性，通过人物行迹和他们的曲折命运烛照近半个世纪中国社会生活的变迁。①

这些评论话语，虽然仅仅是针对作家的散文集《生死故乡》而言的，但它的的确确揭示了作家散文创作表达的思想内容和主要的艺术特征。正如这位编者所言，作家以南太行的广大乡村作为写作背景，讲述了一系列富有意味的乡村故事，刻画了众多栩栩如生的乡村人物，抒发了作家对于乡村的深厚情感和浓重的乡土情怀，表达了作家难以忘却和无法割舍的乡愁。从另一个角度看，作家以对南太行乡村的叙事，来试图构建自己的文学领地，即以小说与散文杂糅的方式，通过对乡村历史的钩沉、对乡村现实的书写和对乡村人物的刻画、对乡村故事的讲述、对乡村场景的描述，由点到线再到面地逐级展开，深入发掘社会底层民众生活的真相，尤其是蕴含于其中的那些痛苦与哀伤、无奈和绝望，以此来完成对一个属于自己的完整而全面的乡土世界的构建。这是其一。其二是作家通过讲故事的方式，对乡村民间的历史与现实进行深入的勘探，借以透视乡村民间的家长里短和飞短流长，极力表现乡村民间的矛盾重重及其复杂的内部纠葛。这才是作家创作这部散文集的真实用意。毋庸赘言，作家达到了意图完成的这个目的。

作家在《楔子：不是纪实，也不是虚构》这篇文章里曾这样写道：

或许，我只为了创造和"牢固"一个地域的名字，并将之以文学的方式，进行一厢情愿的推介和扩散。所有的地域都是人的地域，是人生存的自然依据。我个人所炮制的所谓"南太行"，从地理上说，即太行山在河北南部、山西东部、河南北部的那一片庞大存在。而我所能及的，也就是这一片同气连枝的地域人群。若从整个

---

① 杨献平：《生死故乡》，中国人民大学出版社，2014，封底。

文化传统、生存方式和世俗表现等方面来看，这不仅是一个南太行，甚至可以辐射到整个中国北方乡野。……我固执地以为，在中国，无论哪一地域的人，其风俗的差别微小到甚至可以忽略不计，而人事人心人性，却总有着强烈的别异性与深邃感。我的这一些文字，首先是人的，而且关乎大时代下如草芥之人群的生存史和精神史。……我希望，我书写的，是一方地域及其人群的，也更是这世上每个人的。①

作家的这一番告白，无非是为了向读者表达这样两层意思：其一，他的散文创作以写人为主，是关于南太行乃至整个北方原乡人的生存史与精神史的抒写；其二，他的散文艺术表达，既不是纪实也非虚构，而是介于两者之间的艺术呈现。作家的确是依照于此来从事散文创作的。

《张刘家往事》这篇散文，以白描的艺术手法为我们讲述了张家与刘家的三个故事，或者说是通过三个故事片段的叙事，表现了乡村民间的一种社会真实存在。第一个故事讲述的是张家兄弟之间的一件往事。身为兄长的张二蛋正在地里干活，其妻子却被弟弟张和林强奸。张二蛋回到家后，在破口大骂和极其愤怒之下，意图用一把大剪刀剪掉张和林的卵子，幸好被及时赶到的姐姐张二妮制止。因为张和林、张二蛋及其妻子都是有智障问题的人，张二妮在狠狠地教训了张和林之后，便息事宁人地把这件事给处理了。没有几日，两兄弟便和好如初，当什么事情也没发生一样，他们一前一后地下地去干农活：张二蛋拿着锄把在前面大步流星地走，张和林扛着镬头在后面碎步地跟着跑。看到这幅情景的村里人，只能不置一词、会心一笑。第二个故事稍显复杂，讲述的是张二妮与刘建国的婚姻故事。刘建国的父亲刘二奇与张二妮的父亲张老汉是一对木匠搭档，彼此在一起共事多年，相互间的关系处理得融融洽洽，两人说定今后一定搭亲家。刘建国自初中毕业后，便去乡里工作而一跃成为国家干部，并在乡里遇见了县委副书记的女儿，两人彼此相知相爱。刘二奇听说后，便上乡里

---

① 杨献平：《楔子：不是纪实，也不是虚构》，《生死故乡》，中国人民大学出版社，2014，第1~3页。

去一把揪住刘建国的耳朵往回拉，硬要他与张二妮成亲。无奈的刘建国只得在家里喝闷酒，待次日从酒醉中醒来，发现自己赤条条的，张二妮拿着留有血迹的白毛巾，笑盈盈地看了刘建国一眼。刘建国便在父亲的捆绑下与张二妮缔结了婚姻。婚后的刘建国一路升迁至乡党委书记，膝下儿女成群，在外的风流韵事也不少，先后与妇联主任、乡政府秘书有染，但张二妮一概不予理会，她只要刘建国是自己的就行了。第三个故事显得更简略，它主要讲述了张二蛋同张和林一起将刘二奇的坟墓掘开，就为了得到那几颗带着黑泥的金牙。这引起了刘建国的愤慨，准备将张二蛋同张和林予以法办。在这个关键时刻，张二妮粉墨登场，她对刘建国说：此事甚是蹊跷，两个有智障问题的人怎么能干出这等事呢？一定是有人在背后鼓捣撺掇。于是乎，刘建国对此事只得不了了之。作家对这三个故事的讲述，旨在告诉我们这样一个道理：这就是广大乡村的民间，这就是彻头彻尾、地地道道的民间行为或故事。

散文《灰故事》同样以白描的手法，描述了一个名叫王建才的男人的灰色故事。王建才读初中那会儿，与白莲花是同桌，王建才因为有一次手肘过了界，被白莲花恨恨地呛了一番，但没有想到，几年后的白莲花竟然成了王建才的媳妇。婚后的王建才享受着老婆热炕头的幸福，随着儿女一个接一个的出生，王建才的日子越过越紧巴。正在此时，白莲花的哥哥白建奇打来电话，说铁矿厂需要大量的工人，问王建才去不去。于是，王建才做了铁矿厂的一名临时工。在铁矿厂做挖掘工的王建才，虽然深深地恐惧地下黑洞的暗无天日，但每个月能领到两三千元，甚至是四五千元的工资，又把王建才成天乐得屁颠屁颠的。没有几个年头，王建才家的楼房建起来了，家里的生活也有条不紊地顺利展开，白莲花更是觉得幸福无比。然而，矿藏资源总是有限的，只是短短几年的时间，铁矿厂的效益便每况愈下，开始大量裁减临时工，王建才心有不甘地回到家里干起农活来。这期间，因为矿上又出现了冒顶事件，死伤的工人达十几个，王建才感到自己是万幸的。这一年的春节刚过，白莲花的哥哥白建奇驱车前来，他让王建才和自己一起，也去包一个铁矿，并表示已打听到了一个有意转让的矿主，那人说只要 180 万的转让费，自己出大头做矿主，王建才出小头做矿长。王建才又是跑银行、跑信用社，又是东挪西借、东拼西凑，好不容易凑足了几十万。开工几个月，铁矿石卖得很不错，大把的票子哗哗入账，白建奇和王建才乐得合不拢嘴。但是，天有不测之风云，人有旦夕之祸福，当王建才在小砖房里正睡得香甜时，忽听外面有人高声地喊道："出事了，出事了。"又是一个冒顶事件发生了。死者的家属围得矿上水泄不通，哭声喊声淹没了整个山脊。王建才赶紧逃离矿场，不知所踪。在一个夜黑风高的夜晚，王建才神鬼一样地潜回家中，发现一把铁将军锁着大门。王建才上丈母娘家寻找白莲花，又搭便车去马甸镇、武安城寻找。从武安城回来的王建才，浑身青紫，后脑上还开了一个窟窿。从此以后，王建才便成了一个傻子一样的人。作家既扼腕叹息，又显得无可奈何。作家写这个故事的目的是告诉人们：在当代这个极其现实的社会里，任何青年男女之间的结合，都必须依赖于一定的物质基础，但只有物质基础，又显然是不够的；一旦失去了这个物质基础，一个家庭也就会分崩离析。所以，在作者看来，这是一个充满中间意味的故事，亦即灰色的故事。

散文《邻里之间》通过慕林生的一系列回忆，叙写了慕林生的母亲赵彩妮与慕大贵、付二妮之间由争吵发展到势不两立的全过程，有力地折射出无道、蛮横、野性的乡村暴力，给人的心灵带来的巨大伤害和无以复加的精神伤痛。文章首先写慕林生在童年时代所受到的身体侵害。慕林生的头上有几道伤疤，一道伤疤有两厘米长，状如蚯蚓一般，从后脑勺斜着向下至强间穴；另一道伤疤在鬓边，由额头里侧向耳朵横跨；还有一道伤疤，在脑袋的正中央。慕林生的这三道伤痕，都是慕大贵、付二妮和他们的四个闺女赐予的。年幼时的慕林生怎么也不会想到，作为堂伯父的慕大贵一家竟然发狠下如此重手，打得自己头破血流。接着叙写了慕林生母亲赵彩妮与付二妮之间发生矛盾的全过程。那是 20 世纪 70 年代初，赵彩妮从另一村庄刚刚嫁到慕家庄，此时的付二妮已经是四个女儿的母亲了。但在乡间暗中流传着的说法是，付二妮和慕大贵的三女儿、四女儿都不是慕大贵的，而是付二妮分别同一个放牛的和一个放羊的野合而生。这样的艳事，在整个南太行的乡村可谓一抓一大把，几乎每个自然村都有。由于赵彩妮也加入这样的流传人群中，便引起了付二妮的严重不满和心生怨恨，总想找一个时机报复赵彩妮。据慕林生回忆，赵彩妮与付二妮之间有两次大的争吵，一次是赵彩妮正赶着驴推碾子，付二妮站在碾子上方的斜坡上骂，赵彩妮则一边拨拉碾盘上的玉米，一边和付二妮对骂，两人的骂声惊动了整个村子；另一次是在某年的暮春时节，慕林生刚趔趄着迈出门槛，就听到激烈的吵骂声，他循着声音朝自家的房子后面走去，母亲赵彩妮果然在那里，她一手提着猪食桶、一手配合着嘴巴，朝上面的付二妮、慕大贵及他们的三个女儿发出愤怒的骂声。在这一次的对骂中，赵彩妮被飞来的几只瓷碗砸中而身体涌出一道红色的河流，令幼年时的慕林生无比恐惧。从此，赵彩妮坚决要求搬家，并独自一人生活在山上。面对慕林生的回忆，作家对于乡村的感性认识发生了根本性的飘移。在作家的深层感知里，城市里发生的某些事情，是有遮蔽的和必须遮蔽的，但在广大的乡村，人们依然沿袭着人类的原始思维和行为，暴力可以肆无忌惮，人性的暴露方式也更加直接。在这篇散文里，作家通过慕林生的伤感回忆，以浓重的笔触描写赵彩妮与付二妮之间发生的情感纠葛，以及发生在两个邻里之间的重重矛盾，其用意就是直击乡村中的暴力行为。

除了写张家与刘家的那些往事、一个灰色的故事、邻里之间的矛盾冲突外，作家也写了一些观照亲情或是关于自我之类的散文。这些散文，或是描绘"我"的大姨妈一生的质朴、勤劳和善良、懿德的本质，或是讲述"我"的胞弟在生意场上历经的坎坷和曲折，或是叙写"我"在童年时代对于放鞭炮一事的执着，抑或描写"我"的成长、成熟的人生经历和经验。以此彰显在民间行为或民间规约下的生命际遇，体现作家对于亲情的审美描述和精神观照。

《在民间》这篇散文，通过对胞弟杨聚平在生意场上的曲折与坎坷的叙事，来表达在民间行为或民间规约之下人生的诸多无奈和辛酸。作家甫一起笔，就为我们描述了这样一幅情景，或者说这样一个平凡的细节：胞弟杨聚平打来电话说，自己又被骗了。事情发生的过程很简单：杨聚平和王晨曦的外甥一同到陕西的神木县（今神木市）去拉煤，装好煤正准备出发，王晨曦的外甥说压在车座下面的两千元钱不见了。王晨曦认为是杨聚平拿了这笔钱，意欲在杨聚平的工资里扣除。于是，两人之间发生了激烈的口角，一个说是杨聚平偷了这笔钱，一个据理力争说没有拿这笔钱。经过两人的协商，王晨曦只付给杨聚平一千五百元工资，扣下其余的三千多元作为赔偿。一气之下的杨聚平决定另投他主。这个车主是从清河县迁徙到邢台市桥西区的。杨聚平在开车几个月之后，借口说老婆要生孩子，住院需要用钱，这位邢台车主说没有钱给杨聚平，还一副不屑一顾、趾高气扬的样子。气愤不已的杨聚平要卸掉汽车轮胎，车主一个猛子跳下车阻拦，两人之间便发生了打斗行为，最终导致车主腰部受伤严重。无奈之下的杨聚平，只得再找到王晨曦，说可以不计前嫌，愿意继续帮他开车。他就这样，杨聚平为王晨曦一路开着车，为了养家糊口，也为了那一份自尊，而奔驰在河南、陕西、河北的地界上。在这种叙事的基础上，作家又穿插了自己几次回乡的亲历亲见，特别是在亲眼看见杨聚平的生存不易和艰难之后，作家的内心不免生出这样的感叹：在偌大的民间场域里，芸芸众生，几乎每个人都蓬头垢面，满身的泥浆、尘土和劳累、辛苦，其所作所为不过是为了维持基本的生存需要，而人与人之间的竞争、算计、阴谋乃至诋毁、伤害，也是家常便饭。在作家的这一番感叹里，既有对杨聚平曲折与坎坷的人生经历的同情之意，也蕴含着对芸芸众生的生活艰辛、生存艰难的悲悯之心，展现出作家对亲情和民众的观照。

　　散文《就像我和你，心和心》通过对质朴勤劳、端庄美丽而又多灾多难的大姨妈故事的讲述，再现了一个普通农村妇女痛苦的一生。作家首先以一个梦的片段来写自己的大姨妈。在这个梦的片段里，大姨妈一边在屋里使劲地跺脚，一边破口大骂自己的亲生女儿，她骂的话极其肮脏、不堪入耳，"我"都听得脸红。再后来，几位表嫂并排站在大姨妈的身后，她们穿着颜色、款式不同的衣裳，一言不发地以冷峻的眼神看着大姨妈骂人。大姨妈所骂的女儿站在马路的对面，那是一个拐弯的地方，南面是一个不大不小的山丘，长着乱七八糟的野草，路边还长着一棵核桃树，树叶长得十分茂盛，像一把打开的绿雨伞。"我"在大姨妈面前低着头转了一圈，抬脚便朝院子里走去。似乎刚刚越过门槛，"我"就从梦中醒来了。作家对做这样的梦感到十分惊诧，因为此时大姨妈已经去世了五六年。是大姨妈生前对自己无微不至的关怀，还是大姨妈生前的那些痛苦遭遇，或者是大姨妈以这种方式托梦给"我"，抑或大姨妈与"我"有着在不同空间的心灵相通？作家无法做出准确的判断，但总是感觉到心里面有一个解不开的情结存在。他接着用铺展的笔墨，逐一地描写大姨妈所历经的那些痛苦往事。大姨妈共生育了四男一女，待到表哥们要结婚的年龄，全家上下一齐动手，建了六间用石头垒砌的房子，二表哥和三表哥兴高采烈地搬进新房。这招来了住在旧房子里的大表哥的不满，他不是隔三岔五地找二表哥、三表哥的麻烦，就是拿一把钢钎在二表哥、三表哥的新房子的房顶上一顿乱戳。这引发了二表哥严重的忧郁症，厌世的情绪一日高过一日，不久便索性将自己吊死在后面的山梁上。二表哥的突然亡故，给大表哥以深深的刺痛，他便从此遁入空门，成天嘴里念念有词，不久也跌落山崖而亡。再以后，是三表嫂泼了大姨父一桶尿水，令其冻死在一个清晨；接着又是三表哥的儿子开着一辆破三轮车，一路惊马奔腾，一头栽倒在路边的田地里，表姐和她唯一的儿子当场死亡，大姨妈的头部也受到重创。受到重创的大姨妈，时而清醒、时而糊涂，又时而惊起、时而颓丧，最终也在一个清晨逝去。听到这一个个噩耗，作家的心情变得十分沉重，又不免心里犯嘀咕：难道大姨妈一家该有如此劫难？直到 2012 年 5 月的那个中午，大姨妈再度以骂女儿的方式进入作家的梦境，醒来后的作家方才明白：与自己生命攸关的每个人，其实都不会走远，他们会在人的身体乃至灵魂的某一处，以持续一生的方式，与活着的亲人须臾不离。这就有如我和大姨妈、大姨父、大表哥、二表哥、小表姐，会情连着情、心靠着心。作家以少有的抒情方式，寄托了自己对那些亡去的亲人的哀思。

《贫贱的温度》这篇散文，以对作家青少年时代一段生活经历的描绘，表达了一个贫贱家庭给予人的温馨和暖意。即便是身处南太行内腹的乡村人家，也知道在春节来临之际为自己的孩子做一套新衣服。"我"的母亲自然不会例外，她给"我"做的是一件红白相间的花方格上衣。"我"不喜欢花格子衣服，认为那是给小妮子们穿的，不仅如此，"我"也不喜欢在过年的时候吃大鱼大肉。"我"唯一喜欢或热爱的是放鞭炮。因为"我"总觉得，过年就是放鞭炮，每年大年初一的凌晨时分，你一挂我一挂地燃放鞭炮，噼噼啪啪的声音把寂寞了一年的村庄炸得热火朝天，山峦沟谷也热烈响应，整个村庄似乎进入另一个世界，一切都喜笑颜开，一切都吉祥如意。在那个人人都喜上眉梢的时节，孩子们一手拿着鞭炮，一手拿着燃烧的木棍，在院落里、巷子中、道路旁，炸出连续不断的噼啪声，炸出一片片的欢笑声；更为有趣的玩法是，将一枚鞭炮放在雪地里，再埋上一些沙子和土粒，爆炸时雪与沙与土腾起、俯冲、散落，整个过程有如天女散花一般。"我"以为，这才是真正意义的过年。"我"向母亲要钱，打算去村里的小卖铺买鞭炮，母亲说她哪里有钱，只有等"我"父亲回来再说。"我"盼星星盼月亮地等待父亲归来，但回到家的父亲只是将几包饼干、几袋糖果、一些瓜子和香烟摆在桌上，并没有"我"所期盼的鞭炮。"我"质问父亲为什么没有带鞭炮回来，父亲说车上都是人，万一点燃鞭炮伤了人怎么办，还说次日一定带"我"去买。父亲没有食言，第二天果然带"我"去买了一百头的鞭炮。"我"拿着鞭炮去找老军蛋，说今天谁的鞭炮炸得响谁就是赢家。"我"和老军蛋你一炮我一炮地纷纷炸响，仿佛整个村庄里都弥漫在一片烟雾中。是夜，"我"还想出去放鞭炮，母亲说你听听谁还在放鞭炮，等到正月十五吧。"我"说过年不是可以天天放鞭炮吗。父亲说这是有规矩的，除了春节和红白喜事，放鞭炮就是糟蹋钱。果然，村子里没有了鞭炮声，一切又归入了一片寂静。至今回想起来，所谓春节就是半天的热闹。但正是因为这半天的热闹，还有除夕之夜在灶膛里燃烧的炭火，令"我"度过了无知的青少年时代，将一个贫贱家庭的温暖和幸福给予了"我"。

如果说《生死故乡》通过对南太行乡村的亲情与友情、爱情与人情、民间与俗世的细腻描写，表达的是作家个体灵魂的注视和浓郁的乡愁，那么在《历史的乡愁》散文集里，作家对中华民族漫漫历史征程上，关于国家与民族、政治与文化、商贸与军事及个体与群体、情感与认知、外显与灵魂等故事的生动讲述，则表现出的是一个民族的浓烈的乡愁。毋庸置疑，这是一种范围更为阔大、思想更为丰富、意蕴更加深沉的乡愁情怀。

《张骞的匈奴生活》这篇散文，通过对张骞出使西域并滞留于匈奴的生活描写，力显出这位汉代使臣不畏强暴、不惧利诱、不辱使命的民族气节和精神风范。作家首先为我们叙写了张骞坚贞不屈、拒绝利诱和坚决完成汉皇交予的历史使命的俊杰人生。张骞亲自带着百余名随行人员从长安出发，一路向着西方进发，他们过秦岭、经陇西、穿祁连、入西域，在到达焉支山时，已是人困马乏而酣然入睡。当他们从昏睡中醒来，身上多了一道捆绑的绳索，抓捕他们的是休屠王醒醐怀君的部下。醒醐怀君见张骞一身凛然正气、不卑不亢，心中暗自敬佩不已，在殿内设宴款待张骞，张骞只是怀抱着节杖，一脸的从容和坦荡；在军臣单于的大庭上，面对单于的破口大骂和深深质疑，张骞仍然紧紧地攥住手中的节杖，以骄傲的神情面对。这一下子激怒了军臣单于，命人将张骞一行打入死牢，张骞激愤地说道："我是堂堂的大汉使节，宁死不做奸贼走狗。"言毕，一头撞向大殿内的那根巨柱，幸好被眼疾手快的独尖大将军醍醐卓立拉了回来。接着单于又驱遣原汉名为中行说者来对张骞进行劝降，许以高官厚禄，张骞只是哼了一声，不再发一句言语，直接弄得中行说下不了台。其次，作家为我们描绘了张骞在匈奴的一段爱情和婚姻生活。裨小王赵信欲将侄女伊莉雅嫁给张骞，张骞借口在汉室有内妻加以推拒，赵信却强行把伊莉雅嫁给了张骞。张骞因心中愤愤不平，再兼汉皇的使命未完成，所以不肯与伊莉雅同房。时至八月中旬的一天，天降瓢泼大雨，这是草原上最欢畅的时刻，无论是达官贵人，还是用人奴仆都会脱光衣服，赤身裸体地站在雨中，让雨水清洗自己身上的污垢。此时的伊莉雅像一个孩子，也脱光衣服、赤着双脚，冲进了瓢泼大雨之中，她时而健步奔跑，时而静静矗立，时而又做出跳舞的姿势，其神情仿佛突然而至的仙女一般，令张骞蓦然对这位匈奴女子产生了一种爱恋而又纯洁的欲望。于是，他们在这场雨中真正结合了。婚后的张骞，一边在察布草原上放羊，或是协助伊莉雅抚育儿女，一边又心心念念地向往汉皇。许多年以后，汉朝大将卫青率领军队一举击败了单于，令其称臣纳贡，张骞才回到汉皇身边，交付了自己完成的历史使命，然后再扬鞭策马，奔驰在通往察布草原的道路上。正是作家从这两个方面进行的叙事和描写，使我们领略到一个有责任、有担当、有历史使命感的张骞，也得以觅见一个有情感、有爱心、有家庭责任感的张骞。

散文《宁夏》通过对宁夏地区的地理、历史、人文的描述，为我们再现了一个真实存在又具有艺术感的宁夏。作家甫一起笔便为我们描绘了一个充满艺术感的宁夏：从地图上看，宁夏就像是一只大雁……一只雄鹰可能更准确，而且朝着西北走向；再细细地凝视，它又像一名在独自舞蹈的男人，舞姿笨拙而孔武有力。整个宁夏，南北中轴处于华北、阿拉善台地与祁连山的褶皱之间，从腾格里沙漠的沙坡头进入后，忽然就有了别样的深蕴，是那种开阔的起伏绵延和宽厚的率性坦荡。……其中的黄河，无疑是宁夏的文化藤蔓与文明标尺，因为它携带着浑浊的泥沙，浩浩荡荡、逐浪滔天，直奔东海而去，因为它的发源地是庞大的雪域高原——西藏，更因为它有着浑厚历史，是我们中华民族的母亲河。之所以说它是作家对于宁夏地区的艺术描述，原因就在于，首先，作家的这种描述并非从地形地貌、地理方位的角度，而是以鸟瞰的形式来看宁夏；其次，作家对宁夏的这一番描述，都是充满比喻意味的。显而易见，这是一种带有艺术修饰的夸耀。接着作家进入宁夏历史的内腹，以简洁有力的笔触描绘宁夏的过去。党项族是一个骁勇善战的民族，他们不仅建立了党项国，而且同隋唐帝国发生过激烈的摩擦，也曾在榆林地区包围过杨广及其西巡部队；西夏的李继迁是一个枭雄式的人物，他不仅建立了西夏王国，还扩大了自己的领地；李继迁的儿子李德明再接再厉，使党项初具帝国的规模，尤其是他将都城从盐池迁往银川，体现了一个战略家的眼光；李元昊继位后，便大举向西扩张，他的军队越过卫宁平原和腾格里沙漠，只在短短的数年之间，就将武威、敦煌乃至整个阿拉善地区纳入自己的统治版图，还创立了西夏的文字，鼓励人们努力学习儒家文化和农耕文明，使西夏一举成为雄踞当时中国西北的大国。令人惋惜的是，在 1227 年，西夏被成吉思汗的铁骑横扫，这个鼎盛一时的国度终于化为一片尘土。接着再写文学宁夏，写张贤亮及一大批作家为宁夏所做出的卓越贡献。当然，也写了宁夏那红艳艳的枸杞，以及其对于人们身体的益处。由此可见，作家写宁夏，既触及了宁夏的地理与历史，也关涉了宁夏的经济与人文，可以说是全景式地表现了宁夏的昨天、今天和明天。

散文《凉州梦》则为我们叙说了关于凉州的一个梦境或一段故事。"我"躺在下榻的凉州宾馆房间里，忽然发现窗台之上放着两只红色的陶罐，靠左边的那只上面绘制着一幅裸女像，其身材高挑而且丰腴，双乳饱满得有如两个装满奶的袋子，她的头上顶着一只盛有葡萄的盘子，里面的葡萄晶亮浑圆。再细看那女子的眼睛，清纯明亮、灼灼有神，甚至还摇漾出一丝可爱可亲的笑容。这顿时令"我"想到多少年前的自己，一定与凉州有着深刻的渊源，可能是肉体的也可能是精神的，也或许是一些似是而非的情景遭遇。于是，"我"不由自主地沉入到一种梦境之中。在这个梦境里，"我"摇身一变，成了赵如铁。赵如铁是一位只有十六七岁的铸钟师傅，遵照师嘱为大云寺铸造一口铜钟，钟虽然铸造得非常完美，但师父一家却莫名其妙地失踪了，"我"找遍了整个凉州城，也没有发现他们的踪迹。次年清明节的上午，一个小沙弥前来"我"的住处，说他带"我"去找"我"的师父。小沙弥带"我"来到一个深邃的洞里，他伸手推了一下拐角处的墙壁，一道强烈的光刺得人无法睁开眼睛，待慢慢适应以后，才发现那是一片辽阔的草原，草原上盛开着姹紫嫣红的花朵，真可谓色彩斑斓、姿仪万千。正在"我"茫然无措时，一匹洁白的马从不远的山冈上奔驰而来，"我"骑上马奔驰在草原上，越过一座座山峦、一条条河流、一片片森林，来到一座孤零零的院落，"我"看见了久违的师妹、师娘和师父。从师父的一系列讲述里，"我"才明白师父一家原来是匈奴的后裔，为了光复匈奴大业、重振匈奴帝国的雄风，暗中联系数千名匈奴的后人，随时准备起兵反抗明朝的统治，因此师父的一家才暂避于这偏僻荒远的山野之中。其后不久，师父命"我"随贺迈一同去十道沟，在那里学得一身高强的武艺，以备将来反明之用。一晃就三年过去了，"我"不仅在十道沟精学了十八般武艺，也看淡了人生的功名利禄和是是非非。再以后，师父师娘和贺迈等一千余名匈奴后人，在一次起义中全部被杀，"我"娶师妹为妻，一起抚育一对儿女成长。许多年后，"我"和师妹又一同回到久别的凉州，过着平静而又幸福的生活。梦醒时分，"我"想起祖父对"我"说过的话，他说"我"上辈子肯定是一个外族人，要么就是一个行为浪荡的刀客；他还说"我"这个人一辈子像一匹马，一生都没有消停的时候，肯定是一个不安分的人。回想祖父对"我"说过的话，他老人家说的确实有几分道理。不难看出，作家在以对一种梦境的叙事来描绘一段历史，或者说写一种乡愁。

每一个人都有属于他自己的乡愁，每一个民族也有自己的乡愁，这是毫无疑问的。至于说怎样去描绘这样的乡愁，用什么样的艺术手法来表现这样的乡愁，自然是一件颇有争议的事情。而杨献平的观点则是，不论它是属于哪种类型、何种范畴的乡愁，只要我们全力地用情、用心去描绘它、再现它，都无愧于一个作家的称号。事实上他的做法也是如此。作家或以对故乡南太行乡村的真实描写，或以对中华民族历史的有力讲述，来表达自己的乡愁，来展现中华民族的乡愁，确实收到了不同凡响的效果。从艺术的角度看，作家书写乡愁时，要么是不动声色地娓娓道来，要么是浓墨重彩地尽情渲染，要么是平心静气地讲述故事，要么是声情并茂地描绘细节，体现出艺术手法的多样性和多元化，从而给我们以深深的启示。

新世纪文学镜像中的四川散文 *

——对近几年四川新世纪散文叙事的一种理论观察

自步入中国新世纪文学进程以来，四川新世纪散文的创作毋庸置疑地具有了长足的进步，不仅涌现出了钟鸣、蒋蓝、周闻道、凸凹、陈霁、杨献平、阿贝尔、凌仕江、牛放等一批文学影响力不断向上攀升的散文作家，而且在散文的乡土叙事、文化叙事、历史叙事等方面也充分展示出宽阔的美学视野、锐意创新的精神和较强的表达能力。本章以近几年来的四川新世纪散文创作为观察对象，旨在从理论上探求它在散文艺术叙事美学方面的极大展扩有力深化，揭示其对于当下四川新世纪散文创作所富有的积极意义和审美价值。

一

乡土叙事可以说是中国文学最为重要和堪称经典的艺术创造经验之一，也是中国文学之于世界文学的突出优势所在。作为整个中国文学审美符号系统建构中的四川符号，也毋庸置疑地继承了这样的典型经验和美学真髓，并进行了富有区域文学意义的极大展扩和有力深化，不仅使它成为四川当代小说的主要叙事形态，同时也使它成为四川文学有别于其他区域文学的显著特征之一，不少四川当代作家的小说之所以能够获得茅盾文学

---

* 　原载《当代文坛》2017 年 6 期。原为冯源：《新世纪散文镜像中的四川符号——对四川新世纪散文叙事的一种理论观察》。

奖或其他国际性的文学大奖，大多同这样的叙事艺术有着很大程度的关联。在近年来的四川新世纪散文创作中，过往那种纯激情式的写作已悄然被乡土叙事所取代或覆盖，许多散文作家为了更好地承继和发扬光大四川小说的这种叙事经验和美学传统，主动将自己散文书写的题材观照投注于故乡或乡土，通过各自的乡土叙事传递他们之于乡土世界、乡土精神的审美理解和艺术把握，马平的《晒场》、杨献平的《乡村的溃散》、牛放的《若尔盖的记忆碎片》、凌仕江的《娘曲》，以及李汀的《民间有味》、杨雪的《川南的乡愁》等都可以说是这种乡土叙事艺术中的佳作。

马平的《晒场》可谓近几年来四川新世纪散文中的一篇具有范本意义的优秀乡土叙事之作。之所以这样论断，不仅仅是因为作家为当下四川散文的乡土叙事提供了一种新颖的艺术视角，而且是因为他把这种视角导引至一种思想表达深度与精神观照深度兼具的前行方向。当然，更为重要的是作家为我们写出了一段四川农村的当代史，甚或一段中国农村的当代史。在这篇长达两万余字的散文里，作家将叙事的聚焦点凝定于四川广大农村曾经普遍存有的一个物态文化具象，抑或一种历史存在影像——晒场，通过不同年龄段的情感视角转换和精神观照的循序推进，讲述了晒场在那个纷繁复杂的历史年代里所特有的内容装载、存活方式、现实功能、象征意义，以及不断演绎出的时代风云、乡村微波、命运沉浮，特别是晒场之于作家那段年轻生命历程的独特体验、内心触动、情感认知、人生感怀。它或似照拂童年快乐的灿烂阳光，或如生长少年梦想的辽阔蓝天，或像撩拨青年愁怀的冷冷秋雨。在一颗朴实天真的少年心里，晒场是一个令人充满向往的"玩迷藏""鹞子翻山""斗地主""当英雄""逮麻雀"的快乐表演场；在一个装满了成长心事和生存诉求的青年眼里，晒场既是一种养活生命的劳作场，也是一种见证时代风云的历史场，还是一种生发各种忧戚、怨怼、迷乱事件的现实场。每至夏收和秋收时节，村里的每个劳动者都必须听从一个木制梆梆的号令，拿着各自的农具走向农田。女人不停地忙碌于麦地、稻田里的收割，男人则在打麦打谷机械旁奋力劳作；收入背篓的麦粒、谷子被一个个负重的女人背着，从黄昏的田埂、山路摇摇晃晃地背到晒场。此时的晒场已是油灯高悬、人头攒动、你来我往，一派热闹、繁忙的劳作场景，身临其境的青少年心里便慢慢升腾起一缕缕白面、干饭的食物之香。那又是一个特殊的历史风云变幻的时代，晒场也随之漫溢出林林总总的历史气息，或是村干部站在土坎上讲解上级文件指示精神，或是识文断字的青年大声朗读报纸上关于时政的社论，或是召开全体社员大会商议某些所谓的要事，又或是按照"以阶级斗争为纲"的指示召开对地富反坏分子的批斗会。置身这种历史气息中的青年便时而清楚时而迷糊，又时而有所希冀时而深感失望。挣工分的能力和拥有一个好的家庭出身，无疑是那个处于社会主义草创阶段的村民们最为看重的现实存在和最为关切的家族聚焦。因为父亲在一个很远的地方教书，家里的主要劳动力就是母亲，而母亲劳动所得的工分不足以拿回他们一家人一年的口粮，父亲教书挣的钱几乎都用于对此的"补社"；"我的伯父伯母是富农分子，是生产队批斗的主要对象"，"我"的哥哥本是一个有才华的青年，"却因为推荐读初中被刷下来而失学"，"我"在1977年时升高中的梦想，也同样是在被推荐环节斩绝，这些都是否与伯父伯母的出身有关？亲身经历这些事件的青年，他内心的迷惘与失意、他魂魄里的痛楚和悲鸣，便不难理解。在这一番番娓娓道来又波折起伏的叙事中，作家不仅为我们有力地切开了这座乡村的历史内腹，也令读者洞悉了一个乡土社会的历史真实及细节真实——健康或病变、正常或散乱。与此同时，作家选择1976年9月9日这个时间点来展开叙事，也是别有一种隐喻意义的指涉，或者说是具有一种批判意义的蕴示。这篇散文最明显的不足也在于叙事，作家太过于注重叙事技巧的发挥和叙事快感的享受，致使叙事成为一种超重，阻碍了思想量度和精神质重的深度推进。

杨献平的《乡村的溃散》无疑是近年来四川散文中的另一篇优秀乡土叙事之作，它的优秀与马平《晒场》的优秀又有所区别，这区别在于作家对当下中国乡土社会思想进入的深度，以及对于这种深度思想的表达中所凸显出的现实主义关怀力度。在业已有些固化的作家情感意向里，自己的故乡——深居南太行腹地的莲花谷村，尽管地处偏远、交通闭塞、经济落后、生活贫穷，却也曾是历史悠久、文化厚重、炊烟升腾、人丁兴旺的古村落，因为这里有把历史人物故事讲得风生水起的说书人，有承袭了宋代杨家将门的生命精血的遗存者，更有一大群在中国乡土文明已然模式化的社会生态背景下生活着的普通村民，即便是袅袅的炊烟、简陋的房屋，或是峥嵘的古树、盘桓的石阶，抑或嘈杂的鸡犬声、马驴的臭腺味，都令人倍感亲切。二十余年后的莲花谷村却面目全非，村庄是只有两个老人的村庄，鸡犬、马驴几乎销声匿迹，一座座院子落满尘埃，黄鼠狼、野兔子等大摇大摆地恣意横行。荒芜、破败、凄冷、寂静覆盖了整个莲花谷村。作者不敢相信自己眼睛所看到的是真实的故乡，但它的的确确又是故乡的真实存在，这太难以让作者置信，太过于触目惊心，太富于刻骨铭心的创痛感。是什么让曾经的故乡莲花谷村"到处都充斥着一种腐朽、僵死、断绝与消亡的气息"，又是什么驱使着一个个故乡人逃离故乡？作家在沉痛中叩问，也在理智中爬梳和思量。是城镇化进程的风起云涌和快速推进，使越来越多的农民都觉得"进城是一种必然的选择"，尽管他们对城市并不十分了解，且尚存陌生感和不信任感，甚至存在心理的拒绝和行为的对抗；是城市给每个进城人的生存选择及方式，提供了一个更大的空间和多样化，哪怕做点儿小生意也总能糊口，即便这样的选择会带来生存竞争的严峻挑战和激烈的矛盾冲突；是越来越多的村中青年男人非常深刻而强烈地意识到，如果没有一定的物质基础和经济实力，拿不出足够的聘礼钱，自己的一生都会是一种光棍的命；是乡村教育极其落后和教育资源极度匮乏的"天然劣势和不公平"，令望子成龙的村民们不得不坚决地选择进城，以让自己的孩子能够接受更好更优良的教育；也是出于对生命的"倒闭"现象——许多人的死亡原因无一例外的是癌症——地域性癌症高发事实的担忧和畏惧……这些原因，从心理到情感，从生命到存在，从个体到群体，可谓条条在理，而且显得非常坚硬扎实。面对故乡一步步溃散的严峻现实，作家的内心和灵魂无不充满深层的忧虑、巨大的悲怆："当农民纷纷作别乡野，……我们几千年的乡村文化、精神传统将不复存在，而且是永久性的"，这完全无异于一场"掘根"性质的运动。作家又是清醒而理智的，认为必须建立一种新的乡村文化及精神传统，才能使我们每个人都最终找到自己的"来处"、认清自己的"根脉"。在这篇散文里，作家采取夹叙夹议的手法，将叙事和议论、说理和抒情进行了卓有成效的艺术结合，有力表现出作家对于"乡村的当下性溃散"这一沉重现实命题的深层追问、深刻思索、深度考量，不仅彰显出强烈的现实情怀和审美观照，也使散文富有了思想高度和精神深度。

　　牛放的《若尔盖的记忆碎片》和凌仕江的《娘曲》，在乡土叙事方面也显现出某种审美特质和意义。若尔盖虽然并非作家的第一故乡，但却以第二故乡的热忱胸怀温暖了作家的生命和人生，作为对它的一种情感或精神的回馈，作家便撰写了这篇名为《若尔盖的记忆碎片》的散文。文章以一种深情的回顾，叙写了作家自己之于若尔盖工作、生活期间的往日情景、往事记忆及特有的情感体验、生命感知、灵魂洞察。散文全篇由《关于牧民》《关于黄河》《关于纳摩》三章组成，《关于牧民》着力写出了康巴草原上那些牧民之所以成为牧民的本质所在——不仅仅是因为他们从小就逐水草而居，长期同大自然保持着最紧密的生命接触和血肉联系，更在于他们在放牧牛羊的同时彻底放牧了自己的生命，在扬鞭挥马、纵横草原之际完全驰骋了自己的灵魂，因而蓄积于这些牧民生命和灵魂之中的自然人性、自在情性、自由心性，他们表现出的淳朴少言、行为奔放、性子彪悍，都是一种难得一见的真性格、真魂魄的内质彰显。《关于黄河》是牛放对曾经出版的一些国家地理书籍在有关黄河第一湾记载上的一个重大失误的揭秘，以及其后这些书籍是如何对之进行正确填补和完善的一段有趣故事的记述，揭示了我们民族在文献记录或历史记载方面所具有的某种缺失性和非精确性。《关于纳摩》叙写了分别位于纳摩河两岸的佛教寺院和清真寺的和谐共存。这两座寺院虽有各自的教义内容和宗教信仰，但并没有因为隔河相望而"分庭抗礼"，反倒是一派融融乐乐的和睦景象。这篇文章在展现作家对民族融乐生活情境高度赞美的同时，又透露出对自己当前生活的某种不满，以及对于理想生活的希冀和探寻。

　　凌仕江在《娘曲》中的乡土叙事则充满强烈的情感诉求和对于藏汉关系和睦永在的美好期望。二十年前的作家曾是一名驻守边疆的军人，在刚满参军的年龄时便远离家乡、走进军营，因为所在的军营位于雪域高原深处的尼洋——藏语译为娘曲，地理位置又十分偏远，再兼军队生活的相对单一，孤独、寂寞、无聊接踵而至，轮番上演。一个偶然的机缘，作家结识了中年藏族汉子乔，由此生发了作家与乔之间的那段特殊情缘，尤其是那个只有他们两人知道的秘密——乔恳请作家将来转业后能够留在尼洋，做自己的亲兄弟，成为他们这个大家庭中的一员，携手同心建设家园、走发家致富之路，甚至愿意他们两人共同拥有一个女人。二十年后的作家是带着几许愧疚重返那座军营的，他此行的目的也并非怀旧，而是要找到乔进行真心诉说，给乔当年的恳切之邀以一个明确的交代或说法：因为那个时候的自己很年轻，人生前程又充满了巨大的不确定性，更何况自己还有做人的基本原则和道德底线，又怎么可能同意乔去做那些有违文化良知、人伦原则的事情？相见后的俩人将秘密揭开，作家的内心顿然一片轻松，而乔身上所展示出的真诚情怀和巨大的宽容，再度激起作家的心潮澎湃、情感荡漾：在他眼前的乔莫不就是一首深沉而又动人的"娘曲"！从这种意义上讲，作家笔下的娘曲，其实无异于作家的另一个故乡。这两篇散文的缺陷在于过多的情感发抒和景物描述，一定程度地弱化了乡土叙事的内力。

除上述作家作品外，近年来还有不少四川散文作家也在各自的散文作品集里或多或少地表现出对乡土叙事的积极探索，譬如刘光富的《我的土地我的村》、何永康的《醉空山》、龚静染的《桥滩记》、卢子贵的《步步走来》，等等。相比较而言，李汀的《民间有味》、杨雪的《川南的乡愁》则更具有一定的书写深度和艺术特色。李汀散文中的乡土叙事主要是基于民间立场和底层视野，通过娴熟老到的笔法对自己熟知的乡土世界进行有意识的审美观照和真情书写。他的散文或是通过对乡村社会里某些生活细节的深入体察，以一种白描的方式写出了现代蜀地乡村百姓的日常生活，展示出新农村建设给人们带来的幸福安康生活；或是深入某些具体的牲畜生存场景里进行细致探究，以一种铺陈的叙事手法写出了畜群生存的自得与怡乐，凸显出乡土世界的生存环境的自然谐和；或是放怀于树林、草丛、溪边的那些鸟儿，以一种简笔细致地写出了自然生命的随性和放达，彰显出自然生态环境的康健。李汀的这种乡土叙事，不仅显示出他对于乡村中国、乡土社会的了解所具有的深广性和精细度，而且给长期生活于城市的众多读者以自然清新又生动鲜明的审美感知，同时也为四川新世纪散文的乡土叙事提供了一种新颖而别致的审美视角。所不足的是，李汀的某些散文因为白描得过于细腻、铺陈得过于冗赘、叙述得过于翔实，以及散文话语的过于细柔温雅，便不同程度地削减了他散文的审美力度和深度。杨雪散文里的乡土叙事，则多出自一个诗人的细微观察、灵敏感知和诗意方式的书写，强调对乡土世界主体介入的深度、广度、厚度，所以无论是对于故乡往日旧事的真实叙写，还是对于故土亲情友情乡情的真诚发抒，抑或对于某些生活细节的客观描述，一方面传递出作家对于故土的深沉眷顾，另一方面则显示出作家人文关怀的某种深度。从艺术的角度看，杨雪散文的乡土叙事显示出一种鲜明的诗意感，叙事的诗意、抒情的诗意、话语的诗意互为连缀与叠合，从而构造了他散文中的诗意美。从另一种角度看，他散文中的这种诗意美的显现，也导致了叙事意义的某种空洞和虚悬缥缈。

二

文化叙事在近代之末的中国便已初步显露出它独特的审美价值和文化意义，进入现代中国以后，因为文学更多地肩负起了思想启蒙和民族觉醒的历史重任，本已弱势的文化叙事便迅速被现实叙事所完全取代，文学的现代启蒙意义也才得以有了更大范围更大力度的彰显。自新时期文学以来，文化叙事再度勃兴，以其独特的文化视角洞悉历史、探寻社会、考量现实，诸如余秋雨、夏坚勇之于中国历史或中国文化的洞察，梁衡、王充闾之于现代生活或行游文化的探究，刘亮程之于当下乡土或农耕文化的考量，都给予我们以不同于乡土叙事、现实叙事、历史叙事的美感享受。当然，更为重要的是这种文化叙事通过对历史、社会、时代及文化本身的深度透视，不仅揭示了其存在和发展的本质，同时也带给我们以诸多思想蕴示和精神启迪——穿越现实存在的虚浮表象，走出当下生活的困境和迷惘，探知历史风云和人类文明的真相，揭示人生意义的本质。或许正是文化叙事的这些魅力的召唤，极大地激发了四川当代作家的积极介入和主动实践，诸如钟鸣在其散文随笔创作里所显现出来的。文化叙事在近年来的四川新世纪散文创作中则显得更加突出，参与的散文作家人数日趋增多。在此，我们不妨以阿来的随笔《非虚构文学应该要有文化责任》、蒋蓝的系列散文《新〈豹诗典〉》、阿贝尔的《脚印开花》为例进行分析，便可从中窥见一斑。

阿来的《非虚构文学应该要有文化责任》，与其说是一种关于当下非虚构文学写作话题的现场演讲，不如说是一篇关于审美文化叙事的散文随笔。在这篇文章里，阿来一开篇便从一个文学写作者所具有的非常强烈的问题意识出发，认为"在我们开始写作之前，这个世界上已经有过的，能够提升我们对世界的认识，能够使我们洞悉当下社会，或者是逝去的历史当中的某些隐秘的那些文本，我们说它是成功的文本，好的非虚构"①。在做出了这个界定之后，阿来又从纯客观的历史记述到文学与历史彼此交融的含有些许虚构意味的叙事方式再到现代意义的口述史的出现，对中国文学的历史流程进行了宏观层面概要式的梳理和考量，并由此推论中国文学没有非虚构的传统。为了充分印证自己这种观点的正确且并非虚妄之说，阿来在历史与现实的双维时空里恣意腾挪、来回穿越，通过找寻到的大量中外文献史料、文学作品来对此加以举证和说明。在这些史料和作品里，有约瑟夫·洛克的《中国西南古纳西王国》、顾彼得的《被遗忘的王国》、斯诺的《马帮旅行》等这些偏重于真实客观记录历史的国外著述，有丘吉尔的《二战回忆录》、多丽丝·莱辛的《非洲的笑声》、奈保尔的《河湾》、阿列克谢耶维奇的《切尔诺贝利的回忆：核灾难口述史》等蕴含经典意味的外国非虚构叙事文学作品，也有中国当代作家在非虚构文学写作方面的探寻之作，诸如广东学者陆建东的《陈寅恪的最后 20 年》，四川作家岱峻的《发现李庄》，上海作家梁鸿的《黄河边的中国》《出梁庄记》《梁庄在中国》等。在对这些文献史料、文学作品的举证和说明里，不但有作家自身的独到理解和判断，也富于某种本质意义的远见卓识。但作为一位著名的当代作家，阿来对于中外文献史料、文学作品的举证和说明，不只是在强调一种事实说话，也不仅仅是为了凸显它们之于非虚构文学写作的价值，而且是为了将其升华到一种兼具理论高度与美学高度的意义彰显和有力揭橥。因而阿来对于非虚构文学的理解和阐释便是：客观的、真实的，用一种充满学术性的精神，又采用了一些文学性通俗的表达而形成的文本；这样一种文本必然预示着对写作者的道德、历史、良心及义务和责任的基本要求。因而在面对这种文本时——

　　我们的历史学家，我们的文学家，如果我们不提供正确的观念，

---

① 阿来：《非虚构文学应该要有文化责任》，《美文》（上半月）2016 年 4 期。

对于文学来说是没有出路的，最主要的是对于整个国家以及对别人来说都是危险的，对于自己来说就是更加危险的事情，他都不知道要干什么就干起来了，所以我们要正确理解自己的历史……

如果我们的虚构文学还在讲一些风花雪月的事情，还在用美的东西娱乐地包装自己，这将导致切断与这个社会的关注与批判。①

这是阿来对于作家们的真诚劝导，又无不是他对于当下文学的深沉警示。当然，作为一位对于现实世界始终保持清醒的作家，阿来无法阻止文学在现实境遇下越来越朝着娱乐趋向的发展，所以他也认为文学可以有娱乐，但不能只有娱乐，作为非虚构文学理当要有自身的责任担当和文化义务，只有切实拥有和履行好这样的担当和责任，我们的审美文化塑造才能给予整个民族的人格、道德、内心、魂灵以非常健硕的精神引领。

自步入中国新世纪文学以来，除了对虚构文学继续葆有丰满而强劲的创作激情，并且写出了为数不少的富于新美特质的优秀小说外，阿来已悄然将自己的部分精力转移到对非虚构文学的关注和写作，从他对于《瞻对——一个两百年康巴传奇》的写作中便足以见知。阿来为什么会生发出这样的创作迁移，又为何要撰文来反复强调非虚构文学写作，不断重申它的重要文化价值和美学意义？除却某种个人内心隐秘的强烈诉求，他从俄罗斯作家阿列克谢耶维奇的非虚构文学写作荣获诺贝尔文学奖的有力事实中，预见到非虚构文学写作将会给中国文学带来的重大变化和深刻影响，因为这种写作的首要基点便是立足于写作者的个人视角——建基于客观、真实、公正之上的个人视角，是以绝对独立的思想性、精神性所进行的写作，它意味着写作者必须彻底排除写作之外的其他所有因素的干预。尽管我们目前的文学理论仍然没有对之"做出逻辑严密、令人信服的解释"，但对于富有强烈社会使命和文化担当的作家而言，它的确是一种本质意义的充满巨大召唤力的写作，当下中国正在悄然推进的似有燎原之势的非虚构写作，无不是对其社会使命和文化担当内涵的深度认同和有力回应。当然，我们也必须清醒地认知到这样一些事实：一些非虚构文学作

---

① 阿来：《非虚构文学应该要有文化责任》，《美文》（上半月）2016 年 4 期。

品，在面对社会重大关切或敏感历史的时候，不是采取有意无意的回避，就是如绕过雷区一样绕道而行；一些堂而皇之冠以非虚构文学之名的作品，其实质则是艺术想象含量严重超标的虚构文学；更有一些所谓的非虚构写作盗用"历史写真"之名，对历史无中生有、胡编乱造。这些创作现象都不同程度地有违于非虚构文学写作的精神本质和灵魂真髓，我们应当对之保持高度的警觉，特别是文学载体更应当对之予以坚决拒斥。否则，我们的非虚构文学写作就是一种虚有其表。

在四川新世纪散文创作的文化叙事作家中，蒋蓝无疑是最为得力的干将，从《极端植物笔记》到《极端动物笔记》，近几年的他在文化叙事方面可谓风头正劲、硕果累累。对于蒋蓝散文创作里的文化叙事，笔者一直存有这样两个明显的感觉：他是一位专业意义的散文作家，同时又兼具了诗人气质和诗性才华，因而他散文里的文化叙事充满了诗意的质感；他又是一位拥有鲜明创新意识和善于寻求新突破的作家，他散文里的文化叙事的题材内容和审美观照对象，绝大多数都源自对各种史料或文献的收集、整理、阅读、思考，以及对其带着强烈的问题意识的发现和开掘。这样一种文化叙事，较之于那些静坐于位于城市的家中，完全依靠仅有生活存量的艰难支撑，或是伫立窗前看外面多彩世界时所获得的片羽灵感、顿悟的写作，不知要花费多出几倍的时间和精力。细细观察蒋蓝，他却乐此不疲，而这也几乎是他写作的常态。

蒋蓝的系列性散文《新〈豹诗典〉》，可谓作家在自己前时旧著《豹诗典》基础上的一种继续延展和深化的写作，它试图通过这样一种富有新意的文化叙事方式，来传递作家之于某种被我们忽略的文化内涵意义或动物主义诗学的发掘和审美表述。作为系列性散文的《新〈豹诗典〉》，主要由《山鬼与坐骑》《鬼谷下山图》《卡地亚之豹》《秉权者与豹》《川滇猎虎豹》《成都平原周边的豹》《活在四川方志中的华南虎及豹子》组成。在系列散文首篇的《豹迹是豹子的路标》中，作家将审视的目光一下子拉向四百余年前贡嘎山山踝的主峰雅家埂，讲述了一个商队在大雪封山、山道全部被遮盖之时，是如何凭借豹子在雪地上留下的足迹而成功跨越了雅家埂的历史往事；接着一个挥手又将时间拉回现在，四百年后的作家同样亲临此地，遭遇的早已不是豹子的踪迹，而是一场淋漓酣畅的瓢泼大雨。面对此情此景的作家深有感慨，昔日以豹迹引领商队成功跨越险境的豹子上哪里去了？作家本人无法回答，因为根本没有正确的答案，作家内心深处的失望和伤感便跃然纸上。显而易见，作家追寻和探问的并不是豹迹或者豹子，而是对彻底消失于时间褶皱的和谐自然生态或动物主义文化的沉重悲叹。在《山鬼与坐骑》和《鬼谷下山图》中，作家将聚焦的目光置于屈原的《楚辞》和作为艺术品的青花瓷《鬼谷下山图》，认为前者对于豹子的几处提及和关于豹子的那番诗意表述，是招引历代艺术名家们画虎画豹画狮的重要原因；后者之所以能够刷新"中国瓷器及中国工艺器拍卖价格的世界纪录"，无不是因为它成功地灌注了丰富深厚的豹文化形象内涵。因而无论是文学还是艺术，如果离开了对豹文化形象的塑造，或者没有植入豹文化内涵，都可能是一种或多或少的缺失，至于某些特殊的文艺作品，这样的缺失还可能是致命的。《卡地亚之豹》和《秉权者与豹》是分别从服饰文化、政治权力两个维度来叙述它们之于豹文化的某种关联性。前文以曾经一度颇为流行的服饰品牌卡地亚为例，较为翔实地讲述了这个服饰品牌在设计上的巧妙立意和构思，以及它同服饰文化历史的某些渊源关系，揭示出该服饰品牌因为有了豹纹形象的有效注入而风靡世界的本质。但也正是因为卡地亚的风靡世界，众多的豹子纷纷被人们猎杀，从这个意义上说，卡地亚的风靡流行是以豹子们的巨大牺牲换来的，因而对于一个有文化有良知的服饰设计师而言，其内心深处的愧疚无法言表，作家也对之进行了富有针对性的分析和说明。后文是以历史上的某些暴君为例证，一方面叙述了这些暴君在专制独裁的过程中，是如何对豹形象、豹文化进行盗用和滥用的；另一方面则揭露了这些暴君对于人民是何等的残暴和血腥，以及这些暴君荒淫无道的生活本质，体现出作家对于豹文化形象向善向美本质的坚定捍卫。在《川滇猎虎豹》《成都平原周边的豹》《活在四川方志中的华南虎及豹子》等文里，作家则以他所收集到的大量文献资料作为分析问题的基点，用详尽的数据和真实的史事来说明，川滇地区的豹子或其他重要动物品种，之所以在数量上会逐年递减，甚至某些时段会急速锐减，既有复杂的社会、历史因素，也有经济、文化、政治方面的原因。由此可以窥见，中国历史上曾经一度是怎样无视和践踏整个动物生命群体，又是如何导致了自然环境和生态系统的损坏的。

从这些沉重的历史和不堪的往事中，我们该吸取怎样的历史教训？当然，我们无论采取怎样的补救措施和保护方法，那些消失的动物们都已成为一种永远的文字记录或是图片表达，这可能不仅仅是动物的悲哀。因而在蒋蓝看来，作家的使命就是用动物主义诗学唤醒人类的良知和理性，整个人类的使命是以博爱之心包容动物、尊重动物、关爱动物。

有关蒋蓝这类散文的评论，可谓数量不少，著名文学评论家敬文东认为：

> 《豹典》对众多词语的精彩释义，使其不仅成为关于豹的百科全书，而且是人类对于豹子的一部错综复杂的观念史。①

作家辛茜同样指出：

> 《豹典》不刻意追求形式的跳跃、破碎，文字的故弄玄虚、精巧夺人，只是在尽情地道白，现实生活中朴素的真理，让自己的生存经验与阅读产生思想、感官、情绪的共鸣。这是平庸之作不可能达到的顶峰。②

他们的这些评论主要立足于哲学美学或思想价值的层面。从文化叙事的角度看，蒋蓝的《新〈豹诗典〉》也给予四川新世纪散文以有益的借鉴和启示，诸如散文写作的动物主义文化诗学视角，对于纯文字性史料的文化开掘和文化发现，以及在散文语言表达方面的纪实感、文化味、诗意性的有效处置和高度融合。这些都正是当下四川新世纪散文在文化叙事上的欠缺，也是被不少作家所忽视的。

阿贝尔的散文《脚印开花》则体现出作家对于一个人文主义思想家及其文化精神灵魂的探访和追寻、内省与思索。全文由《约瑟夫·洛克》《白龙江和洮河》《初见扎尕那》《卓尼大寺》《拉卜楞寺》《再见扎尕那》

---

① 敬文东：《〈豹典〉：一部关于豹子的观念史》，《中华读书报》2016 年 8 月 3 日。
② 辛茜：《你是大自然的尤物——评〈人民文学〉2015 年第二期蒋蓝散文〈豹典〉》，人民文学杂志社博客，网址：http：blog.sina.com.cn/s/blog_665525250102wyat.html。

《脚印开花》这七个具体的小篇章组成。作为首章的《约瑟夫·洛克》有如这篇散文的序言，它主要交代作家写作这篇散文的情感缘起及其精神追寻的思想动力。九十年前的约瑟夫·洛克已然离作家远去，但"这个敏感、多思、专横而又善于自省的人，心怀一个不灭的幻想，执着，脱离不了边缘、高远、朴拙的自然和人类残存的古老文明。他从欧洲到美国，再到中国的西南、西北，就是往回走，往现代文明的外面走"。约瑟夫·洛克的这些行为都似乎是在进行着这样一个有力的确证：他不仅是一个拥有爱美魂灵的纯粹的精神主义者，更是一个灵魂可以开花也可以落泪的坚定的人文主义者。或许正是因为约瑟夫·洛克的灵魂中所富有的人文主义情怀和理想主义精神，同作家在现实社会生存中特立独行的思想内存和精神追求构成了深度意义的契合与达成，阿贝尔才会收拾好自己的行囊，一路沿着约瑟夫·洛克在九十年前行走的足迹，走向中国大西北的深处，进入白龙江、洮河的自然生命起源，进入卓尼大寺、拉卜楞寺、扎尕那的历史文明、宗教情怀、自然文化的内腹，作家行走出来的一串串足迹仿佛也如灵魂开花一般。对于《白龙江和洮河》的书写，作家的审美聚焦和精神穿越的中心，是那座矗立于雪域高原深处的迭山，认为迭山的重要意义不仅仅在于它是河流形态的白龙江、洮河的生命之源，还在于它滋养了一个逐水而居、傍山而生的古老少数民族部落及其由盛而衰的历史，更因为它缔造了中华民族两条大江大河不同的历史命运走向和河流文化内涵：白龙江经迭山南侧而汇入嘉陵江、长江，涌入东海的怀抱；洮河经迭山的北侧而融入黄河，最终魂归渤海。由此可见，作家对于迭山的崇敬之情十分深沉，但其深情又并非完全止于迭山。在《卓尼大寺》里，作家更多地写出了自己在精神寻访中的内在体验、生命感知、人文意向及艺术直觉。作为"一个没有信仰，不懂藏传佛教的人"，他到卓尼大寺，旨在追寻约瑟夫·洛克的文化精神足迹，所以寺内的建筑艺术之美、转经筒发出的意味、色彩美学符号的渲染、周遭环境的意绪飘逸，在作家的眼里竟然如微风吹拂一样地轻轻掠过，几乎被排斥在作家的"内视"之外。由此作家的冥想便顺理成章地进入约瑟夫·洛克曾经拥有的思想时间和精神光阴，而后生成自己对于约瑟夫·洛克的深刻感知和领悟："九十年前的一只脚印，……已经成为一本书、一首诗"，像开着的一朵或者一簇人文之花、精神之花。在《拉卜楞寺》里，作家写出了自己大西北之行吟中少有的直觉欣喜和内在伤感。令作家欣喜的是拉卜楞寺这个名字，因为其外表有一种异域风情和一种笨笨的朴拙显现，其内里装满了灵性、虔诚和美；作家的内在伤感是源自史料记载的在 1925 年发生的那场藏回之争，群体性暴力和残酷血腥触目惊心。至于《初见扎尕那》和《再见扎尕那》里所显示的蕴意，则主要传递出现代文明的伤害之于作家的痛感。作家本是依持着约瑟夫·洛克对于扎尕那伊甸园式的梦幻书写而走进扎尕那的，但他眼前真实的扎尕那，早已不是约瑟夫·洛克笔下那个充溢着浓厚避世气氛和丰满哲学韵味、审美元素的伊甸园，也不是自己十年前初见的那个具有某种永恒意义的扎尕那，日益崛起的现代旅游文化业已然践踏了它损毁了它，伊甸园的破碎和永恒意义的消逝，都仿佛使作家的灵魂无处安放。

《脚印开花》的写作缘起于阿贝尔在阅读时所获得的某种灵感或启迪，又丰润厚实于作家大西北行吟中的所见所闻所思所想。两个相隔九十年的人文主义作者，都将各自的文化注视和人文关怀指向大西北这个地理方位偏远、人文思想古朴、宗教色彩浓郁、自然生态原始的地域，都试图通过自己的文字记录或审美表述来展示他们对于纯质的人类历史文明和淳厚的人文主义精神的发现，这无疑是具有某种深刻文化意义的。只是作为前人的约翰·夫洛克在看到了它的原始真实本相的同时，却遭遇了群体性的暴力冲突和血腥；作为后人的阿贝尔在看到了原始之美被渐渐消损的同时，却相逢了日新月异的现代文明和幸福的微笑。这是时代的异质性导致了两个同质性的人文主义男人在感知和结论上的差异性。倘若时光能够倒流，这两个人文主义男人得以相逢相知，并携手同往大西北，他们一路行进的脚印及其所开出的花，又将会是一朵或一簇怎样的花？是否继续饱含丰满的人文力量？我们难以推测。

三

历史叙事也无疑是近几年来四川新世纪散文创作里所体现出的较为重要的叙事方式之一。相较于新世纪之前的四川当代散文对于现实叙事的极其倚重，四川新世纪散文则在历史叙事方面进行了卓有成效的艺术尝试和叙事美学意义的突破，无论是在作品的数量上还是在艺术的质量上都有较大幅度的提升，大有超过现实叙事的势头和动能，涌现出了《一个晚清提督的踪迹史》《行者的南丝路》《与苏东坡分享创造力》《静宁寺与无法静宁的岁月》《乐西公路——血肉筑成的抗战路》《作为文学符号的土司——白马土司谈话录》《晚清纳西族名将和耀曾》《普照寺：历史深处的哑谜》《南怀瑾在五通桥》等一批具有较强历史叙事意味的作品。这些作品大多从历史视角出发，根据各自对收集到的相关历史文献资料所进行的详细整理和艺术发现，既写出了一定程度的历史真实，又富有对于历史的审美想象。然而，这些散文作品中的大多数，都仅仅滞留于历史叙事的某个初级层面，缺乏历史意识的深刻和历史哲学的高度，没有形成用幻想的联系代替历史真实联系的社会历史观。自然而然，这些作品的历史叙事便难以成为对"关于历史演变规律和关于历史理解性质的学说"本质的美学表述。这不能不说是四川新世纪散文在历史叙事方面的一个较大遗憾。令人欣慰的是，岱峻的《发现李庄》、陈霁的《白马部落》则具有一定的历史意识内涵和历史哲学思想。

对于四川宜宾辖内的古镇李庄，大凡有幸光临此地的人都很难不生发几分触动、几许感怀，因为它不仅是巴蜀领地上寥寥无几的一座古代建筑群保持相对完整的古镇，还镌刻着一段弥足珍贵的民国历史，承载着一群文化精英、知识学人难以释怀的往事。许多人的触动与感怀也仅仅是一时半会儿的触景生情，并没有试图去用一种历史意识的思想走进李庄的由显在的古代建筑符号与隐在的历史文化符号共同铸造的生命内涵，也没有以历史叙事的方式对其予以历史价值的发现和审美意义的观照。从这个意义上讲，作为记者兼作家的岱峻，的确是一位具有新闻慧眼的记者，更是一位富于历史价值发现和文化责任担当的作家，他的《发现李庄》（特指修订后的新版）便以一种独特的历史视角进入李庄的历史生命内层，通过平实、稳健、深沉而又饱含情感的历史叙事，再现了那段被湮没的丰富历史。有关《发现李庄》一书的诸多评论，都特别地指出了此书的历史价值及其在中国现代学术史上的重要意义，认为作者对于李庄的发现首先是基于对大量珍贵的文献资料、历史图片，特别是从台湾"中研院"获得的十分罕见的历史文献，以及对傅斯年、梁思成、李济等这些名家的后人的口述记录的收集、整理；其次便是作家对全部这些资料所进行的富于学术意义的历史分析和思想发现。这些毋庸置疑地是历史叙事内容的重要组成部分，但它们不过是作家从历史意识或历史哲学的基点出发所进行的理所应当的思想内容呈表，且因为大多局限于某种物态文化属性的缘故，而有失于更为鲜活生动的形象、情感触及和审美愉悦的享受。作为审美意义形态的历史叙事，其中心仍然是对真实的历史人物及围绕着这些人物的生活、事件、情景、细节等的着力塑造。在文学创作界几经反复历练的岱峻自然谙悉这种历史叙事的关键所在，所以他在此书中以大量写实性的笔墨重现了如傅斯年、梁思成、李济、林徽因、金岳霖、童第周、董作宾、陶孟和、李方桂等一大批在那个时代便已闻名遐迩的学者名流的人物群像，生动有趣又暗含深意地讲述了这些历史人物在李庄滞留期间的生存境况、学术研究及各种日常生活细节。在作家看来，这些名声显赫的历史人物之所以纷纷从各地齐聚李庄，建造了现代中国知识界一次群体性南渡西迁的人文图景，固然是由于烽火连连的抗日战争危及人的生存，这是他们不得已而为之的人生选择和历史选择，但紧随他们而来的中央研究院所有的人文社科研究所（历史语言研究所、社会科学研究所、体质人类学研究所）、中央博物院筹备处、中国营造学社、同济大学和北京大学文科研究所等重要的学术机构，一下子使得这个偏僻的西南小镇充满浓郁的学术气息和文化生活韵味。因而此时的小小李庄，已然不是一个地理文化意义的小镇，而是一种人文景象的文化符号的彰显，完全可以同重庆、昆明、成都那样的文化中心相与比肩。在作家徐缓有致、生气灵动的笔下，既有对这些人物"常撑一把油纸伞，或捏一把折扇，形迹匆匆地出没于李庄的泥泞中"一类的生存场景呈现；也有对"形销骨立的林徽因也坐着滑竿去了街头，噙着泪水注目那些认识或不认识的游行人们"一类的人物活动细节刻画；更多的是对这些专家学者们在治学中的情志专注、内心沉敛、精神丰采、灵魂仪态等的细致多维的描述。这些都令读者唏嘘不已，顿生敬佩之意。

或许正是岱峻在《发现李庄》里呈现出的这样一种历史叙事，不仅为我们栩栩如生地刻画了民国时代的一群文化精英形象，再现了那个特殊历史年代的李庄所独有的社会现实和人文气象，而且充分地展示出作家在审美表达之中所富有的历史意识和哲学思想。当然，这只不过是问题的一个方面，如果我们更为细致地解读《发现李庄》，就会深刻地意识到作家之于写作伦理、文化伦理或审美伦理的坚定捍卫和忠诚秉持——以一种极其负责的写作理念和文化精神进入历史、思索历史、考量历史，真实地重现历史境遇下的时代内涵、社会存在，特别是着力于人的历史存在、情感生活和精神意向的真实叙写和美学揭示，竭尽全力地做到了对于历史的不篡改、不虚造、不矫饰、不遮蔽。《发现李庄》之所以会受到学术界和创作界的共同推崇，赢得文学接受市场和图书出版业界的青睐，无不是因为人们对于它所彰显出的这种真实品格和历史价值的公认，对于作家在写作伦理、文化伦理和审美伦理等方面的严格遵循的精神品格的赞赏。这些对于四川新世纪散文的创作具有重要的启示意义。

陈霁的《白马部落》与岱峻的《发现李庄》近乎一致，同样是以历史叙事的方式来进行的散文创作，或者说同是所谓的非虚构散文写作，在散文题材内容的选择上也完全表现出相同的异质性特征，只是在具体的审美观照对象、叙事的着力点和侧重点的选择、叙事的时间跨度上存有一定的差异。具体而言，陈霁在《白马部落》中体现出的审美观照对象是一个被誉为"活化石"的少数民族——平武县白马藏族乡的白马部落；在叙事的着力点和侧重点上，是以人物形象的塑造及围绕着这个人物所发生的一系列故事的讲述为主；在叙事的时间跨度上，则表现为对白马部落的历史全程的叙述，时间的跨度长达近百年。但较之于《发现李庄》，它在学术思想的深度和精神表达的深度上又存在某种程度的欠缺。《白马部落》共由十七章构成，每一章都以一个主要人物为叙事对象，这些人物既有白马部落历史上的一代枭雄大番官杨汝、白马人十分崇拜的山神叶西纳玛、主行白马部落内部一切宗教法事的巫师们，也有曾经一度大名鼎鼎的白马女强人尼苏、没有一个学生的小学校长阿波珠、一生跌宕起伏的番官之女波拉，更有一大群如医生格绕珠、歌王曹迪塔、猎人央东等这样的有故事也平凡的普通白马人。对于这些人物形象的塑造，作家所基于的是人的历史存在和客观真实的评判标准，有好说好，是坏说坏，为中是中，绝不做弄巧成拙的庇护、遮掩、伪饰；在故事的讲述上，则是按照历史的美学原则来进行，既重视故事发生的历史背景和社会现实，又适时地选取更为妥帖的审美方法和艺术技巧。所以作家笔下的这些人物形象及对于其故事的叙述，不但具有生动鲜活、趣意盎然的特色，更富于较高的真实性和可信度。如果从叙事学的角度看，作家的叙事手法和艺术技巧似乎显得有些直白、简朴，没有成熟小说家那般老到和圆融，不时会露出几分朴拙和几许冗述。当然，作家历史叙事的重心并非在这些上面，而在于要传递出这样一种写作旨意：

> 十七个人的故事，就是这个民族的故事；十七个人的命运，就是这个族群的命运。这是十七个不同的侧面，组合在一本书里，就是一张原生态白马社会的完整拼图。①

从这个意义上讲，作家创作《白马部落》的真实意图，并不是要去刻意展示所谓叙事艺术的高超，而在于通过对白马部落历史全程的审美观照，写出原汁原味的白马部落的情感史、心灵史、民族史、文明史，揭橥它之于中国民族学和人类文化学的重要意义和价值。由此可见，作家在《白马部落》的写作中所倾注的人文情怀和审美精神意旨。然而，从问题意识出发进行探究，这里对十七个人物形象的刻画及对其故事的叙述，且不说其中的每个人是否都有足够的典型意义和代表性，他们能否支撑对于白马部落社会文明进程进行审美表达的逻辑世界，又能否涵盖整个白马部落历史真实的全部。除此而外，作家在创作里流露出的过多的自由想象意味，与非虚构散文写作的理念和要求是否自相矛盾。这些问题都需要我们静下心来认真地探寻和反思，因为这不仅仅是涉及文学创作思想存在偏失的问题，更是一个建构正确而完善的历史意识和历史哲学思想的重要问题。文学不只是一种审美的发现和创造，同时也是一种对于审美文化逻辑世界的完美性的建造。

现实叙事曾经是四川当代散文里的一种主要叙事方式，并且取得了相当不俗的艺术成就和社会影响，即使在中国当代文学的现实叙事处于高潮的时期，也丝毫不落下风。自四川新世纪散文以来，这种叙事方式却反倒

---

① 陈霁：《白马部落·后记》，人民文学出版社，2016，第291页。

表现出不同程度的弱化趋向，那种既有思想力度和精神高度，又富于艺术冲击和审美震撼的现实叙事作品更是越来越少见。就近几年四川新世纪散文创作的现实叙事而言，周闻道的《暂住中国》《国企变法录》和熊莺的《远山》等可谓其中的佼佼者，展现出了在现实精神方面的深度开掘和在散文美学向度的探索意识。《暂住中国》以当下中国社会中的"暂住人群"为观照对象，通过对一个又一个暂住家庭的生存状态，以及因为暂住身份而引发的多种复杂社会矛盾的透视，写出了这个"暂住人群"的现实尴尬和人生无奈。《国企变法录》则以大量的事实为依据，讲述了国有企业变革之路的曲折和艰难。《远山》通过作家主体之于那些偏远山区人们的实际生活状况的现场直击，极具真实性地写出了一群"远山"人的生活艰辛和生存困境。与之相较，大多数现实叙事的散文作品都乏善可陈。鉴于本章篇幅的限制，这个问题只能留待后文再进行探讨。

四

近几年来的四川散文，之所以能够在乡土叙事、文化叙事、历史叙事等诸方面具有长足的进步，充分展示出宽阔的美学视野、锐意的题材创新和较强的叙事能力，是由诸多有利因素共同催生和持续作用的结果。首先，新世纪以来的当下中国，国家的综合实力和对于世界的影响力日益提升，社会繁荣的程度越来越高，无论是政治环境还是文化环境也都随之发生了显著变化，形成了稳定、开放、宽容、和谐的良好格局，这些都有利于散文作家卸下心理、思想、精神等各种各样的包袱，以非常轻松自如的姿态从事散文创作。其次，中国文学的胸襟越来越具有更大的开放性和包容力，既把眼光瞄向世界文学发展的前沿状态和最新动向，积极鉴取和吸收他者的文学资源和创作优长，又将主要心思置于对中国文学传统优势的深度考量，全力开掘中国文学的精神富矿，特别是在探寻中国文学传统优势与世界文学现代所长的结合方面所秉持的客观公正的态度，以及所显示出的巨大包容力和卓越的开放性，都直接或间接地推进了散文作家的观念提升、思想强化、审美拓展、文体建构、艺术创新。再次，各个文学期刊和报纸副刊主动寻求改变，积极更新自身的办刊办报理念、思想、作风，以更具开放的精神、灵活的态度、兼容的思想、多元的风格来应对作家主体的创作和文学市场的需求，体现出更大的开放包容和接纳能力，散文作家可以根据各自的优势和所长进行创作，向各自喜欢或认同的文学报刊投送优秀的散文作品，从而构成了文学载体、创作主体、审美接受之间的良性循环，这就不同程度地增强了散文作家创作优秀作品的信心和动力。最后，散文写作的中坚力量和整个散文创作群体，同那些主动介入散文创作的小说家、诗人、评论家等形成了一种合力效应，特别是其中成熟而老到的小说家，本身就在小说创作中表现出很强的叙事能力和叙事水平，散文创作中的叙事在他们看来便显得更为容易和运用自如；至于诗人和评论家，则携带着对于文学语言的精致要求和诗意处置，或是较高的理论水平和研究能力，纷纷进入散文叙事的领地。因而在这样一种合力的作用下，无论是散文叙事的观念、思想，还是散文叙事的方法、语言，抑或散文叙事的美学层级、艺术境界，都产生了全面而积极的效能，进一步推升了散文叙事艺术水平。

从叙事学的角度对近几年来的四川散文在叙事艺术方面的表现进行理论观察，不过是从散文美学内部来梳理它的发展及变化，旨在探寻这种发展和变化所具有的积极意义和文学价值，或者是洞晓其中值得我们思考和警觉的不足。这理当是一个文学研究工作者应尽的职责和秉承的理智。放眼当下中国的那些优秀散文大家及其富于经典意义的散文作品，四川新世纪散文与之相比，在整体水平上仍然有着不小的差距。当然，它也绝非完全如某些外界论者所说的那样："散文、随笔领域就更孤独了。"① 在这样的事实面前，我们必须正视自己，以厘清那些不足、确立更高目标，只有砥砺奋进，四川新世纪散文才能够再上层楼。

---

① 邱华栋：《我心目中的"新散文"》，《四川文学》，2015 年 10 期"名家小辑"，第 82 页。

在稳步前行中的掘进和扬升[*]

　　如果以新时期以来四川文学发展的当代进程作为考察问题的基点，我们不难发现这样一个基本事实：相对于四川当代小说、当代诗歌在中国当代文学画廊中所凸显出的大观气象和卓越成就，四川当代散文则仿佛始终如一根软肋而显得相形见绌，不但没有涌现出在中国当代散文创作苑囿里风格卓越、独领风骚的散文大家，而且没有产生一部可以在当代中国散文创作界域内富于思想的彪炳意义和具有文体引领作用的散文佳作，更没有成长出在全国散文界具有举足轻重影响的散文作家群体。这样的散文创作局面一直令四川文学研究领域很多人感到十分困惑又特别无奈。但令我们甚感欣慰的是，这样的局面终于在 20 世纪 90 年代被彻底打破，四川出现了戴善奎、伍松乔、陈明云、卢子贵、钟鸣、聂作平、洁尘、晓禾等一批在全国具有一定影响力的散文作家；21 世纪以来的 10 余年里，随着这些散文作家的日益成熟，以及一批又一批新生散文作家，如蒋蓝、周闻道、陈霁、杨献平、阿贝尔、牛放、凌仕江、冯小涓、李汀、周书浩等人的崛起，四川散文在中国新世纪文学的天地里越发显现出它的重要意义和价值。本章以近年来的四川散文创作为例，探寻其意义和价值。

一

　　从历史性和发展性的双维来审视近年来的四川当代散文创作，它既是

---

　　*　原为孔明玉、晓原《在稳定而坚实前行中的掘进和扬升——对近年来四川散文创作的抽样分析》，《当代文坛》2016 年第 6 期。

对业已形成的四川散文传统的承继和延展，又赋予了四川散文书写一种新的掘进和扬升的意义。就其具体表现而论，首先是散文创作队伍的更加稳定和不断扩大，既有像钟鸣、蒋蓝、陈霁、周闻道、杨献平、岱峻、何永康、龚静染、凌仕江、谷运龙、张怀理、张放、凸凹、张生全、仁真旺杰、晓禾、赵英、卢子贵、童戈、熊莺、周书浩、刘光富、方志英等这样一群致力于散文创作的中坚力量，也有如阿来、邹瑾、意西泽仁、裘山山、傈伍拉且、雨田、何大草、马平、聂作平、阿贝尔、牛放、李汀、冯小涓、嘎玛丹增、格绒追美、杨雪、刘成东、李存刚、赵良冶、言子等诸多在主营小说或诗歌的同时依然将其余下的精力投注于散文书写活动的重要参与者，这两类作家在散文创作方面的合力进击，使四川散文的整体不仅有了量的剧增，更具有了质的提升。这从《中华散文》《散文》《散文海外版》《散文选刊》《散文百家》等专业散文期刊和《人民文学》《上海文学》《天涯》《作品》等重要文学期刊对四川散文的刊发数量，以及各种散文选本对四川散文作家作品的选录数量和以散文作品斩获的各类文学奖项中，便可窥见一斑。其次是《四川文学》《青年作家》等本土文学期刊在栏目设计方面的新颖探索和主动求变，以"名家小辑""文学地理""散文上苑""作家书架""文化·城市""美文""文脉·山水"等各种专栏形式加大对散文作品刊载的力度，这样的积极效应便在于：一方面将过往散状分布、各自为战的创作力量进行了很好的凝集与整合，另一方面也能够集中显现四川作家在散文创作方面的整体力量和水平。与此同时，在全国文艺理论界享有较高声誉和影响力的《当代文坛》也与这种良好的散文创作态势同心协力，一是深化已有的"四川作家研究"栏目建设，二是适时重开"文学川军专论"栏目，借以加强对四川作家及其散文创作的研究、评价和理论指导力度，这就从文艺理论研究层面、文学批评维度卓有成效地推动了四川散文前行的步伐。最后是四川散文创作在文体建设方面显现出了具有探索意味的新气象。近年来的"中国散文在语言风格、内容题材上都有不同程度的创新和突破"①，对于近年来的四川当代散文创作而言，又非仅仅如此，它更是一种在散文文体探索方面有所掘进有所扬

---

① 中国作协创研部：《2015年中国文学发展状况》，《人民日报》2016年5月3日。

升的体现，即从过往那种单纯意义的传统色彩浓厚的散文文体，逐步朝着涵容更为广泛、文体更加多样、内质越发现代的"大散文"方向进击，报告文学式的散文、小说式的散文、诗歌式的散文以及各种阅读札记、思想随笔、行者见闻等纷纷涌入散文地界，体现出篇幅长、容量大，且思想表达深入而完整，艺术风格大气雄健的特征。这不仅解构了某些人关于四川散文"重思想内容的表达、轻艺术形式的创新"之类陈旧固化的思想认知和审美评判，还极大地丰富了散文文体本身的内涵和理念，有力地扩大了散文文体疆域和散文创作视野。因而近年来的四川散文，掘进与扬升的态势令人惊叹，已然有着超越四川小说发展的速度。如此四川散文便以一种富于当代意义的灵动形象和崭新面目呈现于中国散文界。

二

在近年来的整个四川散文创作中，作家周闻道在《西部》杂志上发表的散文《柏林墙的影子》，无论是对于题材的选择、思想意义的传递，还是对于历史纵深的抵达、文化向度的考量，乃至对于文体形式的探索、艺术审美的体现、散文语言的表达，都标志着四川散文的当代书写达到了一个新的高度。在这篇长达万余言的散文里，作家以一个智慧的行者、世界事件的探寻者、思想和思考的清醒者的身份亲临柏林墙这个现场，虽然柏林墙早已被推倒，但它留下的影子及其深刻的影响却让他心绪难平、思绪万千。在这种心潮思绪的激涌下，作家"沿着苏格拉底的逻辑，透过柏林墙的影子，走向历史的纵深"，从历史到当下、从战争到和平、从政治到人性、从现象到本质以及从事件到影响，逐步深入地探寻、考量"柏林墙的前世今生和世界的真相"。在作家这种步步深入的探寻和考量中，柏林墙是如何产生的，柏林墙对于柏林人实施人为分割的影响，柏林墙的矗立对于人类社会的政治意识形态尤其是对于战后德国所造成的深重灾难，长期冷战中许多人不顾一切地翻越柏林墙去寻找亲人、自由的逃亡事件的频发，柏林墙最终被推到，以及当今世界因为地缘政治、民族宗教、观念信仰、历史文化、利益纷争所构成的各种差异各类对立，等等，便次第从作家的笔下呈现出来。在作家看来，柏林墙能够在那样一个特殊时代矗立起来，既同那场造成人类社会重大悲剧的世界战争息息相关，也同战后形成的两大政治阵营和意识形态的对立、对抗紧密相连，更与人类的劣性之源——贪婪有着深刻而本质的关联。怎样才能消除柏林墙的影子及其残留于人类情感历史、心灵世界的沉重刻痕，仅仅依赖于物理时间的自然流逝，或者是物质文明的日益丰厚程度，抑或意识形态对立对抗的最终消弭，都是远远不够的。在这篇散文里，作家信手拈来的三个翻越柏林墙的故事极其感人和发人深省：两对东德夫妇及 4 个孩子用自制的热气球成功地飞越柏林墙；一个仅有 5 岁大的东德小男孩，用 6 个月的时间挖出了洞深 12 米、长度 200 米至 300 米的地洞，最终抵达预定的接应口；一个名叫布鲁希克的年轻司机冒着枪林弹雨将自己的大巴冲向柏林墙，满车的人成功跨越了柏林墙，而他自己的身上却留下了 19 个弹孔。通过这些故事，作家力图告诉我们：人类寻求自由的道路尽管如此艰难，但唯有争取自由并获得自由才是生命的最终价值及其本质意义的体现，不管将为此付出多么沉重的代价，人类寻求自由争取自由的理想都将至死不渝，这或许就是人类存在及得以前行的本质所在，也是任何形式的战争所根本不能阻挡的。在另一篇散文《论恶》里，作家同样以其深刻的思想性和强烈的哲理性为我们剖析了恶的根源及其意义和价值，认为在人类社会的历史征程中，恶不仅仅是"人性的重要基因""法治的酵母"，同时也是"恶的墓志铭"，因而"没有恶的世界是最深重的恶"。尽管作家所论述的恶并非修辞学意义上的恶，而是佛学意义上的十恶不赦之恶，其深沉的意旨也在于揭橥这样一个道理：恶的存在"为我们提供了向善的力量"，"催生了化恶为善的法宝——爱，世间大爱"。这不是对于恶的宣扬，而是对于善的崇高景仰和无限追索。由此不难看出，作家通过对恶的现代性论述及价值重估，不仅为我们提供了重新思考问题的维度和方法，也给予我们一种深刻的思想和哲学启迪。

蒋蓝在《山花》杂志上发表的《豹诗典》系列散文，以动物界中的"豹"作为书写对象，在深入解读扬雄的《方言》、许慎的《说文解字》、刘义庆的《世说新语》、王安石的《字说》、张华的《博物志校证》、李时珍的《本草纲目》、陈梦雷的《古今图书集成》、徐珂的《清稗类钞》、《圣经》等中外古代文化典籍，以及《尔雅注证——中国科学技术文化的历史纪录》《山海经研究》《中国神话传说》《大禹及夏文化研究》《禽虫典》《汉语动物命名考释》《日本怪谈录》等大量现代著述的基础上，从文字含义、词意指向、语言关涉、修辞功能和动物学、文化学、人类学意义等角度对"豹"及其背后的文化意蕴进行了梳理、分析和阐释，认为这些中外文化典籍和现代著述对"豹"的字义解释和对"豹文化"的语言描述，足以使我们能够对这种动物及其文化意义构成非常清晰的概念认知和形象把握：豹是一种长脊的野兽，猫科属性，体小于狮虎而大于猫狗，有赤豹、白豹、黑豹、青豹、土豹、元豹之分；豹笑不露齿，步态轻快而飘浮，动作敏捷且生性凶暴。对于人类而言，这样的动物理当属于难以驯服的强悍生命，只能远观而不可近玩。作为力图彰显"自然诗学"意义的系列性散文，《豹诗典》如果仅仅是以这种解字释义的方式来表达对"豹"及"豹文化"的理解和认知，显然缺失了对它形象重塑和艺术表达的意义，更会伤及其作为散文艺术的美感属性及其审美本质。作家自然深谙这样的道理，因而在简要的考据基础上，他直入中外历代文艺家们笔下的名作名篇——屈原的《九歌》、但丁的《神曲》、里尔克的《豹》、狄金森的《诗 140（228）》、庞德的《仿屈原》、聂鲁达的《诗歌总集》、海子的《八月尾》，卡夫卡的《饥饿艺术家》、海明威的《乞力马扎罗的雪》、巴尔扎克的《人间喜剧》，庄子的《山木》、博尔赫斯的《想象中的动物·豹》、梭罗的《散步》、马瑟的《简单的思想》、丹尼克尔的《骑豹的阿里阿德涅》、卢梭的《被豹子袭击的马》《被豹子袭击的黑人》——从诗歌、小说、散文随笔到戏剧、电影再到绘画、雕塑。如此繁多的艺术形态和各类精品力作对"豹"及"豹文化"所进行的审美描述和诗意表达，无一不触发作家丰富、辽阔、深远、灵动的艺术想象和进行艺术再创造的激情，因而作家阅览资料和考据文献之广博，想象能力和艺术才情之丰满，审美理解和艺术描述之深切，历史意识和文化领悟之高远，都使得《豹诗典》系列散文具有了别样的思想力量、文化含蕴、认知深度和审美意义。所以在作家看来，"豹"及"豹文化"不仅是"静极而动的东方哲学的具象"，更是"中国文化精神的隐喻或符码"①。尽管这样

---

① 蒋蓝：《豹诗典》（之一），《山花》2015 年 4 期，第 85 页。

的诗意描述和审美判断存在较大的限制性与或然意味，却仍不失为一种对"豹"及"豹文化"的东方诗学意义的思想表达。在艺术层面上，《豹诗典》系列散文所采用的辞典式写作，以众多的词条构成来逐一地诠注、阐释、描述"豹"及"豹文化"，并辅之以激情而优美的散文语言，显现出了四川散文的新艺术意味。

陈霁的《夺补河两岸》、阿贝尔《一个诗人的祥树家》无疑是近年来四川散文中少有的以平武县白马藏族乡的自然意象、历史韵味、人文景观、现实存在为书写对象的佳作。作为亚洲最古老部族之一的白马人，因为居住在非常偏远的大山深处，环境十分封闭，统治他们的又是一个具有超稳定结构以及绵延数百年的王氏白马土司，再兼其同外部世界的联系甚少，长久以来都被人们视为一个非常神秘的少数民族群体。随着我国改革开放的深入和经济社会的迅猛发展，白马人才渐渐被外界知晓和认识，被文化学家、民俗学家、人类学家聚焦和重视，也自然而然地成为文艺家们审美观照的对象。但在过往的文学书写中，不少作家皆如匆匆来去的过客，他们的文学书写也多止于浅表性、浮象化，缺失了深层的审视和本质的深入。陈霁和阿贝尔则不同，一个以长期深入基层生活的名义得以十分从容地进入白马藏乡的内腹，一个作为久居平武县城的熟稔者而能够更为便捷地触摸白马人的魂灵。因而，较之于那些匆匆来去的作家，他们对于白马藏乡和白马人寄予了更深的情感体验、理性知觉、精神观照和审美表达。陈霁的散文《夺补河两岸》，以"溯流而上""神山叶西纳玛""雪原"三个篇章作为装载思想内容的框架，一是描述夺补河两岸的地理形态、山水风光、自然意象；二是叙写叶西纳玛神山的历史由来、神性构造、故事传说；三是刻画王朗自然保护区的雪景和在这种雪景里自然而行、随意而为的各种珍稀动物，以及作家自身对于这个雪色世界的情感体验和生命认知。在作家充满情感意向和生命认知的审美描述中，河流与山川、生命与村寨、历史与现实、自然与人文、传说与神性、大地与细节，既为一种时空分置的不同存在，又是一个紧密关联的和谐整体，从而共同构出一幅纯然而唯美的画卷。阿贝尔的散文《一个诗人的祥树家》，则以一个诗人的灵敏眼光和艺术直觉，叙写自己两度前往白马藏乡一个叫祥树家的地方的所见所闻和所思所想。诗人第一次走进祥树家，便被它的那种

"从山脚到山顶，从溪流到天空，从花腰带到野鸡翎，从女人的眸子到歌声，都太干净了"的感觉而引发内心深处的惊颤，感觉自己的身体里落下了"一些东西"；是沉重得已然失去了魂灵的肉身，还是漫无目的、四处游走的物质欲望，抑或浸渍于城市的灯红酒绿太久而渐已麻木冷硬的心，诗人不得而知，只感觉在落下了这些东西后，"看见了肉体在清醒状态中看不见的东西"，"记起的这个自己，不同于了过去，不同于了昨夜睡前的那个人"，而另一些曾经走失的东西正悄然无声地回到自己的体内。诗人再度进入祥树家已是几年后。对祥树家的这一次进入，诗人已不再将自己的目光仅仅注视于祥树家的自然存在和别样风情，而是对一个名叫尼苏的女人的"个人史也是家族史、民族史"进行审美观照与精神反思：尼苏曾经是白马藏乡十分美丽又极为风光的少女，但如今的她已完全是白马老妪一个。尼苏为何有如此巨变，"除了时间在起作用，很多冲击、溶解到时间里的东西也在起作用"。显而易见，相对于陈霁在《夺补河两岸》中以流畅、轻快、优雅的笔调所尽情挥洒出富有纯然和唯美意蕴的大自然和历史文明，阿贝尔在《一个诗人的祥树家》里则以凝重、深沉亦诗意、情致的笔触凸显出人的命运变化及其深刻的社会历史原因，表达出更为强烈的反思意味。

2008 年的汶川大地震和 2010 年的青海玉树地震，无疑是深深镌刻在21 世纪以来的中国人心里的剧痛，尽管时光匆匆、岁月流转，这种剧痛不仅没有从我们的内心消除，反倒成为一种深刻的情感记忆，一份厚重的精神沉淀，一个充满怜悯和博爱的心结。或许正是因了这种记忆、这份沉淀、这个心结，它们便成为近几年来中国文学一直书写的重要题材。邹瑾的《我的东河口情结》、韩玲的《想对玉树说说话》便是对于这种题材的延伸式书写。作为 2008 年汶川大地震的亲历者、见证者及抗震救灾的直接参与者，青川县红光乡的东河口村在地震当时所呈现的极其惨烈的情形，一直令作家邹瑾记忆犹新、终生难忘，在这个心结的驱使下，他不仅创作了长篇小说《天乳》，还非常动情地写下了这篇题名为《我的东河口情结》的散文。在作家的笔下，曾经的东河口村，山川秀美、安宁静谧、禽鸟和鸣、山歌悠扬、民风淳朴、生活闲适，宛如世外桃源，但突如其来的大地震将这样的世外桃源变成了一座满目疮痍、情形惨烈、场景悲壮的废墟，一个令人伤痛欲绝的巨大天冢——"西北两面的王家山、牛圈包拦腰折断，崩炸下来的两座大山瞬间将东河口村几乎全部掩埋"；"红石河被阻断，山谷被填平"；"780 位村民被深埋在了 110 米的土石方之下"。地震的暴怒与无情、秀丽山川的瞬间倾塌、生命遭遇的灭顶之灾、家园成为一片废墟，乃至那条身形魁梧的大黄狗的抑郁而亡、那只活泼灵性的鹦鹉的突然失声，这些并没有压垮国人的情感和意志，退休的原该乡党委书记王天才挺身而出组织自救，地方党委行政全力出动予以施救，善良的志愿者从四面八方纷至沓来，浙江舟山的援建大军数千里挺进东河口……历经数载的艰苦重建，如今的东河口村已经成为地震遗址公园，"我"捡回的那只鹦鹉也开始咿呀发声，采来的那株野生兰草正蓬蓬勃勃的生长，这些是否都是对那些远逝亡灵的一种祭奠或告慰?! 在这篇板块式结构的散文里，既有着作家对整个地震事件的全程观照、对具体场景的细致描述、对事物细节的精心刻画，更寄寓了作家的情感的深挚、心思的细腻、情怀的悲悯、精神的观照、灵魂的疼痛。韩玲的散文《想对玉树说说话》，则以一种柔婉细腻又略显忧伤的笔调叙写自己在青海玉树地震后相逢的那些充满爱心、极为善良的人，以及所遭遇的那些感人的往事。这些人，既有著名词作家昂旺文章、摄影家冶青林、孤儿学校校长尼玛仁真，也有更多不知姓名的普通人，正是这样一些人在玉树地震发生后，以自己擅长的方式对地震中的受难者施以博爱、关怀、援助，才令许多受难者深深感受到人间的温暖和关爱，渐渐抹去心灵深处的创痛，最终回归正常的生活之路。在作者的叙写中，那种源自灵魂深处的忧伤，那份发诸生命本质的真诚，那种充满悲悯情怀的眼神，那颗柔软至极、善良至极的心灵，皆跃然于纸上、震撼人心。倘若非善良之人，是定难有这样的散文及情感和内心表露的。的的确确，在物欲权欲双重高企、个性追求日趋极端的当下，许多人已不再因为地震之类的灾难降临而生发伤痛之情、仁爱之心、悲悯之怀，不仅他们的内心严重板结，他们的灵魂也变得更加坚硬和冷漠。这些人当中其实并不乏个别所谓的作家。面对这样的社会背景，我们的作家是否能够从邹瑾、韩玲的这两篇散文创作里所凸显的精神观照与审美蕴示中得到些许启迪和教益? 笔者以为这当是十分肯定的，因为文学是人类文明的火炬和灯塔。否则，我们的文学将失去真诚、善良、爱、美丽，那就不仅仅是文学本身的悲哀，更是人类文明的悲剧。

在题材选择方面，近年来的四川散文仍沿袭了之前固有的传统，即对于故土蹁跹往事、乡村社会文化、亲情友情世界、自然物语王国，以及作家的内心生活、情感意向、精神诉求等都给予了更加多样更为丰富也更显深入更趋本质的审美观照和散文书写，李汀的《乡村俗语》、雨田的《父亲的遗憾》、陈霁的《老宅》、阿贝尔的《成都随笔》、马平的《散文二题》、凸凹的《天灵盖罩住的牛》、牛放的《寻找木头里的声音》、凌仕江的《在成都》、张放的《散文三题》、张怀理的《家事随记》、谷云龙的《视死如山》、赵良冶的《最后的古村落》、嘎玛丹增的《2014 私人版·烟道》、王林先的《每个春天都有一个承诺》、江剑鸣的《没有故事的小伙伴》、王章德的《波罗蜜经》、伊熙堪卓的《安吉梅朵》、唐廷华的《家在竹乡》、李存刚的《天全二题》、周春文的《家乡的稻浪（外一篇）》、竹间的《川西坝子上的城》、方志英的《花开花落》、罗贤慧的《玉兰花开》、刘成东的《故乡——相如故里》、言子的《河之洲》，等等，皆是对这种题材选择传统的体现。这不单单是四川散文创作的传统，也是整个四川文学的传统，乃至中国文学的重要传统之一。在这些散文中，李汀的《乡村俗语》、雨田的《父亲的遗憾》、陈霁的《老宅》、马平的《散文二题》、凸凹的《天灵盖罩住的牛》、牛放的《寻找木头里的声音》、王林先的《每个春天都有一个承诺》可谓优秀之作，很值得分析和评价。李汀的《乡村俗语》以"老鹰剩一口气，也要给它一片天""羊不单走，一只过河，十只照样""牛鼻上穿绳，哪有情愿的"这三句乡村俗语作为依托，三个章节分别取名"老鹰剩一口气""羊不走单""牛鼻上穿绳"，以此从三个维度来构造这篇散文的叙事内容，笔法娴熟，叙事老到，游刃有余，既写出了鹰的尖锐性格与英豪气势、羊的群体生存意识与集体殉情行为、牛的不情愿被人用绳索穿鼻及其和人的百般抗争，又自然顺畅地流露出非常浓郁的乡土情怀。凸凹的《天灵盖罩住的牛》虽然同是乡土叙事，写发生在故乡的一件蹁跹往事，但作家叙事的着力点却是放在人如何杀牛的整个过程，在这个过程里，有牛的警觉、防备、抵抗，也有杀牛者的智慧、耐心、狡黠，更有孩童的天真、稚嫩、善良，由此刻画出一幅人牛相战、斗智斗勇的巴蜀乡镇图景。在写亲情、友情、人情以及作家个体的情感、心灵世界方面，雨田的《父亲的遗憾》、陈霁的《老宅》、牛放的《寻找木头里的声音》、马平的《散文二题》、王林先的《每个春天都有一个承诺》等显得更为突出。作为一篇回忆性散文，雨田在《父亲的遗憾》中讲述了自己父亲嗜好饮酒的往事。置身于"文化大革命"时代的父亲，每天晚上回家饮不饮酒以及饮什么酒、饮多大的量，皆以他当时的心情而定。对于那个时代的许多事情，父亲都显得十分无奈，也特别的隐忍，唯有饮酒的嗜好和善良的人性、正直的品格同父亲相伴终生。文章既写出了父亲在那个特殊年代的隐忍和无奈，更写出了父亲对善良、真诚、正直的顽强坚守，虽然至死父亲也没有喝成茅台酒，这或许是一个不小的遗憾，但对于父亲的整个善良正直人生而言，当无丝毫的遗憾。陈霁的《老宅》借助自身对于历史时空和现实时空的不断穿越，并以情感记忆、理性判断、历史反思、现代内省给予其有效连接，写出了老宅的历史变迁以及曾经住在老宅里的几家人的不同命运和结局，揭示了人性丑恶必然遭到唾弃、人性美善终将永驻人间的重要命题。牛放的《寻找木头里的声音》通过对一个名叫何夕瑞的木匠在其一生中对制作中国式小提琴进行孜孜不倦追求的叙事，写出了一个普通中国工匠不屈不挠的人生历程、精神追求和理想情怀。为了能够制造出一把具有中国乐器标志的小提琴，何夕瑞毫无畏惧地辞去已有的工作，全身心地投入制造活动中，从失败到失败再到更大的失败，他毫不气馁，依然斗志满满地朝着理想目标挺进，何夕瑞终于成功了，赢得了国内外名家的首肯。因而在作家看来，何夕瑞的成功，不仅仅属于中国乐器，更属于中国精神。相对而言，马平的《散文二题》和王林先的《每个春天都有一个承诺》以内外视角的结合，更丰富地写出了当代作家和人文知识分子的情感诉求、理想欲望和精神内审。面对这个时代和社会的急遽变化，即便你是一个有着丰厚文化内涵的作家或人文知识分子，都会遭遇林林总总的困境、迷茫、惶惑，如何才能拥有内心的澄明、实现灵魂的挺立、抵达精神的清洁，在马平和王林先看来，只有阅读、思考、内省和独立、坚守，才能得以实现。这与其说是他们的理想，不如说是现代文人的共同愿景。

除上述作家、作品外，古岳龙的《泰山之下血未止》、白朗的《佛光寺　汉影与云根》、党跃英的《静宁寺与无法静宁的岁月》、龚伟的《安怀堂风云录》、杨献平的《匪事笔记》、马恒建的《乐西公路——血肉筑成的抗战路》等是具有浓重纪实意味的长篇散文，或是通过对几段业已久远的人物进行历史的深入探访和重新叙事，发掘其中那些一直被各种伪装、各种传言、各类残记遮蔽的生命存在真相，还原历史真实的人物或人物的历史真实，抵达事实本质的真实和历史本质的真实；或是借助对历史文献、影像作品、口传记录的整理、阅读、审察、分析，探寻那些已成烟云的历史往事及文明进程的跌宕起伏，以现代重构或艺术再创的手段使其得以客观真实的重现；抑或从现代人的思想意识观念出发，将文献史料的概要载录与现场寻访的直接触感进行有机的结合，记述一条道路的历史意义及其给我们民族心灵史留下的不可磨灭的记忆，又在这样的记忆中缅怀历史和反思历史。虽然这些长篇散文的个别篇目在表层上尚有着或深或浅、或浓或淡的报告文学痕迹，在深层上有为企业作传的嫌疑，但仍不失为对散文文体疆界的一种延伸和拓展。从这个意义上讲，这些长篇纪实散文，也同样使得近年来的四川散文在文体形式方面有了一定突破，彰显出了不断创新的活力与上升的动力。

三

从散文著述及其出版方面的情况看，近年来的四川散文也显示出了较为强劲的进击力量和特有的新气象新意味，像阿来的《语自在》、蒋蓝的散文系列《极端动物笔记》、冉云飞的《每个人的故乡都在沦陷》、杨献平的《梦想的边疆》、李汀的《民间有味》、熊莺的《你来看此花时》、何永康的《醉空山》、龚静染的《桥滩记》、岱峻的《发现李庄》、洁尘的《啤酒和鲈鱼》、凌仕江的《藏地羊皮书》、卢子贵的《步步走来》、杨雪的《川南的乡愁》等都可谓它们之中的优秀著述。在此，我们不妨以岱峻的《发现李庄》、凌仕江的《藏地羊皮书》、李汀的《民间有味》、杨雪的《川南的乡愁》作为分析对象，便能够从分析中清楚见知。

关于岱峻的《发现李庄》，笔者在前文中已有较为详细的论述，这里不再赘说。

凌仕江的《藏地羊皮书》当属四川近年来较为少有的另一种类型的散文，即与其他散文在内容书写和艺术风格方面有显著不同。凌仕江之所以能够写出这种大多数四川作家无法具有的题材观照视野，以及在散文艺术风格上显现出清新刚劲的审美特质，主要是因为作家本人的生活经历和生命体验所具有的异质性。作家虽是一个土生土长的蜀人，但他的青年时代的大部分美好时光是在青藏高原的军旅中度过的。在那个号称世界屋脊的高原上，自然地理环境的十分严酷，交通运输条件的绝对落后，物质生活水平的相对低下，都会给人的生命带来不可预知的困窘和险境，但是它所具有的浓郁的藏族历史文明和宗教文化精神，又使得生活于其中的人们富有坚定的生命意志和信仰的精神力量。这些对于一个较长时期生活在青藏高原的年轻生命而言，无疑是有着相当深刻的人生影响的。所以在许多岁月悄然流逝后的今天，虽然作家的身体早已回归故里，但他情感的依恋似乎依然行止于那座高原上，正如作家在散文集的最后一篇《一个人逃到哪里放得下西藏》里写到的那样：

> 水车在水边停止转动的时候，白塔一直屹立在漫过雪山的金阳之中，此刻的世界，止于安详。这个时候，我明白了一件比大地更大的事情：在我的身体里，永远藏着一个逃不掉的西藏。

显而易见，青藏高原已然成为作家的第二故乡，其深刻印象并不逊色于作家的第一故乡。因为不能忘怀在青藏高原的日日夜夜，一簇簇曾经的高原影像便如洪流一样在作家的大脑里奔涌：亲身经历的那一件件蹒跚往事，亲眼看见的那一幅幅感人的画面，亲自体验的那一个个生活的细节，以及因之催生出的林林总总纷纷繁繁的生命感觉、生存感怀、灵魂触动。面对这样一座情感意义和灵魂意义兼具的高原，作家唯一的选择便是拿起手中的那支笔，以一种充满精神力度和审美情怀的表达方式对其尽情地书写和展示。因而在作家的笔下，既有《朵藏与雪莲》《昆仑胡杨》《我的观音我的草》《红景天》《高原兰》《蓝莲花》《雪和鹰》《西藏的石头》

《望见东山上的月亮》一类对于青藏高原上的自然物象和自然生命的描述，也有如《藏历年》《八廓街的早晨》《可可西里城堡》《白狼传说》《卓玛经》《朝圣》等一类有关藏族历史文明和宗教文化韵味的叙写，更多的是如《门巴猎人》《高原红》《班长的女人》《可爱的小韩》《女兵·诗人与狗》《喜马拉雅的孩子都是精灵》《追鹰的人》《扎西的婚礼》《格桑的前世今生》《藏克》《世界上最孤独的牧人》等一类对藏族人民的现实生存和生活境况的故事讲述。这些描述、叙写、讲述都从不同侧面反映出了青藏高原地区自然环境、社会存在、人民生活、民族历史、宗教文化等诸方面内容的某些特性，表现出作家对之的深厚情感和无限眷恋。如果我们有意识地将作家的这些描述、叙写、讲述进行连缀与重构，它们便有如作家对于青藏高原地区的一种全景式的审美观照；从散文语言表达的角度进行分析，则体现出四川散文作家少有的那种清新刚健。这些都使其散文富于异质性的美感。

作为一个以主写青藏高原而闻名于当代文坛的散文作家，凌仕江先后出版了《你知西藏的天有多蓝》《飘过西藏上空的云朵》《西藏的天堂时光》《西藏时间》《藏地圣境》等一系列散文集，《藏地羊皮书》只不过是其中之一而已。从作家对青藏高原地区的长期而专注的书写中，我们非常清晰地洞见了作家对于青藏高原的那份特殊情怀和异质美的深刻感受。

李汀的《民间有味》和杨雪的《川南的乡愁》也别有一番思想意义的旨趣和艺术审美的特质。作为一种对乡土叙事的有效延伸和努力拓展，李汀在其散文集《民间有味》里主要是基于民间立场和底层视野的写作，试图通过娴熟老到的笔法对自己熟知的乡土世界进行有意识的审美观照和真情书写。辑录于李汀这本散文集里的散文作品，或是通过对乡村社会里的那些日常生活细节的细致观察，以一种非常简练的白描手法写出现代蜀地乡村黎民百姓的日常生活精彩，展示出新农村建设给人们带来的幸福安康生活；或是深入那些具体实在又富于某种典型意义的牲畜活动场景里进行深度勘察，以一种看似简朴实则夸张的叙事方式写出乡村畜群生存的悠然自得和安适怡乐，凸显出乡土世界另一群生命的生存环境的良性状态；或是恣意放怀于重峦叠嶂、树林草丛、河水溪流及乐在其中的那些鸟儿，以一种略显铺陈的笔触细致地写出了自然生命和自然世界的自在自得和宁静安详，彰显出自然生命世界和自然生态环境的康健程度。除此之外，李汀的另一些散文也表现出对乡土世界之外的民间社会存在的审美观照，写出了人们在民间社会生活中的某些复杂况味，但在思想意义的表达和艺术价值的体现上却稍逊一筹。因而从某种意义上讲，李汀在其散文创作里所表现的这种乡土叙事，不仅显示出他对于乡村中国、乡土社会了解的深广性和精细度，还给长期生活于城市的众多读者以自然清新又生动鲜明的审美感知，同时也为四川新世纪散文的乡土叙事提供了一种新颖而别有情趣的审美视角。李汀散文创作的不足，一方面是某些散文因为写得过于细腻，显现出了某种程度的冗赘，或由于叙事过于详尽和实沉，阻塞了阅读者的审美想象空间；另一方面是散文语言一以贯之的过于细柔温雅和文人气派，既缺少必要的语言风格变化，又有失于浓郁的生活气息。这些都不同程度地削减了他散文的审美力度和深度。杨雪的散文集《川南的乡愁》虽然也是对乡土叙事的展开和表达，却多是出自一个诗人的细微观察、情感体验、生命感知、艺术直觉，强调对地域属性的乡土世界主体介入的深度、广度、厚度，以及诗意方式的语言艺术表达，所以无论是作家对于故乡往日旧事的真实叙写，还是对于故土亲情友情乡情的真诚发抒，抑或对于某些生活细节的客观描述，一方面传递出作家对于故土的深沉情感眷顾，另一方面则显示出作家人文关怀的某种深度。从艺术的角度看，杨雪散文的乡土叙事透显出一种鲜明的诗意感。叙事的诗意、抒情的诗意、细节描写的诗意、话语表达的诗意彼此连缀与叠合，构造了他散文中的诗意美。从另一种角度看，这种诗意美显现，也导致了他散文中叙事意义的某种空洞和虚悬缥缈。

相对于上述的散文著述而言，为数不少的四川散文作家的散文著述，不是有失于思想的深刻、内容的丰厚、语言的新颖、艺术的创新，就是在文体的变革、观念的创新、创作的水平等方面表现出前行力度的微弱，有些甚至依然一副陈旧相。但从总体上看，近年来陆续出版的四川散文著述，无论是思想内容的表达，还是艺术形式的传递，抑或美感效能的抵达，都给予我们一种较为强烈的富有新意的感觉和触动，体现出整体水平的缓慢上升趋势。

四

作为文学范畴里的一种重要体裁，散文无疑是最具直抒心灵、裸呈思想艺术魅力的文体形式，近年来的四川散文之所以能够在稳定而坚实的前行中显现出掘进和扬升的趋向，无不是这种艺术魅力真髓的呈示。尽管如此，我们也应当正视这样一个事实：近年来四川散文的这种掘进和扬升仍然是一种有限度的，四川散文创作的整体水平还未能进入全国的一流的行列。具体表现为：其一是散文创作力量在区域分布上的不甚均衡，具有全国影响力的优秀散文作家主要集中于成都、绵阳、眉山、广元、泸州等少数地方，且数量也十分有限；其二是大多数散文作家的创作水平仍然停滞不前，既缺乏思想内容的厚重与深广，又有失于文体形式的创新与突破。笔者以为，造成这种现象的主要原因：一是散文作家精神娱乐的自我性和随意性还太过浓郁，大多把散文创作仅仅视为休闲生活的精神娱乐，缺少对散文艺术世界进行卓越建造的精深、专业、持久的精神内核；二是散文作家在思想的深邃、胸襟的宏博、情怀的宽广等方面存在很大程度的不足，对创意特质明显、兼容能力巨大的散文书写缺少主动性的进击、具有前沿性的探索、具有前瞻性的预见；三是大多数散文作家缺失散文文体的自觉意识和对散文文体创新实践的卓越努力，对"新散文"的发展动向及其全球化趋势显得甚为漠然，导致散文文体美学观念的无法更新和与时俱进。这些无疑也是造成四川当代散文至今难以具有重大的历史性突破，难以在全国范围内产生足够知名度和影响力的痼疾。

著名散文评论家陈剑晖曾经撰文指出："在这个人人都可以到散文的领地来一显身手的时代，散文已不再神圣。散文在很多人看来是一种最容易操作、最不需要敬畏的文学体裁。其实，散文绝不是眼下许多人所认为的那样。散文不仅是一种自由自在、最适宜于展露心性的文体，散文还是一种有难度的文体。散文的难度不是入门的难度，也不仅仅是写作技巧方面的难度，而是思想或精神的难度。长期以来，许多散文研究者总是热衷于从文章或写作技巧方面来研究散文，对散文的思想往往不屑一顾。……因此，在重振散文，呼吁散文难度的今天，我们首先必须正视散文思想的难度。"① 怎样才能破解这个"散文思想的难度"的难题，从而不断提升散文创作的质量，陈剑晖又为我们开出了一剂良方：

> 关键是散文写作者首先要成为真诚的人，独立的人，自由的人，有个性和有智慧的人。其次，他要敢于面对现实生活，敢于接触重大的社会命题并发表自己的意见。此外，他还要敢于直面下层人民的生存状态，使其作品有一种生存感。最后，他既要拥有哲学家的心智又必须具有自己独到的眼光，还必须有对全人类的爱和拥有一颗悲悯之心。②

将陈剑晖的这些话概而言之，其核心或关键无非就是散文作家"做人"的问题，或者说是一个散文作家在精神、思想、心灵、艺术等方面应具有怎样的内功的问题，因而逐步锻铸散文作家所具有的哲学思想、人文情怀、审美精神、独立人格、艺术特质和真诚与智慧、使命与责任、博爱与悲悯之心及其系统构造的完整性和稳定性，应当成为首选。当然，不仅仅是散文作家。这样一种富有不凡内功的"做人"，有如一个系统工程的建造，充满复杂的工序、艰辛的历程以及结果的不可知，但作为人类灵魂工程师的作家当需如此，亦必须如此，否则，我们便无法攻克散文创作中"思想或精神的难度"，无以扭转散文创作难有的困局，无法最终实现四川散文创作走向高地。从这个意义上讲，四川散文作家的前行之路还很漫长，我们仍需加倍努力。

① 陈剑晖：《散文的难度是思想的难度》，《南方文坛》2012 年 5 期。
② 陈剑晖：《散文的难度是思想的难度》，《南方文坛》2012 年 5 期。

附录 3
文体的多元化及其品牌建构[*]

  自中国当代文学进入新时期以来，当代散文便开始在艺术探索中努力寻求自身对于传统思维模式及创作方法的突破，历经二十余年的艰难探索和创新实践，它以更为稳健更加丰富更显开放的美学姿态不断朝着全球化的方向迈进，也由此积淀了非常丰厚的创作经验、取得了十分丰硕的艺术成果。深入细致地进行考量，我们不难发现这种散文美学维度的创作经验和艺术成果主要呈现在以下四个方面。一是散文观念的巨大变化，新时期文学以来不断升温的外国文论、美学理论著述译介，令现代西方的文学观念、文学思想、文学理论蜂拥而入，中国散文作家在这些新的观念、思想、理论的不断冲击下，渐渐意识到自身在散文创作中所存在的诸多局限，只有首先对这些略显陈旧的观念、思想、理论等进行全面改造和现代重构，中国的当代散文才会生发出新的生长动能和活力，也才能够在本质意义上同散文的世界水平保持同步发展，因而在散文观念上的革命便不可避免，新的散文思想、散文理论得以不断被催生也就理所当然。二是散文题材的发掘和思想内容的表达越发丰富，既有对于自然客观存在、人类社会文明的传统书写，也有对于民族历史文化、当代社会万象的现代观照，更有对于历史文明、国族思想、人类社会、人性人文、生命本体的奥秘等的全力探寻。三是散文文体已然进入丰繁的多元化时代，抒情性散文、叙事性散文、议论性散文这些传统意味浓厚的散文文体依旧散发出耀眼的光

---

  * 原为孔明玉、晓原《散文文体的多元化及其品牌建构——以 2016 年度〈四川文学〉刊载的散文作品为考察对象》，《四川文学》2017 年第 2 期。

芒，历史散文、文化散文、学者散文、都市散文、女性散文、新乡土散文这些富有现代气韵的散文文体则异军突起、各领风骚，一些致力于对传统散文与现代散文的打通，着意于新型建构的各种新散文文体更是层出不穷。四是散文的艺术表达更为丰富、散文的风格更加趋向现代，就散文的艺术表达而言，对小说、诗歌、戏剧、新闻、摄影、电影等多种艺术表达方式的大量引入，一方面丰富了散文艺术的美学内涵，另一方面则使散文艺术具有了较强的立体感；就散文的风格而言，由于创作者主体的全面性和深度性的介入，他们所具有的个性特质、话语方式、文化内力、知性水平、心理能量、灵魂意向等都不同程度地融合渗透到散文创作中，这使得散文的风格凸显出前所未有的丰富性和复杂性，而鲜明的个性化与极大的自由度、无限的开放性与恣意的多元化，则是它最为主要的基质和色调。

上述事实足以表明：中国当代散文作家的文学观念、美学思想已然发生了内在性的质的飞跃，中国当代散文的美学系统正在经历着一个整体重构的新阶段，以一种前所未有的丰繁姿仪和良性趋势稳步前行，渐渐成为世界散文版图上的一支不可或缺的重要力量。正是在这样一种大背景下，我们将考察的目光聚集于《四川文学》在 2016 年度刊载的散文作品，探寻它在文体方面的多元化尝试以及在散文品牌维度的建构，以推进四川散文创作更上高阶。

一

《四川文学》在 2016 年度刊载的众多散文作品中，周闻道的《丽江三题》无疑是最为优秀的篇章之一，这种优秀既可以说是作家对于丽江的新发现，也可以说是作家对丽江的新书写。作为一座位于中国西南边陲的内陆城市，丽江的自然山水风光及其特有的少数民族风物风情，毋庸置疑是一种享有世界声誉的自然文化遗产和物质文明，难以数计的中外游人之所以纷纷前往，无不是因为对这种自然文化遗产和物质文明特别钟情，这些人中并不乏作家，甚至是大名鼎鼎的作家，但为数不少的作家对于丽江的发现以及对于丽江的书写，都不过是一种表象的浅层的，有失于对丽江内部深层的进入。周闻道之于丽江的文学书写和审美表达，则是基于一

个在场主义作家的立场，以亲临丽江城及其周围的地理环境、自然山水、
人文宗教等所直接获得的在场感为主导，辅以对相关文献史料的多方查寻
和详细解读并得出的结论，着力于对丽江的历史内蕴、人文气象、自然景
观的深沉穿越和考量。

《丽江三题》主要由"有丽为羌""看一棵树修成府""问一问那时
的羌人"三个更为细小的篇章组成。《有丽为羌》是作家对于丽江这个地
域文化符号密码的历史缘起、纳西族人经受的历史征程及其所富有的少数
民族文化内涵的重新解读和审美书写。第一次解读丽江是 20 世纪的 80 年
代初，因为作家所供职的县政府要组织有关人员前往丽江对其少数民族工
作进行实地考察，而临行前的相关资料准备又落在了作家的肩上，他便一
头扎进众多的文献史料中，也正是因了这第一次的快速阅读，他意外地探
知到了丽江之所以为丽江的隐秘历史所在：两条历史之路而产生，一条是
汉唐、宋元时期的统治者为了有效地管辖这个西南边陲而设置了一个名为
"丽江路"的治式机构，流经此处的金沙江又被命名为丽水；另一条则是
古羌人的迁徙之路，他们从兵燹连连的中原大地出发，徒步千里、历尽艰
辛最终到达这里，因为此处自然幽静、山水宜人并且远离战乱的祸害，便
认为这里就是他们梦寐以求的生存福地和心灵家园。但流经此处的金沙江
为何被称为丽水？古羌人又是怎样演变为后来的纳西人？历史文献上的说
法则显示出几分的牵强附会而引人产生深深的怀疑，作家对丽江的第一次
探秘及所得出的结论，自然而然地被冠以了一个巨大的问号。作家的再度
探寻是在一个羊年的深秋，他沿着蜿蜒崎岖、高峻奇险的川藏线同金沙江
比肩而行，最后顺利抵达终点丽江，因为一路上目睹了金沙江由一个洪流
汹涌、湍急险恶、昂首挺立的悍妇慢慢演变为一名温文尔雅、细腻柔婉、
清丽安静的淑女的全过程，所以认为促使金沙江的性格产生如此剧烈变
化，并且一跃成为丽水的，正是丽江区域的自然环境、山水风光以及蕴含
其间的历史文明、宗教文化、民族精神的合力作用，于是乎作家情不自禁
地发出了"丽江的江也许原本不叫江，而叫羌"这样的慨叹。由此出发，
作家睿智的目光再度穿梭于那些丰繁的历史文献资料之中，通过对它们更
加深入和更为详尽的解读，方彻底知晓了古羌人改变自己的族姓、从羌族
而为纳西族的根由：不仅仅是魅力奇特的丽江和神圣化身的玉龙雪山使

然，更在于他们寻找到了使自己这个民族得以长期生存和持续发展的精神家园。《看一棵树修成府》主要是叙写作家对充满王者气度的木府的在场性感知和领悟，或者说是作家从另一种角度展开的对丽江的审美书写和精神观照。因为身心的亲临和强烈的在场感获得，引发了作家一系列深刻的感触，所以在他看来，"不到木府，就不了解纳西人，就不了解东巴文化"，而木府与木以及树与木的高度关联性，既是形式与物质层次的，又是宗教文化与历史文明层面的，更是精神与灵魂层级的，所以纳西族人才能够将木视为一种可以同太阳齐名的图腾，以致成为木府最为重要的物质基座。如果不是导游的刻意介绍，那株伸长了脖颈、肤色呈灰白、枝杈稀疏和干瘪的古柏，完全可能被作家以游人一样的眼光匆匆掠过。导游的刻意之言立即引起作家的高度关注，他谛视着这株古柏，尽管这株古柏已在岁月沧桑的巨变中显现出几许的老态龙钟，但它那种浸渍血脉、透彻骨髓的神宇气势，非经百年千年的风雨修炼岂可以成就？不远处的木府之所以能够成为木府，成为纳西族人的一种无法更改、历久弥新的精神寄寓和民族象征，其全部的文化秘密、精神能量、哲学意蕴或许便是源自这样的古柏，因而"木府之木，无不蕴含着木的生命哲学——"。相对而言，《问一问那时的羌人》则更多地被赋予了作家的激情书写和叙议结合的特点。在此篇章里，作家竭力将自己探寻丽江秘密的目光引向更为深邃的历史之中，试图通过对纳西族人历史足迹的追寻、族群意识的演进、生命意志的坚定、宗教文化的确立、精神信仰的守护，来表达自己对于丽江大美的深情讴歌，对于纳西族人的坚韧意志和精神品质的极力颂赞。

综观《丽江三题》这篇散文，周闻道对于丽江的审美书写表现出一种相当清晰的思维路径和内容组构——以探寻丽江的地域文化密码作为起始，进而展开对古羌人成为纳西族人的历史演变的深层考量，再到对历史文明、民族性格、文化精神的发掘和颂扬——足以说明作家对于这篇散文作品的营构，不仅由来已久而且思考成熟，充分显示出一个老到的散文作家慧眼别识、匠心独运的艺术才能，为近年来的四川散文创作提供了一种有益的成功示范。值得商榷之处在于，散文创作的审美想象与学术研究的严谨逻辑毕竟存在明显的差异，如果我们仅仅依持主观意态的文学想象或是在场性的瞬间感悟，并未经过充分的准确的真实史料记载对其予以确定，或者是未经学术研究的缜密逻辑推断，从而缺失了对历史事实本身及其真实存在本质的精准性明证，所得出的结论就会难免有失，乃至衍化出另一些误传。

源远流长而浩瀚丰赡的文学写作历史告诉我们，置身于不同地域不同空间的一些作家总是能够在某个共时点上达成心灵意象和审美观照的共契，产生对同一种社会存在现象或者相似的少数民族历史文化的审美兴味，进而对其予以深入的实地考察及审美表达，正如同为当代散文作家的陈霁和周闻道那样。悉心地阅读陈霁的散文《厄里：一个白马村寨的前世今生》，它虽然在叙写的具体对象上有所不同——四川平武的白马藏族，审美发现的深度和思想表达的力度也不尽一致，却与周闻道的散文《丽江三题》具有这样的心灵共契。

作为一个肩负着文学使命的当代散文作家，陈霁在平武白马藏族村寨足足待了两年多时间，这种整个身心的全部融入和近距离的观察、审视、考量，无不使他对这个一直充满神秘感的少数民族群体怀着深深的敬意，也不断生发出意欲进行审美观照和大力书写的强烈冲动，他发表在《四川文学》2016 年第 7 期上的这篇散文仅仅是其系列散文中的一个小小篇章。在陈霁情感摇曳的笔下，无论是作为真实存在的白马藏族村寨厄里，还是作为审美观照和艺术描写对象的厄里，都焕发出了别有韵致的勃勃生机和美感享受。"我"第一次进入厄里，是在"5·12"汶川大地震前一年的秋天，因为完全是以一个游人身份进入的，"除了新鲜空气、莽莽大山、腊肉、野菜、白马歌舞甚至流行歌曲"，并没有什么给作家留下十分深刻难忘的印象，远不如外界传扬得那么极具神秘气息和充满巨大的诱惑。"我"再一次进入厄里，已是数年以后的马年初春，以一个挂职干部的身份来这里工作生活，也由此走进了厄里这个藏于高山峻岭深处的白马村寨的深邃历史之中，以及它那纷繁复杂的社会、时代变迁。因为抵达厄里的日子是农历正月初五，恰逢白马人自己的大年三十、狂欢节日，"我"就像一个莅临此地的贵宾，被厄里人盛情地邀请去参加他们的各种热闹而丰富的民俗活动和民族宗教仪式：做祭品、扎纸山神、剪风马旗、杀羊敬神、戴假面、跳曹盖舞、围着火堆吃羊肉喝羊汤……此番热闹之后，"我"又被村支书格汝带着在寨子里随意地溜达，最后走进业已废弃、荒芜的旧时厄里。正是在这座旧时的厄里中，"我"得以觅见白马人的前世今生。白马人原来并非居住在这个地理位置偏远、崇山峻岭环绕、气候较为寒冷、土地极其贫瘠的夺补河边的狭长地带，而是在土壤肥沃、气候宜人、风光秀美的江油平坝地区。白马人的这场历史大迁移的发生，完全是源自古时汉代的那场精心骗局，或者说是因为那个时代汉夷之间激烈的土地之争。从富饶的平坝到贫瘠的峰峦，其间的艰难征程、内心酸楚、灵魂疼痛，只有白马人自知。为了彻底统治和严管白马人，一代又一代旧时的统治者，先是设置平武藏区、建立土司制度，后再任命番官、举立头人，数百年沧桑历史中的白马藏乡便在这样的统治与管辖之下，见证了无数个春夏秋冬的自然轮转，也领受了偶尔的土匪抢劫祸害和军人的血腥屠杀，以及社会、时代变迁之风的强劲或微弱，但总体而言，因为这里远离政治权力的中心，自然、自在、自得、自由地生长和发展依然是其主调，所以在这个相对自由自主的王国里，难免生发出某些畸形或病态，诸如偷偷种植烟土、贩卖鸦片和吸食鸦片，无论官职高低的男人，几乎都不同程度地染上了这样的恶习。在白马藏乡一代又一代的众多番官里，只有杨汝才配得上一代白马枭雄的称号，因为在这个男人的身上，白马人不仅看到了一个家境贫寒的低等下人如何成功登上白马番官的宝座，如何导演了最终抱得美人归的惊人大戏，以及怎样完成了对白马藏乡数十年的牢固统治，而且见证了这个男人从最后的白马番官到新政权官员的华丽转身。当然，白马人不仅仅见证了自己民族的一代枭雄的人生成长史，也同时见证了他们自身是怎样摆脱旧时代旧政权的奴役而成功进入新社会新时代的天清气朗的历史性跨越。在作家既详尽、细腻又简略、跃动的笔下，白马村寨厄里的前世今生便次第展现在读者面前，令人深感其民族文明的遥远与深邃、社会历史变迁的漫长与复杂。

尽管陈霁在《厄里：一个白马村寨的前世今生》这篇散文里纵笔写出了厄里乃至整个白马藏乡的历史变迁和社会演绎，但较之于周闻道的散文《丽江三题》，仍然显现出了它的某些不足和欠缺，譬如创作主体对于白马村寨历史的深度介入的不足、对散文作品思想意蕴的深沉发掘的欠缺。细细考量陈霁的这篇散文，它之所以会表现出这些不足和欠缺，最根本的原因在于作家把创作这篇散文的着力点过多地集中在对事件和事实的叙写、对场面和情景的描述、对环境的烘托渲染、对细节的刻意追求上，而没有以更为深沉的发掘、更加深刻的考量、更显劲道的表达对厄里的前世今生进行全景式、重点性的穿越和透析，从而表现出描述的快感强于思想的表达、叙事的热望胜于议论的重量、细节的展玩浓于整体的构架。从另一个角度看，这或许也正是当下不少散文创作者主体介入深度的有限性所导致的通病。

二

对于文学接受思想甚是深湛、周至并富有强烈问题意识的读者和散文研究者而言，他们不难发现，《四川文学》在 2016 年度所刊载的散文作品，从总体上进行考察，其散文艺术美学观念较以前更为新颖，散文题材的丰富程度更加明显，散文文体的多元化态势更趋明朗，散文品牌建构的力度更显巨大。在这为数众多的散文篇章中，散文作家们或钟情于对自我的内心情感与内在思想的深沉发抒和全力表达，比如何洁的《与青山共白头》、王林先的《命运的消息》、言子的《雪山》、亚男的《人间叙事》、康晓蓉的《康晓蓉散文四题》等；或致力于对某些仍然处于隐秘、遮蔽状态的历史进行深度发掘和现代讲述，比如黎民泰的《普照寺：历史深处的哑谜》、南村的《晚清纳西族名将和耀曾》、龚静染的《南怀瑾在五通桥》、白朗的《瓦拉纳西，恒河之境》、曾训骐的《钓鱼城遐想》、傅全章的《龙泉驿记忆》、岳定海的《绵州历史上的几个女人》等；或专注于对乡土中国内蕴的广度、深度进行持续不断地深入考量和重点书写，诸如李存刚的《正西街记》、召唤的《折不断的炊烟》、范光耀的《我的二父三母》、赵天秀的《灌中药》、唐远勤的《乡愁》、唐毅的《琴台故径》、龙启权的《童年在古镇》、江树的《何处是故乡》、郭毅的《从自然中来》（外二章）等；抑或聚思于对世界存在、人类社会、时代现象、生命求索的整体性探究和美学阐释，诸如意西泽仁的《走过阿尔勒》（外二篇）、廖全京的《青葱回归路——从普利什文到利奥波德》、鄢然的《记与思——我的藏戏之眼》、李加建的《随笔一束》、何永康的《丙申走笔》、袁瑛的《记住松潘的可能》等。有鉴于这些散文作品的数量巨大和本章篇幅的限制，笔者只能遴选出其中较为优秀的或者富有鲜明个性特点的部分作品加以分析和评述，同时为了使这样的分析和评述显得更具有层次感且思路更清晰，笔者主要从独语意识、历史叙事、乡土叙事这样三个维度，来探索四川散文在过去一年中的积极变化与进步幅度，以及存在哪些主要问题和不足，使四川的散文作家既能够看到自己的努力和变化，也能够正视这些问题和自己的不足。

毋庸置疑，自新时期文学伊始到当下的 21 世纪文学，中国当代散文已然发生了极为显著的变化，出现了许多令人欣喜的新动向和新面貌，诸如散文的独语意识的出现和深化。散文的独语意识其实是一种高度融合了现代思想表达和传统抒情方式，富有浓郁现代美学意味的写作方法，既适用于思想和观念较为传统的散文作者的创作，又积极应合了现代意识强烈的散文作家对于散文艺术发展和变革的思想求索，可谓传统抒情方式与现代思想意识的一种优势组合，不少当代散文作家之所以将其作为自己的首选，无不是因为它的这种优势的驱使。王林先的《命运的消息》、何洁的《与青山共白头》、言子的《雪山》便是如此。

王林先的散文《命运的消息》，读后令人感到有些沉重。因为突然降临的不知名病情，作者被送进医院，躺在医院的病床上输液，顿时便"感觉有一丝冷冽的炽热慢慢进入身体"，又看见那些来来往往的医生、护士们一派的忙忙碌碌，各位病友们神色不一的痛苦表情，他的内心所受到的强烈冲击可想而知，纷乱的思想便如春天的柳絮般飞速地生长。思想是什么，什么才算得上是思想，思想的远方是否都是诗意的栖居所在，这仿佛永远没有一个正确的结论。但至少有一点是作者非常清楚的：身体的突病告知了他一种命运的消息。所以一出医院，作者便立即向单位交了假条，然后一路朝着老家的方向急速前行，那些清晰的模糊的、有序的无序的、彩色的无色的、跳跃的静止的、形而上的形而下的思想，也随作者一路朝前狂奔。抵达宁静而祥和的老家，身体和灵魂复归于亲情的生态圈中，那些纷乱的思想便杳无踪迹。虽然如此，作者也深知自己仍然要回到他生活着的那座城市，仍然要回到自己的那个小书房里，但这一趟的老家之行却改变了他生命中的那些已显固化的思想，也领悟到了"有一种美，是在内心找一个地方，不求甚解地接受自己命运的消息"的真谛。作者以洋洋洒洒的万余言来独语畅抒自己的生命参悟和思想领会，真可谓用心良苦、用情深沉、用意深刻。何洁的散文《与青山共白头》是以另一种独语方式来书写自己的人生选择及灵魂净化的心路历程的。作者由于长期与世俗逆行，就难免同周围那些世俗之人发生各种各样的摩擦，由此造成的内心苦恼、精神痛楚及其生命存在的不易便不难想象。用什么方法或生存方式才能彻底摆脱当下人生的苦恼和困境？许多人的选择是比世俗还要世俗、比当下更加当下，作者的选择则与之大相径庭——从容镇定地步入幽秘而宁静的青山，使身心归隐山林，或者说对宗教情怀义无反顾地进入，因而作者才能够将自己余后的主要精力和整整十年的心血投入青峰书院的建造及其完善。随着青峰书院的伫立，作者的内心和灵魂仿佛也被彻底地淘洗、过滤了一遍，世俗的沉渣被荡涤，现实的扰攘被排除，塞满人魂魄的皆是浓浓的人性善美和宗教情怀，作者的生命和灵魂也由此完成了一场大蜕变，从而揭示出另一种人生存在和意义探索的价值。言子的散文《雪山》则通过对作者自己的一次雪山之旅的叙写，道出了现实人生之旅的某些艰辛，因为在这样的人生旅程里，不仅仅有一路的崎岖坎坷和险峻、高拔雪山的异常寂静和寒冷、地震后的满目疮痍、瓦砾和乱石下陨落的生命，更有身体层面的疲惫、生命现实的无助、情感内在的惶惑、心灵深处的困窘，这些有形无形的东西一齐朝着这个柔弱女人的生命碾压过来，其旅程可谓不能不充满艰辛和酸楚。但由于作者过多地玩味于自己的小情小绪、纵情于浅表的感觉，没有将思想的表达引向更为邈远的意义深层，所以较之于王林先的《命运的消息》、何洁的《与青山共白头》，她的这篇《雪山》便缺失了应有的思想力度和意蕴深刻，显出某些空洞的能指，这也正是当下不少散文作品所具有的共同病症，我们只能够寄望于这些散文作者在未来的创作中有所醒悟和改变。

对历史叙事的增量和力度的加大，无疑是《四川文学》2016 年度在散文作品刊载方面的另一个显著特点。作为整个文学叙事系统里的一种重要方式，历史叙事的意义和价值就在于它能够通过作家对某些历史的重新讲述，寻觅到人类进入历史的新视觉，一方面发现其中被人类自身有意无意遮蔽的真相，还历史事实和历史本质以本来的面目；另一方面则可以给真实的历史以美学意义和价值的重装，使人们能够从既是历史的又是美学的方法认知历史发展的规律和本质，因而它的意义和价值不可小觑。在这方面，黎民泰的《普照寺：历史深处的哑谜》、南村的《晚清纳西族名将和耀曾》、龚静染的《南怀瑾在五通桥》等，都给人留下了较为深刻的印象和可资探究的意义。《普照寺：历史深处的哑谜》一文，作者以对明末时期发生的一段历史往事的叙述，揭秘了随张献忠一同撤出成都的那份巨大财宝最后的真正去处——用于普照寺的建造。在作者灵动自如的笔下，这段历史往事可谓充满强烈的诡秘性：一份巨大的财宝怎么会无缘无故在大地上消失，而且消失得如此无影无踪，就仿佛一个永远的哑谜。因为这个哑谜一直没有被破解，所以随后便引发了一股又一股疯狂的寻宝热潮，各种坊间传言、市井说法纷至沓来，令古往今来的人们始终猜谜不止。为了彻底廓清一直罩在这桩历史事件上的种种迷雾，还其以本有的真相，作者一方面查阅了大量相关的文献史料记载，另一方面则对各种传言、说法进行独立分析和判断，最终认为这份巨大的财宝是被一个叫心莲的和尚秘密潜回青峰山后找到的，因为八王张献忠早已死去、大顺王朝也不复存在、众人都在疯狂寻宝，作为张献忠曾经的部下、现在的心莲和尚，他只能将这份财宝非常隐秘、分期分批地慢慢取出，一步步来建造佛庙普照寺，或者说以对佛学文化的继续传扬和对向善宗教仪式的铸就，极力彰显其当然的生命归宿及重要的精神文化价值。这样的一种历史叙事方式，既是作者对历史事件本身所具有的真实的细致考察和深入分析，又是作者善情善心善魂的一种真实而形象化的表述，同样彰显出对于善与美的艺术表达和精神追寻。在《晚清纳西族名将和耀曾》一文里，作者以纳西族名将和耀曾的戎马一生和主要历史贡献为叙事对象，用板块结构方式细致刻画了这位将军在晚清时期面对西南边疆的少数民族叛乱、西南边陲的封建割据和外敌入侵时，面无惧色、勇猛无比、指挥若定，誓死捍卫国家和民族的统一大业的壮美英雄形象；以及这位将军在担任镇远总兵时，为了建设好偏远又贫穷的西南少数民族地区，励精图治、殚精竭虑、呕心沥血，在治理军队、建设义仓、广兴基建、创办义学等方面所做出的重大历史贡献。《南怀瑾在五通桥》一文，则是作者对南怀瑾先生曾经的一段乐山五通桥之行，以及南怀瑾在此行中所发生的思想情感变化、人生动态轨迹的记述，既表现出浓浓的缅怀之情，又富于对某种意义的揭橥，但比之上述两文，它似乎缺少了进入历史的深度和在叙事方面的丰富性与力度感。

乡土叙事既是现代中国文学的显著优势，又是当代四川文学的特别擅长，不少四川当代作家之所以能够获得一些具有全国或国际影响的文学大奖，可以说大多与此有着深刻的关联。为了更好地承继和发扬光大这样的乡土叙事传统，近几年来《四川文学》的编辑们一直努力坚持着在这方面的大力拓展和有效精进，就《四川文学》在2016年度所选发的散文作品而论，几乎有近半数的文章都可以归属为此类叙事散文，而李存刚的《正西街记》、召唤的《折不断的炊烟》等则可谓其中的代表。李存刚的散文《正西街记》主要由"长满荒草的院落""八月之光""交通旅馆"三个小篇章连缀而成，分别叙写了一个曾为县文化馆的地方由盛而衰的嬗变，少年时代的"我"与父亲在一个炽热的八月天同去卖粮换学费的难忘往事，以及在正西街上一个名为交通旅馆建筑的新旧变迁。作为曾经的文化精神象征，县文化馆可以说是一个人才云集、文事热闹、众人瞩目的所在，但由于经济社会发展的需要，它便被异地重建，文化馆旧址一下子无人问津，房屋日益残破、荒草长满院落，令再度走进此地的作者备感凄清和孤寂，于是他只有通过对往日情景、故人旧事的回忆与追思，方能寻觅到一份心灵的慰藉；如今八月的太阳已是非常炽烈，但1990年的那个八月阳光下发生的往事及其所凸显的亲情热度，却远远地胜过如今八月的太阳，因为在那个八月的太阳下，父亲为了"我"的前途，冒着烈日下的酷热负重而行，既不惜卖掉家里并不多的粮食，也不顾及粮站收粮员的故意刁难，为"我"换取宝贵的学费，"我"之所以能够有今天的人生幸福和事业成功，全在于有了这份亲情热度作为奠基，"我"又怎么能忘怀这样的往事呢；20世纪80年代前的正西街上，两边一律是低矮、陈旧、老迈的木头房子，置身其间的交通旅馆自然也不例外，是一场大火改变了它的命运，新建的交通旅馆因为它有如中西合璧的样板建筑，招来许多南来北往的人的下榻，也由此发生了不少这样那样、有趣无趣的故事，然而在经济社会发展迅猛的当下，更多的高楼在它周围拔地而起，生意不景气的日子便慢慢向它逼近。在作者笔下，荒芜的文化馆旧址、曾经的八月往事、老迈的交通旅馆，这些在作者记忆心田留下深刻印象的东西，无一不牵动着他内心深处的那份情怀，撩起他书写的欲望和情绪，否则他的记忆内存便可能被清空，一旦如此，人的情感依附、灵魂寄托将在何处才能够寻找到。在作者娓娓道来的叙述里，伤感与忧虑、淡淡的喜悦和浓浓的温暖，可谓浸渍人心。这或许就是乡土叙事的魅力所在吧。召唤的散文《折不断的炊烟》，则充分显示出作者对乡土中国更加细腻更为深入更具深意的审美描述和意义表达能力。在作者极其细腻而情感深挚的笔下，土灶、锅、柴窝、吹火筒、围裙、水缸、火叉、水瓢等，这些在乡土中国社会日常生活里最为具体最是普通最显真实的东西，仿佛一下子从僵硬呆滞的汉语符号幻变为活跃鲜灵的生动形象，令人感到一种奔涌而来的穿透人心、直抵魂魄的熟悉和亲切，又在这样的熟悉和亲切中不知不觉地沉入由故乡、亲人、往事等所共构的已然远去的亲情生态圈里，激起凝眸往事的涟漪和情感回忆的波澜。在当下社会各种媒介连篇累牍地宣传"记住乡愁"和民族文化的根的背景下，许多宣传都不过是一种非常浮泛、空洞的形式，有失于本质意义的内容引领，而作者的这种乡土叙事则能够入木三分并富有力道的让人们"记住乡愁"。

除此而外，唐毅的《琴台故径》对于汉代时期成都历史往事及其沧桑变迁的深沉追忆、范光耀的《我的二父三母》对于复杂曲折的亲情人生的真实讲述、赵天秀的《灌中药》对于自己少年时代喝中药往事的幽默叙写、唐远勤的《乡愁》对于浓郁乡愁的真诚倾诉、龙启权的《童年在古镇》对于古镇小社会和风俗人情的细致描绘、江树的《何处是故乡》对于故乡的艰难寻找和最终认同、郭毅的《从自然中来》（外二章）对于人的自然存在状态的思索，也都在乡土叙事方面显示出各自的水平，由于本章篇幅所限，无法进行更深入的分析。

三

以更为深层的理论眼光来考察四川当代散文的历史进程，它也已然形成了另一个较为明显的散文创作传统，或者说具有了一个更为开放、阔大的散文审美视界，即注重对散文作家的海外行踪及内在思想的记述。究其本溯其源，这种创作传统的逐步形成，既得益于我国新时期以来实行的改革开放政策，又受惠于整个国家社会经济发展水平的不断提高。国人的腰包鼓起来了，生活越发富裕了，才能够有更多更大的财力支撑其走出国门，去感受海外的异域风情，去领略他民族他国度的文化魅力和文明风采，去记述各自行踪里那些点点滴滴的心灵感受和审美触动。但相对于21世纪之前的海外行踪记述，此时散文作家们的创作则更注重对自身的思想发现的叙写，并通过这样的思想发现找到彼此在文化、文明等方面的不同和差异。在《四川文学》2016年度刊发的散文作品中，意西泽仁的《走过阿尔勒》（外二篇）、廖全京的《青葱回归路——从普里什文到利奥波德》便是对这种散文创作传统的延续和伸展。

意西泽仁的散文《走过阿尔勒》（外二篇），以自己在法国的阿尔勒、意大利的威尼斯、美国的洛杉矶等一系列海外行踪为记述对象，既具有立体感、多角度又富于重点选择地描述了这些城市的历史遗迹、文化特质、文明韵致和现代气象。在作家从容自如、跳跃灵动的笔下，阿尔勒不仅仅是一座法国南部小城的称谓，因为在这样的小城里，不但镌刻着世界级艺术大师凡·高的生命成长和艺术探索的无数个穷困潦倒的艰辛岁月，而且矗立着圣特罗菲莫教堂、古罗马斗兽场、古罗马歌剧院、古堡小镇、泉水小镇这样的历史遗迹和人类文明，这样的镌刻和矗立岂是许多所谓的大都市所能具有和彰显的？意大利的威尼斯也不是一个视角或一种意义的水城，无论是在贡多拉尖舟中、叹息桥上的细细观览，还是在蜿蜒小巷内、圣马可广场里的驻足聆听，抑或于古老建筑里、凡常市井中的凝神谛视，威尼斯都可以说是一座在水的浪漫流动和情感环绕中呈现出气象万千、灵性迤逦的古老城市，可以说是一座充溢着浓郁而丰满的水文化内蕴的现代都市。走进美国的洛杉矶，高度现代又富含文化思想、文明程度极高的都市气息扑面而来，令人目不暇接、美不胜收，且不说好莱坞影视基地、环球影视城、迪士尼乐园、星光大道这些闻名世界的现代文化品牌，即或是洛杉矶的清晨中也流溢出宁静的意蕴、文明的气质和隐秘的花香。从阿尔勒到威尼斯再到洛杉矶，这一连串的长途的海外行踪，无不给人以别样新鲜的情感触动、烈度极强的思想启发及丰富的审美联想。因而在作家的脑海里便不断奔涌出一个又一个强烈的疑问和思想的发现，为什么我们的不少地方不惜损毁历史遗迹、文明圣地，也绝不放弃对房地产业的大力开发和盲目扩展？为什么我们的某些地方政府只是一味地追求旅游所带来的经济效益，丝毫不顾及生态环境遭到的严重破坏？为什么我们对于文化品牌的打造多是形式层面的，而缺失对其精神世界的深层建构？为什么我们只着意于意识形态意义的国家文化自觉，却没有将它转化为全民性质的文化自觉？由此可见，作家的这趟海外之行不仅仅是以一个观光者的身份进行的游览，更多地表现为一个思想者或精神者的探寻，也正是由于作家的这些疑问和思索，他的这场海外旅行便凸显了一种思想发现的意义，这就同那些纯粹意义的旅游者的海外之行形成了巨大的反差和异质性。

廖全京的散文《青葱回归路——从普里什文到利奥波德》则是对另一种形式的海外行踪的记述，即借助阅读、思考的方式使自己的灵魂和精神进入海外，并以此展示自己的问题意识及其对于作家的意义、价值的深度考量和重新发现。作家一起笔便将自己叙述的两位著名人物——普里什文和利奥波德——给予了高度的理论定位："一个是兼具宇宙意识和生态眼光的俄国作家。一个是像山一样思考并提出'土地伦理'概念的美国作家。"随后便以板块结构方式进行分叙。在作家看来，普里什文之所以能够成为早期自然文学大师，是因为他正处于一个盛行否定哲学的时代，强烈的现实冲击与思想意识的反抗引发了普里什文在心灵、思想、精神方面的急速变化，使他逐步摒弃了先前一直奉行的所谓理论、主义、革命，最终毅然决然地选择了奔向大自然，由此成为俄罗斯文学史上的第二位流浪作家。彻底奔向大自然的普里什文，完全被大自然的缤纷、丰赡、神奇、奥妙所吸引，他无时无刻不关心着四季轮转的大自然，以及大自然内部丰富的变化；他矢志不渝地钟情于大自然，爱得尽情尽心、忘乎所以，并沉醉至深；他抵达了大自然的内部和深处，发现了自然界与人类社会其实是一个共同体的存在，铸造了自己的生态眼光和宇宙意识。正是因为拥有了这样的深入的思想和擅长于发现的眼光，普里什文的如椽大笔才会非常从容、飞速流转地纵情抒写大自然，《飞鸟不惊的地方》《大自然的日历》《林中水滴》《大地的眼睛》等自然美文便源源涌出，由是成就了他自然文学大师的美名。同一时代的美国作家利奥波德，仿佛与普里什文达成了一种心灵的共契，他也将自己深情向往的目光投向了大自然。但较之于普里什文，利奥波德更显示出了一个科学家的理性和情怀，更具有现代理性精神，他既能深刻地意识到科学技术所带来的进步意义和重大影响，又能切实痛感到工业狂飙对自然环境、人类生态环境所造成的毁坏。为了以实证来检验自己的科学论断，利奥波德不惜以巨资购买了一座业已废弃的农场，并不定期地前往农场的木屋居住，对农场及其周边地域进行细致的生态观察和翔实的数据记录，他的那部既含生态科学理论又显文学美感的著名之作《沙乡年鉴》便因此面世，成为那个时代呼吁保护环境、重视生态文明的重要著述，尤其是文中提出的人类与大自然所具有的伦理关系——"土地伦理"概念，更是人类社会历史上有关生态科学和生态文艺美学的重要经典理论之一。通过这样的叙述，廖全京创作这篇散文的意图便十分明显地呈现出来：倘若人类要实现自己的"青葱回归路"，就首先要像普里什文、利奥波德那样进入大自然的内部和深处，在了解、熟悉大自然的基础上，树立大地观念和宇宙意识，同大自然缔结紧密的生命共同体和伦理关系，最终达成人类与大自然间的深度尊重；其次要以科学的理性、有效的措施对大自然进行保护。这样的主旨揭橥可谓深刻而又警醒。

作为旅游者只需两眼和双脚便可，但作为旅行者则必需带上自己的灵魂和精神。意西泽仁和廖全京两位作家，无疑是这样的旅行者，他们通过对各自的或域外行踪或思想阅读的记述，去穿越去思考去探索去审美，由此显示出积极而重要的发现意义。尽管对于这样的发现意义的表达，尚存在些许明显的差异，也欠缺了更为宏大的深邃的奥义，但这正应当是 21世纪以来的游记散文所具有的内核和所奉行的圭臬，只有如此，我们当下的散文创作才能更显希望。

四

倘若以中国散文的当代进程作为考量问题的基点，我们不难发现这样一个明显的历史事实：自 20 世纪 80 年代末以来，由于受到多种积极有利因素的合力作用和深刻影响，中国的当代散文创作从整体上发生了重大变化，不仅实现了历史性的突破，而且取得了极其显著的成绩，这在新中国诞生以来的中国散文界可谓十分罕见，随后十年的中国当代散文也基本上是在这条发展道路上的一种持续、延展、深入。因而从某种意义上讲，21世纪以来的中国当代散文，之所以能够出现散文文体的多元化发展趋向及不断朝着纵深向度大力挺进的局面，正是建基于 20 世纪 80 年代末以来所形成的丰厚的创作经验和美学理论积淀，同时又显示出自身的发展特点和优长所在。这样一种散文创作发展局面至少说明了以下四个方面的问题：其一，当下中国散文创作的文化生态极为健康，作家们的散文创作实践呈现出一种良性循环的发展态势；其二，中国当代散文作家的自觉意识更加强烈，追求文学自由精神的深度、审美价值多元化的广度甚为明确；其三，中国散文的当代进程正在经受历史性的蜕变与现代性的升华，展现出一种强劲的自我完善的发展力量；其四，中国散文的世界视野和全球眼光正在形成，具有了更大的开放性、更强的包容力。中国当代散文在整体上所显示出的这种历史发展趋向，不仅引领着那些具有先锋意识的一流散文作家继续深入的探索，而且召唤了更多一般散文作家的奋起直追。21世纪以来的四川散文便是在这样的引领和召唤下，逐步清晰了自己的努力方向和前进目标，以一种更为踏实、稳健的步伐朝前迈进，尽管这样的迈进并非一种整体意义的，并表现出一定的内部不平衡性，同全国一流散文的差距也仍然较大，但已然显现出了进步的端倪和繁荣的征兆。面对四川当代散文的这种发展势头，散文评论家、理论家就更应当在充分肯定其成绩的基础上，自觉而积极地进入四川当代散文的创作实践和美学理论的建构活动之中，一方面要着力加大对作家们的散文创作实践的分析评价和理论指导；另一方面要不断强化对散文美学理论及其系统建构的深入探寻，在实践与理论的双维来推进四川当代散文朝着更丰硕更巨大的成就不断迈进，从而最终实现四川当代散文荣登"中国散文高地"的理想。这是我们必须肩负的历史使命。

意欲将散文文体的多元化发展态势推向纵深发展并取得更加显著的成效，文学期刊的责任尤为重大，因为它对于散文作品的选取和刊载，以及从中所窥见的散文创作在观念和内涵、题材与思想、艺术与方法等方面的变化，无疑是第一位的和极其重要的。正是基于这样的原因，许多文学期刊都顺应了散文文体多元化发展趋向的要求，在保持自身传统优势和整体风格不变的情况下，更加重视文学接受场域对散文美学的期待，更为关注对散文作品的选用和对散文随笔栏目的建设，这些举措在不同程度上强化了中国当代散文的发展，推动了散文创作质量和水平的更上一层台阶。在这些刊物中，《四川文学》尤显突出。作为一个省级行政区划里最重要的文学刊物之一，《四川文学》在近两年来一直致力于自身的全面改造和崭新变化，努力探索文学杂志自身的品牌建构，广大读者、作家也十分欣喜地看到了它的这种改进与变化，以及在文学杂志品牌建构方面所显示出的力度，比如将原来一成不变、略显呆板的散文栏目变更为现在的"散文高地"，并下设"名家小辑""文学地理""散文上苑"三个更为细化的小栏目；再比如将原来的诗歌栏目变更为今天的"诗歌典籍"，增设"作家书架"栏目，以及随文学创作发展的需要而临时开辟其他新栏目。就其在散文栏目方面的设置而言，它并非在栏目称谓变化上玩的一种文字游戏，而是有着明确标识自己的目的——使散文栏目更加趋向优化和高质量；就其在散文作品选用方面而论，更表现出了不凡的胆识、阔大的胸襟、开放的视野、精心的选文和对质量第一的标准的遵循与坚持，一方面是以多种方式吸引、招揽更多优秀的中国当代文学名家加入《四川文学》的作者队伍里，像祝勇、夏坚勇、鲍尔吉·原野、周晓枫、鄢烈山、王剑冰、熊育群、张放、辛茜等这样的当代散文名家，以及像张承志、张炜、邱华栋、王祥夫、东西、叶舟、于坚、耿占春等这样的当代小说名家和著名诗人；另一方面则是进一步增大散文作品刊载的容量，特别是对万字、数万字以上的长篇散文的大量选用，以及对于长篇历史散文的刊载等，都是十分有力的明证。这些富有崭新时代意义的有力作为，便在很大程度上加快了《四川文学》杂志品牌建设的步伐，推进了四川散文创作水平的再提升。笔者以为，如果长期坚持、深入探索、不懈努力，无论是作为文学期刊的《四川文学》还是四川作家的散文创作，都将发生根本性的变化。

著名作家邱华栋在其《我心目中的"新散文"》一文中曾这样写道：

中国大师级的现代作家里来自四川的很多，当时有一种四川传统。八九十年代四川文学最大的贡献主要在诗歌，这个谱系保持到了现在。但当代四川优秀的小说家均是个体，阿来、何大草、罗伟章、

凸凹等等，像孤独的峨眉山一样独秀，没有形成一种群体实力。散文、随笔领域就更孤独了……①

对于四川当代散文创作而言，邱华栋的这番论说，无疑是一种略显客气的温婉批评，也指出了四川当代散文现在所处的地位，从另一个角度看，他的这番话又无不是一种鞭策和激励。因而作为四川当代散文作家，我们理应正视自己，并加倍努力前行。

---

① 邱华栋：《我心目中的"新散文"》，《四川文学》2015 年 10 期"名家小辑"，第 82 页。

附录 4
地域文化视野的散文创作观察

——试论四川 21 世纪散文中的绵阳符号*

伴随着四川 21 世纪散文的再度勃兴，绵阳的散文创作也呈现出一种崭新的局面，涌现出了像阿贝尔、陈霁、冯小涓、张怀理等一批在四川或全国有一定文学影响力的散文作家，这些作家以各自的题材视野、内容书写、文本实践和审美情怀、人文观照，创作出不少富有中国新世纪文学精神丰仪的散文佳作，不仅引领了绵阳本土文学的散文创作及其整个文学事业的稳步前行，为绵阳中国科技城的盛名增添了更为丰厚的文化内涵和精神养分，也为四川新世纪散文艺术和审美文化符号系统的建构产生了较为重要的文学意义和文化价值，这很值得我们关注和重视。本章以此为研究对象，旨在探寻它的这种意义和价值。

在绵阳当代散文作家群体这个方阵里，阿贝尔无疑是其中最为重要的一位，也是创作成就十分突出者之一，他的散文集《隐秘的乡村》能够荣获四川文学奖，散文集《灵山札记》得以受到出版社的垂青，以及不少作品被收入中国年度优秀散文选本，都无疑是有力的明证。熟悉阿贝尔的文学中人都知道，他的文学之路缘起于诗歌，随后又改弦易辙青睐小说，但诗歌和小说都没有使阿贝尔突破文学创作的瓶颈，倒是在历经了一段较长时间的沉寂后，在 21 世纪的阳光照拂世界大地时，他突然在散文艺术的疆域里展露出了不同凡响的灵气和才华。新世纪伊始的阿贝尔，之

---

* 原载《中华文化论坛》2017 年第 9 期。原为冯源：《基于地域文化视野的绵阳散文创作观察》。

所以能够非常清楚地找到自己文学之路的前进方向，爆发出对散文创作的巨大潜能和特殊领悟，在外因上是此前的某些突发事件给予作家的巨大打击和深层触动，以及作家对于它们所进行的理性沉淀；在内因上则是作家在充分领受了生命寂寞的别样滋味，备尝了人生的彷徨与苦闷、犹豫与疑惑、空枉与莫名之后，能够长时间地沉潜于自己的秘密阅读隧道里，直入中外哲学名著、文学经典的丰厚内部装载，对那些富有博大精深意义的人类思想史、精神史纵情穿越和随心捡拾。这样一种阅读隧道毋庸置疑地给予了作家的生命与认知、情感与思想、灵魂与精神以最高强度的净化和最大力度的启迪。从秘密阅读隧道里走出来的阿贝尔，那些曾经一度反反复复纠缠、扰攘他生命的困惑与迷惘、创痛与伤悲完全被清空，仿佛步入一种从未有过的生命宁静、灵魂畅达的人生境界。对于进入了如此人生境界的阿贝尔，散文这种富有较高情感真实、内心真实、灵魂真实程度的文体，就理当最适宜的文学书写和审美探究，因为这样一种文体能够最大限度地显示一个作家的情感内里、心灵内存、灵魂内质、精神内核。所以无论是解读他《隐秘的乡村》里的散文代表作《一个村庄的疼痛》《怀念与审判》《对岸》《一个务虚者的春天》，还是领略他《灵山札记》里的主要作品《涪江鱼录》《生产队》《在圣洁的王朗》《自然之子》，都可以清晰地见知作家的这种情感内里、心灵内存、灵魂内质、精神内核。当然，上述这些不过是任何一位好的散文作家都能完成的思想表达，并不是阿贝尔散文里最重要的东西，从人性的高度和人文的深度展开审视和考量，以此凸显对于生命存在的深刻反思和对于灵魂内存的强烈内省，才是他的散文艺术高出于众多一般散文作家的关键所在。《怀念与审判》一文，作者通过对父亲生前往事的复杂叙述，一方面表达出他对于父亲的无限深切的怀念之情，另一方面又对父亲生前的某些不当行为及其背后至高无上的父性文化权力进行严厉的思想审判，体现出一种强烈的现代反思和精神内省。这种直接而真实、批判又理性的散文书写，在当下的文学创作中是需要作家很大勇气的。在《尼苏的眼泪》《1976：青苔，或者水葵》《涪江鱼录》《生产队》等散文中，他也同样强烈地表达出这种思想意蕴。从这个意义上讲，阿贝尔的散文较之于那些醉心于山水寄情的发抒、沉湎于私性自我的宣泄、执迷于小灵小智的表达，或者是展玩手法的灵妙、显摆艺术的幻美、把弄语言的花样等一类的散文，更显出了思想意义向度上的丰厚和质重。阿贝尔的这种散文创作方式，不仅一举突破了绵阳 21 世纪散文的沉重樊篱和深层桎梏，而且有力表现出中国新世纪散文发展应当具有的一种新品质新趋势。

　　无论是基于对《隐秘的乡村》里书写内容的整体观察，还是源自对《灵山札记》中关注视野的深入考量，完整而深度地探析阿贝尔的散文创作，我们就不难发现阿贝尔散文创作的另一个突出的特点：作家的散文艺术视野关注及其对于散文题材内容的遴选，都是围绕着一个地理空间或精神原点来进行的，这个地域原点就是那条数千年来都几乎没有太多变化，依然十分本我地镶嵌于川西北大山深处的涪江，以及它所默然流经的川西北大地和绵延起伏的川中丘陵。身为涪江之子的阿贝尔，自生命降生以来，耳濡目染的便是巴蜀意义的乡村和这条绕村而过的涪江。乡村的丰富内蕴和涪江的博大情怀孕育了阿贝尔，他仿佛一个富有现代意义的精神旅行者，沿着涪江的源流来来回回地体验与揣摩、查勘和打探、审视又解读，《怀念与审判》《一个村庄的疼痛》《我的老母我的疼》里的"我"的父母，《尼苏的眼泪》《在焦西岗听酒歌》《自然之子》中的白马藏族群落，《国营理发店》《桂香楼的拖拉机站》《孟家馆子》里的往日旧事，《涪江鱼录》《珍稀动物》《1976：青苔，或者水葵》里的野生动植物，《九寨沟》《雪宝顶》《在圣洁的王朗》里的幽秘自然，《龙安城》《阿坝四题》《阆中印象》里的蜀川城镇，乃至《对岸》《一个务虚者的春天》里的孤独和向往、《三处水磨房》的寂静和荒芜、《生产队》里的沧桑历史变迁，等等，便有如一连串由历史与现代、人物与事件、自然与社会共构出的复合又分置、有形又无形的影像从读者的眼前渐次闪过，既给予我们以情感、心灵和思想上的触动，又富有审美意义的阅读快感和精神愉悦。由是，阿贝尔不仅展现出了一个精神行者的内省思想和反思意识，而且彰显出一个当代作家强烈的文体观念和美学精神。

　　作为一个散文作家，其精神勘探和文学图景构造，无疑是一种精神意义属性的，因而阿贝尔在其散文创作中对于涪江源流及其广大地域的书写，并非像某些旅游说明书那样，不是竭尽能事地宣扬风景名胜的别具一格，就是煞费苦心地夸赞旅游资源的丰富无比，而是全然源自生命主体的深层的精神性和审美性：在作品立意上表现出的思想性，在题材发掘上凸显出的精神性，在艺术表达上显现出的审美感，在散文语言上传递出的诗意感，以及对于忧患意识、人文思想和悲悯情怀的极力彰显，使得阿贝尔的散文彻底剔除了所谓地理文化和山水风光这样的表达，从而富有醇厚的精神意义和浓郁的美学价值。然而，作为一个力图在散文创作领域有所突破有所建树的作家，只有这样的书写原点又是远远不够的。

在为数不少的绵阳当代作家中，若要论其对散文创作的专一、专情、专业，理当首推陈霁，除了对散文自始至终的那份情有独钟，他几乎不涉足其他文体的写作。或许正是因为拥有了这份特有的专情和执着，历经数十年的坚持不懈，陈霁陆续推出了《灿烂时空》《五彩风景线》《山河故事》《诗意行走》《城外就是故乡》《白马叙事》《白马部落》等多部散文集。如果说在《灿烂时空》《五彩风景线》《山河故事》这些早期的散文集里，陈霁更多地显露出了对"地理志""旅游志""风物志"之类物态文化的浓厚兴趣，存有些许宣扬地方风景名胜、旅游资源等价值取向的留痕，那么自21世纪以来推出的《诗意行走》《城外就是故乡》《白马部落》三部散文集，便以一种兼容了理想主义豪迈气性和现实主义写实精神，且富有现代意味的美学观念、文本探索的思想动能，为我们显示出一个当代散文作家强烈的精神内涵、价值取向、人文襟怀、美学观照，以及一颗始终处于审美节律变奏的诗意灵魂，也由此铸造了他的创作个性、散文风格、美学品质。鉴于陈霁早期散文和后期散文，在美学含量、精神内蕴、文本纯度等方面所存在的较大差异，笔者便以其《诗意行走》《城外就是故乡》《白马部落》作为主要的论述对象，探析他散文的价值。

散文集《诗意行走》可谓陈霁散文创作才华的大爆发，不仅给已然有些老气横秋的四川当代散文注入了一股新鲜而强劲的活力，重塑了四川21世纪散文创作的繁荣景观，同时也从一种思想艺术的高度引领了绵阳新世纪散文的跃然前行，从而成为一种具有标志意义的散文艺术范本。在这本散文集里，先前朴实无华、含蓄低调的陈霁一下子变成一个气性豪迈、激情奔腾的浪漫之人，他擎着理想主义的大旗一路高歌猛进，恣意放怀于中国的大江南北，纵情俯仰于神州的壮美山河，深沉穿梭于华夏的古往今来，或是以一个思想者的理性、睿智细致考量过往历史和当下社会，或是以一个文学家的人文情怀深层浸渍大地物象和芸芸众生。正是基于这样的考量和审美，陈霁才能够以一种力度与深度、广度与厚度兼具的笔触切进中国社会的历史腹地、现实内层、文化膝理，以富有当代语言美感的散文话语发抒自己的所见所闻所思所想，于是便有了《九曲黄河》《飘雪的兰州之夜》《贡嘎在上》《为了一个可怜的皇帝上景山》《雪地上的甘州》《追随李白去青莲》等一系列脍炙人口的优美散文的隆重登场。且不说这些散文所抵达的思想高度和精神高度，仅仅是它们所扬厉出的理想气质和所彰显出的艺术境界，便让广大文学受众得以充分领略到一个中国当代散文作家那种特殊的生命的诗意、思想的睿智、胸襟的放达、理想的豪迈、人文的张扬、精神的挺立。从散文美学维度予以审视，《诗意行走》的审美价值并不仅仅在于它对现代散文多种美学元素所进行的有力整合、恰宜处置和贯通运用，更在于它卓有成效地突破了中国传统游记散文写作已然模式化的艺术桎梏，一方面用艺术处置的方式将"外宇宙"和"内宇宙"进行了现代性的深度汇融，另一方面则将分置的各种事件、人物、场景、细节集于一体进行综合性的美学考量，挥毫洋洋洒洒，行文波折起伏，篇幅长制浩大，语言鲜活灵动，充分彰显了其作为新散文的艺术魅力。由是我们可以见知和洞悉，在对《诗意行走》的整个构设之中，陈霁的专情之深切、用心之精博、立意之高远，它之所以能够斩获四川文学奖，完全是实至名归。

《诗意行走》的巨大成功，有力地提升了陈霁作为散文作家的形象内涵，极大地丰满了作为地域审美文化符号的绵阳文学，但《诗意行走》同时也暴露出陈霁散文的一个弱点：极度张扬的理想主义"自我"对现实主义"自我"的遮蔽。面对这样的弱点，无论是作为具有较高程度文化自觉的陈霁，还是作为充满文学仪式感的陈霁，都具有足够的自视能力和自审思想。"重整行装"之后的陈霁再度出发，以现实主义姿仪徜徉在散文艺术的朗阔天地，接连奉献出散文集《城外就是故乡》和《白马部落》。收录于《城外就是故乡》里的大多数散文表明陈霁在题材选取、思想表达、写作风格、审美倾向的新变，是陈霁有意识地将自身关注的目光聚焦于自己的生命历史和社会变迁，通过对自身生命成长曲折历程的深情回溯，对故土的沧桑历史及其巨变的描述，显示出作者对亲情和乡情、往事与岁月的深沉缅怀和深情眷顾，以及对于中国当代社会复杂的历史变迁的某种观照。关于《城外就是故乡》的评论并不少见，这些文章的观点都同指它的艺术成就在整体上略逊于《诗意行走》，但从另一种意义维度看，它又鲜明地显现出不同于《诗意行走》的三个特点和长处：一是理想主义的退后和现实主义的登场，为其注入了更为丰富更加沉厚的写实精神蕴示；二是增大现实书写和终极关怀的力度、深度、广度，有效地填补了《诗意行走》中留下的某些空洞意义能指的空白；三是创作主体从文本背后挺身而出，将过去的"外视角"转换为当下的"内视角"，由是生发出作家同自我内心和灵魂进行直接对话，从而具有明显的自视、内审性质。从这样的审美意义看，《城外就是故乡》也别有一番艺术的韵味和文学的价值。散文集《白马部落》则是作者以一个探寻者、体验者的双重身份深入到平武白马藏乡及整个白马部落的内部，从历时性的纵向维度叙述白马部落的前世今生，以极富想象力的散文话语来进行宏大的民族文化学意义的艺术建构，力显出陈霁对于这个特有的少数民族群体的生存史、心灵史、文明史的深切关怀和审美发现。

从《诗意行走》到《城外就是故乡》再到《白马部落》，穿梭于历史和现实间的陈霁，以他长期的散文艺术探索和不凡实绩，不仅给我们昭示出一条清晰的散文创作路径，彰显出一种特有的理想主义精神，也揭示出他的艺术建造以具体实践与理论总结并行的本质，追求发展变化和富于创新意义，又有自己的选择和侧重。这种矢志不渝地追求精神，的确是难能可贵的，只是这样的追求是单纯意义的题材选择，还是简质向度的形式探索，抑或两者的高度融合或是离散，所带来的将是思想的提升还是审美的削减，这是我们需要深思的。

有关绵阳当代文学研究中所遭遇的难题之一，便是如何评价那些一直操持两类或多种文体写作，并且文学水平和创造能力始终保持较高状态的作家，冯小涓就是其中之一。自进入中国当代文学创作的历史进程以来，冯小涓先以散文集《倔犟之眼》确立自身的文学地位，后以小说集《在想象中完成》赢得更大的文学声誉，又以散文集《幸福的底色》、长篇小说《我是川军》、长篇纪实散文《北川无语》增添文学名望的厚度。将冯小涓的散文书写作为文学评论观照的主要对象，虽然不是两难选择中的最佳选择，但却是有其根由和考量的，因为较之于她小说在题材选择和叙事艺术上所表现出的优长，她的散文在题材内容宽度的发掘和在主体情感灌注的深度上更展现出了博广和丰富，以及在散文思想蕴意揭橥上所凸显出的应有的广度、宽度、深度，更富有学术研究的意义和文学评判的价值。当然，这仅仅是一个长于散文评论研究者的一家之言而已，不一定正确，还望大方之家不吝赐教。

无论是对冯小涓的散文作品进行过学术梳理的文学研究者，还是一直喜爱冯小涓散文的那些文学爱好者，都十分清楚这样一个事实，即冯小涓最初的散文凸显出一个非常鲜明的特质：强烈的审美批判精神。重新翻阅冯小涓的第一部散文随笔集《倔犟之眼》，其中的《中国需要人道主义》《封建社会与主子文化》《恒定的尺度》等文中恣意腾挪的审美批判精神，依然能够令人清晰、真切地触摸到而深有触动。在这些文章里，作家或是有意识地选取中国历史进程中那一桩桩弥漫着假人道、伪仁善的典型事例作为剖析的对象，对他们的种种丑恶行径及造成的罪孽予以尖锐地指斥和强烈地控诉，大声呼吁我们应当努力学习其他民族的优点，只有如此才能使醇厚、健硕的仁善情怀和人道精神成为我们这个民族的灵魂真髓；或是直入"主子文化"现象的内层和深层，透视它之所以能够一度在中国历史上大行其道的根由，严厉批判它给曾经的华夏民众的内心和灵魂所造成的深重伤害；或是对生发于现实中国的某些看似言之凿凿、实则荒谬绝伦的文化事件进行冷静观察和理性思考，深度分析这些畸言谬论的成因，直接亮明自己的观点和立场；或是将关注目光聚焦于当下社会里的个别日常生活场景，对严重缺乏尊重意识的恶劣倾向及人文精神素质整体下滑的现状进行直言不讳地批评……从上述散文的题材发掘和思想表达中不难看出，冯小涓既是一位疾恶如仇的正直作家，又是一位善于发现问题的文化智者，面对人类历史进程中的卑鄙、丑恶、罪孽，她敢于亮出锋芒毕露的批判利器，直刺它们的要害和关键；对于社会现实存在的虚假、病态、畸形，她富有正义、良知和人文精神，勇于针锋相对地指出弊端，或进行娓娓道来的规劝。如果更为细致而深入地解读，冯小涓在这部散文随笔集里所展示出的审美批判视野，又是甚为辽广而深刻的，历史与当下、存在与虚无、物质与精神，几乎囊括了社会存在的全部。从这个意义上讲，冯小涓的《倔犟之眼》不仅浸透着浓厚的审美批判和人文关怀精神，更是作家思想能量和写作才情的勃发，也彰显出绵阳当代散文抵达的精神深度和美学高度。

散文集《幸福的底色》、长篇纪实散文《北川无语》则是在审美批判精神基点上的一种题材展阔和书写深化。较之于《倔犟之眼》，《幸福的底色》最突出的在于：一是作家有意识地将自己的审美观照转为一种"向内注视"；二是将散文书写的题材范围进行有力的展阔和深化，试图通过对亲人和乡土的存在现状、思想自觉的渐次苏醒、庸常生活里的繁杂思绪、生命内部的感知意向等的多维打量、纵横梳理、反复思索，来体现作家对于生命存在的常态化意义和人类生存的共同价值的执着追问、深度考量。诸如《劳作的意义》中对底层民众生存艰难的细腻描述及其所赋予的深切同情，《鱼和我生命中的四个小时》中对被囚禁于狭小水缸里的那条鱼的长时间观察及对于生命存在和意识自觉的思索，《肉体·身体·天体》中对单个肉体的构造、生命内部系统的逻辑、宇宙大循环律则的亦实亦虚的叙写及其表达出的身体观、生命观、宇宙观思想，《邂逅的美丽》中对于两性之间复杂多样的身心关联、情思相与的深层体验和感知的诗意刻画及其传导出的活灵生动的隐秘情愫等。从表层看，这样的写作调整似乎只是冯小涓的一个策略或者一种技巧，实则是她有目的地对自己的题材关注视野进行有力的开拓，以及对于散文书写内容的更大扩展和深化；从所获得的实际效果看，冯小涓的这番调整，既没有因为她关注视角的"向内"而降低散文艺术的审美意义和文化价值，也没有因了她书写对象的平凡与底层、审美视野的主动收缩而弱化思想和精神的力度，反倒表现出同文学接受群体心理诉求的无限趋近。更多的情感共鸣和审美共乐迤逦而行，便是一种实至名归，但由此带来的在思想力度和精神深度方面的某些趋弱，我们也是不能忽视的。《北川无语》则是对北川地震灾难及其抗震救灾全程的纪实性叙写，体现出作家强烈而深沉的苦难观照和悲悯情怀。作家记忆中的北川，宁静安详、自然和美，民风朴实、人文醇厚；地震之后的北川，房屋坍塌、满目废墟，家毁人亡、一片死寂。这一前一后的巨大反差和强烈刺激，给作家的身心和魂灵以剧烈的震撼。作家快速地拿起她那支富于良心的笔，奔赴一个个惨绝人寰的灾难现场，或是全景式的展示，或是局部特写的凸显，或是典型细节的刻画，极写出地震灾难给予北川的前所未有的历史性重创，以及这群尚处于悲恸之中的北川人民挺起坚韧的身躯同自然灾难进行殊死的搏斗的精神。与此同时，作家在本书的文字叙述中佐以大量的图片，进一步强化了这部散文作品的视觉冲击。

发轫于审美批判精神的极力表达，到对亲情故里和底层人生的真实叙写，再到对地震灾难中罹难人群的悲悯情怀和强烈倾诉，冯小涓书写出了她对于中国历史、社会存在乃至整个人类世界局部的生命认知、个人经验和审美理解、艺术创造，也书写出了属于她自己的散文史和美学史，抑或她的情感史、心灵史、思想史。行文至此，作为一名关注她散文的研究者，有义务给她一个善意的提醒：上苍赐予我们的精力和智慧都不过是一种限量版，如果我们均质化地着力于多个文体写作，没有洞晓主要的增长极，就可能失去另一个更高的远方。

较之于阿贝尔、陈霁、冯小涓这些均以散文书写成为四川文学奖得主，并因之收获了更大的文学声望或社会影响的作家，张怀理便显得很有些哑然和落寞，之所以会生发出这样的说道和感慨，是因为熟悉张怀理的文学中人莫不知晓，他应当算是绵阳当代散文创作界的资深作家，早在20世纪80年代他便开始在当时享有很高文学声誉的权威杂志《散文》上连续发表了为数不少的散文作品，并赢得了时任该刊主编的欣赏和赞誉；在数十个春秋的文学之旅里，他的散文创作虽然时断时续，但也能积小流成大河，出版了《男人爱漂亮》《有一些感动》《温馨文字》等散文集。这些皆表明，张怀理的散文创作成就并不逊色。深入思考问题的关键所在，从表层看，是张怀理散文在精神深度、散品品格、艺术境界等方面有所欠缺，以及散文著述内部质量的不均衡；从深层看，是张怀理的散文艺术是基于日常生活审美化思想观念的表达，而有失于当下仍然由精英文学思想主导的文学评价标准的认同。

如果从文学创作同社会生活之间所具有的密切程度来进行问题的考量，可以说张怀理的散文是绵阳当代散文作家中最富于日常生活气息和世俗情怀意味的，无论是他先前出版的《男人爱漂亮》《有一些感动》，还是后来推出的《温馨文字》，其中的绝大多数散文皆是如此。或是从情感感知的视角出发，非常细腻地描写父子之间、父女之间、夫妻之间、同人之间乃至众多一面之缘的陌生人之间在亲情、爱情、友情、人情生活里的点点滴滴，试图表达这个时代之于人的各种情感生活所具有的某种意义达成，如《纤纤素手》《碑》《金桔》《吃点回头草》等所表现出的；或是以个体人生经验作为探寻这个存在世界的原点，对一件小事、一幅风景、一种现象、几处细节、几种情形、几句话语进行较为繁复深入地叙写，力图在这个纷繁、变化的世界中探明一个普通人的存在意义和价值，如《将善良进行到底》《把生活当生活才是生活》《男人的弱点》《让生命去等待》等显现出来的；抑或以一个当代作家的文化自觉、文化认知、文化判断为基准，通过对社会时尚、文化风尚、生活新潮等的深沉体味和思量，透视它们对当下社会普通大众的文化心理、情感认知、人文精神的影响，如《与刘德华换张脸》《把钱叫钱钱》《远离淑女》《我与网友有个约会》等所展示出的。尽管在这些散文里含有些许张怀理故意为之的骄矜成分和美饰意味，但他对于日常生活的叙写、对于生活意向的传递、对于社会时尚的关注、对于世俗情怀的表达，在很大程度上应和了普通大众的心理诉求和生活取向，贴近了当下文化市场的接受需要。因而从这个意义上讲，张怀理的散文其实是一种文学艺术同日常生活、平民诉求、普通情怀的无缝对接和审美达成。

对于生活哲理的发现和审美表述，无疑是张怀理散文的另一个明显特征。从中国文学发展的宏观视角进行审视，叙事、抒情、言理，在中国传统散文艺术观念里常常是三位一体、关联紧密的，这种"三段论"式的散文写作模式，如血液一般，已然深深地浸入中国作家的骨髓，作为这个作家群体中的一员，张怀理的文学身体里也自然而然地不会缺少这样的精神骨髓。中国散文发展到今天，言理之名已经被哲理表达所取代，表现方法也已有了长足的进步而富有现代美学的特质，这从张怀理的散文创作中便可以窥知。张怀理对于哲理的发现，完全是着眼于日常生活本身，他犹如一个时光隧道里的精神拾荒者，穿行于林林总总的生活流、事件流、情景流之中，对那些潜隐其中并且容易被我们有意无意忽略的生活道理、人生哲理进行思考和洞悉；在对哲理的审美呈表形式方面，也显得相当灵活而充满智性，或于文中，或于文尾，或是相机切入，或是自然涌出。平凡琐碎的家庭生活里，总免不了会发生这样那样的磕磕绊绊，怎样解决这些繁多又细碎的矛盾，每个人应当是各有其法其技的，作家的方式是在轻盈的舞步中进行参透：无论是我进你退还是你进我退，只要能达到彼此舞步的协调，它便是和谐的，家庭生活中的夫妻之间相处，也是同样的道理。登山时遭逢意想不到的各种险阻，是我们旅行者攀缘登高中常常会发生的事，是奋力跨越还是止步不前，这需取决于一个人的认知水平和实际能力，所以作家提出要辩证地看待山的险要和不险要这个问题：对于那些常处于牙牙学语、蹒跚行走阶段的婴幼儿来讲，哪怕一个微不足道的小石坎、小土坡都是某种险要；对于勇敢而擅长攀高登险的能者而言，即或长空栈道也不过是一马平川罢了。春分时节观雨，本是一件赏心悦目的乐事，但老天很多时候并不顾及观雨者的快乐，忽而以凶猛的雨势纵横大地，制造一片狼藉，身临其境的作家深有触动，又不无某种道理的发现：春雨贵如油，灌万物以生长，这当是一件极好之事，而一旦雨水过量，就会泛滥成灾，将浇灌生命变成摧残生命，使功劳变成罪孽。

对日常生活的叙写、对生活意向的传递、对社会时尚的关注、对世俗情怀的表述、对生活哲理的探究，这些都为张怀理的散文赢得了不少喜爱者。但透过这样的表层，我们又十分强烈地感觉到他散文里隐藏着的对日常生活审美化思想观念的坚执。日常生活审美化的确是当下中国较为流行的一种美学思想，将文学写作建基于其上，带来的成效显而易见，譬如文学作者能更为自如地腾挪于雅俗两界、文学表达更加趋近大众的诉求、文学作品更能赢得市场的青睐等，但由此产生的弊端也是有目共睹的，诸如文学品格、艺术境界、审美精神的不断下沉，特别是它对于重大历史事件、重大社会问题、重要人类关切等所采取的刻意回避和有意缺席，使文学的精神承载大幅锐减，这对于一个民族的文学事业繁荣和一个国家文化软实力的建设而言意味着什么，是不言而喻的。对此我们理当有足够的警醒。

从文学的历史观和整体观出发来展开对绵阳当代散文创作的系统梳理和深层考量，我们不难发现：绵阳的当代散文创作是有其自身的历史基础和文学积淀的，从事散文或兼及散文的作家可谓数量众多、人才济济。既有蜚声中外的文学大家沙汀和著名当代乡土小说家克非、著名剧作家吴因易的卓越引领，也有像文然、陈霁、张怀理、秦传鼎、谭冬林等专事或主营散文的作家，更有一群轻盈飞翔于散文、小说、诗歌、评论诸界的刘汤、郁小平、刘大军、雨田、母碧芳、冯小涓、阿贝尔、贺小晴、谢云、言子、江剑鸣等多位高手，以及羌人六、灵鹜这样的青年才俊。倘若把祖籍为绵阳的作家再纳入其内，这个数量将会更为庞大。本章之所以将阿贝尔、陈霁、冯小涓、张怀理四人的散文作为重点对象来加以分析和论述，主要是鉴于他们在散文艺术方面所取得的显著成就，以及他们在四川、全国散文界的影响力。但从另一个角度来审视，以上的论述其实也并非对地域文化视野中的散文创作成像的一种完形意义的建造，所以我们不妨以文然、刘大军、郁小平、秦传鼎、谢云等人的散文创作的论述作为本章内容的重要补充，旨在使这种完形意义的构造更富有理论逻辑的支撑和完善。

作为散文作家的文然，早已在巴蜀文苑为人所知晓，自 20 世纪 80 年代步入文坛至今，辛勤笔耕业已 40 余年。他的诸多散文随笔先后在《人民日报》《旅游报》《团结报》《新观察》《西湖》《四川日报》《阅读与写作》等数十家报刊发表，其中的游记散文更是颇具传统文人的个性气质和纯净洗练的艺术美感，仿佛一幅幅炫丽多彩的自然风景画、一处处民情淳厚的人文景观，使我们得以从中领略美、欣赏美，并陶冶出美的情操和志向。文然之所以能够信笔挥洒出如此这般的自然风光和人文景观，根由便在于他对大自然的特别钟爱、对家乡山水的深情眷顾。在成为纸质媒体副刊编辑之前，他曾居山十六七载，蜀北大山深处那片充满神奇的土地和大自然如诗如画的旖旎风光，不但孕育了他情感的真挚、人性的质朴、善良的情怀，也培养出他一颗热爱祖国壮美山河、热爱生活的美的心灵。因美生爱，由爱泄情，他便以独特的感受力、敏锐的捕捉力和优美的造型语言，描绘出一个个绚丽多姿的自然山水画境。在《青幽的大松林》中，作家力图为我们绘制一幅纯粹、幽秘、寂静的大自然图景。他没有丝毫的渲染，而是以其"本来的样子"真实而客观地展示，并从中抒发自己的内心感受："一株株耸拔的古松如擎天玉柱，遮天蔽日，只在一些空隙透下点阳光，使人觉得凉浸浸的，树丛间枯枝落叶覆地，人行其上，松软而有弹性，……松林本身就是一抹黛青色的云。"在《龙池风光》里，作家又为我们展现出一幅五彩缤纷、动静相与的水彩图："三亩来大的水域，油绿透碧，柔风轻拂，泛起微微涟漪"，"高大挺拔的青松、云杉将粗壮的手臂伸向池面，浓翠欲滴的红桦、白杨俯身欲饮池中清波，……各种杜鹃，花团锦簇，斑驳灿烂"，鸣唱的蜜蜂、追逐的彩蝶、摆动的蜈蚣，绿绒袍般的苔藓、高山杨柳和满地叫不出名儿的芳草野花。这样一幅水彩图，可谓现代人间的又一处自然仙境。《茅塞风情》一文，作家则别开生面地描绘出一幅变换、流动的山水画卷：路铺在云中，车在山岭的胸脯上行走，头上青山如浪涛奔涌，脚下沟壑深邃，白龙江水湍急；远看姚渡街舍薄雾轻笼，近闻道旁山花散发出阵阵沁人心脾的浓香。综观作者的这些游记散文，它们有如为读者构造了一组山水屏条，从整体看，阴平古道、茅塞、龙池、摩天岭、古镇奇柏，仿佛自然连缀成了一幅波澜壮阔的山水画卷；拆开来看，各个山水片段又能够自成独立，尽显各自的特色和美丽。这样一种可分可合、能断能连的山水图景构造，充分表现出作家巧妙的艺术构思和独到的组合能力。从散文创作的意义维度看，作家在细致描绘这些斑斓多彩的美景时，并非一味地讲究客观，也倾注了强烈的主观情感，并借以表达富有特殊韵味的旨意。同是一条阴平古道，前后为何存在如此巨大的反差？只有新中国和人民才能真正实现它的旧貌换新颜。深山大松林的形成，虽然是源于一个美丽的传说，但它却承载着这片土地上的人民的善良情怀和美好愿景。一座普普通通的茅塞之所以能够展示出别样的风情韵致，就在于有了一群"胸怀天下，为国家人民提供木材和林产品"的伐木工人的辛勤劳作和默默奉献，否则，茅塞的风情定会黯然失色。正是作家对大自然美景及其蕴含的社会意义的极力发掘，使这些游记散文的思想意蕴具有了一定的深度。当然，由于作家的这些游记散文大多写于 20 世纪八九十年代，因而在人的内宇宙与外宇宙的深度、广度结合上，依旧显现出某些局促和意蕴开掘的不足。

起步于民间文学写作的刘大军，一直以来都将小说艺术的创造视为自己的文学主战场，从而成就了他的叙事经验的成熟和叙述语言的老到，这些都成为他偶尔兼及散文书写的丰富素养和基本功力，所以他的散文集《岁月留痕》一问世，便引起了文艺界散文同行的关注并获得一致好评。在当今文学创作日益趋向多元和各自为政，无疑已在一定程度上将散文创作推向一个良莠不齐、泥沙俱下的境地，为数不少的散文作家或是将市场接受的世俗化需要为基点，或是把大众化的阅读快感获取作为准绳，以便捷高效的时髦话题的快速转换而洋洋自得，把散文创作逐步引向生活现象化、阅读快餐化、审美世俗化的泥沼，也因此消解了散文内容的博大、思想的厚重、意绪的玄妙、情致的深邃以及审美的经典意义。刘大军的散文创作则是对这种创作现状的根本拒斥和坚决反抗。在他的散文创作中，他以一个历史乱象的亲身经历者、历史乖戾的受害者、历史经验的拥有者和文学主体创造者等多重视角，为我们和我们整个民族回叙着历史、剖析着历史、厘清着历史、沉淀着历史。作为历史乱象的亲身经历者和历史乖戾的受害者，他目睹了畸形变态、荒诞乖戾的历史乱象是如何对人的心志、情感、理性、灵魂、精神进行伤害和摧残的，虽然他深切体验了被打入另册的种种难以理喻的不堪和生命本体不由自己把握的深重危厄，但却以一个极其平实、清浅的"留痕"对其予以淡化，身为文化人的那种化解苦难、整合受伤灵魂的大度包容、宽厚仁爱便跃然于字里行间，令我们充满深深的感动和敬意。作为历史经验的拥有者和文学主体的创造者，他不仅以个体经验的方式回叙了历史的错位与"越轨"给自己和整个民族带来的悲惨而深刻的灾难，揭示了它们产生的社会根源，彰显了一个作家对民族的深沉的人文关怀和呼唤民族理性觉醒的至诚心志，而且以艺术的方式形象地再现了那段缺失理性的历史中一个"另类"的人生厄运，以冷峻、幽默笔调叙写了其在理智沦丧的年代作为"另类"所招致的林林总总不公正的"礼遇"，以无技巧和没有丝毫主体强化的语言态势将一个个极具生活本相的故事叙说得有声有色、惟妙惟肖，令读者发出既十分苦涩又"含着泪的微笑"，产生类似观赏悲喜剧的异样感觉。这种以主体的亲历性来对历史进行回溯，借此对历史进程中的人性进行深度审视与纵向彻悟的写作方式，不仅将他的散文同时下不少卖乖弄巧、作假玩秀的散文迥然相别，而且保持了散文关注人类和民族深层问题的优良传统，凸显了一位当代文化良知者的内在精神魅力和文学的审美价值取向，这无疑给绵阳的当代散文创作提供了一个有益的艺术范本。

以写作知识分子题材小说成名后的郁小萍，又以充满知识分子女性意味的优美诗歌创作为自己增添了更多的光彩和更高的声誉，正因为她在小说、诗歌两界双向出击，所以她不仅取得了令文坛瞩目的佳绩，而且也在这样的文学实践中收获了小说叙事的从容不迫和书写诗意的精雕细刻，所以当她将自己的书写兴趣再度指向散文创作时，人们又从她的散文作品里见到了她的另外一种才情和不凡的能力，她出版的散文集《紫色人生》便是对此的明证。读郁小萍的散文，仿佛驾驶着一叶扁舟在青春摇曳、情感迤逦的宽大水域里航行，既可以在随意的举手投足间捡拾到从河畔纯净土壤里生长出的一株株形质具备的奇异花卉，集束为我们一直梦寐以求的绚烂多姿、情味浓厚的美妙生活，也能够充分认知一个自始至终漫溢出智性内涵的女性文人，是如何以其温润柔和的心灵化解那些坚硬、冷漠的现实存在及林林总总的烦心人事的，又是怎样以其聪慧的心灵、敏锐的目光和女性天然优越于男性的细腻感性、个体意识去自觉关注那些在我们看来毫无意义的琐屑之事，并从中开掘出几许令人细细玩味的思想旨趣的，还可以深层领略一个成熟的知识女性作家从容不迫的叙事风格和独到的审美发现能力。因而在郁小萍的散文中，不仅深深地浸渍着一位女性诗人的温婉情怀、浪漫心意、柔媚魂灵，而且富有一个女性小说家的从容自如、叙述魅力，较之那些单纯意义上的散文作家，她就有着适应多种文体写作的丰厚经验、表达方式、艺术才情，这样的优势一旦融入具体的散文创作实践中，常常能够收到事半功倍的奇效，令读者获得新颖别趣的阅读效果。如果从更深的层面去解读郁小萍的散文，我们不仅丝毫找不到某些散文作家在叙事中显露出的窘迫、急促和有意为之的曲折，反倒自然如流、自信沉着且充满灵敏、细腻和气定神闲的韵味。从郁小萍的散文创作内容看，虽然它们大多是对一些日常化、通俗化、生活化的琐屑之事的叙述，并没有刻意去书写关乎社会的深刻主题、人生要旨或故作思想厚重，却能在寻常话语里表现出蕴蓄于闲适人生中的令人反复玩味的生活之理、故事之理、情感之理，这就把深藏于人世间的生活底蕴凸显出来，而并未流于那种对生活流、事情流、心理流的表象叙写。不仅如此，她还无意识地将自己的情绪、心意、魂灵，尤其是作为智慧女性的主体观照融入叙事中，使得叙事极具个性化、主体化而迥异于时下那些正在走红的女性散文作家。这或许才是她把自己的散文命名为《紫色人生》的根本所在。在如此色调的人生感觉和意向里，读者认知到的不仅仅是雀巢咖啡、麦氏咖啡般的浓香和温馨，更有着让许多世俗之人难以望其项背的作为文化传承者的那种气质高贵的生命存在和生活进击的意义。所以笔者以为，绵阳当代散文有了郁小萍这样的行家里手的加盟，必定会有根本性的质的提升。

一直在教师行当里教书育人的秦传鼎，也是一位长期从事散文写作、追求散文美学内涵的坚执者。或许是职业特性的缘故，他散文的题材大多同教育相关联，在艺术维度则表现出真实和真诚的散文品格。在散文集《清清池塘水·自序》里，秦传鼎这样说道：

> 我是在致力于持守一片文学的净土呢，还是在护持一座文学的灵山？如果愧于斯言，我则可以这样说，我是在抒写真情、真心、真思、真感。唯真，散文才有生命，因此，散文只能凭借真诚感知生命的诗意，让自己艺术的琴弦充满智慧和饱满的感情。①

他也正是按照这种既定的为文原则来从事散文创作的。无论是描绘大自然中一处令人迷恋的景色，几处浸渍着历史内容的山水风物，还是抒发对时世的某些感怀，铺写平凡琐事中耐人咀嚼的意味，他都将它们自然地置入自己心灵那条清澈的情感河流中进行美学方式或精神内涵的洗涤。他的散文浑如他本人，极富真情且充满师者的德仪和良知，又不乏对生活真谛的揭示；注重生命的瞬间感受，又毫不放弃对深长意蕴的开掘。所以即便是那些寻常的程式化的生活，在他的真实亦真诚、真情又真美的笔下，也能够显现出浓浓淡淡的诗意感和丝丝缕缕的意蕴美。当然，更重要的还在于他散文中所表达出的思想、情怀，以及从中彰显出的作为师者的正直品格和富有社会良知的灵魂。虽然我们都知道这样一个浅显的道理——文学不是传经布道的工具，但在具体的创作中，作者常常会不由自主地站出来把自己对生活的深度认知及所获得的思想意蕴进行阐释，就像一个布道者对真谛的宣示，尽管这种方式可能损伤文学的情感性和审美性，但许多作者仍一如既往、乐此不疲。秦传鼎的散文却较好地把握了表达它们的尺度，做到以艺术的法则化哲理为情性和审美，既表现了道的意义又丝毫无

---

① 秦传鼎：《清清池塘水》，四川文艺出版社，1994，第 1 页。

损散文之美。除此以外，笔者认为作者在散文中还表达出较强烈的社会和民族忧患意识，诸如自然环境的日趋恶化和它带来的诸多弊端，社会与人文环境的物质化趋势所导致的人的精神的快速萎缩，教师队伍在现实境遇下的种种尴尬及其造成的教书育人的纯度与精度的下降，等等。对于这些社会问题的深沉忧虑和现实性思考，不仅表达了一位教育者兼作家对于社会、民族强烈的责任感和现实情怀的真诚，也使其散文的思想含蕴有了一种质的提升和跃进，从而把自己的散文同时下那些内容苍白、精神凋零、品格滑落的散文迥然相别，具有别样的意义。

同为教书育人者的谢云，自步入文坛以来，已分别在《人民日报》《光明日报》《中华散文》《散文》等报刊上发表了数量相当可观的散文。读谢云的散文，往往能给人心灵一动的审美感触，并随之驶入一种较为阔大的思想界域或精神领空进行细细地品咂。因为在他的散文中，你能够触摸到作家迥异于现代都市文人的那种纯粹又宁静的立体感很强的思想者的质感，体味到一种身心被无形的阳光轻轻托起的爽朗，或是被某种理性的舟船承载着在思想意识的河流中迤逦前行的快意，又毫不缺失深刻的思想和灵魂的重量。与此同时，他散文里所体现出的大文化气量的包纳，平民意识的深性肌理与主体情绪的自由腾挪，对凡常生命存在的底力及其正视现实世界的平和心态，对大自然中那种内在的艺术审视和激情化穿越，也将作家本人的胸襟气象彰显出来。尤其是在他的某些散文篇章里，虽然叙写的对象是与自己紧密关联的人事并表现出某种家族史的意味，但实则表现的是个人的心灵史和家族史的融合，是个人感情与群体意绪的熔铸，这就使得他的散文能够摆脱个体性的主观强化造成的某些在认知上的偏狭和在情感天地的故步自封，进而得以将散文的思想意蕴拓展到一个更高更大的层面而富有民族的意义，他的散文中的思想内质和精神气象也就不难理解。从散文艺术的角度看，作者十分注重由小而大的贯连与穿刺，把一件看似十分平凡的小事纵横切割为具有民族或人类意义的大事，使读者深感艺术笔触的锋利和思想的无穷魅力；作者也较为注重对写作对象进行人性意义上的高度概括，从某些表征上看似没有重大意义的往事中提取精神或灵魂向度上的意义，并让这样的意义跨越个体层面而抵达较高的社会层面，给读者以巨大的自由想象空间。在散文语言的新异建构上，作者又重视在个人话语、群体话语、大众话语、人间话语之间的自如滑动和由此显示出的骨力，善于以个人话语涵盖群体话语，以大众话语建构人间话语，以人间话语瓦解权力话语，以艺术话语整合生活话语，从而使语言的原生活力苏醒并转换为艺术语言的审美张力，这些都使得作者的散文语言摆脱了旧有模式而焕发出新生的魅力。笔者深信，倘若作者在散文创作领域继续耕耘，前途将会无可限量。

在绵阳当代散文作家群中，岳定海无疑是较为别样和另类的。从散文美学理论维度来对此进行厘清，岳定海的散文观念和文体意识同当下众多散文作者高度一致、理性认同的本质之间，具有较大的不同性或异质性。在他看来，一切从纯理论角度出发对散文的纯与不纯所施以的一切强制性定义，并不能从根本上左右一个散文作家的创作实践和艺术创新，也无法最终决定作家散文创作的成败和散文质量的高低。最关键最重要的在于，散文创作是否源自作者的真实的生命经历和人生体验，是否产生于作者的最富自由力度的审美表达和文学价值呈现。散文创作虽然业已发展到当下，但由于认知的传统性、思想的固执性、审美的守陈性，我们的许多创作者在很大程度上仍然纠结于它的纯与不纯这样的小问题，从而有失于更为阔大的艺术创造空间和丰富的多种可能性。在关于散文文体的认知上，他同样坚持自己的观点和立场，认为散文无论你怎样写，使用何种文体形式，以及语言风格的表达，都不过是一种表层的东西，只有直呈内心的真实并直抵精神的自由，散文创作方能最终彰显出它的"灵魂在高处"的特性。因此，在他的整个散文创作历程中，既有对散文文体的突破——将纪实体、语录体、抒情体、论说体等一律纳入自己的创作实践，又显现出对散文创作思想观念的延扩、创新和散文书写的无文体疆界限制，富于开放、多元的文学视野。他的散文随笔集《灵魂在高处》、《岳定海随想录》、《岳定海散文选》以及自传体纪实散文《苏家山：知青岁月实录》、长篇纪实散文《嫘祖故里大揭秘》，便是在这种散文观念和文体意识驱遣下挥毫而出的佳作。在这些散文著述中，作家常常以历史视野和当代视角的双维作为写作的基点，深层次的考量中国历史、人类文明、人性文化、当代社会、宇宙苍生，以持续雄健的情感力度、审美想象、精神观照、文化内涵穿越古今、贯通天地、缀合虚实，处处浸透着作家对于生命体验、人文意义、诡谲历史的追问、洞察、捕捉和对于社会、人生的终极意义的探索，其流畅精准的文笔、深沉旷达的思考以及大胆突破文体阈限的书写，更展示出散文写作的丰富可能性和创新性。这是很值得我们肯定和思索的。

除上述作家外，江剑鸣的散文、言子的散文也在绵阳当代散文创作中占有较为重要的位置。江剑鸣的散文创作从 20 世纪 80 年代后期便已开始，只是因为当时他的散文题材范围过于狭小，散文观念、散文美学、文体概念等又受到传统文学的掣肘，以及在散文语言表达方面显示出浅淡，没能享有更高的名声而为更多的人所知晓。自 20 世纪 90 年代中期以来，随着中国当代散文创作的进一步发展，散文创作的类型日益丰富而多元，他的散文观念和散文视野才因之发生了根本性的变化。他的散文创作，或关注琐碎的日常生活，或凝眸阔大的自然山水，或沉湎于陈年旧事的岁月，或浸渍在亲情友情的时空，表现出散文题材的逐步丰富和散文视野的日益开阔，在散文艺术风格方面则保持了他一以贯之的真实、质朴和些许纯质而唯美的意味。言子的创作之路也始于散文，并在不少知名文学期刊上发表了一定数量的散文作品。作为一位生活历程较为坎坷的女性作家，言子的散文创作多从内视角出发，以细腻敏感而略显忧伤的眼光审视这个存在世界和自我生命的内里，试图以独自的审美发现和散文书写，实现对生命苦难、心灵悲伤的跨越，从而抵达精神矗立的彼岸，所以她的散文多是为了情、心、魂而作，只是这样的散文视野有失于深广和阔大。

肇始于新中国成立的绵阳当代散文的艺术流变大致可以分为这样三个阶段：第一个阶段从新中国成立到 20 世纪 70 年代末，第二个阶段始于新时期文学初，止于 20 世纪末，第三个阶段是从 21 世纪初至今。第一个阶段的绵阳散文，无论是作家的数量还是作品的数量都相当有限，散文创作的题材内容、思想表达，无不显现出对新中国人民当家作主、新社会蒸蒸日上、新时代气象更新及其意义、价值的充分肯定和赞美；在艺术形式上，一方面是对中国现代散文艺术的传承，另一方面则留有杨朔、刘白羽、秦牧、邓拓等人影响的时代刻痕，整体上缺乏艺术的突破和审美的创建。第二个阶段的绵阳散文，无论是对题材内容的开拓、思想蕴意的发掘，还是在散文艺术、散文美学方面的追求和探索，都显示出了很大的发展变化和十分丰富的内涵，从对西方现代散文的借鉴到对中国现代散文的沉淀再到对中国当代散文的建构，由传统文学意识的封闭与固化到当代文学思想的开放与活力，从相对单一的文本观念演进为复杂多元的文本思想，以及由散文创作群体的意识形态化逐渐转变为散文创作主体的自觉自主性等，这些由外在而内在、由表层而深层、从形式到内容、从物态到神髓的变化，都凸显出新时期以来绵阳当代散文的新的艺术气象和新的美学风范，尽管这样的新气象和新风范同中国一流散文的精神高度、艺术水准之间仍有较大的差距，但足以让绵阳当代散文成为四川当代文学史的关注重点。第三个阶段的绵阳散文，无疑在文本写作和散文艺术方面都彰显出强力的爆发。从表征上看，散文作家的人数急遽扩增，散文作品及著述的数量和质量快速提升，以散文创作成就屡屡现身于四川文学奖、全国冰心散文奖；从内蕴上看，题材的多样性、思想的丰富性、艺术的多元化、审美的繁复化已然成为散文创作发展的趋势，散文作家的思想意识、文体观念、艺术气质、审美精神更显出成熟，而富有名家的风范。这些都为绵阳新世纪散文的再度腾飞，奠定了坚实的基础。

从中国当代散文艺术流变和创作实绩进行考量，绵阳当代散文又无不显现出自身的某些局限和不足，概而言之，绵阳散文界缺少中国文学意义的散文大家，正如余秋雨之于文化散文、王充闾之于游记散文、祝勇之于历史散文、刘亮程之于乡土散文。造成这种现状的原因是多方面的，从题材选取、思想认知、艺术求索的角度看，绵阳当代散文缺少对重大历史事件、社会题材、人类关切的主动选择和思想聚焦，缺乏对当下生活越来越物质化、功利化、现实化、娱乐化应有的敏锐和警觉，对散文观念、散文理论、散文美学的当代变革和发展的内生精神动力缺少理性思索和深层考量。从作家个体、艺术水平、美学境界层面看，大多数绵阳散文作者尚缺乏一种纯质向度的艺术追求，缺乏大视野、大格局、大胸襟、大情怀的美学精神，这些作者或是把散文创作看成一种获取功名、拥有资本的重要方式，或是视其为一种业余文化生活的娱乐和消遣；与此同时，这些作者也少有认真阅读、深沉领略中外名家大家散文名篇的冲动，难以接受当代散文艺术的新观念、新思想、新理论、新美学，多是按照已然固化的艺术模式、庸常的思想来从事散文写作。对于这些缺失，除少数作者业已明确意识到并在创作中极力加以规避或防止，大部分作者仍表现出较深程度的麻木。因而要使绵阳新世纪散文创作拥有更大更高的水平提升和质量升华，对于散文精神的重建应当是首要为之和重中之重。因为任何一位当代意义的散文作者，如果失去了对自身这个国家的历史进程、民族谱系、文化构造、文明程度、社会本质等应有的精神考量，缺失了对广大普通民众的现实生活、生存状况及其人生诉求的精神观照，淡化了对个体意义、社会意义、国家意义、种族意义、人类意义等逐级而上的精神发现，就必将患上不同程度的精神贫血症，乃至精神败血症，即使他的散文作品富有多么精妙绝伦的个性化、心灵化、艺术化，都不过是一种浅表意义、空洞意义的能指。从文艺研究和文艺批评的角度看，绵阳文艺评论界在着眼于长期、立意于高远、构设于整体、聚焦于重点等方面都缺乏较为周详的思考和谋略，这就势必导致文艺评论家们各自为战，多数凭着各自的审美趣味、批评爱好、判断标准、价值取向进行有选择性的阅读和评价，从而少有文艺评论的整体出击、群体发声的力量和气势。这不仅使文艺评论的实效和影响大为降低，也在很大程度上制约了绵阳新世纪散文前行的步伐。

无论是一个现代文明气象非常浓郁的国度，还是一个历史悠久、传统古老的地方，它之所以会成为举世瞩目的所在，成为人们纷纷前往和眷顾的所在，常常并不全在于它所具有的物质文化层面的内涵性和丰富性，而在于它富有精神文化意义的独特性和标志性，而这种独特性和标志性的呈现，很有可能就是依靠几篇美文、几首小诗、几本小说，或者几部电影、几首歌曲、几幅画作，以及藏身于这些作品背后的文学艺术家们。这就是作为审美文化符号的文学艺术之于人类社会的卓越魅力和非凡力量。有中国西部硅谷美誉的绵阳，科学技术的力量和科学文化的魅力已是有目共睹，如果能够卓有成效地灌注更为丰满更具魅力更显标志的审美文化形态的精神养分，必将越发赢得中外宾客的接踵而至，召唤全球范围内更多民众的倾心向往。绵阳新世纪散文作为四川新世纪散文美学系统中的绵阳符号，正是在努力酿造这样一种精神养分。从四川文学发展的角度看，绵阳符号的这种精神酿造，无疑有益于四川新世纪散文和四川当代审美文化系统的精神品格、美学内蕴的建造，从而推动文学和文化的积极发展。

参考文献

佘树森编《现代作家谈散文》，百花文艺出版社，1986。

林非：《林非论散文》，江西高校出版社，2000。

祝德纯：《散文创作与鉴赏》，中国社会科学出版社，2002。

陈剑晖：《诗性想象：百年散文理论体系与文化话语建构》，广东人民出版社，2014。

范培松：《中国散文批评史（20世纪）》，江苏教育出版社，2000。

徐治平：《当代散文艺术论》，广西民族出版社，1993。

傅德岷：《散文创作与审美》，花城出版社，1990。

祝勇：《一个人的排行榜：1977—2002中国优秀散文》，春风文艺出版社，2003。

冯秋子：《生长的和埋藏的》，中国文联出版社，2004。

鲍霁：《中国现代散文艺术鉴赏论》，北京师范学院出版社，1988。

许评、耿立：《新艺术散文概论》，山东教育出版社，1997。

梁向阳：《当代散文流变研究》，中国社会科学出版社，2007。

祝勇：《散文叛徒》，上海人民出版社，2010。

李晓虹：《中国当代散文审美建构》，海天出版社，1997。

王剑冰：《散文时代》，河南文艺出版社，2008。

古耜：《美文之美》，中国和平出版社，1995。

何开四主编《四川中青年作家论集》，天地出版社，2003。

廖全京：《绿色的家园感——四川青年作家创作现象研究》，四川文艺出版社，1993。

曹家治：《向真而生——中国当代散文活力探秘与成长中的四川散文》，西南师范大学出版社，1997。

滕永文：《中国当代散文批评艺术的历史观照》，光明日报出版社，2017。

四川省作家协会编《建国 50 年四川文学作品选》（散文杂文卷）四川文艺出版社，1999。

四川省作家协会编《建国 50 年四川文学作品选》（理论评论卷），四川文艺出版社，1999。

四川省作家协会编《纪念改革开放三十周年四川文学作品选》（散文卷），作家出版社，2009。

四川省作家协会编《纪念改革开放三十周年四川文学作品选》（理论批评卷），作家出版社，2009。

四川省十年文学艺术编选委员会编《四川十年散文特写选》，四川人民出版社，1959。

史小溪主编《中国西部散文精选》（四卷本），甘肃人民美术出版社，2011。

林非、李晓虹、王兆胜选编《百年中国经典散文》（人生卷），内蒙古文化出版社，2006。

殷鉴、熊家良、阎开振等编著《中国现代文学专题教程》，中国人民大学出版社，2010。

曾绍义主编《中国散文百家谭（续编）》（上、中、下），四川大学出版社，2009。

袁鹰主编《中国新文学大系·散文卷》（一、二）（1949—1976），上海文艺出版社，1997。

吴泰昌编《十年散文选》，作家出版社，1986。

韩小惠：《二十世纪九十年代散文选》，上海文艺出版社，2000。

季涤尘、丛培香选编《中国当代散文精华》，人民文学出版社，1989。

谢冕主编《中国百年文学经典文库》（散文卷），海天出版社，1996。

曾绍义主编《中国散文百家谭》，四川人民出版社，1993。

张振金：《中国当代散文史》，人民文学出版社，2003。

沈义贞：《中国当代散文艺术演变史》，浙江大学出版社，2000。

王庆生主编《中国当代文学词典》，武汉出版社，1996。

俞元桂主编《中国当代散文精粹类编》（上、下），上海文艺出版社，1999。

伍国文等编《世界文学随笔精品大展》，上海文化出版社，1992。

洪子诚：《中国当代文学史》（修订版），北京大学出版社，2007。

於可训：《文学批评理论基础》，北京大学出版社，2014。

陈思和：《中国文学中的世界性因素》，复旦大学出版社，2011。

洪子诚：《问题与方法：中国当代文学史研究讲稿》，北京大学出版社，2009。

孟繁华：《文学革命终结之后：新世纪文学论稿》，现代出版社，2012。

贺绍俊：《建设性姿态下的精神重建》，作家出版社，2012。

李建军：《文学因何而伟大》，华夏出版社，2010。

朱小如：《对话：新世纪文学如何呈现中国经验》，北岳文艺出版社，2014。

何言宏：《介入的写作》，上海三联书店，2007。

李光连：《散文技巧》，中国青年出版社，1992。

〔英〕特里·伊格尔顿：《审美意识形态》，王杰等译，广西师范大学出版社，2001。

〔法〕米歇尔·德·塞尔托：《多元文化素养》，李树芬译，天津人民出版社，2002。

〔法〕雅克·德里达：《多重立场》，佘碧平译，生活·读书·新知三联书店，2004。

〔法〕莫里斯·布朗肖：《文学空间》，顾嘉琛译，商务印书馆，2003。

后　记

　　写完这部书稿的最后一个字，已是盛夏时分。窗外越来越炽热而浓烈的阳光，仿佛在纵情地舞蹈和欢歌，又似乎是在热烈地进行着长途奔跑，或者是静静矗立在湛蓝的苍穹之下，抑或以极度的热情来召唤着人做一次夏日的旅行。这些阳光煞是可爱，它不但晃着人的眼睛和身体，也摇漾起人的情感和思绪，令人不由自主地想起写作书稿的那些日日夜夜。

　　在那些日子里，翻书与阅读、理解与认知、分析与阐释、思考与写作，周而复始循环往复地演绎着，生活仿佛被钳制和固化了一般，令人感受到了它的寂寞难耐，但它又有着兴奋和激动的一面。言其寂寞难耐，是指在从事学术研究工作时，都是一个人在面对那些学术问题，不仅要细致地阅读和理解文学作品，要深入地阐释这些作品的文学意义和价值，还必须绞尽脑汁地预设其结构形态和理论框架。在整个活动过程中，既没有人来打搅和扰攘，也没人来细细地过问和关注，这的确会令人有几分寂寞难耐的感觉。言其兴奋和激动的一面，则是指阅读文学作品就是在与作家亲切地见面或相晤。在这些作家中，大部分都是老朋友或者老熟人，有的则是只有一面之缘，其中极少数作家是通过网络认识的。解读这些作家的作品，就是在解读作家本人的"德与言"，就是在与这些作家直接"见面"。因而，每一次阅读，就是与作家本人的一次亲切的交谈，这不能不叫人充满了兴奋和激动的感觉。但在这种兴奋和激动过后，仍然是长长的寂寞难耐在静静地等待自己。一个人的生活，便在这寂寞与兴奋中慢慢度过。人可以尽情地享受这份寂寞时光，或许，这就是生活本来的样子。

　　从事学术研究工作已有一些年头，却一直未能参透学术研究的作用和价值、奥博与玄机的所在。关于学术研究的作用和价值，有人认为它是表达一个研究者思想能力和思想水平的工具，也有人认为它是呈现一个学者学术见地和理论见识的场域，还有人认为它是力图将思想与理论融为一体的表达形式。这些观点无疑都是正确的，但也非十全十美、无可挑剔。在笔者看来，学术研究就是一些具有抽象思维能力和大脑系统健全的人，在进行抽象思维活动的赛跑。在这种抽象思维的赛跑过程中，那些研究者或是专家、学者，深入参透了世界存在的表象，并且直入人类社会的内涵与本质，以此表达各自的思想见解和理论主张，进而产生学术意义的思想和理论建构。这无疑是学术研究最为突出的意义和价值。关于学术研究的奥博与玄机，笔者是这样思考的。一个研究者怎样才能具有学术思想和理论见地，才可以看透学术研究的奥博与玄机？唯一的途径是刻苦努力地学习。学习知识和学习理论，是一个人具有理论素养和理论知识的关键，也是一个人运用理论知识来解决问题的必由之路。在笔者看来，学术研究的奥博与玄机，就是一个理论工作者运用理论知识来解决问题，以此表明理论的重要意义和价值。不知这样的回答是否正确，还望就教于各位大方之家。

在从事文学研究的过程中，笔者喜欢用感悟式的方法，也就是文学理论上说的印象式的批评方法。从某种意义上讲，笔者的这部四川当代散文研究专著，正是运用印象式批评方法结出的果实。笔者认为，这种方法的好处在于它能够出自作者的真诚感知与感悟，在于它能够感同身受地理解作家及其作品，在于它能够彰显作家的美学思想和审美境界。在笔者看来，文学作为一种系统性的存在，它包括文学作品、文学史、文学批评和文学理论。如果要对文学进行理解和阐释，则首先是如何看待文学作品的意义和价值。文学作品是作家对于社会生活的反映，是作家以情感、内心、思想、灵魂来书写世界存在的一种艺术方式。因而，窥见作家在作品中表达的情感、内心、思想、灵魂，毋庸置疑是第一位的。如何进行这种窥见呢？当然是感悟式的认知和理解，因为这种方式能够深入作品的内层，可以看清楚作品对于情感与内心、思想与灵魂的承载，能够领悟作家对于世界存在的真实态度及关爱程度。在这个基点上，笔者也运用时空交错的理论方法，对这些著作进行理论架构，展示它具有的理论意义。由此而言，笔者的这部专著是时空交错理论与印象式批评的结合。

　　一部书稿的完结并不能证明什么，它只是一个完成的形式而已。但它在笔者的心里，却显得非常重要，因为它伴随笔者度过了那日日夜夜的寂寞，因为它证明了笔者还有能力从事文学研究工作，更因为这部专著是对四川当代散文第一次完整而系统的表述和呈现。至于这部书稿的长与短、优与劣、局限与不足，只有留待那些大方之家来进行评说和判定。最后，笔者要真诚地感谢社会科学文献出版社的编辑和领导，是他们付出了辛勤的劳动和无声的心血，才使这部专著得以呈现在广大读者的面前。与此同时，对各位朋友、师长、领导、同人的支持、关心、爱护表达真挚的谢意，是你们在背后的默默支持和奉献，才使笔者能够完成这部书稿的写作。还要真诚地感谢四川省社科联、四川省作协及四川网络文化研究中心、四川省李白文化研究中心的大力资助，有了你们的资助，这部学术专著才得以顺利出版。

图书在版编目(CIP)数据

四川当代散文史论 / 孔明玉,冯源著. -- 北京：
社会科学文献出版社,2022.5
ISBN 978-7-5201-9854-7

Ⅰ.①四… Ⅱ.①孔… ②冯… Ⅲ.①散文-文学史
-四川-当代 Ⅳ.①I207.67

中国版本图书馆 CIP 数据核字(2022)第 040015 号

四川当代散文史论

著　　者 / 孔明玉　冯　源

出 版 人 / 王利民
组稿编辑 / 宋月华
责任编辑 / 吴　超
文稿编辑 / 周志宽
责任印制 / 王京美

出　　版 / 社会科学文献出版社 · 人文分社 (010) 59367215
　　　　　地址：北京市北三环中路甲 29 号院华龙大厦　邮编：100029
　　　　　网址：www. ssap. com. cn
发　　行 / 社会科学文献出版社 (010) 59367028
印　　装 / 三河市龙林印务有限公司

规　　格 / 开本：787mm × 1092mm　1/16
　　　　　印张：22　字数：349 千字
版　　次 / 2022 年 5 月第 1 版　2022 年 5 月第 1 次印刷
书　　号 / ISBN 978-7-5201-9854-7
定　　价 / 128.00 元

读者服务电话：4008918866